BASTEI
LÜBBE

Hedwig Courths-Mahler

Das verschwundene Dokument
Der Scheingemahl
Rote Rosen

BASTEI LÜBBE

BASTEI-LÜBBE-TASCHENBUCH
Band 11901

Printed in Germany, November 1992
Einbandgestaltung: Roland Winkler
Titelfoto: Three Lions
Satz, Druck und Bindung: Ebner Ulm
ISBN 3-404-11901-0

Der Preis dieses Bandes versteht sich einschließlich
der gesetzlichen Mehrwertsteuer

Das verschwundene Dokument

1

Ruth Alving stand mit bedrückter Miene am Fenster und sah hinaus in den verschneiten Garten. Wunderschön war das Winterbild, aber sie nahm es nicht in sich auf. Sie hatte den fein geschnittenen Mund fest zusammengepreßt, und in die klare, weiße Stirn hatte sich zwischen den Augenbrauen eine schmale, senkrechte Falte eingegraben, die diesem jungen Gesicht etwas Schmerzgereiftes gab.

So in sich versunken stand sie schon eine ganze Weile und mußte mit anhören, was aus dem Nebenzimmer an ihr Ohr drang. Dort befanden sich der Hausherr, Rochus Bernd, und seine beiden einzigen Verwandten, die Enkelkinder eines Vetters von ihm, die auch seinen Namen trugen.

Rochus Bernd war ein weißhaariger Greis. Er saß in etwas müder, abgespannter Haltung im Lehnstuhl und sah unter den weißen, buschigen Brauen hervor auf die beiden jungen Menschen, die ihm gegenüber Platz genommen hatten.

In seinen grauen Augen lag kein freundlicher Ausdruck. Er war nicht sehr gut auf seine beiden Verwandten zu sprechen und sah es nicht gern, wenn sie ihn besuchten. Deshalb erteilte er ihnen dazu nur selten die Erlaubnis.

Lena und Kurt Bernd waren weit davon entfernt, die Schuld daran bei sich selbst zu suchen. Sie waren fest davon überzeugt, daß Ruth Alving, das Mündel ihres Großonkels, diesen gegen sie beeinflußte. In ihren Augen war Ruth Alving eine gefährliche Erbschleicherin. Weil sie selbst unedle Menschen mit niedrigen Charaktereigenschaften waren, suchten sie auch bei anderen nur Schlechtes.

Rochus Bernd hatte Ruth Alving zu seinem Mündel gemacht, nachdem ihre Eltern bei einem Eisenbahnunglück ums Leben gekommen waren. Sie hatten ein Landgut, das Rochus Bernd gehörte, bewirtschaftet und waren ihm treu ergeben gewesen.

Eines Tages hatte er sie, wie zuweilen, nach Berlin beordert, um mit ihnen Geschäfte zu besprechen, abzurechnen und ihnen neue Aufträge zu geben. Er selbst stand damals noch mitten im geschäftlichen Leben, und seine Zeit war ihm zu kostbar, um auf das Gut zu reisen. Deshalb ließ er das Verwalterpaar meist zu sich kommen. Sie waren so tüchtig und zuverlässig, daß er ihnen das Gut vertrauensvoll übergeben hatte.

Auf seinen Wunsch hatten sie die Reise angetreten, die ihre letzte sein sollte. Der von ihnen benutzte Zug war entgleist, weil ein Damm vom Hochwasser unterspült war und die Festigkeit verloren hatte. Unter den zwanzig Toten, die dieser Unglücksfall forderte, befand sich das Ehepaar Alving. Mitten aus einem blühenden, schaffensfreudigen Leben wurden sie herausgerissen.

Und so war Ruth Alving mit zwölf Jahren eine Waise geworden.

Rochus Bernd hatte sich nicht freimachen können von dem Gedanken, er sei indirekt schuld an dem Tod von Ruths Eltern, und dieses Gefühl trieb ihn dazu, sich in großmütigster Weise der verwaisten Ruth anzunehmen. Eine Tat, die ihm in Zukunft reichen Segen bringen sollte, denn Ruth wurde ihm lieb wie ein eigenes Kind und erhellte und erwärmte sein einsames Alter. Er hatte ihr eine vorzügliche Erziehung geben lassen, die sie befähigen sollte, auf eigenen Füßen zu stehen. Rochus Bernd war seit langen Jahren Witwer, und seine einzige Tochter, die er sehr geliebt hatte, war ihm mit zweiundzwanzig Jahren auf tragische Weise genommen worden. So stand er allein im Leben, und von Ruths kindlich dankbarem Wesen ging, wenn sie ihn von dem Erziehungsinstitut aus besuchte, eine so wohltuende, sonnige Wärme aus, daß er beschloß, sie ganz in sein Haus zu nehmen, nachdem ihre Erziehung beendet war.

Ruth hatte dankbare Verehrung und Hochachtung für ihn empfunden und kam gern und freudig zu ihm, als er ihr sagte, daß er ihrer bedürfe. Sie suchte ihm auf jede Weise ihre Dankbarkeit und Ergebenheit zu beweisen, zumal ihr schon ihre Eltern diese Gefühle für ihn eingeflößt hatten. Es kam so ganz von selbst, daß der einsame Mann und das verwaiste junge Geschöpf, das auch ganz allein im Leben stand, sich innig aneinander anschlossen. Der in der Mitte der Siebzig stehende Greis und das zwanzigjährige Mädchen fanden allerlei seelische und geistige Berührungspunkte.

Ruth wurde nach und nach Rochus Bernds rechte Hand in allen Dingen. Sie versah das Amt einer Sekretärin bei ihm, nahm sich des Haushalts in jeder Weise an und bekam, bei ihrer zuverlässigen Tüchtigkeit, bald die Zügel des ganzen Hauswesens in die Hand. Sie erhielt alle Schlüssel von Wäschekammern, Vorratsräumen und Silberschränken, bestellte bei Lieferanten, rechnete mit ihnen ab und führte so genau über alles Buch, daß Onkel Rochus, wie sie ihren Vormund auf seinen Wunsch nannte, sie oft neckend damit aufzog und sich weigerte, die Bücher zu kontrollieren.

Dann pflegte sie ihn ernst und bittend anzusehen und

sagte einmal: »Ich tue das nicht deinetwegen und nicht meinetwegen, Onkel Rochus, du vertraust mir, wie ich mir selber vertraue. Aber ich will auch jederzeit imstande sein, anderen Menschen zu beweisen, daß ich nicht das Meine suche. Du weißt, daß man mich mit mißtrauischen Augen ansieht.«

Sie wußten beide, daß Ruth damit Lena und Kurt Bernd meinte, und so ließ der alte Herr sie gewähren und machte unter jede Monatsabrechnung, die Ruth ihm vorlegte, sein Abschlußzeichen.

Als der Vormund im Spätherbst, vielleicht zum erstenmal in seinem Leben, ernstlich an einer schweren Grippe erkrankte, war ihm Ruth eine treue, nimmermüde Pflegerin. Sie teilte sich mit seinem alten treuen Diener Heinrich die Nachtwachen und ließ dem verehrten Greis alle liebevolle Fürsorge angedeihen.

Das brachte die beiden Menschen einander noch näher, und Rochus Bernd liebte sein junges Mündel wie ein eigenes Kind. Ein Umstand, der seinen auf seine Erbschaft gierig wartenden Verwandten natürlich ein Dorn im Auge war.

Als er Ruth ganz zu sich ins Haus nahm, lebte der Vater von Lena und Kurt Bernd noch. Schon er hatte vergeblich von Tag zu Tag auf den Tod des alten Herrn gewartet. Er war zeit seines Lebens ein Leichtfuß und lasterhafter Mensch gewesen. Jede ernste Arbeit war ihm verhaßt; er verbrachte seine Tage zum großen Teil faul im Bett und Lehnstuhl, seine Nächte in Bars und im Spielklub. Seine leichtlebige Gattin hatte auch nur ihrem Vergnügen gelebt und die Kinder sich selbst und bezahlten Dienstboten überlassen. So verpraßten diese beiden Menschen ererbtes Vermögen, und als die Verhältnisse kritisch wurden, starb die Mutter von Lena und Kurt an den Folgen einer Erkältung, die sie sich nach einer durchtanzten Ballnacht zugezogen hatte.

Sie hinterließ keine Lücke, aber nach ihrem Tod wurden die Verhältnisse ganz unhaltbar. Ihr Gatte gab sich vollends einem ausschweifenden Leben hin, und die inzwischen unter der Obhut gewissenloser Dienstboten aufgewachsenen Kinder, die nie ein gutes Beispiel vor Augen gehabt hatten und immer nur ein haltloses Genußleben führen lernten, traten ganz in die Fußstapfen der Eltern. Ein richtiges Familienleben hatten sie nicht kennengelernt, und jeder lebte, wie es ihm gefiel. Es war dabei zu verwundern, daß Kurt und Lena immerhin noch zusammenhielten.

Lena, eine üppig schlanke Brünette mit schwarzen Feueraugen und blauschwarzem Haar, einem Erbteil ihrer polnischen Mutter, hielt Umschau nach einem reichen Freier und entwickelte sich mehr und mehr zu einer raffinierten Kokotte. Nur der Gedanke an eine glänzende Partie bewahrte sie davor, noch tiefer zu fallen. Sie wollte sich teuer verkaufen. Aber reiche Freier waren in der Nachkriegszeit nicht so leicht zu finden. Die vom Glück begünstigten Männer, die mit Millionen rechneten, dachten vielleicht in ihren Mußestunden an Liebe, aber nicht an Heirat. Und so richteten sich auch Lenas Gedanken mehr und mehr auf das Erbe, das der Großonkel hinterlassen würde.

Kurt war das getreue Abbild seines Vaters. Er war faul, genußsüchtig, hatte trotz seiner Jugend schon einen durch Ausschweifungen zerrütteten Körper und pendelte zwischen Tanzbars und Spieltischen hin und her. Oft nahm er seine Schwester mit zu solchen Veranstaltungen, denn sie hingen wie die Kletten aneinander, nicht weil sie sich liebten, sondern weil sie die gleichen Lebensziele hatten.

Einen Beruf übte Kurt so wenig aus, wie es sein Vater getan hatte. Wie dieser suchte er am Spieltisch, beim Rennen oder durch nicht einwandfreie Gelegenheitsgeschäfte zu Geld zu kommen. Und wenn diese drei Personen einmal ganz auf dem Trockenen waren und nicht mehr aus und ein wußten, dann gingen sie zu Rochus Bernd, jammerten ihm von den schlechten Zeiten vor und baten um seine Hilfe.

Der alte Herr versagte diese Hilfe nie, obwohl er diese Menschen verachtete. Aber er wollte sie nicht vollends in die Gosse kommen lassen, weil sie doch nun einmal mit ihm verwandt waren und seinen Namen trugen. Er half aber immer nur so weit, wie er wollte, denn er hatte nicht Lust, sein in einem arbeitsreichen Leben erworbenes Vermögen sinnlos verschwenden zu lassen. Dazu hatte er zu viel Achtung vor ehrlich erworbenem Geld, gerade in dieser Zeit, wo durch schwindelhafte Manöver oder gewissenloses Schiebertum das Geld entwertet wurde. Dieser pflichttreue Arbeitsmensch hielt seinen großen Reichtum sorglich zusammen und legte auch jetzt, in seinem Greisenalter, die Hände noch nicht untätig in den Schoß. Wohl hatte er seit einigen Jahren seine ausgedehnten Geschäftsbetriebe in ein großes Aktienunternehmen verwandelt, aber er gehörte zum Aufsichtsrat, und sein Geist regierte noch immer in seinen Werken. Die Geschwister Bernd und ihr Vater lebten also immer nur dem Augenblick. Um die Zukunft machten sie sich wenig Sorgen. Es stand fest bei ihnen, daß sie eines Tages das riesige Vermögen von Rochus Bernd erben würden. Eine sehr lange Lebensdauer konnte diesem nicht mehr beschieden sein, und andere Verwandte als sie besaß er nicht.

Als Rochus Bernd nun sein Mündel Ruth Alving ins Haus nahm und sie immer mehr wie eine eigene Tochter hielt, erfüllte Vater und Kinder großes Mißbehagen. Sie fürchteten, von sich auf andere schließend, daß Ruth Alving ihren Einfluß geltend machen könnte, um sich ein gutes Teil der Erbschaft zu erschleichen. Sie begrüßten es als ein großes Glück, daß Rochus Bernd, wie viele alte Leute, sich immer noch nicht entschließen konnte, ein Testament zu machen. Starb er, ohne ein Testament zu hinterlassen, dann mußte ihnen alles zufallen. Machte er aber ein Testament, dann würde er sicher Ruth Alving hervorragend bedenken.

Und damit vermuteten sie ganz richtig. Wenn Rochus Bernd schon einmal den Gedanken an ein Testament erwog, dann stand es bei ihm fest, daß Ruths Zukunft unbedingt sichergestellt werden solle. Sie stand ihm näher als seine Verwandten. Und wenn er auch nicht daran dachte, diese zu übergehen, da er einen starken Familiensinn hatte, so war er doch willens, ganz anders zu testieren, als sie es erhofften. Der alte Herr hatte auch schon zuweilen mit seinem Notar, Dr. Jungmann, über seine Testamentspläne gesprochen, aber zur Ausführung waren sie noch nicht gekommen. Jedenfalls aber feindeten seine Verwandten die völlig unschuldige Ruth in gehässiger Weise an, und wenn in ihrem Herzen noch Raum für ein Gebet gewesen wäre, so hätten sie sicher darum gebetet, Rochus Bernd möge recht bald, ohne ein Testament zu hinterlassen, sterben.

Der Vater der beiden Geschwister sollte jedoch nicht in die Lage kommen, Rochus Bernd zu beerben. Er starb nach kurzer Krankheit und ließ seine Kinder in völlig ungeordneten Verhältnissen zurück. Die Geschwister verkauften einen Teil der Möbel und die Garderobe ihres Vaters, bezogen zusammen eine Dreizimmerwohnung, hielten sich zur Bedienung ein Dienstmädchen und verjubelten bald, trotz der Trauer, den Erlös aus diesen Verkäufen. Und wenn sie nichts mehr hatten, mußte der Großonkel helfen, was er auch immer wieder mit einer undurchdringlichen Miene tat. Oft genug malten die Geschwister sich aus, wie sie leben wollten, wenn erst sein Reichtum ihnen gehöre, wenn sie in der Villa Bernd wohnen und mit dem eigenen Auto fahren würden. Im Sommer wollten sie dann einige Wochen auf dem Landgut leben, das dem Großonkel noch gehörte, und im übrigen von einem Modebad zum andern ziehen und sich amüsieren. Das war der Hauptzweck ihres Daseins.

Nur der Gedanke an Ruth Alving und die Angst, der Großonkel könne ein Testament machen, trübte zuweilen ihre Stimmung.

Sooft der Großonkel erlaubte, besuchten sie ihn, schon, um Ruth Alving zu kontrollieren, ihr das Leben schwer zu machen und sie in den Augen des alten Herrn herabzusetzen.

Auch heute hatten sie bei ihrer Ankunft Ruth in ziemlich ungezogener Art behandelt. Ruth hatte sie im Vestibül empfangen und hatte ihnen gesagt, Onkel Rochus sei noch immer nicht ganz wohl, sie möchten daher recht vorsichtig sein, um den alten Herrn nicht aufzuregen.

Während Kurt mit seinen begehrlichen Augen, trotz seines Neides auf Ruth, deren jugendschöne Gestalt maß, sah Lena sie über die Achsel von oben herab an.

»Wir bedürfen keiner Verhaltungsmaßregeln, Fräulein Alving, die können Sie sich sparen.«

Und Kurt fuhr mit überlegenem Lächeln fort: »Ihre Fürsorge für unsern teuren Verwandten ist rührend, aber Ihre Verhaltungsmaßregeln sind in der Tat überflüssig.«

Ruth, die diesen Ton von den Geschwistern gewöhnt war, blieb ruhig.

»Ich wollte Ihnen nur mitteilen, daß Onkel Rochus noch nicht wieder ganz gesund ist.«

Lena hatte die Augen gezuckt und Ruth von oben bis unten angesehen.

»Mein Gott – diese Prätentionen, Fräulein Alving. Hören Sie doch ruhig an, was man Ihnen zu sagen hat. Einer Erwiderung bedarf es nicht. Ich liebe es nicht, wenn Untergebene widersprechen.«

Ruths Lippen zuckten, aber sie verlor ihre Selbstbeherrschung nicht.

»Ich bin Ihre Untergebene nicht, Fräulein Bernd, und was ich für meine Pflicht halte, werde ich immer tun, ob es Ihnen gefällt oder nicht.«

»Unverschämt!« zischte sie Lena an und ging an ihr vorüber in das Zimmer.

Ihr Bruder folgte, Ruth mit einem unverschämten Lächeln musternd, und Ruth trat hinter ihnen ein. Sie blieb aber, nach Fassung ringend, in diesem Zimmer zurück, während die Geschwister in das Nebenzimmer gingen, wo Rochus Bernd sie erwartete.

Und Ruth mußte hören, wie Fräulein Bernd zu dem alten Herrn sagte:

»Weißt du, Großonkelchen, dieses Fräulein Alving benimmt sich, als sei sie die Herrin dieses Hauses. Sie bekommt immer mehr Prinzessinnenallüren. Ich begreife nicht, daß du diese anmaßende und dabei langweilige Person Tag für Tag um dich leiden magst.«

Der alte Herr sah Lena bei diesen Worten mit seinen durchdringenden Augen seltsam an. »Hast du schon wieder etwas an Ruth auszusetzen? Sie ist mir eine treue, aufopfernde Pflegerin, eine nimmermüde Gesellschafterin. Ohne sie wäre mein Leben einsam und leer.«

»Aber liebes Großonkelchen, wenn du mir doch gestatten würdest, immer bei dir zu bleiben, ich würde dich noch viel aufopfernder und liebevoller pflegen.«

Mit einem sarkastischen Lächeln sah er sie an. »Du hast ja nicht einmal deinen Vater gepflegt, als er krank war. Er starb, während du dich auf einem Tanztee amüsiertest.«

»Ich konnte doch nicht vorher wissen, daß er starb.«

»Nein, aber du wußtest, daß er todkrank war – und ließest ihn doch mit einem unbeholfenen Dienstmädchen allein. Du besitzest jedenfalls nicht die aufopfernden Eigenschaften einer Krankenpflegerin, und ich würde einen schlechten Tausch machen.«

Lena machte ein allerliebstes Schmollmäulchen und sah ihn kokett an. »Das käme doch auf die Probe an.«

Er wehrte ab. »Darauf will ich es nicht erst ankommen lassen.«

»Nun – ich stehe dir doch näher als Fräulein Alving.«

»Meinst du?« fragte er mit seltsamer Betonung.

Lena konnte nur schwer ihren Ärger bemeistern. »Sie darf immer bei dir sein – uns hältst du fern«, schmollte sie.

Der alte Herr sah sie scharf an. »Das hat seine Gründe, Lena.«

Nun verlor sie ihre äußere Ruhe. »Oh, ich weiß, Fräulein Alving macht sich breit in deinem Herzen und verdrängt uns daraus. Sie berichtet dir allerlei Ungünstiges über uns, um sich bei dir einzuschmeicheln und uns in deinen Augen herabzusetzen.«

Rochus Bernd lachte hart und trocken auf. »Da kennst du Ruth Alving schlecht, die ist von anderer Art als ihr. Und von euch braucht sie mir nichts Ungünstiges zu berichten, das besorgen andere Leute zur Genüge. Auch habe ich trotz meines Alters noch recht gute und scharfe Augen. Also laßt mir endlich Ruth ungeschoren. Sie ist der Sonnenschein meines einsamen Alters, und ich habe sie viel zu lieb, um zu dulden, daß ihr sie mit Feindseligkeiten verfolgt.«

Ruth hatte auch diese Worte gehört. Sie trieben ihr das Blut in das Gesicht. Und hastig wandte sie sich vom Fenster ab, um in das Nebenzimmer zu treten. Es wurde ihr bewußt, daß Onkel Rochus nicht wußte, daß sie sich hier im Nebenzimmer befinde und alles hören konnte, was über sie gesprochen wurde. Deshalb trat sie schnell über die Schwelle des Zimmers.

»Ich bin hier, Onkel Rochus. Wenn du mich nicht brauchst, kann ich mich wohl zurückziehen?«

Der alte Herr richtete sich lächelnd auf. »Nein, bleib hier und komm herein. Ich wußte nicht, daß du im Nebenzimmer warst.«

»Ich habe es mit Herrn und Fräulein Bernd betreten. Es war mir peinlich, daß von mir gesprochen wurde. Aber ich konnte es nicht verhindern.«

Lächelnd nickte er ihr zu. »Es war wohl nicht für deine Ohren bestimmt; aber da du es gegen deinen Willen hörtest, mach es dir zunutze. Man hat hier nicht viel Gutes über dich gesagt.«

»Ich habe es gehört.«

»Hat es dich geärgert, Ruth?«

»Du sprachst ja Gutes von mir, das macht alles gleich. Geärgert habe ich mich nicht.«

»Das ist gescheit, Ruth, manche Dinge muß man nicht so wichtig nehmen, daß man sich darüber ärgert. Aber nun laß den Tee servieren, kleine Hausfrau, denn nach dem Tee wollen die Herrschaften gewiß wieder aufbrechen.«

Ruth tat, wie ihr geheißen wurde, und die Geschwister sahen ihr mit feindseligen Augen nach, als sie ging, um für den Tee kleine Kuchen herauszugeben.

Rochus Bernd fing diese feindseligen Blicke auf und wurde nachdenklich. Aber die Geschwister ließen ihm nicht lange Zeit, seinen Gedanken nachzuhängen und benutzten Ruths Abwesenheit, um dem Großonkel wieder einmal zu klagen, sie seien in pekuniärer Verlegenheit. Lena hatte unerwartete Rechnungen früher bekommen, als sie dachte, und Kurt behauptete, vergeblich auf den Eingang eines Honorars gewartet zu haben. Er spielte sich als Schriftsteller auf, seit er einmal für einen an den »Ulk« eingesandten Witz ein Honorar erhalten hatte.

Rochus Bernd hörte ihnen ruhig zu. Dann zog er die Brieftasche und legte, ohne zu fragen, einige Geldscheine auf den Tisch.

»Das ist das letzte für dieses Vierteljahr, damit ist die Summe voll, die ich für euch auszugeben gedenke. Bitte, richtet euch danach.«

Die Geschwister wußten, daß der Großonkel nie über das hinausging, was er freiwillig geben wollte. Sie hatten es früher zuweilen versucht, mehr aus ihm herauszupressen, aber da hatte er sie nur mit großen Augen angesehen und langsam den Kopf geschüttelt. Seither hatten sie es nie wieder gewagt, in ihn zu dringen, ihnen mehr zu geben. Die Summe war auch wirklich erheblich genug, daß die Geschwister bei weiser Einteilung hätten davon leben können. Aber sie hatten nie gelernt hauszuhalten. War Geld da, flog es hinaus für nichtige Vergnügungen und für Putz und Tand. Am Nötigsten war dann immer Mangel, und nach einer bei Sekt und Delikatessen verpraßten Nacht konnte es am nächsten Morgen an Lohn für das Dienstmädchen oder an Geld für Brot fehlen.

Als Ruth in Begleitung des alten Dieners Heinrich zurückkam, der den Teewagen hereinrollte, wurde der Tee eingenommen. Die Geschwister wagten keine weiteren Ausfälle gegen Ruth. Sie begnügten sich damit, sie voll Gehässigkeit anzusehen.

Als der Tee eingenommen war, verabschiedete Rochus Bernd die Geschwister ohne viele Umstände. Er bedürfe der Ruhe, sagte er.

Sie entfernten sich ohne Widerrede und verließen stumm das Haus. Sie sprachen auch kein Wort, während sie durch den großen, winterlich verschneiten Garten gingen, der die Villa Bernd umgab. Erst als sie an dem eisernen Gartengitter entlang gegangen waren und die nach einer belebteren Gegend führende Straße hinabschritten, stieß Kurt Bernd zwischen den Zähnen hervor: »Ich könnte diese scheinheilige Erbschleicherin kalten Blutes umbringen.«

Seine Schwester sah ihn mit ihren schwarzen Flammenaugen spöttisch an.

»Ich dächte, du hättest sie neulich mit sehr verliebten Blicken angesehen.«

Er zuckte die Achseln und schlug mit seinem Spazierstock in ein Gestrüpp, das am Weg stand. »Nun ja, verteufelt hübsch ist diese Person. Aber um mich in sie zu verlieben, ist sie mir zu gefährlich. Der alte Schwachkopf ist imstande, ihr den größten Teil seines Vermögens zu vermachen, wenn er dazu kommt, ein Testament zu machen. Ein Glück, daß er immer wieder zögert, aus Angst, daß er abfahren muß, wenn er seinen Letzten Willen niedergelegt hat. Er denkt durchaus nicht gern an den Tod und an alles, was damit zusammenhängt. So ist unsere einzige Hoffnung, daß er sich so lange vor einem Testament fürchtet, bis es zu spät ist. Sonst schnappt sie das fette Erbe, und wir werden mit einem Bettelgroschen abgespeist.«

Lenas dunkle Augen bekamen einen raubtierähnlichen, unheimlichen Ausdruck. »Dann soll sie sich hüten; ich weiß nicht, wozu ich imstande wäre, wenn ihre Erbschleicherei Erfolg hätte.«

Kurts Augen hatten ebenfalls einen unangenehm stechenden Blick. »Kannst du es also begreifen, wenn ich sage, daß ich sie kalten Blutes umbringen könnte?« Sie nickte finster. »Ich kann es sehr gut begreifen.« »Was könnte man nur tun, um sie unschädlich zu machen?«

Lena zuckte die Achseln und wickelte sich fröstelnd in ihren weiten schwarzen Samtmantel, der mit Skunkspelz besetzt war.

»Ich habe mir schon den Kopf zerbrochen, aber es fällt mir nichts ein. Sie sitzt zu fest in seiner Gunst, das hast du ja heute wieder gesehen. Unsere einzige Hoffnung bleibt, daß er sich fürchtet, ein Testament zu machen.«

»Anscheinend denkt er noch nicht an den Tod. Du hast

ja gehört, er macht Reisepläne. Sobald er sich wieder kräftig genug fühlt, will er nach Italien, um sich vollends zu erholen.«

»Und diese Person wird ihn begleiten. Sie wird diese herrliche Reise mitmachen, wonach ich mich schon immer vergeblich gesehnt habe. Unsere Gesellschaft sagt ihm nicht zu, diese scheinheilige Duckmäuserin drängt uns völlig beiseite. Sie reist mit nach Italien, und wir bleiben zu Hause; sie fährt im Auto in die Stadt, und wir stapfen hier durch den Schnee zur Elektrischen; sie lebt wie eine Prinzessin in der Villa Bernd, und wir müssen uns in eine Dreizimmerwohnung ducken. Wie ich sie hasse, diese hergelaufene Person!«

»Daß man so ohnmächtig zusehen muß«, knirschte Kurt zwischen den Zähnen hervor. »Sie sitzt in der Wolle, hat alles, was ihr Sinn begehrt, und wir müssen uns begnügen mit den Brosamen, die von seinem Tisch fallen.«

»Dabei spielt sie sich auf wie die Herrin des Hauses! Aber das kann ich dir sagen, Kurt, ich zahle es ihr heim, wenn wir erst einmal die Erbschaft antreten. Dann kann sie etwas erleben. Lange kann es ja nicht mehr dauern, er ist schon sechsundsiebzig Jahre alt, und seine bis dahin so unverwüstliche Gesundheit ist doch durch die Grippe stark erschüttert.«

Kurt seufzte. »Einen anderen hätte so eine Krankheit glatt erledigt; er rappelt sich wieder auf. Und unsereins vertrauert seine schönsten Jahre in der Hoffnung auf die Erbschaft.«

Jetzt lachte Lena auf. »Na, weißt du, Kurt, daß du dein Leben vertrauerst, kann man wirklich nicht behaupten. Aber warum sollen wir das auch tun? Man ist nur einmal jung. Fort mit dem Ärger! Wir haben wieder Geld. Gehen wir heute abend in die neue Operette?«

»Klar, ich habe ja schon Billetts bestellt.«

»Und dann soupieren wir bei Troll, ja?«

Er sah sie von der Seite an. »Eigentlich habe ich eine Verabredung nach dem Theater.«

Sie zuckte die Achsel. »Ach, deine Dämchen können warten. Du hast mir versprochen, wenn wir von Großonkel Geld bekommen, führst du mich zu Troll, wo die valutastarken Ausländer soupieren. Da bekommt man raffinierte Sachen. Und ich will auch wieder einmal etwas haben. Wo soll ich denn Gelegenheit zu einer reichen Partie haben, wenn du mich nicht zuweilen ausführst.«

»Nun, du kleiner Racker, suchst dir doch auch so genug Gelegenheit zum Kokettieren.«

»Muß man auch! Wozu ist man hübsch? Und heute will ich nun mal zu Troll.«

»Na schön, gehen wir zu Troll; aber dann müssen wir haushalten bis Ultimo. Der Alte rückt nichts mehr raus.«

Und diese leichtsinnigen Geschwister, in denen alle unedlen Instinkte lebendig waren, gingen in schöner Einigkeit an diesem Abend in die Operette und soupierten bei Troll, als seien sie schon reiche Erben.

2

Ruth Alving hatte, als die Geschwister fortgegangen waren, Rochus Bernd in sein Arbeitszimmer begleitet. Er hatte ihr einige geschäftliche Briefe diktiert. Ruth kannte alle seine geschäftlichen Angelegenheiten. Sie wußte auch Bescheid über den Stand seines Vermögens, über seine Einkünfte und seine Ausgaben. Sie korrespondierte in seinem Auftrag mit dem Pächter, der jetzt sein Landgut bewirtschaftete, und war ihm auch sonst in allen

Dingen eine verständnisvolle Helferin. Aber nie war ihr dabei der Gedanke gekommen, daß Rochus Bernd sie einmal in seinem Testament bedenken könne. Es erschien ihr zweifellos, daß die Geschwister Bernd, als die einzigen Verwandten von ihm, auch seine Erben sein würden. Wenn auch der alte Herr nicht viel von diesen hielt, so war er doch ein Mann, der Familienbande hochhielt.

Was aus ihr selbst würde, wenn ihr Wohltäter eines Tages starb, darüber machte sich Ruth keine Sorgen. Sie hatte viel gelernt und traute sich zu, auf eigenen Füßen stehen zu können. Auch besaß sie für den Fall der Not ein Sparkassenbuch, auf das sie einzahlte, was sie von ihrem Taschengeld, das Onkel Rochus ihr auszahlte, übrig behielt. Und dann gehörte ihr noch ein bescheidenes Vermögen aus der Hinterlassenschaft ihrer Eltern, das Onkel Rochus für sie in sicheren Papieren angelegt hatte. Das war genug, um sie über Wasser zu halten, bis sie sich aus eigener Kraft eine Existenz gründen konnte.

Sie war ein tapferes Geschöpf und ein vornehmer, uneigennütziger Charakter. An ihren Vormund band sie tiefe Dankbarkeit und große Verehrung. Er galt nach außen als ein harter, stolzer Mann, aber im Innern war er gütig und herzlich. Freilich, einmal hatte er seiner Härte und seinem Stolz ein Opfer gebracht, er hatte mit dieser stolzen Härte sein eigenes Kind, seine einzige Tochter gequält und hatte noch geglaubt, im Recht zu sein. Aber der tiefe Schmerz über den Verlust dieser geliebten Tochter hatte alle Härte in ihm ausgelöscht.

Zuweilen sprach er mit Ruth von seiner Tochter Maria, deren fast lebensgroßes Bild, von einem Künstler ersten Ranges gemalt, über seinem Schreibtisch hing. Er hatte ihr erzählt, was geschehen war, ehe er sie verlor. Sie hatte ihm den Schmerz angetan, sich in einen Mann zu verlieben, den er nicht als Schwiegersohn anerkennen wollte, weil er ein Angestellter in seinem Geschäftsbetrieb war. Er war als Korrespondent bei der Firma Bernd tätig gewesen, ein tüchtiger, fleißiger Mensch und aus guter Familie. Aber Rochus Bernd, der für seine schöne Tochter die Sterne vom Himmel hätte herabholen mögen, fand es unerhört, daß dieser Mann es gewagt hatte, seine Augen zu der Tochter seines Chefs zu erheben.

Als seine Tochter behauptete, sie heirate nur diesen Mann oder keinen, war er in eine zornige Empörung geraten. Er wollte ihr diese »unvernünftige Liebelei« gründlich austreiben und schickte sie kurzerhand auf ein Jahr nach England, zu einer Kusine ihrer verstorbenen Mutter, die in dem Dorf Longvillage ein reizendes Cottage bewohnte.

Den Korrespondenten hatte er noch vorher entlassen und so die Beziehungen zwischen den beiden Liebenden unterbrochen.

Schwer genug war es ihm geworden, sich auf ein Jahr von seiner Tochter zu trennen, aber er hatte seinem Stolz dies Opfer gebracht, die einzige Tochter von Rochus Bernd sollte nicht mit einem simplen Angestellten ihres Vaters Hochzeit machen, für sie war ihm gerade nur der Beste gut genug.

Als das Jahr der Trennung vorüber war, ließ er seine Tochter wieder heimkehren. Sie war auch gekommen, und er hatte seine Augen ergötzt an ihrer reifer gewordenen Schönheit, und zugleich hatte ihm das Herz ein wenig weh getan, weil sie etwas blasser und zarter als sonst aussah, fast, als sei sie krank gewesen. Einige Zeit lebten sie nebeneinander dahin, einer den andern schonend und jede kritische Frage vermeidend. Maria war dem Vater gegenüber sehr lieb und zärtlich, und er überhäufte sie mit liebevollen Aufmerksamkeiten. Und eines Tages nahm er sie bei den Schultern und fragte lächelnd: »Nun, Maria, hast du nun die Torheit überwunden, um derentwillen ich dich von mir gehen ließ?«

Da war ein Zittern über sie dahingeflogen und eine dunkle Glut in ihr Gesicht gestiegen. Und mit einem tiefen Atemzug hatte sie erwidert: »Nein, lieber Vater, ich liebe Claus Herfurt heute noch wie einst und werde nie eines anderen Mannes Frau werden.«

Da hatte ihn der harte Stolz noch einmal gepackt, und in zorniger Empörung hatte er sie eine sentimentale Närrin gescholten, die ihrem Vater mit ihrem Eigensinn nur Kummer mache. Sie war sehr bleich geworden und hatte, die Hände flehend zu ihm erhebend, etwas sagen wollen, aber er war in zorniger Hast aus dem Zimmer gestürzt und hatte ihr zugerufen: »Nie wirst du zu einer solchen Verbindung meine Einwilligung bekommen. Herfurt hat dich längst vergessen, komm endlich zur Vernunft!«

Und so war er im Zorn von ihr geschieden.

Seine Tochter hatte, während er in Geschäften abwesend war, mit einem neuen Chauffeur, den er erst vor einigen Tagen engagiert hatte, eine Autofahrt unternommen.

Und von dieser Fahrt war Maria Bernd nicht lebend zurückgekehrt. Als Leiche hatte man sie ihrem Vater ins Haus gebracht. Das Auto war über eine Böschung einen Abhang hinuntergestürzt. Es hatte sich überschlagen und seine Tochter und den Chauffeur unter sich begraben. Beide waren tot.

Rochus Bernd brach verzweifelt an der Leiche seines Kindes zusammen und konnte es nicht verwinden, sich im Zorn von ihr getrennt zu haben. Jetzt hätte er mit Freuden eingewilligt, daß sie Claus Herfurts Gattin würde, wenn er sie damit ins Leben hätte zurückrufen können.

Völlig gebrochen, sandte er an Marias Tante nach Longvillage ein Telegramm, das dieser den Tod seiner Tochter meldete, aber am Tage danach traf von Longvillage ein Telegramm ein, daß Miß Jenny Brown, Marias Tante, an einer schweren Lungenentzündung gestorben sei, die sie gleich nach Marias Abreise befallen hatte.

Die Nachricht von dem Heimgang der alten Dame ging ziemlich eindruckslos an Rochus Bernd vorüber. Er war in jener Zeit unempfänglich für alles. Menschenscheu verbiß er sich in seinen Gram, und nur langsam fand er sich wieder im Leben zurecht. Seither lebte er nur seiner Arbeit, seinen Geschäften und der Erinnerung an seine Tochter. Erst nach vielen Jahren vermochte er dem Leben wieder einiges Interesse abzugewinnen. Und nun, seit Ruth Alving in seinem Haus lebte, war ihm zuweilen, als sei Maria in veränderter Gestalt wieder zu ihm zurückgekehrt. Wenn sie sich so fürsorglich und liebevoll um ihn mühte, konnte er sich einbilden, seine Tochter sei ihm wiedergeschenkt worden. Zweiunddreißig Jahre waren seit dem Tod seiner Tochter vergangen, und niemand als Ruth gegenüber hatte er ihrer Erwähnung getan, weil er es erst jetzt wieder ertrug, von ihr zu sprechen.

Ruth hatte ihn eines Tages gefragt: »Und jener Claus Herfurt- kam er nicht, um deiner Tochter das letzte Geleit zu geben? Hast du nie mehr etwas von ihm gehört? Ich meine, wenn er sie geliebt hat, wie sie ihn, dann hätte er etwas von sich hören lassen müssen in jener Zeit.«

Rochus Bernd hatte finster den Kopf geschüttelt. »Er scheint sie schnell genug vergessen zu haben. Ich habe nie mehr etwas von ihm gehört. Wenn er ihrer Liebe wert gewesen wäre, hätte er sie nie vergessen können.«

Ruth hatte lange in Maria Bernds schönes Gesicht gesehen. Ihr Bild über dem Schreibtisch war so lebendig, so sprechend. So viel Schönheit und Liebreiz war in ein frühes Grab gesunken. Konnte der Mann, der dies entzükkende Geschöpf geliebt hatte, jemals diesen süßen Reiz vergessen?

Auch heute, nach Beendigung der Geschäftsbriefe, sah Ruth sinnend zu dem schönen Frauenbild hoch. Große, graue Augen, von schwarzen Wimpern eingesäumt, schauten aus diesem Bild lächelnd und voll Güte heraus.

Sie hat dieselben Augen wir ihr Vater, aber sonst gleicht sie ihm nicht, dachte sie. Und dann fragte sie, sich aufrichtend:

»Hast du noch etwas für mich zu tun, Onkel Rochus?«

»Nein, Ruth, für heute ist das Geschäftliche erledigt. Aber du kannst mir noch ein wenig aus der Zeitung vorlesen.«

Sie erhob sich und holte die Zeitung herbei. Damit setzte sie sich neben die elektrische Stehlampe in einen Sessel. Das rötliche Licht des Lampenschirms fiel verklärend über ihr blondes Haupt. Sie sah sehr reizend aus in dieser Beleuchtung.

Rochus Bernd sah sinnend auf das anmutige Bild, das sie darbot und lauschte wohlig der klaren, weichen Stimme.

Ruth trug ein dunkelblaues Kleid, das den Hals frei ließ und die schöne Nackenlinie zeigte. Ihre Kleidung war immer schlicht und einfach, aber absolut damenhaft. Sie wirkte auch in solchen Kleidern vornehm, weil der Adel der Gesinnung auf ihren reinen Zügen ruhte.

Als Ruth eine Weile gelesen hatte und eine Pause machte, sagte der alte Herr: »Laß jetzt die Zeitung, Ruth. Erfreuliches steht ja doch nicht drin. Wir wollen noch ein wenig plaudern.«

Sie faltete die Zeitung zusammen und legte sie beiseite. »Wie du willst, Onkel Rochus.«

Er nickte ihr lächelnd zu. »Immer, wie ich will. Du hast wohl nie einen eigenen Willen?«

Lächelnd blickte sie ihn an. »Doch, Onkel Rochus, ich glaube, ich habe sogar einen recht kräftigen Willen. Aber der schaltet aus, wo du in Frage kommst. Da gilt eben nur dein Wille.«

»Und warum?«

»Weil du für mich die höchste Instanz bist. Ich bin dir so viel Dank schuldig, daß ich jede Gelegenheit ergreife, dir meine Dankbarkeit zu beweisen. Viele solche Gelegenheiten habe ich nicht.«

»Mehr als genug. Und Dank bist du mir nicht schuldig. Vergiß nicht, daß ich es war, der dir deine Eltern nahm. Nie kann ich das ganz gutmachen.«

Mit großen ernsten Augen sah sie ihn an. »Meine Eltern nahm mir Gott, nicht du, Onkel Rochus. Du sollst das nicht immer wieder sagen.«

»Nun ja, mein Kind, ich war nur sein Werkzeug. Aber du sollst nicht von Dank sprechen; wenn wir genau abwägen, wer mehr Grund zur Dankbarkeit hat, dann bin ich es bestimmt. Aber wir wollen nicht streiten und von etwas anderem sprechen, was mir heute besonders auf der Seele lastet. Vorhin, als Kurt und Lena Bernd hier waren, ist mir ein Gedanke gekommen, der mich sehr beunruhigt hat. Diese beiden Menschen sind nach dem Gesetz meine Erben, falls ich nicht testamentarische Bestimmungen hinterlasse. Da ist es mir schwer auf die Seele gefallen, was aus dir werden sollte, wenn diese beiden Menschen hier in meinem Haus nach Willkür schalten und walten könnten. Ich fing einige Blicke auf, die dir galten und nichts Gutes prophezeiten. Deshalb habe ich mich entschlossen, endlich mein Testament zu machen, und zwar unbedingt noch vor der Reise nach Italien. Ich muß dich auf alle Fälle sicherstellen, muß für deine Zukunft sorgen, wenn ich auch meine Verwandten, so unsympathisch sie mir sind, nicht übergehen werde.«

Ruth faßte seine Hand. »Um mich sollst du dich nicht sorgen, Onkel, meine Zukunft hast du ja sichergestellt durch die vorzügliche Erziehung, die du mir geben ließest. Das ist ein Kapital, das immer Zinsen trägt. Und einen Notgroschen habe ich auch. Meinetwegen sollst du kein Testament machen, ich weiß, du denkst nicht gern daran. Sei unbesorgt, ich habe genug gelernt, um mir immer mein Brot selbst verdienen zu können.«

Er strich ihr über das Haar. »Davon bin ich überzeugt, du bist ein prächtiger, tüchtiger Mensch, kleine Ruth. Ich war es deinen Eltern schuldig, dich so erziehen zu lassen, daß sie ihre Freude daran gehabt hätten. Aber ich will dich nicht in ein Leben, wie du es jetzt führst, gestellt haben, ohne dir seinen Fortbestand zu sichern. Und deshalb will ich dich in meinem Testament bedenken. Vielleicht hätte ich das schon längst tun sollen, aber es ist mir immer ein unbehaglicher Gedanke gewesen, mich sozusagen selbst außer Kurs zu setzen. Immer habe ich mal einen Anlauf genommen und auch manchmal mit meinem Notar, Doktor Jungmann, darüber gesprochen, aber nun soll es Ernst werden. Denn Lenas und Kurts feindselige Blicke haben es mir direkt zur Pflicht gemacht, dich ihnen gegenüber sicherzustellen. Ich will in den nächsten Tagen den Notar herausbitten. Bevor wir unsere Reise antreten, soll mein Testament klipp und klar fertig sein. Das wollte ich dir sagen.«

Ruth drückte ihre Lippen auf seine Hand. »Ich bitte dich nochmals, sorge dich nicht um mich – und bitte verkürze meinetwegen nicht das Erbe deiner Verwandten. Ich weiß ohnedies, daß sie in mir eine Erbschleicherin sehen.«

Sanft streichelte er ihre Hand. »Das darf dich nicht bedrücken, Ruth, ich kenne dich besser. Diese beiden Menschen sind nicht fähig, einen Charakter wie den deinen zu verstehen. Sie sind sehr unglücklich veranlagt und hatten keine richtige Erziehung. Ich kann deshalb nicht einmal streng mit ihnen ins Gericht gehen. Aber sie werden auch, wenn ich dich bedenke, noch genug haben, und ich will, zu ihrem Heil, ihr Erbteil so anlegen, daß sie nur über die jeweiligen Zinsen verfügen können. Sonst sind sie sehr bald damit fertig und stehen doch wieder vor dem Nichts. Aber nun ein erfreulicheres Thema.«

Und sie plauderten von anderen Dingen.

3

Die Villa Bernd lag etwas abseits von anderen Wohnungen in einem Vorort des vornehmen Berliner Westens. Nach allen Seiten sah man im Sommer von den Fenstern aus ins Grüne. Aber die Fahrstraße und der Fußweg gingen noch weit über die Villa hinaus, denn die Villenkolonie sollte sich nach dieser Seite noch weiter ausdehnen. Ruth machte täglich ihre Spaziergänge ins Freie. Bis vor seiner Krankheit hatte Onkel Rochus sie immer begleitet. Jetzt durfte er nur an sehr sonnigen Tagen um die Mittagszeit ins Freie.

Deshalb richtete Ruth ihre Spaziergänge immer für die Zeit ein, da der alte Herr ihrer nicht bedurfte.

Am nächsten Vormittag, während Rochus Bernd nach ärztlicher Vorschrift badete und sich einer Kur unterzog, wobei er von seinem alten Diener Heinrich bedient wurde, unternahm Ruth, wie fast täglich um diese Zeit, ihren Spaziergang. Schnell schritt sie vom Haus her auf das schmiedeeiserne Gartentor zu. Etwas befremdet sah sie einen hochgewachsenen, jungen Herrn langsam am Gartengitter entlang gehen, den sie schon vor einer halben Stunde vom Fenster aus bemerkt hatte. Es war ihr aufgefallen, daß er sehr interessiert und aufmerksam durch das Gitter nach dem Haus gesehen und sich genau das blanke Messingschild, das den Namen Bernd trug, betrachtet hatte.

Nun ging er noch immer da draußen auf und ab, was um so auffallender war, als sonst wenig Menschen vorübergingen.

Der junge Herr war gediegen, aber ohne auffallende Eleganz gekleidet. Er machte einen sehr vornehmen Eindruck, sah aber ein wenig wie ein Ausländer aus. »Vielleicht ein Engländer oder ein Amerikaner«, sagte Ruth zu sich selbst, »er hat vielleicht Lust, die Villa Bernd zu kaufen, denn die Ausländer sind für alles kauflustig. Aber da hat er kein Glück.«

Unwillkürlich sah sie sich aber den Fremden etwas genauer an, als es sonst ihre Art war.

Und als sie ihm näher kam und sein Gesicht erkennen konnte, stutzte sie. Irgend etwas in diesem großzügigen, interessanten Gesicht fiel ihr auf, eine unbestimmte Ähnlichkeit, die sie an jemand erinnerte. Sie wußte nur nicht an wen.

Sinnend blickte sie ihm entgegen, und nun hatte sie auch der Fremde erblickt. Er wandte sich hastig um, als sei es ihm unangenehm, daß man ihn bemerkt hatte. Langsam, wie uninteressiert, schlenderte er weiter.

Als Ruth aus der kleinen Nebenpforte heraustrat und ihren Weg fortsetzte, mußte sie an ihm vorübergehen. Wie einem inneren Zwang gehorchend schaute sie in sein edel geschnittenes Gesicht, und wieder fragte sie sich, an wen er sie erinnerte.

Sein Blick heftete sich jetzt auch groß und forschend auf sie, und als sie in diese tiefliegenden, grauen Männeraugen sah, die hell aus einem gebräunten Gesicht herausleuchteten, stieg plötzlich eine dunkle Röte in ihr Gesicht. Und ihr Herz begann schneller zu pochen in einer ihr fremden Erregung.

Die ungewöhnliche Erscheinung des Fremden wirkte auf sie, wie noch nie ein Mann auf sie gewirkt hatte, und etwas in seiner Art berührte sie lieb und vertraut.

Es wollte ihr scheinen, als hätte er vor ihr stehenbleiben und etwas fragen wollen. Unschlüssig stockte jedenfalls dicht neben ihr sein Fuß, aber dann ging er doch zögernd weiter, und aus dem Klang seiner Schritte merkte sie, daß er gleich darauf stehenblieb und ihr nachsah. Während ihres Spaziergangs mußte sie immerfort an den Fremden denken.

Dieser hatte, nachdem Ruth verschwunden war, wieder aufmerksam zu der Villa hinübergespäht, und als er dann an der Gartenpforte stand, sah er wieder auf das Messingschild und las laut den Namen »Rochus Bernd«.

Und wieder flog ein seltsamer Blick zum Haus hinüber.

Dann gab er sich einen Ruck und entfernte sich mit schnellen Schritten in dieselbe Richtung, die zuvor Ruth eingeschlagen hatte.

Diese war immer weiter in den Wald hineingegangen, der sich jenseits der Villa Bernd dahinzog. Tief atmete sie die klare Winterluft ein. Der Wald zeigte noch das jungfräuliche Weiß des frischgefallenen Schnees. Ruth war immer sehr froh, wenn sie sich eine Stunde tüchtig auslaufen konnte. Ihr Leben im Hause ihres Vormunds war für ein so junges Blut viel zu eintönig und still. Sie lebte, seit sie aus dem Erziehungsinstitut in sein Haus gekommen war, fast nur in der Gesellschaft ihres Vormunds. Gesellschaften gab Rochus Bernd sehr selten, und wenn er einmal Einladungen ergehen ließ, waren sie nur an seine Geschäftsfreunde gerichtet. Ruth blieb diesen Gesellschaften fern. Sie sorgte sozusagen nur hinter den Kulissen, daß die Gäste zu Onkel Rochus Zufriedenheit bewirtet wurden, und zog sich an solchen Abenden zeitig in ihre Zimmer zurück.

Ihr Vormund drang freilich darauf, daß sie zuweilen Theater und Konzerte besuchte, und wenn sie Einkäufe zu besorgen hatte, fuhr sie im Auto in die Stadt. Auch für Theater und Konzerte stand ihr das Auto zur Verfügung, zu Lena Bernds besonderem Ärger. Dankbar nahm Ruth all solche kleinen Abwechslungen an. Sie war anspruchslos und mit allem zufrieden. Nur nach Bewegung in frischer Luft sehnte sie sich immer, und dazu nahm sie gern jede Gelegenheit wahr. Sie klagte nie über die Eintönigkeit ihres Lebens. Ihr war es genug, ihrem Wohltäter etwas sein zu dürfen, damit sie die Schuld der Dankbarkeit etwas abtragen konnte. Auf die bevorstehende Reise nach Italien freute sie sich sehr, sie wollte sie mit allen Sinnen genießen und dann ihr ganzes Leben lang von dieser Erinnerung zehren.

Wenn sie sonst hier draußen spazierenging, malte sie sich die Schönheiten dieser bevorstehenden Reise aus, aber heute hatten ihre Gedanken eine andere Beschäftigung.

Sie mußte an den jungen Fremden denken und sich fragen, weshalb er so interessiert zur Villa Bernd hinübergespäht hatte.

Auf ihren Kreuz- und Querstreifereien durch den Wald kam sie, um ein Gebüsch biegend, fast mit einem Herrn in Kollision, der von der anderen Seite um die Ecke biegen wollte. Sie mußte stehenbleiben und der Herr auch, und als sie aufsahen, erkannten sie einander wieder. Es war derselbe Herr, dem sie am Gartentor begegnet war.

Ihre Augen tauchten einen Moment ineinander, fragend, forschend und interessiert. Und wieder stieg Ruth die Röte in die Wangen, wieder klopfte ihr Herz in schnellem Tempo. Der Fremde zog, artig um Verzeihung bittend, den Hut und trat zur Seite, um Ruth vorbeizulassen. Eine Weile sah er der schlanken Gestalt wie gebannt nach. Sie hatte das Gefühl, als zwinge sie eine unbekannte Macht, nach ihm zurückzusehen, aber sie wagte es nicht. Erst als sie annehmen konnte, daß er weitergegangen war, lugte sie durch das Gebüsch und sah ihn gehen. Und nicht nur sein Gesicht erinnerte sie an jemand, den sie kennen mußte, auch der Gang und die Haltung erschienen ihr bekannt und vertraut.

Versonnen schritt sie weiter und grübelte darüber nach, an wen sie der Fremde erinnere und warum er so intensiv durch das Gartengitter blickte, als sie ihn zuerst gesehen hatte.

Sie kam aber darüber nicht zur Klarheit.

Zu Hause angelangt, sagte ihr der alte Heinrich, daß Herr Bernd Besuch habe. Ein alter Geschäftsfreund, der oft ein Stündchen mit ihm plauderte, war gekommen. Ruth wußte, daß Onkel Rochus jetzt gut versorgt war und legte Hut und Jacke ab. Als sie die Treppe hinauf in ihr Zimmer gehen wollte, kam ihr eine Dienerin entgegen und lieferte ihr einige Schlüssel ab.

»Wir haben die Speicherkammern saubergemacht, Fräulein Ruth, hier sind die Schlüssel. Aber es wäre wohl gut, Sie gingen einmal hinauf und sähen selbst nach den Sachen, die oben hängen. Es sind einige abgelegte Anzüge und Mäntel vom gnädigen Herrn, die offen da hängen. Da flogen Motten heraus, und es sind verschiedene Mottenschäden daran zu sehen. Mir schien, als wäre auch eine Motte aus einem der großen Koffer gekommen, die da oben stehen und mit Kleidern gefüllt sind. Sie müßten auch mal nachgesehen werden.«

Ruth nickte freundlich. »Das werde ich gleich tun, Berta, ich habe gerade Zeit. Heinrich, wenn Herr Bernd nach mir verlangt, rufen Sie mich, ich gehe auf den Speicher.«

»Es ist gut, Fräulein Ruth.«

Sie holte aus ihrem Zimmer das Körbchen mit den Schlüsseln und stieg ins Dachgeschoß.

Und sie schloß sogleich die richtige Speicherkammer auf. Sie war schon oft hier oben gewesen und wußte, daß die beiden großen Koffer, von denen Berta gesprochen hatte, die Kleider enthielten, die Maria Bernd, ihres Vormunds Tochter, vor ihrem Tod getragen hatte. Diese beiden großen Koffer hatte sie mit in England gehabt.

Als sie die Speicherkammer betrat, sah sie sich erst mit kritischen Augen die abgelegten Anzüge und Mäntel an. Es waren wirklich Mottenschäden vorhanden. Es ist schade, wenn die Sachen verderben. Ich werde Onkel Rochus bitten, daß ich sie verschenken darf. Das ist etwas für Max Reichert, den Laufburschen von unserem Kolonialwarenhändler. Seine arme Mutter weiß ohnedies nicht, wie sie für ihre drei Jungen Sachen schaffen soll. Da bekommt jeder einen Anzug und auch einen warmen Mantel, dachte sie. Und dann suchte sie im Schlüsselkorb nach den Kofferschlüsseln. Sie öffnete die beiden großen Koffer und schlug die Deckel zurück.

Sie waren angefüllt mit Wäsche und Kleidern, die nach einer längst vergessenen Mode gearbeitet waren. Der Vater von Maria Bernd hatte nach ihrem furchtbaren Tod all ihre Sachen in diese Koffer packen und hier heraufstellen lassen. Es war ihm unmöglich gewesen, etwas davon zu verschenken. Wie eine Profanierung wäre es ihm erschienen, wenn jemand anders diese Sachen getragen hätte. So lagen sie seit längeren Jahren hier oben, ohne daß sich jemand darum gekümmert hätte.

Ruth nahm eines der Kleider nach dem anderen, schüttelte sie aus und legte sie beiseite. Mottenschäden fand sie erfreulicherweise nicht, aber sie mußte denken, daß bei den heutigen Kleiderpreisen ein ganzes Vermögen in diesen Koffern verborgen lag. Da waren Straßenkleider, Gesellschaftsroben, Hauskleider, Mäntel und Pelerinen und sonstige Toilettengegenstände aus den kostbarsten Woll- und Seidenstoffen. Auch das weiße Kleid mit reicher Spitzengarnitur war dabei, das Maria Bernd getragen hatte, als sie dem Maler zu dem Bild gesessen hatte, das unten über dem Schreibtisch ihres Vaters hing. Auch Leibwäsche in der feinen, soliden Ausführung jener Zeit war noch reichlich in den Koffern vorhanden, dazu Handtäschchen, Anhängetäschchen, Fächer und ähnliche Kleinigkeiten, die zur Ausrüstung einer vornehmen Dame aus jener Zeit gehörten. Es waren wirklich allerlei Schätze in den Koffern verborgen. Ruth sah mit sinnendem Blick auf diese Sachen, die sicher einst modern und elegant gewesen waren.

Die einstige Trägerin war längst zu Staub und Asche geworden. Werke von Menschenhand überdauern so oft die Menschen selber. Und unter all diesen Kleidern hatte einst ein warmes, tiefempfindendes Herz geschlagen, ein Herz, das heiß und treu geliebt hatte.

Ob jener Mann, dem diese Liebe und Treue gegolten hatte, dieser wert gewesen war? Warum hatte er nichts wieder von sich hören lassen, seit ihn Rochus Bernd entließ? Hatte er nichts von dem tragischen Ende Maria Bernds gehört, oder hatte er sich nur ihrem Vater nicht wieder nähern wollen, nachdem die Geliebte gestorben war? Maria Bernd mußte ein schönes, liebenswertes Mädchen gewesen sein mit einem gütigen Herzen. Konnte ein Mann so schnell vergessen, was er einmal geliebt hatte – oder hatte er Maria nicht so geliebt, wie sie es verdiente?

Verträumt hielt Ruth in ihrer Beschäftigung inne und schaute durch das Fenster der Speicherkammer hinaus auf die verschneiten Bäume. Und sie mußte wieder an ihre Begegnung mit dem Fremden denken. Selbst der Gedanke an ihn verursachte ihr Herzklopfen; sie wußte, daß sie ihn nie vergessen würde. Der im Beginn der Dreißig stehende

Mann hatte einen tiefen Eindruck auf sie gemacht. Und ihr war, als könne sie heute Maria Bernd und ihre Liebe besser verstehen als zuvor.

Warum?

Ärgerlich über sich selber richtete sie sich straff empor und strich hastig das blonde Haar aus der Stirn zurück. Sie war sonst sehr streng gegen sich selbst und gestattete sich keine sentimentalen Anwandlungen. Und heute wurde sie immer wieder davon heimgesucht.

Hastig setzte sie ihre Arbeit fort, als wollte sie lästige Gedanken verscheuchen. Sie war bis auf den Grund des Koffers gekommen und packte nun die Sachen sorglich wieder ein.

Als sie ein feines, weiches Wollkleid zusammenlegte, freute sie sich über den prachtvollen, weichen Stoff und strich mit der Hand noch einmal wie liebkosend darüber hin. Und da fühlte sie plötzlich, daß es unter dem Stoff knisterte, als sei ein Papier darunter verborgen. Sie untersuchte das und fand in dem Rock des Kleides eine Tasche, und in dieser Tasche steckte, wie schnell hineingeschoben, ein zusammengefalteter Brief.

Ruth zog ihn heraus und sah darauf nieder. Vielleicht hatte dieser Brief, den man beim Einpacken übersehen hatte, Interesse für ihren Vormund.

An das Speicherfenster tretend, entfaltete sie das Schreiben und sah, daß es Schriftzüge von einer festen, charakteristischen Männerhand zeigte. Unwillkürlich las sie diesen Brief, der sie mehr und mehr fesselte. Er lautete:

Mein inniggeliebtes Weib!

Wüßtest Du, wie unruhig ich bin, weil ich Dich allein heimkehren lassen mußte zu Deinem Vater. Viel lieber wäre ich mit Dir zusammen vor seine Augen getreten, um ihm zu sagen: Wir zwei haben uns Deinem strengen Gebot nicht fügen können, unsere Liebe war stärker als Dein

Wille, der uns auseinanderreißen wollte. Wir haben uns in England wieder zusammengefunden und sind längst Mann und Frau. Und wir haben ein Kind, einen prächtigen Jungen und sind unsagbar glücklich. Nur eines fehlt meiner angebeteten Maria zu ihrem Glück – der Segen ihres Vaters. Enthalten Sie uns diesen Segen nicht vor. Sie werden nicht das Herz haben, uns jetzt noch auseinanderzureißen.

So hätte ich zu Deinem Vater gesprochen, Maria. Aber Du wolltest es nicht, Du wolltest selbst Deinem Vater dies Geständnis machen, wolltest ihn zart und schonend darauf vorbereiten, daß wir uns in Longvillage heimlich trauen ließen. Ach Liebste, wie danke ich Dir immer wieder von neuem, daß Du mir diesen Beweis Deiner Liebe gabst, daß Du mich so unsagbar glücklich machtest und daß Du mir vor Deiner Abreise sagtest: »Ginge auch nun plötzlich alle Sonne aus meinem Leben, es wäre doch ein reiches, glückseliges Leben gewesen, da ich dies eine wunderselige Jahr mit Dir verleben und meinem geliebten Kind in die Augen sehen durfte.«

Auch Tante Jenny bin ich in tiefstem Herzen dankbar, daß sie uns auf Deine heißen Bitten half, unser Glück zu begründen. Ich sehe Dich noch im Geiste in der winzig kleinen Dorfkirche vor dem Altar, schön und lieblich wie ein Engel des Lichts. Der alte Priester fügte unsere Hände ineinander, nachdem wir vor dem anwesenden Gemeindevorstand unsere bindende Unterschrift abgegeben hatten. Wie schlicht und einfach war die Hochzeit der einzigen Tochter des reichen Rochus Bernd, des gewaltigen Fabrikherrn. Die Tatsache, daß sie des simplen Claus Herfurts Gattin geworden war, steht nun in dem vergilbten Kirchenbuch, in dem die Eheschließungen der einfachen Dorfbewohner auch eingetragen wurden. Du wurdest mein Weib – und alle Engel jauchzten. Große Förmlichkeiten gab es nicht. Ein schlichtes Stück Papier – unser Trauschein zeugt von dem großen Ereignis, und Du bist mein – mein. Und mein und Dein ist der goldige Bub, der mich mit seiner Mutter Augen anstrahlt. Unser Gert! Mein liebes Weib, wie reich hast Du mich gemacht. Und nun sitze ich hier und warte voll Unruhe auf Nachricht von Dir. Jedem Deiner Schritte folge ich voll Sorge und Liebe. Ich muß Dir immer schreiben unter der verabredeten Chiffre, muß Dir sagen, daß ich Dir die Hände unter die Füße breiten möchte. Ich weiß, wie sehr Du Dich bangst vor der Aussprache mit Deinem Vater, weiß, daß Du alle Tapferkeit nötig hast, um ihm unser Geheimnis entdecken zu können. Wie gerne hätte ich Dir das abgenommen, wie alles Schwere, aber Du hattest Angst, Dein ungestümer Claus könnte nicht zart genug mit dem geliebten Vater umgehen. Ich mußte mich fügen, aber dieses tatenlose Warten auf Deine Nachricht ist hart. Manchmal kommt eine jähe Angst über mich, Dein Vater könnte Dich gewaltsam zurückhalten, trotz aller meiner Rechte an Dich. Ich muß dann hinaus ins Freie stürmen oder unseren kleinen Gert fest an mich drücken. Nein, wie kann ich solche unsinnigen Gedanken fassen; Du kommst wieder, Maria, kommst zu Deinem Kind zurück, nichts und niemand kann Dich uns fernhalten. Und Dein Vater hat keine Macht über Dich, Du warst ja mündig, als Du mein Weib wurdest. So tröste ich mich, wenn mich die Angst überfällt, daß ich Dich nicht wieder an meinem Herzen halten dürfe. Und ich zähle die Stunden bis zu Deiner Wiederkehr oder bis Du mich rufst. Unser Bub schläft süß und sanft neben mir, seine Amme ist eben wieder heim zu Mann und Kindern. Sie hat ihn sorglich gebettet, und Nelly Flead, Tante Jennys Dienerin, schaut immer wieder mit ganz verliebten Augen nach ihm. Tante Jenny selbst kann sich heute nicht um ihn kümmern, sie fühlt sich krank und muß das Bett hüten. Wir werden den Arzt holen lassen müssen. Aber hoffentlich ist ihr Zustand nicht besorgniserregend.

Sonst weiß ich Dir von hier nichts zu melden, als daß Dein Claus vor Sehnsucht nach Dir ganz unleidlich ist. Wäre ich doch bei dir! Sei nicht traurig; wenn Dein Vater Dir zürnt und nicht verzeihen will, dann fliehst Du in meine Arme. Ich verdiene ja gottlob mit meinen Übersetzungen genug, um allein für Weib und Kind sorgen zu können, denn mein Verlag will mich durch einen langjährigen Vertrag binden. Und Du und ich werden auch in bescheidenen Verhältnissen unsagbar glücklich sein. Sag Deinem Vater, daß Du nichts als seinen Segen willst. Ich küsse Dich heiß und innig, meine Maria.

Dein Claus.

Ruth hatte diesen Brief in tiefster Bewegung durchgelesen. Obwohl sie merkte, daß er nicht für fremde Augen bestimmt war, vermochte sie sich nicht davon loszureißen. Als sie zu Ende war, ließ sie den Brief mit einem tiefen Atemzug sinken und fiel kraftlos in einen alten Sessel, der neben ihr stand.

Was sollte sie mit diesem Brief tun? Sollte sie ihn in die Tasche des Kleides zurückstecken und darüber schweigen? Oder sollte sie ihn hinuntertragen zu Onkel Rochus, der ganz sicher keine Ahnung hatte von dem Geheimnis, das dieser Brief verriet.

Maria Bernd war also damals, als der Vater sie gerufen, als Gattin und Mutter in ihr Vaterhaus zurückgekehrt. Sie war gekommen, um ihm zu sagen, daß sie gegen seinen Willen Claus Herfurts Gattin geworden sei und daß sie einem Sohn das Leben gegeben habe. Sie war nicht dazu gekommen, ihre Beichte abzulegen. Wie oft mochte sie dem Vater gegenübergestanden haben, mit dem zaghaften

Wunsche, sich ihm anzuvertrauen. Vielleicht an jenem Tag, da sie in den Tod ging, hätte sie den Mut dazu gefunden, aber als der Vater zornig davonstürmte, verging ihr der Mut wieder. Und dann fand sie keine Gelegenheit mehr, und sie nahm ihr Geheimnis mit ins Grab.

Und der Mann, der sie liebte? Er wartete wohl im fernen England auf ihre Rückkehr, wartete sehnsuchtsvoll auf die Wiedervereinigung mit seinem jungen Weib, bis ihn irgendwie die Kunde von ihrem jähen Tod erreichte. Onkel Rochus hatte ihr erzählt, daß er ihrer Tante telegraphisch den Unglücksfall und den Tod seiner Tochter gemeldet habe. Diese Nachricht hatte sich mit der von Tante Jennys Tod gekreuzt; diese hatte wohl nicht mehr erfahren, daß ihre junge Nichte fast zu gleicher Zeit mit ihr den Weg ins dunkle Nichts angetreten hatte.

Statt ihrer hatte wohl Claus Herfurt dies furchtbare Telegramm erhalten. Wie mochte er die Kunde vom Tod seiner geliebten Frau ertragen haben?

Und weshalb hatte er nie etwas von sich hören lassen? Weshalb hatte er Marias verzweifeltem Vater nicht gemeldet, daß seine Tochter einen Sohn hinterlassen habe? Hatte ihn vielleicht die Nachricht vom Tod seiner Frau selbst getötet? Oder hatte er in dumpfer Verzweiflung Marias Vater gegrollt, daß er sie von seiner Seite rief und dem Tod in die Arme trieb? Wer konnte wissen, in welcher Seelenstimmung der Ärmste seine Tage verbracht hatte, denn aus diesem Brief klang eine zärtliche, gewaltige Liebe. Und wo mochte er sein, falls er noch am Leben war, und was war aus seinem und Marias Sohn geworden?

Ruth war sonst nicht leicht aus der Fassung zu bringen. Sie hatte frühzeitig gelernt, sich selbst zu beherrschen und mit ihren Gefühlen fertig zu werden. Aber jetzt zitterte sie vor Aufregung, wenn sie an Onkel Rochus dachte, wenn sie sich ausmalte, was dieser beim Lesen dieses Briefes empfinden mußte.

Durfte sie ihm diesen Brief ausliefern? Es würde vielleicht seinen Zustand verschlimmern, wenn sie es tat.

Aber – durfte sie wagen, ihm diesen Fund zu verheimlichen?

Nein – nein, es war wohl Gottes Fügung, daß er sie diesen Brief finden ließ. Nach mehr als dreißig Jahren sollte er erfahren, was ihm Maria damals hatte beichten wollen. Nach dreißig einsamen Jahren sollte er erfahren, daß Maria einen Sohn hinterlassen hatte, seinen Enkel. Während er so lange liebeleer durch das Leben ging, hatte irgendwo in der Welt ein Enkel gelebt, lebte vielleicht noch. Und wenn, so mußte er inzwischen zum Mann herangereift sein. Warum hatte er dann aber niemals seinen Großvater aufgesucht? Hatte ihn vielleicht sein Vater davon zurückgehalten, entweder weil er Rochus Bernd im verbitterten Stolz den Trost nicht gönnte, daß er einen Enkel habe, oder weil er fürchtete, dieser würde ihn nicht anerkennen?

Ruth grübelte über diese Fragen nach, bis sie sich erinnerte, daß unten Pflichten auf sie warteten. Sie richtete sich auf, las den Brief noch einmal durch und steckte ihn zu sich.

Schnell packte sie die Koffer wieder ein und verschloß sie. Sie war nun fest entschlossen, Onkel Rochus diesen Brief zu geben, sie durfte ihm nicht verheimlichen, was eine Schicksalsfügung ihr in die Hände gespielt hatte.

Langsam stieg sie hinab und überlegte, wie sie dem Onkel so schonend wie möglich das Geheimnis enthüllen sollte. Eine günstige Gelegenheit mußte sie abwarten, ehe sie ihm ihren Fund übergab. Vor allen Dingen mußte erst das Mittagessen vorüber sein. Eine Aufregung vor Tisch war dem alten Herrn schädlich.

Ein wenig blaß vor verhaltener Erregung kam sie unten

im Vestibül an, gerade als sich der Besuch ihres Vormunds entfernen wollte.

Der alte Herr, Kommerzienrat Seidel, begrüßte sie lächelnd und sagte anerkennend:

»Sie haben meinen alten Freund Bernd wieder hübsch gesundgepflegt, Fräulein Ruth, er hat sich famos erholt und ist wieder frisch und munter, wie vor seiner Krankheit. Ich melde mich auch bei Ihnen zur Pflege, wenn es mich mal packen sollte.«

Ruth lächelte ein wenig geistesabwesend. »Das tun Sie nur, Herr Kommerzienrat. Aber ich rate Ihnen, lieber nicht krank zu werden. Nicht wahr, Sie finden Onkel Rochus gut erholt?«

»Sehr gut. Er freut sich auf die Reise mit Ihnen und macht Pläne wie ein Junger. Wenn Sie von Italien zurückkommen, wird er wieder ganz der alte sein.«

»Das mag Gott geben, Herr Kommerzienrat.«

»Also – auf Wiedersehen, Fräulein Ruth. Ihr Vormund wartet auf Sie, ich will Sie nicht länger aufhalten.«

»Auf Wiedersehen, Herr Kommerzienrat. Ich gehe gleich zu ihm.«

Und Ruth suchte Rochus Bernd in seinem Arbeitszimmer auf.

Er nickte ihr lächelnd zu. »Ich habe mich mit meinem alten Freund Seidel verplaudert, wir haben von der guten alten Zeit geschwärmt, wo man für einen Taler ein ganzes Schlemmersouper haben konnte. Solche Zeiten kommen nicht wieder, Kind.«

»Das glaube ich auch, Onkel Rochus.«

»Aber nun mußt du mir vor Tisch noch einen Brief schreiben, und dann führst du mich ein Viertelstündchen draußen im Garten im Sonnenschein herum.«

»Gern, Onkel Rochus. Also bitte, was soll ich schreiben.«

Sie hatte an der Schreibmaschine Platz genommen und er erwiderte: »Schreib an meinen Notar, Doktor Jungmann, er möge in den nächsten Tagen, sobald er Zeit hat, zu mir herauskommen, damit ich allen Ernstes über mein Testament mit ihm beraten könnte. Es müsse unter allen Umständen noch vor meiner Abreise fertig sein.«

Ruth begann zu schreiben, und da fiel ihr plötzlich ein, daß Onkel Rochus vielleicht ganz anders testieren würde, wenn er erfuhr, daß er wahrscheinlich einen direkten Erben hatte – den Sohn seiner Tochter.

Was wohl die Geschwister Bernd dazu sagen würden, wenn sie erfuhren, daß ihr Großonkel einen Verwandten hatte, der ihm viel näher stand als sie?

Wenn sie ahnten, was ich für einen Fund gemacht habe, sie würden alles daransetzen, mich zu bestimmen, daß ich ihn Onkel Rochus verheimliche, dachte sie.

Sie hatte eine sehr schlechte Meinung von den Geschwistern Bernd; dank ihrer Reinheit und vornehmen Gesinnung konnte sie nicht die ganze Tiefe der Verworfenheit ermessen, in die beide Geschwister schon gesunken waren.

Daß das Auftauchen eines neuen Erben auch für sie ungünstige Folgen haben könnte, daran dachte Ruth gar nicht. Der Gedanke, daß es ihr Vorteil wäre, den Fund zu verheimlichen, lag ihr ganz fern.

Sie war fest entschlossen, nach Tisch, wenn Onkel Rochus gespeist und danach zur Kräftigung sein Mittagsschläfchen gehalten hatte, ihm das Schreiben nach einer schonenden Vorbereitung zu übergeben.

Als sie den Brief beendet und postfertig gemacht hatte, begleitete sie den alten Herrn ins Freie. Der Diener Heinrich hüllte seinen Herrn sorglich in seinen Pelz und wikkelte ihm noch einen Schal um den Hals.

»Ich gehe ja nicht zum Nordpol, Heinrich«, scherzte dieser.

»Mit Verlaub, gnädiger Herr, Vorsicht ist besser als Nachsicht«, bemerkte Heinrich.

Rochus Bernd schob seine Hand in Ruths Arm, aber heute stützte er sich schon nicht mehr auf sie.

Langsam gingen sie über den hartgefrorenen Schnee im Sonnenschein auf und nieder. Und plötzlich zuckte Ruth leise zusammen. Drüben am Gartenzaun kam wieder der junge Fremde vorüber. Er kam wohl jetzt aus dem Wald zurück und wollte in die Stadt gehen. Aber als er Ruth neben dem alten Herrn erblickte, blieb er plötzlich wie festgewurzelt stehen und sah mit großen Augen herüber, während in seinem Gesicht eine tiefe Erregung zuckte.

Auch Rochus Bernd erblickte jetzt den Fremden. Seine scharfen, durchdringenden Augen ruhten forschend auf der kraftvollen Erscheinung des jungen Mannes. Und dann sagte er lächelnd:

»Sieh nur, kleine Ruth, du scheinst da eine Eroberung gemacht zu haben, denn nach mir dürfte der junge Herr da draußen nicht so intensiv herüberspähen.«

Ruth war jäh errötet, und in ihrer Verwirrung wußte sie nicht, was sie sagen sollte. Der alte Herr lachte.

»Nun, nun – darum brauchst du nicht so rot zu werden. Ich verdenke es dem jungen Herrn nicht, daß er dich gern anschaut. Er ist es übrigens auch wert, daß ihn ein hübsches Mädel anschaut, denn er ist ein stattlicher Bursche. Schade, jetzt geht er weiter.«

Der Fremde war wohl zur Einsicht gekommen, daß sein Anstarren den beiden Menschen lästig sein konnte. Mit einem tiefen Atemzug wandte er sich ab und ging erst zögernd, dann schnell davon. Ruth vermochte nicht, dem alten Herrn jetzt zu erzählen, daß sie schon vorher eine Begegnung mit dem Fremden gehabt hatte. Sie war so verlegen, daß sie kein Wort herausbrachte.

Der alte Herr sah dem entschwindenden jungen Mann

wohlgefällig nach. Er hatte auf ihn einen sehr sympathischen Eindruck gemacht.

Aber dann plauderte er unbefangen mit Ruth, und nach einer Viertelstunde gingen sie zu Tisch.

4

Während Rochus Bernd sein Mittagsschläfchen hielt, promenierte Ruth wieder im Garten. Onkel Rochus hatte sie bei Tisch noch ein wenig geneckt mit ihrer Anziehungskraft auf den Fremden. Er wollte es nicht gelten lassen, als sie, sich endlich fassend, behauptete, der Fremde habe nicht sie, sondern den alten Herrn angesehen.

»Was sollte ein junger Mann an mir altem Mummelgreis zu sehen haben«, scherzte er.

»Du bist eine sehr interessante und imponierende Erscheinung, Onkel Rochus. Vielleicht ist der junge Herr ein Maler und braucht deinen Charakterkopf zu einem Bild«, hatte Ruth gesagt.

Nun schlief Onkel Rochus und sie überlegte, wie sie ihn denn auf ihren Fund vorbereiten sollte. Aber immer huschte wieder der Fremde durch ihre Gedanken. Wem sah er nur ähnlich, und warum erregte die Villa Bernd seine so brennende Aufmerksamkeit?

Während sie zwischen den schneebedeckten Gebüschen dahinschritt, stockte plötzlich ihr Fuß. Abermals sah sie den Fremden von der Stadt her eilig herankommen. Sie blieb hinter dem Gebüsch verborgen stehen und sah ihm entgegen. Am Gartengitter angekommen, verlangsamte er seinen Schritt, ging die ganze Front entlang und kehrte wieder um. Und unentwegt starrte er zu den Fenstern der Villa hinüber. Er hatte wohl keine Ahnung, wie sehr er hier in der abgelegenen Straße als Passant auffallen mußte.

Atemlos beobachtete ihn Ruth, ohne daß er sie sehen konnte. Und sie merkte, wie er plötzlich, sich hinter einen Baumstamm verbergend, stehenblieb und, sich straff aufrichtend, mit scharfen Blicken nach einem der Fenster spähte.

Unwillkürlich wandte auch Ruth nun ihren Blick in die gleiche Richtung, und da sah sie am offenen Fenster seines Schlafzimmers Onkel Rochus stehen und, wie stets nach Absolvierung seines Mittagsschläfchens, einige tiefe Atemzüge tun. Als er dann das Fenster wieder geschlossen hatte und verschwunden war, atmete der Fremde hinter dem Baum tief auf, schob seinen Hut aus der Stirn zurück, als sei ihm zu heiß, und ging dann schnell auf die Gartenpforte zu. Hier stand er eine Weile überlegend still, wollte schon an der Glocke ziehen, um Einlaß zu begehren, nahm aber dann erst die Uhr aus der Tasche und sah nach der Zeit. Dann schüttelte er den Kopf, als wollte er sagen: »Um diese Zeit kann ich keinen Besuch machen«, und ging schnell wieder davon.

Ruth konnte sich sein Verhalten nicht erklären, nur soviel stand bei ihr fest, daß das Interesse des Fremden vornehmlich Onkel Rochus galt und daß er entschieden hatte Einlaß begehren wollen, was er anscheinend nur unterlassen hatte, weil ihm die Zeit nicht passend erschienen war.

Eilig begab sie sich ins Haus. Sie wußte, daß Onkel Rochus sie jetzt erwartete.

In seinem Arbeitszimmer traf sie mit ihm zusammen. Als sie eintrat, nickte er ihr lächelnd zu.

»Hast du gut geschlafen, Onkel Rochus?« fragte sie.

»Vorzüglich, Ruth. Ich würde mich wieder ganz wie früher fühlen, wenn ich nicht zuweilen die beklemmenden

Herzbeschwerden hätte. Aber das hat wohl kaum noch etwas mit meiner überstandenen Krankheit zu tun, sondern ist wohl eine Alterserscheinung. Ich bin nur so gar nicht gewöhnt, daß an meinem Organismus etwas nicht in Ordnung ist.«

»Auch das wird sich wieder verlieren, Onkel Rochus.«

»Ich will es hoffen, schlimm ist es ja nicht.«

Damit erhob er sich und ging auf einen Schrank zu. Sie sah ihm lächelnd nach.

»Wenn man dich so kräftig und aufrecht gehen sieht, merkt man von deinem Alter nichts. Wie ein Junger schreitest du noch aus.«

Lächelnd, wie zur Probe, ging er im Zimmer auf und nieder, sich Mühe gebend, recht elastisch auszuschreiten. Ruth sah ihm nach – und plötzlich zuckte sie zusammen. Wie ein Erinnern flog es über ihr Antlitz. Mit einem Mal wurde ihr klar, an wen sie der junge Fremde erinnert hatte: an Onkel Rochus!

Ja, er hatte den gleichen Gang, die stolze Haltung. Genauso trug er den Kopf auf den breiten Schultern. Und nun wußte sie auch, daß die Gesichtszüge des Fremden sie an Onkel Rochus erinnert hatten. Vor allen Dingen die Augen, die gleichen grauen, tiefliegenden Augen, die aus dem großzügigen Gesicht herausleuchteten.

Wie ein Blitz zuckte diese Erkenntnis durch ihre Seele, und dann dachte sie an den Brief, den sie gefunden hatte, dachte daran, daß Onkel Rochus einen Enkel hatte und daß dieser Enkel, wenn er lebte, im Beginn der Dreißig stehen mußte. Und der Fremde war in diesem Alter, er hatte mit einem seltsamen, brennenden Interesse zur Villa Bernd, nach Rochus Bernd gesehen und hatte hereinkommen wollen.

Ruth sah in zitternder Erregung vor sich hin. Konnte es nicht möglich sein, daß der Fremde der Enkel ihres Vormunds war? Das hätte sein Interesse erklärt. Und die Ähnlichkeit der beiden Männer, diese große Ähnlichkeit, die ihr sogleich aufgefallen war.

»Du scheinst ein wenig zerstreut zu sein, liebe Ruth«, hörte sie jetzt Onkel Rochus sagen.

Sie zuckte zusammen und sah erschrocken zu ihm auf. »Wie meinst du das, Onkel Rochus?«

Er drohte lächelnd mit dem Finger. »Deine Eroberung von heute mittag hat dich entschieden beeindruckt, kleine Ruth. Ich habe dich schon zweimal gefragt, ob du spazieren warst, und du gabst mir keine Antwort.«

Sie strich sich das Haar aus der Stirn. »Ach, Onkel Rochus, die Eroberung hast du gemacht, nicht ich, das steht fest bei mir. Aber ich war wirklich zerstreut, verzeih mir. Mich beschäftigt etwas sehr stark – und ich möchte es mit dir besprechen.«

»Nun, du machst mich neugierig. Was hast du denn auf dem Herzen?«

»Bitte, setze dich erst hier in deinen bequemen Lehnstuhl, es dauert vielleicht ein wenig lange.«

Der alte Herr nahm lächelnd Platz und ließ sich willig ein Kissen in den Rücken legen. »So Ruth, nun sitze ich bequem. Deine Vorbereitungen machen mich gespannt.«
Ruth nahm ihm gegenüber Platz und atmete tief auf. »Onkel Rochus, ich war heute vor Tisch, als du Besuch hattest, auf dem Speicher. Da hängen alte Anzüge und Mäntel von dir, an die sich die Motten gewagt haben. Es wäre schade, wenn die Sachen verderben. Man könnte jemand noch sehr glücklich damit machen. Ich habe an den Laufburschen Max Reichert gedacht. Er ist ein so braver, fleißiger Junge, und seine Mutter ist Witwe und hat noch zwei schulpflichtige Knaben zu ernähren. Darf ich ihm die Sachen schenken?«

Er nickte. »Kleine Samariterin, also das hat dich so zerstreut? Also meinetwegen, beglücke den braven Max mit den Sachen.«

»Das wird ihn sehr freuen, Onkel Rochus. Da oben auf dem Speicher sind überhaupt noch allerlei Schätze aufgestapelt. Zum Beispiel stehen da auch noch die beiden Riesenkoffer mit Kleidern und Toilettenutensilien, die deine Tochter mit in England hatte.«

Seine Augen blickten hinüber zu dem Bilde seiner Tochter. »Richtig, Marias Koffer! Ich habe sie da hinaufstellen lassen, weil ich die Erinnerung damals nicht ertrug. Die Zeit hat auch hier heilend eingegriffen, damals hielt ich das nicht für möglich. Nur eine tiefe Wehmut erfüllt mich noch immer, daß dies junge, blühende Leben so furchtbar enden mußte und daß mich der Verlust meines einzigen Kindes so einsam machte.«

Ruth schlug das Herz bis zum Hals. »Daran habe ich auch denken müssen, Onkel Rochus, als ich die Kleider deiner Tochter wegen eventueller Mottenschäden nachsah. Sie sind alle noch gut erhalten; prachtvolle Stoffe sind zu diesen Kleidern verwendet worden, wie man sie jetzt gar nicht mehr sieht. Sie haben dies blühende Leben um so viel Jahre überdauert.«

Er nickte und seufzte tief auf. »Ja, ja, Kind, der Mensch ist weniger unsterblich als tausend wertlose Dinge. Aber wenn du meinst, daß man diese Kleider jetzt nutzbar verwenden sollte, so muß ich dir sagen, daß ich es nicht übers Herz bringe, sie an fremde Menschen fortzugeben.«

Sie faßte seine Hand. »Ich meinte das auch nicht, Onkel Rochus. Ich – ich wollte nur einmal mit dir sprechen über deine Tochter. Weißt du, wenn ich so ihr Bild ansehe, dort über deinem Schreibtisch, so meine ich, es war sehr grausam vom Schicksal, daß so viel Schönheit, Güte und Liebreiz vergehen mußte. Nicht wahr – du hast sie namenlos geliebt?«

Er nickte mit trüben Augen. »Nach dem frühen Tod meiner lieben Frau war Maria mein alles. Ich habe sie geliebt, wie ein Vater nur sein Kind lieben kann.«

»Und doch versagtest du ihr den heißesten Herzenswunsch.«

Er seufzte auf. »Daß ich's getan! Wie kleinlich erscheint mir heute meine zornige Weigerung, die mir damals mein eitler Vaterstolz abnötigte.«

»Nicht wahr, du hättest ihr eines Tages doch deine Einwilligung gegeben, hättest du gemerkt, daß sie um keinen Preis von dem Mann ihrer Liebe lassen wollte?«

Rochus Bernd starrte vor sich hin. »Mein liebes Kind, ein Unglück, wie es mich betraf, macht mürbe. Ich weiß heute nicht, wie lange ich mich noch gegen diese Verbindung gesträubt hätte. Nur das weiß ich – glücklich wollte ich meine Tochter sehen, nur sah ich ihr Glück nicht in einer Verbindung mit jenem Mann, er schien mir nicht gut genug für meine Tochter. Ob ich ihm damit unrecht tat, weiß ich nicht, weiß nur, daß ich mein Leben und alles, was ich besitze, willig drangegeben hätte, wenn ich mein letztes Zorneswort an sie hätte widerrufen können. So kleinlich und erbärmlich erschien mir mein Widerstand gegen diese Verbindung, als ich mein Kind tot vor mir liegen sah.«

»Nicht wahr, du hättest ihr alles vergeben, wenn du sie hättest wieder ins Leben zurückrufen können?«

Wehmütig lächelte er. »Es hätte nichts gegeben, was ich ihr nicht willig verziehen hätte.«

Jetzt erhob sich Ruth und trat zu ihm heran. »Onkel Rochus«, sagte sie, bleich vor Erregung und mit bebender Stimme, »ich habe dich aus einer ganz anderen Veranlassung auf dies Thema gebracht. Es sollte dich langsam vorbereiten auf eine Kunde, die dich vielleicht ein wenig erregen wird.«

Überrascht sah er zu ihr auf. Seine Augen sahen forschend in ihr blasses, zuckendes Gesicht. »Was meinst du?«

Sie preßte seine kalten Greisenhände in ihren jungen, warmen. »Nicht wahr, du wirst dich nicht zu sehr aufregen, wenn ich dir sage, daß ich in der Tasche eines Kleides, das deiner Tochter gehörte, einen Brief fand, der etwas sehr Seltsames enthält.«

Er richtete sich auf und sah sie scharf und durchdringend an. »Einen Brief fandest du? Einen Brief von meiner Tochter?«

»Nein, ein Schreiben, das an sie gerichtet war – ein Schreiben von Claus Herfurt.«

Ein tiefer Atemzug hob seine Brust. »Ein Liebesbrief also von ihm an meine Tochter? Wohl aus der Zeit, ehe ich ihn entließ?«

»Nein, er ist nach dieser Zeit geschrieben; erst nach ihrer Rückkehr aus England.«

Es zuckte in seinem Gesicht. »Wirklich? Er hatte sie also nicht vergessen – nicht aufgegeben? Sieh, Ruth, das freut mich. Ich habe mir oft Vorwürfe gemacht in all den Jahren, daß ich zerstörend in das Liebesglück meiner Tochter eingriff. Ich sagte mir, sie hat hingehen müssen mit dem Bewußtsein, daß der Mann, den sie liebte, sie nicht einmal eines Kampfes wert gefunden hat. Ohne sich zu wehren, ließ er sich fortschicken und ließ nichts mehr von sich hören. Nun sagst du mir, daß sie noch brieflich in Verbindung miteinander standen. Sie wußte also, daß er sie nicht vergessen hatte, und das befähigte sie, mir zu sagen, daß sie nie einem anderen als ihm angehören würde. Ihr Liebesglück blieb ihr also wenigstens treu bis zum Tode. Dafür soll er gesegnet sein.«

Ruth nahm seine Hand und preßte ihre Lippen darauf. »Lieber, lieber Onkel Rochus, nun habe ich den Mut, dir diesen Brief zu geben.«

Er lächelte. »Gehört denn so viel Mut dazu?«

»Mehr, als du denkst. Ich wußte nicht, ob er dich nicht zornig aufregen würde. Aber deine Worte sagen mir, daß du jetzt milde über alles denken wirst, was damals geschah. Und ich habe nun die feste Überzeugung, daß du, wenn du dich erregst, du dich nur freudig erregen wirst. Und das kann dir doch nicht schaden. Eine Aufregung steht dir freilich bevor, deshalb habe ich dich so schonend vorbereitet.«

Der alte Herr schüttelte den Kopf. »Nun, nun, kleine Ruth, du scheinst mir erregter, als ich es bin, du zitterst ja. Gib mir unbesorgt den Brief. Was er auch enthalten mag, er wird mich berühren wie ein verklungenes Leid.«

Sie zog den Brief aus dem Ausschnitt ihres Kleides. »Aber bitte, sei recht ruhig, mache dich auf eine große Überraschung gefaßt.«

Durchdringend sah er sie an, während er nach dem Brief griff. Und dann wollte er ihn entfalten.

Sie faßte seinen Arm. »Warte noch einen Augenblick. Bitte, nimm erst noch einmal die beruhigenden Tabletten, die dir der Arzt verschrieb. Du hast sie ja bei dir.«

Er schüttelte den Kopf. »Glaubst du wirklich, daß mich diese längst vergangenen Dinge noch so sehr erregen könnten?«

»Aber diese längst vergangenen Dinge spielen vielleicht bis in die Gegenwart hinein. Bitte, nimm eine Tablette, mir zur Beruhigung.«

»Nun also – gib mir einen Schluck Wasser. Und hier sind die Tabletten. Dir zur Beruhigung will ich eine nehmen.«

Er tat es und trank einen Schluck Wasser nach. Dann entfaltete er den Brief und begann zu lesen.

Ruth beobachtete ihn in großer Besorgnis. Und ihre Angst war nicht umsonst gewesen, der Inhalt dieses

Schreibens erregte den alten Herrn viel mehr, als sie geglaubt hatte.

Als er zu Ende war mit seiner Lektüre, sank er wie zerbrochen in sich zusammen und stöhnte tief auf. Mit einem erschütternden Blick auf Ruth herabsehend, die angstvoll zu seinen Füßen niedergesunken war und zu ihm aufsah, sagte er mit rauher, versagender Stimme:

»Ich hatte einen Enkel – und wußte es nicht. Meine Tochter hinterließ einen Sohn, der Blut war von meinem Blut, und niemand hat es mir gesagt. Einsam hat man mich gelassen, und ich hätte so reich sein können.«

Es lag ein erschütternder Klang in diesen Worten. »Hätte ich dir diesen Brief nicht geben sollen, Onkel Rochus? Hab ich dir weh damit getan?«

Er legte die Hand auf ihren Scheitel. »Wenn du mir diesen Brief vorenthalten hättest, wärest du teuflisch grausam gewesen. Das bist du gottlob nicht – ich danke dir.«

»Sag mir, lieber Onkel Rochus, wirst du deinen Enkel anerkennen, wenn er noch lebt?«

Er stöhnte auf. »Will er denn etwas von mir wissen? Wenn er noch lebt – warum hat er dann nicht ein einziges Mal den Weg zu mir gefunden?«

Sie faßte seine Hände. »Vielleicht wagte er es nicht, vielleicht glaubte er, du würdest ihn nicht anerkennen, weil du seine Eltern trennen wolltest. Er war vielleicht zu stolz, als um diese Anerkennung zu bitten. Sein Vater zeigte dich ihm vielleicht in dem Licht eines harten, unerbittlichen Menschen. Möglich auch, sie warteten beide, Vater und Sohn, daß du sie rufen würdest, weil sie glaubten, deine Tochter habe dir ihr Geheimnis enthüllt. Sie muß lange gezögert haben, ehe sie den Mut dazu fand, denn dieser Brief datiert vom 25. August, und der 14. September ist der Todestag deiner Tochter. Inzwischen hätte sie dir alles beichten können. Daß sie es nicht getan, wußte ihr Gatte nicht.

Er glaubte vielleicht, du wolltest weder von ihm, noch von seinem Sohn etwas wissen, und er wollte sich nicht aufdrängen. Ein stolzer, gerader Mensch muß er gewesen sein. Gott mag wissen, wie ihn der Tod seiner über alles geliebten Frau getroffen hat. Wie sehr er sie liebte, das klingt doch überzeugend aus jedem Wort seines Briefes.«

Er nickte schwer. »Ja – der Wahrheit dieses Gefühls kann ich mich nicht verschließen. Gesegnet sei er, daß er meiner Tochter ein volles Glück bereitet hat, ehe sie von hinnen mußte. Aber grausam war es dennoch von ihm, mir mein Fleisch und Blut vorzuenthalten, mich so einsam zu lassen. Er hätte wohl einen Weg finden können, wie er es mich wissen lassen konnte, daß ich einen Enkel habe, ohne daß er sich zu demütigen brauchte. Und im Herzen meines Enkels muß, wenn er noch am Leben ist, kein Funken eines Zusammengehörigkeitsgefühls mit mir leben, sonst hätte er den Weg zu mir gefunden.«

Ruth dachte an den jungen Fremden, und in ihrem Herzen lebte jetzt die Gewißheit, daß er Rochus Bernds Enkel sein mußte. Alles, was sie an ihm beobachtet hatte, stimmte damit überein. Und fliegend vor Erregung sagte sie:

»Onkel Rochus, ich glaube, dein Enkel war auf dem Weg zu dir. Vielleicht schon früher – aber heute gewiß.«

Er fuhr empor aus seiner gebrochenen Haltung und starrte sie an. »Wie kommst du darauf?«

Ruth erzählte von ihrer Begegnung mit dem jungen Fremden am Vormittag. Und dann fuhr sie fort:

»Sieh, als ich dich vorhin hier hin und her gehen sah, da kam mir wie ein Blitz die Gewißheit, daß er dein Enkel ist. In Gang und Haltung ist er dir so ähnlich, wie zwei Menschen es nur sein können. Und er hat deine Züge; nicht so hart und fest, aber doch unverkennbar. Und deine Augen leuchteten mir aus seinem Gesicht entgegen – oder vielmehr die seiner Mutter; sie blickten jünger und weicher als die deinen. Wie ein Wunder erscheint es mir, daß ich gerade heute den Brief fand, nachdem ich ihm begegnet war. Und wenn er dein Enkel ist, wie ich jetzt fest glaube, dann steht er dir ganz gewiß nicht gleichgültig gegenüber, denn er sah wie gebannt zu dir hinüber. Nicht mir galt sein Interesse, sondern dir allein. Dich sah er an. Auch nach Tisch war er noch einmal draußen.«

Und sie erzählte ihm, was sie am Nachmittag beobachtet hatte.

»Mit großen, brennenden Blicken starrte er nach deinem Fenster, wo du erschienst, und dann wollte er Einlaß begehren, aber ein Blick auf seine Uhr sagte ihm, daß es nicht die rechte Stunde sei. Aber er wird wiederkommen – vielleicht morgen schon.«

Er faßte ihre Hände und drückte sie, daß es ihr weh tat.

»Ruth, wenn du recht hättest! Wenn er es war? Er gefiel mir so sehr, ich mußte ihm nachschauen voll Wohlgefallen. Und ich ahnte nicht, daß er mein Enkel sein kann. Wenn er nicht wiederkäme, Ruth, wenn dieser Blick auf ihn der einzige gewesen wäre, den mir das Schicksal gegönnt hat? Ruth, wie sollte ich ihn finden, wenn er nicht wiederkehrte?«

Sie atmete tief auf und ihre Augen leuchteten. »Er wird wiederkehren, sei gewiß. Wie ihn die Sehnsucht nach deinem Anblick hierher trieb, dreimal, soviel ich weiß, vielleicht, ohne daß ich es weiß noch öfter, so wird er auch nochmals wiederkommen.«

Schwer und mühsam arbeitete seine Brust.

»Dann halte ihn fest, wenn du ihn wiedersiehst, und bringe ihn mir. Laß ihn nicht wieder davongehen. Ruth, liebe kleine Ruth, wie reich hast du mich gemacht! Fast glaube ich es selbst, daß ich heute meinen Enkel gesehen habe. Meine Augen freuten sich an ihm, noch ehe mein

Herz ihn erkannte. Wenn dieser Brief nicht lügt – und wie sollte er –, wenn meine Tochter mir einen Sohn hinterlassen hat, Ruth – dann habe ich einen Erben, dem ich mein Hab und Gut freudig hinterlassen kann. Dich werde ich nicht vergessen, Ruth, ich werde auch meinem Enkel die Sorge für dich ans Herz legen. Aber die andern, was sind sie mir? Nur ungern hätte ich sie bedacht, weil ich keinen anderen Verwandten hatte, aber nun – nun habe ich einen Erben nach meinem Herzen, Ruth. Gut, daß du schon an meinen Notar geschrieben hast. Jetzt macht mir das Testieren Freude, jetzt freue ich mich wieder meines Reichtums. Ach, er würde ja auch ohne Testament meinem Enkel gehören. Nur für dich will ich etwas festlegen, alles andere gehört meinem Enkel – meinem Enkel – meinem Enkel!«

Und erschüttert barg er sein Gesicht in den Händen. Ruth war tief ergriffen. Sie streichelte sein graues Haar.

»Wie freue ich mich, daß es dich so glücklich macht, Onkel Rochus.«

Er nahm ihren Kopf zwischen seine Hände.

»Ja, du freust dich mit mir, auch wenn dir dadurch ein reicheres Erbe verlorengeht. Ich weiß, du bist uneigennützig.«

Sie sah ihn mit strahlendem Lächeln an. »Daß du das glaubst, macht mich stolz und froh. Es hat meine Seele schwer bedrückt, daß die Geschwister Bernd mich für eine Erbschleicherin hielten. Eine Last ist mir vom Herzen, daß du deinen rechten Erben gefunden hast.«

»Werde ich ihn finden, Ruth? Wird er kommen?«

»Ganz gewiß, du kannst ruhig sein. Und kommt er nicht, so rufen wir ihn. Gert Herfurt heißt er, wir werden ihn suchen, wenn er nicht von selbst kommt. Aber er kommt.«

Er küßte sie auf die Stirn. »Ich danke dir noch einmal, liebes Kind, daß du mir diese Freudenbotschaft brachtest.

Aber – jetzt muß ich doch ein wenig ruhen, ich fühle mich so leicht und froh – und doch so müde. Gib mir den Brief, ich will ihn, wenn ich allein bin, noch einmal lesen. Weißt du, so viel Glück vermag mein altes Herz nicht zu fassen – ich muß ruhen. Ruth – ich habe einen Erben, einen Enkel! Gott segne ihn und führe ihn mir zu, und er gebe, daß ich stolz sein kann auf ihn.«

Damit winkte er Ruth zu. Sie küßte ihm die Hand in tiefer Rührung, und er strich wie segnend über ihr Haar.

Ruth rückte ihm noch das Kissen zurecht und ging dann leise hinaus.

Draußen stand der alte Heinrich. Ruth trat an ihn heran.

»Heinrich, Onkel Rochus will ein wenig ruhen, er darf nicht gestört werden. Sorgen Sie dafür, daß jetzt niemand sein Zimmer betritt.«

»Ist der gnädige Herr nicht wohl, daß er jetzt ruht?« fragte Heinrich besorgt.

»Doch – er hatte nur eine große, freudige Aufregung, und die hat ihn ein wenig erschöpft.«

5

Der junge Herr, den Ruth Alving nach seiner Ähnlichkeit mit Rochus Bernd für dessen Enkel hielt, war in der Tat Gert Herfurt.

Als er der Villa Bernd den Rücken gekehrt hatte, ging er mit schnellen Schritten bis zu einer Wegkreuzung, wo er auf die bald heranrollende Elektrische stieg. Er fuhr damit bis zum Anhalter Bahnhof, in dessen Nähe er in einem Hotel wohnte.

Als er sein Zimmer erreicht hatte, warf er sich in einen

Sessel und stützte den Kopf auf die Hand. Seine Gedanken umkreisten die Villa Bernd. Sie suchten dort einen alten, weißhaarigen Herrn und eine reizende, junge, blonde Dame, die er heute morgen zum ersten Mal gesehen hatte und die auf ihn gleich beim ersten Blick einen so tiefen Eindruck machte, daß er sie nicht mehr vergessen konnte. Wer mochte die junge Dame sein? In welchem Verhältnis stand sie zu Rochus Bernd, seinem Großvater, der doch, wie er in Erfahrung gebracht hatte, ganz allein und einsam in seiner vornehmen Villa lebte. Die junge Dame gehörte sicher ins Haus, sie mußte auch in einem sehr innigen Verhältnis zu seinem Großvater stehen, das hatte er aus dem Verhalten der beiden Menschen entnommen, als er sie im Garten sah.

Sie hatte ihm sehr gefallen. Etwas in ihrer Art hatte gleich zu seinem Herzen gesprochen, und fast hatte er über ihrem Anblick vergessen, was ihn zu der Villa Bernd geführt hatte.

Er war von England herübergekommen, um seinen Großvater zu sehen. Vor kurzer Zeit war sein Vater gestorben, und erst kurz vor seinem Tod hatte er ihm eröffnet, daß sein Großvater mütterlicherseits noch am Leben sei. Und dabei hatte Claus Herfurt seinem Sohn die Geschichte seines Lebens, seiner Liebe erzählt.

Als Sohn eines vermögenslosen Offiziers hatte er Sprachstudien getrieben; nachdem er sein Abitur gemacht hatte, hatte er die Universität bezogen. Aber als sein Vater starb, konnte er dies Studium nicht fortsetzen, er mußte schnell Geld verdienen. So hatte er eine Anstellung als Korrespondent angenommen, und zwei Jahre später war er unter günstigen Bedingungen von der Firma Bernd verpflichtet worden.

Er hatte sein Amt zur größten Zufriedenheit seines Chefs ausgefüllt. Dieser ließ ihn zuweilen in seine Privatwohnung kommen, um sich Briefe von ihm übersetzen zu lassen.

Und bei einer solchen Gelegenheit hatte er Maria Bernd kennengelernt. Eines Tages hatte er auf Rochus Bernd warten müssen, und da hatte ihn dessen Tochter in ihrer lieben Art unterhalten, bis der Vater kam. Dieses kurze Alleinsein war für die beiden Menschen entscheidend gewesen. Claus Herfurt liebte von diesem Tage an die Tochter seines stolzen Chefs, und als er merkte, daß Maria ihm wieder zu begegnen suchte und ihn wiederliebte, da kannte sein Glück keine Grenzen.

Die beiden Liebenden sahen sich fortan zuweilen heimlich, und Maria gab ihrer Besorgnis Ausdruck, daß der Vater nie seine Einwilligung zu ihrer Vereinigung geben würde. Aber sie gab ihm ihr Wort, daß sie nie von ihm lassen und, wenn es nicht anders gehe, auch ohne des Vaters Zustimmung seine Frau werden würde.

Und dann hatte ihr Vater eines Tages entdeckt, wie sie zu Claus Herfurt stand. Er hatte sie zur Rede gestellt, und sie hatte sich mutig zu ihrer Liebe bekannt.

Der Vater hatte nichts von einer Verbindung der Liebenden wissen wollen und hatte seine Tochter nach England geschickt und Claus Herfurt plötzlich entlassen. Die Liebenden hatten jedoch schon vorher miteinander eine Chiffre verabredet, unter der sie sich Nachrichten zukommen lassen wollten.

Und so erhielt Claus Herfurt von Maria ein Schreiben, in dem sie ihm mitteilte, daß der Vater sie nach England, in die Grafschaft Cornwall, zu einer Cousine ihrer Mutter, Miß Jenny Brown, schicken würde. Ihre Tante bewohnte ein Cottage im Dorfe Longvillage. Sie erwarte ihn dort. Es sei ausgeschlossen, daß der Vater seine Zustimmung zu ihrer Heirat geben werde, aber einer vollendeten Tatsache werde er sich fügen müssen. Tante Jenny habe sie sehr lieb und werde sich von ihr bestimmen lassen, ihnen zu helfen.

Und Claus Herfurt hatte keinen Augenblick gezögert, Marias Wunsch zu erfüllen. Ihr Vater hatte ihn in so beleidigender Weise abgetan, daß er keine Rücksicht auf ihn zu nehmen brauchte. Maria war mündig, und seine Ersparnisse gestatteten ihm, mit seiner jungen Frau einige Monate zu leben. Inzwischen würde er sich nach einer anderen Existenz umsehen. Seine Liebe war zu stark und zu mächtig, als daß sie vor einem Hindernis halt gemacht hätte.

So folgte er Maria nach England.

Diese hatte Tante Jenny bereits auf ihre Seite gebracht. Die gutmütige alte Dame war zornig über den harten Vater, und als Claus Herfurt dann in seiner stattlichen, bezwingenden Männlichkeit vor ihr stand und seine Bitten mit denen Marias vereinigte, willigte sie in alles ein.

In kürzester Zeit war eine stille, schlichte Hochzeit gerichtet. Maria hatte ihre Papiere mitgebracht, Claus Herfurt ebenfalls, und so wurde wenige Wochen nach ihrer Abreise Maria Bernd Claus Herfurts glückseliges Weib.

Sie lebten in dem freundlichen Landhäuschen Tante Jennys, die das junge Paar nicht fortließ. Claus Herfurt knüpfte geschäftliche Verbindungen mit einem großen, englischen Verlag an und übersetzte literarische und wissenschaftliche Bücher. So lebte das junge Paar in stillfriedlicher Glückseligkeit, die nur zuweilen leise getrübt wurde, wenn Maria an ihren Vater dachte.

Mehr als ein Jahr war so vergangen. Maria hatte im zehnten Monat ihrer Ehe einem gesunden Söhnchen das Leben gegeben, und als der kleine Gert zwei Monate alt war, rief der Vater Maria nach Hause. Sie folgte auch diesem Ruf, um dem Vater persönlich in schonendster Weise ihre Beichte abzulegen. Würde sie seine Verzeihung erlangen, dann sollte Claus mit dem kleinen Gert folgen, andernfalls wollte sie zu ihrem Mann nach Longvillage zurückkehren. Nach einem schweren, schmerzlichen Abschied von ihrem Kind, ihrem Gatten und Tante Jenny reiste Maria ab.

Claus Herfurt suchte Trost in seiner Arbeit. Er hatte inzwischen auch noch mit einem deutschen Verlag abgeschlossen. Seine Übersetzungen waren vorzüglich, und er hatte Aufträge genug. So hätte er der Zukunft beruhigt ins Auge sehen können; aber seit der Abreise seiner Frau war er von einer fast krankhaften Unruhe und Sehnsucht erfüllt. Ihm war, seit Maria fort war, als drohten seiner Liebe tausend Gefahren.

Dazu kam, daß die immer gütige, immer trostbereite Tante Jenny gleich nach Marias Abreise schwer erkrankte und nach wenigen Tagen starb.

Claus Herfurt küßte ihr ergriffen die toten Hände. So dankbar war er ihr gewesen, daß sie Maria und ihm das Glück gegönnt hatte.

Jenny Brown hinterließ ihr kleines, hübsches Anwesen testamentarisch einem Fräuleinstift. Es sollten in ihrem Haus alleinstehende alte Damen Aufnahme finden, und ihre treue Dienerin, Betty Flead, sollte bis an ihr Lebensende freie Wohnung und freie Verpflegung haben. Dies Testament hatte die alte Dame schon vor Jahren gemacht. Vor ihrer Krankheit hatte sie noch mit Claus Herfurt darüber gesprochen, daß sie dies Testament abändern und den kleinen Gert zu ihrem Erben einsetzen wollte. Sie war nicht mehr dazu gekommen.

Kurz nach Tante Jennys Tod traf Claus Herfurt dann der furchtbarste Schlag seines Lebens. Das Telegramm Rochus Bernds traf ein, das Jenny Brown das tragische Ende Marias meldete. Claus Herfurt öffnete mit bebenden Händen das Telegramm, hoffend, daß es ihm tröstliche Kunde über Maria bringe. Und als er es geöffnet und gelesen hatte, brach der stattliche, kraftvolle Mann wie ein gefällter Baum zu Boden. Er war in den folgenden Tagen dem Wahnsinn nahe, wußte nicht, was er tat und starrte wie ein Geistesgestörter vor sich hin. Betty Flead, die treue Dienerin der verstorbenen Jenny Brown, brachte ihm sein Kind, legte es ihm in die Arme und sagte weinend: »Ihr dürft das Kind nicht vergessen.«

Da endlich raffte er sich auf aus der Lethargie seines Schmerzes und preßte sein Kind in wildem Jammer an sich.

Vielleicht war es gut und heilsam für ihn, daß das Stift, das das Cottage geerbt hatte, in diesen Tagen seine Rechte antrat. Claus Herfurt mußte seine Sachen packen und das freundliche Landhaus, in dem er so glücklich gewesen war, verlassen. Dadurch wurde er ein wenig von seinem Schmerz abgelenkt.

Durch die Zeitungen erfuhr er Näheres über den Unglücksfall, dem seine Frau zum Opfer gefallen war:

Er wartete nun, daß eine Nachricht von Rochus Bernd kommen würde. Es erschien ihm zweifellos, daß Maria längst ihrem Vater gebeichtet haben mußte.

Als keine Nachricht kam, sagte er sich, Rochus Bernd wolle weder etwas von ihm, noch von seinem Sohn wissen. Er nahm an, daß der alte Herr ihm grolle und die Verheiratung seiner Tochter verurteilte.

Kam ihm aber doch zuweilen ein Zweifel, ob Maria dem Vater gebeichtet hatte, dann drückte er in verbissenem Trotz sein Kind ans Herz und dachte: Um so besser, so brauche ich meinen Sohn nicht mit diesem Mann zu teilen, der sich zwischen mich und meine Liebe stellte. Weiß er durch Maria nichts von unserer Vermählung, so soll er auch von mir nichts erfahren. Er war mit seinem Sohn in das leere Dachgeschoß des Pfarrhauses übergesiedelt. Es grenzte dicht an die Dorfkirche. Auf der gegenüberliegenden Seite der Kirche, ebenso dicht an diese geschmiegt, stand das kleine Gemeindehaus, die Stätte aller Gerichtsbarkeit und behördlicher Amtlichkeit für Longvillage.

Dumpf und stumpf hatte Claus Herfurt die ersten Jahre nach dem Tod seiner Frau weitergelebt. Sein einziger Trost war der kleine Gert, der unter der speziellen Obhut der Frau Pfarrerin und Betty Fleads heranwuchs. Seine Amme, eine dralle Bäuerin, hatte ihn bis über das erste Lebensjahr genährt, und nun wurde er von der Pfarrerin und der treuen Dienerin Tante Jennys prachtvoll herausgepflegt.

Claus Herfurt hatte erst nach Deutschland zurückkehren wollen, aber er trennte sich schwer von dem Ort, wo er so glücklich gewesen war und wo ihm auf allen Wegen liebe Erinnerungen entgegenblühten. Langsam kam eine wehmütige Resignation über ihn, und die Zeit strich auch über seinen herben Schmerz mit heilender, lindernder Hand.

Er lebte zurückgezogen in dem kleinen Pfarrhaus seiner Arbeit und seinem Sohn. Nach etwas anderem verlangte er nicht.

So war der kleine Gert in der guten Berglandluft von Cornwall zu einem gesunden, kräftigen Knaben von zehn Jahren emporgewachsen, als eine jähe Wandlung in sein und seines Vaters Leben kam. An einem Sommertag hatte Claus Herfurt soeben ein vollendetes Manuskript von großem Umfang zur Post gegeben, um es an seinen Verlag nach Deutschland zu schicken. Und nun wollte er, ehe er eine neue Arbeit begann, eine kurze Ruhepause machen. Um sich zu erfrischen und Gert eine Freude zu machen, beschloß er einen Ausflug in die Berge von Cornwall.

Vater und Sohn liebten einander sehr und zogen mit Rucksack und Bergstöcken bewaffnet nebeneinander hin, immer bergauf von Longvillage aus.

Der Tag wurde sehr heiß, und um die Mittagszeit rasteten sie vor einer Hütte, die oben auf einem Aussichtspunkt stand.

Während sie hier ihren mitgebrachten Proviant verzehrten, zog ein schweres Gewitter auf, das sie nach seinem Ausbruch nötigte, in der Hütte Schutz zu suchen. Am Fenster dieser Hütte standen Vater und Sohn eng umschlungen und sahen in das grandiose Schauspiel des Unwetters. Tief unten lag, wie halb im Nebel, Longvillage mit der kleinen Kirche und dem sich daran schmiegenden Pfarr- und Gemeindehaus.

Und plötzlich sahen sie, wie mit einem furchtbaren Schlag der Blitz in die Kirche fuhr. Ein großer Brand entstand, dem nicht nur die Kirche, sondern auch das Gemeinde- und Pfarrhaus und noch einige kleine anstoßende Gebäude zum Opfer fielen.

Die Kirche brannte völlig aus, das Gemeindehaus brach brennend zusammen, und vom Pfarrhaus blieben auch nur die nackten Wände stehen.

Als Vater und Sohn nach mühseligem Wandern am Nachmittag wieder in Longvillage anlangten, fanden sie das ganze Dorf in Aufregung. Außer dem alten Kirchendiener, der die Kirchenbücher hatte retten wollen, war kein Menschenleben zu beklagen, aber sonst war alles verbrannt, was in den Gebäuden gewesen war, vor allem auch die Kirchenbücher und die Gemeindeakten.

Auch von Claus Herfurts Habseligkeiten war ein Teil mit verbrannt. Zum Glück hatte der Pfarrer wenigstens die Kassette mit seinem Bargeld und seinen Papieren gerettet, die ihm Claus Herfurt in Verwahrung gegeben hatte. Und sein fertiges Manuskript, an dem er seit Monaten arbeitete, hatte er zum Glück zur Post gegeben.

Longvillage war Claus Herfurt nun verleidet. Er fand keine passende Unterkunft, und da er ohnedies beschlossen hatte, seines Sohnes wegen nach Deutschland zu gehen, um ihm eine deutsche Gymnasialbildung zu ermöglichen, führte er diesen Vorsatz jetzt aus.

Er reiste mit Gert nach Hannover. Dort blieben Vater und Sohn, in einer Pension wohnend, bis Gert sein Abitur gemacht hatte. Claus Herfurt hatte seinen Sohn selbst in den neuen Sprachen unterrichtet, und da auch Gert großes Sprachtalent hatte, war er bald, wie sein Vater, in der Lage, Übersetzungen zu machen.

Sie gingen nun wieder nach England zurück, weil Claus Herfurt dort gute Beziehungen hatte. Er hatte die Freude, seinen Sohn ebenfalls bei dem großen englischen Verlag unterzubringen, und nun lebten Vater und Sohn in London und arbeiteten gemeinsam.

Dann brach der Weltkrieg aus, und Vater und Sohn konnten nicht mehr nach Deutschland zurück. Sie wurden interniert, aber nicht so streng, wie mancher andere Deutsche, weil sie jahrelang in England gelebt und weil Gert in England geboren war.

So vergingen ihnen die Kriegsjahre, wenn auch nicht angenehm, so doch erträglich. Sie waren beide sehr fleißig und verdienten reichlich genug, um ein ganz behagliches Leben führen zu können. Als der Krieg zu Ende war, begann Claus Herfurt zu kränkeln. Er hatte sich im Internierungslager eine heftige Erkältung zugezogen, und diese war nicht richtig ausgeheilt. Er konnte nicht mehr so viel arbeiten wie früher, und so kam es ganz von selbst, daß Gert in die Verträge seines Vaters eintrat. Seine Arbeiten fielen zur größten Zufriedenheit seiner Auftraggeber aus, und als Claus Herfurt dann nach einigen Jahren sein Ende nahen fühlte, konnte er über die Zukunft seines Sohnes beruhigt sein.

Aber während er tatenlos auf seinem letzten Krankenlager ruhte, kamen ihm doch Bedenken, ob er recht daran getan hatte, seinen Sohn völlig von seinem Großvater zurückzuhalten. Daß Rochus Bernd von der Existenz eines Enkels wußte, glaubte er schon längst nicht mehr. Er hatte in Erfahrung gebracht, daß Marias Vater ein ganz einsames, zurückgezogenes Leben führte. Sicher hätte er diese Einsamkeit nicht ertragen, wenn er gewußt hätte, daß ihm ein Enkel lebte. Trotzdem hatte er nie daran gedacht, dem reichen Manne mitzuteilen, was ihm seine Tochter vielleicht nicht zu sagen gewagt hatte.

Jetzt aber, angesichts des Todes, fragte er sich: Tatest du recht, daß du dem Großvater den Enkel vorenthieltest? Und tatest du recht an deinem Sohn, daß du ihn vielleicht um ein reiches Erbe brachtest, nur weil du zu stolz warst, Rochus Bernd ein Wort von seiner Existenz zu sagen? Ist dein Sohn nicht zugleich der Sohn deiner einzig geliebten Frau und als solcher der legitime Erbe seines Großvaters?

Und deshalb sagte er, wenige Tage vor seinem Tod zu seinem Sohn:

»Mein lieber Gert – wenn ich nicht mehr sein werde, dann sollst du eines Tages deinen Großvater in Deutschland aufsuchen.«

Überrascht hatte Gert ihn angesehen. »Lebt denn dein Vater noch?«

Claus Herfurt hatte den Kopf geschüttelt. »Nicht mein Vater, Gert, sondern der deiner Mutter.«

»Warum hast du mir nie von ihm gesprochen, Vater?«

»Ich hatte meine Gründe, aber sie erscheinen mir jetzt nicht mehr stichhaltig. Ich will mit dir darüber sprechen. Du sollst alles hören aus meinem Leben und aus dem Leben deiner Mutter, was ich dir bisher verschwiegen habe.«

Und er hatte Gert alles erzählt, auch seine Gründe für sein Schweigen hatte er ihm mitgeteilt. Und zum Schluß sagte er: »Ich glaube jetzt nicht mehr, daß dein Großvater etwas von deiner Existenz gewußt hat. Einmal hätte doch bei ihm die Sehnsucht nach seinem eigenen Fleisch und Blut durchkommen müssen. Wahrscheinlich hatte deine Mutter doch nicht den Mut gefunden, ihm alles zu sagen, als sie ein jäher Tod wegriß. Ich habe mich zuweilen nach Rochus Bernd erkundigt. Er lebt in seiner Villa in einer Villenkolonie im Westen Berlins und ist inzwischen ein sehr alter Herr geworden. Gesund und rüstig scheint er noch zu sein, obwohl er sich etwas von seinen Geschäften zurückgezogen hat. Er wird mich vielleicht um Jahre überleben. Mir läßt nun der Gedanke keine Ruhe, daß ich diesen Mann in meinem verbitterten Stolz um etwas Großes und Schönes gebracht habe, denn auf seinen Enkel könnte er sehr stolz sein. Und zugleich sage ich mir, daß ich dich nicht um ein großes, reiches Erbe betrügen darf, auf das du, als deiner Mutter Sohn, ein Anrecht hast. Deshalb, mein lieber Junge, wünsche ich, daß du nach meinem Tod nach Deutschland reist und deinen Großvater aufsuchst. Gib dich ihm zu erkennen als sein Enkel, lege ihm zu deiner Legitimierung den Trauschein deiner Eltern vor. Sieh, in dieser Brieftasche, zwischen Futter und Oberleder verborgen, trage ich seit Jahren diesen Trauschein bei mir, er ist ein unersetzliches Dokument. Du wirst dich erinnern, daß die Kirche und das Gemeinde- und Pfarrhaus von Longvillage ein Raub der Flammen wurden, nicht wahr?«

»Ja, Vater, wir sahen von dem Berg aus den Blitz hineinschlagen. Dieses grausig schöne Schauspiel werde ich nie vergessen.«

»Nun, mit der Kirche und dem Gemeindehaus verbrannten die Kirchenbücher und alle Gemeindeakten. Der alte Pfarrer und der Gemeindevorsteher sind längst gestorben. In der neu aufgebauten Kirche predigt ein neuer Pfarrer. Es wäre dir also nicht möglich, diesen Trauschein ersetzen zu lassen, würdest du ihn verlieren. Also hüte dies Dokument, es kann dir noch große Dienste leisten.

Möglicherweise stirbt dein Großvater, ehe du zu ihm kommst, denn er ist ein Greis. Dann sollst du dich durch diesen Trauschein als sein Erbe legitimieren. Das habe ich jetzt alles bedacht. Für mich selbst habe ich nie nach dem Reichtum deines Großvaters getrachtet, ich liebte deine Mutter um ihrer selbst willen. Aber du hast als deiner Mutter Sohn ein Recht daran – und, ich fühle es, ich handle jetzt im Sinne deiner Mutter, wenn ich dich zu deinem Großvater schicke. Also hüte den Trauschein gut; laß ihn in seinem sicheren Gewahrsam, wo er so lange ruht, und trage ihn, wie ich es tat, immer bei dir. Vielleicht wird dir dein Großvater auch ohne dies Dokument glauben, daß du sein Enkel bist, denn du bist sein Ebenbild geworden, wenn deine Augen auch nicht so hart und stolz blicken wie die seinen. Vielleicht hat auch ihn das Leben milder und weicher gemacht, vielleicht hat ihm die Einsamkeit den harten Stolz ausgetrieben. Aber des Trauscheins bedarfst du vor allen Dingen, wenn du ihn nicht mehr am Leben triffst. Ich hoffe, daß es ihm noch vergönnt ist, dir in die Augen zu schauen. Deshalb zögere nicht lange, ihn aufzusuchen.«

So hat Claus Herfurt zu seinem Sohn gesagt, und Gert hatte geantwortet:

»Ich werde deinen Wunsch erfüllen, lieber Vater. Aber wenn mein Großvater mich nicht anerkennen will, dann brauche ich mich nicht durch eine Bitte darum zu demütigen?«

»Nein, mein Sohn, das sollst du nicht, dann wärst du nicht mein Sohn. Aber dein Erbrecht sollst du trotzdem nach seinem Tod geltend machen. Ich bin es deiner Mutter schuldig, daß ich dich veranlasse, das zu tun, gegen wen es auch sei. Denn deine Mutter war sein einziges Kind, und niemand hat ein größeres Recht auf sein Erbe als du. Versprich es mir, daß du deine Erbansprüche geltend machen willst, denn damit ehrst du deine Mutter noch im Grab.«

»Ich verspreche es dir, Vater. Und ich hoffe, daß ich meinen Großvater noch lebend antreffe.«

»Das hoffe ich auch, Gert. Und ich hoffe, daß es ihm eine Freude ist, dich zu sehen.«

»Wenn das aber nicht der Fall ist?«

»Dann hast du deiner Pflicht genügt und bist zu weiterem nicht verpflichtet.«

Bald nach dieser Unterredung war Claus Herfurt gestorben. Und Gert hatte, nachdem er ihn bestattet, nur noch seine laufenden Geschäfte geordnet und war nach Deutschland gereist.

In Berlin angekommen, hatte er im Hotel Excelsior Wohnung genommen. Seine Ersparnisse in englischem Geld gestatteten ihm das Leben in einem guten Hotel. Gleich am Tag nach seiner Ankunft zog er Erkundigungen ein nach seinem Großvater. Er erfuhr, daß dieser noch am Leben sei und kürzlich eine schwere Krankheit überstanden habe. Heute morgen war er nun zur Villenkolonie hinausgefahren und hatte sondieren wollen. Es wäre ihm lieb gewesen, seinen Großvater erst einmal von Angesicht zu Angesicht zu sehen, ehe er ihn aufsuchte. Deshalb umstrich er spähend die Villa Bernd.

Am Vormittag war es ihm noch nicht gelungen, da hatte er nur die Begegnung mit der jungen blonden Dame gehabt. Aber als er dann zurückkam, nachdem er eine Stunde im Wald herumgelaufen war, nach seiner zweiten Begegnung mit der jungen Dame, hatte er den alten Herrn mit ihr im Garten gesehen. Und er hatte gleich gefühlt, daß dieser ehrwürdige Greis sein Großvater sei. Tief bewegt war er davongegangen. Er hatte in einem in der Nähe liegenden Restaurant zu Mittag gespeist und war später noch einmal zur Villa Bernd gegangen. Die Unruhe hatte ihn dahin getrieben – und vielleicht auch die Sehnsucht nach der jungen blonden Dame. Als er dann den Großvater am Fenster seines Zimmers gesehen hatte, war der Wunsch in ihm erwacht, sogleich zu ihm zu gehen. Aber ein Blick auf die Uhr hatte ihm verraten, daß es keine Besuchsstunde war, zu der er Einlaß begehren konnte.

Und so war er davongegangen, mit dem festen Entschluß, am nächsten Vormittag seinen Großvater aufzusuchen. Dessen Bild hatte er sich tief eingeprägt, es hatte zu seinem Herzen gesprochen. Der alte, imponierende Herr mit dem dichten, weißen Haar und dem edlen, charakteristischen Gesicht hatte etwas in seinem Innern geweckt. Blut ist dicker als Wasser; er hatte es gefühlt, daß er durch Bande des Blutes mit diesem alten Herrn verbunden war.

Und tief bewegt saß er nun hier im Hotel und hing seinen Gedanken nach.

»Morgen gehe ich zu ihm«, sagte er vor sich hin.

Und dann entnahm er seiner Brusttasche die Brieftasche, die sein Vater ihm gegeben hatte. Es war eine schlichte, feste Ledertasche, schwarz, mit einem kleinen, kreisrunden, roten Fleck in der unteren rechten Ecke. Man sah ihr den längeren Gebrauch an, aber sie war tadellos erhalten.

Gert nahm einige Papiere aus der Brieftasche. Es waren keine Sachen von Wichtigkeit, nur einige geschäftliche Briefe. Gert hatte sich nach seines Vaters Tode überzeugt, daß zwischen Oberleder und Futter dieser Brieftasche der Trauschein seiner Eltern verborgen lag. Er hatte ihn wieder in sein Versteck zurückgeschoben und die wenigen Stiche, die er hatte auftrennen müssen, wieder zugenäht. Einen Moment zögerte er, als er jetzt diese Stiche wieder auftrennen wollte, um den Trauschein herauszunehmen. Und schließlich unterließ er es. Dazu war Zeit, wenn er bei seinem Großvater war und den Schein vorlegen wollte. Er legte die geschäftlichen Briefe wieder in die Brieftasche und steckte sie wieder zu sich. Seine eigene Brieftasche mit seinem Geld, seinem Paß und anderen wichtigen Papieren hatte er im Tresor des Hotels deponiert. Geld trug er für den täglichen Bedarf in einer kleinen Geldtasche, die er extra zu sich gesteckt hatte.

Mit einem tiefen Atemzug erhob er sich und trat an das Fenster. Da unten brauste und brandete das Berliner Leben.

Dem Hotel gegenüber lag der Anhalter Bahnhof. Aus der Halle strömten die Passanten, Autos fuhren vor, Gepäckträger sprangen herzu, und dazwischen liefen die kleinen Reisenden, ihre ärmlichen Koffer und Kartons selber tragend.

Sinnend ließ Gert seine Augen über das bunte bewegte Bild schweifen. Und er dachte an ein blondes Mädchen mit blauen Augen.

6

Ruth hatte, nachdem sie Onkel Rochus allein gelassen, allerlei im Haushalt zu tun gehabt. Als sie unten im Souterrain in den Wirtschaftsräumen verschiedene Vorräte herausgab, kam der Laufbursche aus dem Kolonialwarenladen und brachte einige Waren, die Ruth bestellt hatte.

Max Reichert dienerte, die Mütze in der Hand, vor Ruth.

»Allens bringe ick Ihnen, Fräulein Alving, nur Zucker jibt es nich. Der Chef läßt Ihnen sagen, et fehlte überall an Zucker. Sobald er welchen kriegt, dann kriegen Sie ooch welchen.«

Ruth nickte ihm freundlich zu. »Es ist gut, Max, aber

sorgen Sie ein wenig mit dafür, daß wir den Zucker bekommen.«

Max Reichert nickte und sah Ruth ganz verzückt an.

»Na, vor Ihnen, Fräulein Alving, da werde ick schonst sorgen.«

Sie lachte. »Das soll mich freuen. Nun gehen Sie in die Küche, und lassen Sie sich eine Stulle und eine Tasse warmen Kaffee geben, heut ist's kalt.«

»Au fein, Fräulein Alving. Sie sind immer so gut zu mir. Ick möchte jern ooch mal wat vor Ihnen tun.«

»Ist nicht nötig, Max. Wie geht es denn der Mutter und den Brüdern?«

Er seufzte. »Na – man so! Is ja allens so teuer. Und wir drei Jöhren, wir können wat vadrücken. Ick sage Ihnen, Fräulein Alving, et ist 'ne schreckliche Zeit. Und allens jeht kaputt. Ick friere wie'n Schneider in mein durchbrochenet Jewand.«

Damit zeigte er Ruth sein fadenscheiniges Röckchen.

Ruth glänzte die Freude aus den Augen, daß sie helfen konnte. »Ich habe etwas für Sie, Max, Sie werden sich freuen. Herr Bernd hat mir erlaubt, Ihnen einige getragene Anzüge und Mäntel zu schenken. Daraus kann Mutter für ihre drei Jungen Anzüge und warme Mäntel nähen. Ich packe Ihnen das zusammen, sobald ich Zeit habe, und dann können Sie es mitnehmen.«

Max Reichert bekam vor Freude einen roten Kopf, und seine Augen blitzten und blinkten vor Vergnügen.

»Sie sind doch 'n Engel, Fräulein Alving, und ick freue mir kaputt. Muttern wird 'n Stein von Herzen fallen, det sie unsre Blößen bedecken kann. Sie jammert schonst alle Tage, det ick nun meinen Konfirmationsanzug vor alle Tage anziehen muß, weil die alte Kluft hier nich mehr hält. Jott sei Dank, nu is Mutter 'ne Sorge los. Wann kann ick mir die Sachen holen?«

»Ich lege sie zurecht, wenn Sie wiederkommen, Max.«

»Na schön! Nochmals villen Dank, Fräulein Alving. Un nun jeh ick an die Stulle ran.«

Damit dienerte Max Reichert aus der Vorratskammer hinaus und ging in die Küche. Ruth ordnete die gebrachten Waren in ihre Behälter. Dann ging sie hinauf und brachte ihre Wirtschaftsbücher in Ordnung.

Inzwischen war es Zeit zum Abendessen geworden, und Ruth wurde ein wenig unruhig, weil Onkel Rochus nichts von sich hören ließ.

Sie ging hinunter und sah den alten Heinrich neben der Tür zum Arbeitszimmer sitzen. Er war ein wenig eingenickt, wachte aber sogleich auf, als sie herankam und erhob sich.

»Hat Onkel Rochus noch nicht nach Ihnen verlangt, Heinrich?« fragte sie.

»Nein, Fräulein Ruth, ich war die ganze Zeit hier. Aber der gnädige Herr hat noch nichts von sich hören lassen.«

»Da müssen wir ihn wohl wecken, Heinrich, es ist Zeit zum Abendessen. Bitte, gehen Sie zu ihm hinein, und wenn er noch schlafen sollte, wecken Sie ihn recht vorsichtig.«

»Das will ich tun, Fräulein Ruth. Ich begreife überhaupt nicht, daß der gnädige Herr um diese Zeit so lange schläft. Das tut er doch sonst nicht.«

»Ich sagte Ihnen ja, er hatte eine große freudige Aufregung und danach wurde er matt und müde.«

»Nun, so will ich zu ihm hineingehen.«

»Tun sie das, Heinrich, und wenn er nach mir verlangt – ich warte hier.«

Heinrich klinkte nun leise die Tür auf und trat ein. Drinnen im Arbeitszimmer brannte noch das elektrische Licht. Ruth stand wartend unweit der Tür. Aber kaum hatte sie Heinrich geschlossen, da riß er sie schon wieder auf und stand mit blassem, verstörtem Gesicht auf der Schwelle.

»Fräulein Ruth, unser gnädiger Herr – kommen Sie selbst; mir scheint, es ist ihm etwas zugestoßen.«

Ruth eilte erschrocken an ihm vorüber in das Zimmer. Im Lehnstuhl saß, wie vorhin, Rochus Bernd, mit zurückgelegtem Haupt, wie schlafend. Aber die Arme hingen steif herab, und der Unterkiefer war herabgefallen. Vor ihm stand das kleine Tischchen, auf das er den Brief gelegt hatte, den Ruth in Marias Koffer gefunden hatte.

Etwas in dem starren, leblosen Gesicht ließ Ruth zusammenzucken. Sie faßte nach seiner Hand, seinen Namen rufend. Aber die Hand war kalt und steif.

Ruth schluchzte auf. »Heinrich – schnell – telefonieren Sie nach dem Arzt!« rief sie außer sich.

Heinrich eilte davon, so schnell ihn seine alten Beine trugen. Ruth beugte sich über den alten Herrn.

»Onkel Rochus – lieber Onkel Rochus – hörst du mich nicht?« rief sie weinend.

Aber er hörte sie nicht mehr, er war tot.

Sie fiel vor ihm nieder und küßte seine kalte Hand. Er war ihr immer ein großmütiger, fürsorglicher Vormund gewesen. Sie hatte ihn lieb gehabt wie einen Vater und ihn verehrt. Und es tat ihr weh, daß er von ihr gegangen war ohne Abschied und ohne daß sie ihm noch einmal hätte danken können. Seine Hand war freilich, ehe sie von ihm ging, wie segnend über ihr Haupt geglitten, und – sie hatte ihm noch eine große Freude bereiten können, eine Freude freilich, die zu groß gewesen war, als daß sein altes Herz sie noch hatte fassen können.

Sie sah den Brief Claus Herfurts auf dem Tisch liegen und instinktiv steckte sie ihn zu sich. Es sollten nicht fremde, neugierige Augen darauf ruhen.

So tief hatte ihn die Kunde von der Verheiratung seiner Tochter und von der Existenz eines Enkels erregt, daß er die Freude nicht hatte überleben können.

»Hätte ich ihm den Brief nicht geben sollen?« fragte sie sich bang.

Sie sah in des Toten Angesicht, auf dem ein majestätischer Frieden lag. Und sie dachte an seine Worte, als sie ihm die gleiche Frage vorgelegt hatte und richtete sich getröstet auf.

Nein, sie hätte ihm diesen Brief nicht vorenthalten dürfen. Vielleicht wäre er auch ohnedies gestorben, da er zuweilen schon Herzbeschwerden gehabt hatte. Und dann wäre er verschieden, ohne zu erfahren, was ihn mit einer so heiligen Freude erfüllt hatte – daß er einen Enkel, einen Erben besaß.

Ruth dachte an den jungen Fremden. Wenn er wirklich, wie sie bestimmt glaubte, der Enkel ihres Vormunds war, wenn er gekommen war, um seinen Großvater zu sehen, dann war er eben noch zur rechten Zeit gekommen. Und wenn er nun vielleicht wiederkam, um ihn zu sprechen, dann kam er zu spät.

Vielleicht hatte er ihn aber nur aus der Ferne sehen wollen? Aber nein, er hatte schon gestern die Hand an der Klingel gehabt, um Einlaß zu begehren, und er würde bestimmt wiederkommen. Aber würde er auch wiederkommen, wenn er hörte, daß sein Großvater gestorben war?

Ruth blieb jetzt keine Zeit, darüber nachzudenken. Heinrich kam zurück, und hinter ihm drängten sich die Dienstboten an der offenen Tür.

Ruth trocknete ihre Tränen und bat die Dienstboten mit verhaltener Stimme, sie möchten sich still verhalten und hinausgehen, damit die Ruhe des Toten nicht gestört würde. Nur Heinrich durfte mit bei dem Verstorbenen bleiben.

Als der Arzt kam, konstatierte er einen Herzschlag. »Hat Herr Bernd eine große Aufregung gehabt?« fragte er.

Ruth wußte nicht, was sie erwidern sollte. Und sie sagte

vorsichtig: »Er hat am Nachmittag mit mir von seiner verstorbenen Tochter gesprochen. Das hat ihn anscheinend sehr erregt, denn er fühlte sich danach sehr angegriffen und wollte ruhen.«

Der Arzt nickte. »In seinem Alter kommt es schon vor, daß selbst ohne besondere Erregung das Herz den Dienst versagt, zumal er eben erst eine fieberhafte Krankheit hinter sich hatte. Er klagte verschiedentlich über Herzbeschwerden. Jedenfalls ist er schon seit einigen Stunden tot.«

»Also ist keine Hoffnung mehr?« fragte Ruth mit einem zitternden Schluchzen.

»Nein, Fräulein Alving.«

Bedrückt sah Ruth mit feuchten Augen auf den alten Heinrich, der zusammengesunken an einem Schrank lehnte und nach Fassung rang. Auch für ihn bedeutete der Tod seines Herrn einen schweren Verlust.

Ruth kam es nun erst zum Bewußtsein, wie sehr sich ihr ganzes Leben ändern würde, nun da sich die Augen ihres Wohltäters und Beschützers geschlossen hatten. Aber nachdem sich der erste Schmerz in Tränen Luft gemacht hatte, wurde sie ruhig und gefaßt und besprach mit dem Arzt und Heinrich, wie der Tote gebettet werden sollte und was alles geschehen mußte.

Vor allem sagte sie sich, daß es ihre Pflicht sei, die Verwandten ihres Vormunds zu benachrichtigen.

Sie begab sich zum Telefon und rief die Geschwister Bernd an.

Es meldete sich die Dienerin, die den kleinen Hausstand der Geschwister in Ordnung hielt. Ruth fragte sie, ob die Herrschaften zu Hause seien.

Die Dienerin erwiderte sehr mürrisch: »Sie sind beide im Theater.«

»Wissen Sie, in welchem Theater?« fragte Ruth.

»Wie soll ich das wissen, mir sagen sie es nicht«, maulte die Perle.

»Dann bestellen Sie den Herrschaften, wenn sie nach Hause kommen, sie möchten sogleich in Villa Bernd anklingeln.«

»Is jut, werde ich bestellen.«

»Aber nicht vergessen, es ist sehr dringend. Ich muß die Herrschaften noch sprechen.«

»Na schön, ich werde es ausrichten, wenn sie man erst nach Hause kommen.«

Ruth hängte ab und seufzte. Aber sie wartete vergeblich bis nach Mitternacht, ohne daß die Geschwister angeklingelt hatten. Sie mußte nun annehmen, daß die Geschwister nach dem Theater noch ausgegangen seien und vielleicht, wie oft, vor dem Morgen nicht heimkamen.

Müde und abgespannt von allen Aufregungen und Arbeiten dieses Tages ging sie endlich zu Bett. Es war noch viel auf sie eingestürmt an diesem Abend, und sie mußte sich auch noch ein schwarzes Kleid etwas abändern, damit sie es als Trauerkleid tragen konnte.

Am nächsten Morgen, sobald sie sich erhoben hatte, klingelte sie nochmals bei den Geschwistern an. Wieder meldete sich die mürrische Dienerin. Ruth fragte erregt:

»Haben Sie den Herrschaften nicht ausgerichtet, was ich Ihnen aufgetragen habe?«

»Nein, ich habe es nicht bestellen können. Bis ein Uhr habe ich gewartet, ob die Herrschaften nach Hause kommen würden, aber sie kamen nicht. Da bin ich schlafen gegangen; man kann sich doch nicht die ganze Nacht um die Ohren schlagen.«

»Und heute morgen?« fragte Ruth, zitternd vor Ungeduld.

»Heute morgen schlafen sie noch, sie sind erst in der Frühe heimgekommen.«

»Dann wecken Sie die Herrschaften sofort, ich muß sie sprechen. Entweder rufen Sie mir Herrn Kurt oder Fräulein Lena an das Telefon.«

»Ick werde mir hüten!« klang es echt berlinisch durch das Telefon.

»Was soll das heißen? Tun Sie, was ich Ihnen sage!« rief Ruth empört.

»Is nich, Fräulein! Wenn ich die Herrschaft im Schlafe störe, kriege ich Zanke und dann fliegt mir 'n Pantoffel an den Kopp. Das kenne ich aus Erfahrung.«

»Aber ich sage Ihnen doch, ich habe den Herrschaften etwas sehr Wichtiges mitzuteilen.«

»Na, so wichtig wird es nicht sein. Sobald die Herrschaften aufstehen, werde ich es sagen.«

Damit hängte die mürrische Perle ab.

Ruth stand ratlos da. Sie war überzeugt, daß die Geschwister ihr die Schuld geben würden, daß sie nicht schon gestern abend Kunde vom Tod ihres Großonkels erhalten hatten. Aber ändern konnte sie es nicht. Zeit, um die Geschwister selbst aufzusuchen und sie zu wecken, hatte sie nicht. Und wie kam sie auch dazu? Sie hatte getan, was in ihrer Macht lag, und mußte sich nun mit Geduld fügen. Wenn die Geschwister Bernd ihrer Dienerin Order gegeben hatten, daß man sie auf keinen Fall im Schlafe stören durfte, dann mußten sie auch die Konsequenzen tragen.

Es stürmten nun auf Ruth wieder tausend Anforderungen ein. Was bei einem Todesfall geordnet werden mußte, fiel ihr zu. Der alte Heinrich stand ihr getreulich bei, und er sah sehr sorgenvoll aus, denn er wußte, daß er bei der »neuen Herrschaft«, für die er die Geschwister Bernd ansah, so wenig gut angeschrieben war wie Fräulein Ruth.

»Wir beide werden sicher unser Bündel schnüren müssen, wenn die hier an das Ruder kommen«, sagte er bekümmert zu sich selbst.

Aber vorläufig sprach er das nicht aus, denn Fräulein Ruth und er kamen an diesem Morgen kaum zu Atem. Und Ruth wartete von Stunde zu Stunde vergeblich auf den Anruf der Geschwister.

»Was tue ich nur, Heinrich? Die Geschwister Bernd lassen nichts von sich hören, und das Mädchen weigert sich, sie zu wecken.«

Heinrich winkte müde ab.

»Lassen Sie nur, Fräulein Ruth, die kommen noch immer zu zeitig.«

»Aber sie werden mir Vorwürfe machen, daß sie die Nachricht nicht früher erhielten.«

Er nickte resigniert.

»Das bestimmt. Etwas anderes als Vorwürfe kommen uns von der Seite nicht. Darauf müssen Sie unter allen Umständen gefaßt sein.«

7

Es war gegen zwölf Uhr mittags. Die Geschwister hatten noch immer nicht angerufen. Sie schienen sehr lange zu schlafen.

Ruth hatte sich einige Minuten im Wohnzimmer an das Fenster gesetzt und sah hinaus ins Freie. Den ganzen Vormittag war sie nicht eine Sekunde zur Ruhe gekommen. Man hatte Onkel Rochus drüben im großen Gesellschaftssaal der Villa aufgebahrt, und der Gärtner hatte aus dem Gewächshaus herübergebracht, was nur blühend war. Nun blieben Ruth endlich einige Minuten, um sich zu sammeln. Sie hatte noch keine Zeit gehabt, darüber nachzudenken, was sie nun beginnen sollte in Zukunft. Daß sie in diesem Haus nicht bleiben konnte, stand fest bei ihr. Nur solange wollte und mußte sie ausharren, bis sie die Schlüssel an die rechtmäßigen Erben abgegeben und ihnen ihre Wirtschaftsbücher zur Abrechnung vorgelegt hatte. Was dann werden sollte, versuchte sie sich klarzumachen. Aber sie sollte nicht dazu kommen, denn in diesem Augenblick sah sie draußen am Gartentor den jungen Fremden von gestern auftauchen. Sie sah, daß er die Klingel zog. Hastig aufspringend lief sie in das Vestibül, wo der alte Heinrich stand und nach der Gartenpforte sah. Er wollte wissen, wer Einlaß begehrte.

Ruth faßte erregt seinen Arm.

»Heinrich, wenn der Herr, der da auf das Haus zukommt, nach Herrn Bernd fragt, so sagen Sie ihm nicht, daß er nicht mehr am Leben ist. Führen Sie ihn einfach in das Arbeitszimmer. Ich glaube, ich weiß, was ihn herführt, und werde es Ihnen später erklären.«

»Es ist gut, Fräulein Ruth.«

»Wenn er Ihnen seine Karte gibt, so bringen Sie mir dieselbe. Ich warte im Wohnzimmer.«

»Soll geschehen, Fräulein Ruth.«

Sie nickte und huschte hinüber in das Wohnzimmer. Kaum war sie verschwunden, betrat der junge Herr das Vestibül.

Heinrich trat ihm entgegen. »Womit kann ich dienen, mein Herr?« fragte er.

»Bitte – bringen Sie Herrn Bernd diese Karte und fragen Sie ihn, ob er mich empfangen will.«

Heinrich nahm die Karte und ließ ihn in das Arbeitszimmer eintreten.

Dann brachte er Ruth die Karte.

Sie sah mit gespannter Erregung darauf nieder und wurde sehr bleich.

»Er ist es!« stieß sie hervor.

Heinrich sah sie fragend an. »Wer, Fräulein Ruth?«

Sie faßte sich. »Später, Heinrich. Haben Sie den Herrn in das Arbeitszimmer geführt?«

»Ja, Fräulein Ruth.«

»Es ist gut. Ich gehe hinüber, denn ich muß mit ihm sprechen. Wenn die Geschwister Bernd am Telefon nach mir verlangen, rufen Sie mich. Sonst aber lassen Sie mich ungestört mit dem Herrn sprechen. Es kann einige Zeit in Anspruch nehmen. Sie sorgen dafür, daß ich nicht gestört werde, außer wenn die Geschwister Bernd anrufen.«

»Es soll geschehen, wie Sie wünschen, Fräulein Ruth.«

Ruth eilte nun erst hinauf in ihr Zimmer und steckte den Brief zu sich, den sie gestern in dem Kleid Marias gefunden hatte, dann ging sie in das Arbeitszimmer. Als sie eintrat, sah Gert Herfurt sie überrascht an.

»Mein gnädiges Fräulein, verzeihen Sie, wenn ich hier eingedrungen bin. Ich möchte Herrn Rochus Bernd sprechen.«

Bei diesen Worten sah er, daß sie Trauerkleider trug. Gestern war das nicht der Fall gewesen. Gestern trug sie ein graues Kostüm und eine hellfarbige Bluse.

Ruth wurde unter seinem Blick vor Erregung rot und blaß. »Es wird Ihnen sicher sehr leid tun, Herr Herfurt, daß Sie nicht schon gestern hier eingetreten sind, wie es doch Ihre Absicht war«, sagte sie erregt.

Er blickte sie überrascht an. »Sie wissen, daß ich schon gestern die Absicht hatte?«

Sie nickte. »Ich sah Sie schon die Hand nach der Klingel ausstrecken, aber leider ließen Sie sich dadurch abschrekken, daß keine Besuchsstunde war. Und nun kommen Sie zu spät. Mein Vormund, Herr Rochus Bernd, ist gestern nachmittag – verschieden.«

Er zuckte zusammen. »Nein, das ist doch nicht möglich! Ich sah ihn gestern mittag neben Ihnen draußen im Garten und – am Nachmittag an einem Fenster dieses Hauses.

Aufrecht stand er da, und anscheinend gesund und kräftig«, stieß er erregt hervor.

Sie sah, daß er tief bewegt war. »Ja, Sie haben recht gesehen, gestern war er noch ganz wohl. Er hatte zwar noch an den Folgen einer bösen Grippe zu leiden, aber sonst war er über den Berg. Nur sein Herz war nicht mehr so recht intakt. Und er hatte gestern eine große, wenn auch freudige Erregung. Durch sie ist er an einem Herzschlag gestorben. Dort – in jenem Lehnstuhl hat er seinen letzten Atemzug getan.«

Gert Herfurt sah mit großen Augen auf den Lehnstuhl und rang nach Fassung.

»So kam ich zu spät«, sagte er halblaut.

Sie trat ihm näher, und ihre Augen leuchteten in die seinen.

»Nicht zu spät, um ihm noch eine große Freude zu machen. Er hat Sie gesehen, ein einziges Mal wenigstens gesehen. Und es hat ihn glücklich gemacht, daß Sie den Weg zu ihm finden wollten – endlich finden wollten«, sagte sie mit bebender Stimme.

Unruhig forschend sah er sie an.

»Mein gnädiges Fräulein, Ihre Worte berühren mich sehr seltsam. Wie sollte es möglich sein, daß – daß es Herrn Bernd eine Freude hätte bereiten können, daß ich da drüben stand – am Gartentor?«

Sie strich, sich fassend, über ihr Haar.

»Bitte, nehmen Sie Platz, ich habe Ihnen mehr zu sagen, als Sie ahnen.«

Er nahm Platz, nachdem sie sich niedergelassen hatte. Seine Augen hingen unverwandt an ihrem lieben, blassen Gesicht.

»Ich bin sehr erstaunt, mein gnädiges Fräulein, daß – daß man mir in diesem Haus etwas zu sagen hat. Man kennt mich doch hier nicht.«

Ein blasses Lächeln huschte über ihr Gesicht. »Doch, Herr Herfurt, ich kenne Sie. Außer mir hat freilich niemand in diesem Haus eine Ahnung, wer Sie sind, nur mein Vormund wußte es noch. Als ich Ihnen gestern vormittag begegnete, draußen am Tor, da ahnte ich freilich selbst noch nicht, wer Sie sind. Mir fiel nur eine große Ähnlichkeit auf, die Sie mit einem Menschen haben mußten, den ich kannte. Ich mußte unablässig darüber nachgrübeln. Auch fiel mir auf, daß Sie für dieses Haus ein großes Interesse an den Tag legten. Aber noch immer wußte ich nichts und tappte im dunkeln. Erst am Nachmittag, nachdem ich Sie nochmals da draußen gesehen hatte, wie Sie erregt und interessiert zu dem Fenster sahen, an dem mein Vormund stand, saß ich hier in diesem Zimmer und sah meinen Vormund auf und ab gehen. Und da wußte ich plötzlich, wem Sie so ähnlich waren, nicht nur im Gesicht, auch in der Haltung, im Gang, in jeder Bewegung. Aber da war auch inzwischen etwas geschehen, was mir die Augen öffnen half.«

Er sah sie betroffen an. »Sie wissen, daß ich –?«

»Daß Sie der Enkel des mir so teuren Verstorbenen sind.«

Gert Herfurt fuhr auf. »So wußte mein Großvater um meine Existenz?«

»Nichts wußte er davon – bis gestern nachmittag. Als er Sie da draußen sah, freute er sich nur an Ihrem Anblick, weil Sie ihm – ganz als fremder Mensch – so gut gefielen. Er sah Ihnen mit einem unbewußten Interesse nach. Wer der Mann war, der ihm auf den ersten Blick so sympathisch war, wußte er noch nicht, wie er überhaupt keine Ahnung von Ihrer Existenz hatte. Das alles hat erst ein Zufall, ein Wunder, eine Fügung des Himmels – ich weiß nicht, wie ich es nennen soll, an den Tag gebracht, als Sie längst wieder fort waren. Hätten wir Sie erreichen können, dann hätten Sie vielleicht Ihrem Großvater noch ein liebes Wort auf seinen letzten Weg mitgeben können. Die Freude darüber, daß er einen Enkel hatte, konnte sein schwaches Herz nicht mehr ertragen.«

Gert Herfurt strich sich über die Stirn, als sei ihm zu heiß.

»Sie sprechen in Rätseln, mein gnädiges Fräulein.«

Sie lächelte zu ihm auf, und dieses reizende, gütige Lächeln erschien ihm bezaubernder als je ein Frauenlächeln. Gebannt sah er in ihr Gesicht.

»Dieses Rätsel werde ich Ihnen schnell lösen können«, sagte sie und erzählte ihm nun, daß sie gestern in dem Koffer seiner verstorbenen Mutter einen Brief gefunden hatte.

»Ich fand ihn, während ich noch immer vergeblich über die Ähnlichkeit nachgrübelte, die mir an Ihnen auffiel. Und nun will ich Ihnen diesen Brief erst einmal zu lesen geben, Herr Herfurt, will ihn überhaupt in Ihre Hände legen, denn er ist nicht für fremde Augen bestimmt. Daß ich davon Kenntnis erhielt, war wohl Schicksalsfügung, denn durch mich erhielt ihn Ihr Großvater. Und bei mir ist jedes Wort aus diesem Brief wie ein Heiligtum aufgehoben, ich werde keines dieser Worte profanieren. Sie können den Brief Ihrem Herrn Vater zurückgeben.«

»Mein Vater ist tot, er starb vor zwei Monaten, mein gnädiges Fräulein.«

»Oh, Sie hatten einen schweren Verlust. Bitte, nehmen Sie dann den Brief an sich. Aber bitte, lesen Sie ihn erst durch, damit Ihnen alles, was ich noch zu sagen habe, verständlich wird.«

Er tat es, und nachdem er den Brief gelesen hatte, sah er sie mit brennenden Augen an. Ein tiefer Atemzug hob seine Brust.

»Ah, nun verstehe ich. Sie gaben meinem Großvater diesen Brief; und erst durch ihn erfuhr er, daß meine Eltern verheiratet waren und – daß ich existiere?«

»So ist es.«

»Und – wie nahm er es auf?«

»Tief erschüttert.«

»Zürnte er meinen Eltern?«

Sie schüttelte den Kopf.

»O nein, sein Stolz und seine Härte haben ihm längst leid getan. Er segnete Ihren Vater, daß er seiner Tochter ein Jahr des Glücks beschert hatte. Aber er empfand auch einen herben Schmerz, daß er seit dreißig Jahren einsam gewesen war und nicht erfahren hatte, daß er einen Enkel besaß, der ihm diese Einsamkeit verklärt haben würde.«

Er richtete sich straff auf. »Sie glauben also, daß er mich freudig als Enkel anerkannt haben würde?«

Ihre Augen wurden feucht vor Erregung.

»Wüßten Sie, wie es auf ihn gewirkt hat! Ich kann es Ihnen nicht besser erklären, als wenn ich Ihnen jedes Wort unserer Unterredung wiederhole. Ich habe sie noch so genau im Gedächtnis; waren es doch seine letzten Worte, die er mit mir sprach, er, der mein Wohltäter war, den ich liebte und verehrte, wie keinen andern Menschen, und dem ich so viel Dank schulde.«

Und in schlichten Worten schilderte sie ihm die letzte Stunde, die sie mit Rochus Bernd verlebt hatte. Zum Schluß sagte sie ergriffen:

»Sie sehen, wie er sich danach sehnte, Sie zu sehen, wie es ganz selbstverständlich für ihn war, daß Sie sein einzig berechtigter Erbe sind. Er wollte es noch notariell festlegen, aber dessen bedarf es ja zum Glück nicht, um Sie in Ihre Rechte einzusetzten. Sie brauchen sich ja nur als sein Enkel zu legitimieren, um ohne weiteres Ihr Erbe antreten zu können. Es existieren allerdings noch einige entfernte Verwandte von Ihrem Großvater, die Enkel eines Vetters von ihm, die sich als seine Erben betrachten, weil sie glauben, seine einzigen Verwandten zu sein. Diese beiden Menschen werden Ihnen feindlich gegenüberstehen, darauf machen Sie sich gefaßt. Aber es darf Sie nicht kümmern. Mein Vormund dachte nicht gut von diesen beiden Geschwistern, und er hätte sie nicht gern als seine Erben gesehen. Jedenfalls weiß ich, daß von dem Moment an, da er von Ihrer Existenz wußte, nur ein Erbe für ihn existierte: Sie allein.«

Er sah sie mit großen, ernsten Augen an. Vielleicht kam ihm eine Ahnung davon, daß sie ihm verschwieg, was ihr Vormund über ihre Beteiligung an seinem Erbe gesagt hatte.

»Glauben Sie wirklich, daß ich ihm als einziger Erbe galt?«

Sie wurde glühend rot und da sie nicht lügen wollte, umging sie seine Frage und sagte ruhig:

»Ich kann Ihnen darauf am besten mit seinen letzten Worten antworten, die er zu mir sprach. Er sagte wörtlich: ›Ruth, ich habe einen Erben, einen Enkel! Gott segne ihn und führe ihn zu mir, und er gebe, daß ich stolz sein kann auf ihn!‹ Und vorher sagte er zu mir: ›Nun habe ich einen Erben nach meinem Herzen, jetzt macht mir das Testieren Freude, jetzt freue ich mich wieder meines Reichtums; alles gehört meinem Enkel – meinem Enkel – meinem Enkel!‹ Das kam wie ein Jauchzen aus seiner Brust. Hätten Sie es gehört, es würde Sie tief erschüttert haben.«

Ruth hatte mit bebender Stimme gesprochen. Gert Herfurts Augen bekamen einen seltsamen Glanz. Er kämpfte seine Rührung mannhaft nieder, aber sie war ihm doch deutlich anzumerken.

Er faßte Ruths Hand.

»Ich danke Ihnen von ganzem Herzen, mein gnädiges Fräulein, für das, was Sie mir mitgeteilt haben. Wie dies alles auf mich wirkt, kann ich Ihnen nicht sagen. Auch ich weiß erst seit kurzer Zeit, daß mir ein Großvater lebte. Mein Vater enthüllte es mir erst auf seinem Krankenbett, kurz vor seinem Tod. Seine Gründe dafür, daß er es mir verschwieg und daß er meinem Großvater nichts von meiner Existenz mitteilte, wurzelten wohl in seinem verletzten Stolz. Er wollte nicht aufdringlich scheinen, wo er einmal abgewiesen war. Aber schließlich kamen ihm doch Bedenken, ob er recht getan hatte, und deshalb machte er es mir zur Pflicht, meinen Großvater aufzusuchen. Er wünschte auch, daß ich meine Erbansprüche stellen solle, falls mein Großvater nicht mehr am Leben sei, wenn ich zu ihm käme, weil ich nicht nur sein Sohn, sondern auch der meiner Mutter bin. Sie sagen mir, daß mein Großvater in mir seinen Erben sah, sobald er von meiner Existenz erfuhr. Das tut mir wohl, nicht des Erbes wegen, das können Sie mir glauben, sondern weil ich daraus ein warmes Empfinden für mich ersehe. Ich habe mein Herz bis in den Hals hinauf pochen fühlen, als ich gestern meinen Großvater zum ersten Mal sah. Ich habe gefühlt, daß ich zu ihm gehöre und deshalb freut es mich, daß er mich anerkannte, mich – und die Ehe meiner Eltern. Und Ihnen bin ich tiefen Dank schuldig, daß Sie es waren, die mir noch in letzter Stunde diese Anerkennung verschaffte. Als ich Ihnen gestern vormittag begegnete, hätte ich Sie gern angesprochen und mich nach dem Ergehen meines Großvaters erkundigt. Aber ich wagte es nicht, obwohl Ihnen die Güte aus den Augen leuchtete und – Sie mir gleich sehr sympathisch waren.«

»Hätten Sie es nur getan, vielleicht hätte ich Sie doch noch zu Ihrem lebenden Großvater führen können.«

Er atmete tief auf. »Wie oft unterläßt man etwas, das man so gern tun möchte, aus kleinlichen Formenrücksichten. Es läßt sich auch nicht mehr nachholen. Aber ich muß noch etwas zur Sprache bringen. Darf ich Ihnen einige Fragen vorlegen?«

»Bitte sehr.«

»Sie sind Waise?«

»Seit meinem zwölften Jahr.«

»Und – sind Sie reich?«

»Nein, ich habe von Ihres Großvaters Güte gelebt, der mich wie ein eigenes Kind hielt.«

»Dann trete ich vielleicht auch Ihren Erbansprüchen zu nahe?«

»Ich habe keine Erbansprüche.«

»Aber mein Großvater hat sicher die Absicht gehabt, sie in seinem Testament zu bedenken. Mir schien, daß Sie mir bei Ihrem Bericht vorhin etwas unterschlugen, was darauf Bezug hatte. Sonst klangen alle Ihre Worte so klar und wahr; an einer Stelle wurden Sie unsicher. Und ich wette, an dieser Stelle hat mein Großvater davon gesprochen, daß er Sie in seinem Testament bedenken wollte. Bitte, seien Sie auch in diesem Punkte mir gegenüber ehrlich.«

Eine dunkle Glut, die in ihr Gesicht schoß, verriet ihm, daß er recht vermutete. Ruth zögerte eine Weile, dann sah sie ihn offen an.

»Ich will nicht unehrlich sein, aber bitte, erlassen Sie mir, darüber zu sprechen. Nur um nicht den Verdacht aufkommen zu lassen, daß Onkel Rochus seiner Güte für mich nicht auch über das Grab hinaus Ausdruck geben wollte, sage ich Ihnen, daß es bei seinem Charakter selbstverständlich war, daß er mir seine Fürsorge hätte angedeihen lassen. Aber mich trifft es nicht, daß er diese Absicht nicht ausführen konnte. Er hat mir eine so vortreffliche Erziehung gegeben, daß ich auf eigenen Füßen stehen kann, und auch einen Notgroschen besitze ich in einem bescheidenen Erbteil von meinen Eltern her. Mir ist es fast eine Erleichterung, daß er mich nicht in einem Testament bedenken konnte, denn ich gelte in den Augen seiner Verwandten als Erbschleicherin, sie mißgönnten mir die Liebe und Fürsorge meines Vormunds. Und ich bin froh, daß ich mich von diesem Verdacht reinigen kann.«

Er sah bewundernd in ihre klaren, reinen Züge. »Ich hoffe, daß ich den Willen meines Großvaters in bezug auf Ihre Person erfüllen kann.«

Sie hob hastig abwehrend die Hand. »Nein, bitte sprechen Sie davon nicht. Ich danke Ihnen für Ihren guten Willen, aber ich habe in diesem Haus schon so viele Wohltaten erhalten, daß ich die Schuld der Dankbarkeit nicht vergrößern möchte. Ich bedarf keiner Hilfe. Aber wenn ich Ihnen etwas ans Herz legen darf, so bitte ich Sie, den alten Diener Ihres Großvaters und einige andere treue Dienstboten nicht zu vergessen. Heinrich ist seit vierzig Jahren in seinem Dienst gewesen, und wenn er in diesen schweren Zeiten aus dem Haus gewiesen würde, käme es ihn sehr schwer an.«

Impulsiv führte er ihre Hand an seine Lippen. »Darüber werden wir noch reden, wenn es soweit ist. Selbstverständlich werde ich alte, treue Diener meines Großvaters nicht vergessen. Mir ist es nur peinlich, daß ich Sie benachteiligen muß – und auch die Verwandten meines Großvaters. Ich dürfte ihnen wohl sehr ungelegen kommen.«

Ruth atmete auf. »Darüber besteht für mich kein Zweifel. Ich weiß, daß sie sicher mit dieser Erbschaft rechnen. Ihr Großvater hätte sie auch sicher bedacht, aus Familiensinn, weil er keinen direkten Erben zu haben glaubte. Zugetan war er diesen beiden Menschen nicht, er verachtete sie. Ihre Charaktereigenschaften haben den streng rechtlich und vornehm denkenden Mann abgestoßen, und als er erfuhr, daß er einen Enkel hatte, waren sie für ihn erledigt. Er hat ihnen viel Gutes getan. Sie werden in seinen

Büchern die Summen finden, die er ihnen geschenkt hat und mit denen sie doch nicht zufrieden waren. Sie werden außer sich sein, wenn sie erfahren, daß ihnen das reiche Erbe verlorengeht. Das sage ich Ihnen, damit Sie sich darauf gefaßt machen, daß Ihnen von dieser Seite Feindseligkeiten bevorstehen. Ich habe oft genug unter ihren gehässigen Ausfällen gelitten, weil sie fürchteten, ich könnte Onkel Rochus bestimmen, ein Testament zu meinen Gunsten zu machen. Sie mißgönnten mir ein eventuelles Erbe mehr als seine Liebe. Es ist sonst nicht meine Art, über diese Menschen zu sprechen, aber ich halte es für meine Pflicht gegen meinen Wohltäter, Sie vor diesen beiden zu warnen. Ich halte sie zu allem fähig – auch zu dem Schlimmsten. Bitte, sehen Sie sich vor.«

»Ich danke Ihnen für Ihre Warnung. Eine Gefahr, die man kennt, ist keine mehr. Und ich hoffe und wünsche, daß ich Ihnen alle Güte, die Sie mir erweisen, vergelten kann. Aber nun habe ich noch eine herzliche Bitte an Sie.«

Sie sah ihn mit ihren schönen, seelenvollen Augen fragend an. »Was kann ich für Sie tun?«

»Bitte – führen Sie mich zu meinem Großvater. Ich möchte ihn noch einmal sehen und zugleich Abschied von ihm nehmen. Und – dabei möchte ich mit ihm allein sein.«

Ihre Augen leuchteten auf.

»Ich freue mich, daß Sie diesen Wunsch aussprechen und finde ihn verständlich. Viel Fremdes liegt zwischen Ihnen und Ihrem Großvater, das müssen Sie wegräumen. Und ich gönne es ihm, daß sein Fleisch und Blut an seinem Totenlager steht und daß die Augen seines Enkels auf ihm ruhen – voll warmer Teilnahme. Er ist es wert, glauben Sie es mir, wenn er auch einst Ihren Vater zurückgewiesen hat.«

Mit einem guten Lächeln sah er sie an. »Sie brauchen

nicht sein Fürsprecher zu sein, mein eigenes Herz spricht für ihn.«

Ihre Blicke trafen sich. Selbstvergessen sahen sie sich eine Weile an, und er hielt dabei ihre Hand fest in der seinen. Sie hielt seinen Blick aus, bis ihr die Glut verräterisch ins Gesicht stieg. Da löste sie schnell und verwirrt ihre Hand aus der seinen.

»Kommen Sie!« sagte sie hastig. Damit führte sie ihn hinüber in den Saal, in dem Rochus Bernds sterbliche Überreste aufgebahrt lagen. Sie ließ ihn eintreten und schloß die Tür, damit er mit dem Toten allein sei. Und dann preßte sie die Hände, von ihrem Gefühl überwältigt, aufs Herz und atmete tief und zitternd auf.

Eine Weile stand sie so, mit geschlossenen Augen, und ließ diese Stunde in sich nachklingen wie ein köstliches Erlebnis.

8

Langsam ging Ruth in das Vestibül, wo sie Gert Herfurt erwarten wollte. Sie fand dort den alten Heinrich, der sorgenvoll vor sich hinstarrte, denn er wußte nicht, was aus ihm werden sollte. Seine kleinen Ersparnisse, die er in vierzigjähriger Dienstzeit zurückgelegt hatte, waren durch die Entwertung der Mark zu einer Bagatelle zusammengeschrumpft, und viel leisten konnte er nicht mehr. Was sollte aus ihm werden?

Ruth legte ihm die Hand auf den Arm.

»Heinrich, Sie sind seit vierzig Jahren im Dienst Ihres Herrn gewesen, nicht wahr?«

Er nickte. »Ja, Fräulein Ruth, und nun, da ich ihm nicht

mehr dienen kann, komme ich mir so überflüssig vor. Was soll aus mir werden, wenn ich jetzt das Haus verlassen muß?«

Sie sah ihn voll Güte an. »Dazu wird es nicht kommen, Heinrich, der neue Herr wird Ihnen einen geruhsamen Lebensabend gönnen nach so langer Dienstzeit.«

Heinrich machte eine wegwerfende Bewegung. »Mit Verlaub, Fräulein Ruth, von Herrn Kurt Bernd halte ich so wenig wie von seiner Schwester. Wenn die beiden hier einziehen, kann ich mein Bündel schnüren und Sie auch, denn der gnädige Herr hat noch kein Testament gemacht. Er sagte mir gestern morgen, als ich ihn ankleidete, es solle noch vor seiner Reise geschehen.«

Ruth nickte. »Ja, Heinrich, ein Testament hat er nicht gemacht. Ich verlasse dieses Haus, sobald alles geordnet ist, damit habe ich immer gerechnet, und ich bin jung und gesund und kann arbeiten.«

»So hat es aber der gnädige Herr nicht mit Ihnen gemeint, das weiß ich besser. Sie standen ihm näher als die Geschwister Bernd, die sich nun hier breitmachen werden.«

»Vielleicht auch nicht, Heinrich, vielleicht kommt alles anders, als Sie denken. Haben Sie sich den Herrn angesehen, der vorhin gekommen ist?«

»Nicht sehr genau, meine alten Augen sehen nicht mehr gut.«

»Nun, sonst wäre Ihnen wohl aufgefallen, wie sehr er unserm teuren Verstorbenen ähnlich ist. Sie sollen es wissen, Heinrich, damit Ihr Sorgenbündel ein wenig leichter wird. Sie schwatzen ja nicht, solange es nicht sein darf. Die Tochter Ihres Herrn haben Sie doch noch gekannt, nicht wahr?«

Heinrich nickte.

»Unser Fräulein Maria? Das will ich meinen. Sie war ein

Engel an Güte, und mit ihrem Tod ist das Haus meines Herrn einsam geworden. Schon als sie nach England ging, wurde es so still.«

Ruth faßte seine Hand. »Heinrich, der Herr, der vorhin gekommen ist, ist der Sohn von Frau Maria Herfurt, geborene Bernd. Sie hat in England geheiratet damals, heimlich, und kam nach Hause, um ihrem Vater zu gestehen, daß sie Claus Herfurts Frau und Mutter eines Sohnes geworden war. Mein Vormund hat das gestern erst erfahren, kurz vor seinem Tod. Und das hat ihn so erregt. Und nun ist heute sein Enkel gekommen, um ihn kennenzulernen. Er steht jetzt drinnen an seinem Totenlager. Leider kam er zu spät, um mit ihm zu sprechen, aber gesehen hat ihn gestern sein Großvater, und die Freude, daß er einen Enkel, einen direkten Erben hat, hat sein Herz nicht fassen können. Und nun seien Sie außer Sorge, Heinrich, der junge Herr, das ist Art von der Art seines Großvaters, der läßt einen alten, treuen Diener nicht darben. Er ist gut und edel.«

Der alte Diener war kraftlos vor freudigem Erstaunen in einem Sessel zusammengesunken.

»Du lieber Herrgott – da habe ich nun um ein Wunder gebetet, daß ich nicht auf die Straße gestoßen werde auf meine alten Tage, und nun ist das Wunder geschehen«, stammelte er fassungslos.

In diesem Moment klingelte das Telefon. Ruth legte den Finger auf die Lippen.

»Nicht schwatzen, Heinrich, bis alles klar ist. Wenn Herr Herfurt herauskommt, bitten Sie ihn, er solle noch einen Augenblick warten. Ich will jetzt zum Telefon.«

Heinrich nickte und sah Ruth noch ganz konsterniert nach.

Diese nahm den Hörer auf:

»Wer dort?«

Lenas Stimme antwortete:

»Ich bin hier, Fräulein Alving. Was ist denn los? Unsere Dienerin sagt mir eben, daß Sie schon gestern abend angerufen haben. Wir kamen spät heim und haben verschlafen. Also, was gibt es?«

Und nach dieser Frage hörte Ruth ein herzhaftes Gähnen.

»Es tut mir leid, Fräulein Bernd, daß ich Sie erst jetzt erreiche. Aber Ihr Mädchen wollte Sie partout nicht wecken, trotz meiner Dringlichkeit.«

»Mein Gott, ist es denn so eilig, was Sie mir zu sagen haben?«

»Wenigstens sehr wichtig – und sehr traurig. Ich muß Ihnen mitteilen, daß Onkel Rochus gestern abend plötzlich einem Herzschlag erlegen ist.«

Eine Weile lautlose Stille und dann ein Aufschrei: »Er ist tot?«

»Ja, Fräulein Bernd, leider. Wir haben ihn vor dem Abendessen tot in seinem Zimmer aufgefunden.«

Wieder eine Pause. Und dann herrschte Lena Ruth wie eine Dienerin an: »Und das erfahre ich jetzt erst?«

Ein verächtliches Lächeln huschte um Ruths Mund. Sie hatte gewußt, daß dieser Vorwurf kommen würde, trotz ihrer Bemühungen.

»Da Sie früher nicht zu erreichen waren, Fräulein Bernd, konnte ich Sie erst jetzt benachrichtigen«, sagte sie kurz.

»Oho, mein Fräulein, nicht diesen anmaßenden Ton, verstanden! Sie hätten sich unter allen Umständen aufmachen und uns suchen müssen.«

»Wollen Sie mir bitte sagen, wo ich hätte suchen sollen? Ihr Mädchen wußte nicht einmal, in welchem Theater Sie waren. Auch hätte ich gar keine Zeit gehabt, denn ich hatte genug zu tun.«

»Aha, nun ja – man kann sich denken, was Sie zu tun

hatten. Es gab wohl schnell noch ein Schäfchen ins trokkene zu bringen?«

Ruth wurde vor Empörung blaß bis in die Lippen. »Ich verbitte mir solche Anschuldigungen, Fräulein Bernd. Meine Koffer stehen Ihnen zur Durchsicht zur Verfügung, falls Sie es wünschen und ein Recht dazu haben.«

»Kommen Sie nur herunter von Ihrem Thron, meine Gnädigste. Ganz sicher werde ich es wünschen und ein Recht dazu haben. Aber ehe ich an Ihre Koffer komme, werden sie schon hübsch leer sein. Man kennt das.«

»Diese Beleidigungen fallen auf Sie zurück, ich stehe ihnen schutzlos gegenüber. Haben Sie sonst noch Wünsche?«

»Selbstverständlich – wir wünschen draußen zu speisen. Und in einer halben Stunde soll das Auto hier sein, damit wir endlich draußen nach dem Rechten sehen können.«

»Das hätten Sie schon früher tun können, wenn Sie zu erreichen gewesen wären. Ich sende den Wagen in einer halben Stunde.«

Damit hängte Ruth ab, zitternd vor Empörung, und schritt hinaus in das Vestibül. Da stand Gert Herfurt mit ernstem Gesicht neben dem alten Heinrich. Er sah unruhig forschend in ihr blasses, zuckendes Gesicht und sah, daß sie mit Tränen kämpfte.

»Ich hoffe, Sie hatten nichts Unangenehmes am Telefon zu erledigen, mein gnädiges Fräulein?«

Sie schluckte ihre Tränen tapfer hinab. »Es war Fräulein Lena Bernd. Sie machte mir Vorwürfe, daß ich sie nicht früher erreichen konnte, obwohl ich alles versucht habe. Und sie wagte es, mir zu sagen, daß ich die Zeit wohl benutzt hätte, um mein Schäfchen ins trockene zu bringen, und stellte mir in Aussicht, daß sie meine Koffer untersuchen werde.«

»Empörend!« stieß Gert Herfurt heraus und sah sie besorgt an.

Ruth atmete zitternd auf. »Oh, von dieser Seite wundert mich nichts. Es ist mir nichts Neues, daß die Geschwister mir zutrauen, daß ich mich auf unrechtmäßige Weise am Erbe meines Vormunds bereichere, aber in so unverschämter Weise hätte Fräulein Bernd das nicht auszusprechen gewagt, solange ich unter dem Schutz des Verstorbenen stand.«

Da trat der alte Heinrich neben sie.

»Kränken Sie sich nicht, Fräulein Ruth, Sie stehen ja viel zu hoch über solchen Verdächtigungen. Fräulein Bernd sucht die Leute nur hinter dem Busch, wo sie selbst gesteckt hat. Ich will nichts gesagt haben, aber ich denke mir mein Teil.«

Ruth faßte sich mühsam. »Das war erst der Auftakt zu dem, was mir von dieser Seite noch bevorsteht«, sagte sie tonlos.

Teilnahmsvoll und impulsiv faßte Gert ihre Hand.

»Mein gnädiges Fräulein, darf ich mich nicht auch in dieser Angelegenheit als Erbe meines Großvaters betrachten? Darf ich Ihnen nicht in seiner Vertretung meinen Schutz anbieten? Ich betrachte das als eine Ehrenpflicht, denn dieser treue Diener hat mir soeben gesagt, daß mein Großvater Sie wie eine Tochter geliebt hat und Sie wie eine solche hielt. Bitte, begeben Sie sich vertrauensvoll unter meinen Schutz.«

Ein wohliges Gefühl des Geborgenseins erfüllte Ruths Seele. Sie sah mit feucht schimmernden Augen zu ihm auf.

»Ich danke Ihnen für Ihren guten Willen, und wenn ich mich einmal nicht selbst schützen kann, will ich um Ihren Schutz bitten.«

»Ich werde immer und jederzeit dazu bereit sein.«

Ruth gab nun Heinrich den Auftrag, zu bestellen, daß

der Chauffeur in einer halben Stunde die Geschwister Bernd abholen solle.

»Fräulein Bernd wünscht mit ihrem Bruder heute mittag hier zu speisen, und man soll ihr das Auto schicken«, sagte sie.

»Nun, sie sollen sich nicht eher hier als die Herren aufspielen, bis sie ein Recht dazu haben«, knurrte Heinrich kampfesmutig. Als Ruth mit Gert Herfurt allein war, sagte er lächelnd:

»Sie haben einen treuen Freund und Verehrer an dem alten Heinrich. Er hat mir auch verraten, daß mein Großvater davon gesprochen hat, daß er Ihre Zukunft durch sein Testament sicherstellen wollte. Er hat mir überhaupt viel Gutes von Ihnen erzählt.«

Sie errötete. »Heinrich ist Partei. Er liebt alles, was sein Herr liebte, und mag niemanden leiden, den er nicht leiden mochte.«

»Dann mochte mein Großvater die Geschwister Bernd gar nicht leiden?«

»Ja, das stimmt. Aber, bitte, nun sagen Sie mir noch, wie ich mich den Geschwistern Bernd gegenüber verhalten soll. Wünschen Sie, daß ich ihnen sage, daß Sie der Enkel von Rochus Bernd sind und als solcher Ihr Erbe antreten werden, oder wollen Sie hier auf die Herrschaften warten und ihnen selber die Mitteilung machen?«

Er überlegte. Dann sagte er ruhig und bestimmt:

»Ich möchte erst einmal mit einem Notar sprechen und mich informieren, wie ich mich zu verhalten habe. Können Sie mir einen guten Notar empfehlen?«

»Oh – suchen Sie Doktor Jungmann auf, er war der Notar und Rechtsbeistand Ihres Großvaters. Er wird inzwischen ein Schreiben erhalten haben, das ihn zu ihm rief, weil Onkel Rochus sich mit ihm wegen seines Testamentes besprechen wollte. Sagen Sie ihm, daß ich Sie zu ihm schicke. Er ist äußerst tüchtig und ehrenhaft und wird Ihnen gut raten.«

»Vielen Dank, mein gnädiges Fräulein. Das will ich tun. Inzwischen ermächtige ich Sie, den Geschwistern Bernd über mein Auftauchen zu erzählen, was Sie für gut halten. Und nun will ich nicht länger stören. Von meinem Großvater habe ich Abschied genommen. Ich werde die Stunde nicht vergessen, in der ich mit ihm wie mit einem Lebenden sprach. Und ich werde erst wiederkommen, wenn ich ihm die letzte Ehre erweise. Bevor er nicht zur letzten Ruhe bestattet ist, will ich es vermeiden, Streit in dieses Haus zu tragen. Sein Frieden soll nicht gestört werden. Erst nach seiner Beerdigung werde ich meine Ansprüche geltend machen. Inzwischen bitte ich Sie, hier nach dem Rechten zu sehen und alles, was Ihnen mein Großvater anvertraute, unter Ihrer Obhut zu behalten. Bitte, empfehlen Sie mich der Form halber den Geschwistern Bernd, da sie ja immerhin mit mir verwandt sind. Wenn ich es vermeiden kann, werde ich Streitigkeiten mit ihnen nicht suchen.«

Sie sah ihn seufzend an. »Dem werden Sie nicht aus dem Weg gehen können.«

Er faßte ihre Hand. »Bitte, lassen Sie sich keinerlei Demütigungen gefallen, ich werde nicht dulden, daß man Sie kränkt und beleidigt.«

Ihre Blicke hingen an seinen Zügen.

So standen sie eine Weile, Hand in Hand, Auge in Auge, und vergaßen alles um sich her. Dann trat Ruth, wie aus einem Traum erwachend, von ihm zurück. Aber er ließ ihre Hand nicht los.

»Ich bin sehr glücklich, Sie in diesem Haus gefunden zu haben, mir ist, als gäbe mir Ihr Hiersein ein Heimatrecht. Nicht wahr, Sie werden bleiben, bis alles geregelt ist?«

Leise bebte ihre Hand in der seinen. »Wenn man mir gestattet zu bleiben, dann bleibe ich gewiß.«

»Wer soll es Ihnen wehren? Hat hier jemand ein Recht, Sie gehen zu heißen?«

Sie atmete auf. »Außer Ihnen wohl niemand. Aber es könnte sein, daß die Geschwister Bernd mir das Bleiben durch ihr Benehmen unmöglich machen.«

»Nein, Sie dürfen nicht fortgehen, versprechen Sie es mir. Wenn man Ihnen zu nahe tritt, weisen Sie es stolz zurück. Ich muß Sie hier wiederfinden. Mir ist, als seien wir uns in dieser Stunde nähergekommen als manche Menschen, die seit Jahren zusammenleben. Ich muß Sie wiedersehen«, sagte er erregt und sah sie flehend an.

Wie eine warme Welle gingen seine Worte über sie hin.

»Ich werde bleiben, selbst wenn ich meinen Stolz bezwingen und Demütigungen ertragen muß«, sagte sie leise.

Inbrünstig küßte er ihre Hand. »Ich danke Ihnen, nun bin ich ganz ruhig. Und ich werde Rechenschaft fordern von jedem, der Ihnen zu nahe treten sollte. Leben Sie wohl, Fräulein Alving. Auf Wiedersehen.«

»Auf Wiedersehen!«

Sie sagte es leise, wie im Traum. Und wie im Traum sah sie ihm nach und lauschte den Worten nach, die er mit ihr gesprochen hatte.

An der Tür wandte er sich noch einmal nach ihr um, noch einmal hingen ihre Augen ineinander, dann schloß sich die schwere Pforte hinter ihm.

Ruth richtete sich auf, strich sich das Haar aus der Stirn zurück und eilte dann in den Saal, an die Bahre des Toten. Hier sank sie in die Knie.

»Onkel Rochus – lieber Onkel Rochus!«

Sie wußte nicht, wie sie ihren Empfindungen Ausdruck geben sollte und weinte.

9

Lena Bernd war zunächst ziemlich fassungslos, als sie vom Tod ihres Großonkels erfahren hatte, nicht etwa vor Schmerz, sondern vor Freude. Endlich, endlich hatte es ein Ende mit diesem knauserigen, elenden Leben, in dem auf jedes kleine Vergnügen ein Katzenjammer folgte. Nun sollte es anders werden. Herrgott! Jetzt waren sie ja reich, unermeßlich reich, Kurt und sie.

Lena Bernd verstand unter einem lebenswerten Leben ein völliges Aufgehen in Genuß und Amüsement.

Daß sie in aller Eile Ruth Alving am Telefon noch einige »Dämpfer« aufgesetzt und einige Beleidigungen an den Kopf geworfen hatte, erhöhte ihre Zufriedenheit mit dem Stand der Dinge.

Als ihr nun, nachdem sie sich vom Telefon abwandte, das schlampige, mürrische Dienstmädchen in den Weg lief, herrschte sie dieses an:

»Weshalb haben Sie gestern abend nicht auf uns gewartet, um uns zu sagen, daß man uns am Telefon Wichtiges zu sagen hatte?«

Das Mädchen sah sie nicht sehr achtungsvoll an.

»Wichtig haben es alle am Telefon, meistens die mit unbezahlten Rechnungen. Ich kann mir nicht auskennen, was für Ihnen wichtig ist und was nicht. Und ich kann nicht bis früh um fünfe aufsitzen, wenn ich am Tag arbeiten muß, ich kann nicht bis Mittag in den Federn liegen.«

Lena reckte sich vor der sonst so gefürchteten Perle, die seit einigen Monaten schon keinen Lohn bekommen hatte und nur bei ihnen aushielt, weil sie in einem anständigen Haus mit ihren schlechten Zeugnissen keine Stellung bekam. Dafür, daß man ihr den Lohn schuldete, erlaubte sie sich allerlei Unverschämtheiten. Sonst ließ Lena ihr diese hingehen. Aber jetzt trumpfte sie auf, und zwar in einer nicht sehr vornehmen Weise.

»Werden Sie nicht frech, Lina, sonst fliegen Sie.«

Die Perle sah sie äußerst erstaunt und beleidigt an. »Nanu, dann zahlen Sie mir erst mal meinen Lohn. Ich habe es längst satt hier.«

»Ihren Lohn werden Sie bekommen, Sie unverschämte Person, und dann fliegen Sie, aber mit Aplomb.«

»Mit was soll ich fliegen? Riskieren Sie man keene Lippe. Wir werden ja sehen, wer fliegt. Sie vielleicht, weil Sie auch keine Miete bezahlen.«

Lena schlug ihr die Tür vor der Nase zu mit einem heftigen Krach.

Und dann horchte sie nach ihres Bruders Zimmer hinüber.

»Nun wird er ja endlich aufgewacht sein«, sagte sie zu sich selbst.

Sie warf in ihrem sehr unordentlichen Schlafzimmer verschiedene Garderobestücke durcheinander, bis sie einen ziemlich defekten warmen Morgenrock fand, den sie fröstelnd überwarf, denn sie war vorhin direkt aus dem Bett an das Telefon geeilt.

Dann ging sie über den schmalen Korridor zum Zimmer ihres Bruders. Hier klopfte sie fest an die Tür.

»Bist du endlich wach, du Murmeltier?« rief sie.

Aber drinnen im Zimmer blieb alles stumm. Sie riß ungeduldig die Tür auf.

»Kurt! So höre doch! Herrgott, hast du einen Schlaf. Kurt, wach auf, Onkel Rochus ist tot! Onkel Rochus ist tot!« rief sie.

Aber ihr Bruder lag im Bett und rührte sich nicht. Lena trat näher heran und sog nun mit einem Naserümpfen die Luft ein.

»Wie riecht es nur hier, da wird einem ja ganz übel.«

Und schnell riß sie das Fenster auf, um bessere Luft hereinzulassen. Dann trat sie wieder an das Bett und schüttelte den Bruder heftig an den Schultern.

»Kurt, alte Schlafmütze, so werde doch nur munter. Hörst du nicht? Unser Großonkel ist tot. Vorbei ist es mit diesem elenden Hundeleben. Wach auf, in einer halben Stunde holt man uns im Auto ab.«

Aber ihr Bruder stieß nur einen grunzenden Ton aus, hob einen Moment die schweren Augenlider, konnte sich aber nicht ermuntern.

Lena sah sich ratlos im Zimmer um. Es sah genauso unordentlich aus wie das ihre. Auf dem Nachttisch neben dem Bett standen eine Schachtel mit Zigaretten und ein Aschenbecher mit Zigaretten- und Aschenresten. Sie strömten den seltsam schweren, süßlichen Geruch aus, der das ganze Zimmer füllte und nur langsam durch die frisch einströmende Luft ersetzt wurde.

Sie roch an den Aschenresten, schüttelte sich ein wenig und rüttelte dann wieder an den Schultern ihres Bruders. Und da es noch immer nichts half, nahm sie ein Glas Wasser und schüttete es ihm über das Gesicht. Da endlich ermunterte er sich langsam und starrte sie an.

»Was ist denn – was willst du?«

»Aber Kurt, um Himmels willen, dich kann man ja im Schlaf forttragen. Wach doch endlich auf.«

Mühsam richtete er sich auf, das kalte Wasser von sich schüttelnd.

»Was ist denn los? Was schreist du denn so, und warum begießt du mich mit Wasser? Mach das Fenster zu, es ist kalt.«

»Hier war eine entsetzliche Luft, und du warst nicht munter zu bekommen.«

Sie sprang auf und schloß das Fenster. Er sank wieder in die Kissen zurück, noch immer schlaftrunken.

»Wenn du mich mal wieder so findest, Lena, dann gib dir keine Mühe, mich zu wecken. Bevor die halbe Stunde nicht um ist, kriegst du mich nicht munter.«

»Was denn für eine halbe Stunde?«

Er zeigte auf die Aschenschale.

»Vor einer halben Stunde, gerade als ich aufstehen wollte, bekam ich wieder so einen verwünschten Gallensteinanfall. Und da hat mir neulich ein Bekannter Zigaretten verkauft, die er selbst präpariert hat. Sie enthalten ein starkes Narkotikum, das einen auf eine halbe Stunde vollkommen betäubt und gegen alles unempfindlich macht. Aber, wie gesagt, nur genau eine halbe Stunde; dann ist aber in der Regel der ärgste Schmerz vorüber. Ich bin sehr froh, daß ich diese Zigaretten habe. Wenn du früher gekommen wärst, hättest du mich nicht munter bekommen. Man erwacht nach dem Genuß einer solchen Zigarette immer erst nach einer halben Stunde, zuweilen schläft man auch länger. Aber eine halbe Stunde ist man einfach tot – narkotisiert – betäubt – was weiß ich.«

Lena sah die Zigarettenschachtel neugierig an und öffnete sie. »Das sind sie?«

»Ja.«

»Sie sehen genau aus wie andere – mir scheint, diese Marke kenne ich sogar.«

»Jede Zigarette kann von meinem Bekannten so präpariert werden, er ist Chemiker. Ich habe mir gleich ein Quantum gekauft und trage sie immer bei mir. Diese Gallensteinanfälle sind zu scheußlich. Aber was hast du eigentlich in meinem Zimmer zu suchen?«

Sie schüttelte ihn lachend. »Hast du denn nicht gehört? Unser Erbonkel ist tot – Friede seiner Asche.«

Jetzt sprang Kurt mit einem Satz aus dem Bett und stand nun in einem ziemlich unfrischen, ausgebleichten Schlafanzug vor ihr.

»Was sagst du?« fragte er, sie mit brennenden Augen anstarrend.

»Also noch einmal: Der Großonkel ist gestorben«, sagte sie und mußte lachen über sein Gesicht.

Er fuhr mit der Hand durch das Haar. »Machst du auch keinen Witz, Lena?«

Sie zeigte eine würdevolle Miene. »Mit solchen Dingen scherzt man doch nicht. Also los, mach dich fertig. Bald wird das Auto hier sein. Die Alving hat uns schon gestern abend angeklingelt, und Lina, unsere Perle, hat es mir erst vorhin gesagt. Dabei ist sie wieder so unverschämt geworden – die fliegt jetzt mit Glanz, sage ich dir. Sie ist zu frech. Na überhaupt, jetzt geht es mit einem anderen Ton.«

»Meinetwegen! Sag mir nur, ob es wirklich wahr ist, daß Onkel Rochus tot ist.«

»Wahr und wahrhaftig, er ist einem Herzschlag erlegen. Die Alving ist natürlich froh, daß sie uns nicht erreicht hat. Die wird ihr Schäfchen schnell noch ins trockene gebracht haben. Mach schnell, daß wir hinauskommen.«

Kurt fuhr ohne Umstände mit dem Kopf in die Waschschüssel. Lena hatte sich auf sein Bett gesetzt und spielte mit der Zigarettenschachtel.

»So eine Zigarette möchte ich auch mal rauchen, Kurt.«

Er rieb sich mit dem Frottierhandtuch das Haar trocken.

»Laß die Dummheiten, sei froh, daß du so etwas nicht brauchst.«

»Ist man wirklich total betäubt davon?«

»Vollständig – nach fünf Minuten fühlst du keinen Schmerz mehr, bist völlig bewußtlos und weißt nichts mehr von dir selbst und der Welt.«

»Und – sind sie sonst ungefährlich?«

»Na, so sehr viel darf man nicht davon rauchen. Und Kopfweh bekommt man meist auch danach. Aber das vergeht im kalten Wasser oder an der frischen Luft.«

Sie stellte die Schachtel hin.

»Also, wenn ich mal Schmerzen irgendwelcher Art bekommen sollte, gibst du mir so eine Zigarette ab. Du, da fällt mir ein, wenn man jemand so eine Zigarette zu rauchen gibt, kann man ihn nach Belieben einschläfern. Das ist eigentlich eine famose Sache für Taschendiebe und dergleichen. Stell dir vor, was man als Taschendieb mit diesen Zigaretten für Erfolg haben kann. Ein Glück, daß wir jetzt in bessere Vermögensverhältnisse kommen, sonst käme man in Versuchung, seine Finanzen mit Hilfe dieser Zigaretten aufzubessern. Denk nur an den Ausländer, der gestern abend mit mir kokettierte und der in seiner Brieftasche unzählige Dollarnoten hatte. Mir kribbelte es in allen Fingern, sie ihm wegzureißen.«

»Ja, ich hab auch wie hypnotisiert auf diese Schätze geblickt. Aber an die Zigaretten habe ich dabei nicht gedacht. Na gottlob, unsere Pleite hat ja nun ein Ende, und wir brauchen nicht mehr in Versuchung zu kommen, diese Zigaretten jemandem zu offerieren, der Dollars in der Brieftasche hat. Aber nun raus, Lena, ich will mich umziehen, und du solltest dich auch fertig machen.«

»Ja, ich muß mir ein schwarzes Kleid anziehen. Hab ich denn eins? Warte mal – ach ja, ich kann das schwarzseidene Abendkleid anziehen und wickle mir einen schwarzen Schleier um den Hals. Vorläufig muß es gehen. Von Villa Bernd aus telephoniere ich an ein Atelier, damit man mir Trauerkleider vorlegt. Um einen so reichen Erbgroßonkel muß man gebührend trauern, nicht wahr?«

»Ja doch. Nun geh, und Lina soll uns ein anständiges Frühstück machen.«

»Hm! Hoffentlich ist noch Geld in der Wirtschaftskasse. Aber wir können uns draußen schadlos halten, ich habe der Alving schon gesagt, daß wir draußen zu Mittag speisen.«

»Famos!«

Lena wollte zur Tür hinaus, als sie ihr Bruder nochmals anrief. »Du, Lena!«

»Hm?«

»Der Großonkel wird doch um Gottes willen nicht noch ein Testament gemacht haben?«

Lenas Augen funkelten. »Mach einem nicht angst. Ich werde die Alving gleich diplomatisch aushorchen.«

»Wenn der Großonkel diese scheinheilige Person zur Erbin eingesetzt hätte, ich brächte sie um.«

»Ich auch, das kann ich dir sagen. Aber ich hoffe, es ist kein Testament vorhanden, und dann gehört alles uns – alles.«

Und nun ging Lena hinaus. Draußen öffnete sie die Küchentür.

»Kochen Sie ganz starken Bohnenkaffee, Lina, aber ein bißchen dalli. Und holen Sie Weißbrot dazu und Eier auch.«

Lina sah ihre Herrin frech an.

»Eier und Weißbrot, denn jeben Sie mir Geld, pumpen tut uns keener mehr!«

»Was kümmert mich das! Und Geld? Ich pfeife auf Geld.«

Das Mädchen stemmte die Arme in die Seiten. »Jotte doch, Sie haben wohl geerbt oder in die Lotterie jewonnen?«

Lena richtete sich stolz auf.

»Jawohl, mein Großonkel Bernd ist gestorben, und wir sind seine Erben. Jetzt geht es hier anders zu, und Ihre Unverschämtheiten haben ein Ende. Also vorwärts, in einer Viertelstunde muß das Frühstück bereitstehen.«

Damit knallte Lena die Küchentür zu. Die Perle sah konsterniert nach der Tür und duckte sich unwillkürlich.

Als ihr Lena dann einen Hundertmarkschein aushändigte, sagte sie:

»Wenn unser Auto unten hält, melden Sie es mir.«

Die Perle glotzte sie dumm an. Aber das Auto schien ihr doch zu imponieren. Sie beeilte sich nach Kräften und servierte das Frühstück pünktlich und sogar mit einiger Nettigkeit.

Das Auto mußte natürlich noch eine gute Viertelstunde warten, ehe die Geschwister fertig waren und herabkamen. Lena trug ein schwarzes Kleid, darüber ihren schwarzen Plüschmantel, mit Skunks besetzt, und auf dem Kopf einen stumpfen schwarzen Seidenhut, von dem sie eine farbige Federgarnitur entfernt hatte.

So gut es ging, hatte sie in ihrem Anzug die Trauer markiert. Auch ihr Gesicht zeigte einen trauervollen Ernst.

Kurt hatte noch einen Trauerflor gefunden, den er nach dem Tod seines Vaters getragen hatte, und ihn um den Ärmel seines Überziehers befestigt. Auch er zeigte eine salbungsvolle Miene und begrüßte den Chauffeur, der den Wagenschlag öffnete, mit vornehmer Herablassung.

Als sie in der Villa Bernd ankamen, trat ihnen Ruth im Vestibül entgegen. Sie begrüßte die Geschwister höflich, aber zurückhaltend. Und als Lena ihr ungezogen ihren Mantel zuwarf und ihr befahl, ihn aufzuhängen, zuckte es nur leise um Ruths Mund. Ohne ein Wort der Gegenwehr übergab sie Heinrich den Mantel.

Kurt warf dem alten Diener auch seinen Mantel zu und wandte sich an Ruth. »Gab es wirklich keine Möglichkeit, uns früher von dem Ableben unseres teuren, unvergeßlichen Großonkels zu verständigen, Fräulein Alving?«

Dabei fuhr sein begehrlicher Blick lüstern über Ruths schlanke Erscheinung. Er überlegte, ob er nicht doch vielleicht die Alving mit seiner Huld beglücken sollte. Ein verdammt netter Käfer war sie schon. Ruth ahnte zum Glück nichts von seinen Begierden.

»Nein, Herr Bernd, da ich nicht wußte, wo Sie zu finden waren und Ihre Dienerin mir zudem sehr widerwillig Auskunft gab und einfach abhängte, als ich dringlich wurde. Außerdem gab es gestern und heute so viel zu ordnen. Ich werde Ihnen darüber genaue Auskunft geben. Aber vielleicht wünschen Sie erst, an die Bahre des Verstorbenen zu treten.«

Die Geschwister legten sofort ihre Gesichter in würdevollen Ernst.

»Selbstverständlich; wo ist unser teurer Großonkel aufgebahrt?« fragte Kurt.

Aber Lena machte eine abwehrende Bewegung.

»Ich vermag es nicht, ihn anzusehen, ich würde fassungslos zusammenbrechen. Und ich will sein liebes Bild so in der Erinnerung festhalten, wie ich ihn im Leben gekannt habe. Geh du allein zu ihm, Kurt, und bringe ihm meine letzten Grüße.«

Und sie drückte das Taschentuch an ihre Augen. Kurt sah fahl und gelb aus. Sehr wohl war ihm nach seinem Gallenanfall und der betäubenden Zigarette überhaupt nicht, und nun sollte er noch an ein Totenlager treten. Das war ein wenig zuviel für ihn, aber er nahm sich zusammen und trat in den Saal.

Die Damen gingen in das Wohnzimmer, und kaum waren sie dort angelangt, als Kurt auch schon wieder zu ihnen trat. Er sah ganz elend aus.

»Lassen Sie mir eine Flasche Wein bringen, Fräulein Alving, von dem schweren Burgunder, den mein Großonkel immer zum Frühstück getrunken hat. Davon muß doch noch ein großer Vorrat vorhanden sein.«

Ruth neigte das Haupt. »Das ist genau in der Liste des Weinkellers eingetragen, die Onkel Rochus selbst bis zum letzten Tag geführt hat.«

»Nun gut, gelegentlich werde ich sie durchsehen. Also bitte, lassen Sie Wein bringen, der Schrecken über das Ableben meines Großonkels hat mich sehr erschöpft.«

Ruth klingelte. »Bringen Sie eine Flasche von dem Burgunder, den der gnädige Herr zum Frühstück genommen hat, Heinrich.«

»Wieviel Gläser, Fräulein Ruth?«

Ruth sah Lena fragend an.

»Wünschen Sie auch davon zu nehmen?«

»Selbstverständlich.«

»Also zwei Gläser, Heinrich.«

»Aber ein bißchen dalli, alter Mummelgreis«, sagte Kurt.

Der Diener ging hinaus.

»Was gibt es heute mittag für ein Menü?« fragte Lena von oben herab.

Ruth wandte sich ihr zu. »Es gibt Haferflockensuppe, Mohrrüben und Schweinefleisch und zum Nachtisch Grießspeise mit Kompott.«

Lena rümpfte die Nase. »Weshalb wollen Sie uns ausgerechnet so ein einfaches Mittagessen vorsetzen? Weshalb bekommen wir nicht ein Menü, wie es sonst hier im Haus üblich ist?«

»Es ist hier nie anders gespeist worden, Fräulein Bernd; Onkel Rochus liebte die Einfachheit und hielt es für eine Sünde, zu prassen in einer Zeit, wo Tausende hungern müssen.«

»Sie wollen mir doch nicht weismachen, daß man hier immer so einfach diniert hat.«

»Ich will Ihnen ganz gewiß nichts weismachen, Fräulein Bernd, denn ich wüßte nicht, warum ich das tun sollte. Das Menü war stets für eine Woche im voraus bestimmt, und die Köchin kann Ihnen die Küchenzettel von einem ganzen Jahr vorlegen.«

»Na, wie lange bleibt denn Heinrich mit dem Wein? Der leistet doch absolut nichts mehr. Hier muß man mal mit eisernem Besen auskehren. Ich möchte wissen, weshalb mein Großonkel diesen alten Nichtstuer noch bezahlt hat«, zankte Kurt ungeduldig.

Ruth sah ihn groß und ernst an. »Vielleicht, weil Heinrich seinem Herrn vierzig Jahre treu gedient hat. Im übrigen ist er noch immer fleißig und regsam und tut seine Pflicht in vollem Maß.«

»Ich wüßte nicht, daß mein Bruder Sie danach gefragt hat, Fräulein Alving. Wo haben Sie übrigens die Schlüssel hier vom Haus, die mein Großonkel Ihnen anvertraut hat?«

»Diese Schlüssel habe ich noch in Verwahrung.«

»Holen Sie sie herbei, ich will sie jetzt selbst an mich nehmen«, befahl Lena.

Ruth wandte sich ruhig nach ihr um. »Ich bedaure, Ihrer Aufforderung nicht Folge leisten zu können, Fräulein Bernd. Ich bin verantwortlich für alles, was ich unter Verschluß habe, und werde die Schlüssel und die abgerechneten Wirtschaftsbücher natürlich nur den gesetzlichen Erben ausliefern, sobald das Gericht darüber bestimmt hat.«

»Nun, was ist da erst zu bestimmen? Die gesetzlichen Haupterben sind wir, meine Schwester und ich«, warf Kurt ein.

»Darüber steht mir kein Urteil zu«, erwiderte Ruth.

Lena sah Ruth mit funkelnden Augen an. »Sie sind ja immer um meinen Großonkel gewesen, sollten Sie also nicht wissen, ob er ein Testament gemacht hat?«

»Doch, darüber kann ich Ihnen genaue Auskunft geben, da Onkel Rochus mich darüber orientiert hat.«

»Ach bitte, diese familiäre Bezeichnung des uns so nahestehenden Verstorbenen ist von Ihnen in Zukunft zu unterlassen. Er ist nie Ihr Onkel gewesen. Bitte, nennen Sie ihn, wie es sich gehört, Herr Bernd.«

Eine feine Röte stieg in Ruths Gesicht. Aber sie dachte an Gert Herfurt, und deshalb ertrug sie ruhig diese ungezogene Bemerkung Lenas und sagte gelassen: »Mein Vormund hat mir selbst das Recht gegeben, ihn so zu nennen. Das lasse ich mir von niemand streitig machen, auch von Ihnen nicht.«

»Sie sind immer sehr anmaßend gewesen, damit ist es aber jetzt vorbei.«

Es zuckte ein fast überlegenes Lächeln über Ruths Gesicht. »Mir scheint, wenn hier jemand anmaßend ist, so bin ich es nicht.«

»Laß doch jetzt solche Auseinandersetzungen, Lena«, warf ihr Bruder ein. »Wir wollen doch jetzt erst einmal von Fräulein Alving hören, ob der Großonkel ein Testament gemacht hat.«

Lena biß sich wütend auf die Lippen. Ruth aber wandte sich ruhig Kurt Bernd zu und sagte: »Nein, Herr Bernd, Onkel Rochus hat kein Testament gemacht.«

Ein Aufatmen der Geschwister verriet ihr, wie sehr sie gefürchtet hatten, daß ein Testament vorhanden sei.

»Wissen Sie das so bestimmt?« fragte Lena hastig.

»Ja, er hat dieser Tage erst mit mir davon gesprochen, und ich habe kurz vor seinem Tod an Dr. Jungmann schreiben müssen, daß dieser kommen und mit Onkel Rochus sein Testament besprechen sollte, weil er es vor seiner Reise noch machen wollte.«

Triumphierend blitzten Lenas Augen auf.

»Ah, das wird Ihnen schmerzlich sein, daß dies Testament nicht zustande kam. So haben Sie sich viel Mühe umsonst gemacht«, sagte sie höhnisch.

Der alte Heinrich, der jetzt den Wein brachte, hörte diese Worte.

Ruth war blaß geworden vor Empörung, aber sie sagte ruhig: »Darauf werden Sie hoffentlich keine Antwort von mir verlangen.«

Lena zuckte spöttisch die Achseln. »Sie haben sich eben

verrechnet, mein Fräulein. Und da Sie wissen, daß Onkel Rochus kein Testament gemacht hat, so müssen Sie auch wissen, daß wir selbstverständlich seine Erben sind, und Sie können mir daher ruhig die Schlüssel ausliefern. Ich ziehe es vor, sie in sicheren Gewahrsam zu nehmen.«

Heinrich hatte den Wein auf den Tisch gestellt, und seine Hände zitterten, als er die beiden Gläser füllte, so daß ein Tropfen auf das Tablett fiel.

Kurt nahm ihm brüsk die Flasche ab. »Zu nichts sind Sie mehr zu gebrauchen, nicht einmal dazu, ein Glas Wein einzuschenken.«

Heinrich stand zitternd vor ihm und sah Ruth wie hilfeflehend an.

Diese sah Kurt nur mit großen Augen an und wandte sich wieder zu Lena.

»Ich bedaure, Ihnen trotzdem die Schlüssel nicht ausliefern zu können, denn es steht durchaus nicht fest, daß Sie die Erben meines Vormunds sind.«

Heinrich entfernte sich mit einem befriedigten Gesicht. Aber Lena und Kurt fuhren zugleich zornig auf Ruth ein: »Was wollen Sie damit sagen?«

»Wie kommen Sie zu dieser Äußerung?«

Ruth stützte sich auf die Lehne eines Sessels, denn man hatte sie nicht zum Sitzen aufgefordert.

»Ich will damit nur sagen, daß es feststeht, daß Sie nicht die einzigen Verwandten von Onkel Rochus sind.«

Die Geschwister starrten sie an, als spräche sie in einer fremden Sprache mit ihnen.

»Unsinn, das wissen wir besser als Sie!« fuhr Kurt auf.

»Anscheinend doch nicht. Ich weiß, daß ein sehr naher Verwandter von Onkel Rochus aufgetaucht ist.«

Die Geschwister fuhren auf. »Was soll das heißen?«

»Sie erlauben sich einen Scherz.«

Ruth schüttelte den Kopf, aber ehe sie antworten

konnte, sagte Kurt erregt: »Ich muß Sie dringend bitten, deutlicher zu werden. Ihr ganzes Verhalten ist mir schleierhaft.«

»Ich bin noch nicht dazu gekommen, deutlicher zu werden.«

»Also bitte, von welchem Verwandten sprechen Sie?«

Ruth atmete tief auf, und ihre Augen leuchteten.

»Ich spreche von dem Enkel von Rochus Bernd.«

Eine Weile blieb es still in dem weiten Raume. Die Geschwister starrten Ruth verständnislos an. Dann lachte Kurt heiser auf.

»Sie scheinen allerdings zu Fastnachtsscherzen aufgelegt zu sein. Wie soll unser Großonkel zu einem Enkel kommen? Seine einzige Tochter starb als Mädchen.«

Ruth schüttelte bestimmt den Kopf. »Nein, sie starb als die Frau von Claus Herfurt, mit dem sie sich in England heimlich, ohne Wissen ihres Vaters, trauen ließ. Und dieser Ehe ist ein Sohn entsprossen, Gert Herfurt, der heute morgen hier war, leider zu spät, um seinen Großvater noch lebend anzutreffen.«

Wieder lachte Kurt heiser auf. »Das ist ja ein aufgelegter Schwindel!«

»Anscheinend mit Ihrer Hilfe in Szene gesetzt!« fuhr Lena wütend auf Ruth los.

Diese zuckte ihre Achseln. »Es gehört Ihre Phantasie dazu, mir so etwas zuzutrauen. Ich habe Ihnen jetzt gesagt, wozu ich ermächtigt war. Herr Herfurt wird, wenn nicht früher, zur Beerdigung seines Großvaters kommen und sich wahrscheinlich später mit Ihnen ins Einvernehmen setzen. Weiter habe ich dazu nichts zu bemerken. Nur das will ich Ihnen noch sagen, daß Herr Herfurt wirklich der Enkel von Rochus Bernd ist. Das werden Sie schon an seiner großen Ähnlichkeit mit seinem Großvater sehen.«

»Pah, wenn er weiter keine Beweise hat. Diese Ähnlichkeit kann ein Zufall sein, der zu einem Schwindel ausgenutzt werden soll. Ob mit oder ohne Ihre Hilfe, das werden wir ja feststellen können. Diesem plötzlich hereingeschneiten Herrn muß man auf die Finger sehen. Für seine Behauptung muß er ja erst gerichtlich beglaubigte Beweise bringen. Hat er Ihnen die vielleicht vorgezeigt?«

»Nein.«

»Nun also, die Sache erscheint mir sehr märchenhaft. Wenn dieser Herr Herfurt wirklich der Enkel unseres Großonkels wäre, dann wäre er sicher eher aufgetaucht.«

Ruth richtete sich auf. »Ich habe Ihnen gesagt, was ich für meine Pflicht hielt. Jedenfalls bleibe ich darauf bestehen, daß ich Schlüssel und Wirtschaftsbücher nur an die gesetzlich festgestellten Erben ausliefere. Bis diese festgestellt sind, behalte ich sie in Verwahrung oder liefere sie dem Gericht aus, falls dieses sie mir abfordert.«

»Das ist Ihnen natürlich sehr angenehm, daß Sie nun noch länger Gelegenheit haben, Ihr Schäfchen ins trockene zu bringen.«

Ruth trat plötzlich dicht vor Lena hin. »Man schließt immer von sich auf andere, Fräulein Bernd. Im übrigen will ich Ihnen wünschen, daß Sie nie in die Lage kommen, sich solch unerhörte Beschuldigungen ins Gesicht sagen lassen zu müssen. Diese Beschuldigungen fallen auf Sie selbst zurück.«

Lena sprang auf. »Behalten Sie Ihre Litanei für sich, und lassen Sie uns allein. Wir bedürfen Ihrer nicht und wünschen nur gerufen zu werden, wenn das Mittagessen aufgetragen wird«, sagte sie entschieden nervös.

Ruth verneigte sich stumm und ging hinaus.

10

Als die Geschwister allein waren, sahen sie sich eine Weile in atemloser Erregung ins Gesicht. Endlich brach es über Lenas Lippen:

»Was hältst du von dieser Geschichte, Kurt?«

Dieser biß die Zähne aufeinander.

»Dieser Herr Herfurt soll sich hüten, das wird ein Kampf bis aufs Messer. Ich lasse mich nicht um ein Erbe bringen, das mir gehört.«

»Ich auch nicht, Kurt! Aber hältst du es für möglich, daß Maria Bernd sich in England verheiratet hat?«

Er zuckte die Achseln und starrte finster vor sich hin. Dann stieß er einen greulichen Fluch aus und goß ein Glas von dem schweren Wein wie Wasser hinab.

Jedenfalls war in die Erbfreudigkeit der Geschwister ein bitterer Tropfen gefallen, und sie hingen abermals in schwebender Pein.

Aber trotzdem traten sie in diesen Tagen ganz so auf, als seien sie die einzig rechtmäßigen Erben. Sie ließen es sich im ganzen sehr wohl sein. Lena bestellte sich elegante Trauertoiletten auf den Namen ihres Großonkels, sie und ihr Bruder benutzten das Auto, als sei es ihr eigenes, und sie verlangten beide die besten Weine und Delikatessen, die im Haus waren. Der schwere Burgunder, den Rochus Bernd nur in kleinen Gläsern gleichsam als Medizin genommen hatte, wurde flaschenweise bei Tisch getrunken. Auch Sekt ließen sie sich von Heinrich, den sie nach Willkür und Laune hin und her jagten, bringen. Gegen Ruth ließen sie nach wie vor allerlei Ausfälle los. Diese zeigte ihnen aber eine ruhige Gelassenheit. Nur der alte Heinrich ballte heimlich seine Hände, wenn er bei solchen Ungezogenheiten Zeuge war.

»Das sage ich alles Herrn Herfurt«, gelobte er sich und buchte gewissenhaft jedes kränkende Wort gegen Ruth.

Wenn diese ihn tröstete, daß die Geschwister so frech zu ihm waren, dann sagte er: »Es geht Ihnen ja nicht besser als mir, und ich bin nur ein Diener. Aber Gott behüte uns, wenn die beiden hier ans Regiment kämen, dann hinge ich mich lieber auf, als daß ich im Haus bliebe.«

So kam der Tag der Beerdigung heran. Als Gert Herfurt eintraf, um seinem Großvater die letzte Ehre zu erweisen, fragte er Heinrich: »Ist alles gutgegangen bis heute?«

Heinrich sah ihn trübe an.

»Ach gnädiger Herr, das arme Fräulein Ruth führt jetzt ein Höllenleben. Die Geschwister Bernd behandeln sie schlimmer als einen Dienstboten. Von mir will ich ja nicht reden, ich bin bloß ein Diener, aber der selige gnädige Herr würde sich im Sarge umdrehen, wenn er das mit ansehen müßte.«

»Nur noch ein wenig Geduld, Heinrich, nur die Ruhe des Toten nicht stören. Bald soll das anders werden«, erwiderte Gert.

Bei den Beisetzungsfeierlichkeiten nahmen die Geschwister alle Kondolationen entgegen, als seien sie einzig dazu berechtigt. Und wenn die alten Freunde des Verstorbenen, die im Hause verkehrt hatten, Ruth herzlich trösteten, dann funkelte Lena sie zornig an.

Erst nach den Beisetzungsfeierlichkeiten stellte sich Gert den Geschwistern vor und bat sie um eine Unterredung für den nächsten Vormittag.

Die Geschwister maßen ihn wie einen Feind, dessen verwundbare Stelle sie erspähen wollten, aber sie sagten ihm, daß sie ihn um elf Uhr in Villa Bernd erwarten wollten.

Gerts Ähnlichkeit mit Rochus Bernd hatten sie sehr wohl bemerkt, und ihre Stimmung wurde immer schlechter.

Gert hatte Ruth still und ernst begrüßt, aber er hatte ihre Hand fest und warm in der seinen gehalten.

Nach der Trauerfeier hatten sie Gelegenheit zu einem kurzen Alleinsein. Und da sagte Gert zu Ruth: »Heinrich hat mir erzählt, daß Sie sehr unangenehme Tage hinter sich haben, gnädiges Fräulein. Es tut mir sehr leid, daß ich Sie vorläufig schutzlos den Beleidigungen dieser Herrschaften aussetzen mußte. Aber das soll anders werden, dafür lassen Sie mich sorgen.«

Sie sah mit einem matten Lächeln zu ihm auf. »Beleidigungen von dieser Seite können mir nicht viel anhaben. Aber bitte, machen Sie sich auf einen Kampf gefaßt. Man hält Sie für einen Schwindler und Betrüger oder gibt sich wenigstens den Anschein, es zu tun. Ich hoffe doch, daß Sie die nötigen Papiere besitzen, die Ihr Erbrecht dokumentieren?«

»Seien Sie außer Sorge. Meine Papiere, die ich benötige, habe ich bei mir. Das Hauptsächlichste, womit allein ich freilich mein Erbrecht beweisen kann, ist der Trauschein meiner Eltern. Dieses Dokument ist in meinem Besitz.«

Sie nickte ihm mit einem Aufatmen zu. »Dann ist es ja gut.«

»Und Sie werden tapfer auf Ihrem Posten aushalten?«

»Ganz gewiß. Fräulein Bernd wollte mir gleich am ersten Tage die Schlüssel abnehmen, aber ich habe mich geweigert, sie auszuliefern. Ich mußte mir freilich sagen lassen, daß ich wahrscheinlich noch allerlei unrechtmäßiges Gut beiseite schaffen wolle. Das ist bei dem Charakter dieser Menschen selbstverständlich. Ich habe ihnen erklärt, daß ich Schlüssel und Wirtschaftsbücher nur den gesetzlich festgestellten Erben ausliefern werde. Anders würde ich mich ja auch ins Unrecht setzen. Sie bewachen mich mit Argusaugen, und es gehört ziemlich viel Selbstbeherrschung dazu, ihnen die Schlüssel nicht vor die Füße zu werfen. Daß sie sich trotzdem hier als Herren aufspielen, allerlei auf den Namen Rochus Bernd bestellen, täglich die kostbarsten Weine trinken, die Onkel Rochus wie einen Schatz hütete, und sich aus den Vorratskammern die auserlesensten Delikatessen, die nur für besonders festliche Gelegenheiten angeschafft wurden, zu jeder Tageszeit servieren lassen, kann ich leider nicht hindern. Ich habe der Köchin aber nur einen Teil dieser Vorräte ausgeliefert und ihr gesagt, mehr davon sei nicht vorhanden. Ist das aufgebraucht, gebe ich nichts mehr heraus, auch aus dem Weinkeller nicht. Was noch im Vorraum lagert, mag verbraucht werden, darüber hinaus gebe ich nichts mehr frei. Ich fühle mich verpflichtet, Ihr Erbe, soviel es in meiner Macht steht, zu verteidigen.«

Seine Augen leuchteten in die ihren. »Wie sehr danke ich Ihnen für diese tapfere Verteidigung meiner Rechte«, sagte er warm und herzlich.

»Das bin ich Onkel Rochus schuldig, denn ich weiß, wenn er jetzt auf uns herabsieht, ist er zufrieden mit mir.«

»Das glaube ich auch. Also morgen vormittag um elf Uhr bin ich befohlen – zur ersten Fehde. Ich bin gespannt, ob es sehr heiß hergeht.«

»Nun, meine Eröffnung, daß ein Enkel von Onkel Rochus existiert, hat allerdings wie ein Blitz in die Hoffnungen der Geschwister eingeschlagen. Aber noch glauben sie nicht an Ihre Erbberechtigung, und es wird schwer halten, sie zu überzeugen. Sie glauben, daß wir beide, Sie und ich, Ihre Ähnlichkeit mit Onkel Rochus zu einem Schwindelmanöver benutzen.«

»Darauf kommt es zum Glück nicht an, sondern nur darauf, daß ich die Gerichte überzeuge. Aber nun muß ich mich verabschieden, mein gnädiges Fräulein. Morgen komme ich wieder und hoffe, schon dann eine Lanze auch für Sie brechen zu können. Daß Sie wenigstens keinen Beleidigungen mehr ausgesetzt sind, dafür will ich sorgen.«

Sie verabschiedeten sich herzlich voneinander.

11

Am nächsten Vormittag erhoben sich die Geschwister Bernd früher als sonst und kleideten sich schnell an, um, wie täglich, nach Villa Bernd hinauszufahren. Auch heute wartete das Auto unten auf sie.

Ziemlich verstimmt nahmen sie das Frühstück ein. Lena unterließ es sogar, sich mit der Perle herumzuzanken, die sich übrigens jetzt eines etwas gesitteteren Tons befleißigte und die Zimmer wider alle Erwartung in Ordnung hielt.

Kurt und Lena gaben sich zwar den Anschein, als glaubten sie nicht an positive Erbrechte des Herrn Herfurt, aber seine frappante Ähnlichkeit mit Rochus Bernd war ihnen doch beklemmend auf die Seele gefallen. Und aus seinen unerfreulichen Gedanken heraus knirschte Kurt zwischen den Zähnen hervor:

»Ich schieße ihn nieder wie einen tollen Hund, wenn er uns wirklich unser Erbe streitig macht.«

Lenas Gesicht bekam einen furchtbaren Ausdruck. »Es muß auch noch andere Mittel geben, ihn unschädlich zu machen.«

»Was meinst du?«

»Ich weiß nicht, noch weiß ich nicht. Aber sage mir: Ist es dir ernst damit, daß wir jeden Weg gehen, jeden, der uns zum Ziel führt?«

Seine Augen bekamen einen kalten, stechenden Glanz. »Jeden!« sagte er hart.

»Das wollte ich nur wissen, Kurt. Ich denke nicht daran, diesem plötzlich hergelaufenen Menschen mein Erbe auszuliefern.«

»Ich auch nicht.«

»Gut, wir sind einig. Irgendein Mittel wird sich von zwei findigen Köpfen doch finden lassen, um einen Feind unschädlich zu machen.«

»Wir werden sehen. Und jetzt komm, wir müssen hinaus. Ich bin begierig zu hören, was er uns zu sagen hat.«

Das Auto brachte sie in kurzer Zeit zur Villa Bernd. Und sie erreichten diese noch vor elf Uhr.

Wenige Minuten später traf auch Gert Herfurt ein. Heinrich ließ ihn in das Wohnzimmer treten, wo die Geschwister ihn erwarteten.

Mit gespanntester Unruhe sahen sie ihm entgegen, und Kurt nahm alle Kraft zusammen, um scheinbar ruhig fragen zu können:

»Was haben Sie uns zu sagen, Herr Herfurt? Sie deuteten uns gestern an, daß Sie uns eine wichtige Eröffnung machen wollen.«

Gert stand in seiner ganzen stolzen Jugendkraft, die so herrlich mit seiner vornehmen Erscheinung harmonierte, der verlebten, unsympathischen Persönlichkeit Kurts gegenüber.

»Nicht eigentlich eine Eröffnung, Herr Bernd. Diese Eröffnung hat Ihnen Fräulein Alving wohl bereits gemacht. Ich wollte Ihnen nur noch einmal persönlich wiederholen, daß ich der legitime Enkel des verstorbenen Rochus Bernd bin.«

Kurt sah ihn feindselig an, und auch Lenas Augen glühten wie im Haß zu ihm empor.

»Sie gestatten, daß ich vorläufig an Ihren Angaben

zweifle. Mein Großonkel hat nie von einem Enkel gesprochen, er hat oft genug mit uns davon geredet, daß wir seine einzigen Verwandten und mithin seine Erben sind. Es ist doch wohl anzunehmen, daß er das nicht behauptet haben würde, wenn er einen Enkel gehabt hätte.«

»Das wußte er selbst nicht, bis zum Tag seines Todes. Meine Eltern hatten seine Einwilligung zu ihrer Verheiratung nicht erhalten; da aber meine Mutter mündig war und von meinem Großvater nach England geschickt wurde, konnte sie sich mit meinem Vater verheiraten. Als sie nach Jahresfrist von England heimkehrte, um meinem Großvater ihren eigenmächtigen Schritt zu beichten, hinderte sie ein plötzlicher Tod daran. Deshalb wußte mein Großvater nichts von mir.«

Die Augen der Geschwister funkelten ihn feindlich an.

»Und Sie sollten all die Jahre nicht versucht haben, sich Ihrem Großvater zu nähern?«

»Nein, ich habe es nicht getan, aus dem einfachen Grund, weil mein Vater mir erst kurz vor seinem vor einigen Monaten erfolgten Tod Mitteilung davon gemacht hat, daß ich Rochus Bernds Enkel bin. Als ich dann nach Deutschland kam und meinen Großvater aufsuchen wollte, kam ich zu spät. Er war am Tage vorher gestorben.«

»Das war Ihnen wohl sehr unangenehm«, höhnte Kurt, »und Sie beeilen sich nun, Ihre Erbansprüche geltend zu machen.«

»Jedenfalls muß das jetzt geschehen.«

»Nun, dann müssen Sie natürlich Beweise dafür haben, daß Sie Rochus Bernds Enkel sind.«

Bei diesen Worten Kurts hingen die Augen der Geschwister in brennender Erwartung an Gert Herfurts Gesicht.

Dieser blieb ganz ruhig. »Diese Beweise besitze ich selbstverständlich. Ich habe mich bereits informiert, welcher Papiere ich dazu bedarf. Außer meinen persönlichen Ausweisen brauche ich als wichtigstes Dokument, womit allein ich meine Erbansprüche stellen kann, den Trauschein meiner Eltern, damit ich beweisen kann, daß meine Mutter eine geborene Bernd war.«

Die Geschwister rangen eine Weile nach Fassung. Dann sagte Lena mit rauher, heiserer Stimme: »Haben Sie das Dokument bei sich?«

»Ja, mein gnädiges Fräulein.«

»Dann bitte, zeigen Sie es uns, damit wir uns von der Wahrheit Ihrer Worte überzeugen können.«

Gert faßte unwillkürlich nach der Stelle, wo seine Brieftasche ruhte. Sie war am rechten Platz. Aber er hatte das Empfinden, als müsse er sie bergen vor dem funkelnden Blick der Geschwister.

»Verzeihen Sie mir, wenn ich diesem Ersuchen nicht Folge leiste. Dieser Trauschein meiner Eltern existiert nur dies eine Mal und ist unersetzlich. Die kleine Dorfkirche und das Gemeindehaus von Longvillage, wo meine Eltern heirateten, sind bei einem Gewitter durch einen Blitz in Flammen gesteckt und mit Kirchenbüchern und Gemeindeakten vernichtet worden. Der Pfarrer und der Gemeindevorsteher sind inzwischen verstorben, und ich könnte mir dies jetzt für mich so notwendige Dokument nicht noch einmal verschaffen. Doktor Jungmann, der Notar meines Großvaters, hat mir gesagt, daß ich ohne den Trauschein meiner Eltern meine Erbansprüche nicht geltend machen kann. Ich trage ihn deshalb immer bei mir, wie es mein Vater auch schon getan hat, und könnte Ihnen das Dokument sehr wohl sogleich vorlegen. Aber das Papier ist im Laufe der Jahre ein wenig brüchig geworden und könnte leicht zerfallen. Ich will es deshalb nicht öfter als unbedingt nötig aus meiner Brieftasche nehmen. Da ich es ohnedies bei Gericht vorlegen muß, können Sie versichert sein, daß es vorhanden ist. Ich habe es noch nicht einmal Doktor Jungmann vorgelegt, sondern ihm nur versichert, daß ich es besitze.«

Eine Weile herrschte eine schwüle, atembeklemmende Stille. Was in den Geschwistern vorging, konnte Gert Herfurt nur annähernd ahnen. Daß ihn verbrecherische Wünsche völlig einhüllten, vermochte er in seiner klaren, ehrlichen Redlichkeit gar nicht zu erfassen. Wie im Flug war ihm vorher freilich der Gedanke gekommen: Wenn ich ihnen den Trauschein zeige, sind sie imstande, ihn zu zerreißen, um mich rechtlos zu machen. Aber er hatte sich dieses Gedankens fast geschämt.

Lenas aufgescheuchte Begierden hatten sie inzwischen auf verbrecherische Wege geführt, und auch Kurts Hirn suchte eine Möglichkeit, sich in den Besitz dieses Trauscheins zu setzen, ohne den Gert Herfurts Erbansprüche in nichts zerfielen. Aber er kam zu keinem Resultat. Die Schwester war geistig regsamer und scharfsichtiger, und während Kurt noch völlig im dunkeln tappte, wurden ihre verbrecherischen Wünsche schon durch ein Licht erhellt, das sie fast blendete und sie wie ein Blitz durchzuckte.

Sie dachte an die betäubenden Zigaretten, die ihr Bruder besaß, und dachte an den Trauschein, den Gert Herfurt in der Brieftasche bei sich trug. Wenn man ihn mit Hilfe einer solchen Zigarette betäubte und ihm die Brieftasche entwendete, war die Gefahr beseitigt. Man mußte es nur schlau anfangen, damit niemand Verdacht schöpfte. Dann konnte Gert Herfurt nichts beweisen, und man konnte sich den Anschein geben, ihn für einen Schwindler zu halten.

Lena schloß die Augen, so überwältigt war sie von ihrer Idee, die so leicht auszuführen und so ungefährlich war.

Was geschehen sollte, mußte schnell geschehen, noch solange Gert Herfurt in ihrer Gesellschaft war. Denn nur heute, ehe sie sich trennten, hatte sie die positive Gewißheit, daß er den Trauschein in seiner Brieftasche bei sich trug.

Immer fieberhafter erwog sie den Plan, wie sie Gert den Trauschein entwenden könne. Aber wie sollte sie sich mit Kurt verständigen? Sie mußte ihn dazu bringen, Gert Herfurt eine solche Zigarette anzubieten, aber wie und wann? Zeit gewinnen – Zeit gewinnen, dachte sie immer wieder.

Und als Kurt jetzt etwas auf Gerts Worte erwidern wollte, sprang sie auf, legte mit einem seltsam dringlichen Blick ihre Hand auf seinen Arm und sagte mit erzwungener Ruhe:

»Laß mich reden, Kurt, du bist zu erregt.«

Und in ihrem Blick las er ein Warnungszeichen, das ihn verstummen machte.

Dann wandte sie sich mit einem Lächeln an Gert: »Sie können uns wohl nachfühlen, Herr Herfurt, daß uns Ihre Mitteilungen sehr überraschend kommen und uns ein wenig aus dem Gleichgewicht bringen.«

Gert verneigte sich. »Allerdings, mein gnädiges Fräulein. Und es ist mir natürlich nicht sehr angenehm, daß ich Ihnen eine Enttäuschung bereiten muß. Sie haben immer damit gerechnet, daß Sie meinen Großvater wenigstens zum Teil beerben würden, da sicher auch Fräulein Alving nicht leer ausgegangen sein würde, und es muß Ihnen unerwünscht kommen, daß jetzt ein anderer Erbe auftaucht.«

Lena hatte ihrem Bruder verstohlen ein Zeichen gemacht, er möge sie ruhig gewähren lassen. Nun nickte sie Gert zu.

»Nicht wahr, das ist verständlich. Aber wenn Sie wirklich der legitime Enkel unseres Großonkels sind und das durch den Trauschein Ihrer Eltern beweisen können, dann müssen wir, zumal kein Testament besteht, zurückstehen, was uns allerdings sehr schmerzlich sein wird, da wir unsere ganze Lebensführung dem Umstand angepaßt haben, daß uns eines Tages ein reiches Erbe zufließen würde.«

»Das alles verstehe ich, mein gnädiges Fräulein, und wenn ich das Erbe antrete, werde ich Sie bitten, mir zu gestatten, daß ich diesem Umstand Rechnung trage und Ihnen, da wir doch nun einmal Verwandte sind, wenigstens eine Abfindungssumme auszahle, damit Sie sich rangieren können. Vielleicht kann ich Ihnen auch eine kleine Rente aussetzen, in der Art, wie Sie bereits bisher von meinem Großvater unterstützt wurden. Das wird sich alles finden.«

Es blitzte wie Hohn aus den Augen der Geschwister. Wieder hinabtauchen in das elende Leben, wie sie es bisher geführt hatten, dazu hatten sie beide keine Lust. Lena vermochte sich aber viel besser zu beherrschen als Kurt, weil sie bereits einen Ausweg wußte.

»Wir sind leider nicht in der Lage, dies Angebot zurückweisen zu können, und schließlich kann es uns ja auch nicht demütigen, da es, wie wir bestimmt wissen, im Sinne unseres Großonkels ist. Er hätte uns sicher nicht darben lassen, auch nicht, wenn sein Enkel aufgetaucht wäre. Sicherlich hätte er uns auch dann großmütig in seinem Testament bedacht. Jedenfalls sind wir nicht gewillt, uns Ihnen feindlich gegenüberzustellen. Wir können friedlich miteinander verhandeln. Und wenn Sie sich bei Gericht wirklich als Rochus Bernds Erbe ausweisen können, müssen wir verzichten. An unserem verwandtschaftlichen Entgegenkommen sollen Sie jedenfalls nicht zweifeln, und ich schlage vor, wir benutzen das heutige Zusammenkommen, um uns ein wenig näher kennenzulernen. Wenn es Ihnen recht ist, speisen wir heute hier im Haus zusammen und plaudern dann nach Tisch noch ein wenig miteinander. Ich werde Fräulein Alving Weisung geben, daß wir uns ein festliches Diner ausbitten, denn für gewöhnlich herrscht hier eine puritanische Einfachheit. Unser Großonkel hat eine sehr bescheidene Küche geführt. Ist es Ihnen recht, wenn wir zusammenbleiben?«

Gert verneigte sich artig. Er war sehr zufrieden, daß etwaige Feindseligkeiten vermieden wurden, und konnte nur sagen, daß Lena Bernd fabelhaft Haltung bewahrte.

»Sehr recht ist es mir, gnädiges Fräulein, es ist ganz in meinem Sinn, daß wir uns friedlich verständigen. Ihr Herr Bruder ist hoffentlich einverstanden?«

Kurt war das durchaus nicht, er war sehr erstaunt über Lenas Verhalten, sagte sich aber, daß diese ihre besonderen Gründe dafür haben müsse. Er beschloß abzuwarten, und so verneigte er sich kurz und sagte mit erzwungener Höflichkeit: »Selbstverständlich bin ich einverstanden.«

Lena nickte ihm befriedigt zu und ließ nun Fräulein Alving rufen.

Als Ruth nach einer Weile erschien, sagte Lena: »Herr Herfurt wird heute mittag mit uns hier speisen. Sorgen Sie aber für ein festliches Diner, denn wir wollen unsere verwandtschaftlichen Beziehungen feiern.«

Ruth sah Gert Herfurt fragend an.

»Wenn es Ihnen nicht zu viele Mühe macht, mein gnädiges Fräulein«, sagte er mit einer artigen Verbeugung.

Ruth war sehr erstaunt über den friedlichen Standpunkt der Geschwister dem verhaßten Erben gegenüber. Ehe sie aber auf Gerts Worte etwas erwidern konnte, sagte Lena brüsk: »Was heißt, zu viele Mühe? Fräulein Alving muß doch etwas zu tun haben, und da sie darauf beharrt, die Schlüssel nicht auszuliefern, muß sie natürlich dafür sorgen, daß wir etwas Anständiges zu essen bekommen.«

Gert wandte sich mit besonderer Ritterlichkeit an Ruth, ohne auf Lenas Worte zu achten.

»Es ist außerordentlich gütig von Ihnen, gnädiges Fräulein, daß Sie sich noch bemühen, den Ihnen anvertrauten

Posten auszufüllen. Bis die Verhältnisse geregelt sind, müssen wir Sie auch noch weiter darum bitten.«

»Ich halte es für meine Pflicht, Herr Herfurt, und es bedarf keiner Bitte und keines Dankes. Ich werde sofort Bescheid in der Küche geben.«

Damit verneigte sich Ruth und ging hinaus.

Lena lachte spöttisch hinter ihr her.

»Stärken Sie nur nicht durch überflüssige Galanterie die Prinzessinnenallüren von Fräulein Alving. Sie ist schon ohnedies reichlich anmaßend. Wenn es nach ihr gegangen wäre, hätten weder Sie noch wir etwas von dem Erbe unseres Großonkels zu sehen bekommen. Dieses hergelaufene Geschöpf hatte sich so in seine Gunst eingeschmeichelt, daß er sicher ein Testament zu ihren Gunsten gemacht hätte, wenn er dazu gekommen wäre.«

Gert sah sie ernst an. »Weshalb nennen Sie Fräulein Alving ein hergelaufenes Geschöpf? Ich denke, sie ist das Mündel meines Großvaters und hat auf mich unbedingt den Eindruck einer sehr ehrenhaften und vornehm denkenden Dame gemacht.«

Wieder lachte Lena auf. »Die Männer lassen sich doch alle Sand in die Augen streuen, wenn sie ein hübsches Lärvchen sehen. Dieses Fräulein Alving ist überhaupt keine Dame, sondern nur die Tochter von Untergebenen unseres Großonkels. Sie kamen bei einem Eisenbahnunglück ums Leben. In seiner großmütigen Weise hat Rochus Bernd für die Waise gesorgt, hat sie zu seinem Mündel gemacht und sie über ihre Verhältnisse hinaus erziehen lassen. Schließlich hat er sie ins Haus genommen und sie hat ihn solange umschmeichelt, bis er ihr eine Ausnahmestellung einräumte. Im Grunde ist sie nichts als eine Dienerin, und es ist nicht angebracht, sie anders als eine solche zu behandeln.«

Gerts Stirn rötete sich. »Mein gnädiges Fräulein, ob

Fräulein Alving von Untergebenen meines Großvaters abstammt oder nicht, ist mir unwichtig. Sie selbst macht unbedingt einen damenhaften Eindruck, und ich werde ihr nie anders begegnen, als es mein Großvater getan hat, der sie, wie mir Heinrich sagte, wie eine Tochter geliebt hat und große Stücke auf sie hielt.«

»Heinrich ist ein altes Schwatzmaul und, wie mir scheint, steckt er mit der Alving unter einer Decke. Sie tun gut daran, den beiden auf die Finger zu sehen, wenn Sie überzeugt sind, daß Sie als Erbe eingesetzt werden«, fuhr es zornig und unbeherrscht über Kurts Lippen.

Gert zuckte zusammen, und seine Lippen preßten sich fest aufeinander. Und dann reckte er sich hoch auf und sagte ruhig, aber mit klingender Stimme:

»Ich möchte Sie darauf aufmerksam machen, Herr Bernd, daß ich in diesem Haus nur im Sinne meines Großvaters handeln werde. Und da er bisher Fräulein Alving unter seinen Schutz genommen hat, halte ich es für meine Pflicht als sein Erbe, sie in gleicher Weise zu beschützen. Ich ersuche Sie also dringend, keinerlei verdächtigende oder herabsetzende Bemerkungen über die junge Dame zu machen. Das würde ich als einen Affront gegen mich selbst und meine Ehre auffassen und müßte danach handeln. Bitte, vergessen Sie nie, daß Fräulein Alving unter meinem Schutz steht. Und wenn Sie sich auf einen verwandtschaftlich friedlichen Fuß mit mir stellen wollen, müssen Sie das respektieren.«

Kurt sah aus, als wolle er sich am liebsten haßerfüllt auf Gert stürzen. Aber Lena preßte seinen Arm, daß er zusammenzuckte. Und mit einem schelmischen Lächeln sagte sie: »Aber meine Herren, so wichtig ist uns dieses Fräulein Alving doch nicht, daß wir uns deshalb miteinander erzürnen müssen. Sie werden vermutlich noch selbst Ihre Erfahrungen machen, Herr Herfurt, und uns vielleicht noch recht geben. Also lassen wir dies Thema; wir werden uns nach Ihren Wünschen richten. Und was tun wir nun bis heute mittag, um uns die Zeit zu vertreiben?«

Gert fühlte die heuchlerische Falschheit in ihren Worten, aber er wollte keinen ernsten Streit und lenkte ein. Daß man Ruth nicht wieder beleidigen würde, nahm er als sicher an.

»Wenn Sie gestatten, möchte ich erst einmal mit meinem Hotel telefonieren.«

Lena nickte lebhaft. Es kam ihr sehr gelegen, daß sie jetzt einige Minuten mit ihrem Bruder allein sein würde. Sie hatte schon darüber nachgedacht, wie sie das herbeiführen konnte. Nun kam ihr Gerts Wunsch sehr gelegen.

»Bitte, bitte, lassen Sie sich nicht abhalten. Ich gehe inzwischen mit meinem Bruder ein wenig in den Garten, es ist ein so schöner, warmer Sonnenschein. Wenn Sie telefoniert haben, folgen Sie uns. Wir plaudern dann draußen ein wenig.«

Gert verneigte sich. »Mit Vergnügen, mein gnädiges Fräulein.«

Er war sehr froh, daß er sich für eine Weile von den Geschwistern trennen konnte, denn ihn verlangte danach, mit Ruth einige Worte ohne Zeugen wechseln zu können. Das Telefon war nur ein Vorwand gewesen. So trennten sie sich. Die Geschwister nahmen ihre Mäntel und gingen hinaus in den verschneiten Garten, und Gert ging scheinbar zum Telefon. Als er aber Heinrich sah, fragte er ihn:

»Wo finde ich jetzt Fräulein Alving?«

Der alte Diener sah ihn mit aufstrahlenden Augen an.

»Sie ist drüben im Speisezimmer, gnädiger Herr.«

Er ging Gert voran und öffnete ihm die Tür zum Speisezimmer.

Ruth stand an der Tafel und ordnete Tannenzweige und rote Winterbeeren in einer Vase. Sie bot in dem hellen

Sonnenlicht des Wintertags ein reizendes Bild. Trotz des schwarzen Kleides sah sie aus wie das liebe Leben selbst.

»Darf ich eintreten, Fräulein Alving?« fragte er, entzückt ihr Bild in sich aufnehmend.

Sie errötete und stellte die Kristallvase mitten auf die runde Tafel. Lächelnd sah sie zu ihm hinüber.

»Bitte sehr! Ich wollte nur noch einmal sehen, ob alles in Ordnung ist. Fräulein Bernd pflegt sonst nicht mit Vorwürfen und Kritiken zu sparen, die dann auf mein Haupt herniederprasseln.«

»Das wird nicht mehr geschehen«, sagte er, zu ihr tretend. »Um Ihnen das zu sagen, habe ich Sie aufgesucht. Ich habe den Geschwistern Bernd erklärt, daß ich Sie, an Stelle meines Großvaters, unter meinen Schutz genommen habe und daß ich es als einen Affront gegen mich und meine Ehre ansehe, wenn man Sie kränkt und beleidigt.«

Ruths Augen schimmerten feucht, und sie reichte Gert impulsiv die Hand.

»Es ist sehr ritterlich, daß Sie so für mich eintreten, ich danke Ihnen. Aber nun sagen Sie mir, wie verlief die erste Fehde?«

Er lächelte.

»Zuerst drohte es kritisch zu werden, aber wider Erwarten nahm Fräulein Bernd sehr bald Vernunft an. Sie schien einzusehen, daß meine Erbansprüche berechtigt sind und wollte sich anscheinend auf guten Fuß mit mir stellen. Ihr Bruder hatte entschieden feindlichere Absichten, aber sie schien ihm dann eine friedlichere Haltung suggeriert zu haben, denn auch er lenkte ein, und jetzt stehen wir auf einem abwartend höflichen Standpunkt. Das kann mir nur lieb sein. Ich möchte nicht mit ihnen in Streitigkeiten geraten, und da ich ihnen eine Hoffnung zerstöre, fand ich ihr Benehmen immerhin aller Anerkennung wert. Ich habe ihnen auch gesagt, daß ich eventuell etwas für sie tun werde, damit sie sich rangieren können. Das wird, glaube ich, auch im Sinne meines Großvaters sein. Und – die Geschwister waren meinem Anerbieten gegenüber nicht so stolz abweisend wie Sie, mein gnädiges Fräulein.«

Es lag ein leiser Vorwurf in seinen Worten; Ruths Lippen umspielte ein feines Lächeln, das ihn so entzückte, daß er es am liebsten fortgeküßt hätte.

»Habe ich Ihnen damit weh getan?« fragte sie.

»Ganz ehrlich – ja.«

»Das wollte ich nicht.«

»Aber Sie müssen mir doch nachfühlen, daß es meine vornehmste Pflicht ist, Sie vor Not und Sorgen zu bewahren.«

Sie sah ihn dankbar an. »Ich hoffe, daß mir das selbst gelingt, Herr Herfurt. Und ich will Ihnen freiwillig versprechen, wenn ich einmal nicht aus und ein wüßte vor Not und Sorgen, dann will ich mich vertrauensvoll um Hilfe an Sie wenden, so wie ich mich im gleichen Fall an Onkel Rochus gewandt haben würde. Sind Sie damit zufrieden?«

Sie sah so lieb und reizend aus, daß er sie am liebsten in seine Arme genommen hätte. Er stand ihr nicht gegenüber, als kenne er sie erst seit Tagen, sondern als wäre sie ihm schon seit Jahren lieb und vertraut. Ihre Hände fassend, führte er sie abwechselnd an seine Lippen.

»Ihr Versprechen ist ein kostbares Geschenk für mich, Fräulein Alving, gerade weil Sie meine Hilfe erst zurückwiesen und weil ich weiß, wie stolz Sie sind. Es zeigt mir, daß ich mir schnell Ihr Vertrauen errungen habe. Und das freut mich unsagbar. Ich habe gleich beim ersten Sehen herzliche Sympathie für Sie empfunden, und das wächst mit jeder Stunde. Was ich jetzt für Sie empfinde – ich will es noch nicht mit Namen nennen, will es auch nicht zergliedern; jedenfalls ist es etwas Starkes, Tiefes, Zwingendes. Mir ist, als kenne ich Sie schon seit Jahren, so lieb und vertraut sind Sie mir. Und wenn ich Sie so vor mir sehe in Ihrer holden Güte, mit dem goldenen Haar und den lieben, lieben Blauaugen, dann wird mir so herzensfroh zu Sinn, als hätte mir das Schicksal etwas Wunderschönes geschenkt, auf das ich mich nun alle Tage freuen darf. Und es macht mich froh und glücklich zu spüren, daß auch Sie mir sympathisch gegenüberstehen. Ich wünsche mir, daß dies Gefühl bei Ihnen noch wächst; darf ich das?«

Ihre Augen strahlten offen und klar in die seinen, wenn sich ihre Wangen auch gerötet hatten.

»Onkel Rochus war mir lieb und teuer, ich hegte eine schrankenlose Hochachtung und Verehrung für ihn. Und Sie sind ihm so ähnlich in allen Dingen, ich kann nicht anders, als Ihnen mit herzlicher Sympathie gegenüberzustehen.«

»Dank, innigen Dank! Sie ahnen nicht, wie stolz und glücklich mich Ihre Worte machen. Aber jetzt muß ich Sie verlassen, man erwartet mich im Garten, und ich möchte keine Veranlassung geben, Sie irgendwelchen Mißdeutungen auszusetzen. Bei Tisch sehen wir uns doch wohl wieder?«

Ruth schüttelte den Kopf. »Nein, ich bitte Sie, dispensieren Sie mich. Ich habe es in diesen Tagen vermieden, mit den Geschwistern Bernd zusammen zu essen, da man mich wie eine Dienerin behandelt. Ich habe die Mahlzeiten auf meinem Zimmer eingenommen und will das auch heute tun.«

Ein Schatten flog über sein Gesicht. »Ich muß gestehen, daß ich hauptsächlich deswegen zusagte, hier zu speisen, weil ich hoffte, dabei auch Ihre Gesellschaft zu genießen.«

»Es tut mir leid, daß es nicht sein kann. Aber es ist besser, ich bleibe auch heute in meinem Zimmer.«

»Sehe ich Sie dann nicht mehr?«

»Vermutlich nicht, da ich gleich nach Tisch einige Besorgungen machen muß.«

»Das bedaure ich sehr. Werden Sie lange ausbleiben?«

»Genau weiß ich das nicht, ungefähr zwei Stunden, vielleicht bin ich auch früher wieder daheim. Ich benutze jetzt nie mehr das Auto, sondern fahre mit der Elektrischen, damit man mir nicht immer Prinzessinnenallüren vorwirft, die einer Verwalterstochter nicht anstehen.«

»Ihr Vater war Verwalter?«

»Ja, er verwaltete das Gut von Onkel Rochus.«

Gert dachte daran, daß Lena bei ihm den Anschein hatte erwecken wollen, als sei Ruth die Tochter von Domestiken. Aber er sprach nicht darüber, um Ruth eine Kränkung zu ersparen. Er sagte nur: »Wenn Sie Besorgungen zu machen haben, können Sie sich doch ruhig des Autos bedienen.«

Mit einem reizenden Schelmenlächeln schüttelte sie den Kopf. »Es ist sehr gut für mich, daß ich mir so vornehme Passionen abgewöhne. Onkel Rochus hat mir in seiner Güte wirklich einige Prinzessinnenallüren gestattet.«

Gert mußte denken, daß es ihn sehr glücklich machen würde, wenn er auch in dieser Beziehung seinen Großvater nachahmen dürfte. Aber das wagte er ihr nicht zu sagen. So sagte er nur: »Vielleicht bin ich doch noch hier, wenn Sie zurückkehren. Jedenfalls werde ich mich, in der Hoffnung, Sie noch einmal wiederzusehen, gern von den Geschwistern halten lassen, falls sie mich nach Tisch noch zum Bleiben auffordern.«

Sie lächelte. »Mir scheint, Sie haben es nicht nötig, eine Einladung der Geschwister abzuwarten, wenn Sie hierbleiben wollen. Denn Sie haben doch eher ein Recht, in diesem Hause zu sein, als die Geschwister Bernd.«

»Mein Recht ist aber noch nicht verbrieft und besiegelt. Und das Talent, mich ohne dies als Herrn aufzuspielen, wie es die Geschwister tun, habe ich nicht. Ich hoffe also, daß man mich zum Bleiben nötigt, damit ich später noch ein wenig mit Ihnen plaudern kann. Jedenfalls sage ich auf Wiedersehen.«

»Auf Wiedersehen, Herr Herfurt.«

Sie reichten sich die Hände, und er hielt die ihre etwas länger fest als üblich. Daß sie dabei dunkel erglühte, erfüllte ihn mit heißer Freude.

12

Lena und Kurt waren, als sie sich von Gert Herfurt getrennt hatten, in den Garten gegangen. Und kaum waren sie allein, fragte Kurt hastig:

»Was fällt dir ein, Lena, weshalb kommst du diesem Schwindler so freundlich entgegen?«

Sie sah ihn mit einem seltsamen Blick an. »Er ist leider kein Schwindler, Kurt, seine Angaben sind zu positiv und seine Ähnlichkeit zu sprechend.«

»So glaubst du, daß ihm das Erbe zufällt, dessen wir schon so sicher waren?« fragte er heiser.

»Das glaube ich, wenn wir es nicht verhindern.«

»Und dabei stellst du dich auf einen so friedlichen Standpunkt? Ich mußte mich bezähmen, daß ich ihn nicht niederschlug.«

»Dabei würdest du den kürzeren ziehen, er ist kräftiger als du.«

»Du willst doch nicht sagen, daß du dir dein Erbe gutwillig fortnehmen lassen willst?«

Ihre Augen glühten erregt auf. »Nein, um keinen Preis! Weil ich das eben nicht will, habe ich ihm die Komödie vorgespielt, als wollte ich mit ihm friedlich umgehen. In Wahrheit ist er mein Feind wie der deine, ich hasse ihn und stehe ihm kampfbereit gegenüber. Aber an Blutvergießen, wie du, denke ich nicht. Das ist mir zu gefährlich. Ich denke, wir kommen auf eine für uns ungefährlichere Art zum Ziel.«

Starr sah er sie an. »Wie meinst du das?« Sie sah sich vorsichtig um und neigte sich, seinen Arm fassend, dicht an sein Ohr.

»Hör zu, Kurt! Er sagte uns doch, daß er den Trauschein seiner Eltern bei sich trägt und daß er ohne diesen Schein sein Erbrecht nicht geltend machen könne. Weißt du nun, was ich will?«

»Offen gestanden, nein.«

»Mein Gott, bist du schwerfällig.«

»So rede doch, was meinst du?«

»Wir müssen ihm dies Dokument abnehmen, dann kann er uns nicht mehr gefährlich werden. Wir erklären ihn für einen Schwindler.«

Mit verhaltener Erregung sah er sie an. »Daran habe ich auch schon gedacht. Aber wie soll man ihm das Dokument abnehmen? Du hast sehr recht, er ist stärker als ich.«

Sie lachte hart auf. »Tagt es noch immer nicht, Kurt? Denkst du nicht an die Zigaretten?«

Er stutzte. »Lena!« rief er atemlos.

»Na, endlich kapierst du. Du hast doch die Zigaretten bei dir?«

»Ja!«

»Gut! Ich habe ihn gebeten, mit uns zu speisen und in unserer Gesellschaft zu bleiben, damit wir Gelegenheit haben, ihm eine deiner famosen Zigaretten anzubieten. Die Alving ist auf ihrem Zimmer und hat, wie ich zufällig hörte, gleich nach Tisch Besorgungen zu machen. Die sind wir also los. Wir werden mit ihm allein sein. Nach Tisch bietest du ihm eine Zigarette an und rauchst selbst eine zur Gesellschaft mit. Natürlich mußt du für dich eine andere bereithalten. Sobald er anfängt, die Zigarette zu rauchen, erinnere ich dich plötzlich, daß wir ja eine Verabredung mit Bekannten total vergessen haben und daß wir sofort aufbrechen müssen. Wir beeilen uns und verabschieden uns von ihm. Du bittest ihn, sich nicht stören zu lassen und ruhig bei seiner Zigarette den Mokka auszutrinken. Wir verlassen das Zimmer, fahren aber nicht gleich ab, sondern warten, bis das Narkotikum seine Wirkung tut, im Nebenzimmer. Er denkt nun, wir sind fort. Sobald er eingeschlafen ist, schleichst du zu ihm zurück, nimmst dem Betäubten die Brieftasche ab, und dann fahren wir schnell in die Stadt zurück. Er wird nach einer halben Stunde erwachen und glauben, daß er nur ein Mittagsschläfchen gehalten hat. Höchstwahrscheinlich merkt er den Verlust der Brieftasche nicht gleich, sondern erst, wenn er die Villa Bernd verlassen hat. Keinesfalls kann uns ein Verdacht treffen, da wir uns schon entfernten, als er noch wach war. Aber selbst wenn er einen Verdacht gegen uns hegte, wie will er ihn beweisen? Und wir haben ihn unschädlich gemacht. Ohne das Dokument kann er das Erbe nicht reklamieren. Wenn er uns später seinen Verlust meldet, stellen wir uns auf den Standpunkt, daß wir seine Angaben für Schwindel halten. Wir glauben ihm einfach nicht, daß er der Enkel von Rochus Bernd ist und machen von unserer Ansicht auch dem Notar Mitteilung. Da er den Trauschein nicht noch einmal beschaffen kann, ist er einfach erledigt, und wir sind die Sieger. Nun, was sagst du zu diesem Plan?«

Kurt hatte in starker Erregung zugehört. Nun drückte er Lenas Arm an sich.

»Du bist ein Genie, Lena. So geht es! So geht es famos! Gottlob, daß dir dieser Rettungsweg einfiel. Mir war schon ganz flau zumute! Ich sehe nicht ein, weshalb uns dieser hergelaufene Mensch das fette Erbe wegschnappen soll, auf das wir lange genug gewartet haben.«

»Also du bist einverstanden?«

»Selbstverständlich!«

»Sind die Zigaretten auch wirklich zuverlässig?«

»Unbedingt! Du kannst ganz ruhig sein. Für eine halbe Stunde ist er absolut unfähig, etwas zu fühlen, zu hören oder zu sehen. Es soll mir ein leichtes sein, ihm die Brieftasche abzunehmen. Eventuell kann man auch nur das Dokument herausnehmen und ihm die Brieftasche wieder zustecken.«

Lena schüttelte heftig den Kopf.

»Nein, nein, es ist besser, du nimmst die ganze Brieftasche. Die kann er eventuell verloren haben. Nehmen wir uns das Dokument, dann kann uns eher ein Verdacht treffen.«

»Richtig, du bist wirklich ein Genie, Lena. Famos hast du das alles überlegt in der kurzen Zeit.«

Sie lachte eitel. »Meine Gedanken sind auch nur so durch meinen Kopf gejagt.«

»Bist du sicher, daß die Alving aus dem Weg ist?«

»Ich sage dir ja, sie macht Besorgungen gleich nach Tisch. Ich hörte, wie sie es Heinrich sagte. Er fragte, ob sie das Auto benutze und sie verneinte – sie fahre mit der Elektrischen. Ein wenig haben wir ihr die Prinzessinnenallüren doch schon ausgetrieben. Daß sie nicht mit uns speist, ist ja sehr günstig.«

»Und Heinrich? Wie kommt der uns aus dem Weg?«

Lena machte eine verächtlich abwehrende Geste.

»Die Schlafmütze! Du weißt doch, daß er, sobald er bei Tisch aufgewartet hat, sich in einen Winkel verkriecht, um zu schlafen.«

»Na, dem Faultier werden wir Beine machen, sobald wir

am Ruder sind. Aber heute kommt uns seine Faulheit sehr gelegen.«

»Ich hoffe, daß sich alles glatt abwickeln wird. Während du nochmals ins Zimmer zurückgehst und ihm die Brieftasche abnimmst, werde ich für alle Fälle Wache stehen und jede Störung fernhalten. Aber still, da sehe ich ihn aus dem Haus kommen. Du bist doch über alles im klaren, falls wir nicht noch einmal zusammen sprechen können?«

»Alles klar, Lena.«

»Schön! Nun sieh dir hier die Tannen an. Ein unverfängliches Thema. Schön gewachsen, nicht wahr? Die würden sich famos als Weihnachtsbäume eignen.«

»Allerdings! Sie sind tadellos gewachsen.«

»Herrlich! Finden Sie nicht auch, Herr Herfurt?«

Gert war eben herbeigekommen.

»Was meinen Sie, mein gnädiges Fräulein?«

»Ich meine, ob diese Tannen sich nicht herrlich zu Weihnachtsbäumen eignen?«

»Unbedingt, sie sind tadellos gewachsen.«

»Haben Sie nicht verlernt, deutsche Weihnachten zu feiern, da Sie immer in England gelebt haben?«

»Nicht immer; von meinem zehnten bis zum einundzwanzigsten Jahre lebte ich mit meinem Vater in Hannover, wo ich das Gymnasium besuchte. Erst dann sind wir wieder nach England zurückgekehrt.«

»Und auch während Ihres Aufenthalts in Deutschland haben Sie nie versucht, sich Ihrem Großvater zu nähern?« fragte Kurt.

»Ich sagte Ihnen bereits, daß mein Vater mir erst kurz vor seinem Tod erzählte, daß mein Großvater Rochus Bernd noch am Leben sei.«

»Sonderbar, höchst sonderbar! Ich will ja Ihre Worte nicht in Zweifel ziehen, aber ich verstehe Ihren Herrn Vater nicht. Wie konnte er Sie solange von Ihrem Großvater zurückhalten?«

»Er hatte dafür besondere Gründe.«

»Und so hat Rochus Bernd wohl gar nicht erfahren, daß er einen Enkel hat?«

»Doch, gerade am Tage seines Todes hat er es erfahren.«

Und Gert erzählte, daß Ruth Alving den Brief in dem Kleid seiner Mutter gefunden hatte und was danach geschehen war.

Die Gesichter der Geschwister verrieten, daß sie sich ihre besonderen Gedanken darüber machten, und als Gert zu Ende war, sagte Lena spöttisch: »Also Fräulein Alving hat da Vorsehung gespielt, und unser Großonkel wäre vielleicht noch am Leben, wenn sie ihn mit diesem Fund nicht so sehr aufgeregt hätte. Aber man darf ja über diese Dame nichts sagen, da sie unter Ihrem Schutz steht. Jedenfalls hat sie nicht bedacht, daß Ihr Auftauchen auch ihren Erbaussichten gefährlich werden könnte, sonst hätte sie wohl die Finger von dieser Angelegenheit gelassen.«

Gerts Augen bekamen einen fast drohenden Ausdruck.

»Sie sollten gerade daraus ersehen, daß Sie Fräulein Alving bitter unrecht getan haben. Sie hat nicht daran gedacht, meinen Großvater zu ihren Gunsten zu beeinflussen. Dazu ist ihre Gesinnung viel zu vornehm. Und ich bitte auch Sie sehr dringend, mein gnädiges Fräulein, jeden Ausfall gegen die junge Dame, die unter meinem Schutz steht, zu unterlassen.«

»Nun gut, ich habe ja nichts gesagt. Behalten Sie Ihre gute Meinung über Fräulein Alving, ich behalte die meine auch. Das soll uns nicht gegenseitig erzürnen. Also haben Sie demnach doch deutsche Weihnachten kennengelernt?«

»Gewiß, wir haben sogar in England immer deutsche Weihnachten gefeiert, mein Vater und ich.«

Sie kamen nun auf ein harmloseres Thema und plauderten anscheinend ganz friedlich und angeregt miteinander. Dann gingen sie wieder ins Haus, und eine Viertelstunde später meldete Heinrich, daß die Suppe aufgetragen sei. Ruth ließ sich nicht sehen. Das Menü war auserwählt, und Kurt hatte kostbare Weine auftragen lassen, ganz als sei er der Herr des Hauses.

Die Geschwister schienen sehr aufgeräumt und guter Dinge, und Gert mußte sich immer wieder sagen, daß ihre Haltung fabelhaft sei.

Während Heinrich servierte, bekam er freilich von Kurt und Lena allerlei Spitzfindigkeiten zu hören, aber Gert war um so freundlicher zu ihm, und so tröstete er sich. Während die Geschwister mit Gert beim Nachtisch saßen, sah Lena Ruth Alving durch den Garten gehen. Befriedigt machte sie ihren Bruder durch einen Blick darauf aufmerksam. Er quittierte mit einem zufriedenen Nicken.

Sie wußten nun beide, daß Ruth Alving aus dem Weg war und sie nicht in der Ausführung ihres Planes hindern konnte.

13

Der alte Heinrich hatte nach Tisch auf Lenas Geheiß den Mokka im gelben Salon, der an das Speisezimmer grenzte, serviert. Lena sagte ihm, er könne sich zurückziehen, man bedürfe seiner nicht mehr. Die Geschwister waren nun allein und ungestört mit Gert. Sie plauderten im gelben Salon eine Weile, und dann, als sich Kurt und Lena durch heimliche Blicke verständigt hatten, zog Kurt sein Zigarettenetui hervor, das er vorher mit den bewußten Zigaretten gefüllt hatte.

»Nun wollen wir zusammen eine Friedenspfeife rauchen, Herr Herfurt. Bitte, bedienen Sie sich. Auf ein gutes Einvernehmen in Zukunft.«

Damit hielt er Gert das Etui hin. Dieser wandte sich fragend an Lena:

»Dürfen wir rauchen, mein gnädiges Fräulein?«

Lena lachte schelmisch. »Aber bitte sehr! Ich rauche gelegentlich selbst gern eine Zigarette. Heute möchte ich verzichten. Lassen Sie sich aber bitte nicht abhalten, meinem Bruder Gesellschaft zu leisten.«

Ahnungslos nahm Gert eine von den präparierten Zigaretten, ohne zu merken, daß Kurt geschickt eine für sich selbst bereitgehaltene aus der Rocktasche nahm, während er das Etui wegsteckte. Und dann zündete Kurt die beiden Zigaretten an.

Behaglich lehnten sich die beiden Herren zurück und rauchten. Aber kaum hatten sie einige Züge getan, als Lena mit einem erschreckten Ausruf aufsprang.

»Kurt – um Gottes willen, jetzt haben wir ganz die Verabredung mit Doktor Halm und seiner Frau vergessen! Um drei Uhr sollten wir sie treffen. Wie spät ist es denn?«

Kurt schlug sich an die Stirn und zog die Uhr. »Donnerwetter, das ist unangenehm. Aber halt, noch können wir zurecht kommen, es ist noch eine halbe Stunde Zeit. Daß wir das vergessen konnten! Halms würden sehr beleidigt gewesen sein, sie sind so empfindlich. Schnell, schnell, Lena, wir müssen aufbrechen. Lieber Herr Herfurt, Sie müssen uns entschuldigen. Wir bedauern, Ihnen nicht länger Gesellschaft leisten zu können. Aber bitte, bitte, lassen Sie sich nicht stören. Trinken Sie behaglich Ihren Mokka und rauchen Sie Ihre Zigarette. Wir sehen uns ja morgen vormittag wieder hier und werden dann Doktor Jungmann herausbitten, um die Erbschaftsangelegenheit mit ihm zu regeln. Also – auf Wiedersehen!«

Und wie in höchster Eile reichte Lena Gert die Hand. Kurt drückte ihn lachend in den Sessel zurück.

»Nicht stören lassen, auf Wiedersehen morgen!«

Gert fühlte sich bereits seltsam müde und schläfrig und ließ sich nicht ungern wieder in den Sessel drücken. Er sah, daß die Geschwister in höchster Eile das Zimmer verließen und schloß müde die Augen. Er dachte daran, daß er nun bestimmt auf Ruth Alvings Rückkehr warten würde und freute sich auf ein Alleinsein mit ihr. Gegen die Müdigkeit, die ihn befiel, lehnte er sich gar nicht auf. Schon halb bewußtlos dachte er: Den schweren Wein bei Tisch hätte ich nicht trinken sollen, der hat es in sich. Und dann rauchte er mechanisch weiter und dämmerte in vollständige Betäubung hinüber.

Kurt und Lena standen inzwischen in atemloser Erregung im Speisezimmer und lauschten an der Tür. Sie ahnten nicht, daß im Erker des Speisezimmers, hinter einem Vorhang verborgen, der alte Heinrich saß. Er konnte sich schlecht gegen ein Mittagsschläfchen wehren, denn er war daran gewöhnt, weil sein Herr auch immer nach Tisch geschlafen hatte und ihn dann nicht brauchte. In seinem Alter kann man sich so ein gewohntes Nickerchen schlecht versagen, und er erlag auch heute der Versuchung. Um aber auf alle Fälle auf dem Posten zu sein, falls man ihn brauchte, wagte er nicht, sein Zimmer aufzusuchen, und hatte sich deshalb das Erkereckchen im Speisezimmer zu einer Ruhepause ausgesucht. Aufgestört durch das schnelle Eintreten der Geschwister, hielt er sich doch ängstlich in seinem Versteck, fürchtend, daß Kurt ihn wieder auszanken und ihm Faulheit vorwerfen würde. Unruhig blinzelte er durch einen winzigen Spalt im Vorhang in das Zimmer und sah die Geschwister atemlos lauschend an der Tür stehen, die nach dem gelben Salon führte.

Er wußte nicht, was er davon denken sollte, wußte nur, daß er sich bei seiner verschwiegenen Siesta nicht erwischen lassen durfte.

Hoffentlich entfernten sich die Geschwister bald. Heinrich beobachtete nun erstaunt, wie die Geschwister sich abwechselnd zum Schlüsselloch herabbeugten und sich dann erregt etwas zuflüsterten, was er nicht verstand. Darüber vergingen einige Minuten. Und dann öffnete Kurt Bernd ganz leise die Tür und verschwand langsam im gelben Salon. Lena Bernd stand indessen mit allen Anzeichen einer starken Erregung an der Tür und lauschte.

Heinrich wurde die Sache immer rätselhafter. Endlich öffnete sich die Tür zum gelben Salon wieder sehr leise und Kurt Bernd erschien. Heinrich sah, daß er irgend etwas Schwarzes in seine Brusttasche steckte. Er konnte nicht erkennen, was es war, aber es erschien ihm wie eine Zigarettentasche. Und nun faßte Kurt Lenas Arm.

»Nun schnell fort!«

»Hast du?«

»Ja, ja – aber nun fort.«

Und sie eilten aus dem Zimmer. Heinrich hörte sie draußen nach dem Chauffeur rufen, der um diese Zeit immer für sie bereit sein mußte. Und wenige Minuten später fuhren die Geschwister im Auto davon.

Heinrich kratzte sich nachdenklich den Kopf.

Wenn ich nur wüßte, was das bedeuten sollte. Hatte Herr Bernd seine Zigarrentasche vergessen? Aber warum flüsterte er so heimlich mit seiner Schwester, und warum sahen sie beide durch das Schlüsselloch? Sie wollten gewiß Herrn Herfurt beobachten, denn der ist noch im gelben Salon. Da sieht man, daß es keine wirklich vornehmen Herrschaften sind. Durchs Schlüsselloch gucken, das macht nicht einmal ein anständiger Dienstbote.

So war Heinrichs Gedankengang. Aber dann überwältigte ihn die Müdigkeit, und da seine Peiniger nun fort waren, überließ er sich mit Behagen seinem Nickerchen.

14

Die Geschwister hatten aufgeatmet, als sie im Auto saßen und davonfuhren.

Und nun fragte Lena heiser:

»Hast du die Brieftasche wirklich?«

»Ja doch, ich habe sie.«

»Schlief er fest?«

»Wie ein Toter. Er hat sich nicht gerührt. Ich habe ihm sogar den Rock wieder zugeknöpft, damit ihm der Verlust möglichst spät auffällt. Es ist nicht nötig, daß er genau feststellen kann, wo ihm die Brieftasche abhanden gekommen ist, wenn man uns auch nichts beweisen kann. Aber nervös ist man doch, wenn man zum erstenmal so ein Ding dreht, wie es im Verbrecherjargon heißt. Ich bin froh, daß ich jetzt hier in Sicherheit bin, obwohl ich weiß, daß er vor einer halben Stunde nicht aufwachen kann.«

»Nachweisen kann man uns nichts. Wir sind ja von ihm gegangen, als er noch wach war. Wer will uns beweisen, daß wir noch einmal zurückkehrten? Und außerdem wird er, wenn er aufwacht, nicht ahnen, wie fest sein Schlaf war. Er wird nicht glauben, daß er im Schlaf beraubt worden ist.«

»Die Hauptsache ist, daß wir die Brieftasche haben.«

»Ja, Kurt – nun laß uns gleich nachsehen, ob der Trauschein auch wirklich darin steckt.«

Kurt Bernd zog die schwarze Brieftasche mit dem kleinen, runden roten Fleck unten in der rechten Ecke heraus. Mit zitternden Händen nahm er alle Papiere heraus, sah in alle Fächer, ob sie auch leer waren, und warf dann die Brieftasche mit einem kräftigen Schwung aus dem Fenster. Lena wollte seine Hand fassen.

»Was tust du, weshalb wirfst du sie hinaus?«

»Damit wir sie los sind. Sie ist ja leer und es ist besser, wenn man sich von solchen Schuldbeweisen befreit.«

Lena blickte hinaus, wo sie sich befanden. Sie fuhren gerade durch ein kleines Gehölz, das etwa zehn Minuten von der Villa Bernd entfernt war, wenn man zu Fuß ging.

Dann wandte sie sich dem Bruder wieder zu.

»Nun laß uns den Trauschein suchen in den Papieren.«

Sie blätterten aufgeregt die Papiere durch – und fanden natürlich den Schein nicht. Nichts als einige Geschäftsbriefe von Gert Herfurts Verlegern enthielt die Brieftasche. Und keine Ahnung kam den Geschwistern, daß sie den Trauschein mit der scheinbar leeren Brieftasche zum Wagenfenster hinausgeworfen hatten, die nun in niedrigem Gestrüpp am Weg hing.

Immer wieder blätterten sie die Papiere durch, immer aufgeregter wurden sie, und schließlich starrten sie sich in die verstörten Gesichter.

»Was soll das heißen? Es ist kein Trauschein unter den Papieren, alles nur unwichtige Briefe«, sagte Kurt heiser.

»Und er hat doch so positiv behauptet, daß das Dokument in seiner Brieftasche steckt und daß er diese Brieftasche stets bei sich trägt.«

Kurt schlug sich wütend aufs Knie. »So ein Schwindler! So ein Betrüger! Ich sagte es doch gleich, daß dieser plötzlich aufgetauchte Enkel ein Schwindler war.«

Lena nagte grübelnd an den Lippen. »Aber seine Ähnlichkeit mit dem Großonkel! Es erscheint mir zweifellos, daß er mit ihm verwandt ist.«

»Hm! Vielleicht ein illegitimer Sproß der schönen Maria Bernd!«

Lena stützte den Kopf in die Hand. »Ich glaube, das würde uns nichts helfen, denn auch dann wäre er erbberechtigt. Soviel ich weiß, beerbt ein illegitimes Kind nur seinen Vater nicht. Außerdem würde er dann Bernd heißen und nicht Herfurt.«

»Sein Vater könnte ihn ja nachträglich adoptiert haben. Aber das glaube ich auch nicht. Teufel noch mal, da werde ein anderer klug draus. Was ist jetzt an der Geschichte? Ist er ein Schwindler und Betrüger, der sich das Erbe ergaunern will? Aber er muß sich doch sagen, daß dies nicht geht, ohne die nötigen Papiere. Oder hat er uns nur angelogen, als er sagte, der Trauschein befinde sich in seiner Brieftasche? Merkwürdig überhaupt, daß sich in dieser Brieftasche nur Geschäftspapiere befinden: kein Paß, keine Legitimation, kein Geld, nichts als Briefe. Ich glaube, wir sind mit Absicht von ihm düpiert worden, so oder so.«

Lena ballte wütend die Hände. »Umbringen könnte ich ihn! Was tun wir nun? Jetzt haben wir diesen Raub umsonst in Szene gesetzt.«

Kurt lachte heiser auf. »Angenehme Lage! Wir werden schöne Tage verbringen, hangend und bangend in schwebender Pein. Ach danke! Das ist nicht zum Aushalten.«

Lena starrte vor sich hin. »Schließlich müssen wir sehen, daß wir uns mit ihm einigen. Jedenfalls müssen wir uns vorläufig mit ihm gutstellen. Ob er das Dokument besitzt und irgendwo anders verborgen hat, muß sich bald zeigen. Hat er es nicht und beruhen seine Angaben nur auf Schwindel, dann haben wir ja doch Oberwasser. Aber sonst – das Abwarten ist furchtbar schwer.«

Kurt knirschte einen Fluch zwischen den Zähnen hervor und rief dann wütend: »Wäre er doch erstickt an der Zigarette!«

Noch einmal suchten sie die Papiere durch, sahen auf

dem Boden des Autos nach und durchsuchten die Polster, nichts war zu finden.

»Alles war so famos gegangen. Und nun umsonst«, jammerte Lena halb wütend und halb verzagt. »Es ging alles wie am Schnürchen. Kein Verdacht hätte uns getroffen.«

Kurt steckte die Papiere wütend zu sich und warf sich stöhnend in das Polster zurück.

Und Lena zergrübelte sich den Kopf nach einem anderen Ausweg.

Bald darauf waren sie an ihrer Wohnung angelangt. Sie stiegen aus und gingen hinauf. Die Perle glänzte durch Abwesenheit, sie hatte Ausgang, sooft es ihr paßte.

Kurt ging in die Küche und verbrannte die Papiere im Herd, damit sie ihn nicht verraten konnten. Denn immerhin, man konnte nicht wissen, was geschah. Vorsichtig stocherte er auch noch die Asche durch den Rost, und dann warf er wütend den Feuerhaken hin.

Stumm und trübe vor sich hinbrütend, saßen sich die Geschwister in dem kleinen, ungemütlichen Wohnzimmer gegenüber. Sie wußten nicht, was sie nun tun sollten, wußten nur, daß sie zu allem fähig gewesen wären, um sich das bedrohte Erbe zu retten. Denn sie befanden sich tatsächlich in einer ziemlich verzweifelten Lage.

15

Als Ruth Alving schneller, als sie geglaubt, wieder nach Hause kam, trat ihr der alte Heinrich entgegen, der sein Nickerchen beendet hatte.

Sie gab ihm, freundlich nickend, einige kleine Pakete

und bat ihn, sie in das Wohnzimmer zu legen. Sie wollte nur schnell Hut und Mantel ablegen.

»Sind die Geschwister Bernd noch da, Heinrich?« fragte sie.

»Nein, Fräulein Ruth, die sind vor etwa einer Stunde fortgefahren«, erwiderte er und wußte nicht recht, ob er Ruth erzählen sollte, was er belauscht hatte. Aber er schämte sich ein wenig seines Nickerchens und schwieg lieber. Wichtig erschien es ihm nicht.

»Und Herr Herfurt – ist der auch fortgegangen?«

»Das weiß ich nicht, Fräulein Ruth. Ich habe nach Tisch den Mokka serviert, und dann hat mich Fräulein Bernd fortgeschickt, weil sie meiner nicht mehr bedürfe. Ich sollte nicht mehr stören. Und ich sah dann nur die Geschwister Bernd noch fortfahren. Aber es ist möglich, daß Herr Herfurt noch im gelben Zimmer ist.«

Ruth nickte ihm zu.

»Ich werde nachsehen«, sagte sie, ein wenig rot werdend.

Heinrich sah ihr unschlüssig nach.

»Ob ich ihr hätte sagen sollen, was ich beobachtet habe?« fragte er sich beklommen.

Ruth begab sich durch das Speisezimmer in den gelben Salon, und als sie einen Blick hineingeworfen hatte, blieb sie einen Moment überrascht stehen. Drüben am Kamin stand ein Tischchen mit Mokkatassen, und daneben in einem Sessel saß Gert Herfurt – und schlief. Er hatte den Kopf ein wenig zur Seite geneigt, und eine fast aufgerauchte Zigarette lag auf seinem Rock, als sei sie eben seinen Lippen entglitten.

Ein Schelmenlächeln huschte um Ruths Lippen. Anscheinend hatte Kurt wieder schweren Wein auf die Tafel bringen lassen, und Gert Herfurt war kaum daran gewöhnt. So war er wohl schläfrig geworden und, als er allein war, eingeschlafen.

So erklärte sie sich die Situation.

Sie machte die Tür noch einmal auf, huschte hinaus und schlug die Tür ganz fest ins Schloß, um ein Geräusch zu machen, das Gert wecken sollte. Erst nach einer Weile betrat sie dann das Zimmer noch einmal.

Gert war erwacht, aber er sah um sich, als wisse er nicht, wo er sich befand.

»Nun, Herr Herfurt, Sie haben wohl aus Langeweile ein Schläfchen gemacht?« fragte Ruth scherzend.

Gert sah sie eine Weile geistesabwesend an, aber dann ermannte er sich, mit allen Kräften gegen eine ihm ganz fremde Schlaftrunkenheit ankämpfend, und sprang auf.

»Ich bitte tausendmal um Verzeihung, mein gnädiges Fräulein, aber ich weiß wirklich nicht, wie ich dazu gekommen bin, einzuschlafen. Und Sie sind schon wieder zurück? Wie lange habe ich denn dann geschlafen?«

Er faßte nach seiner Uhr und sah nach der Zeit. Er erinnerte sich, daß die Geschwister ihn um halb drei Uhr verlassen hatten. Gleich danach mußte er eingeschlafen sein. Und jetzt war es halb vier Uhr.

Er schüttelte den Kopf.

»Ich habe eine volle Stunde fest geschlafen. Das begreife ich nicht. Nie in meinem Leben habe ich um diese Zeit geschlafen, und mein Kopf schmerzt zum Zerspringen.«

»Es ist eine sehr schwüle, beklemmende Luft hier im Zimmer, mir fiel es gleich auf, als ich eintrat. Wir wollen ein Fenster öffnen.«

Und Ruth trat an das Fenster heran.

Gert Herfurt sah an sich herab, als fasse er noch immer nicht, daß er geschlafen hatte. Und da sah er die fast aufgerauchte Zigarette am Boden auf dem Teppich liegen. Schnell hob er sie auf und legte sie in den Aschenbecher. Und dabei stieg ein seltsam schwüler Duft zu ihm auf. Er nahm die Zigarette nochmals aus dem Aschenbecher und hielt sie an seine Nase.

»Ein eigentümliches Aroma«, sagte er, »die schlechte Luft im Zimmer scheint von der Zigarette herzurühren. Herr Bernd sollte sich eine bessere Marke anschaffen.«

Ruth lächelte.

»Man hört jetzt allgemein Klagen über schlechten Tabak. Onkel Rochus und seine alten Freunde zankten oft darüber. Teuer und schlecht, wie die ganze Zeit, so ist auch der Tabak, sagte Herr Kommerzienrat Seidel einmal. Es ist besser, wir verlassen jetzt dies Zimmer, bis es ausgelüftet ist. Kommen Sie mit ins Wohnzimmer hinüber, Herr Herfurt, dort lasse ich Ihnen eine Tasse Tee servieren, zur Aufmunterung.«

»Wenn Sie mir dabei Gesellschaft leisten, Fräulein Alving, nehme ich gern eine Tasse Tee. Ich weiß nicht, was mit mir ist. Ich fühle mich so sonderbar beschwert, mir ist, als hätte ich einen schlimmen, beängstigenden Traum gehabt. Ja richtig, jetzt fällt mir wieder ein – mir träumte, ich lag in einem Kellergewölbe, und die Wände und Decken rückten immer näher und enger um mich zusammen, als wollten sie mich ersticken.«

»Das war freilich kein angenehmer Traum. Vielleicht ist der schwere Burgunder von Onkel Rochus schuld, den Herr Bernd sicher bei Tisch wieder auftragen ließ. Onkel Rochus behauptete immer, ein Likörglas davon ist herzstärkende Medizin, aber mehr davon ist Gift für den Organismus. Ich begreife nicht, daß Herr Bernd soviel davon vertragen kann und seine Schwester auch.« Nach diesen Worten klingelte Ruth, um den Tee zu bestellen.

Gert strich sich über die Stirn.

»Die Herrschaften scheinen beide ziemlich trinkfest zu sein. Ich bin an so schwere Weine nicht gewöhnt. Aber nun wollen wir nicht mehr davon reden.«

Sie waren ins Wohnzimmer gegangen, und Ruth rückte ein Tischchen an den Kamin. Im Wohnzimmer war trotz der Zentralheizung immer noch der alte Kamin in Betrieb. Rochus Bernd liebte es, im Winter am Kamin zu sitzen und in die knisternden Flammen zu sehen. Und da der Winter sehr kalt war, hatte man auch nach seinem Tod die Gewohnheit, den Kamin zu heizen, beibehalten.

Heinrich brachte Tee, und Gert und Ruth nahmen am Kamin Platz. Ruth füllte die Tassen und bediente Gert mit Zucker. Er sah mit einem wohligen Gefühl auf ihre schönen, schlanken Hände und dachte, daß es herrlich sein müßte, dies liebe, feine Geschöpf immer um sich zu haben.

»Ich bin sehr froh, daß uns noch ein Alleinsein beschieden ist, mein gnädiges Fräulein. Ich möchte Sie gern fragen, was Sie zu tun gedenken, wenn Sie Ihres Amtes als Schlüsselbewahrerin enthoben sein werden. Haben Sie schon Zukunftspläne gemacht?«

Sie atmete tief auf.

»Offen gestanden, ich habe noch keine Zeit dazu gehabt, darüber nachzudenken. Aber früher habe ich mir das manchmal zurechtgelegt. Daß meines Bleibens in diesem Hause nicht mehr wäre, wenn mir Onkel Rochus einmal genommen sein würde, wußte ich ja, und so habe ich zuweilen an meine Zukunft gedacht. Und da bin ich zu dem Entschluß gekommen, meine Sprachkenntnisse zu verwerten!«

»Sprechen Sie mehrere Sprachen?«

»Ja, Englisch und Französisch ganz perfekt in Wort und Schrift. Ich denke auch, ich könnte den Posten einer Sekretärin in irgendeinem großen Unternehmen gut ausfüllen. Aber bis ich eine solche Stellung finden würde, müßten meine Sprachkenntnisse mich über Wasser halten.«

Er sah sie nachdenklich an. Ihre Tapferkeit rührte ihn.

Und dann blitzte es in seinen Augen auf wie ein erleuchtender Gedanke. »Das ist ja famos! Sie wissen doch, Fräulein Alving, daß ich, gleich meinem Vater, Übersetzer bin. Ich habe Werke großer deutscher Schriftsteller ins Englische übersetzt und Werke englischer Geistesheroen ins Deutsche. Und ich bin mit Aufträgen so reichlich versehen, daß ich auf Jahre hinaus Arbeit habe. Wenn ich aber wirklich zum Erben meines Großvaters eingesetzt werde, dann wird ein Teil meiner Zeit nötig sein, um seinen Besitz zu verwalten. Und da könnte ich Ihnen von meinen Aufträgen abgeben. Sie könnten sich langsam, gewissermaßen unter meiner Führung einarbeiten und hätten dann einen Beruf, der Sie ausfüllte und ernährte und der sehr anregend ist.«

Dieser Gedanke war ihm ein sehr freudiger, weil er hoffte, auf diese Weise mit Ruth in Verbindung zu bleiben, und ihr, eventuell auch ohne ihr Wissen und Wollen, helfen zu können.

Sie sah ihn erfreut an.

»Das wäre sehr schön, vorausgesetzt, daß meine sonstigen Kenntnisse dazu ausreichen. Es gehört doch wohl mehr dazu, solche literarische Kunstwerke zu übersetzen, als nur die Sprachkenntnisse.«

»Oh, mir scheint, Sie haben auch alles andere Nötige dazu. Einen guten, flüssigen Stil traue ich Ihnen ohne weiteres zu, eine ausgezeichnete literarische Bildung ebenfalls, und das ist das Notwendigste.«

Ruth atmete auf. »Es wäre ein sehr anregender Beruf, wenn ich ihn wirklich ausfüllen könnte.«

»Das bezweifle ich nicht. Gelegentlich machen wir einen Versuch. Erst muß jetzt die Erbschaftsangelegenheit geordnet werden. Und wenn ich erst gerichtlich zum Erben eingesetzt bin, dann habe ich noch eine Bitte an Sie.«

»Wenn ich sie erfüllen kann, soll es gern geschehen.«

»Ich wollte Sie bitten, dann vorläufig noch in diesem Haus zu bleiben und dem Haushalt wie bisher vorzustehen. Es ist sicher, daß ich noch einmal nach England reisen muß, um meine Übersiedlung nach hier vorzubereiten und noch verschiedene geschäftliche Dinge zu erledigen. Das kann immerhin einige Wochen dauern. Und ich wäre dann sehr froh, wenn Sie bis nach meiner Rückkehr hier nach dem Rechten sehen wollten.«

Sie sah ihn unsicher an. »Mir scheint, Herr Herfurt, daß Sie da gewissermaßen eine Sinekure für mich schaffen wollen, um mich nicht so bald heimatlos zu machen. Aber einmal muß es doch sein. Ich danke Ihnen für Ihren guten Willen, aber es ist besser, ich füge mich gleich in neue, schlichte Verhältnisse.«

Seine Stirn hatte sich gerötet, weil er sich erkannt fühlte, aber er wehrte eifrig ab.

»Nein, nein, Sie verstehen mich falsch, ich bedarf wirklich Ihrer Hilfe. Bedenken Sie doch, als unerfahrener Junggeselle stehe ich so einem Hauswesen völlig hilflos gegenüber. Am liebsten würde ich Sie bitten, für immer zu bleiben und alles so schön wie bisher in Ordnung zu halten. Aber das geht leider nicht, da wir beide jung und noch unverheiratet sind. Wie ich mich später aus der Affäre ziehe, weiß ich noch nicht. Aber solange, wie ich nicht hier im Haus wohne, könnten Sie mir doch aus der Verlegenheit helfen. Ich weiß, daß ich Ihnen damit eine Zumutung stelle, aber Sie haben schon so viel für mich getan, daß ich Sie auch noch um diese Gefälligkeit zu bitten wage. Wenn ich aus England zurückkomme, ist es doch noch immer Zeit genug, daß Sie sich in neue Verhältnisse eingewöhnen. Bitte, versprechen Sie mir, daß Sie solange bleiben wollen.«

Sie sah ihn errötend an, als er ihre Hand faßte und ihr flehend in die Augen sah. Das Herz klopfte ihr bis zum

Halse, und sie sagte sich, daß sie, wenn er sie so ansah, außerstande sein würde, ihm eine Bitte abzuschlagen.

»Wenn Sie meiner wirklich bedürfen, dann bleibe ich natürlich. Und Ihr Anerbieten, mir zur Erlangung eines neuen Berufes, einer Existenzmöglichkeit behilflich zu sein, nehme ich mit herzlichem Dank an.«

Ihre Worte machten ihn sehr froh. Er wußte nun doch, daß er immer imstande sein würde, Ruths Schicksal zu lenken oder wenigstens zu beeinflussen, bis ... Er schob die Vollendung dieses Gedankens noch von sich, obwohl sein Herz schon ganz genau wußte, bis zu welchem Ziel es ihn führen wollte. Aber er wußte auch, daß Ruth Alving eine Frau war, um die sich ein Mann mühen mußte, die sich nicht leicht ergab und die man nicht im Sturm erobern konnte.

Und er wollte sich erst ihr Vertrauen erringen und verdienen.

Ganz ruhig und sachlich sprach er nun von seinem Beruf und seinen geschäftlichen Beziehungen. Und nach einer halben Stunde erhob er sich.

»Ich habe Sie schon allzulange gestört, mein gnädiges Fräulein. Vorläufig bin ich noch Gast in diesem Haus und habe mich schon ganz ungebührlich benommen, indem ich ein Mittagsschläfchen hier abhielt. Das kann ich mir selbst nicht verzeihen, und es ist mir noch immer unerklärlich, daß mich am hellen Tage eine solche Müdigkeit überfiel.«

»Hoffentlich haben Sie kein Kopfweh mehr.«

»Nein, es ist völlig verschwunden. Also, morgen vormittag werde ich hier mit den Geschwistern Bernd zusammentreffen. Sie waren wirklich sehr liebenswürdig, nachdem sie die Enttäuschung etwas verwunden hatten. Wir haben verabredet, daß wir morgen vormittag Doktor Jungmann herausbitten und alles Nötige mit ihm besprechen wollen. Ihm werde ich dann auch im Beisein der Geschwister den Trauschein meiner Eltern vorlegen. Sie hätten ihn gern schon heute gesehen, aber ich konnte mich nicht entschließen, ihnen denselben zu zeigen. Es ist ein so kostbares Dokument, und hier auf meiner Brust ruht es sicher und wohlgeborgen, bis ich es dem Notar übergebe.«

Dabei legte Gert seine Hand auf die Stelle, wo sonst seine Brieftasche – oder vielmehr die seines Vaters – ruhte, und fuhr dann erschrocken, mit einem jähen Griff, in die Brusttasche. Sein Gesicht verfärbte sich. Er suchte alles ab und starrte Ruth entgeistert an.

»Was ist Ihnen, Herr Herfurt?« fragte diese besorgt.

»Meine Brieftasche – meine Brieftasche mit dem Dokument – ist verschwunden«, sagte er tonlos.

Sie sprang auf und sah ihn erschrocken an.

»Verschwunden? Wie ist das möglich? Sie werden sie doch nicht verloren haben?«

Er schüttelte ganz benommen den Kopf.

»Nein, nein, wie sollte ich sie verlieren? Ich habe sie wie stets in dieser festen, tiefen Brusttasche geborgen. Und – ich hatte sie bestimmt noch, als ich den Geschwistern davon sprach, denn da faßte ich danach und fühlte sie noch am alten Platz. Auch bei Tisch meine ich sie noch gefühlt zu haben. Das kann ich freilich nicht beschwören. Und nun ist sie nicht mehr da.«

Eine Weile sahen sie sich ratlos an. Dann ermannte sich Ruth.

»Wenn Sie genau wissen, daß Sie die Tasche hier im Haus noch hatten, kann Sie Ihnen ja nur hier verlorengegangen sein. Wir müssen suchen, sie ist Ihnen doch vielleicht entfallen. Ich will gleich Heinrich rufen, er soll uns suchen helfen.«

Und sie klingelte.

Gert strich sich, noch ganz fassungslos, über die Stirn.

»Das ist doch seltsam – sehr seltsam«, sagte er vor sich hin.

Nun trat Heinrich ein. Ruth erklärte ihm, was geschehen war, und bat ihn, suchen zu helfen.

»Bitte, beschreiben Sie uns die Brieftasche, Herr Herfurt«, bat sie.

Gert tat das, halb mechanisch, aber ganz genau. Eine schlichte schwarze Kalbfelltasche, fest und tadellos erhalten und unten in der rechten Ecke ein kreisrundes, rotes Fleckchen in der Größe eines Kupferpfennigs.

Die drei Personen begannen nun zu suchen, im Wohnzimmer, im Vestibül, draußen im Garten und im Speisezimmer, überall, wo Gert heute gewesen war. Aber nirgends war die Brieftasche zu sehen, so gründlich man auch alles absuchte.

Schließlich kamen sie auch in den gelben Salon, wo das Fenster noch offenstand. Die Mokkatassen und der Aschenbecher standen noch auf dem Tischchen.

Gert hatte während der ganzen Zeit darüber nachgedacht, wie und wo ihm die Brieftasche abhanden gekommen sein konnte. Und jetzt schoß ihm plötzlich ein Verdacht durch den Kopf. Es war ausgeschlossen, daß ihm die Brieftasche in wachem Zustande abhanden gekommen sein konnte. Es mußte geschehen sein, während er schlief. Er stand wie erstarrt und sah Ruth mit großen Augen an, während Heinrich das Fenster schloß. Dann nahm er den Aschenbecher auf, faßte mit spitzen Fingern nach dem Zigarettenrest und roch daran. Ruth sah ihn fragend an.

»Was ist Ihnen?« Er faßte sich an die Stirn.

»Ein Verdacht, vielleicht ein dummer, törichter Verdacht, aber ich kann ihn nicht ohne weiteres von mir weisen. Ich bilde mir plötzlich ein, daß mein unfreiwilliger Mittagsschlaf mit dem Verschwinden meiner Brieftasche zusammenhängt.«

»Aber – ist denn das möglich?«

Ruth stand jetzt dicht vor ihm, und auch Heinrich kam herbei.

»Was meinen Sie, Herr Herfurt, bitte sprechen Sie doch aus, was Sie denken. Heinrich schwatzt nicht. Und wir müssen doch ergründen, wo Ihre Brieftasche mit dem wichtigen Dokument geblieben ist, das allein Ihre Erbansprüche begründen kann.«

Er sah in ihr erblassendes, zuckendes Gesicht und wußte, daß ihre Gedanken den seinen begegneten. Tief atmete er auf.

»Fräulein Alving, ich möchte wetten, daß ich die Brieftasche noch bei mir trug, als ich mich hierher setzte und einschlief. Warum ich einschlief, ist mir nicht erklärlich, aber diese Zigarette hat einen seltsamen Geruch, was mir schon vorhin auffiel.«

Sie nickte, nachdem sie an der Zigarette gerochen hatte.

»Derselbe Geruch hing im ganzen Zimmer, als ich eintrat. Deshalb öffnete ich das Fenster.«

Gert rieb sich die Stirn.

»Diese Zigarette erhielt ich von Herrn Bernd. Und ich hatte sie kaum in Brand gesetzt, als Fräulein Bernd aufsprang und ihren Bruder an eine Verabredung erinnerte, von der sie vorher nichts erwähnt hatte. Sie verabschiedeten sich sehr eilig und liefen in großer Hast aus dem Zimmer, nachdem mich Herr Bernd noch lachend in meinen Sessel gedrückt hatte und mir zurief, ich möge mich nicht stören lassen. Und schon da spürte ich diese mir sonst ungewohnte Schläfrigkeit. Ich bin dann schnell fest eingeschlafen, aber ich war doch die ganze Zeit allein, oder –?«

Er verstummte und sah Ruth wieder mit großen Augen an.

Heinrich hatte das alles mit angehört und sagte nun hastig, mit allen Anzeichen einer großen Erregung:

»Da muß ich etwas sagen, Herr Herfurt, was ich beobachtet habe. Mir scheint das, was ich für belanglos hielt, plötzlich sehr wichtig.«

»Was denn, Heinrich?«

Der alte Diener erzählte nun, was er von seinem Erkereckchen aus beobachtet hatte, mit präziser Genauigkeit.

Gert und Ruth hörten mit angespanntestem Interesse zu und wurden immer erregter. Als Heinrich geendet hatte, sagte Gert heiser:

»Es erscheint also zweifellos, daß ich das Opfer eines verbrecherischen Anschlags geworden bin, der auf großes Raffinement schließen läßt. Es steht fest, daß Kurt Bernd noch einmal in das Zimmer gegangen ist, während ich schlief – während ich einen sehr seltsamen Schlaf hielt. Nachdem er mit seiner Schwester wie in höchster Eile zu einer Verabredung davonlief, hatten sie noch Zeit, lange an der Tür draußen zu lauschen, durch das Schlüsselloch ihr Opfer zu beobachten und flüsternd ihre Bemerkungen darüber zu tauschen. Daß ich so fest schlief in so kurzer Zeit, daß ich Herrn Bernd nicht zurückkehren hörte, müssen sie vorausgesehen haben. Also hat er gewußt, daß ich aus diesem seltsamen Schlaf nicht erwachen würde. Heinrich hat außerdem gesehen, daß er etwas Schwarzes in die Brusttasche steckte, daß er für eine vergessene Zigarrentasche hielt. Es muß aber meine Brieftasche gewesen sein, die ja auch schwarz aussah. Er muß sie mir entwendet haben, während ich schlief. Und er muß gewußt haben, daß mein Schlaf so fest war, daß er es wagen konnte, mir die Brieftasche aus meinem Rock zu nehmen und auch noch meinen Rock wieder zuzuknöpfen. Als es geschehen war, entfernten sie sich eilig, und seine Schwester fragte ihn noch: Hast du? Sie hat sicher damit gemeint: Hast du die Brieftasche? Sie allein haben einen Vorteil von dem Verschwinden meiner Brieftasche.«

Ruth nickte erregt. »Und ich traue ihnen eine solche Tat ohne weiteres zu.«

»Ich auch«, sagte Heinrich. »Hätte ich sie doch festgehalten und Lärm geschlagen.«

Gert atmete tief und schwer.

»Das hätte Ihnen kaum etwas genützt, Heinrich. Mit Ihnen wären diese Menschen auch noch fertig geworden. Also es steht fest, daß sie mir die Brieftasche mit dem Dokument entwendet haben, das ich nicht noch einmal herbeischaffen kann. Demnach bin ich nicht imstande, mein Erbrecht geltend zu machen, und diese beiden Menschen werden sich das Erbe aneignen. Es nützt mir auch nichts, wenn ich ihnen auf den Kopf zusage, daß sie mir das Dokument geraubt haben, denn sie haben natürlich dieses Dokument sofort vernichtet und werden behaupten, ich sei ein Schwindler.«

Und er erzählte Ruth und Heinrich von dem Brand der Kirche und des Gemeindehauses von Longvillage.

Diese beiden Menschen waren noch viel bedrückter als Gert.

»Hätte ich diese Teufelsbraten doch nur nicht entwischen lassen«, jammerte Heinrich wieder. »Denn Gott gnade uns, wenn die hier an die Regierung kommen.«

Ruth strich sich über die Stirn. »Was tun wir nur? Irgend etwas muß doch geschehen. Müssen Sie unbedingt den Trauschein Ihrer Eltern erbringen?«

»Ja, unbedingt; ich sprach ja schon mit Doktor Jungmann darüber.«

»Würde nicht vielleicht der Brief Ihres Vaters an Ihre Mutter genügen, um Sie zu legitimieren?«

Er schüttelte den Kopf.

»Ganz gewiß nicht. Dieser Brief hätte vielleicht einigen Wert, wenn er von meiner Mutter geschrieben wäre. Aber so – man würde mir sagen, solch einen Brief kann jeder schreiben, um zu behaupten, er sei mit Maria Bernd verheiratet gewesen. Man braucht Ihnen auch nicht zu glauben, daß Sie diesen Brief in einem Kleid meiner Mutter gefunden haben. Die Geschwister Bernd würden kühn behaupten, daß wir beide unter einer Decke stecken, um einen Betrug zu inszenieren.«

Ruth winkte Heinrich zu, er möge hinausgehen, und als sie mit Gert allein war, sagte sie mit bebender Stimme:

»Wollen Sie die Geschwister nicht aufsuchen und ihnen auf den Kopf zusagen, was sie getan haben? Sie können ihnen ja mitteilen, daß sie belauscht worden sind, als sie vor dem Zimmer warteten und als Kurt Bernd noch einmal zu Ihnen ins Zimmer trat. Auch können Sie ihm drohen, daß Sie den Zigarettenrest von einem Chemiker untersuchen lassen werden.«

Gert sah starr vor sich hin.

»Und was würde ich damit erreichen? Im ersten Schreck nahm ich mir vor, das zu tun, aber dann sagte ich mir, daß ich damit nichts erreiche. Sicher haben sie die Brieftasche mit Inhalt sofort vernichtet. Wenn ich es ihnen auch auf den Kopf zusagte, sie würden doch leugnen. Beweisen könnte man es ihnen nur, wenn man die Brieftasche bei ihnen finden würde. Und das ist wohl ausgeschlossen. So raffinierte Verbrecher vernichten zuerst die Beweise. Und soll ich den Namen meines Großvaters, den auch meine Mutter trug, durch den Schmutz ziehen und die Geschwister des Raubes anklagen? Nein, das tue ich auf keinen Fall. Wenn ich nur wüßte, ob sie den Trauschein auch wirklich gefunden haben.«

»Wie sollten sie nicht? Sie haben doch sicher sofort alle Papiere durchgesehen und vor allem das Dokument vernichtet.«

Er sah sie nachdenklich an.

»Das Dokument befand sich nicht mit den anderen Papieren, die gottlob für mich nicht unersetzlich sind, in der Brieftasche, sondern in einem Versteck, zwischen Futter und Oberleder eingenäht. Es wäre immerhin eine Möglichkeit, daß ihnen dies Versteck entgangen wäre. Wenn ich das ergründen könnte und wenn sie wider Erwarten die Brieftasche noch nicht vernichtet hätten, dann könnte ich sie mir vielleicht durch eine List zurückerobern. Hier darf man nicht mit edlen Waffen kämpfen, List um List, hat man es mit so unehrlichen, verbrecherischen Gegnern zu tun. Jedes Mittel der Notwehr ist erlaubt.«

»Das gewiß! Aber wie soll man das ergründen?« fragte Ruth bang, mit blassem Gesicht.

Er nahm ihre Hand.

»Wenn Sie wüßten, wie wohl mir Ihre Teilnahme tut. Es könnte mich fast mit meinem Verlust aussöhnen.«

Sie atmete verzagt. »Sind Sie nun sehr unglücklich, wenn Ihnen das Erbe verlorengehen würde?«

Er sah ihr tief in die Augen. »Unglücklich? Unglücklich würde ich sein, wenn Sie mir jetzt gleichgültig gegenüberstehen würden oder wenn ich plötzlich außerstande wäre, mein Brot selber zu verdienen. Nein, unglücklich macht es mich nicht, denn ich bin jung und gesund und kann arbeiten. Wenn ich den Verlust des Erbes trotzdem beklage, so geschieht es hauptsächlich darum, weil ich ohne Erbschaft lange nicht imstande sein werde, der Frau, die ich heimführen möchte, in dieser schweren Zeit ein sorgloses Leben zu bereiten.«

Ruth wurde sehr bleich und sah ihn unruhig forschend an.

»Sie sind verlobt?« fragte sie leise.

Ein Lächeln huschte über sein Gesicht. Daß sie so blaß wurde und so zaghaft fragte, beglückte ihn.

»Verlobt? Nein, Fräulein Ruth. Bis vor ganz kurzer Zeit habe ich nie daran gedacht, mich an eine Frau für das ganze Leben zu binden. Aber zuweilen kommen solche Gedanken über Nacht. Und ich gestehe, daß ich mich damit befaßt habe, seit an einem sonnigen Wintertage mir ein frühlingshaftes Glück mit goldenem Haar und blauen Augen über den Weg lief. Dieses Glück hätte ich gern festgehalten, hätte es gern geborgen in einem schönen, warmen, sorglosen Heim. Nun ist mir dieses Heim plötzlich aus den Fingern geglitten, und ich weiß nicht, ob ich noch imstande sein werde, es festzuhalten. Was meinen Sie dazu, Fräulein Ruth, ob sich mein blondes Glück auch von einem armen, vermögenslosen Mann wird bergen lassen, in einem sehr, sehr bescheidenen Dasein, aus dem ich nicht immer die Sorgen werde verscheuchen können?«

Sie war unter seinen Worten tief erglüht. Deutlicher als seine Worte sprachen seine Augen, die sich in die ihren senkten. Es jubelte und jauchzte in ihrem Herzen.

»Ich glaube es bestimmt, es wäre ja sonst so töricht, wenn es sich von einem Mann, wie Sie es sind, nicht bergen ließe, wenn es nicht freudig auch Not und Sorge mit Ihnen teilte.« Er zog ihre beiden Hände an seine Lippen und küßte sie abwechselnd.

»Ruth, liebe, teure Ruth, nun bin ich so stolz und glücklich, daß es mich gar nicht mehr aus der Ruhe bringt, ob ich mein Erbrecht noch geltend machen kann. Aber kampflos werde ich den Verbrechern ihre Beute nicht überlassen. Ich möchte die Frau meiner Liebe gar zu gern weich und sorglos betten. Und diese beiden Bösewichter sollen nicht so leicht über einen ehrlichen Mann triumphieren. Ich bin mir noch nicht klar darüber, was ich tun werde und wie ich diesen beiden Menschen begegnen soll. Ich muß vor allen Dingen zu erforschen suchen, ob sie das Dokument in seinem Versteck entdeckt haben. Und dazu bedarf ich der List und der Lüge. Wundern sie sich bitte nicht, Fräulein Ruth, wenn ich die beiden Verbrecher morgen ganz harmlos freundlich begrüße und sie anlüge, wie ein Lügner von Profession. Bitte, schweigen Sie zu allem und lassen Sie sich vor allem nicht anmerken, daß ich meine Brieftasche vermißt habe. Wir müssen auch Heinrich genau Weisung geben, daß er über alles schweigt. Ich denke, wir können uns auf ihn verlassen?«

»Unbedingt! Ich werde ihm die nötigen Anweisungen geben.«

»Bitte tun Sie das. Morgen früh werde ich, ehe ich hier mit den Geschwistern zusammentreffe, Doktor Jungmann aufsuchen und ihm ganz offen meine Lage darstellen. Vielleicht weiß er mir Rat. Zum Glück habe ich wenigstens den Brief, den Sie gefunden haben, und Ihre Zeugenschaft. Er scheint große Stücke auf sie zu halten, und Ihnen wird er glauben. Da er mich nicht kennt und ich ihm leider den Trauschein noch nicht gezeigt habe, käme ich vielleicht in Gefahr, von ihm für einen Schwindler gehalten zu werden.«

»Oh, er wird Ihnen glauben. Sie tragen den Beweis Ihrer Abstammung von Rochus Bernd im Gesicht. Diese Ähnlichkeit wird für ihn überzeugender sein als jedes Dokument.«

Gert seufzte lächelnd.

»Leider gilt dies bei Gericht nicht als Beweis. Nur was man schwarz auf weiß besitzt, kann man getrost nach Hause tragen. Aber nun will ich endlich gehen. Also bitte, Stillschweigen über alles, was jetzt hier geschehen ist, vor allem vor den Geschwistern Bernd. Vielleicht – vielleicht bringe ich sie doch dazu, sich zu verraten. Mir schießt da eben ein Gedanke durch den Kopf.«

»Was wollen Sie tun?«

»Es ist mir noch nicht ganz klar.«

»Aber – Sie begeben sich nicht in Gefahr?« fragte sie angstvoll.

»Nein, nein, fürchten Sie nichts. Ich weiß ja nun, mit wem ich es zu tun habe. Aber sollten Sie morgen merken, daß die Geschwister wieder mit mir allein sein wollen, so legen Sie ihnen bitte keine Hindernisse in den Weg. Im Gegenteil, begünstigen Sie dies Bestreben. Ich könnte vielleicht das Alleinsein mit den beiden sehr nötig brauchen.«

Sie nickte und atmete zitternd auf.

»Hüten Sie sich nur vor diesen Menschen. Mir ist so bange vor ihrer Schlechtigkeit. Immer habe ich sie schon zu allem Schlechten fähig gehalten und mich leider nicht getäuscht.«

»Es ist ein wohliges Gefühl für mich, daß Sie sich um mich bangen. Aber seien Sie unbesorgt, jetzt kenne ich ja meine Gegner und werde gewappnet sein. Mit ihren eigenen Waffen will ich sie bekämpfen.«

Innig küßte er ihre Hand und ging. Sie sah mit feuchtschimmernden Augen hinter ihm her und preßte die Hände auf das Herz.

»Ich liebe ihn, ich liebe ihn! Vater im Himmel, nimm ihn in deinen Schutz!« betete sie.

Und aufatmend ging sie dann, um Heinrich aufzusuchen. Er befand sich im Vestibül und hatte soeben Gert Hut und Mantel gebracht und ihn bis zur Tür begleitet.

Ruth rief ihn zu sich ins Wohnzimmer und sagte ihm, daß er zu allem schweigen solle.

»Schade«, sagte der alte Diener, »man müßte die Schande dieser Bösewichter in alle Welt hinausschreien. Aber natürlich werde ich schweigen, wenn es Herr Herfurt so haben will. Ach, Fräulein Ruth, nun hat man wieder seine schweren Sorgen um die paar Jahre, die man noch zu leben hat.«

16

Am nächsten Morgen suchte Gert, ehe er zu der Villa Bernd hinausfuhr, Doktor Jungmann auf. Er wurde sogleich vorgelassen. »Herr Doktor, ich komme noch einmal in der Erbschaftsangelegenheit zu Ihnen. Es tut mir jetzt sehr leid, daß ich Ihnen bei meinem ersten Besuch nicht den Trauschein meiner Eltern vorgelegt und bei Ihnen deponiert habe. Er ist mir inzwischen abhanden gekommen.«

Doktor Jungmann fuhr auf.

»Abhanden gekommen? Das wäre ja eine schöne Bescherung!«

»Ja, Herr Doktor, und Sie könnten mich nun vielleicht für einen Schwindler halten, wenn ich Ihnen diesen Brief nicht vorlegen könnte.« Er reichte dem Notar den Brief seines Vaters an seine Mutter und erzählte ihm, wie er gefunden wurde.

Der Notar hörte aufmerksam zu. Dann sagte er, Gert lächelnd betrachtend:

»Was mir Fräulein Alving bezeugt, glaube ich aufs Wort. Sie ist eine sehr positive, zuverlässige Natur. Außerdem würde ich Ihnen auch auf Ihr Gesicht hin glauben, nicht nur, weil es ein ehrliches ist, sondern auch, weil Sie Ihrem Großvater aus dem Gesicht geschnitten sind. Für mich gilt dieser Beweis, aber leider nicht für die Gerichte. Wie, um alles in der Welt, ist Ihnen denn dies Dokument abhanden gekommen, das Sie doch nicht wieder ersetzen können?«

»Das will ich Ihnen erzählen, Herr Doktor, aber bitte, betrachten Sie meine Worte als Beichtgeheimnis.«

»Das versteht sich bei meinem Beruf von selbst.«

Gert erzählte nun alles, was gestern geschehen war,

sprach auch ganz offen von seinem Verdacht, der stark begründet war durch Heinrichs Aussage.

Der Notar lauschte mit großem Interesse, und als Gert zu Ende war, sagte er lebhaft:

»Alle Wetter, das wäre ja ein starkes Stück der Geschwister Bernd. Man spricht allerdings nicht sehr achtungsvoll von ihnen. Mein Klient, Herr Rochus Bernd, hat mich zuweilen beauftragt, Erkundigungen über sie einzuziehen. Er hat mir einmal sein Herz ausgeschüttet, wie schwer es ihm fallen würde, diese beiden Menschen in seinem Testament zu bedenken. Nur weil es seine einzigen Verwandten waren, wollte er sie nicht übergehen. Seine Haupterbin aber sollte Fräulein Alving werden, das hat er mir klipp und klar erklärt. Die Geschwister sollten nur eine feste Rente bekommen, damit sie, bei ihrer leichtsinnigen Veranlagung, nicht alles in kurzer Zeit vergeuden könnten. Er sagte mir ganz offen, daß er durch die Rente die Geschwister nur davon zurückhalten wolle, den Weg des Verbrechens zu gehen, wozu sie durch Vererbung und schlechte Erziehung veranlagt seien. Er hat sie also anscheinend sehr gut gekannt. Ich kann mir schon denken, daß der alte Herr in Ihnen freudig seinen direkten Erben sah. Allerdings um Fräulein Alving tut es mir leid. Wenn Ihr Herr Großvater testiert hätte, wäre sie sicher auch dann nicht leer ausgegangen, wenn er Sie zu seinem Haupterben eingesetzt hätte.«

Gert nickte.

»Ich habe Ihnen schon bei meinem ersten Besuch gesagt, daß ich es für meine Pflicht halten würde, falls ich das Erbe antrete, für die junge Dame im Sinn meines Großvaters zu sorgen. Nur hat sie sich leider sofort gegen diese meine Absicht zur Wehr gesetzt. Aber ich hätte doch einen Weg gefunden, sie an dem Erbe partizipieren zu lassen. Nun ist mir freilich das Erbe aus den Fingern geglitten.«

»Nun, so kampflos geben wir es nicht auf. Wollen Sie nicht die Geschwister Bernd des Raubes anklagen? Die Aussage des Dieners würde schwer ins Gewicht fallen. Und es läßt sich wohl auch feststellen, wo Kurt Bernd die betäubenden Zigaretten her hat.«

Gert schüttelte den Kopf.

»Ich will den Namen Bernd nicht durch die Gosse schleifen. Auch würde es mir wenig nützen, denn ich kann den Beweis nicht erbringen, daß sich das Dokument in der geraubten Brieftasche befand. Sie haben es sicher vernichtet, denn sie bedürfen seiner nicht, um etwas zu beweisen. Es genügt ihnen vollständig, wenn sie es verschwinden lassen. Aber ich möchte gern wenigstens feststellen, ob sie das Dokument in seinem Versteck gefunden haben und ob es wirklich vernichtet ist. Und um das in Erfahrung zu bringen, habe ich mir einen Plan ausgedacht. Wenn Sie noch ein wenig Zeit für mich haben, möchte ich Ihnen denselben enthüllen.«

»Bitte sehr, ich stehe zu Ihrer Verfügung. Die Sache interessiert mich selbst, und ohne Gegenwehr geben wir sie noch nicht verloren. Also sprechen Sie.«

Gert berichtete nun, was er sich ausgedacht hatte, und der Notar hörte voll Aufmerksamkeit zu. Dann lachte er hell auf.

»Famos! Wenn die Verbrecher Ihnen in diese Falle gehen, haben Sie wenigstens Ihr Privatvergnügen dabei. Ich bitte Sie, mich von dem Erfolg zu unterrichten. Wie gesagt, verloren geben wir die Sache noch nicht. Ich will mir das auch einmal durch den Kopf gehen lassen. Vielleicht finden wir doch einen Weg, Ihre Erbansprüche zu beweisen. Sie kommen dann morgen noch einmal zu mir.«

»Wenn ich darf, sehr gern, Herr Doktor. Um welche Zeit, bitte?«

»Am besten um dieselbe Zeit.«

»Dann will ich mich verabschieden. Nur eines noch, falls Sie von der Villa Bernd angerufen werden, daß Sie heute hinauskommen sollen, dann sagen Sie bitte ab und melden sich erst für morgen an.«

Der Notar nickte.

»Ich weiß Bescheid und komme heute auf keinen Fall.«

Gert verabschiedete sich nun und fuhr zur Villenkolonie hinaus. Im Vestibül kam ihm Ruth entgegen.

»Sind die Geschwister schon hier?« fragte er, nachdem er Ruth begrüßt hatte.

Sie nickte.

»Vor zehn Minuten etwa sind sie gekommen.«

Seine Augen blitzten.

»Und haben Sie etwas Besonderes an ihnen bemerkt? Sind sie sehr siegessicher, anmaßend und gut gelaunt?«

»Nein, sie scheinen im Gegenteil ziemlich deprimiert zu sein und entschieden etwas unsicher im Auftreten. Sie haben es sogar unterlassen, Heinrich und mich mit den üblichen Unfreundlichkeiten zu beglücken.«

Gert sah sie nachdenklich an.

»Also scheinen sie das Dokument nicht gefunden zu haben. Das schließt aber leider nicht aus, daß sie die Brieftasche samt dem Trauschein vernichtet haben. Aber ich hoffe, bald alles, was ich wissen möchte, in Erfahrung zu bringen. Haben Sie Heinrich verständigt?«

»Ja.«

»Gut! Also wenn irgend möglich, speise ich auch heute mit den Geschwistern zusammen. Es liegt mir daran, dieselbe Szenerie wie gestern herzustellen. Bitte, Fräulein Ruth, halten Sie sich ganz zurück, wie gestern auch. Und Sie würden mich sehr verpflichten, wenn Sie sich heute nach Tisch, sobald wir das Speisezimmer verlassen haben, in dem Erkereckchen verstecken würden, wo Heinrich gestern sein Mittagsschläfchen hielt. Ihre jungen Augen und

Ohren sind schärfer als die Heinrichs. Mir liegt daran, Zeugen in der Nähe zu haben. Ich hoffe und setze voraus, daß ich heute noch einmal mit einer Zigarette in ein unfreiwilliges Mittagsschläfchen versenkt werde.«

Ruth sah ihn erschrocken an.

»Sie wollen sich doch nicht noch einmal betäuben lassen?«

Er drückte ihre Hand.

»Seien Sie außer Sorge, diesmal wird es mir bestimmt nicht schaden. Nicht wahr, Sie tun, um was ich Sie bitte?«

Sie seufzte auf. »Selbstverständlich. Droht Ihnen aber keine Gefahr?«

»Nein, nein, ich werde mir nur einen kleinen Scherz erlauben mit den Herrschaften, um von ihnen zu erfahren, was sie mit meiner Brieftasche gemacht haben. Also, Sie beziehen nach Tisch Ihren Beobachtungsposten im Erker, natürlich ohne daß es jemand merkt.«

»Das will ich tun«, sagte sie noch immer ein wenig beklommen.

Er sah sie voll Zärtlichkeit an.

»Warum sehen Sie so verzagt aus?«

»Ich bange mich – um Sie.«

Er preßte ihre Hand an seine Lippen.

»Das wird mich schützen gegen alles Ungemach. Ich danke Ihnen. Aber nun will ich die Herrschaften nicht länger warten lassen, ich glaube, sie sind sehr gespannt darauf, mich wiederzusehen.«

Und ihr zunickend, ging er schnell davon. Sie sah ihm unruhig nach. Trotz seiner kampfesfreudigen Stimmung wurde sie die Beklemmung nicht los.

Mit einem lachenden, scheinbar unbekümmerten Gesicht trat Gert in das Zimmer, wo sich die Geschwister befanden. Sie sahen ihm entschieden etwas unsicher und gespannt entgegen.

»Guten Morgen, meine verehrten Herrschaften! Ich bitte um Verzeihung, wenn ich Sie etwas warten ließ. Aber mir scheint, die deutsche Luft macht mich zum Langschläfer. Denken Sie, gestern, als Sie mich verlassen hatten, bin ich hier eingeschlafen, habe eine volle Stunde wie ein Murmeltier geschlafen, bis Fräulein Alving kam und mich weckte. Ich habe mich herzhaft geschämt, aber ich kann nichts dafür. Der Luftwechsel muß wohl schuld sein«, plauderte er.

Lena fand zuerst den unbefangenen Ton wieder. »Das kann wohl möglich sein. Aber Sie haben ja schließlich nicht viel zu versäumen. Und wir haben nur wenige Minuten gewartet.«

Gert verneigte sich. »Es ist sehr liebenswürdig, daß Sie mir meine Unpünktlichkeit nicht nachtragen.«

Ein wenig kokett sah sie zu ihm auf. »Im übrigen scheint Ihnen aber die deutsche Luft sehr gut zu bekommen. Sie sind sehr gut gelaunt.«

Gert merkte sehr wohl, daß hinter ihrem koketten Wesen etwas anderes lauerte. Auch merkte er, daß Kurt ihn unruhig forschend ansah.

»O ja, ich bin auch gut gelaunt, obwohl ich einen Verlust hatte. Aber bei allem Pech hatte ich so viel Glück, daß ich sehr froh sein kann.«

»Darf man fragen?« sagte Lena neckend.

Er ließ sich ihr gegenüber in einen Sessel nieder, so daß er dem Licht den Rücken kehrte, während die Geschwister hell beleuchtet waren.

Gert sah die beiden Geschwister scharf und forschend an, so daß ihm kein Zug in ihren Gesichtern entging.

»Gewiß, mein gnädiges Fräulein, nur wird Sie das wenig interessieren. Also – auf unerklärliche Weise ist mir gestern eine alte Brieftasche verlorengegangen. Ich trage nämlich immer zwei Brieftaschen bei mir. Die eine enthält, wie ich Ihnen schon sagte, den Trauschein meiner Eltern und andere wichtige Papiere. In der anderen verwahre ich nur meine Geschäftsbriefe. Zum Glück habe ich nur diese unwichtige Brieftasche verloren. Vielleicht ist sie mir im Gedränge in der Hochbahn oder in der Elektrischen, die ich gestern wiederholt benutzte, gestohlen worden. Die Berliner Taschendiebe sollen ja die fabelhaftesten Sachen machen. Nun, wie gesagt, ich kann sehr froh sein, daß ich nicht den Verlust der anderen Brieftasche zu beklagen habe. Denken Sie, wie fatal das für mich gewesen wäre, wenn man mir das unersetzliche Dokument entwendet hätte. Bei allem Unglück viel Glück, nicht wahr?«

»Allerdings!« stieß Lena hervor.

»Ärgerlich ist mir der Verlust übrigens doch«, fuhr Gert fort, »denn die Brieftasche ist ein Andenken an meinen Vater. Nur deshalb ist sie mir unersetzlich. Und ich werde auf alle Fälle ein Inserat aufgeben, in dem ich dem ehrlichen – oder unehrlichen – Finder eine hohe Belohnung verspreche. Er wird sich dann vielleicht bereit finden, mir die Brieftasche wiederzubringen, die für ihn absolut keinen Wert hat. Was meinen Sie, wie müßte man solch ein Inserat abfassen?«

Kurt und Lena hatten ihm mit angespanntem Interesse zugehört. Was in ihnen vorging bei Gerts Eröffnung, daß in einer anderen Brieftasche das wichtige Dokument verborgen war, läßt sich denken. Aber sie hatten sich vollkommen in der Gewalt und wagten es nicht einmal, einen Blick zu tauschen. Lena zwang sich zu einem Lachen.

»Nichts einfacher als das. Sie lassen über das Inserat die Belohnung drucken, die Sie aussetzen wollen, und geben sich den Anschein zu glauben, daß Sie die Tasche verloren haben. Ist der Inhalt der Brieftasche nicht wertvoller als die Belohnung, dann haben Sie vielleicht Aussicht, sie zurückzuerhalten, selbst wenn sie Ihnen ein Taschendieb entwendete. Meinst du nicht auch, Kurt?«

Bei dieser Frage sah Lena ihren Bruder mit einem starren Blick an.

»Unbedingt«, erwiderte dieser, aus seinem Hinbrüten aufschreckend.

Er war sehr deprimiert, weil er nach Gerts Worten glauben mußte, daß dieser in einer zweiten Brieftasche das Dokument bei sich trug. Und eine wilde Gier erwachte in ihm, Gert auch diese zweite Brieftasche zu entwenden. Auch Lena dachte darüber nach, und lauernd sagte sie:

»Also die richtige Brieftasche mit dem bewußten Dokument besitzen Sie noch? Da können Sie sehr froh sein, und Sie haben wirklich Veranlassung zu guter Laune.«

»Nicht wahr!« sagte Gert und drückte sehr ostentativ und auffallend auf seine Brusttasche. »Ich bin sehr froh, daß sie wohlgeborgen hier auf meinem Herzen ruht. Bedenken Sie doch, ich wäre nicht imstande, mein Erbrecht nachzuweisen, wenn mir das Dokument abhanden gekommen wäre. Ich bin auch immer doppelt vorsichtig damit und trage diese wichtige Brieftasche nicht im Rock wie die andern, sondern innen in der Weste, wo ich mir eine Tasche habe anbringen lassen. Da kann sie so leicht kein Taschendieb finden.«

»Nun, man soll nichts berufen. Über die Geschicklichkeit der Berliner Taschendiebe kursieren die seltsamsten Gerüchte.«

Gert lachte genauso forciert wie Lena und ihr Bruder. Aber er las in ihren blassen, verzerrten Gesichtern wie in einem aufgeschlagenen Buch. Er war sich schon jetzt klar darüber, daß sie keinesfalls das Dokument in seinem Versteck gefunden hatten. Und er sah die Begierde nach der zweiten Brieftasche in ihren Augen.

Ich werde sicher heute wieder eine von den famosen Zigaretten geschenkt bekommen, dachte er bei sich.

Jedenfalls war er darauf vorbereitet. Sein Plan schien tadellos zu glücken.

Er gab sich aber scheinbar ganz harmlos und sagte:

»Ein zweites Mal soll mir kein Taschendieb zu nahe kommen. Ich werde jetzt jeden Menschen scharf ins Auge fassen, der sich in der Hochbahn oder in der Elektrischen an mich herandrängelt. Aber nun nichts mehr davon. Wie ist es, meine Herrschaften, wollen wir nun Doktor Jungmann telefonisch bitten, sogleich herauszukommen? Ich möchte ihm in Ihrer Gegenwart das Dokument ausliefern und alles Nötige veranlassen.«

Er sah, wie bei seinen Worten die Geschwister einen schnellen Blick wechselten, obwohl er sich den Anschein gab, als betrachte er seine Fingernägel.

Lena sprang plötzlich auf.

»Das will ich gleich tun, ich werde den Notar selbst anrufen.«

Gert erhob sich ebenfalls und vertrat ihr den Weg.

»Sie sollen sich nicht bemühen, mein gnädiges Fräulein.«

Lachend wehrte Lena ab.

»Ich will ohnedies nach Hause telefonieren, das mache ich zugleich ab.«

Und schnell war sie hinaus. Sie ging auch draußen zum Telefon, das in der Nähe der Tür angebracht war im Vestibül. Ein anderer Apparat befand sich im Arbeitszimmer des verstorbenen Hausherrn.

Lena telefonierte draußen nun sehr laut und deutlich, so daß man es im Zimmer hören mußte. Ein Lächeln huschte um Gerts Mund. Es war doch sehr auffällig, daß die junge Dame gar so laut sprach. Ein zweites Gespräch, das sie dann am Telefon mit ihrer Perle führte, war sehr unwichtig.

Als Lena wieder hereinkam, sagte sie:

»Schade, Doktor Jungmann kann heute nicht abkommen.«

Gert erhob sich wieder.

»Dann will ich gleich noch einmal anrufen, daß er bestimmt morgen herauskommt.«

Er sah, daß Lena ein wenig zusammenzuckte, aber sie faßte sich schnell und hielt ihn am Arm fest.

»Nicht nötig, das ist schon erledigt, er kommt morgen vormittag bestimmt.«

Wieder zuckte es um Gerts Lippen. Aber er sagte nur:

»Demnach ist unsere Zusammenkunft heute zwecklos, und wir könnten uns wieder trennen.«

Wieder tauschten die Geschwister einen raschen Blick, was dem aufmerksam beobachtenden Gert nicht entging. Lena sah Gert schelmisch bittend an.

»Das wollen wir doch nicht tun! Wenn es Ihnen recht ist, bleiben wir noch eine Weile zusammen. Ich begrüße es wenigstens mit Vergnügen, wenn uns noch ein ungestörtes Beisammensein beschieden ist, und schlage vor, daß wir unsere verwandtschaftlichen Beziehungen noch ein wenig pflegen. Gestern sind wir leider durch unsere Verabredung zu früh getrennt worden. Das wollen wir doch heute nachholen. Ich würde es sehr nett finden, wenn wir auch heute wieder zusammen speisten. Nach Tisch plaudern wir dann noch ein Weilchen bei einer Tasse Mokka, und dann können wir uns trennen. Wir müssen gegen drei Uhr wieder nach Hause. Sie aber können ja ruhig bleiben und vielleicht mit Fräulein Alving am Nachmittag schon eine kleine Inventuraufnahme machen. Es dürfte sich empfehlen, daß Sie sich langsam orientieren.«

Gert ging begeistert darauf ein. »Das ist ein guter Gedanke, mein gnädiges Fräulein.«

Lena lachte und sagte neckend: »Vielleicht halten Sie auch wieder ein Mittagsschläfchen.«

Er lachte ebenfalls. »Wenn wir heute mittag wie gestern von dem schweren Burgunder trinken, ist das bei meiner Schläfrigkeit nicht ausgeschlossen. Ich werde mich lieber gleich vorher bei Fräulein Alving entschuldigen. Es war mir zu beschämend, daß sie mich schlafend antraf.«

Ein helles, etwas scharfes Lachen kam über Lenas Lippen.

»Wir wollen ihr doch Instruktion geben, daß Sie nicht geweckt werden sollen.«

Gert mußte denken, wie verdorben dies junge Geschöpf sein mußte, daß sie lachen konnte, während sie doch anscheinend schon wieder einen verbrecherischen Plan ausdachte. Ihm war, als könne er in den Gedanken der Geschwister lesen und sie durchschauen, als seien sie von Glas. Und immer sicherer wurde er, daß sie das Dokument nicht gefunden hatten.

Was aber hatten sie mit der Brieftasche gemacht, in der also das Dokument noch verborgen lag?

Auch darüber hoffte er heute noch Klarheit zu bekommen, wenn sein Plan weiter glückte.

Lena fragte Kurt, ob er auch damit einverstanden sei, daß sie mit Gert zusammenblieben. Kurt wußte ganz genau, was seine Schwester bezweckte. Heute bedurfte es keiner besonderen Verständigung. Sie glaubten, daß Gert den Trauschein in einer zweiten Brieftasche bei sich trug. Und sie waren sich ohne Verständigung einig, was geschehen mußte, um heute das auszuführen, was ihnen gestern mißglückt war. Kurt sagte nur zustimmend:

»Selbstverständlich bin ich einverstanden. Nur müssen wir um drei Uhr nach Hause fahren, weil wir es für Bekannte so hinterlassen haben. Sie, Herr Herfurt, können natürlich ruhig länger bleiben.«

Gert nickte scheinbar harmlos.

»Das will ich tun. Im Hotel ist es ohnedies ungemütlich.

Und ich kann mir später hier im Haus einige Familienbilder ansehen, von denen mir Fräulein Alving sprach. Unter anderen soll auch ein Jugendbildnis meiner Mutter vorhanden sein. Mein Vater besaß nur eine ziemlich vergilbte Photographie von meiner Mutter, die ihre Züge nicht genau erkennen läßt. Und ich habe meine Mutter doch nicht gekannt, denn ich war noch ein Säugling, als sie starb.«

»Ja, ich weiß, das Bildnis Ihrer Mutter hängt im Arbeitszimmer unseres Großonkels. Ihre Mutter war sehr schön; mein Vater hat uns erzählt, daß man sie nur die schöne Maria Bernd genannt hat und daß sie zahlreiche Verehrer hatte. Also – wir bleiben jedenfalls bis nach Tisch zusammen.«

»Wird aber Fräulein Alving darauf vorbereitet sein, schon wieder Gäste zu bewirten?« fragte Gert.

Lena lachte laut auf.

»Haben Sie eine Ahnung von der Speisekammer in der Villa Bernd! Unser Großonkel war ein guter Wirtschafter und hat reichlich Vorräte einkaufen lassen. Fräulein Alving hütet sie aber wie Fafner den Nibelungenschatz. Die Köchin ist jedoch zugänglicher, die freut sich, wenn sie etwas Gutes auf den Tisch bringen darf. Denn Onkel Rochus muß äußerst einfach und anspruchslos gelebt haben, nur wenn Gäste anwesend waren, hat es die in der Speisekammer verstauten Herrlichkeiten gegeben. Wir wollen also der Köchin die Freude machen, daß sie uns etwas Gutes auftischen darf. Oder wollen Sie geizig Ihre Erbschätze hüten?«

Bei dieser Frage flimmerte es seltsam höhnisch in Lenas Augen. Gert war ihr aber gewachsen. Er lachte harmlos auf.

»Durchaus nicht, mein gnädiges Fräulein. Wenn ich schon darüber zu verfügen hätte, würde ich für Sie das Beste auftragen lassen, was das Haus zu bieten vermag.«

»Legen Sie doch bei Fräulein Alving ein gutes Wort ein, ich glaube, das läßt sie schon gelten.«

Diese Gelegenheit, einige Worte mit Ruth sprechen zu können, ließ sich Gert nicht entgehen. Er erhob sich sofort.

»Ich will es jedenfalls versuchen und sogleich mit Fräulein Alving sprechen.«

Die Geschwister waren froh, einige Minuten allein sein zu können, und hielten ihn nicht zurück.

17

Gert traf draußen auf Heinrich und fragte ihn, wo er Fräulein Alving finden würde. Dieser gab ihm Auskunft, daß sie im Arbeitszimmer des verstorbenen Hausherrn sei und die Wirtschaftsbücher in Ordnung bringe.

Gert begab sich dorthin, klopfte an und trat ein. Sie saß am Schreibtisch und hatte ein Kontobuch vor sich liegen.

»Störe ich, Fräulein Ruth?«

»Nein, nein, bitte kommen Sie nur.«

Er tat es und zog die Tür hinter sich ins Schloß. Lächelnd sah er sie an.

»Ich komme, um Ihnen wieder aufdringliche Tischgäste anzumelden, und Fräulein Bernd hat mich zudem noch mit dem Auftrag beehrt, ein gutes Wort für ein besonders gutes Menü einzulegen. Diesen Auftrag habe ich nur übernommen, weil ich einige Worte ungestört mit Ihnen sprechen kann. Sind Sie böse, daß wir Ihnen wieder Mühe machen?«

Lächelnd schüttelte sie den Kopf.

»Davon kann keine Rede sein. Und im übrigen sehe ich

in Ihnen den Herrn dieses Hauses, mögen die Gerichte als Erben einsetzen, wen sie wollen.«

»Macht es Ihnen auch keine Umstände?«

»Gewiß nicht, ich war ja schon vorbereitet. Und ich habe bereits wieder ein festliches Menü bestellt, wie es die Geschwister Bernd lieben. Freilich kommt es mich hart an, daß diese Verbrecher in Ihrem Haus noch bewirtet werden, aber ich muß mich darein ergeben.«

»Ja, ich bitte Sie, es zu tun. Denn mir liegt heute, wie ich Ihnen schon sagte, viel daran, mit den beiden zu speisen. Ich habe auch noch eine Bitte an Sie.«

»Was kann ich für Sie tun?« fragte sie in ihrer lieben Art.

»Ich möchte Sie bitten, nachher, wenn Sie sehen, daß ich mit den Geschwistern in den Garten gehe, bei Doktor Jungmann anzuklingeln und zu fragen, ob vorhin Fräulein Bernd dort angerufen und gefragt hat, ob Doktor Jungmann heute hierher kommen könnte. Ich vermute nämlich, daß Fräulein Bernd dies Gespräch nur fingiert und in den Apparat gesprochen hat, ohne eine Verbindung herzustellen. Wenn man Ihnen sagt, daß Fräulein Bernd nicht telefoniert hat, dann geben Sie mir, wenn wir aus dem Garten zurückkommen, ein Zeichen. Es genügt, wenn Sie einen Moment die Hand über die Augen legen. Sagt man ihnen aber, daß sie anrief, dann halten Sie ein Taschentuch in der Hand.«

Ruth nickte lächelnd.

»Es soll geschehen. Mir scheint, Sie entfalten Detektivtalente. Haben Sie schon etwas in Erfahrung gebracht?«

»Eins steht fest: Die Geschwister haben das Dokument in der Brieftasche nicht entdeckt. Und wenn Sie von Doktor Jungmann die Nachricht bekommen, daß Fräulein Bernd nicht angeklingelt hat, dann steht weiter für mich fest, daß mir die Geschwister in die aufgestellte Falle gehen und daß ich wieder ein Schläfchen werde machen müssen. Sie bleiben dann auf Ihrem Posten im Erkereckchen, alles beobachtend, bis ich laut Ihren Namen rufe aus dem gelben Salon. Dann kommen Sie zu mir. Am besten wird es sein, wenn zugleich Heinrich mit Ihnen das Versteck teilt und gleichfalls mit Ihnen herbeikommt, wenn ich rufe, denn ich brauche Zeugen. Um eins bitte ich Sie noch, melden Sie nachher den Geschwistern, daß Sie nach Tisch oben auf dem Speicher einige Stunden zu tun haben und daß Ihnen Heinrich helfen soll. Fragen Sie, ob man Ihrer oder Heinrichs bedarf. Man wird Ihnen sicher sagen, daß Sie beide nicht gebraucht werden. Offiziell gehen Sie dann auf den Speicher nach Tisch. In Wirklichkeit beziehen Sie Ihren Beobachtungsposten.«

Ruth atmete erregt.

»Ich werde alles tun, was Sie wünschen. Aber sind Sie auch wirklich sicher, daß Ihnen keine Gefahr bei Ihrem Plan droht? Ich traue den Geschwistern das Schlimmste zu.«

Sein Blick hing an ihren besorgten Zügen.

»Ich auch, Fräulein Ruth, und deshalb dürfen Sie beruhigt sein, daß ich vorsichtig bin. Aber nun will ich Sie nicht länger stören, Sie sind bei einer sehr wichtigen Arbeit.«

Lächelnd sah sie auf das Kontobuch.

»In meinen Wirtschaftsbüchern muß alles klipp und klar in Ordnung sein.«

Sein Blick schweifte über den Schreibtisch an der Wand empor, und da erblickte er das Bildnis von Maria Bernd. Seine Augen leuchteten auf.

»Das ist meine Mutter, nicht wahr?«

»Ja. Sie haben die Augen Ihrer Mutter geerbt, die sie mit ihrem Vater gemein hatte. Sonst sind Sie Ihrer Mutter nicht ähnlich. Alles haben Sie von Ihrem Großvater, seine Züge, seine Gestalt, seine Haltung. Als er so jung war, wie Sie jetzt sind, muß er Ihnen noch mehr geglichen haben.

Ich zeige Ihnen gelegentlich eine Fotografie von ihm aus seiner Jugendzeit, da trägt er freilich einen Bart und Sie tragen keinen. Das ist aber auch der einzige Unterschied. Ihre Mutter muß eine bildschöne Frau gewesen sein. Das Kleid, das sie auf diesem Bilde anhat, befindet sich noch oben in ihren Koffern.«

Er atmete tief auf.

»Wenn ich nichts von dem Erbe bekomme, das mein Großvater hinterlassen hat, so wird man mir hoffentlich wenigstens dies Bild ausliefern. Und wenn Verstorbene noch Macht haben, ihre zurückgelassenen Lieben zu schützen, dann wird mir meine Mutter helfen, daß ich trotz allem zu meinem Recht komme.«

»Gott mag es geben, Herr Herfurt.«

Er reichte ihr die Hand. »Auf Wiedersehen also nachher. Sie telefonieren bitte sofort, wenn wir im Garten sind, und geben mir das verabredete Zeichen.«

»Es wird geschehen.«

Er drückte warm und herzlich ihre Hand, und sie hatte dabei ein Gefühl, als ströme ein starkes, freudiges Leben aus seiner Hand in die ihre. Sein Händedruck nahm ihr alles Zagen aus der Seele.

Und ihre Augen sahen, als er sie verlassen hatte, zum Bild seiner Mutter empor.

»Du und ich, wir sind eins in dem Wunsch, daß er zu seinem Recht kommt. Du läßt die andern nicht über ihn triumphieren, du beschützest ihn.«

18

Lena und ihr Bruder hatten sich, als Gert gegangen war, mit einigen Worten verständigt.

»Es muß noch einmal sein, Kurt, wir haben die falsche Brieftasche erwischt. Sollen wir auf halbem Weg stehenbleiben?«

Er sah finster nach der Tür, durch die Gert verschwunden war.

»Bestimmt nicht! Verdammt! Wie konnte ich ahnen, daß er zwei Brieftaschen bei sich trägt. Jetzt wird die Sache natürlich etwas auffälliger, und er müßte sehr beschränkt sein, wenn er wieder nichts merkte. Aber was hilft es? Das Dokument müssen wir haben und vernichten.«

»Unbedingt. Du hast doch die Zigaretten bei dir?«

Er klopfte auf die Westentasche. Und dann sagte er:

»Hoffentlich kommt uns die Alving nicht dazwischen. Gestern paßte es so gut.«

»Wir müssen sehen, daß wir sie aus dem Weg bringen. Zu Tisch kommt sie ohnedies nicht. Aber nun still davon. Du weißt, was du zu tun hast. Jetzt wollen wir uns von harmlosen Dingen unterhalten.«

Dies alles hatten sie im Flüsterton miteinander gesprochen. Nun plauderten sie von belanglosen Dingen, bis Gert zurückkam.

»Also ein festliches Menü ist mir von Fräulein Alving zugesichert worden. Und ich möchte Ihnen jetzt eine Promenade durch den Garten vorschlagen. Es ist wieder herrliches Wetter«, sagte er.

Die Geschwister waren sofort einverstanden, und scheinbar im schönsten Einvernehmen gingen sie eine halbe Stunde plaudernd durch den verschneiten Garten.

Als sie dann wieder in das Vestibül traten, sah Gert, daß

Ruth neben einer Säule stand und die Hand über die Augen legte. Er quittierte mit einem Aufblitzen seiner Augen über dies Zeichen, das ihm sagte, daß Lena tatsächlich, wie er angenommen hatte, das Telefongespräch mit Doktor Jungmann nur fingiert hatte. Er wußte nun, daß Lena nicht gewünscht hatte, daß Doktor Jungmann schon heute kam. Daß dieser auf Gerts Wunsch ohnedies abgesagt haben würde, ahnte sie natürlich nicht. Jedenfalls konnten also die Geschwister den Notar ebensowenig brauchen wie Gert selbst.

Er war fest überzeugt, daß die Geschwister heute dasselbe Manöver wie gestern wiederholen würden. Und er bereitete sich vor.

Man plauderte nun ganz harmlos, bis kurz vor Tisch Ruth eintrat. Sie wandte sich hauptsächlich an Lena, als sie sagte:

»Wenn die Herrschaften meiner nach Tisch nicht bedürfen, möchte ich auf den Speicher gehen und dort verschiedenes ordnen. Es hält mich allerdings einige Stunden auf, und ich möchte auch Heinrich zur Hilfe mit hinaufnehmen, wenn er hier nicht gebraucht wird. Natürlich erst, wenn er abserviert hat.«

Lena und ihr Bruder sahen sich zufrieden an. Das paßte herrlich in ihre Pläne.

»Wir brauchen weder Sie noch Heinrich, Fräulein Alving, lassen Sie sich nicht stören. Heinrich kann uns gleich nach Tisch eine Tasse Mokka im gelben Salon servieren, dann bedürfen wir seiner nicht mehr. Wir fahren dann bald nach Tisch nach Hause.«

»Und ich, Fräulein Alving, werde dann gern noch ein Weilchen hierbleiben. Hoffentlich blamiere ich mich nicht wieder wie gestern, indem ich einschlafe wie ein Murmeltier«, fügte Gert hinzu.

Ruth atmete tief auf und zwang sich zu einem Lächeln.

»Es ist doch keine Blamage, wenn man müde ist, Herr Herfurt. Nach dem schweren Burgunder hat Onkel Rochus auch meistens ein Schläfchen gemacht.«

Gert verneigte sich. »Sie sind sehr gütig, meinen Verstoß so milde zu beurteilen. Und eigentlich dürfte ich dann heute nicht von dem Burgunder trinken, aber er ist so köstlich.«

»Trinken Sie ruhig davon«, warf Kurt mit einem unangenehmen Lachen ein. »Da Fräulein Alving auf dem Speicher zu tun hat, werden Sie ungestört ein Schläfchen halten können, wenn wir fort sind. Wer schläft, sündigt nicht.«

Gert lachte.

»Also, wir werden es Morpheus überlassen, ob er mich wieder zur Strecke bringen will oder nicht. Absolution ist mir sicher, nicht wahr, Fräulein Alving?«

»Ganz gewiß. Aber nun will ich mich empfehlen, die Suppe wird soeben aufgetragen. Ich wünsche wohl zu speisen.«

Damit zog sich Ruth zurück. Gert und die Geschwister gingen ins Speisezimmer und nahmen an der Tafel Platz.

Es war alles wie gestern. In scheinbar bester Stimmung nahmen die drei Menschen die Mahlzeit ein, und nur ein sehr genauer Beobachter hätte gemerkt, daß Kurt Bernd sehr nervös mit seinem Brot spielte und daß Lenas Augen unruhig flackerten. Nach der vorzüglich zubereiteten Mahlzeit begab man sich in den gelben Salon. Noch während Heinrich im Speisezimmer Ordnung schaffte, huschte Ruth hinter den Vorhang im Erker. Heinrich nickte ihr stumm zu.

Als das Speisezimmer in Ordnung gebracht war, ging Heinrich in die Küche, um den Mokka zu holen.

Als er ihn im gelben Salon auf den Tisch gestellt hatte, fragte er, ob er nun zu Fräulein Alving auf den Speicher gehen könne.

Lena lachte hart auf. »Ihre Gönnerin bringt Sie heute um Ihre Mittagsruhe, Heinrich. Sie sollen nach Tisch auf dem Speicher arbeiten. Das wird Ihnen nicht gefallen. Aber gehen Sie, wir brauchen Sie nicht mehr.«

Heinrich verbeugte sich stumm und ging. Aber er ging nicht zum Speicher, sondern zu Ruth Alving in den Erker, wo sie beide in atemloser Unruhe warteten, was geschehen würde.

Im gelben Salon plauderte Lena sehr angeregt mit den beiden Herren. Aber dann mahnte sie ihren Bruder, daß sie nun nach Hause fahren müßten.

Kurt nickte.

»Ja doch, Lena. Es ist schade, daß wir fortmüssen, hier ist es so gemütlich. Laß mir wenigstens noch Zeit, eine Zigarette anzuzünden. Bitte, bedienen auch Sie sich, Herr Herfurt, und dann überlasse ich Sie neiderfüllt Ihrer Siesta.«

Er hielt Gert das Zigarettenetui hin. Dieser bediente sich, ließ jedoch, wie ungeschickt, die Zigarette fallen, und während er sie aufhob, vertauschte er sie schnell mit einer andern, die er bereitgehalten hatte, und ließ die von Kurt erhaltene in seiner Rocktasche verschwinden.

Sie zündeten sich nun beide ihre Zigaretten an und verabschiedeten sich voneinander. Auch Kurt hatte natürlich seine Zigarette mit einer andern vertauscht. Gert ließ sich in denselben Sessel nieder, in dem er gestern gesessen hatte und sagte schläfrig:

»Ich bin wahrhaftig schon wieder todmüde. Diesen Burgunder möchte ich nicht alle Tage trinken, da könnte ich nicht arbeiten.«

Kurt lachte heiser auf. »Das übt sich mit der Zeit. Auf Wiedersehn, Herr Herfurt!«

»Auf Wiedersehn!« rief auch Lena lachend und verließ mit ihrem Bruder das Zimmer. Drüben saß Ruth mit Heinrich auf dem Posten, und sie beobachteten durch den Vorhangspalt die Geschwister mit angehaltenem Atem. Sie sahen, wie diese eine Weile abwartend stehenblieben und sich mit brennenden Blicken anstarrten. Kurt drückte seine Zigarette aus und steckte sie zu sich. Er sah fahl und gelblich aus, und seine Zähne knirschten aufeinander.

Lena zerrte nervös an ihren Handschuhen und sah immer wieder auf ihre Armbanduhr.

Dann sagte sie leise, aber so, daß es die beiden Lauscher verstehen konnten:

»Es ist soweit, du kannst hineingehen.«

Kurt schlich an die Tür heran und Lena folgte ihm. Er beugte sich zum Schlüsselloch herab und richtete sich nach einer Weile wieder hoch.

»All right, er schläft«, sagte er befriedigt, »also gib acht, daß man uns nicht stört.«

»Unbesorgt!« zischte Lena.

Kurt öffnete leise die Tür. Ruth krampfte die Hände zusammen und wagte nicht zu atmen. Sie sah, daß Lena durch einen schmalen Spalt in das Zimmer blickte und den Vorgang darinnen beobachtete. Wie gern hätte Ruth das in ihrer Herzensangst um Gert auch getan.

Kurt war leise eingetreten, hatte einen scharfen Blick auf den fest schlafenden Gert getan und ging nun dicht an ihn heran. Er beugte sich über ihn und faßte nach seinen Händen, die er über der Brust zusammengelegt hatte. Langsam legte er Gerts Hände herab und öffnete erst den Rock und dann die Weste. Er suchte im Innern der Weste nach der Tasche, von der Gert gesprochen hatte, und fand sie auch. Gert hatte sich noch am gestrigen Abend eine solche Tasche von einem Schneider in seine Weste einnähen lassen.

Vorsichtig faßte Kurt in diese Tasche hinein und zog Gerts Brieftasche, die dieser heute zu sich gesteckt hatte, heraus. Er legte sie neben sich auf das Tischchen und knüpfte nun erst wieder Rock und Weste zu. Er legte auch noch Gerts Arme wieder zusammen über der Brust, faßte dann nach der auf dem Tisch liegenden Brieftasche und wandte sich zum Gehen.

In diesem Moment sprang Gert empor, faßte nach seinem Browning, den er zu sich gesteckt hatte, und rief mit scharfer, metallisch klingender Stimme:

»Halt! Hände hoch!«

Kurt Bernd stand wie vom Schlag gerührt und sah sich mit verzerrtem Gesicht nach Gert um.

»Hände hoch, oder ich schieße!« kommandierte Gert noch einmal und legte den Browning schußbereit auf Kurt an.

Dieser streckte nun die Arme empor. In der einen Hand hielt er krampfhaft die Brieftasche.

Nun trat Gert näher zu ihm heran.

»So, mein verehrter Herr Bernd, nun können wir uns in aller Ruhe unterhalten. Sie stehen ein wenig unbequem, aber das läßt sich nicht ändern. Fräulein Bernd, bitte treten Sie vollends ein, Sie sind eingeladen zu dieser Konferenz. Bitte, bleiben Sie dort an der Tür stehen und rühren Sie sich nicht. Ich möchte nicht ungalant gegen eine Dame sein. Aber ich versichere Sie, daß ich von meiner Waffe Gebrauch mache, wenn Sie nicht ruhig stehenbleiben. Menschen Ihres Schlages gegenüber muß man vorsichtig sein. Ich glaube, Sie würden nicht davor zurückschrecken, Ihr Werk kaltblütig durch einen Mord zu krönen. In diese Versuchung will ich Sie nicht bringen. Hallo! Fräulein Alving! Heinrich!«

Laut und deutlich drang seine Stimme zu den unruhig Lauschenden im Nebenzimmer.

Ruth kam mit fliegenden Schritten herbei und atmete auf, als sie Gert heil und unversehrt vor sich sah. Heinrich folgte ihr, so schnell ihn seine alten Beine trugen.

Als Ruth an Lena vorüber ins Zimmer trat, sah sie erschrocken auf die seltsame Situation.

»Was ist hier geschehen?« stammelte sie.

»Fräulein Alving, verzeihen Sie, wenn ich Sie in eine sehr ungewöhnliche Situation verwickle. Ich bat Sie, sich mit Heinrich im Erker des Speisezimmers zu verstecken und auf meinen Ruf zu achten, weil ich Zeugen brauche. Da, sehen Sie sich Herrn Bernd an. Er hat mich heute zum zweitenmal beraubt. In seiner Hand befindet sich, wie Sie sehen, meine Brieftasche, die er mir aus meiner Westentasche entwendet hat. Er hatte mich gestern mit einer Zigarette betäubt, die ein starkes Narkotikum enthielt. Heute bot er mir wieder eine solche Zigarette an. Gestern bin ich arglos in diese Falle gegangen. Er schläferte mich auf diese Weise ein, und während seine Schwester Wache stand, entwendete er mir eine Brieftasche, weil er glaubte, sie enthalte ein Dokument, das mich zum Erben meines Großvaters einsetzen würde. Daß ich noch eine zweite Brieftasche bei mir trug, ahnte er nicht, das erfuhr er erst heute. Da die gestern geraubte Brieftasche das Dokument nicht enthielt und ich ihm heute verriet, wo es zu finden sei, wiederholte er das Manöver mit der betäubenden Zigarette. Er ahnte nicht, daß ich ihn durchschaut hatte und daß ich statt der betäubenden Zigarette eine schnell ausgetauschte andere rauchte, eine von derselben Firma, die nicht präpariert war. Die betäubende Zigarette habe ich hier in meiner Rocktasche und werde sie dem Gerichtschemiker vorlegen. Als er glaubte, ich sei ihm heute wieder in die Falle gegangen und sei betäubt wie gestern, kehrte er, wie gestern auch, zu mir zurück, während seine Schwester Wache stand, und entwendete mir die zweite Brieftasche, die er, wie Sie sehen, noch in der Hand hält. Bitte, Fräulein Alving, bitte, Heinrich, haben Sie das alles verstanden? Und wollen Sie sich das alles gut merken, damit Sie es gegebenenfalls vor Gericht bezeugen können?«

Ruth atmete zitternd auf.

»Ich werde alles bezeugen.«

»Ich auch«, sagte Heinrich bestimmt.

»Ich danke Ihnen, Heinrich. Nehmen Sie jetzt, bitte, Herrn Bernd mein Eigentum ab, es ist ihm wohl sehr beschwerlich zu halten. Geben Sie es mir zurück. Aber bitte, treten Sie von drüben an ihn heran, daß Sie nicht zwischen ihn und meinen Browning treten.« Heinrich tat, wie ihm Gert geheißen hatte, obwohl ihn Kurt mit einem haßerfüllten Blick ansah.

Gert steckte seine Brieftasche zu sich.

»So, Herr Bernd. Und nun werden Sie mir sagen, wo Sie die andere Brieftasche, die Sie mir gestern raubten, gelassen haben mit ihrem Inhalt, sehr wichtigen geschäftlichen Briefen, die ich brauche. Wenn Sie mir das nicht wahrheitsgemäß mitteilen, müssen Sie es vor Gericht tun. Denn wenn ich mein Eigentum nicht zurückerhalte, ich sagte Ihnen schon, daß die Brieftasche mir ein teures Andenken ist, muß ich Anzeige gegen Sie erstatten.«

Kurt Bernd und seine Schwester hatten wie erstarrt dagestanden. Zu sicher hatten sie sich gefühlt, hatten zu fest daran geglaubt, daß ihnen ihr Bubenstück zum zweiten Mal gelingen würde, und die Entdeckung war zu plötzlich gekommen. So waren sie restlos überrumpelt worden. Außerdem war Kurt ein Feigling und fühlte sich der Pistolenmündung gegenüber sehr unbehaglich. Seine Knie schlotterten vor Angst.

Lena war nicht so feige wie ihr Bruder. Aber auch sie glaubte ihr Spiel verloren. Trotzdem warf sie trotzig den Kopf zurück und maß Ruth mit feindseligen Blicken.

Als Gert nicht gleich Antwort erhielt, hob er den Browning wie zielend.

»Nun, Herr Bernd, erhalte ich bald Auskunft?«

Kurt verfärbte sich noch mehr. »Tun Sie den Browning weg«, keuchte er, »Sie sollen die Wahrheit hören.«

Gert senkte die Waffe, hielt sie aber schußbereit in der Hand, um Kurt einzuschüchtern.

»Nun also?« Kurt atmete zitternd auf.

»Also ja, ich habe Ihnen gestern die Brieftasche entwendet. Ich wollte das Dokument vernichten, das meine Schwester und mich der Armut, der Not und Sorge preisgeben mußte. Wir haben jahrelang auf das Erbe gehofft, haben damit gerechnet und unsere ganze Lebensführung darauf eingestellt. Und nun sollten wir leer ausgehen. Das wollten wir nicht dulden und deshalb beschlossen wir, Ihnen den Trauschein Ihrer Eltern zu rauben, ohne den Sie das Erbe nicht zugesprochen erhalten. Wir wollten ihn vernichten. Die Zigaretten habe ich zur Betäubung von Schmerzen, die ich zuweilen erdulden muß, von einem bekannten Chemiker erhalten. Sie sind ungefährlich, aber ich weiß aus Erfahrung, daß man nach dem Genuß einer solchen Zigarette völlig bewußtlos wird. Als die Wirkung gestern bei Ihnen eingetreten war, habe ich Ihnen die Brieftasche entwendet in der Hoffnung, daß das Dokument darin enthalten sei. Noch im Wagen habe ich sie entleert und aus dem Wagenfenster geworfen, etwa zehn Minuten von hier entfernt, in dem kleinen Gehölz an der Fahrstraße. Die Papiere habe ich durchgesehen und gemerkt, daß der Trauschein nicht darunter war. Ich habe sie zu Hause verbrannt. Als Sie uns nun heute erzählten, daß wir die falsche Brieftasche gefaßt hatten, da habe ich sofort beschlossen, Ihnen die richtige abzunehmen. So, nun wissen Sie alles, nun lassen Sie uns gehen.«

Gert war leise zusammengezuckt, als Kurt davon sprach, daß er die Brieftasche aus dem Wagen geworfen hatte. Und Lena hatte dies Zusammenzucken bemerkt. Jetzt wandte sich Gert an Lena.

»Hat Ihr Bruder die Wahrheit gesagt? Ich behalte mir alles Weitere vor, wenn ich entdecke, daß er gelogen hat.«

»Er sprach die Wahrheit«, sagte sie trotzig.

Gert sah sie scharf an.

»Beschreiben Sie mir genau die Stelle, wo Ihr Bruder die Brieftasche aus dem Wagen warf.«

In Lenas Augen glühte es seltsam auf.

»Mein Bruder hat es ja schon gesagt, in dem kleinen Gehölz, durch das die Fahrstraße führt, kurz nachdem der Fußweg nach der Haltestelle der Elektrischen abzweigt. Zu Fuß geht man ungefähr zehn Minuten bis dahin.«

Gert strich sich über die Stirn, als sei ihm zu heiß.

»Es ist gut! Ich werde Ihre Angaben nachprüfen. Vorläufig können Sie sich entfernen. Sie haben bis auf weiteres hier nichts mehr zu suchen. Ich mache Sie darauf aufmerksam, daß ich mir Schritte gegen Sie vorbehalte, wenn Sie mich durch irgendeine neue Feindseligkeit dazu zwingen. Auch Feindseligkeiten gegen Fräulein Alving und gegen Heinrich betrachte ich als gegen mich gerichtet. Verhalten Sie sich so, wie ich es wünsche, werde ich davon Abstand nehmen, Sie anzuzeigen. Ich will den Namen meines Großvaters nicht an den Pranger stellen, wenn es nicht sein muß. Bitte, entfernen Sie sich.«

Kurt und Lena beeilten sich, das Weite zu suchen. Wie ein geprügelter Hund schlich Kurt davon. Lena schritt mit trotzig zurückgeworfenem Kopf neben ihm her, ihre Blicke verrieten einen unbändigen Haß auf Gert – und auf Ruth Alving.

Heute vergaßen sie sogar, nach dem Auto zu rufen. Sie gingen zu Fuß davon, um zur Elektrischen zu gehen.

Schweigend schritten sie nebeneinander her und hingen unfreundlichen Gedanken nach. Aber während Kurt völlig gebrochen war, glühte in Lena noch Kampfeslust und zähe Energie.

Als Kurt von der Fahrstraße abbiegen und auf dem Fußweg nach der Elektrischen gehen wollte, hielt ihn seine Schwester an.

»Laß uns den Fahrweg weitergehen, wir wollen sehen, ob wir die Brieftasche nicht wiederfinden, die du aus dem Wagen warfst.«

»Wozu das?« fragte er mürrisch.

Sie sah ihn mit blitzenden Augen an.

»Weil diese angeblich leere Brieftasche doch der Behälter für das Dokument sein muß. Hast du nicht gemerkt, wie er zusammenzuckte, als du sagtest, daß du sie aus dem Wagen geworfen hast? Und wie interessiert er sich erkundigte, wo wir sie hinausgeworfen haben. Es ist mir wie ein Blitz gekommen, daß er heute die ganze Sache nur inszenierte, um von uns zu erfahren, wo die Brieftasche geblieben ist. Vielleicht hat die Brieftasche ein Geheimfach, das du übersehen hast. Hättest du sie nur nicht hinausgeworfen! Jedenfalls laß uns suchen, ob wir sie nicht wiederfinden. Komm schnell, ich vermute, Herfurt wird uns bald folgen, um ebenfalls zu suchen. Wenn wir sie finden und das Dokument ist drin, dann sind wir dennoch die Sieger.«

Kurt sah sie unsicher an. »Glaubst du wirklich?«

Sie nickte energisch. »Unbedingt! Jedenfalls soll ein letzter Versuch gemacht werden. Haben wir nur das Dokument, dann können wir lachen.«

»Aber wenn er uns anzeigt?«

»Das hätte er heute schon tun können. Er denkt nicht daran, den Namen Bernd in einen unsauberen Prozeß zu verwickeln. Und selbst wenn er es tun würde: wenn seine famosen Zeugen gegen uns aussagen, dann behaupten wir fest, wir sind mit der Waffe von ihm bedroht und zu falschen Aussagen gezwungen worden. Wir stellen das

Ganze als ein Schwindelmanöver Herfurts hin, bei dem ihm die Alving und Heinrich geholfen haben. Wir wollen doch sehen, wem man dann glaubt. Nur den Trauschein müssen wir haben, alles andere ist Kinderspiel.«

»Du hast viel Mut.«

»Es ist der Mut der Verzweiflung. Was sollen wir tun, wenn wir leer ausgehen? Also schnell, laß uns suchen. Es war dumm von uns, daß wir die richtige Stelle verrieten, wo wir die Tasche hinausgeworfen haben. Aber wir waren so überrumpelt, daß wir nicht wußten, was wir tun sollten.«

Kurt folgte nun willig der Schwester, und sie gingen in das Gehölz und suchten eifrig nach der Tasche, immer ängstlich den Weg zur Villa Bernd hinabspähend, ob sie nicht von den anderen entdeckt wurden. Aber so eifrig sie auch suchten, sie fanden die Brieftasche nicht.

»Sie muß bereits von einem fremden Menschen gefunden worden sein, sonst hätten wir sie entdecken müssen. Hättest du sie nur nicht fortgeworfen«, sagte Lena wütend.

»Mach mir nur keine Vorwürfe, die mache ich mir schon selbst genug«, knurrte Kurt verdrießlich.

Und dann zog Lena ihren Bruder plötzlich in das Gestrüpp des Gehölzes und eilte quer durch dasselbe davon; sie hatte von weitem die anderen auftauchen sehen.

Im übrigen war Lenas Vermutung, daß vor ihnen ein anderer Mensch die Brieftasche gefunden hatte, richtig.

Dieser glückliche Finder war der Laufbursche Max Reichert. Er hatte zu der Zeit, da gestern Kurt und Lena mit der geraubten Brieftasche davonfuhren, Waren in der Villa Bernd abgeliefert. Auf dem Rückweg war er, hinter dem Auto her, durch das Gehölz gegangen, seinen großen Korb am Arm und vergnügt vor sich hinpfeifend, obwohl er in seinem dünnen Röckchen fror.

Ruth hatte ihm die versprochenen Sachen noch nicht ausgeliefert und heute, als er kam, war sie nicht zu Hause.

Als Max Reichert nun vergnügt durch das Gehölz schritt, blieb er plötzlich lachend stehen und schaute auf ein Gestrüpp am Weg.

»Wat für 'n Vogel wippt denn da mang die Zweige? Det is doch wahrhaftig 'ne lederne Brieftasche«, sagte er vor sich hin.

Und seinen Korb niedersetzend, holte er die Brieftasche aus dem Gestrüpp. Sie genau besichtigend, fuhr er in seinem Selbstgespräch fort:

»Hm! Is noch janz jut. Det Leder is fest und sie sieht noch janz reputierlich aus, bis uff det rote Fleckchen. Is wohl mal wat druffgetrippt. Wer die wegjeworfen hat, der muß noch jut bei Kasse jewesen sind. So 'n Ding kostet Märker, nich zu knapp. Schade, det nich so 'n paar Dollars drin stecken von 'n valutastarken Ausländer, die hätt' ick jut brauchen können – un Mutter ooch. Na, wat so 'n echter Berliner Junge is, der muß dem lieben Jott für allens danken. Ick kann ihr sehr jut jebrauchen, meine olle Tasche is man schonst sehr altersschwach.«

Und er zog aus seinem abgetragenen Kittel seine alte, fragmentarische Brieftasche und verglich sie mit der gefundenen.

»Spaß! Noch wie direktemang aus dem Laden, bis uff det rote Fleckchen. Een feiner Fund is et doch.«

Und schmunzelnd steckte er vorläufig die gefundene Brieftasche mit der alten, in der er Rechnungen, die er einkassieren sollte, und das einkassierte Geld aufzubewahren pflegte, wieder ein.

Vergnügt pfeifend und ahnungslos, welchen wichtigen Fund er gemacht hatte, ging er weiter. Max Reichert war ein mit Spreewasser getaufter Berliner Junge, pfiffig, schnoddrig und schlagfertig, dabei fleißig, gutmütig und ehrlich. Er hatte immer die Augen offen, ließ keinen Vorteil außer acht und war sehr scharf auf gute Trinkgelder. Unter seiner

Kundschaft hatte er besondere Lieblinge. In der Villa Bernd hätte er am liebsten alle Tage Waren abgeliefert. Dort bekam er immer sein Trinkgeld und meist auch eine Tasse gewärmten Kaffee und eine Stulle oder auch mal einen Teller Suppe, wenn es paßte. Lief ihm aber Fräulein Alving über den Weg, die ihm all diese Vergünstigungen verschafft hatte, dann gab es wohl auch noch extra einen Apfel oder sonst einen guten Bissen. Und vorige Weihnachten hatte er von ihr einen warmen Schal und Handschuhe bekommen. Daß sie ihm nun auch noch abgelegte Anzüge und Mäntel versprochen hatte, davon träumte er des Nachts, und seine Mutter auch. Leider war nun inzwischen Herr Bernd gestorben, und da hatte man wohl in der Villa keine Zeit, an die versprochenen Sachen zu denken. Aber wenn er Fräulein Alving sah, dann würde er sie daran erinnern. Denn sie war eine zuverlässige Person. Was die versprach, das hielt sie auch. Sie war nur heute nicht dagewesen.

»Is een feiner Kerl, det Fräulein Alving, un wenn ick ihr mal wat zu Jefallen tun kann, dann mit Wonne. Is een schönet Mädchen, un so freundlich; die schönsten Äppel krieg ick von ihr. Schade, det sie heute nich da war. Na, dann 'n andermal! Jetzt werd ick 'n Schentelmann. Eene neue Brieftasche hab ick nun schonst, un wenn ick nu noch 'ne neue Kluft kriege, denn bin ick fein raus, und Mutter hat 'ne Sorge weniger. Aber nun vorwärts, Maxe, mit Jefühl und Wellenschlag!«

So redete er sich zu, nahm seinen Korb wieder auf und ging weiter. Er guckte mit seinen blanken Augen so vergnügt in den hellen Wintertag hinein, als hätte ihn der liebe Gott extra zu seiner Freude geschaffen.

Und die Brieftasche, nach der nun heute die Geschwister Bernd so eifrig suchten, war bereits seit vierundzwanzig Stunden im Besitz Max Reicherts, der keine Ahnung hatte, welch wichtigen Fund er gemacht hatte.

19

Als die Geschwister Bernd die Villa verlassen hatten, standen sich Ruth, Gert und der alte Diener eine Weile stumm gegenüber. Dann atmete Gert tief auf.

»Eine vornehme Gesellschaft, diese Geschwister Bernd. Es ist ein erhebender Gedanke für mich, daß sie mit mir verwandt sind.«

Ruth strich sich über die Augen und schauerte zusammen.

»Es war eine furchtbare Situation.«

Besorgt sah Gert sie an. »Haben Sie sich aufgeregt, Fräulein Ruth? Ich muß Sie um Verzeihung bitten, daß ich Sie hineinzog. Aber Zeugen brauchte ich, um diese Menschen einzuschüchtern, und außer Ihnen und Heinrich wußte ich niemand hier im Hause, auf dessen Schweigen ich bauen konnte.«

»Sie werden die Verbrecher doch anzeigen, gnädiger Herr?« fragte Heinrich empört.

Gert schüttelte den Kopf. »Mir lag nicht soviel daran, sie zu überführen, als daran, sie einzuschüchtern und zu einem Geständnis zu bringen, was sie mit meiner Brieftasche gemacht haben. Ich weiß nun also, daß sie wenigstens nicht verbrannt ist. Eine entfernte Möglichkeit, sie wiederzuerlangen, besteht also immerhin noch. Vor allen Dingen muß ich jetzt in das beschriebene Gehölz gehen und den Fahrweg absuchen.«

Heinrich fuhr auf.

»Dann tun Sie es nur gleich, gnädiger Herr, denn wenn die Geschwister ihren Schrecken verwunden haben, suchen sie am Ende selbst nach der Tasche.«

Gert schüttelte den Kopf.

»Sie hat ja jetzt kein Interesse mehr für sie, da sie glauben, daß ich das Dokument hier in meiner Brieftasche trage. Aber trotzdem will ich gleich gehen und suchen. Es ist allerdings sehr zweifelhaft, ob ich sie noch finde. Wer mag wissen, wo sie sich jetzt befindet.«

»Durch das Gehölz gehen nicht viele Leute. Der Fußweg führt daran vorbei. Nur die Fahrstraße führt durch, und die wird selten von Fußgängern benutzt und nur, wenn jemand es eilig hat und ein Stück Weg abschneiden will. Es ist immerhin Hoffnung, daß Ihre Brieftasche noch gefunden wird, Herr Herfurt«, sagte Ruth erregt.

»Ich gehe also sofort.«

»Lassen Sie uns mitgehen, Herr Herfurt. Heinrich und ich helfen gern suchen, sechs Augen sehen mehr als zwei.«

»Wollen Sie sich wirklich die Mühe machen?«

»Selbstverständlich!«

So machten sich die drei Personen auf den Weg, ahnungslos, daß vor ihnen schon die Geschwister Bernd ergebnislos gesucht hatten, die nun im Gebüsch verschwanden, als sie auftauchten.

Natürlich fanden auch sie die Brieftasche nicht, und da es nun dunkel wurde, mußten sie erfolglos zur Villa Bernd zurückkehren.

»Sie müssen unbedingt ein Inserat in die Zeitung rükken lassen, Herr Herfurt. Setzen Sie eine hohe Belohnung aus, denn das Dokument ist ein großes Vermögen wert. Vielleicht erhalten Sie doch die Brieftasche zurück«, sagte Ruth.

Gert sah nicht sehr hoffnungsfroh aus.

»Das will ich natürlich tun, ich darf keine Möglichkeit außer acht lassen. Aber ein Wunder würde es sein, wenn ich mein Eigentum wieder zurückerhielte, und zwar unbeschädigt, so daß ich das Dokument noch gebrauchen könnte.«

Ruth faßte seine Hand.

»Seien Sie nur ein wenig zuversichtlich. Der liebe Gott wird schon helfen, daß Sie zu Ihrem Recht kommen.«

Er küßte ihre Hand. »Sie liebe Trösterin! Also ich lasse morgen das Inserat einrücken, und dann will ich Doktor Jungmann noch einmal aufsuchen und ihm alles berichten. Wahrscheinlich wird er mich nach England schicken, damit ich in Longvillage Nachforschungen anstellen soll. Vielleicht, daß ich doch auf irgendeine Art Beweise schaffen kann, daß meine Mutter die Tochter von Rochus Bernd war.«

»Würden Sie diese Reise bald antreten?«

»Wahrscheinlich sofort, denn wenn etwas geschehen soll, muß es gleich geschehen. Darf ich in dem Inserat bemerken, daß die Brieftasche in der Villa Bernd abgegeben werden soll? Würden Sie sie in Empfang nehmen?«

»Aber selbstverständlich. Bitte, beschreiben Sie mir die Tasche noch einmal ganz genau.«

Er tat es, und sie hörte aufmerksam zu. Dann sagte sie aufatmend:

»Der rote runde Fleck wird ein sicheres Merkmal sein und auch das Stück Naht. Ich werde mich natürlich, ehe ich die hohe Belohnung auszahle, überzeugen, daß das Dokument noch vorhanden ist.«

Wieder küßte er ihre Hand.

»Sie sind so lieb und gut und so fürsorglich. Wie froh bin ich, wie glücklich, daß ich Sie gefunden habe.«

Als Gert sich dann verabschiedete, sagte er, ihre beiden Hände mit einem fast schmerzhaften Druck umschließend:

»Vielleicht sehe ich Sie nicht noch einmal wieder, ehe ich nach England reise. Aber ich werde mich beeilen, so sehr ich kann, um bald wiederzukommen. Nur der Gedanke, daß die Geschwister Bernd fürs erste eingeschüchtert sind, wird mich darüber beruhigen, daß ich Sie allein zurücklassen muß. Sicher werden die beiden jetzt nicht mehr hier auftauchen, denn ich habe sie durch die Komödie, die ich ihnen vorspielte, in dem Glauben gelassen, daß ich das Dokument noch besitze. Bis ich von England zurückkomme, wird man Sie also nicht behelligen. Sollte das aber doch noch einmal geschehen – die nötige Unverfrorenheit traue ich ihnen zu –, so vermeiden Sie es, mit ihnen allein zu bleiben. Lassen Sie sich auf nichts ein, und benehmen Sie sich ganz so, als seien Sie von dem rechtmäßigen Erben hier als Hausverwalterin mit allen Rechten eingesetzt. Nur so sind diese Menschen in Schach zu halten, und ich will Sie sicher wissen. Alles andere wird dann geregelt, wenn ich wiederkomme.«

Ihre Augen schimmerten feucht. »Ich werde nur in Ihrem Sinn handeln und danke Ihnen, daß Sie so besorgt um mich sind.«

Er zog sie bei den Händen dicht an sich heran. »Ruth, liebe Ruth –, nicht wahr, Sie wissen, fühlen, was Sie mir sind? Denken Sie immer daran, daß Sie mein kostbarstes Gut sind. Und geben Sie mir den Trost mit auf den Weg, daß, was auch kommen mag und was uns die Zukunft auch bringt, unser Weg ein gemeinsamer sein wird.«

Sie war glühend rot geworden, sah ihn aber mit strahlenden Augen an.

»Sie wissen es, müssen es wissen, Gert Herfurt, daß mir keine Zukunft schön und lebenswert erscheinen wird, in der ich Sie nicht finde.«

Er atmete tief auf. »Gott helfe mir, daß ich Ihnen eine frohe Zukunft schaffen kann. Mehr will ich nicht sagen. Ehe nicht alles licht und klar ist um mich, darf ich Sie nicht an mich fesseln. Aber wissen sollen Sie, daß ich Sie liebe, unsagbar liebe, und daß mein Leben nur noch vollen Wert für mich hat, wenn Sie es teilen. Leben Sie wohl, Ruth, und Gott mit Ihnen.«

Ihre Augen glänzten in Tränen. »Leben Sie wohl und kommen Sie gesund wieder. Alles andere füge der Himmel.«

Er riß sich los. So gern hätte er sie in seine Arme genommen und ihre Lippen mit Küssen bedeckt. Aber er versagte sich dieses Glück. Erst mußte er imstande sein, ihr ein sorgenfreies Los zu bieten. Und für alle Fälle wollte er in England mit seinem Hauptverleger sprechen, um auch Zukunftspläne machen zu können, wenn ihm das Erbe verlorenging. Auf eine feste Existenz hin konnte er dann schon wagen, eine Frau an sich zu binden.

Ruths liebes Bild im Herzen, fuhr er in die Stadt zurück.

Am nächsten Morgen gab er zunächst ein Inserat folgenden Inhalts auf:

Fünftausend Mark Belohnung!

Brieftasche, schwarzes Kalbleder, braunes Futter, roter runder Fleck in rechter unterer Ecke, verlorengegangen. Ehrlicher Finder erhält obige Belohnung in Villa Bernd, Grunewald, wenn Tasche unversehrt abgegeben wird.

Als er das Inserat aufgegeben hatte, ging er zu Doktor Jungmann und berichtete ihm, was gestern geschehen war und welches Inserat er erlassen hatte.

Dar Notar hörte ihm aufmerksam zu, und als Gert zu Ende war, sagte er lebhaft:

»Solche Gauner! Es freut mich, daß sie Ihnen in die Falle gegangen sind. Sie wissen nun wenigstens, daß die Brieftasche noch nicht vernichtet ist. Wo und wie sie existiert, ist freilich ein Rätsel. Aber vielleicht hat Ihr Inserat doch Erfolg. Diese Hoffnung ist freilich schwach, und ich würde Ihnen raten, keine Zeit zu verlieren. Reisen Sie auf alle Fälle so schnell wie möglich nach Longvillage und suchen Sie zu ergründen, ob die Trauzeugen Ihrer Eltern noch existieren. Irgendwie müssen dieselben zu ermitteln sein. Kennen Sie die Namen derselben?«

»Nein – leider nicht.«

»Hm! Na – Longvillage kann ja nur ein kleines Dorf sein, wo sich Erinnerungen lange frisch erhalten. Und wenn Sie von Haus zu Haus gehen müßten, vielleicht finden Sie die Zeugen doch. Auch sonst suchen Sie in Erfahrung zu bringen, was irgend von Interesse für Sie sein kann. Sie können in etwa vierzehn Tagen wieder hier sein. So lange kann die Erbschaftsangelegenheit noch ruhen, die Behörden arbeiten ohnedies jetzt sehr langsam. Auf jeden Fall erheben wir Einspruch, wenn etwa die Geschwister Bernd als Erben in Aktion treten wollen, und ich werde Ihre Rechte bis zur letzten Möglichkeit verteidigen. Allerschlimmsten Falles versuchen wir es mit einer Einigung mit den Geschwistern, wobei wir sie in Schach halten mit der Drohung, sie der Beraubung und des Betruges anzuklagen. Immerhin haben wir noch verschiedene Chancen: Der Brief Ihres Vaters, Ihre Ähnlichkeit mit dem Erblasser und vor allen Dingen die durch Zeugen festzustellende Tatsache, daß die Geschwister Ihnen die Brieftasche geraubt haben. Verzagen Sie also noch nicht, und reisen Sie gleich nach England! Inzwischen bereite ich alles vor, und wenn sich bis dahin Ihre Brieftasche mit dem Dokument nicht gefunden hat, dann gehen wir vor. Jetzt ist es eine besondere Ehrensache für mich, Ihre Angelegenheit zu vertreten.«

Gert dankte ihm und verabschiedete sich. Er hatte noch einiges zu besorgen und traf dann im Hotel seine Reisevorbereitungen.

Zur Villa Bernd konnte er nicht noch einmal hinausfahren, das kostete ihn zuviel Zeit. Aber er schrieb einige Zeilen an Ruth, ehe er am nächsten Morgen abreiste. Sie sollte wenigstens Nachricht von ihm haben.

20

Kurt und Lena Bernd verlebten den Tag nach ihrer Entlarvung in einer sehr trüben Stimmung. Sie gingen nicht aus, saßen sich stumm gegenüber und brüteten vor sich hin. Sehr zeitig gingen sie diesen Abend zur Ruhe, und die Perle wunderte sich über das solide Leben ihrer Herrschaft. Es stiegen ihr doch einige Zweifel auf an der großen Erbschaft, denn ihren Lohn hatte sie noch immer nicht bekommen, und seit gestern knauserte ihre junge Herrin wieder sehr.

Am nächsten Morgen saßen sich die Geschwister verdrießlich am Frühstückstisch gegenüber.

Die Perle hatte das Frühstück schon wieder einige Nuancen unfreundlicher serviert. Sie sah mürrisch auf ihre Herrschaft hinab und schlürfte hörbar auf schiefgelaufenen Schuhen einher, was Lena nicht ausstehen konnte. Aber sie wagte nichts zu sagen, denn die Perle hätte todsicher erwidert: »Von was soll ich mir denn Schuhe kaufen, wenn Sie mir keinen Lohn bezahlen?«

Nach einer Weile brachte die Perle dann die Zeitung herein, die sie natürlich draußen in der Küche zuerst gelesen hatte. Bevor sie damit nicht fertig war, bekam die Herrschaft die Zeitung nicht. Sie war ein Mensch mit moderner Weltanschauung. »Erst ich, dann die anderen!« war ihre Devise.

Lena faßte nach der Zeitung, während Kurt stumpfsinnig vor sich hinstarrte. Und sie blätterte ziemlich interesselos darin herum. Aber plötzlich stutzte sie. Ein flackerndes Feuer leuchtete aus ihren Augen.

»Du, Kurt!«

»Was denn?«

»Sieh mal hier – das Inserat.«

Sie schob ihm die Zeitung hin, den weiten Ärmel ihres Morgenkleides hinaufschiebend. Während er las, vergrub sie ihre Finger in ihrem noch ungeordneten blauschwarzen Haar, das wild den Kopf umbauschte.

Als Kurt das Inserat gelesen hatte, das Gert aufgegeben, sah er seine Schwester an.

»Nun – was ist damit?«

»Zum mindesten hast du fünftausend Mark auf die Straße geworfen, die hätten wir uns jetzt verdienen können«, höhnte sie.

Er schob seine Tasse mit einem Ruck zurück. »Laß doch das endlich!«

Sie hatte den Kopf in die Hand gestützt, den Ellenbogen auf dem Knie, und biß nervös an ihren Fingernägeln.

»Herrgott, Kurt, sei doch nicht so begriffsstutzig. Was ist damit? Verstehst du das nicht? Er hat die Brieftasche so wenig gefunden wie wir. Und er will es sich fünftausend Mark kosten lassen, diese ›leere‹ wertlose Brieftasche zurückzuerhalten. Bloß weil sie ein Andenken an seinen Vater ist? Das glaubst du doch hoffentlich nicht. Es ist ganz sicher, daß der Trauschein in dieser verwünschten Brieftasche steckt.«

»Nun ja, aber wir haben sie doch nun mal nicht!«

Sie tippte auf die Stirn. »Deine Begriffsstutzigkeit kann Balken biegen. Verstehst du nicht? Wir haben das Dokument nicht, aber er hat es auch nicht. Und das ist der Haken, an den wir uns klammern können.«

Er zuckte die Achseln.

»Ich habe überhaupt keine Lust mehr, es geht ja doch alles schief.«

»Sei keine Memme, Kurt. So ein Erbe gibt man doch nicht kampflos auf.«

»Aber was sollen wir tun?«

»Um jeden Preis verhindern, daß er wieder in den Besitz

der Brieftasche kommt, ich meine natürlich in den Besitz des Dokuments.«

»Aber wie denn?«

»Das weiß ich natürlich auch noch nicht. Laß mich nachdenken.«

Lena sah starr und nachdenklich vor sich hin. Ihre schwarzen Augen bekamen ein raubtierähnliches Funkeln. So saß sie lange Zeit. Und dann sprang sie mit einem Satz auf und nahm das Telefonbuch aus einem Schreibtisch. Sie suchte nach einer Adresse.

»Was willst du tun, Lena?«

»Im Hotel anfragen, ob Herfurt dort ist.«

»Nun – und?«

»Wenn er im Hotel ist, kann er nicht in der Villa Bernd sein; ich will nur feststellen, ob er im Hotel ist. Frage nicht weiter, ich bin noch nicht fertig.«

Sie klingelte im Hotel Exzelsior an. Als sie Verbindung hatte, sagte sie:

»Hier Villa Bernd. Bitte sehen Sie nach, ob Herr Gert Herfurt auf seinem Zimmer ist.«

»Sehr wohl, sogleich«, antwortete der Boy. Gleich darauf meldete sich eine andere Stimme:

»Wer ist dort?«

»Hier Villa Bernd. Ist Herr Gert Herfurt anwesend?«

»Nein, Herr Herfurt ist soeben abgereist nach England.«

Lenas Augen weiteten sich.

»Ist das bestimmt?«

»Ganz bestimmt. Ist dort ein Fräulein Ruth Alving am Apparat?«

Lena besann sich nicht lange.

»Jawohl, hier ist Ruth Alving.«

»Herr Herfurt hat einen Brief für Sie hinterlassen, Fräulein Alving. Er ist an die Villa Bernd adressiert und ich soll ihn zur Post geben.«

»Nein, bitte nicht! Das – es dauert so lange mit der Post. Bitte, halten Sie ihn zurück, ich hole ihn mir gleich selbst ab.«

»Sehr wohl, Fräulein Alving, melden Sie sich an der Auskunftsstelle, dort wird der Brief für Sie lagern.«

Lenas Hände zitterten.

»Danke, ich komme sogleich.«

Aufatmend hing Lena den Hörer hin, und sie sah ihren Bruder triumphierend an.

»Ein bißchen Glück haben wir doch noch, Kurt! Herfurt ist nach England abgereist, das heißt, daß für uns die Bahn frei ist.«

»Du hättest den Mut hinauszugehen?«

Sie richtete sich auf.

»Warum nicht? Mit Herfurt möchte ich freilich jetzt nicht zusammentreffen, deshalb fragte ich an, ob er im Hotel ist. Aber nun ist er gar nach England. Mir scheint, das ist ein gutes Zeichen für uns und uns jedenfalls günstig. Und, das allerbeste: man hielt mich am Telefon für die Alving und verriet mir, daß von Herfurt ein Brief für sie hinterlassen wurde. Du hörtest, daß ich bat, den Brief nicht mit der Post abzusenden, wie es Herfurt bestimmt hatte. Ich sagte, daß ich ihn selbst abholen würde, und das werde ich sofort tun.«

»Was willst du mit dem Brief?«

Sie lachte hart auf.

»Kurt, du bist wirklich nicht sehr intelligent. Bedenke doch, aus diesem Brief können wir vielleicht mancherlei erfahren, was uns nützlich sein kann. Vielleicht hören wir, weshalb Herfurt abgereist ist, wie lange er ausbleibt und was er plant. Wir können daraus auch erfahren, wie er mit der Alving steht, mir scheint, ziemlich vertraulich. Jedenfalls kann der Brief sehr interessant für uns sein, und ich werde ihn bestimmt lesen. Wenn es mir paßt, werde ich ihn einfach verschwinden lassen, anderenfalls kann ich ihn mit der Post an die Alving weiterbefördern.«

Kurt richtete sich nun auch interessiert auf. »Vielleicht erfahren wir wenigstens, was er vorhat.«

Lena nickte. »Ich fahre sofort zum Hotel und komme gleich wieder zurück. Erwarte mich jedenfalls.«

Sie machte sich hastig zum Ausgehen fertig, warf ihren schwarzen Plüschmantel mit dem Skunksbesatz über und drückte ein schwarzes Hütchen fest auf das nachlässig frisierte Haar.

Eine Stunde später war sie wieder daheim und schwang triumphierend einen Brief vor ihres Bruders Augen.

»Das Telefon ist doch eine famose Erfindung, Kurt!«

Vorsichtig öffnete sie den Brief, ohne das Kuvert zu verletzen, und las ihrem Bruder das Schreiben vor. Es lautete:

Liebes, teures Fräulein Ruth!

Es ist mir leider nicht möglich gewesen, noch einmal zur Villa Bernd hinauszukommen, denn Dr. Jungmann hält es für notwendig, daß ich sogleich nach Longvillage reise, um Nachforschungen anzustellen nach etwaigen Zeugen, die meine Mutter gekannt und die bezeugen können, daß die Tochter Rochus Bernds meine Mutter war. Viel Hoffnung habe ich nicht, aber der Notar sagte mir, wir dürfen nichts unversucht lassen. Ich habe wenig Hoffnung, daß meine Brieftasche mit dem Trauschein meiner Eltern mir zurückgebracht wird, trotz der hohen Belohnung. Es ist auch fraglich, ob das zwischen Futter und Oberleder steckende Dokument noch leserlich ist. Sie braucht nur stark durchnäßt worden zu sein, diese Tasche, dann ist es schon fraglich, ob das mürbe Papier der Feuchtigkeit widerstanden hat. Immerhin gebe ich die Hoffnung nicht auf, denn die Brieftasche hat ja für niemand Wert, außer für mich und die Geschwister Bernd, die jedenfalls sehr ärgerlich sein würden, wenn sie ahnten, daß sie das richtige Dokument mit der Brieftasche aus dem Wagenfenster warfen. Sie haben freilich damit erreicht, daß ich nun meine Erbansprüche nicht klipp und klar stellen kann, und wenn sie es ahnten, würden sie sehr froh sein und alles aufbieten, um zu verhindern, daß ich das Dokument wiederbekomme. Sie sind ja sehr erfinderisch und skrupellos. Dr. Jungmann sagte mir, daß wir es schließlich, wenn wir kein beweisendes Material in die Hände bekommen, auf einen Prozeß ankommen lassen wollen, in dem wir dann die Geschwister Bernd des Raubes anklagen, wobei Sie und Heinrich zeugen müßten. Aber nach reiflicher Überlegung habe ich den Entschluß gefaßt, das nicht zu tun. Meines Großvaters Name soll nicht verunglimpft werden. Das einzige, wozu ich mich schlimmstenfalls herbeilassen werde, ist, daß wir die Geschwister unter Androhung einer Anzeige zu einem Vergleich zwingen werden. Unangenehm wäre mir auch dies Vorgehen schon, aber ich denke an Sie, liebste Ruth, und daran, daß ich ein Recht an das Erbe habe.

Ich bin jedenfalls froh, daß ich die Geschwister durch Drohungen, eine Anzeige zu erstatten, eingeschüchtert habe. Sie werden nicht wagen, Feindseligkeiten gegen Sie zu begehen. Und hoffentlich wirkt es wenigstens so lange nach, bis ich wieder zurückkomme, was wohl in vierzehn Tagen geschehen mag. Trotz aller Unverfrorenheit werden die Geschwister nicht wagen, die Villa Bernd vorläufig wieder zu betreten. Tun sie es aber doch, so verhalten Sie sich reserviert und ruhig. Ich bin ja bald wieder bei Ihnen, um Sie zu schützen. Fern von Ihnen bin ich immer in Sorge um Sie. Innigen Dank nochmals für Ihre lieben, lieben Worte beim Abschied. Sie klingen in mir nach wie eine süße Verheißung für die Zukunft – an Ihrer Seite. Ich küsse Ihre lieben Hände und sage Ihnen: Auf Wiedersehen.

Ihr Gert Herfurt.

Lena schwang triumphierend den Brief und lachte häßlich auf.

»Nun also, dieser Brief ist ein kostbarer Fund für uns. Er verrät uns alles, was wir wissen müssen, um neue Pläne machen zu können. Die Alving ist doch schlau! Sie hat sich bei dem vermeintlichen Erben niedlich gemacht. Da sie ihren Vormund nicht dazu gebracht hat, beizeiten ein für sie günstiges Testament zu machen, versucht sie sich auf andere Weise schadlos zu halten. Sie erobert sich den Enkel! Von ihr kann man lernen. Aber wenn der das Dokument nicht zurückerhält, kommt sie doch nicht auf ihre Kosten. Hoffentlich liegt die Brieftasche noch irgendwo im Schnee, und wenn er wegtaut, wird das Dokument durchweicht bis zur Unkenntlichkeit. Sollte sie aber doch jemand gefunden haben, dann wird sie sicher in diesen Tagen in der Villa Bernd abgegeben. Da müssen wir zur Stelle sein, um sie abzufangen. Wir machen uns sogleich auf den Weg, Kurt. Diesen Brief hat uns ein glücklicher Zufall in die Hände gespielt. Und auch ich sage nun, das Schlimmste, was uns passieren kann, ist ein Vergleich zwischen uns und Herfurt. Gottlob, zu fürchten hatten wir nichts von ihm, er wird uns nicht anzeigen, sondern uns nur damit schrecken. Oho, mein Herr Herfurt, so leicht lassen wir uns jetzt nicht mehr verblüffen, jetzt beginnt ein neuer Kampf.«

Kurt sah seine Schwester bewundernd an und machte ihr schließlich ein großes Kompliment. »Du hast viel Schneid, Lena, viel mehr als ich.«

»Ich sage dir ja, es ist der Mut der Verzweiflung. Wenn uns das Glück nur ein wenig hold ist, wird die Erbschaft doch uns gehören, mindestens aber zur Hälfte. Unsere größte Sorge muß jetzt sein, zu verhindern, daß die Brieftasche, wenn sie wirklich abgegeben wird, in andere

Hände als die unseren fällt. Nun mach dich schnell fertig. Ich bringe diesen Brief wieder in Ordnung und gebe ihn zur Post. Es ist besser, wenn ihn die Alving erhält. Für sie ist er ja nicht so wertvoll wie für uns.«

Und wenige Minuten später brachen die Geschwister auf. Lena warf unterwegs den Brief an Ruth in den Postkasten. Kampfesmutig legte sie den Weg zur Villa Bernd zurück. Kurt war ein wenig beklommen, aber er ließ sich durch Lena mit fortreißen.

21

Ruth Alving erschrak nicht wenig, als die Geschwister Bernd auftauchten und sich mit einer selbstverständlichen Unverfrorenheit in der Villa Bernd breitmachten. Sie kamen wieder täglich, schon am frühen Morgen, hielten sich den ganzen Tag auf und waren überall im Haus und immer auf Ruths Wegen, wo sie sich auch befand. Sicher vor ihnen war sie nur in ihrem Zimmer.

Am meisten hielten sich die Geschwister im Wohnzimmer auf, das an das Vestibül anstieß, und eines von ihnen saß immer am Fenster. Den Weg vom Gartentor bis zum Portal des Hauses hatten sie unter ständiger Kontrolle. Es konnte kein Mensch ins Haus gelangen, der nicht vor ihren Augen Revue passieren mußte. Sogar die Lieferanten, die durch den Garten zur Hinterpforte der Villa gingen, wurden kontrolliert.

Ruth wußte nicht, wie sie sich das Verhalten der Geschwister erklären sollte. Sie fand keine andere Erklärung dafür, als daß die Geschwister ihr eigenes Tun und Lassen mißtrauisch beobachten wollten. Anscheinend waren sie besorgt, daß sie irgendwelche Werte auf die Seite bringen wollte.

Ein verächtliches Lächeln spielte um ihren Mund bei diesem Gedanken. Sie ließ sie ruhig gewähren und beschränkte sich darauf, ihnen eine kühle Zurückhaltung zu zeigen.

Daß die Geschwister sich täglich von morgens bis abends verpflegen ließen, fand Ruth sehr anmaßend, aber sie wußte nicht, wie sie es verhindern sollte. Bis Gert Herfurt von England zurückkam, mußte man sie gewähren lassen. So fügte sich Ruth ins Unvermeidliche, arbeitete fleißig, ordnete ihre Bücher und – wartete auf Gert.

Seinen Brief hatte sie mit der Post erhalten, ohne zu ahnen, daß Lena ihn vor ihr gelesen hatte.

Wo die Geschwister den Mut hernahmen zu ihrem Auftreten, war ihr ein Rätsel. Zuweilen kam Ruth die Sorge an, daß die Geschwister die Brieftasche mit dem Dokument doch noch besäßen und ihre Angabe, sie aus dem Wagen geworfen zu haben, unrichtig sei. Vielleicht hatten sie jetzt erst das Dokument entdeckt. Nur so ließ sich ihre unverschämte Sicherheit erklären.

Auf das Inserat hatte sich jedenfalls bisher niemand gemeldet, und nun war kaum noch eine Hoffnung, daß irgendwer sie ablieferte. Entweder hatte die Brieftasche niemand gefunden, weil sie überhaupt nicht aus dem Wagen geworfen war, oder der Finder hatte das Inserat nicht gelesen.

So waren seit Gerts Abwesenheit acht Tage vergangen. Nach wie vor trafen die Geschwister jeden Morgen ein, ließen es sich den ganzen Tag wohl sein, jagten die Dienerschaft hin und her, kontrollierten jeden Kommenden und Gehenden und machten Ruth das Leben täglich schwerer durch ihre unverschämten Anmaßungen. Denn sie wurden immer sicherer, daß die Brieftasche nun nicht mehr abgegeben werden würde.

Ruth hatte alle Kraft nötig, um ihre stolze Ruhe zu bewahren, und wartete sehnlichst auf Gert.

Eines Vormittags befanden sich die Geschwister wieder im Wohnzimmer. Kurt hatte am Kamin Platz genommen, in dem ein helles Feuer brannte. Er fröstelte leicht, es war wieder sehr kalt draußen. Lena saß am Fenster auf Wachtposten und langweilte sich ein wenig.

Das behaglich ausgestattete Wohnzimmer schien so recht geschaffen, glückliche Menschen zu beherbergen, aber weder Kurt noch Lena waren glücklich. Sie fieberten nur beide nach dem heißersehnten Reichtum und waren bereit, das Äußerste zu wagen, um ihn zu erhalten.

Kurt stocherte mit einem Feuerhaken in die hell auflodernde Glut des Kamins. Ihm war immer noch nicht warm genug. Jetzt richtete sich Lena am Fenster auf. Sie sah, daß draußen am Gartentor jemand Einlaß begehrte. Es war der Laufbursche Max Reichert, der Waren abzuliefern hatte.

Als die Gartenpforte, wie von unsichtbaren Händen geöffnet, aufsprang, trat Max Reichert ein und stampfte auf dem schneebedeckten Weg zur Hintertür der Villa. Der alte Heinrich öffnete sie ihm, aber schon war Lena hinausgeeilt und stand neben ihm.

»Was wollen Sie?« examinierte sie den Laufburschen.

Max Reichert sah sie mit seinen kecken Berliner Jungenaugen unerschrocken an.

»Wat werd ick wollen, Fräuleinchen, ick bringe Kolonialwaren. Herr Heinrich, is Fräulein Alving da? Ick bringe den Zucker, der heute erst jekommen is. Gleich zuerst an Ihnen hat der Prinzipal denken müssen, davor hab ick jesorgt. Un nun möchte ich gern Fräulein Alving mal fragen, ob sie mich die Sachen schon injepackt hat, die sie mich versprochen hat. Et is 'ne Hundekälte heute.«

»Liefern Sie die Waren in der Küche ab, Max, ich sage inzwischen Fräulein Alving Bescheid, damit Sie die versprochenen Sachen bekommen, sie liegen schon zurecht«, sagte Heinrich.

»Au, fein! Denn will ick mir tummeln. Wo soll ick nachher hinkommen?«

Hier griff Lena ein. »Was will der Junge für Sachen haben, Heinrich?«

In diesem Moment kam Ruth herbei. Sie hörte Lenas Frage.

»Es handelt sich um abgelegte Anzüge und Mäntel von Onkel Rochus, die ich dem Burschen versprochen habe.«

Lena maß Ruth mit mißtrauischen Blicken.

»Ist es nicht sehr anmaßend von Ihnen, daß Sie Kleider unseres Großonkels verschenken nach Ihrem Belieben?«

Ruth blieb ganz ruhig, während Max das »schwarze Fräulein« mit wenig liebevollen Blicken betrachtete.

»Sie irren, Fräulein Bernd, es ist keinerlei Anmaßung im Spiel. Die Sachen haben Mottenschäden, und Onkel Rochus hat mir kurz vor seinem Tod erlaubt, sie Max Reichert zu schenken, weil er ein braver Bursche und seine Mutter eine arme Kriegswitwe mit noch zwei unversorgten Kindern ist. Die Sachen hängen nutzlos auf dem Speicher. Ich kam bisher nicht dazu, dem Burschen die bereits versprochenen Kleider auszuhändigen. Jetzt soll es aber geschehen, die Sachen sind schon zusammengepackt.«

Lena machte eine brüske Bewegung.

»Da können Sie sonst etwas hineingepackt haben, was so aus dem Haus gehen soll.«

Ruths Gesicht rötete sich vor Empörung, aber sie blieb ruhig.

»Jetzt muß ich Sie dringend ersuchen, alles, was ich eingepackt habe, genau durchzusehen, damit Sie sich überzeugen, daß ich tatsächlich nur beschädigte Sachen ausliefere.«

Lena warf hochmütig den Kopf zurück.

»Ich möchte allerdings feststellen, was hier aus dem Haus geht. Aber hier draußen ist es mir zu kalt. Wo ist das Paket? Bringen Sie es mir in das Wohnzimmer. Dort kann es der Bursche in Empfang nehmen, wenn ich es durchgesehen habe.«

Ruth wandte sich an den alten Diener.

»Bitte, Heinrich, tragen Sie das Paket ins Wohnzimmer, Sie wissen ja, wo es liegt.«

Und dann wandte sie sich an Max Reichert.

»Tragen Sie die Ware in die Küche, Max, ich warte hier auf Sie.«

Lena ging mit einem mißtrauischen Blick auf Ruth und den Laufburschen in das Wohnzimmer, und der letztere verschwand im Souterrain, während Heinrich davonging, um die Sachen zu holen.

Ruth stand mit zusammengebissenen Zähnen an der Treppe und wartete auf Max Reichert. Lenas beleidigendes Betragen hatte sie tief empört. Aber sie stand solchen Ausfällen jetzt machtlos gegenüber.

Als Max Reichert wieder auftauchte, fragte sie ihn freundlich:

»Haben Sie in der Küche etwas Warmes bekommen, Max?«

Er nickte strahlend.

»Eine feine Tasse Mokka und 'ne Stulle mit Marmelade, fein, fein! Sie sind so jut zu mir, Fräulein Alving. Hoffentlich hat die schwarze Dame nischt dajegen, det ick die Sachen kriege. Sie scheint 'ne Jenaue zu sind. Hat Sie hier wat zu sagen?«

Ruth mußte lachen.

»Eigentlich nicht, Max, aber sie bildet es sich ein, und man muß ihr den Willen tun. Ich werde schon dafür sorgen, daß Sie alles bekommen, was Ihnen der verstorbene Herr Bernd zugedacht hat. Nun kommen Sie mit in das

Wohnzimmer, da können Sie sich mit Fräulein Bernd zusammen ansehen, was ich Ihnen eingepackt habe. Sie werden sich freuen.«

»Sie sind doch 'n Engel, Fräulein Alving, et fehlen Ihnen bloß die Flügel«, sagte Max begeistert.

Ruth führte ihn ins Wohnzimmer. Da saßen Kurt und Lena Bernd am Kamin, und Heinrich stand vor ihnen und packte das große Paket auf, das er eben gebracht hatte. Er mußte nun Stück um Stück vor den Geschwistern ausbreiten und zeigte ihnen geflissentlich jedes noch so winzige Mottenloch. Max Reichert machte einen langen Hals, und seine Augen leuchteten vor Freude über die schönen, warmen Sachen, denen Ruth auch noch ein abgelegtes Kleid von sich für seine Mutter beigefügt hatte. Als die Prüfung beendet war, sagte Lena, sich erhebend:

»Nun – immerhin repräsentieren diese Sachen, trotz der kleinen Mottenschäden, heutzutage einen ganz anständigen Wert. Aber wenn unser Großoheim wirklich erlaubt hat, daß Sie die Sachen verschenken, dann wollen wir nichts gegen seinen Willen sagen. Der Bursche soll die Sachen bekommen.«

Max bekam vor Freude einen roten Kopf.

»Jotte doch! Dann danke ich auch ville Male, Fräulein. Soll ich det allens haben, Fräulein Alving, ooch det Kleed vor Muttern?«

»Ja, Max, packen Sie es ordentlich fest zusammen in das alte Tuch, damit Sie es gut tragen können.«

Max jauchzte, während er zusammenpackte.

»Jotte doch, Fräulein Alving, Mutter heult 'ne Strippe, wenn ick det anbringe. Davon wird die janze Familie Reichert neu injekleidet.«

Als er fertig war, wollte er den großen Packen auf die Schultern heben. Ruth hielt ihn am Arm fest und sagte lächelnd:

»Vor lauter Freude vergessen Sie ganz, die Rechnung einzukassieren, Max, ich habe ja noch nicht bezahlt, was Sie gebracht haben.«

Max ließ das Riesenpaket fallen und schlug sich an die Stirn.

»Det hab ick vor Freude janz verjessen. Scheenen Dank, det Sie mir erinnert haben, sonst hätte ick morjen wiederkommen müssen. Ach nee, morgen is ja Sonntag. Aber übermorgen. Also will ick Ihnen man die Rechnung präsentieren.«

Ruth lachte und sagte zu Heinrich:

»Tragen Sie das Paket inzwischen hinaus, Heinrich, damit es hier nicht herumliegt.«

Max sah besorgt zu, wie der alte Diener den Packen aufhob.

»Man sachte, Herr Heinrich, det nischt zerbricht.«

Heinrich und Ruth lachten, und selbst die Geschwister konnten nicht ernst bleiben.

Max setzte nun ein kaufmännisch ernstes Gesicht auf und holte seine neue Brieftasche aus seinem zerschlissenen Rock. Ruth und Lena standen dicht neben ihm und sahen ihm lächelnd zu. Aber plötzlich zuckten sie beide zusammen und starrten auf den runden roten Fleck auf der Brieftasche. Fast zu gleicher Zeit riefen sie Max Reichert in tiefer Erregung zu:

»Wo haben Sie die Brieftasche her?«

Max sah erstaunt auf.

»Die is fein, nich? Ick habe ihr gefunden, janz in der Nähe hier. Im Gebüsch hat sie jehangen, wie 'n Vogel, der auf- und abwippt. Ick kann ihr gut jebrauchen und nahm ihr sehr liebreich in Empfang, obwohl sie leer war.«

Ruth zitterte vor Erregung, und auch Lena mußte sich bezwingen. Kurt kam interessiert herbei.

»Max«, sagte Ruth mit vor Erregung klingender Stimme, »geben Sie mir die Brieftasche, Sie sollen einen guten Finderlohn bekommen. Haben Sie nicht in der Zeitung gelesen, daß diese Tasche gesucht wird?«

Verblüfft sah Max sie an. »Nich een Wort hab ick jelesen, Fräulein Alving, sonst hätte ich ihr doch jebracht. Hat sie jemand hier aus dem Hause verloren?«

Ruth fieberte vor Angst, daß die Geschwister die Brieftasche noch einmal in die Hände bekommen und vielleicht gar das Dokument entdecken konnten.

»Ja, Max, schnell, geben Sie mir die Brieftasche, nehmen Sie Ihre Papiere heraus.«

Sie merkte in ihrer Aufregung nicht das raubtierähnliche Leuchten in den Augen der Geschwister, denn sie ahnte ja nicht, daß diese jetzt wußten, daß der Trauschein in dieser Tasche verborgen war.

Max entleerte willig die Brieftasche. Aber in dem Augenblick, da er sie Ruth reichen wollte, faßte Lena Bernd mit einem jähen Griff danach und schleuderte sie mit einem kräftigen Schwung in die helle Glut des Kamins.

Ruth schrie auf und stürzte auf den Kamin zu. Ohne an etwas anderes zu denken, als daß sie die Brieftasche für Gert retten müsse, faßte sie mit ihren Händen in die lodernde Glut, in der sich das Leder der Tasche bereits krümmte. Sie konnte sie nicht gleich fassen, weil der Schmerz an den Händen sie jäh überfiel. Und noch ehe sie die Brieftasche erfassen konnte, riß Kurt sie zurück und schleuderte sie beiseite, während er mit dem Feuerhaken die Tasche tiefer in die Glut stieß und starr darauf hinsah. Er merkte, daß das Leder auseinanderbrach und daß ein darunter verborgenes Papier in Flammen aufging. Auch Lena hatte das bemerkt, und sie sahen sich triumphierend an.

Ruth hatte sich, halb bewußtlos vor Schmerzen, wieder aufgerichtet, als sie zur Seite getaumelt war durch Kurts

Stoß, und wollte noch einmal an die Glut heran. »Sind Sie von Sinnen, Fräulein Alving, daß Sie sich die Hände verbrennen wollen wegen einer leeren, schmutzigen Brieftasche! Seien Sie froh, daß ich Sie zurückriß«, schalt Kurt scheinbar besorgt.

Ruth starrte verzweifelt in die Flammen und sah, daß nichts mehr zu retten war. Sie fiel halb ohnmächtig in einen Sessel und streckte die arg verbrannten Hände von sich. Der Schmerz überwältigte sie derart, daß sie momentan willenlos war. Heinrich, der zurückgekommen war, hatte gerade noch gesehen, wie Lena die Tasche in den Kamin schleuderte. Erschrocken beugte er sich nun über die zusammengebrochene Ruth.

»Um Gottes willen, Fräulein Ruth, Ihre armen Hände«, stieß er zitternd hervor.

Lena beugte sich ebenfalls über Ruth. »So ein Unsinn von Fräulein Alving; ich sah, daß an der alten Brieftasche eine Wanze kroch. Voll Ekel und Abscheu warf ich sie ins Feuer. Was liegt denn an dieser alten Brieftasche, wenn sie auch wirklich ein Andenken war für Herrn Herfurt. Deshalb müssen Sie sich doch nicht die Hände verbrennen. Kurt, telefoniere dem Arzt – die Hände sehen bös aus. Sie müssen gleich verbunden werden. Ist Brandlinement im Hause, Heinrich?«

Der alte Diener nickte ganz kopflos. »In der Hausapotheke.«

»Holen Sie schnell herbei, auch Verbandstoff.«

Heinrich eilte davon und kam schnell mit dem Nötigen herbei. Lena wollte es ihm abnehmen, aber der alte Diener sagte rauh:

»Ich verbinde Fräulein Ruth selbst.«

Lena warf den Kopf zurück. »Nun gut, ich gehe inzwischen hinaus und warte mit meinem Bruder auf den Arzt.«

Als sie hinausgegangen war, richtete sich Ruth, ihren Schmerz verbeißend, auf und sah Heinrich verzweifelt an.

»Armes Fräulein Ruth – Ihre Hände!«

Sie schluchzte auf. »Das wird ja heilen! Aber die Brieftasche, Heinrich, Herrn Herfurts Brieftasche! Sie ist vernichtet, ich bin ganz verzweifelt. So schnell faßte sie zu und warf sie in die Flammen. Was wird Herr Herfurt sagen?«

»Sie haben alles getan, was Sie konnten, sogar Ihre Hände haben Sie geopfert. Mehr kann kein Mensch tun. Und die da draußen, das sind Teufel, aber keine Menschen. Der liebe Gott soll sie strafen! Es ist ja Schwindel mit der Wanze, sie wird schon wissen, warum sie die Tasche verbrannt hat, dafür verwette ich meinen Kopf.«

Ruth stöhnte, halb vor körperlichem, halb vor seelischem Schmerz.

»Gewiß war es Schwindel, es war keine Wanze an der Brieftasche.«

Jetzt hatte sich Max Reichert von seinem Schreck erholt.

»Nee, Fräulein Alving, jewiß un wahrhaftig nich. Bei uns jibt es keene Wanzen, Mutter is ville zu reinlich vor so wat«, sagte er ganz konsterniert von allem, was er mit angesehen hatte.

Ruth barg verzweifelt das Gesicht in den Armen, ihre verbundenen Hände vor sich hin über die Lehne des Sessels streckend.

»Wenn ich doch die Brieftasche hätte retten können, dann wollte ich gern die Schmerzen ertragen«, jammerte sie.

Betreten sah Max sie an. »Jotte doch, armes Fräulein Alving, ick bin janz verdattert. War denn die Brieftasche so ville wert?«

Ruth hob ihr blasses, schmerzverzogenes Gesicht zu dem Jungen auf.

»Nicht die Brieftasche, Max, aber in derselben, zwischen Futter und Oberleder, steckte ein Dokument, ein sehr wertvolles Papier – und das ist nun mit verbrannt.«

Über Max Reicherts Gesicht breitete sich ein ganz seltsamer Ausdruck. Es war, als wolle er schnell etwas sagen. Aber dann preßte er die Lippen fest zusammen, als halte er krampfhaft zurück, was er sagen wollte. Und dann richtete er sich entschlossen auf. Sein frisches Jungengesicht bekam einen nachdenklichen Ausdruck.

»Na, Fräulein Alving, helfen kann ick Ihnen jetzt doch nich, und mit die Rechnung – det kann jetzt bleiben, bis ick 'n andermal wiederkomme. Ick danke Ihnen noch ville Male vor die scheenen Sachen. Un gute Besserung vor Ihre Hände. Ich könnte mir die Oogen aus dem Koppe heulen, det grade Ihnen so wat passieren muß. Lieber hätte sich det schwarze Fräulein die Hände verbrennen sollen. Wie een Deibel is sie uff die Brieftasche losgefahren. Wenn ick man bloß wüßte, wat sie mit die Wanze wollte. Wir haben keene Wanzen, wahrhaftigen Jott nich, Fräulein Alving. Na, denn adjes, un gute Besserung. Ick – ick komme vielleicht morgen wieder, wenn ooch Sonntag ist, Fräulein Alving.«

Ruth nickte ihm matt zu, und Max ging hinaus.

Draußen stand er eine Weile ganz konsterniert vor seinem Sachenpaket. »Wenn Mutter man bloß nich det Makulatur vakooft hat!« sagte er vor sich hin.

Und in tiefe Gedanken verloren, hob er sein Paket auf die Schulter, nahm seinen Korb an den Arm und ging schnell davon. Kurt und Lena sahen ihn vom Fenster eines Nebenzimmers aus durch den Garten laufen.

»Dieser Bursche hat uns einen großen Dienst erwiesen, ohne es zu wissen, Kurt. Jetzt sind wir sicher, daß das Dokument vernichtet ist. Sahst du es brennen zwischen dem Leder?«

Kurt nickte aufatmend.

»Ich sah es. Endlich können wir aufatmen. Das hast du großartig gemacht, Lena. Ich zerbrach mir noch den Kopf, wie wir der Alving die Brieftasche abjagen sollten, und schon schleudertest du sie in die Flammen. Und kein Mensch kann uns einen Vorwurf machen. Das Märchen mit der Wanze hat dir ein guter Geist eingegeben. Man kann doch nicht ruhig zusehen, wie hier Wanzen in das Haus gebracht werden. Und Herfurt hat uns doch ausdrücklich gesagt, daß die Brieftasche das Dokument nicht enthielt. Also kann uns niemand einen Vorwurf machen.« Lenas Augen flammten befriedigt auf.

»Jetzt kann Herr Herfurt Erbansprüche stellen! Jetzt muß er froh sein, wenn wir uns zu einem Vergleich herbeilassen.«

»Unsinn! Von einem Vergleich kann jetzt nicht mehr die Rede sein. Jetzt haben wir Oberwasser. Und die Alving hat sich umsonst die Hände verbrannt.«

»Sie sahen bös aus! Sie wird genug Schmerzen leiden müssen. Aber wer hat sie geheißen, in die Flammen zu greifen?«

In dieser Weise unterhielten sich die Geschwister, bis der Arzt kam.

Sie gingen ihm entgegen. »Gottlob, daß Sie kommen, Herr Doktor. Fräulein Alving hat sich die Hände schwer verbrannt.«

Der Arzt legte ab. »Wie ist denn das gekommen?« »Oh, es fiel etwas ins Kaminfeuer, und sie wollte es herausholen. Hoffentlich können Sie wenigstens die Schmerzen stillen.«

»Wir wollen sehen, ich habe alles Nötige mitgebracht. Wo ist die junge Dame?«

»Im Wohnzimmer. Bitte, kommen Sie.«

Der Hausarzt kannte sich aus in Villa Bernd und ging direkt nach dem Wohnzimmer.

Dort fand er Ruth in einem Sessel zusammengesunken. Der alte Heinrich war noch immer um sie bemüht und suchte sie zu trösten. Ruth sah mit erloschenen Augen zu dem Arzt auf und streckte ihm die Hände entgegen.

»Helfen Sie mir, ich leide arge Schmerzen.«

»Aber mein liebes Fräulein Alving, was machen Sie für Sachen? Nun zeigen Sie mir erst Ihre armen Hände, da ist ja schon ein Verband angelegt. Sind die Schmerzen sehr groß?«

Ruth biß die Zähne zusammen. »Kaum zu ertragen.«

Er entfernte die Verbände. Indessen traten die Geschwister heran. Sie suchten unbefangene Gesichter zu machen.

»Wie geht es, Fräulein Alving? Tut es sehr weh?« fragte Lena.

Ruth sah sie nur mit einem großen Blick an, ohne zu antworten.

Kurt beschränkte sich deshalb nur darauf, den Arzt zu fragen, ob er helfen könne. Aber da stand Heinrich wie eine Mauer vor ihm, um ihm den Weg zu Ruth zu sperren.

»Wenn Hilfe nötig ist, bin ich da«, sagte er schroff, und Kurt konnte den Blick des alten Dieners nicht aushalten. Er zog sich mit Lena an das Fenster zurück.

Der Arzt hatte inzwischen die Verbände entfernt.

»Das sieht ja bös aus, Fräulein Alving, aber gottlob, die Brandwunden sind nicht sehr tief. Es schmerzt deshalb nicht weniger, und es wird einige Zeit dauern, bis Sie Ihre fleißigen Hände wieder gebrauchen können, aber Narben werden Sie nicht zurückbehalten, höchstens hier am Handballen eine kleine, da ist es ein wenig tief gegangen. Sonst heilt alles ab. Es wäre ja auch schade um Ihre schönen Hände, die ich alter Mann so oft bewundert habe. So, nun wollen wir dafür sorgen, daß die Schmerzen nachlassen.«

Bei diesen Worten legte er eine heilende, schmerzstillende Salbe auf und verband die Hände.

Ruth preßte die Lippen fest zusammen, daß ihr kein Schmerzenslaut entfuhr. Und als der Arzt fertig war, sagte er: »So, nun gebe ich Ihnen ein Pülverchen, und dann legen Sie sich hin und verschlafen die ärgsten Schmerzen. Wenn Sie wieder aufwachen, ist das Schlimmste vorbei.«

Heinrich führte Ruth sorgsam hinauf.

Die Geschwister wandten sich an den Arzt. »Wird es schlimm werden, Herr Doktor?«

»Na, es ist schon arg genug, aber es hätte noch gefährlicher werden können. Was hat die junge Dame nur bewogen, so ins Feuer zu fassen, mit beiden Händen? Sie ist doch sonst ein so besonnener, verständiger Mensch.«

Lena zuckte die Achseln.

»Eine alte Brieftasche war ins Feuer gefallen, die ein teures Andenken war.«

»So so, also ein ideeller Wert war in Gefahr zu verbrennen! Ja, ja, dafür opfern die Frauen allerhand – sogar die Gesundheit. Also ich komme morgen wieder und sehe nach der Patientin.«

Damit verabschiedete sich der Arzt.

Kurt und Lena sanken nun befriedigt in zwei Sessel und sahen sich lange stumm in die Augen. Es war eine gewisse Abspannung über sie gekommen. Sie fühlten sich am Ziel. Allerdings wußten sie, daß noch mancherlei Kämpfe kommen mußten, aber das war ein Kinderspiel gegen das, was hinter ihnen lag.

22

Max Reichert war mit seinem Sachenpaket bis zu dem Geschäft gegangen, in dem er angestellt war. Unterwegs sagte er immer wieder zu sich selbst:

»Wenn Mutter man bloß det Makulatur nicht vakooff hat.«

Und es lag ein ungewohnt sorgenvoller Ausdruck auf seinem sonst so vergnügten Gesicht.

Er bat den Geschäftsinhaber, bei dem er in Stellung war, ob er nicht schnell einmal nach Hause laufen und seiner Mutter die geschenkten Sachen bringen könne.

Der Prinzipal erlaubte es ihm.

»Aber gleich wiederkommen, Max, heute ist Sonnabend, da gibt es viel auszutragen.«

»Jawoll, Herr Prinzipal, ick beeile mir nach Noten«, sagte Max, nahm sein Paket auf die Schulter und trabte heim.

Seine Mutter stand am Waschfaß. Er warf mit einem Ruck das Paket vor sie hin.

»Da, Mutter, allens feine warme Sachen, piko bello! Aber nu sag' mir erst mal, ob du det Makulatur schon vakooft hast.«

Die Mutter wischte den Seifenschaum von den Händen und löste die Knoten, mit denen das Paket zugebunden war.

»Nee doch, Maxe, wo werd ick denn! Et jibt doch alle Tage mehr vor det Kilo. Wir warten noch.«

Max atmete tief auf und sank auf einen Holzstuhl.

»Jottlob, Mutter, ick habe eene Angst jehabt, det du det Makulatur vakooft hast.«

»Na warum denn, Maxe?«

»Det is 'ne lange Jeschichte, Mutter. Ick habe jetzt keene

Zeit, denn ick muß schleunibus wieder in't Jeschäft. Heute abend nach Feierabend, denn erzähle ick dir allens. Dann wirst Oogen machen, Mutter! Also kiek dir mal die scheenen Sachen an, allens hat mich Fräulein Alving jeschenkt.«

Die Mutter staunte und bewunderte.

Max erhob sich.

»Haste nich 'ne Stulle, Mutter?«

Die Mutter seufzte.

»Junge, wenn du eenen ankiekst, denn haste Hunger. Haste denn heute bei Bernds nich schon wie so oft 'ne Stulle jekriegt?«

»Hab ick, Mutter, aber ick habe mir so uffgeregt wegen det Makulatur, und denn war ooch det Paket so schwer. Nun hab ick wieder Hunger.«

Die Mutter schnitt eine Stulle ab und kratzte ein wenig Margarine drauf.

»Na denn – hier haste, Maxe. Un nu mach, det du wieder an deine Arbeit kommst.«

»Jawoll, Mutter. Adjes! Un det du um Jottes willen nischt von det Makulatur vakoofst. Det ooch keen Blättchen wegkommt, et is von höchster Wichtigkeit.«

Die Mutter lachte und strich ihm über den Schopf.

»Du Faxenfritze!«

»Nee, Mutter, nee, ick bin in mein janzet Leben noch nich so ernsthaft jewesen. Vasprich mir: Nischt kommt von weg.«

»Nee doch, ick vaspreche et dir, Maxe.«

»Na, denn is gut. Adjes Mutter!«

Max rannte nun vergnügt wieder in das Geschäft, und er war noch flinker als sonst auf seinem Posten. Er kam den ganzen Tag nicht mehr zur Ruhe. Nach Ladenschluß eilte er nach Hause. Er aß mit der Mutter und den beiden schulpflichtigen Brüdern Abendbrot, Kartoffelsuppe und ein Stück Brot. Und als er fertig war und die Brüder zu Bett gegangen waren, setzte sich Maxe zur Mutter und erzählte ihr, was er heute in der Villa Bernd erlebt hatte.

»Siehste Mutter, als nu Fräulein Alving, die noch 'n richtiggehender Engel is, von det Dokument zu mich redete, da dachte ick man bloß: Wenn Mutter man bloß det Makulatur nicht vakooft hat«, schloß er.

Die Mutter hatte gespannt zugehört. Nun sagte sie kopfschüttelnd:

»Wat haste bloß mit det olle Makulatur, Maxe? Wat hat denn det mit die Angelegenheit zu tun?«

Max tippte ziemlich unehrerbietig an die Stirn.

»Merkste nischt, Mutter?«

»Nee!«

»Na, ick habe doch die Brieftasche janz jenau untersucht. Und da fand ick denn, det sie uff die eene Seite uffjetrennt jewesen un frisch zusammenjeflickt jewesen war. Ick trenne also die Naht uff un finde zwischen Leder und Futter 'n janz vajilbtet Papier. Hm! dacht' ick so bei mir, det klötrige Papier, det soll nu der Brieftasche Stand jeben. Ick denke natürlich, et is bloß deshalb rinjesteckt, det sich die Tasche hübsch steif uffplustert. Und da nehme ick also det Papier raus, bekieke et mir un kann nich mal lesen, wat druffsteht, et war in 'ne fremde Sprache jedruckt un jeschrieben. Na also, ick schmeiße det olle Papier mang unser Makulatur un lege so 'n hübschet neuet Papier rin, so det die Brieftasche scheen glatt un reputierlich aussah. Na – merkste nu, Mutter –, det olle Papier, det war det wertvolle Dokument, nach dem Fräulein Alving so gejault und warum sie sich die Finger vabrannt hat. Ick war janz vadattert un janz still, weil ick doch nicht wußte, ob du det Makulatur vakooft hast. Wenn et weg jewesen wäre, denn hätt ick mich doch nich jetraut, wat zu sagen. Aber nu is et da, Mutter, ick brauche et bloß zu suchen. Und denn bringe ick et morjen Fräulein Alving, un denn freut sie sich. Det schwarze Fräulein werde ick dabei aus dem Weg jehen, die schmeißt et sonst ooch noch in det Feuer, denn det is 'n Deibel, Mutter. Ick jehe zu Fräulein Alving janz alleene un sage ihr: Nu weenen Sie man nich mehr, hier is det olle Dokument. Un am Ende krieje ick denn ooch noch 'ne Belohnung.«

Max schwieg nach der langen Rede erschöpft und schleppte nun einen Stoß Makulatur herbei.

Die Mutter half gespannt mit suchen. Blatt um Blatt wurde sorgsam auseinandergelegt, und endlich jubelte Max auf.

»Det is et, Mutter, det is et, ick kenne et jleich an die jelbe Kulör. Du, Mutter, jib mich mal aus deine Papeterie aus die Kommode 'n neuet Kuvert. Ick will det Dokument rinstecken, det es nich noch zerreißt. Een kleenet Rißchen hat et hier oben schonst.«

Die Mutter suchte in ihrer Kommode. Von den zehn Briefbogen und Kuverts hatte sie noch nicht die Hälfte verbraucht. Sie nahm ein Kuvert heraus und gab es ihrem Sohn. Er steckte das Dokument hinein.

»Wo is denn meine olle Brieftasche, Mutter?« fragte er.

»Die hat Emil in seinem Spielkasten.«

Max suchte sie heraus. Seufzend schob er, was er in der anderen Brieftasche gehabt hatte, hinein.

»Die andere war freilich scheener, Mutter, det dämliche schwarze Frauenzimmer hätte sie nich int Feuer zu schmeißen brauchen. Ick hatte ihr so gut jebrauchen können.«

Und sorglich legte er das Kuvert mit dem Dokument in seine alte Brieftasche. Dann gingen Mutter und Sohn auch zur Ruhe. Sie waren müde von ihrem schweren Tagewerk.

23

Gert Herfurt war inzwischen in Longvillage angelangt und begab sich zuerst zu dem Pastor der Gemeinde. Die kleine Kirche war längst wieder aufgebaut, und ein neuer Seelsorger war an die Stelle des verstorbenen getreten.

Gert erzählte ihm, was ihn hergeführt hatte, und bat ihn um seine Unterstützung bei seinen Nachforschungen. Der etwa fünfzigjährige Seelsorger hörte aufmerksam zu und sagte, als Gert zu Ende war:

»Der damalige Brand hat allerlei Verwirrungen angerichtet, weil die Kirchenbücher und Akten verbrannt sind. In meiner Gemeinde fehlt es zuweilen jetzt noch an nötigen Papieren, die nicht zu beschaffen sind. Aber ein so verzwickter Fall wie der Ihre ist mir noch nicht unterlaufen. Selbstverständlich helfe ich Ihnen gern, soweit es in meiner Macht liegt. Das Haus, das einst Miß Brown gehört hat und einem Stift vermacht wurde, existiert noch. Es ist von einigen alten Damen bewohnt, die Freistellen im Stift haben. Sie fühlen sich da sehr wohl und preisen die Erblasserin. Und – da fällt mir ein – in dem Hause lebt ja auch noch die alte Dienerin von Miß Brown, die in den Dreißigerjahren war, als ihre Herrin starb, und jetzt Mitte der Sechzig steht. Sie erzählt noch gern von der Zeit, da die schöne junge Nichte ihrer Herrin sich mit dem jungen Herrn Herfurt, der ihr gefolgt war, heimlich trauen ließ. Gehen Sie doch zu ihr, sie heißt Betty Flead, und sie wird Ihnen über alles besser Auskunft geben können als ich, denn in ihrer Erinnerung ist noch alles frisch. Jedenfalls ist Miß Betty Flead in der Lage, Ihnen bezeugen zu können, daß Ihre Mutter sich damals mit Ihrem Vater hier trauen ließ. Vielleicht kann sie Ihnen auch sonst noch Wissenswertes berichten, jedenfalls mehr als ich, der zu jener Zeit noch nicht hier im Amt war.«

Gert dankte dem Seelsorger für diesen Rat und machte sich auf den Weg zu Miß Flead. Er sah das freundliche Cottage schon von weitem, in dem seine Eltern ein kurzes überseliges Glücksjahr verlebt hatten.

An den Fenstern sah er unter schneeweißen Gardinen einige alte Frauenköpfe, die neugierig auf ihn schauten.

Mit einem wunderlichen Gefühl schritt Gert durch den Vorgarten auf das freundliche Haus zu und läutete an der Glocke.

Gleich darauf wurde die Tür geöffnet, und eine flinke, behende Alte mit einem weißen Häubchen auf dem grauen Haar stand auf der Schwelle.

»Was beliebt, Mister?« fragte sie, Gert mit klaren, noch sehr jungen Augen ansehend.

»Ich möchte Miß Betty Flead sprechen.«

Die Alte knickste.

»Das bin ich selbst, Mister. Was beliebt?«

»Ich habe einige Fragen an Sie zu richten, Miß Flead. Der Herr Pfarrer schickt mich zu Ihnen. Aber das läßt sich hier im Freien schlecht erledigen, Sie würden frieren.«

Die Alte lachte.

»Dann kommen Sie herein in mein Stübchen, Mister, da ist es warm.«

Und sie führte Gert in ein kleines Stübchen, in dem alles vor Sauberkeit blitzte und blinkte. Sie wischte mit ihrer weißen Schürze noch über den Stuhl, den sie Gert hinschob.

»So, bitte, nehmen Sie Platz, Mister, und dann fragen Sie.«

Sie nahm ihm gegenüber in einem Ohrenstuhl am Fenster Platz.

»Ich heiße Gert Herfurt, Miß Flead, und wollte Sie fragen, ob Sie sich meiner Eltern noch erinnern?«

Die grauhaarige Alte sprang empor wie ein junges Mädchen.

»Wie? Höre ich recht? Sie sind der kleine Gert Herfurt, den ich auf meinen Armen geschaukelt habe?«

Gert lächelte. »Ich kann mich dessen nicht erinnern, Miß Flead, aber ich bin jedenfalls der, den Sie meinen.«

Betty Flead fiel wieder in ihren Sessel zurück und schlug die Hände zusammen.

»So ein großer, schöner Herr ist der kleine Gert geworden! Eigentlich kein Wunder, denn Sie hatten die schönsten Eltern weit und breit. Aber ohne Mutter haben Sie aufwachsen müssen. Wie leid hat mir das getan. Ich habe Sie und Ihren lieben Vater noch oft aufgesucht, als Sie beide im Pfarrhaus wohnten. Erinnern Sie sich nicht mehr?«

»Leider nicht, Miß Flead.«

»Nun ja, Sie waren kaum zehn Jahre, als Sie mit ihrem Vater fortzogen, gleich nach dem großen Brandunglück. Erinnern Sie sich nicht daran, wie der Blitz in unsere Kirche schlug?«

»Ja, das habe ich nicht vergessen.«

Sie nickte. »So etwas vergißt sich nicht so leicht wie ein altes Weiblein. Aber nun erzählen Sie mir, wie geht es Ihrem Vater?«

»Er ist vor zwei Monaten gestorben.«

»Gestorben! Der schöne, stattliche Mann! Oh, Mister Gert, nach Ihrem Vater sahen sich alle Frauen um. Aber er hat keine angesehen als Ihre schöne, liebe Mutter. Sie war ein Engel, deshalb mußte sie so früh sterben. Und trotzdem hat Ihr Vater keine andere mehr angesehen. So sehr hat er sie geliebt. War das ein großes, heißes Glück, Mister Gert, als Ihre Eltern hier im Hause wohnten. Mir will immer scheinen, als sei ein Abglanz davon in den Wänden hängengeblieben, denn hier im Hause gibt es nur glückliche Menschen. Meine selige Miß Brown und ich, wir haben unsere Herzen gewärmt an diesem Glück. Es war zu groß, um von Dauer sein zu können. Ein kurzes Jahr, dann war es vorbei.«

Und Miß Flead wischte mit dem Schürzenzipfel die Augen aus, die feucht geworden waren.

»Ja, Miß Flead, mein Vater hat es mir erzählt.«

»Und es war doch so schwer erkämpft, dieses Glück. Ich weiß auch noch ganz genau, wie bang Ihrer Mutter ums Herz war, als sie damals abreiste, um ihrem hartherzigen Vater zu beichten, daß sie gegen seinen Willen geheiratet hatte.«

»So gut können Sie sich noch an jene Zeit erinnern?«

»Ganz genau; hier in unserem stillen Dorf wird man durch nichts abgelenkt. Man ist froh, wenn man etwas zu denken hat. Und ich lebe gern mit meinen Gedanken in der Vergangenheit. Ich sehe im Geist Ihre schöne junge Mutter noch so deutlich vor mir stehen wie damals, als sie im Reisekleid neben ihren fertiggepackten Koffern stand. Ich selbst hatte sie gepackt, Stück um Stück hatte ich hineingelegt. Am liebsten hätte sie alles hiergelassen bei Mann und Kind, wäre sie doch selbst am liebsten hiergeblieben. Aber sie nahm doch alles mit, damit der strenge Vater nicht gleich Verdacht schöpfen sollte. Sie hätten sie nur sehen sollen, so schön und gut, und so traurig über ihre Abreise.«

»Es ist rührend, liebe Miß Flead, daß Sie das alles so gut im Gedächtnis behalten haben.«

Die Alte nickte.

»Es war ja mein schönstes und interessantestes Erlebnis, außer meiner Reise mit Miß Brown nach Deutschland und Frankreich. Drüben in der Diele stand Ihre Mutter und zog die Handschuhe an. Und da sagte sie zu mir: Betty, hast du auch bestimmt meine schwarze Mappe mit den Papieren eingepackt, weißt du, wo ich meine Briefe und meinen Trauschein aufbewahrt habe? Den muß ich doch meinem Vater zeigen, sonst glaubt er es mir am Ende nicht, daß ich verheiratet bin.«

Jetzt sprang Gert auf. »Wie, Miß Flead, meine Mutter nahm einen Trauschein mit nach Deutschland?«

Die Alte nickte bestimmt.

»Nun ja doch. Sie hatte mich am frühen Morgen ins Pfarrhaus hinübergeschickt, ich sollte den Herrn Pfarrer bitten, er möge ihr schnell noch einen Trauschein ausfertigen, den sie für ihren Vater mitnehmen wolle. Den anderen, den Ihre Eltern gleich nach der Hochzeit vom Pfarrer bekommen hatten, den hatte Ihr Vater bei seinen Papieren, und er war nicht zugegen, sollte auch den einen Trauschein selbst behalten. Der Herr Pfarrer stellte mir auch gleich den Schein aus und bestellte noch viele Grüße an Mistreß Herfurt. Und wir legten den Trauschein in die schwarze Mappe, und die Mappe packte ich in den Koffer – ich weiß noch genau, zwischen die Hemden und die Nachthemden auf den Grund des einen Koffers hatte ich sie gelegt. Aber Ihre Mutter hatte das vergessen, weil gerade in dem Moment, als ich die Mappe einpackte, Ihr Vater nach Hause kam. Und da flog Ihre Mutter in seine Arme und vergaß alles andere darüber. Sie herzten und küßten sich, als wollten sie sich nicht wieder loslassen. Hätten sie es nur nicht getan, dann wäre Ihre liebe Mutter nicht so jung gestorben.«

Und wieder wischte Miß Flead die Augen. Gert aber sah starr vor sich hin. Er dachte an das, was Ruth ihm von den Koffern seiner Mutter erzählt hatte, daß darin noch ihre ganze Reiseausrüstung enthalten sei. Wie – wenn sich auch noch die schwarze Mappe darin befand und in derselben der zweite Trauschein?

Es war ihm schwer, seine Aufregung zu verbergen, aber er bezwang sich und sagte sich, er dürfe sich keinen trügerischen Hoffnungen hingeben. Jedenfalls hatte er aber in Miß Flead einen Zeugen gefunden, der jederzeit aussagen würde, daß seine Mutter in Longvillage geheiratet hatte.

»Wissen Sie, wie meine Mutter als Mädchen hieß, Miß Flead?«

»Ganz gewiß, Mister Herfurt, sie hieß Maria Bernd und war die Tochter von Henriette Bernd, der Cousine meiner hochseligen Miß Brown. Und ihr Vater war ein reicher, stolzer Kaufherr und hieß Rochus Bernd. O ja, Mister Gert, ich habe das alles gewußt, denn man hatte Vertrauen zu mir.«

Er faßte ihre Hand.

»Das könnten Sie alles beschwören, Miß Flead, nicht wahr?«

»Warum sollte ich nicht, Mister Gert, was man so genau weiß, kann man jederzeit beschwören.«

»Und können Sie sich vielleicht auch noch besinnen, wer die Trauzeugen meiner Eltern waren?«

Miß Flead überlegte einen Augenblick.

»Aber ja, das war der Lehrer Shmit und der Kaufmann Founed.«

»Sind diese noch am Leben?«

Die Alte schüttelte den Kopf.

»Nein, Mister Gert, die sind beide schon seit Jahren tot. Sie werden überhaupt niemand mehr finden, der Ihre Eltern kannte. Hier hat sich so viel geändert in den langen Jahren.« Und Miß Flead, froh einen willigen Zuhörer gefunden zu haben, erzählte ausführlich allerlei Historien aus Longvillage. Es hatte nichts davon Interesse für Gert, aber er hielt gutmütig still. Denn er war dankbar, wenigstens einen Zeugen gefunden zu haben. Und dann ging ihm auch der Gedanke an die schwarze Mappe im Kopf herum. Konnte es nicht möglich sein, daß sie noch existierte, daß sie noch in dem Koffer lag und der Trauschein noch darin verborgen war?

Als Miß Flead nach langer Zeit eine Atempause machte, erhob sich Gert.

»Ich will nun nicht länger stören, Miß Flead.«

Sie drückte seine Hand. »Mich stören? Sie mich stören? O nein, Mister Gert, ich würde Sie gern noch ein wenig hierbehalten.«

»Ich muß aber fort, Miß Flead, kann nicht länger bleiben, weil ich noch heute wieder abreisen möchte.«

»Heute schon? O wie schade! Aber ich verstehe, Sie haben gewiß eine junge Frau zu Hause, die auf Sie wartet.«

»Noch nicht, Miß Flead, bis jetzt noch nicht.«

»Aber es soll bald geschehen, nicht wahr, Sie wollen bald heiraten?«

Er lächelte.

»Ich hätte nichts dagegen, Miß Flead.«

Sie sah ihn mit ihren noch so jungen Augen freundlich an.

»Dann sollten Sie Ihre junge Frau einmal nach Longvillage bringen. Das möchte ich noch erleben.«

»Wenn es angeht, dann bringe ich sie Ihnen vielleicht auf der Hochzeitsreise. Sie wird sich sehr freuen, Sie kennenzulernen.«

»Also gibt es schon eine, die Sie fest im Auge haben, Mister Gert?«

»Ja, Miß Flead, es gibt eine, die mir sehr teuer ist, und ich hoffe, daß sie meine Frau wird.«

»Ei – dann grüßen Sie die junge Dame von Betty Flead, die Sie schon auf den Armen hielt, als Sie gerade erst das Licht der Welt erblickten und nicht größer waren als so.«

Damit maß sie mit den Händen die Größe eines Babys ab.

»Das will ich tun, Miß Flead. Und nun auf Wiedersehen!«

»Wenn Gott will, auf Wiedersehen. Es war mir eine große Freude.«

Sie brachte ihn zur Tür und winkte ihm nach. »Goodbye, Mister Gert, und glückliche Reise!«

Und sie stand eine ganze Weile in der bitteren Kälte und sah ihm mit feuchten Augen nach.

Gert ging nun nochmals zum Pfarrer und berichtete, was er erreicht hatte. Und er bat ihn, falls eine gerichtliche Vernehmung von Betty Flead nötig sein sollte, Miß Flead vorzubereiten.

Der Pfarrer versprach ihm das und lud ihn ein, mit ihm zu speisen, da der Zug erst in zwei Stunden gehe.

Gert willigte gern ein und plauderte angeregt mit dem Pfarrer. Als er nach zwei Stunden Longvillage verließ, sagte er sich, daß es ein reizendes Erdenfleckchen sei. Man könne hier sehr wohl einige Sommerwochen verleben.

Und er träumte von einem Glücksidyll an der Seite Ruth Alvings, und eine heiße Sehnsucht nach ihr erfüllte sein Herz.

Er reiste nach London, um mit seinem Verleger Rücksprache zu nehmen.

Diese geschäftliche Konferenz fiel ganz zu seiner Zufriedenheit aus. Er wurde auf Jahre hinaus vertraglich verpflichtet, da seine Übersetzungen hauptsächlich für große, wissenschaftliche Werke unübertroffen seien. Man sagte ihm auch, es sei gleichgültig, wo er seinen bleibenden Wohnsitz aufschlage, die Hauptsache sei, daß er auch ferner so mustergültige Übersetzungen liefern werde.

Mit frohem Herzen trat Gert nun die Rückreise an. Er machte Zukunftspläne aller Art. Wenn auch, schlimmstenfalls, aus der Erbschaft nichts wurde, dann wollte er sich mit Ruth ein schlichtes Heim gründen. Sie würden beide fleißig sein, er wollte doppelt so viel arbeiten wie zuvor, um ihr ein leidlich behagliches Leben schaffen zu können. Ruth konnte leichtere Unterhaltungslektüre übersetzen und er die schwereren, wissenschaftlichen Bücher. Sie würden in Deutschland bleiben, weil sie da entschieden billiger lebten als in England. Und da er seine Honorare in englischem Geld ausgezahlt bekam, konnten sie ziemlich sorglos leben. Es würde also auch dann alles gutgehen, wenn er die Erbschaft nicht erhielt. Aber noch war auch in dieser Beziehung nicht alles verloren, noch hatte er einige Hoffnung, ans Ziel zu gelangen.

Aber auch wenn er seine Erbansprüche durchsetzte, wollte er fleißig schaffen und arbeiten. Zum Nichtstuer war er nicht geboren. Auch dann wollte er seine Verträge mit seinem Verleger halten, denn einen festen Lebenszweck muß ein Mann haben. Ohne Arbeit, ohne einen festen Beruf mochte er nicht leben.

Aber Ruth sollte dann nichts sein als seine Hausfrau, seine geliebte Frau, seine gute Kameradin. Ein schönes Leben sollte es werden, so oder so, an ihrer Seite.

Und in bester Stimmung kam er in Berlin an und begab sich wieder ins Hotel Exzelsior.

Er fragte den Portier, ob der Brief an Fräulein Alving, den er zurückgelassen habe, mit der Post befördert worden sei, wie er es bestellt habe.

Der Portier gab ihm Auskunft.

»Nein, Herr Herfurt, der Brief ist von der jungen Dame selbst abgeholt worden. Ich selbst habe ihn ihr ausgeliefert.«

Gert sah ihn erstaunt an.

»Wie? Fräulein Alving hat sich den Brief selbst hier abgeholt? Das ist doch kaum möglich, sie wußte doch nicht, daß ich einen Brief für sie hier hinterlassen habe.«

Der Portier lächelte.

»Ganz recht. Die Dame rief kurz nach Ihrer Abreise an und fragte, ob Sie anwesend seien. Ich selbst gab ihr den Bescheid, daß Sie nach England abgereist seien und daß Sie einen Brief für Fräulein Alving in Villa Bernd hinterlassen hätten. Ich sagte ihr, daß ich den Brief sofort mit der Post abschicken würde, aber das dauerte ihr zu lange. Sie sagte, sie würde ihn gleich selbst abholen, ich solle ihn nicht absenden.«

Gert schüttelte den Kopf.

»Und – sie hat ihn wirklich selbst abgeholt?«

»Jawohl, Herr Herfurt.«

»Sie haben ihr den Brief selbst übergeben?«

»Ja, gewiß.«

Gert sah nachdenklich vor sich hin. Es erschien ihm seltsam, daß Ruth ihn im Hotel angerufen haben sollte.

»Wie sah die junge Dame aus? Können Sie sich erinnern?«

»Sehr gut, Herr Herfurt. Es war eine hübsche, junge Dame, etwa zweiundzwanzig Jahre alt, sehr brünett, schwarze, feurige Augen und sehr rote Lippen in einem etwas blassen Gesicht. Sie trug einen schwarzen Plüschmantel, mit schwarzem Pelz besetzt, und einen weichen, schwarzen Samthut mit Kreppstreifen und Schleier, einen Trauerhut.«

Gert hatte gestutzt. Diese Beschreibung paßte in keiner Weise auf Ruth – aber ganz genau auf Lena Bernd.

Was sollte das heißen? Wie kam Lena Bernd dazu, hier bei ihm anzurufen? Daß sie sich als Fräulein Alving ausgegeben hatte, wollte bei der abenteuerlichen Veranlagung der jungen Dame nicht viel heißen.

»Dahinter steckt eine neue Teufelei«, sagte sich Gert betroffen.

Jedenfalls mußte er damit rechnen, daß sein Brief an Ruth in Lena Bernds Hände gefallen war.

Was hatte er doch alles in jenem Brief geschrieben?

Er wiederholte sich den Inhalt in Gedanken, und seine Stirn zog sich immer finsterer zusammen. Hatte er mit seiner Vermutung, daß Lena den Brief abgeholt hatte, recht, wußte nun das Geschwisterpaar, daß er den Trauschein seiner Eltern nicht besaß und daß Kurt ihn mit der Brieftasche aus dem Wagenfenster geworfen hatte. Sie wußten dann auch, daß er in England war und zu welchem Zweck, wußten, daß er nicht die Absicht hatte, sie anzuzeigen, und daß er eventuell auf einen Vergleich hinarbeiten wollte.

Grimmig lachte er auf.

Wenn sie diesen Brief unterschlagen oder nur gelesen haben, dann haben sie wieder einen guten Fang gemacht. Gut, daß ich früher zurückkomme, als ich in dem Brief angegeben habe. Wer mag wissen, was sie wieder in Szene setzen. Nun, es läßt sich nicht ändern, und einmal mußten sie ja doch erfahren, daß ich das Dokument nicht mehr besitze und daß sie es mir gestohlen haben. Jetzt wollen wir sehen, wie sich die Sache weiterentwickelt. Es bleiben mir immerhin noch einige Chancen: Die Brieftasche kann auf das Inserat hin in der Villa Bernd abgegeben worden sein, in den Koffern meiner Mutter kann sich die schwarze Mappe mit dem Trauschein noch finden, und Doktor Jungmann kann mit Miß Fleads Zeugenschaft etwas in meiner Sache erreichen. Immerhin drei Möglichkeiten, wenn mir das Schicksal helfen will. Hat Lena Bernd wirklich meinen Brief hier abgeholt und sich widerrechtlich von dem Inhalt Kenntnis verschafft, dann sollte man wahrhaftig das gemeingefährliche Treiben dieser Dame unterbinden. Mit Frauen Krieg führen ist nichts für einen Mann, aber alles hat seine Grenzen.

24

Ruth hatte in der Nacht vom Sonnabend zum Sonntag sehr wenig geschlafen. Wenn auch die Hände nicht mehr so arg schmerzten, so hatte sie doch nur am Tag durch das Schlafpulver Erleichterung. In der Nacht fand sie keine Ruhe.

Der alte Heinrich und alle Dienstboten waren sehr nett und teilnahmsvoll zu ihr. Das Hausmädchen fragte am nächsten Morgen, ob sie ihr das Haar ordnen und beim Anzug helfen sollte. Ruth nahm das dankbar an, denn sie konnte die verbrannten Hände nicht gebrauchen.

Heinrich fütterte sie beim Frühstück wie eine besorgte Mutter ihr krankes Kind, und alle suchten ihr an den Augen abzulesen, was sie für sie tun konnten.

Ruth hatte sich sehr zeitig erhoben. Zu ihrer Erleichterung kamen heute am Sonntag die Geschwister Bernd nicht schon am frühen Morgen in die Villa. Sie gönnten sich ihren so sehr beliebten, lang ausgedehnten Morgenschlaf, denn sie waren ja nun darüber beruhigt, daß die Brieftasche samt dem Dokument vernichtet war.

So saß Ruth nach dem Frühstück mit traurigem Gesicht am Fenster des Wohnzimmers. Sie dachte darüber nach, wie Gert es aufnehmen würde, wenn sie ihm sagen mußte, was gestern geschehen war.

Mit einem Seufzer sah sie auf ihre verbundenen Hände, die sie in einer Tuchschlinge um den Hals ruhen ließ.

Als sie in den verschneiten Garten hinausblickte, bemerkte sie plötzlich Max Reichert, der in seinem sonntäglichen Konfirmationsanzug langsam am Gartenzaun entlangschlich und vorsichtig herüberspähte. Und als er Ruth am Fenster entdeckte, machte er ihr ein Zeichen, sie möge zu ihm herauskommen.

Ein wenig abgelenkt von ihren Gedanken, erhob sie sich und ließ sich draußen im Vestibül von Heinrich ein warmes Tuch um die Schultern legen. So ging sie hinaus.

Max Reichert machte ihr fortwährend Zeichen, die sie aber nicht verstand. Und er spähte immer wieder ängstlich zum Haus hin. Als Ruth bei ihm anlangte, fragte sie mit blassem Lächeln: »Was haben Sie nur, Max? Weshalb kommen Sie nicht herein? Sie wollen wohl das Geld für die gestrige Rechnung kassieren?«

Max atmete tief auf und trat vor Frost von einem Fuß auf den anderen.

»Det eilt nich, Fräulein Alving. Ick wollte man bloß wissen, ob det schwarze Fräulein im Haus ist.«

»Nein, Max, sie ist heute noch nicht hier, aber sie kann jederzeit kommen.«

Max sah die Straße entlang. »Na, in Sicht is sie vorläufig noch nich. Denn habe ick Zeit, mir mit Ihnen zu unterreden über 'ne wichtige Angelegenheit.«

Ruth lächelte. »Dann kommen Sie nur herein, Max. Warum haben Sie denn in der Kälte nicht einen der Mäntel angezogen, die ich Ihnen gestern gegeben habe?«

»Mutter will erst die Mottenlöcher stoppen, det sie nich weiter ausreißen können. Un ick soll Ihnen tausendmal Dank sagen von Muttern, sie war janz aus det Häuschen vor Freude un sitzt und flickt nu den janzen Sonntag, det allens in Ordnung kommt. Sie sind 'n Engel, hat Mutter gesagt, un det sag' ick ooch. Un deshalb bin ick nu janz früh am Sonntag raus, um Ihnen ooch mal 'ne Freude zu machen. Ick bringe Ihnen wat Scheenes, aber det jebe ick Ihnen erst drinnen in Nummer Sicher.«

Ahnungslos nickte ihm Ruth zu und sagte ihm, er möge an der Klingel ziehen, damit ihm aufgemacht würde. Max trat ein und verbeugte sich vor Ruth so feierlich, wie es ihm möglich war.

»Wat machen denn Ihre armen Händeken, Fräulein Alving? Haben Sie noch ville Schmerzen jehabt?«

»Es war zu ertragen, Max. Als der Arzt sie verbunden hatte, wurde es besser. Und ich weiß nun wenigstens, daß sie wieder ganz heil werden.«

»Na gottlob, Fräulein Alving, ick habe mir scheen erschrocken, als ick Ihnen so jaulen hörte. Die Schwarze hat det janze Malör angerichtet mit ihre Wanzenjeschichte. Ick habe et Muttern lieber jar nich erzählt, det wir Wanzen haben sollen, et hätte ihr krank jeärgert. Ick jloobe, die Schwarze hat die Brieftasche nur in't Feuer jeschmissen, um Ihnen zu ärgern. Sie hat so 'ne jiftige Visage jemacht. Aber – det hätt ick bald verjessen – Mutter läßt sagen, vor die scheenen warmen Sachen will sie jern zum Waschen und Scheuern kommen, Sie sollen nur sagen, wenn et Ihnen paßt.«

»Davon kann keine Rede sein, Max, die Sachen sind geschenkt, und Ihre Mutter muß doch verdienen mit ihrer Arbeit.«

»Na ja, det schonst, aber sie möchte man jerne ihre Dankbarkeit beweisen. Oder kann ick vielleicht sonntags hier im Jarten den Järtner mithelfen? Sonntags im Jarten arbeiten, det is mein Schwarm. Järtner wäre ick zu jern jeworden.«

»Läßt sich das nicht mehr machen?« fragte Ruth freundlich und gütig wie immer.

Er schüttelte seufzend den Kopf.

»Ick muß doch vadienen. Mutter kann mir nich durch die Lehre halten. Als Loofjunge vadiene ick jleich ordentlich, schon mit die Trinkjelder. Mutter hat's zu knapp mit die beeden andern Jören, die noch nischt vadienen.«

Und Max machte ein Gesicht wie ein sorgenvoller Familienvater. Ruth hätte ihm am liebsten tröstend über den blonden Schopf gestrichen.

Sie waren nun in das Vestibül getreten. Max kratzte auf dem Abstreicher fast die Stiefelsohlen kaputt, ehe er wagte, auf die Teppiche zu treten.

Heinrich sah erstaunt auf Max. Ruth sagte ihm lächelnd:

»Max will mir etwas Schönes sagen, Heinrich. Bitte, bestellen Sie doch in der Küche, daß ich ihn nachher hinunterschicke. Die Köchin soll ihm heute ein Sonntagsfrühstück geben.«

Heinrich nickte Max lächelnd zu. »Sie sind ja heute so fein, Max.«

Max strich an seinem Rock entlang. »Nich wahr, der reene Schentelmann, Herr Heinrich. Et is mein Konfirmantenanzug, den ick von die Vereinsdamen jekriegt habe, weil Mutter mir keenen schaffen konnte.«

Heinrich nickte ihm zu und ging nach der Küche, nachdem er die Tür zum Wohnzimmer geöffnet und hinter Ruth und Max Reichert geschlossen hatte.

»So, Max, nun sagen Sie mir, was Sie auf dem Herzen haben«, sagte Ruth und setzte sich.

Max hielt seine Mütze unter den Arm geklemmt und holte seine alte, zerschlissene Brieftasche hervor.

»Fräulein Alving, Sie haben doch jestern so sehr nach eenen Dokument jejault. War det Dokument in eener fremden Sprache jehalten?«

Erstaunt sah Ruth auf. »Allerdings, Max, in englischer Sprache.«

Max nickte befriedigt. »Na, denn hat ja allens seine Richtigkeit. Sie hätten Ihre armen Händekens nich in det Feuer zu stecken brauchen, det Dokument, det war nämlich nich mehr in die Brieftasche.«

Jetzt fuhr Ruth erblassend empor. »Max – Sie wollen doch nicht sagen, daß Sie das Dokument herausgenommen haben?«

Er erschrak ein wenig vor ihrer Heftigkeit. »Seien Sie

man bloß nich böse, Fräulein Alving, ick hatte ja keene Ahnung, det et een Dokument war, det olle, jelbe Papier. Ick meente ja nur, et hätte drin jestochen, damit die Brieftasche Stand kriegte. Un denn warf ick et in de Makulatur und steckte andres Papier rin.«

Ruth las jedes Wort von seinen Lippen.

»Und? Max – lieber Max, um Gottes willen, wo ist das Dokument geblieben?« fragte sie wie außer sich.

»Man mit die Ruhe, Fräulein Alving, et is da, et is allens in scheenster Ordnung. Ick hätte Ihnen det jestern schon jern jesagt, aber da wußte ick nich, ob Mutter de Makulatur nich vakooft hatte, un denn hätte ick Ihnen bloß uffjeregt.«

Und Max erzählte nun ausführlich seine Ängste und Nöte von gestern und wie er das Dokument gefunden hatte.

Ruth standen die Tränen in den Augen. »Max, sprechen Sie die Wahrheit?«

Er hatte das Kuvert aus seiner Brieftasche genommen, und sie wollte danach fassen. Aber er wehrte ab.

»Nehmen Sie man bloß Ihre Händeken in acht! Ick werde Ihnen det Dokument rausnehmen aus det Kuvert un Ihnen vor die Oogen halten, det Sie es nicht noch zerreißen, et is so klötrig.«

Und er tat, wie er gesagt hatte.

Ruth liefen die hellen Tränen über die Wangen. »Max, lieber Max, Sie sind ein Prachtmensch! Was tue ich Ihnen nur an, vor lauter Freude? Sie haben ja keine Ahnung, was dies Papier für einen Wert hat. Ich kann Ihnen das auch nicht klarmachen. Aber jetzt legen Sie schnell das Dokument wieder in das Kuvert, und stecken Sie es hier in dies Buch, das auf dem Tisch liegt. So. – Und nun geben Sie mir das Buch unter den Arm, daß ich es sicher halten kann. Danke, Max! Und Sie sollen gut belohnt werden. Vor allen

Dingen – warten Sie – drücken Sie bitte zweimal auf die Klingel dort.«

Max war nun auch sehr erregt und klingelte aus Leibeskräften. Heinrich kam herein.

Ruth sah ihn schluchzend an.

»Heinrich, das Dokument – es ist nicht verbrannt, Max hat es mir gebracht!« stieß sie erregt hervor und erzählte dem alten Diener alles.

Er strahlte über das ganze Gesicht.

»Ach, Fräulein Ruth, nun haben Sie sich doch nicht umsonst die Finger verbrannt. Max wäre wohl nicht auf das Dokument aufmerksam gemacht worden, wenn er der Verbrennungsszene nicht beigewohnt hätte. Es wäre dann wohl in der Makulatur unbeachtet liegengeblieben.«

»Is det olle Ding denn wirklich so ville wert?« fragte Max.

Ruth lachte und weinte durcheinander.

»Ja, ja, es hat einen großen Wert. Aber Sie dürfen keinem Menschen sagen, daß Sie es mir gebracht haben.«

»Aha, die Schwarze un ihr Herr Bruder, die möchten et wohl jern aus der Welt schaffen?«

»So ist es. Es handelt sich um eine Erbschaft. Später erzähle ich Ihnen das einmal. Jetzt habe ich keine Zeit, das schwarze Fräulein kann jeden Augenblick kommen. Und Sie sollen doch nun erst einmal Ihre Belohnung bekommen. Heinrich, holen Sie mir mal die Kassette mit dem Wirtschaftsgeld herüber.«

Heinrich verschwand und kam nach kurzer Zeit zurück.

»So, Heinrich, hier im Schlüsselkorb sind die Schlüssel zur Kassette. Bitte, schließen Sie auf. In einem Kuvert obenauf liegt eine Anzahl Scheine, die Herr Herfurt als Finderlohn für die Brieftasche ausgesetzt hat. Max hat die Brieftasche gefunden, er soll auch das Geld haben.«

Max stand wie von einem Starrkrampf befallen und

starrte Ruth und den alten Diener an. Und als Heinrich ihm die Geldscheine hinhielt, stieß er einen tiefen Atemzug aus und wischte sich über die Augen, als träume er. Ganz blaß war er geworden.

»Det ville Jeld soll ick doch nich etwa haben?« keuchte er.

Ruth lachte. »Doch, Max, dieses Geld hat der Herr, dem die Brieftasche gehörte, als Finderlohn für den ehrlichen Finder ausgesetzt.«

Max stöhnte, als wollte er verscheiden. Und Ruth mit einem jammervollen Blick ansehend, sagte er ganz gebrochen:

»Ach, Fräulein Alving, ick bin doch jar keen ehrlicher Finder! Ick habe doch die Brieftasche jar nich abliefern wollen. Ick wollte ihr behalten, weil ick doch dachte, et hätte ihr 'n reicher Mann wegjeschmissen. Un vabrannt is sie ooch noch. Wie kann ick denn da Finderlohn beanspruchen?«

Ruth und Heinrich lachten.

»Nehmen Sie nur, Max, die Hauptsache war das Dokument, und das haben Sie doch ehrlich abgeliefert. Und ich werde Herrn Herfurt, der nun durch dies Papier eine große Erbschaft macht, erzählen, was Sie für ein braver Bursche sind, und wenn er auf meine Bitte etwas gibt, dann wird er dafür sorgen, daß Sie Gärtner werden können.«

Max bekam einen roten Kopf, er wollte um keinen Preis in unmännliche Tränen ausbrechen und hätte doch am liebsten losgeheult. Mit halberstickter Stimme fragte er:

»Kann ick mal 'n bißchen raus in den Jarten jehen? Ick will mal bloß uff den Schnee 'n paar Purzelbäume schlagen, sonst stick ick, ick kriege keene Luft.«

Und er eilte hinaus, und Ruth und Heinrich sahen lachend, wie er in toller Freude einen Purzelbaum nach dem andern schlug. Als er sich ausgetobt hatte, blieb er prustend und schnaufend stehen und klopfte den Schnee von seinem Anzug. Dann sah er ein wenig verlegen zum Fenster hin und ging langsam und gesittet wieder hinein.

»Ick bitte ville Male um Entschuldigung, Fräulein Alving, aber wenn et eenen packt, denn packt et eenen. Ick freue mir zu sehr. Wat Mutter bloß sagen wird. Darf ick wirklich die fünftausend Märker instecken?«

»Ja, Max, aber vergessen Sie nicht, daß Sie schweigen müssen. Die schwarze Dame und ihr Bruder dürfen nicht erfahren, daß das Dokument noch existiert.«

Max tippte an seine Stirn. »Na, ick bin doch nich dämlich, Fräulein Alving, ick werde ihr wat pusten. Die Wanzen, die lasse ick nich uff Muttern sitzen, die streich ick ihr noch an.«

Und mit liebevoller Sorgfalt packte Max die fünf Tausendmarkscheine in seine Brieftasche. Dabei kam ihm die noch unbezahlte Rechnung vom Vortag in die Hand.

»Und wat die Rechnung anbelangt – kann ick det Jeld mitnehmen? Sonst komme ick morgen noch mal ran.«

»Nein, Sie können das Geld gleich haben. Bitte, Heinrich, zahlen Sie aus, aber legen Sie die quittierte Rechnung in die Kassette, daß ich Belege habe.«

Als das geschehen war, sagte Heinrich:

»Nun verlieren Sie aber die Brieftasche nicht, Max.«

»I, wo werd ick denn, lieber den Kopp als die Brieftasche. Herrgott, wat bin ick heute reich!«

»Eine etwas bessere Brieftasche sollen Sie von mir haben, Max, ich suche sie heraus, ich habe eine abgelegte und bringe sie Ihnen dann in die Küche, wenn Sie frühstücken.«

Max jauchzte auf. »Heut is 'n Tag! Wenn ick man nich meschugge werde vor Jlück.«

Ruth lachte herzlich. »Stärken Sie sich nur erst in der Küche. Und dann können Sie heimgehen zu Ihrer Mutter. Aber wenn Ihnen nachher die schwarze Dame und ihr Bruder begegnen sollten und Sie fragen, was Sie in der Villa Bernd gewollt haben, was werden Sie dann sagen?«

Max lachte schlau.

»Die werde ick wat erzählen. Ick werde ihr sagen, det ick noch 'n paar Wanzen jebracht habe und nebenbei die Rechnung inkassiert habe. Von det Dokument erfährt sie nischt, dadruff können Sie Jift nehmen. Wat so 'n richtiger Berliner Junge is, der hat immer die große Klappe, bloß nich, wenn er det Maul halten soll.«

Ruth war überzeugt, daß Max nicht schwatzen würde. Sie ließ Heinrich das Buch mit dem Dokument in ihre Geldkassette legen, ließ diese abschließen und trug sie, unter ihren Arm geklemmt, hinauf in ihr Zimmer in ein sicheres Versteck. Und ihre Seele war voll Dankbarkeit gegen den Himmel.

25

Als Max Reichert nach einem reichen Frühstück in der Küche wieder hinaufkam in das Vestibül, um Heinrich zu fragen, ob er heimgehen könne, waren inzwischen die Geschwister Bernd angekommen. Sie sahen Max erstaunt an.

»Was wollen Sie denn schon wieder hier?« fragte Kurt.

Max wandte sich mit seiner Antwort an Lena.

»Det Jeld vor die Rechnung hab ick mir jeholt un noch 'n paar Wanzen mitjebracht vielleicht. Det will ick Ihnen man sagen, Fräulein, die Wanzen lasse ick nich uff Muttern sitzen. Wer weiß, wat Sie jesehen haben un warum Sie die scheene Brieftasche int Feuer jeschmissen haben.«

Kurt sah wütend auf den kampfesmutigen Jungen, der die Hausfrauenehre seiner Mutter verteidigte.

»Halten Sie den Mund und machen Sie, daß Sie hinauskommen.«

Max ließ sich nicht imponieren.

»Ick bin doch nich bei Ihnen uff Besuch, ick habe hier im Hause jeschäftlich zu tun, un nu jehe ick von alleene, aber nich, weil Sie mir rausweisen.«

Jetzt kam Ruth die Treppe herab. Sie hatte den Wortwechsel gehört.

»Gehen Sie jetzt, Max, Ihr Geld haben Sie ja.«

Er dienerte artig.

»Jawoll, Fräulein Alving, wenn Sie mich det sagen, denn is det Sache. Adjes, un vielen Dank ooch un jute Besserung vor die armen Händekens. Wer dran schuld is, det Sie Ihnen vabrannt sind, den soll der liebe Jott strafen. Adjes, Fräulein Alving.«

Und Max verließ als Sieger das Haus.

Kurt wandte sich brüsk an Ruth. Sein und seiner Schwester Auftreten war seit gestern bedeutend siegessicherer geworden.

»Warum beschweren Sie sich nicht bei dem Prinzipal dieses Lümmels, daß dieser ein so freches Auftreten hat?« herrschte Kurt Ruth Alving an.

Sie blieb auf der Treppe stehen und sah ihn groß an.

»Max ist kein frecher Lümmel, sondern ein braver Bursche, und ich habe nie ein freches Auftreten an ihm wahrgenommen.«

»So? Haben Sie nicht gehört, wie er sich eben mir gegenüber benommen hat?« fragte Lena hochmütig.

»Er läßt sich nichts gefallen und verteidigt seine Mutter, die er beleidigt glaubt, weil Sie an der Brieftasche, die

Sie ins Feuer warfen, eine Wanze entdeckt haben wollten.«

In diesem Augenblick erschien Gert Herfurt am Eingang des Vestibüls. Max Reichert war ihm an der Gartenpforte begegnet und hatte ihn eintreten lassen. So hatte er nicht zu klingeln brauchen und stand nun im Vestibül, ohne daß ihn jemand bemerkte. Ruth konnte auch er nicht sehen, da sie auf der Treppe stand und von einer Säule verdeckt wurde. Er hörte nur ihre Stimme. Und die Geschwister Bernd drehten ihm den Rücken zu. So hörte er noch, unbemerkt, die folgende Unterhaltung:

»Sie nehmen also den Bengel noch in Schutz«, sagte Kurt wütend. »Hier ist ja ein unglaublich schlampiger Ton eingerissen, die Dienerschaft spielt sich als Herrschaft auf. Das wird bald anders werden, verlassen Sie sich drauf. Wann gedenken Sie überhaupt endlich dies Haus zu verlassen?«

Ruth wurde sehr bleich, sah ihn aber stolz und ruhig an.

»Sobald ich Schlüssel und Wirtschaftsbücher in die Hände des rechtmäßigen Erben gelegt habe.«

»Dann liefern Sie sie uns ruhig aus, denn wir sind die rechtmäßigen Erben, wir haben keine Lust, länger hinter einem Schwindler zurückzustehen. Geben Sie die Schlüssel her.«

Ruth richtete sich hoch auf.

»Wahren Sie Ihre Zunge! Wenn Sie mit dem Schwindler Herrn Herfurt meinen sollten, dann wird er Sie zur Verantwortung ziehen, wenn er zurückkommt. Ihnen liefere ich die Schlüssel ganz bestimmt nicht aus. In meinen Augen ist nur Herr Herfurt der rechtmäßige Erbe, so wie es sein Großvater gewollt hat.«

»Seien Sie nicht so frech!« schrie Kurt sie an.

In diesem Moment stand plötzlich Gert Herfurt wie

aus der Erde gewachsen vor ihm und sagte mit metallisch klingender Stimme:

»Was erlauben Sie sich? Wie können Sie es wagen, so zu einer Dame zu sprechen, die unter meinem Schutz steht?«

Ruth war freudig zusammengezuckt bei seinem Erscheinen und lehnte, tief errötend, aber mit leuchtenden Augen, am Geländer der Treppe.

Kurt duckte sich feige vor Gerts drohendem Blick. Auch Lena verließ einen Moment ihre trotzige Unverfrorenheit. Sie stellte sich neben den Bruder.

Dieser ermannte sich. Die Gewißheit, daß das Dokument verbrannt war, machte ihm Mut.

»Mit welchem Recht treten Sie hier auf wie der Hausherr? Sie haben gar nichts hier zu sagen. Wir sind hier die einzig berechtigten Erben, und wer hier nichts zu suchen hat, kann sich entfernen. Komm, Lena!«

Kurt zog die Schwester schnell mit sich fort ins Wohnzimmer und schloß die Tür hinter sich. Er war allerdings froh, daß er Gerts Blick nicht mehr ertragen mußte.

Dieser lachte grimmig hinter den beiden Geschwistern her und wandte sich nun erst nach Ruth um. Und als er sie jetzt erblickte, die beiden Hände verbunden und in der Schlinge, schrie er auf.

»Ruth! Um Gottes willen, was ist mit Ihren Händen?« Diesen Schrei vernahm Heinrich und kam erschrocken herbei.

Ruth atmete tief auf. »Es ist nicht schlimm, ich habe mich verbrannt.«

»Wie ist das geschehen?« fragte er mit blassem, verstörtem Gesicht.

Sie errötete. »Ich war unvorsichtig, Herr Herfurt.«

»Nein, nein, glauben Sie diesmal nicht, was Ihnen Fräulein Ruth erzählt. Lassen Sie mich das erzählen, sonst erfahren Sie diesmal nicht die Wahrheit.«

Und Heinrich erzählte ausführlich und getreu, was sich gestern im Wohnzimmer abgespielt hatte.

Gert wechselte in tiefster Erregung die Farbe. »Ruth! Ruth, wie konnten Sie mir das antun? Wie konnten Sie Ihre lieben Hände in Gefahr bringen? Mag doch das Dokument verbrannt sein – aber Ihre Hände, Ruth, Ihre Hände«, stammelte er außer sich.

Ihre Augen leuchteten zu ihm auf, und der alte Heinrich erkannte mit einem Mal, was die beiden jungen Menschen zueinander zog. Mit einer hastigen Entschuldigung, er müsse das Silber putzen, verschwand er eilig im Souterrain, die beiden Liebenden allein lassend.

Ruth hatte sich gefaßt. »Meine Hände werden wieder heil, Herr Herfurt, und – und gottlob, das Dokument ist nicht verbrannt, wie ich glaubte. Der brave Max Reichert hatte es vorher aus der Brieftasche genommen und so gerettet.«

Gert sah jetzt, daß sie allein waren, und nun konnte er sich nicht mehr beherrschen. Er nahm Ruth aufatmend in seine Arme und sagte tief erregt:

»Ruth, meine Ruth – laß jetzt das Dokument. Wenn du wüßtest, welch ein furchtbarer Gedanke es für mich ist, daß du Schmerzen leiden mußtest um meinetwillen. Sag, mein Liebling, tut es sehr weh? Ich ertrage es nicht, dich leiden zu sehen.«

Lächelnd und erglühend sah sie zu ihm auf.

»Es tut nicht mehr weh, und ich bin so glücklich, Gert, daß ich dir das Dokument ausliefern kann.«

Tief sahen sie sich in die Augen, und Gert zog die schlanke Mädchengestalt mit unbeschreiblicher Zartheit fest in seine Arme, damit er ihren wunden Händen nicht weh tat. Und ihre Lippen fanden sich im ersten heißen Kuß der Liebe.

Dann sahen sie einander selig in die leuchtenden

Augen. »Meine Ruth – mein kostbarstes Gut, daß ich dich nur habe, daß du nur mein bist. Ich liebe dich so namenlos.«

»Wie ich dich, mein Gert. Aber nun höre erst, wie sich alles zum Guten gewendet hat.«

Und hastig und erregt erzählte sie ihm, wie der Trauschein vor der Vernichtung bewahrt blieb. Er hörte ihr zu, immer wieder seine Lippen auf ihre verbundenen Hände drückend. Als Ruth mit ihrem Bericht zu Ende war, sagte sie:

»Die Geschwister Bernd haben keine Ahnung, daß Max Reichert mir das Dokument gebracht hat. Irgendwie müssen sie aber die Überzeugung gewonnen haben, daß es dennoch in deiner Brieftasche verborgen war, denn sonst hätte Lena Bernd sie wohl nicht in das Feuer geworfen. Irgendeinen Grund muß sie doch dafür gehabt haben.«

Gert lachte verächtlich auf. »Das kann ich dir wahrscheinlich erklären, Ruth. Wie hast du meinen Brief bekommen?«

Sie sah ihn erstaunt an. »Mit der Post natürlich.«

»Du hast ihn also nicht im Hotel abgeholt?«

Sie schüttelte betroffen den Kopf. »Nein, wie sollte ich?«

»Du hast auch nicht im Hotel angerufen, ob ich anwesend bin?«

»Nein, ganz gewiß nicht.«

Er nickte. »Ich wußte es. Also, laß dir sagen, daß Lena Bernd unter falschen Vorspiegelungen den Brief, der für dich bestimmt war, gleich nach meiner Abreise im Hotel abholte, ihn natürlich gelesen und ihn erst danach mit der Post an dich abgeschickt hat.«

Ruth zuckte zusammen. »Mein Gott, so wußte sie also ganz genau, daß sich das Dokument in der Brieftasche befand! Ich dachte es mir doch. Nun kann ich mir auch ihr ganzes Verhalten erklären. Sie waren durch den Brief genau über alles orientiert. Deshalb besaßen Sie die Unverfrorenheit, wieder hier herauszukommen und sich als die Herren aufzuspielen. Sie kamen am frühen Morgen und gingen am späten Abend und ließen keinen Menschen ohne Kontrolle aus und ein gehen. Ich glaubte, es sei nur Mißtrauen gegen mich, aber jetzt verstehe ich. Sie warteten darauf, daß die Brieftasche hier abgegeben werden könne, und waren wahrscheinlich fest entschlossen, das Dokument um jeden Preis an sich zu bringen.«

»So wird es sein, mein Liebling.«

»Mein Gott, Gert, was sind das für hartnäckige Verbrecher. Das erklärt auch ihr unverschämtes Auftreten. Sie fühlen sich schon als die Herren, weil sie bestimmt zu wissen glauben, daß der Trauschein deiner Eltern mit der Brieftasche verbrannt ist.«

Er küßte sie zärtlich. »Ganz blaß ist mein süßes Herz geworden vor Entsetzen über diese beiden Verbrechernaturen.«

Ruth nahm die Hände aus den Schlingen und legte die Arme um seinen Hals. »Gert – lieber Gert, wie froh bin ich, daß du wieder bei mir bist.«

Er drückte sie fest an sein Herz.

»Liebling, jetzt kann ich dich doch endlich richtig umfassen. Aus Angst, dir an den Händen weh zu tun, konnte ich dich noch gar nicht fest in meine Arme nehmen. Meine liebe, süße Ruth, nun soll uns nichts mehr trennen.«

Und wieder fanden sich ihre Lippen in einem langen, innigen Kuß. Sie vergaßen alles um sich her und wußten nur eins, daß sie sich liebten und angehörten für alle Zeit.

In ihre selige Versunkenheit hinein tönte plötzlich das Öffnen einer Tür und dann ein höhnisches Lachen. Lena Bernd stand auf der Schwelle des Wohnzimmers, und hinter ihr erschien jetzt Kurt, als sie laut und spöttisch ausrief:

»Sie dir das an, Kurt, so ehrt man das Andenken eines verstorbenen Wohltäters, indem man in dem Trauerhaus eine Liebschaft anfängt mit irgendeinem hergelaufenen Betrüger.«

Die Liebenden waren zusammengezuckt, und Ruth sah erbleichend in Gerts Gesicht, dem die Zornesröte in die Stirn trieb. Aber sanft und sorgsam löste er erst Ruths Hände von seinem Hals, ehe er sich stolz aufrichtete und dicht vor die beiden Geschwister hintrat.

»Danken Sie es dem Umstand, daß Sie eine Frau sind, daß ich Sie nicht niedergeschlagen habe. Noch ein Wort gegen meine Braut, und Sie sollen mich von einer Seite kennenlernen – alle beide –, von der Sie mich noch nicht kennengelernt haben. Es ist eine große Unverfrorenheit, daß Sie es gewagt haben, in dies Haus zurückzukehren. Haben Sie vielleicht Ihren verstorbenen Wohltäter, meinen Großvater, damit geehrt, daß Sie das Verbrechen in sein Haus trugen? Daß Sie es wagen, hier zu stehen, mir in die Augen zu sehen und meine Braut und mich zu verunglimpfen, zeugt von Charaktereigenschaften, um die ich Sie nicht beneide. Sie haben mich erst betäubt und beraubt, dann haben Sie einen Brief von mir an Fräulein Alving unter betrügerischen Angaben an sich gebracht, haben ihn widerrechtlich geöffnet und gelesen, haben sich dann hier im Haus von früh bis spät festgesetzt, um die als wertlos fortgeworfene Brieftasche, falls sie ein ehrlicher Finder brächte, abzufangen, weil Sie aus meinem Brief gelesen hatten, daß sich der Trauschein meiner Eltern darinnen befand. Sie haben dann diese Brieftasche, mein Eigentum, in das Feuer geworfen unter betrügerischen Vorspiegelungen und haben Fräulein Alving gehindert, sie zu retten. Und jetzt stehen Sie mit frecher Stirn noch immer hier. Dazu gehört allerdings eine große Dosis Unverschämtheit. Ich will Ihnen gleich noch sagen, daß ihr verbrecherischer Anschlag, das Dokument zu vernichten, zum zweitenmal mißlungen ist. Die Gerechtigkeit hat gesiegt. Der brave Laufbursche Max Reichert hat meiner Braut heute das Dokument gebracht, das er aus der Brieftasche herausgenommen und durch ein Stück Zeitungspapier ersetzt hatte. Es befindet sich gottlob wieder in meinen Händen. Und nun hinaus mit Ihnen aus dem Haus meines Großvaters, das Sie mit Ihrer Gegenwart verpesten, hinaus, wenn ich Sie nicht sofort durch die Polizei festnehmen lassen soll. In fünf Minuten befinden Sie sich außerhalb dieses Grundstücks.«

Und mit drohender Gebärde zeigte er gebieterisch zur Tür.

Kurt und Lena hatten erst versucht, seine Rede zu unterbrechen. Zuerst zeigten sie ein spöttisches, höhnisches Lächeln. Aber das verging ihnen mehr und mehr, und als Gert davon sprach, daß das Dokument wieder in seinem Besitz war, wurden sie sehr bleich, und ihre Gesichter verzerrten sich.

Inzwischen war Heinrich, von Gerts lauter Stimme angelockt, herbeigekommen und nahm nun Kurts und Lenas Überkleider vom Garderobenständer. Er hielt sie ihnen hin, als Gert geendet hatte und nun nach der Uhr sah, um die fünf Minuten abzulesen. Da ermannte sich erst Lena, riß Heinrich Mantel und Hut aus den Händen und eilte wie in wilder Flucht hinaus. Kurt folgte ihr nicht weniger eilig. Sie fürchteten, da nun alles verloren war, auch noch Bekanntschaft mit der Polizei zu machen.

Gert, Ruth und Heinrich standen reglos, bis draußen die Gartenpforte ins Schloß fiel mit einem harten Knall. Dann sagte Heinrich, die Hände gefaltet zum Himmel streckend:

»Gottlob, jetzt ist die Luft rein. Sie sind hoffentlich zum letzten Male hiergewesen.«

Gert legte seinen Arm um Ruth. »Heinrich, Sie haben

treu zu uns gehalten. Ich stelle Ihnen Fräulein Ruth als meine liebe Braut vor. Sie wissen wahrscheinlich ebenso, wie es Doktor Jungmann und auch meine Braut sicher gewußt haben, daß mein Großvater, ehe er von meiner Existenz wußte, in Ruth Alving seine Haupterbin sah. Sie sehen, der Himmel fügt alles zum Guten und Rechten. Ich werde Ruth Alving als meine liebe Frau an die Stelle setzen, die ihr mein Großvater zugedacht hatte. Und Sie selbst, Heinrich, sollen ein geruhsames Alter in diesem Haus verleben, wie es Ihnen mein Großvater auch zugedacht hatte.«

Der alte Diener rang mit seiner Ergriffenheit.

»Gott lohne es Ihnen, gnädiger Herr, und er schenke Ihnen und Fräulein Ruth ein volles, reiches Glück, wie Sie beide es verdienen.«

Gert und Ruth faßten die Hände des alten Mannes und nickten ihm lächelnd zu. Innig umschlungen ging das Brautpaar nun ins Wohnzimmer. Und hier erzählte Gert von dem Erfolg seiner Reise.

Als er von der schwarzen Mappe sprach, horchte Ruth auf.

»Ja, Gert, ich entsinne mich. Zwischen der Wäsche deiner Mutter lag eine schwarze Mappe. Es fiel mir auf, daß zwischen der weißen Wäsche ein schwarzer Gegenstand lag. Geöffnet habe ich die Mappe nicht. Es ist also schon möglich, daß sich in dieser Mappe noch ein Duplikat des Trauscheins befindet. Dann hätte ich mir freilich ganz umsonst meine Hände verbrannt.«

Er küßte zärtlich die verbundenen Hände.

»Nicht umsonst, mein süßes Herz, du hast mir dadurch einen Beweis deiner großen opfermutigen Liebe gegeben. Das werde ich nie vergessen.«

Sie sah ihn innig an. »Laß uns gleich auf den Speicher hinaufgehen, Gert, wir wollen die schwarze Mappe durchsehen.«

Sie klingelte nach Heinrich und bat ihn mitzugehen. Er möge die Schlüssel holen.

Und sie begaben sich auf den Speicher. Gert öffnete die Koffer seiner Mutter mit einem seltsamen Gefühl. Wie ein Heiligtum berührte er die Kleider, die seine Mutter getragen hatte. Und wirklich lag die schwarze Mappe zwischen der weißen Wäsche. Gert öffnete sie und fand darin nicht nur den Trauschein seiner Eltern, sondern auch alle Papiere seiner Mutter, dazu Briefe seines Vaters aus der Zeit, da seine Eltern noch nicht verheiratet waren.

Gert nahm nur die Papiere heraus, die er brauchte. Alles andere legte er wieder in die Mappe zurück und schloß sie in den Koffer. Das waren Heiligtümer, die keine fremde Hand berühren sollte. Nun besaß Gert doppelte Ausweispapiere. Die Herzen voll Freude, stiegen sie wieder hinab. Gert blieb zum Mittagessen, er behauptete lächelnd, daß er Ruth füttern müsse wie einen Vogel. Und mit zärtlicher Fürsorge steckte er ihr Bissen für Bissen in den Mund.

Nach Tisch machten sie Zukunftspläne. Gert wollte am nächsten Morgen zu Doktor Jungmann gehen und nun in aller Form seine Erbansprüche stellen. Ruth sollte ruhig bis zur Hochzeit in der Villa Bernd bleiben, und Gert wollte solange im Hotel wohnen. Das war ein triftiger Grund für ihn, die Hochzeit möglichst zu beschleunigen.

»Wenn deine Hände heil sind, Liebste, halten wir in aller Stille Hochzeit. Ich will nicht länger warten. Wie die Verhältnisse liegen, ist es das beste für uns, die Verlobungszeit abzukürzen. Inzwischen werden meine Erbansprüche geregelt, und dann wollen wir glücklich sein, meine Ruth. Mein Großvater würde es sicher nicht anders haben wollen.«

Ruth lehnte den Kopf an seine Schulter. »Der liebe Gott hat es so gut mit mir gemeint, Gert.«

»Und mit mir erst recht, Liebste. So glücklich fühle ich mich, daß ich etwas recht Gutes tun möchte, um mir mein Glück zu verdienen.«

Sie sah ihn schelmisch an. »Soll ich dir gleich Gelegenheit dazu geben, Gert?«

Er küßte ihre lächelnden Lippen.

»Tu es, mein Herz.«

Da erzählte sie ihm von Max Reichert und seiner armen Mutter, von seinem Wunsch, Gärtner zu werden, und von seiner unverzagten Tüchtigkeit.

»Sieh, Gert, der arme Bursche könnte bei unserm Gärtner in die Lehre gehen und könnte mit seiner Mutter und seinen Brüdern die kleine Wohnung über der Garage beziehen, die ohnedies leersteht. Sie war von Onkel Rochus als Wohnung für einen verheirateten Chauffeur gedacht. Unser Chauffeur wohnt aber drüben mit dem Gärtner zusammen, weil er Junggeselle ist. Er denkt auch nicht daran, zu heiraten. Ist es nicht schade, wenn die kleine Wohnung leersteht? Die Mutter von Max Reichert, die ihren Mann durch den Krieg verloren hat, könnte hier im Haus bei der Wäsche helfen, und im Sommer kann sie der Gärtner mit anstellen. Da müssen wir ohnedies immer Leute zur Gartenarbeit haben. Die Frau ist ordentlich und tüchtig, und schließlich hat der brave Max eine Extrabelohnung verdient.«

Er hatte ihr lächelnd zugehört. Nun küßte er andächtig ihre Augen. »Die erste Bitte meiner Braut gilt dem Wohltun, der Barmherzigkeit. Das sieht dir ähnlich, mein liebes, süßes Herz. Und deine Bitte soll selbstverständlich erfüllt werden. Du kannst Max Reichert sein Glück verkünden, wenn er wiederkommt.«

»Ich danke dir, Gert. Unser Glück wird reicher und schöner, wenn wir ein Quentchen davon an Bedürftige abgeben.«

Wieder küßte er ihre Augen. »Wie ich dich liebe, deines gütigen Herzens wegen, meine Ruth.«

Noch eine Stunde saßen sie beisammen. Sie sprachen auch davon, wie sich Gert ihre Zukunft ausgemalt hatte für den Fall, daß er nicht seine Erbansprüche hätte beweisen können. Er sagte ihr, daß er willens sei, seine Verträge zu halten und fleißig zu arbeiten.

»Laß mich dir helfen dabei«, bat sie lebhaft.

Er streichelte ihre Hände. »Wenn diese fleißigen Hände die Zügel des Hauswesens führen, werden sie auch ohnedies nicht müßig sein. Aber wenn du in deinen Mußestunden in mein Arbeitszimmer kommen und mir helfen willst, werde ich dich immer willkommen heißen. Wir wollen nach Kräften das Unsere tun.«

»Das wollen wir, Gert.«

Am nächsten Tage suchte er den Notar auf und übergab ihm alle nötigen Papiere mit der Bitte, nun unverzüglich alles Nötige in die Wege zu leiten. Gert erzählte Doktor Jungmann offen, was die Geschwister Bernd noch in seiner Abwesenheit vollbracht hatten, und der Notar sagte empört:

»Eigentlich müßte man diese Verbrechernaturen unschädlich machen, aber ich verstehe, daß Sie in ihnen den Namen Bernd schonen wollen. Das ist ihr Glück.«

26

Die nächsten Wochen vergingen den Liebenden sehr schnell. Es gab viel für sie zu tun. Ohne Schwierigkeiten wurde Gert zum Erben seines Großvaters eingesetzt. Er hatte den Geschwistern Bernd mitteilen lassen, daß er Ihnen dieselbe Summe, die sie bisher von seinem Großvater erhalten hatten, in Zukunft ebenfalls anweisen lassen würde. Diese Zuwendung werde aber sofort erlöschen, wenn sie sich noch irgendwelcher feindseliger oder verbrecherischer Vergehen schuldig machen würden.

So hatte Gert auf Anraten des Notars verfügt.

Als der Notar ihn fragte, ob er nicht auch etwas für Fräulein Alving zu tun gedenke, sagte Gert lachend:

»Mit ihr teile ich nicht nur mein ganzes Erbe, sondern auch mein ganzes Leben in Zukunft. Ruth Alving ist meine Braut.«

Da hatte ihm der Notar herzlich gratuliert.

»Das wird völlig im Sinne des Erblassers sein, Herr Herfurt. Wenn es für uns Menschen wirklich einen Rückblick gibt aus den Gefilden der Seligen, dann wird Rochus Bernd sehr zufrieden auf Sie und Ihre Braut herabblicken.«

Als der Frühling ins Land zog, führte Gert seine junge Frau heim. Es war ein großer Freudentag, so still auch die Hochzeit gefeiert wurde.

Hinter der Villa, versteckt in grünenden Büschen und Sträuchern, lag die Autogarage, und in der kleinen Wohnung darüber hatte Max Reichert mit Mutter und Brüdern bereits eine neue Heimat gefunden. Max Reichert war seit einigen Wochen Gärtnerlehrling und schaffte in den Tagen vor der Hochzeit noch fleißiger als sonst, denn die Blumenrabatte vor den Fenstern der jungen Herrin sollte ein festliches, blühendes Aussehen haben.

Als das Brautpaar aus der Kirche kam, stand Max Reichert neben dem alten Heinrich am Portal. Er hielt einen großen Strauß Frühlingsblumen in der Hand und repetierte ein Gedicht, das er aufsagen wollte. Aber das Hochdeutsch machte ihm Schwierigkeiten, und in der Aufregung vergaß er alles, was er mühsam gelernt hatte, und deshalb ließ er Gedicht Gedicht sein und stieß mit der ganzen Vehemenz seines Empfindens heraus:

»Ick wünsche von janzem Herzen, det Ihnen alle Tage det Jlück hell zum Fenster reinscheint, un alle Blumen, die ick ziehe, sollen Ihnen meine Dankbarkeit entjejenduften. Und der liebe Jott segne Ihnen alle beede, det is mein innigster Wunsch.«

Dies war, in Prosa, der Inhalt seines Gedichtes. Gert und seine junge Frau machten ihre kurze Hochzeitsreise nach England und hielten sich einige Wochen in Longvillage auf. Ruth hatte Gert darum gebeten. Und Longvillage erlebte zum zweitenmal das heiße, volle Glück eines jungen Paares. Miß Betty Flead versicherte jedem, der es hören wollte, daß sie bis an ihr Lebensende von der Erinnerung an diese junge Glückseligkeit zehren werde.

Als das junge Paar dann von England zurückkehrte, machte es noch einen kurzen Besuch auf dem Landgut, das Rochus Bernd seinem Enkel hinterlassen hatte, und wo Ruth ihre erste Kindheit verlebte.

Dann kehrten sie in ihr schönes Heim zurück. Wenige Tage nach ihrer Heimkehr wurde ihnen durch Lena Bernd mitgeteilt, daß ihr Bruder Kurt einen jähen Tod durch eine Blutvergiftung erlitten habe. In Wahrheit hatte er zuviel von seinen narkotischen Zigaretten geraucht, weil seine Schmerzanfälle immer häufiger kamen. Sein durch Ausschweifungen geschwächter Körper hatte den giftigen Einwirkungen nicht widerstehen können.

Gert teilte Lena auf Ruths Bitte mit, daß er ihr auch die für ihren Bruder bestimmte Summe auszahlen werde. Lena dankte jedoch in einem ziemlich kühlen, schnippischen Ton, und zu Beginn des Sommers teilte sie dem jungen Paar mit, daß sie sich verlobt habe. Sie hatte sich endlich doch den reichen Mann erobert, den sie sich immer gewünscht hatte. Daß dieser Mann ein gewissenloser Schieber und Spekulant war, irritierte sie nicht. Sie verstand sich sehr gut mit ihm, half ihm, lukrative Pläne zu ersinnen und führte mit ihm ein Leben, das ganz auf Genuß basierte. In höhnischen Worten teilte sie Gert mit, daß sie auf den »Bettel« verzichte, den er ihr habe zukommen lassen – es war immerhin ein sehr anständiges Einkommen gewesen –, sie brauche sich nicht länger zu demütigen und auch noch für die »Lappalie« zu danken, denn ihr Mann erfülle ihr jeden Wunsch, und wenn sie wolle, könne sie täglich so viel verbrauchen, wie er ihr für den ganzen Monat angewiesen habe.

Gert und Ruth sahen sich an, als sie diesen Brief gelesen hatten, und atmeten auf. Nun waren alle Beziehungen zwischen Gert und seinen Verwandten erloschen. Er bedauerte es begreiflicherweise nicht. Sein und seiner heißgeliebten Ruth Glück war durch diese Angelegenheit nicht mehr getrübt worden. Das junge Paar lebte in inniger Glückseligkeit und Harmonie ein schönes, segensreiches Leben. Sie fanden sich in gemeinsamer Liebe, in gemeinsamer Arbeit und einem werktätigen, gütigen Menschentum und wurden von ihrer Umgebung vergöttert.

Der Scheingemahl

1

Um mich sollst du dich nicht sorgen, liebe Mutter. Ich finde auch unter diesen traurig veränderten Verhältnissen meinen Weg durchs Leben.«

»Aber wie, mein armer Horst? Denkst du, ich weiß nicht, was es dich gekostet hat, den Abschied von deinem Regiment zu nehmen, von deinen Kameraden, von allem, was dir lieb war? Ich weiß es, was es dich kosten wird, nun plötzlich in einer so ganz anderen Sphäre unterzutauchen.«

»Mußt du es nicht auch können, liebe Mutter? Soll ich schwächer sein als du? Stelle dir meine Lage nicht schlimmer vor, als sie ist. Die größte Sorge, die mir auf dem Herzen lastet, ist die um dich . . . daß du darben und dir manches versagen mußt, was dir bisher als selbstverständlich erschien, das ist das bitterste für mich. Leider werde ich nicht sobald in der Lage sein, dir helfen zu können. Erst muß ich mir eine eigene Existenz gründen.«

»An mich sollst du nicht denken, Horst. Ich habe doch gottlob die kleine Rente von Tante Gustava, die sie mir bei ihrem Tode hinterließ. Ohne diese sähe es freilich schlimm für mich aus. Ich glaube, sie hat unsere Verhältnisse besser durchschaut als wir beide und hat mir durch diese Rente einen Notpfennig sichern wollen.«

Baron Horst Oldenau strich sich das Haar aus der Stirn. Seine grauen Augen blickten starr über die Mutter hinweg.

»Ja, Mutter, Tante Gustava mag schärfer gesehen haben

als wir. Aber ist das ein Wunder? Vater hat uns doch nie in seine Vermögensverhältnisse eingeweiht. Er hat uns immer in dem Glauben gelassen, daß wir in den besten Verhältnissen leben. Erst als alles um ihn her zusammenbrach, sagte er uns die Wahrheit. Und da war es zu spät.«

Die Baronin krampfte mit einem schmerzerfüllten Ausdruck die Hände zusammen.

»Da war es zu spät! Und er brach selbst mit zusammen und ließ uns allein. Aber glaube mir, Horst, es war kein böser Wille von ihm, daß er uns seine Lage verheimlichte. Er wollte uns die Sorgen fernhalten.

Leider hatte er ja Oldenau schon stark verschuldet übernommen von seinem Vater. Und im Anfang konnte er sich – seiner Stellung bei Hofe wegen – nicht so um seinen Besitz kümmern. Dazu kam der Aufwand, den wir in unserer Stellung nötig hatten. Das Herz mag ihm manchmal schwer genug gewesen sein. Als er dann seinen Abschied nahm und selbst Oldenau bewirtschaftete, war es wohl schon zu spät. Diese Erkenntnis hat ihn dann auf das Krankenlager niedergeworfen, und als er nach wenigen Wochen starb, standen wir ahnungslos vor dem Ruin.«

»Ja, ahnungslos! Das ist es eben, Mutter, was ich dem Vater zum Vorwurf machen muß. Ahnungslos ließ er uns bis an den Abgrund laufen. Gewiß, er hat es gut gemeint, aber es war doch unrecht von ihm, daß er uns nicht in seine schwierige Lage einweihte, daß er mir nicht sagte, daß ich eines Tages vor dem Ruin stehen würde. Hätte ich alles gewußt, dann hätte ich mein Leben auf einer ganz anderen Basis aufbauen können. So habe ich sorglos in den Tag hinein gelebt und stehe nun unvorbereitet vor einer neuen Existenzfrage.«

Die Baronin seufzte. »Ja, obwohl es gut gemeint war, es war ein Unrecht von deinem Vater. Aber versuche, ohne Groll an ihn zu denken, er hat selbst Schweres getragen.«

»Ich grolle ihm nicht, liebe Mutter ... mag er in Frieden ruhen. Gottlob hat der Verkauf von Oldenau wenigstens so viel gebracht, daß wir niemand etwas schuldig geblieben sind und wir unseren guten Namen rein erhalten haben.

Du wirst dich freilich nun hier in der engen Mietswohnung einrichten und ängstlich mit dem Pfennig rechnen müssen, um mit deiner kleinen Rente auszukommen. Wenn ich dich so vor mir sehe, meine liebe Mutter. Die stolze Herrin von Oldenau in diesem engen niedrigen Zimmer ... Ach Mutter, es ist ein bedrückendes Gefühl für mich, daß ich dir nicht helfen kann. Könnte ich dir doch ein Dasein schaffen, daß deiner würdig ist!«

Begütigend legte die Mutter ihre Hand auf den Arm des Sohnes, und in dem feinen Gesicht der alten Dame zuckte ein bitterer Schmerz.

»Glaube mir, mein Horst, ich würde ganz ruhig und zufrieden sein, wenn ich nur erst wüßte, daß sich für dich eine erträgliche Existenzmöglichkeit gefunden hätte.«

Er küßte ihre Hand.

»Dieser Wunsch wird dir gewiß bald in Erfüllung gehen. Ich habe Aussicht, eine Stellung zu finden.«

Forschend sah sie zu ihm auf.

»Wirklich?«

»Ja, Mutter ... begründete Hoffnung habe ich.«

»Was ist das für eine Stellung?«

Er zog die Stirn ein wenig zusammen.

»Sehr wählerisch darf ich vorläufig nicht sein, das weißt du. Ich muß so schnell wie möglich in die Lage kommen, meinen Unterhalt zu verdienen. Wenn ich dich nicht hätte, liebste Mutter, wäre ich außer Landes gegangen ... irgendwohin in die weite Welt, wo man mit gutem Willen und zwei gesunden Armen und einem leidlich hellen Verstand sein Schicksal meistern kann ... unbehindert durch tausend Rücksichten, die sich hier in Deutschland einem Baron Oldenau wie Klötze an die Füße hängen.«

Sie griff erschrocken nach seiner Hand. »Ach Horst, das wirst du mir nicht antun!«

Er streichelte sanft über ihr ergrautes Haar. »Nein, nein, sei ruhig, ich lasse dich nicht allein! Du verzehrst dich ja sonst vor Sehnsucht nach deinem Einzigen«, sagte er mit gutmütigem Lächeln.

Sie sah zu ihm auf, wie eben nur eine zärtliche Mutter in solchem Fall zu ihrem Sohne aufsieht.

»Mein lieber, lieber Junge! Ich möchte ja sagen: Nimm keine Rücksicht auf mich, ich kann auch eine jahrelange Trennung von dir ertragen, wenn sie zu deinem Besten erforderlich ist. Aber es ist doch überall gleich schwer, mit nichts als gutem Willen und eigener Kraft eine Existenz zu gründen. Es kann dir hier so gut glücken wie draußen in der Welt.

Ein wenig Rücksicht auf deinen guten alten Namen mußt du freilich nehmen, denn ich möchte auch nicht gern, daß du all diese Rücksichten auf Stand und Namen außer acht läßt.«

Wieder strich er über ihr Haar, und ein bitteres Lächeln spielte um seine Lippen. »Soweit es in meiner Macht steht, will ich es nicht tun. Aber in meiner äußerst schwierigen Lage kann ich bestimmt nur eins versprechen: daß ich nie etwas tun werde, worüber ich meine Selbstachtung verliere. Das muß dir genügen, liebe Mutter.«

Sie streichelte seine Hand und sah mit stolz leuchtenden Augen zu ihm auf.

»Dafür kenne ich meinen Jungen! Wenn du auch in jugendlichem Übermut vergangener sorgloser Tage zuweilen wild ins Leben hineingestürmt bist, die Gewißheit habe ich immer, auch damals, gehabt, daß du nie etwas tun würdest, worüber du dich schämen müßtest. Und Gott helfe dir, daß es dir nicht gar zu schwer gemacht wird, ein anständiger, vornehm denkender Mensch zu bleiben.«

Mit ernsten Augen sah er auf sie herab. »Mit den tollen, lustigen Streichen ist es vorbei, wie mit dem sorglosen Leben. Aber unterkriegen soll mich das Leben nicht. Ich will mich durchsetzen als ehrlicher Mensch ... so oder so.«

Seine Zähne bissen sich aufeinander, seine Augen blitzten und die Muskeln spannten sich. Er bot einen prachtvollen Anblick in seiner kraftvollen, zielbewußten Männlichkeit. Seine charakteristischen Züge hatten sich in den letzten Monaten voll schwerer Sorge vertieft und gehärtet, und die klugen Augen verrieten, daß in diesem, im Anfang der Dreißig stehenden Mann noch der ganze ungebrochene Jugendmut pulsierte. Die erste große Enttäuschung seines Lebens, die ihn plötzlich zum armen Mann gemacht hatte und ihn vor eine schwierige Aufgabe stellte, hatte ihn wohl gereift, aber nicht gebrochen. Die Baronin konnte mit Recht stolz sein auf ihren Sohn.

»Wir waren von unserem Thema abgekommen, Horst. Du sprachst von einer Stellung, die sich dir bieten würde. Willst du mir Näheres darüber sagen?«

Er richtete sich straff auf. Seine Augen blickten fest und klar in die der Mutter.

»Ja, davon wollte ich dir erzählen. Ich war heute bei Kommerzienrat Preis, dem bekannten Großindustriellen. Es ist nicht leicht, bis in sein Allerheiligstes vorzudringen, aber es gelang mir doch nach einigen Schwierigkeiten. Ich fragte ihn, ob ich in seinem Unternehmen Arbeit und Verdienst finden könne. Es war ein Glücksfall, daß der alte Herr gerade einige Minuten Zeit für mich hatte und guter Laune war ... Er hörte mich ruhig an und ließ sich von mir erzählen, welche Kenntnisse und Fähigkeiten ich besitze.

Ich merkte, daß ihn meine Persönlichkeit zu interessieren begann. Er fragte nach meinen Verhältnissen, meinem bisherigen Lebenslauf und so weiter. Offen teilte ich ihm mit, daß ich bisher Offizier bei den Xer Dragonern gewesen und in der Überzeugung aufgewachsen war, der Sohn eines wohlhabenden Mannes zu sein. Daß ich kein klösterliches und sparsames Leben geführt habe, verhehlte ich ihm so wenig, als daß ich jetzt vor dem nichts stünde.

Ich berichtete ihm auch, daß ich nach dem Verlust von Oldenau mit dir nach Berlin übergesiedelt bin, weil ich hier am ehesten eine Existenzmöglichkeit zu finden hoffe.«

Die Baronin hatte aufmerksam zugehört. »Und was erwiderte dir der Kommerzienrat?« fragte sie, als Horst nun eine Pause machte.

Er strich sich übers Haar und fuhr dann fort: »Eine Weile sah er mich schweigend und forschend an und fragte dann: ›Sie sind natürlich sicher in den vornehmsten Umgangsformen, haben wohl auch an Ihrem herzoglichen Hofe verkehrt?‹

Ich verneigte mich und bejahte, dann fragte er weiter: ›Und Sie beherrschen die französische und englische Sprache in Wort und Schrift?‹

›Gewiß, Herr Kommerzienrat‹, erwiderte ich.

Da sah er mich wieder eine Weile forschend an und fuhr fort: ›Ich könnte Sie nach allem, was ich jetzt von Ihnen weiß, in meinem Betrieb höchstens als Korrespondent anstellen. Als solcher würden Sie freilich ein Gehalt beziehen, das Ihnen ein Auskommen sichert, aber natürlich könnten Sie damit Ihr bisher gewohntes Leben nicht fortsetzen.‹

Ich antwortete ihm: ›Meine Ansprüche sind bescheiden, Herr Kommerzienrat. Ich weiß, daß ich ein völlig neues Leben anfangen muß. Und aller Anfang ist schwer.‹

Da sah er mich zum drittenmal eine ganze Weile schweigend an, ehe er lächelnd antwortete: ›Sie gefallen mir, und es trifft sich gut, daß ich Ihnen eventuell zu einer besseren und einträglicheren Stellung verhelfen kann, als ich sie Ihnen bieten könnte. Es fragt sich nur, ob Sie diese Stellung annehmen wollen.‹

›Das will ich sicher, wenn ich sie ausfüllen kann‹, bemerkte ich.

›Oh, daran zweifle ich nicht! Jedenfalls können Sie Ihr Glück versuchen. Werden Sie dort, wohin ich Sie senden werde, engagiert, dann ist es gut. Anderenfalls bleibt Ihnen bei mir immer noch eine Anstellung als Korrespondent offen.‹

Ich dankte ihm und bat um nähere Angaben. Da sah er mich lächelnd an: ›Die Stellung, die ich Ihnen in Vorschlag bringen will, ist keine alltägliche. Sie erfordert viel Takt und Delikatesse, ein sicheres Auftreten und beste Umgangsformen.

Ich habe einen Geschäftsfreund, der bis vor kurzem in Amerika lebte. Er ist von Geburt Deutscher, hat sich drüben in Amerika ein Riesenvermögen erworben und will sich nun auf seine alten Tage hier in seinem Vaterland zur Ruhe setzen. Er ist ein Mann von großer Intelligenz und Tüchtigkeit, stammt jedoch aus den einfachsten Arbeiterkreisen – sein Vater war Tagelöhner – und hat sich durch eigene Kraft und bewundernswerten Fleiß zum vielfachen Millionär emporgearbeitet.

In seinem arbeitsreichen Leben hat er nie Zeit gehabt, etwas für seine gesellschaftliche Bildung zu tun. Er ist in seinem Wesen der schlichte Mann aus dem Volke geblieben, doch ist er kein Emporkömmling im bösen Sinne des Wortes. Er besitzt eine Tochter, sein einziges Kind, und diese hat eine erstklassige Erziehung genossen. Dank dieser Erziehung und dem enormen Reichtum ihres Vaters ist sie ganz die große Dame von Welt. Ihr Vater, der sie zärtlich liebt, ist sehr stolz auf sie und wünscht sie auf den Höhen des Lebens zu sehen. Ihretwegen wünscht er nun hier einen Verkehr mit den ersten Kreisen einzuleiten und hat auch schon entsprechende Schritte unternommen.

Aber er spürt sehr wohl, daß er sich in diesen Kreisen nicht so bewegen kann, wie es ihm im Interesse seiner Tochter wünschenswert erscheint. Außerdem wünscht er sehnlichst, daß sich seine Tochter mit einem Manne aus einer der vornehmsten Familien verheiratet. So anspruchslos er für sich selbst ist, mit seiner Tochter will er hoch hinaus. Unter einem Grafen tut er es nicht. Das ist die Tollheit an diesem sonst so vernünftigen Manne.

Er sieht das Glück seiner Tochter darin, daß sie in die höchste Aristokratie hineinheiratet und eines Tages bei Hofe verkehrt. Nun, bei seinem Reichtum wird er dieses Ziel sicher erreichen. Aber er will nun auch dafür sorgen, daß er sich selbst ohne Anstoß in der vornehmen Welt bewegen kann. Nun da er in den Ruhestand getreten ist und mehr freie Zeit hat, will er seine gesellschaftlichen Formen aufbessern.

Zu diesem Zweck ist er auf den gar nicht dummen Gedanken gekommen, sich eine Art Erzieher zu engagieren auf seine alten Tage, einen Mann, der vornehme Umgangsformen hat und ihm in jeder Beziehung mit Rat und Tat zur Seite stehen kann. Er soll seine Formfehler korrigieren, ihm Verhaltensmaßregeln geben und ihm alles erklären, was er als Gesellschaftsmensch zu tun und zu lassen hat.‹«

Die Baronin schüttelte den Kopf. »Mein Gott, welch eine Idee!« rief sie erstaunt.

Der Baron lächelte. »Ich kann diese Idee des reichen Mannes gar nicht so absurd finden, liebe Mutter. Des weiteren teilte mir der Kommerzienrat mit, daß Herr Karl Hartmann – so heißt der Millionär – sich in Grunewald eine prachtvolle Villa hat bauen lassen, die mehr einem Palast gleicht. Er will dort ein großes Haus führen. Den Kommerzienrat hat er gebeten, ihm eine Persönlichkeit ausfindig zu machen, die zugleich als sein Sekretär und sein Erzieher fungieren soll. Natürlich darf das Amt des Erziehers in keiner Weise betont oder nur erwähnt werden.

Der Kommerzienrat fragte mich, ob ich mich eventuell entschließen könnte, das Amt anzutreten. Ich würde offiziell als Sekretär engagiert, hätte aber hinter den Kulissen auch als Erzieher zu wirken. Er versicherte mir, daß Herr Hartmann keineswegs ein unangenehmer Herr sei. Ich brauche nicht zu fürchten, daß er mir das Leben schwermache, es fehle ihm nichts als der gesellschaftliche Schliff. Sein einziger Fehler, wenn man von einem solchen sprechen wolle, sei der Wunsch, seine Tochter eines Tages als Gräfin oder gar als Fürstin zu sehen. In dieser Beziehung erkenne er keine Grenzen an.

Sonst sei er aber ein sehr sympathischer Herr, ein durchaus ehrlicher und rechtschaffener Mann. Der Kommerzienrat gab mir die Adresse, nannte mir ein sehr hohes Gehalt, das diese Stellung mir einbringen würde, und fragte mich, ob ich Lust habe, der Angelegenheit näherzutreten.«

Unruhig sah die Mutter zu ihrem Sohn auf. »Und du, Horst ... was hast du dem Kommerzienrat darauf erwidert?«

Baron Horst sah vor sich hin.

»Ich habe mir überlegt, liebe Mutter, daß diese Stellung zwar eine sehr eigenartige und ungewöhnliche ist, aber daß ich eben nicht sehr wählerisch sein darf in meiner Lage. Ein so hohes Gehalt kann ich so leicht nicht erlangen in einer anderen Stellung, und unehrenhaft ist sie auf keinen Fall.

Engagiert mich dieser Herr Hartmann wirklich, dann

kann ich verwerten, was ich wirklich gründlich gelernt habe: die guten Umgangsformen der Gesellschaft. Als Sekretär des Herrn Hartmann kann ich außerdem viel lernen, was mir später von Wert sein kann ... als sein Erzieher. Sag doch selbst, liebe Mutter, es ist doch schließlich eine ehrliche Arbeit, einen Menschen zu erziehen, zu veredeln, ein Amt, dessen man sich nicht zu schämen braucht.«

Seine Mutter sah voll Unruhe und Unbehagen zu ihm auf. Dann faßte sie plötzlich seine Hand und barg ihr Gesicht darin. »Ach, mein lieber Horst, daß du gezwungen bist, solch ein Angebot auch nur in Erwägung zu ziehen!« Sie sah nicht, wie es in seinem Gesicht zuckte, wie sich die Lippen herb aufeinanderpreßten.

»Nimm es doch nicht zu schwer, liebe Mutter«, sagte er endlich mit rauher Stimme.

Die richtete sich seufzend auf.

»Ich nehme es schwer, weil ich weiß, daß es dir schwer werden wird, der Untergebene eines Emporkömmlings zu werden.«

Er umfaßte ihre Schultern und rüttelte sie sanft. In seinen Augen wurde es wieder hell. Es zuckte sogar wie ein leiser Übermut darinnen, und man konnte erkennen, wie bestrickend dieser junge Mann im glücklichen Übermut seiner frühen sorglosen Jugend gewesen sein mußte.

»Mütterchen, mein liebes Mütterchen, nimm es doch von der heiteren Seite! Denk dir, wie pläsierlich es für mich sein wird, den alten Herrn zu drillen und ihm beizubringen, was er nötig hat, um in guter Gesellschaft nicht unliebsam aufzufallen.

Es spricht doch eigentlich für ihn, daß er seine Unzulänglichkeit erkannt hat und trotz seines Alters noch lernen will. Die unangenehme Sorte der Emporkömmlinge trumpft auf den Geldbeutel, macht sich mit allen Erziehungsfehlern breit und pfeift auf den guten Ton.

Dieser Herr Hartmann hat wenigstens den guten Willen, seine Umgangsformen zu verbessern. Also tut man doch ein gutes Werk, wenn man ihm behilflich ist und ihm seine Erziehungsfehler sanft und schmerzlos abgewöhnt.«

Gewaltsam zwang die Baronin ihr Unbehagen nieder. Sie mußte sogar ein wenig lachen. Aber gleich wurde sie wieder ernst, und es tat ihr weh, daß ihr Sohn, der Baron Oldenau, gezwungen war, sich um eine solche Stellung zu bewerben.

Eine Weile blieb es still zwischen Mutter und Sohn, dann sagte die Baronin:

»Ich weiß, mein Horst, daß du dich mir nur so sorglos zeigst, um es mir leichter zu machen. Wie es in dir aussieht, weiß ich darum doch. Und ich will dir deinen Entschluß, dich um diese Stellung zu bewerben, nicht noch schwerer machen. Wie die Dinge liegen, dürfen wir, wie du ganz richtig sagst, nicht wählerisch sein.«

Er beugte sich herab und küßte sie auf die Wange.

»Recht so, liebe Mutter, wir wollen tapfer sein. Die Zähne zusammenbeißen ... und durch! Erhalte ich die Stelle, bin ich vorläufig wenigstens aus allen pekuniären Nöten und kann vielleicht auch für dich etwas tun.

Noch habe ich die Stellung nicht, der Kommerzienrat verhehlte mir nicht, daß Herr Hartmann nur einen ihm sympathischen jungen Mann engagieren würde. Bekomme ich aber das Engagement, dann wollen wir zufrieden sein. Wir könnten uns dann oft sehen, Mutter, ich bleibe dann hier in Berlin. Ist das nicht viel wert? Bedenke doch, es ist doch sicher besser, als wenn ich über den großen Teich ginge und drüben als Kellner oder Straßenkehrer mein Leben fristete.«

Die Mutter zuckte zusammen und preßte seine Hand in der ihren. »Um Gottes willen, Horst, wie kannst du so etwas aussprechen!«

»Ich will dir nur zeigen, Mutter, daß ich mich glücklich preisen kann, wenn ich dieses Engagement erhalte.«

Sie streichelte seine Hand.

»Mein armer Junge!«

»Nicht doch, Mutter, nicht weich werden, das kann ich nicht gebrauchen!«

»Nein, nein, du hast recht, es hat keinen Zweck, wenn man sich das Herz schwermacht.«

»Ganz gewiß nicht. Im übrigen ist dies wirklich keine Veranlassung, sich das Herz schwerzumachen. Ich müßte schon sehr zufrieden sein, wenn ich für weniger als die Hälfte dieses Gehaltes bei Kommerzienrat Preis als Korrespondent ankommen könnte! Engagiert mich Herr Hartmann, dann kann ich von Glück sagen.«

»Nun ja, wie die Verhältnisse leider für uns liegen ... Aber sage mir, Horst, dieser Herr Hartmann will ein großes Haus führen und die vornehme Gesellschaft bei sich sehen. Was ist, wenn du in seinem Haus ehemaligen Bekannten, vielleicht gar Kameraden begegnest?«

Einen Moment biß sich der Baron auf die Lippen. Dann nahmen seine Züge etwas Hartes, Festes an.

»Es wird sich dann zeigen, wie sie sich zu mir stellen. Ein wirklicher Freund wird mich nicht geringer achten, weil ich mir meinen Lebensunterhalt in abhängiger Stellung verdienen muß. Und die anderen ... die dürfen nicht bestimmend auf meine Entschlüsse wirken.

Begegne ich wirklich einem alten Bekannten im Hause des Millionärs, dann warte ich ab, ob er mich kennen will oder nicht ... welchen Ton er mir gegenüber anschlägt. Danach richte ich den meinen. Ich bleibe darum doch, wer ich bin. Unglück ist keine Schande, Mutter. Das muß mein Standpunkt sein.«

»Also, du wirst dich jedenfalls um diese Stellung bewerben?«

»Ja, Mutter, und ich wünsche sehr, daß ich sie erhalte.«

»Nun denn ... in Gottes Namen, mein Horst! Er helfe dir, daß dein guter ehrlicher Wille gesegnet sei.«

»Ich danke dir, Mutter.«

Die beiden Menschen besprachen noch mancherlei Dinge. Dann war es Zeit zum Mittagessen. Ein kleines, bäurisch aussehendes Dienstmädchen trat mit einem Tablett ein und deckte den Tisch.

Die Baronin hatte sich dieses Mädchen von Oldenau mit nach Berlin gebracht. Es mühte sich eifrig, wenn auch mit wenig Erfolg, mit der Bedienung des angeschwärmten Herrn Barons und der Frau Baronin.

Baron Oldenau zeigte sich guter Laune und neckte die kleine Dienerin sogar ein wenig. Er scherzte über ihre ›Grazie‹, und sie starrte ihn, blutrot werdend, mit offenem Munde und großen Augen treuherzig an.

Die Baronin winkte ihr lächelnd zu, sich zu entfernen. Als das geschehen war, faßte der Baron die Hand seiner Mutter.

»Arme Mutter, daß du mit dieser ungefaßten Perle auskommen mußt, als einzige Bedienung, ist bitter!«

Die Baronin legte ihrem Sohn in ihrer feinen, anmutigen Art die Speisen vor und sah ihn lächelnd an.

»Ich werde mir Fine schon erziehen, Horst. Sie ist ein ehrliches, anhängliches Geschöpf, und sie ist billig. Ich komme lieber mit ihr aus als mit einer anspruchsvollen Berliner Dienerin. Fine ist noch so ein Stückchen Heimaterinnerung für mich ... ein lebendiges Andenken an Oldenau. Und sie ginge für uns durchs Feuer.«

Er lachte. »Das wollen wir lieber nicht ausprobieren, Mutter! Aber du hast recht. Obwohl die brave kleine Fine noch ziemlich unkultiviert und von herzerfrischender Urwüchsigkeit ist, so ist sie doch wenigstens ehrlich und anhänglich.«

Die Baronin nickte. Und dann fragte sie ihren Sohn,

wann er sich Herrn Hartmann als Bewerber um die Stellung vorstellen würde.

»Morgen vormittag zwischen 11 und 12 Uhr«, erwiderte er. »Der Kommerzienrat sagte mir, daß dies die passendste Zeit sein würde.«

»Wahrscheinlich würdest du, falls du engagiert würdest, die Stellung sehr bald antreten müssen.«

»Hoffentlich, liebe Mutter! Ich sehne mich nach Beschäftigung, und außerdem ist es mir natürlich sehr lieb, sobald als möglich Geld zu verdienen.«

2

Am nächsten Morgen fuhr Baron Oldenau mit der Stadtbahn nach Grunewald hinaus und begab sich vom Bahnhof aus direkt zur Villa Hartmann. Als er sie erreicht hatte, stand er eine Weile still davor und betrachtete das Gebäude.

Es sah sehr vornehm und gediegen aus mit seiner soliden Sandsteinfassade. Protzig wirkte es in keiner Weise. Wenn es nach dem Geschmack des Besitzers erbaut war, sprach es für diesen Geschmack. Vielleicht, so sagte sich der Baron, war aber auch der Geschmack der Tochter des Herrn Hartmann maßgebend gewesen, oder man hatte es dem Architekten überlassen, die Form zu bestimmen. Jedenfalls machte das Gebäude, inmitten eines parkähnlichen Gartens, einen sehr vorteilhaften Eindruck.

Abseits, etwas im Hintergrunde, sah man auch die Garage, Stallungen und ein kleines, freundliches Gebäude liegen, in dem wohl der Kutscher und der Gärtner mit ihren Familien wohnten.

Entschlossen zog der Baron endlich die Klingel an dem schmiedeeisernen Tor. Dieses wurde nach wenigen Minuten – wie von unsichtbaren Händen – geöffnet.

Baron Oldenau betrat den großen, wohlgepflegten Garten und schritt auf einem breiten, mit graublauem Kies bestreuten Weg auf das Portal der Villa zu.

Hier erschien ein Diener in einer erfreulich schlichten und vornehmen Livree.

Der Baron fragte, ob Herr Hartmann zu sprechen sei, und gab seine Karte ab, auf die er zur Vorsicht geschrieben hatte: *Auf Veranlassung von Herrn Kommerzienrat Preis.*

Der Diener hatte einen Blick für die elegante, vornehme Erscheinung des Barons, der einen sehr gut sitzenden Anzug trug und dessen bartloses, aber energisches Gesicht zur Genüge den Herrenmenschen verriet. Er bat ihn höflich, näher zu treten und in einem kleinen Salon neben dem Vestibül Platz zu nehmen. Dann entfernte er sich.

Baron Oldenau sah sich in dem Salon um. Er zeigte eine sehr kostbare, aber vornehm wirkende Einrichtung. Man sah, daß man im Hause eines reichen Mannes weilte, aber nichts deutete auf die leiseste Protzerei hin. Nach wenigen Minuten kehrte der Diener zurück und bat den Baron, ihm zu folgen. Er führte ihn die breite, mit kostbaren Teppichen belegte Marmortreppe hinauf und öffnete im ersten Stock in einem elegant eingerichteten Vorraum eine hohe Flügeltür.

Baron Oldenau betrat ein großes, schönes Zimmer mit dunklen, schweren Eichenmöbeln und gediegenen Klubsesseln. An einem der großen Fenster stand ein breiter, geräumiger Schreibtisch. Vor demselben saß in einem Sessel Herr Karl Hartmann, der Besitzer der Villa.

Ohne sich zu erheben, blickte er dem Eintretenden entgegen und musterte ihn mit klugen, scharfen Augen sehr aufmerksam.

Der Baron verneigte sich. »Habe ich die Ehre, mit Herrn Hartmann zu sprechen?«

Der Millionär, der in der Mitte der Fünfzig stehen mochte, war ein ziemlich unscheinbarer Mann. Er war mittelgroß, etwas wohlbeleibt und hatte ein kluges, energisches Gesicht mit harten, kantigen Linien. Der Ausdruck der Augen war scharf, aber nicht ohne Gutmütigkeit. Feine Fältchen um Mund und Augenwinkel zeugten davon, daß Herr Hartmann auch Sinn für Humor hatte.

Er hielt die Karte in der Hand, die der Baron mit dem Diener hereingeschickt hatte.

»Sie sind der Baron Oldenau?« fragte er, ohne aufzustehen.

Es zuckte leise um des Barons Mund. »So ist es, Herr Hartmann.«

»Und Kommerzienrat Preis schickt Sie zu mir?«

»Ja.«

»Er hat mir gestern telefonisch Bescheid gegeben, daß Sie mich aufsuchen würden, um sich um die Stellung zu bewerben, um deren Besetzung ich meinen alten Geschäftsfreund gebeten hatte. Das stimmt doch?«

»Ja, es stimmt. Der Herr Kommerzienrat sagte mir, daß Sie einen Sekretär zu engagieren wünschen.«

»Hat Ihnen Herr Kommerzienrat auch gesagt, welches Amt Sie außerdem bei mir bekleiden müßten?«

»Ja.«

Es zuckte humoristisch um Herrn Hartmanns Mund.

»Also Sie wissen, daß Sie als mein Erzieher zum guten Ton fungieren müßten.«

»Ja, auch das weiß ich.«

»Hm! Und Sie hätten Lust, diesen Posten anzutreten?«

»Es würde mir lieb sein, die Stellung zu erhalten.«

»Ich setze voraus, daß Sie die nötigen Fähigkeiten haben und in allen gesellschaftlichen Fragen durchaus firm sind.«

»Wenn dies nicht der Fall wäre, hätte ich mich nicht um diese Stellung beworben.«

»Wenn ich jetzt von Ihnen verlangen würde, mir eine Probelektion zu geben, was würden Sie dann tun? Ich bitte, betrachten Sie sich jetzt einmal als bereits in diesem Amte angestellt und erteilen Sie mir eine Lektion.«

Es zuckte wie leiser Übermut in den Augen des Barons. Er verneigte sich und richtete sich dann straff auf. Den Millionär scharf fixierend, sagte er ruhig und bestimmt:

»Bitte stehen Sie auf, und begrüßen Sie mich höflich mit einer Verbeugung. Wenn Sie sich dann wieder niederzulassen beabsichtigen, so tun Sie es nicht, bevor Sie auch mir einen Platz angeboten haben. Man empfängt Besucher nicht in der Art, wie Sie mich eben empfangen haben. Und vorläufig bin ich noch nicht Ihr Angestellter.«

Herr Hartmann lachte leise in sich hinein. Seine Augen funkelten.

»Bravo! Die erste Lektion haben Sie mir gratis und prompt erteilt ... ich danke Ihnen! Und Sie haben Mut. Das gefällt mir. Sie fordern mir die nötige Höflichkeit ab als Ihr gutes Recht. Ich habe Sie eben nur ein wenig auf die Probe gestellt und war mit Absicht unhöflich. Wenn Sie nach meiner Aufforderung, mir eine Lektion zu erteilen, gefürchtet hätten, es wirklich zu tun, dann hätte ich Sie nicht brauchen können. Ich muß einen Mann um mich haben, der mir imponiert, sonst lerne ich nichts von ihm.«

Damit war er aufgestanden, machte nun eine Verbeugung und deutete auf einen Stuhl neben seinem Schreibtisch.

»So, nun habe ich Sie begrüßt und zum Sitzen eingeladen. Wir wollen nun die Angelegenheit näher besprechen. Darf ich Ihnen etwas zu rauchen anbieten? Oder verstößt das gegen den guten Ton?«

Der Baron lächelte. Der alte Herr gefiel ihm. »Wenn Sie

Ihren Besuch auszeichnen wollen und ihm liebenswürdig gestatten wollen, zu rauchen, verstößt das nicht gegen den guten Ton.«

»Schön! Also stecken wir uns eine Friedenspfeife an. Bitte bedienen Sie sich. Und dann erzählen Sie mir, wenn Sie wollen, wie Sie dazu kommen, sich um eine solche Stellung zu bemühen. Sie sind Baron und – soviel ich davon verstehe – Offizier gewesen. Das sieht man auf den ersten Blick, wenn man selbst gedienter Soldat ist wie ich. Ich habe meine Vaterlandspflicht erfüllt, ehe ich nach Amerika ging. Also stimmt es? Waren Sie Offizier?«

»Ja, Herr Hartmann.«

Und Baron Oldenau erzahlte mit kurzen Worten, wie es gekommen war, daß er sich um eine Anstellung bemühen mußte.

Der alte Herr hörte aufmerksam zu und beobachtete dabei den Baron unausgesetzt. Er saß aufrecht in seinem Sessel wie ein Mann, der sich zur Bequemlichkeit keine Zeit läßt. Sein Mienenspiel war sehr lebhaft und sprechend. Der Baron glaubte, ihm seine Gedanken vom Gesicht ablesen zu können.

Alles in allem machten die beiden Herren gegenseitig einen zufriedenstellenden Eindruck aufeinander.

Als der Baron seinen Bericht beendet hatte, sagte Herr Hartmann: »Also Sie sind verarmt, haben den Dienst als Offizier quittieren müssen und wollen Ihre Mutter unterstützen?«

Der Baron verneigte sich. »So ist es.«

»Hm. Ich finde es aller Ehren wert, daß Sie, trotzdem Sie doch sicher verwöhnt sind, so unverzagt ein neues Leben beginnen wollen, um sich eine Existenz zu schaffen. Wie gesagt, Sie gefallen mir und imponieren mir auch. Wenn Sie Lust haben, die Stellung bei mir anzutreten, können wir die Bedingungen gleich vereinbaren.«

Baron Oldenau atmete auf.

»Ich bin mit der Absicht hierhergekommen, mich um diese Stellung zu bewerben und habe Lust, sie anzutreten. Bitte, teilen Sie mir Ihre Bedingungen mit.«

»Das soll geschehen. Welches Gehalt Sie beziehen werden, hat Ihnen Kommerzienrat Preis schon gesagt?«

»Ja.«

»Sind Sie einverstanden damit?«

»Gewiß, Herr Hartmann.«

»Nun gut. Also engagiere ich Sie offiziell als Sekretär. Im geheimen haben Sie das Amt meines Erziehers zu erfüllen ... davon braucht niemand etwas zu wissen. Ich möchte es begreiflicherweise nicht an die große Glocke hängen, daß ich auf meine alten Tage noch bei Ihnen in die Schule gehen will. Sie müßten natürlich hier in meinem Hause wohnen und werden zwei behagliche Zimmer bekommen und selbstverständlich freie Station. Ist Ihnen das recht?«

Der Baron verneigte sich, und er war erfreut, diese Bedingungen zu hören. Dadurch, daß er freie Wohnung und freie Verpflegung erhielt, erschien sein Gehalt noch bedeutend höher. Auf diese Weise konnte er seine Mutter sehr gut unterstützen.

Der alte Herr fuhr fort: »Sie müssen nun nicht denken, Baron, daß ich Ihnen jede freie Zeit beschneiden will. Sie werden auch an sich denken können und genügend Freiheit haben. Ich kann Ihnen nur keine scharf begrenzte Arbeitszeit anweisen. Es kann vorkommen, daß ich Ihrer zuweilen von früh bis spät bedarf und daß ich Sie dann tagelang nur wenige Stunden beschäftige. Das kommt ganz auf die Umstände an. Sind Sie auch damit einverstanden?«

»Gewiß, ich werde immer zu Ihren Diensten stehen, wenn Sie meiner bedürfen.«

»Gut. Wir können nun noch eine Kündigungsfrist vereinbaren für den Fall, daß wir uns einmal aus irgendeinem

Grunde trennen müßten. Ich denke, wir lassen dafür die allgemein üblichen kaufmännischen Bedingungen gelten.«

»Auch damit bin ich einverstanden.«

»Gut, die Sache ist erledigt. Und nun betrachten Sie sich als meinen Sekretär und Erzieher. Ich will Sie nun gleich noch meiner Tochter vorstellen. Zwar bezweifle ich nicht, daß Sie ihr genauso sympathisch sein werden wie mir, aber ich möchte doch darüber Gewißheit haben. Da Sie in Ihrem Amte auch mit ihr viel in Berührung kommen werden, müssen Sie sich jedenfalls kennenlernen.«

Mit einer Verbeugung erhob sich der Baron. »Ich bitte um den Vorzug, dem gnädigen Fräulein vorgestellt zu werden.«

Auch Herr Hartmann erhob sich lächelnd.

»Das haben Sie sehr hübsch gesagt ... das werde ich mir für ähnliche Fälle merken. Ich bitte um den Vorzug, dem gnädigen Fräulein vorgestellt zu werden ... gut, sehr gut!«

Damit drückte der alte Herr auf den Knopf einer elektrischen Klingel, die an seinem Schreibtisch angebracht war. Der Diener, der den Baron hereingeführt hatte, erschien.

»Schicken Sie meine Tochter sofort hierher«, gebot Herr Hartmann schnell.

Als sich der Diener entfernt hatte, sah der Baron den alten Herrn fest an.

»Da ich schon engagiert bin, Herr Hartmann, erlaube ich mir zu bemerken, daß Sie einen solchen Auftrag einem Diener gegenüber in andere Worte fassen müssen.«

Der alte Herr sah ihn fragend an. »War das nicht richtig?«

»Nein.«

»Also, dann schießen Sie los! Wie muß ich in solchen Fällen sagen?«

»Sie müssen dem Diener sagen: Ich lasse das gnädige Fräulein bitten, sich hierherzubemühen.«

Der alte Herr nickte. »Danke, das will ich mir merken. Es

ist zwar ein wenig umständlicher, aber jetzt habe ich ja mehr Zeit. Wissen Sie, Baron, ich stamme aus kleinen Arbeiterkreisen und habe mir wohl so im Lauf der Jahre einen gewissen oberflächlichen Schliff angeeignet, aber dieser Schliff ist doch recht grob geblieben. Ich habe eben keine Zeit gehabt, solche Dinge zu beachten. Sie sollen nun meinem groben Schliff die nötige Feinheit geben.

Hoffentlich gelingt es Ihnen, denn ich will mit meiner Tochter in den feinsten Kreisen verkehren und will ihr keine Veranlassung geben, sich meiner Formen schämen zu müssen. Es ist ganz sicher, daß meine Tochter eines Tages einen vornehmen Aristokraten heiraten wird. Das ist nämlich mein letztes Lebensziel. Meine Tochter soll mindestens Gräfin werden. Mindestens sage ich, darunter tue ich es nicht! Das ist mein Ehrgeiz. Denn meine Tochter hat das Zeug dazu, sie würde auch einem Thron zur Zierde gereichen, das sage ich aus vollster Überzeugung.

Sehen Sie, Baron, für mich kenne ich keinerlei Stolz, aber für meine Tochter bin ich ein rechter Obenhinaus. Dafür habe ich gearbeitet und geschafft mein Leben lang und meine Reichtümer zusammengescharrt. Alles für meine Tochter. Sie soll oben in der Sonne leben ... ganz oben. Ich kann mir auch einen Fürsten zum Eidam leisten. Und wahrscheinlich wird meine Tochter eines Tages eine Fürstin sein. Dieser Gedanke macht mich glücklich und stolz ... meiner Tochter wegen, die ich mehr liebe als mich selbst. Das alles sage ich Ihnen ganz offen, damit Sie wissen, warum ich mir auf meine alten Tage noch einen Erzieher halte und worauf es ankommt. Verstehen Sie mich?«

Der Baron verneigte sich. Er dachte bei sich, daß die Tochter dieses Mannes wahrscheinlich eine hochmütige Dollarprinzessin sei, die unbedingt einen Mann aus der hohen Aristokratie haben wollte und mit diesem Wunsche ihrem Vater das Leben schwermachte. Er konnte sich nicht denken, daß dieser sonst so vernünftig scheinende Mann von sich aus nach einem so vornehmen Schwiegersohn trachtete. Und so brachte der Baron Fräulein Hartmann ein gewisses Vorurteil entgegen.

Herr Hartmann gefiel ihm, trotz seiner offen bekannten Schwächen, aber seiner Tochter sah er mit einer gewissen Aversion entgegen.

Er sagte nur: »Ich verstehe, Herr Hartmann. Und bei Ihrem Reichtum steht es außer Zweifel, daß Sie Ihr Ziel erreichen werden. Aber gerade in Anbetracht dieses Zieles dürfte es besser sein, wenn Sie zu niemand davon sprechen.«

Verständnislos zuckte der alte Herr die Achseln.

»Warum nicht? Man soll ja erfahren, daß ich für meine Tochter eine vornehme Partie suche, damit sich Bewerber melden. Ich habe schon die nötigen Schritte getan und bereits mit geeigneten Persönlichkeiten Fühlung genommen. In nächster Zeit gebe ich ein großes Fest, zu dem fast nur Herrschaften aus der Aristokratie geladen werden, ausgenommen einige Vertreter der Geldaristokratie.«

Baron Oldenau mußte sich fragen, wie wohl die Tochter des Herrn Hartmann davon berührt werden müßte, daß ihr Vater so offenkundig nach einem aristokratischen Freier für sie suchte. Sehr feinfühlig konnte sie wohl nicht sein, sonst müßte sie das äußerst peinlich berühren. Er konnte sich nicht enthalten zu fragen:

»Und Ihr Fräulein Tochter? Ist sie damit einverstanden, daß man davon erfährt, daß sie die Absicht hat, eine vornehme Partie zu machen?«

Verwundert sah ihn der alte Herr an.

»Danach habe ich sie noch nicht gefragt. Sie kennt das Ziel meiner Wünsche und wird sich nicht widersetzen.

Sie ist eine gehorsame Tochter und weiß, daß ich nur an ihr Glück denke. Ich werde ihr einen Mann aussuchen, der sie an einen Platz stellt, wie er mir wünschenswert für sie erscheint. Und sie weiß, daß sie mein Stolz ist und daß ich darauf hinziele, daß sie eine hervorragende Stellung im Leben einnimmt.«

Ehe der Baron antworten konnte, öffnete der Diener die Tür, und auf der Schwelle erschien eine schlanke junge Dame in einem eleganten, vornehm wirkenden Hauskleid aus weicher, königsblauer Seide mit einem Tableau aus Goldstickerei. Es schmiegte sich graziös um sehr schöne, edle Formen und ließ die zierlichen Füße frei. Die junge Dame war mittelgroß. Sie hatte einen Teint von bewundernswerter Reinheit und zarter Frische. Große, tiefblaue Augen, von dunklen, schöngezeichneten Brauen und Wimpern umgeben, blickten klar und offen aus dem feingeschnittenen Gesicht, das von sehr schönem Haar umgeben war. Es hatte eine goldbraune Färbung und einen rötlich-metallischen Glanz und war sehr kleidsam frisiert. Aus den Augen und einem kleinen Grübchen in der Wange, das sich beim Lächeln zeigte, sprach übermütige Schelmerei. Die junge Dame bot – trotz ihres damenhaft-zurückhaltenden Auftretens – einen so lebensfrischen, herzerfreuenden Anblick, daß Baron Oldenau seine Antipathie merklich schwinden fühlte.

Er mußte sich eingestehen, daß diese junge Dame unstreitig sehr schön war und durchaus nichts herausfordernd Anspruchsvolles an sich hatte. Sie erschien ihm im Gegenteil voll lieblicher, schlichter Natürlichkeit und Anmut, so daß er sie nicht mehr für eine launische, anmaßende Dollarprinzeß halten konnte, die auf den Geldsack ihres Vaters pochte.

Mit einem leichten, graziösen Neigen des schönen

Kopfes grüßte sie den Besucher ihres Vaters und trat auf letzteren zu.

»Du hast mich rufen lassen, Papa?«

Herr Hartmann sah mit stolzer, väterlicher Zärtlichkeit auf seine Tochter.

»Ja, Margot, ich wollte dir Baron Oldenau vorstellen«, erwiderte er, seine Tochter mit dem Baron bekannt machend.

Die blauen Augen der jungen Dame hefteten sich fest auf das gebräunte Gesicht des Barons, in dem keinerlei Bart die markanten Züge verhüllte. Sie neigte nochmals grüßend den Kopf.

»Baron Oldenau hat das Amt eines Sekretärs bei mir übernommen, Margot«, fuhr der alte Herr fort.

Einen Moment zuckte es überrascht in Margot Hartmanns Gesicht auf. Dann sagte sie gefaßt: »Es freut mich, Papa, daß du gefunden hast, was du suchtest. Ich darf Sie also als künftigen Hausgenossen begrüßen, Baron Oldenau.«

Und ihre Augen verrieten sehr wohl, daß sie mit diesem Hausgenossen einverstanden war. Der Baron gefiel ihr auf den ersten Blick.

Er verneigte sich artig. »Ich danke für diese Begrüßung, mein gnädiges Fräulein.«

»Der Herr Baron hat sich einverstanden erklärt, Margot, die mangelhafte Erziehung deines Vaters aufzubessern«, sagte Herr Hartmann lächelnd.

Forschend sah Margot in das Gesicht des Barons, das völlig unbewegt blieb. Sie legte ihre kleine feine Hand auf den Arm ihres Vaters und sah ihn liebevoll an.

»Du hast dich dein Leben lang geplagt, ein reicher Mann zu werden, Papa, nun willst du dich, statt dich endlich auszuruhen, auch noch damit plagen, ein vornehmer Mann zu werden.«

»Nur deinetwegen, Margot.«

»Ach, mir bist du vornehm genug, ich liebe dich, wie du bist«, sagte sie warm.

Diese Worte der jungen Dame gefielen dem Baron sehr und nahmen ihn noch mehr für sie ein. Herr Hartmann streichelte lächelnd ihre Hand.

»Du weißt sehr wohl, was mir fehlt, und ich will nicht, daß du dich deines Vaters schämen mußt in vornehmer Gesellschaft.«

»Das wird nie geschehen, Papa. Wenn die Gesellschaft auch noch so vornehm ist, es wird sich kein Mensch darunter befinden, der eine vornehmere Gesinnung hat als du, wenn du auch nicht gelernt hast, die leeren Formen zu beherrschen. Ich sehe in dein Herz, und da sehe ich nur, was mich stolz auf meinen Vater macht. Aber ich weiß, es hilft nichts, dir etwas auszureden, was du dir vorgenommen hast. Herr Karl Hartmann hat einen sehr harten Kopf, wenn auch ein weiches Herz.«

Der alte Herr wurde ein wenig verlegen unter dem reizenden Schelmenlächeln seiner Tochter. Dieses Lächeln schien dem Baron wie Frühlingssonnenschein ins Herz.

»Du machst mich ganz verlegen, Margot«, wehrte Herr Hartmann ab.

Sie streichelte lächelnd seine Hand und sah den Baron an.

»Es wird Ihnen gar nicht schwerfallen, Baron, Ihr Amt auszuüben. Papa ist sehr lernbegierig und will absolut auf seine alten Tage noch ein ganz korrekter Formenmensch werden.«

»Mein gnädiges Fräulein, es ist immer gut, wenn man die Formen der guten Gesellschaft beherrscht, man braucht sich deshalb nicht davon beherrschen zu lassen.«

»Da muß ich Ihnen beistimmen. Aber die Form gibt uns doch allen einen leisen, schablonenhaften Anstrich. Mein lieber Vater war bisher ein origineller Mensch. Bitte, machen Sie es gnädig mit Ihren Erziehungsversuchen, und verwischen Sie nicht all seine originellen Züge. Er wird sich ja nicht abhalten lassen, bei Ihnen in die Lehre zu gehen. Ich hoffe aber, Sie lassen ihm, soviel es angeht, seine Eigenart.«

Es zuckte bei diesen Worten schelmisch in ihren Augen und in dem entzückenden Grübchen. Baron Horst Oldenau war wie bezaubert von dem natürlichen Wesen der jungen Dame und fühlte etwas Warmes, Freudiges in sich aufsteigen bei dem Gedanken daran, daß er in Zukunft täglich mit diesem reizenden, lebensfrischen Geschöpf zusammentreffen würde.

»Ich verstehe, wie Sie es meinen, mein gnädiges Fräulein, und werde mich nach Ihren Wünschen zu richten versuchen«, erwiderte er lächelnd.

Man plauderte noch einige Minuten zusammen, dann zog sich Fräulein Margot Hartmann wieder zurück. Ihr Vater und der Baron vereinbarten nun noch, daß der Baron seine Stellung bereits in drei Tagen – da war Ultimo – antreten sollte.

Zum Abschied reichte Herr Hartmann dem Baron die Hand.

»Also auf Wiedersehen am Donnerstag, Baron. Es ist mir sehr lieb, daß Sie Aristokrat sind, das sage ich ganz offen. Sie werden in meinem Hause eine angenehme Stellung haben, und ich habe dafür einen wirklich hoffähigen Erzieher.«

»Einen Sekretär, Herr Hartmann. Daß ich nebenbei als Ihr Erzieher fungieren soll, erwähnen wir am besten gar nicht mehr. Es braucht niemand zu wissen, daß ich dieses Amt bekleide, damit man nicht darüber spotten kann.«

Herr Hartmann sah den Baron forschend an. »Glauben Sie, daß man darüber spotten würde?«

»Ich halte es für möglich.«

»Aber warum? Ist es lächerlich, wenn man etwas lernen will, was man noch nicht weiß?«

»Nein, gewiß nicht. Ich finde es jedenfalls durchaus nicht lächerlich, sondern bewundernswert von Ihnen. Aber es könnte Menschen geben, die über Ihren Lerneifer in dieser Beziehung spotten, wie man leicht über etwas spottet, das man nicht versteht. Und es ist nicht nötig, daß man diese Spottlust herausfordert. Ich werde mein Amt als Erzieher so ausüben, daß es niemand bemerken kann.«

»Nun gut, ist mir auch recht, daß nicht darüber gesprochen wird. Also auf Wiedersehen am Donnerstag, Baron.«

»Auf Wiedersehen, Herr Hartmann.«

Damit war Baron Oldenau entlassen. Der Diener begleitete ihn bis vor das Portal.

3

Margot Hartmann stand am Fenster ihres Salons hinter dem kostbaren Spitzenstore und sah hinter Baron Oldenau her, der soeben auf dem kiesbestreuten Weg zum Gartentor schritt.

Ihre Augen hingen an seiner aufrechten, schlanken Gestalt, die elastisch ausschritt. Sie wurde sich nicht klar darüber, weshalb sie an das Fenster getreten war, als sie hörte, daß er sich entfernte. Ein großes Wohlgefallen an dieser schlanken, vornehmen Männergestalt erfüllte ihr Herz. Sie war sehr damit einverstanden, daß ihr Vater gerade diesen jungen Mann engagiert hatte. Er hatte sie mit seinen klugen, warmen Augen so klar und offen angesehen, daß sie sogleich eine starke Sympathie für ihn empfunden hatte.

Sie sah ihm jetzt unverwandt nach, bis sich das Tor hinter ihm schloß und er ihren Blicken entschwunden war. Ein leiser Seufzer entfloh ihrer Brust.

Wenn Papa mich doch nicht mehr damit quälen wollte, daß ich diesen Fürsten Nordheim heiraten soll, von dem er mir soviel vorschwärmt. Ich glaube nicht, daß er mir gefällt, dachte sie.

Warum sie das nicht glaubte, wußte sie nicht. Es wurde ihr auch nicht bewußt, daß dieser Glaube in dem Moment in ihr wach geworden war, als sie in Baron Oldenaus Augen sah.

Sie stand aber überhaupt den Heiratsplänen ihres Vaters ziemlich feindlich gegenüber, wenn sie es sich auch, um den Vater nicht zu kränken, nicht anmerken ließ.

Bei der Mittagstafel trafen Vater und Tochter in dem großen, schönen Speisezimmer zusammen. Sie speisten heute allein. Gäste waren nicht geladen, und die Hausdame, die Herrn Hartmann den Haushalt führte, hatte sich wegen Migräne entschuldigen lassen.

An einem runden, reichgedeckten und mit Blumen geschmückten Tisch saßen sich Vater und Tochter gegenüber.

Als der Diener die Suppe aufgetragen und sich entfernt hatte, sagte Herr Hartmann, sichtlich gut gelaunt: »Nun, Margot, wie gefällt dir Baron Oldenau?«

Margot sah nicht von ihrem Teller auf. Ein leises Zukken ihrer Lippen ließ das Grübchen ahnen und verriet, daß sie diese Frage erwartet hatte.

»Oh, er gefällt mir gut. Ich glaube, du hast eine gute Wahl getroffen.«

Befriedigt nickte der alte Herr. »Das glaube ich auch. Mir gefällt er ausnehmend gut.«

Margot sah nun fragend auf. »Wie kommt er eigentlich dazu, eine solche Stellung anzunehmen, Papa? Er machte einen so vornehmen, eleganten Eindruck, daß ich ihn für einen Besucher hielt, nicht für einen Mann, der eine Stellung sucht.«

»Nun, das ist ihm wohl auch nicht an der Wiege gesungen worden«, sagte der alte Herr und erzählte seiner Tochter, was er selbst von dem Baron wußte.

Mit starkem Interesse, das sie aber hinter harmloser Gleichgültigkeit verbarg, lauschte sie seinen Worten. Als er geendet hatte, sagte sie lächelnd: »Mit einem so vornehmen Erzieher hattest du natürlich nicht gerechnet, Papa.«

»Allerdings nicht. Aber es ist mir sehr angenehm. Ich kann mich jedenfalls darauf verlassen, daß er genau weiß, was er mich zu lehren hat. Sogar bei Hofe hat er verkehrt. Es wird auch unseren vornehmen Gästen gegenüber Eindruck machen, daß ich einen Baron und ehemaligen Dragoneroffizier zum Sekretär habe. Das klingt doch nach etwas, nicht, Margot?«

Sie sah ihn schelmisch lächelnd an. »Gewiß, Papa ... mein Sekretär, Baron Oldenau ... großartig!«

Er drohte ihr lachend mit dem Finger. »Ich weiß schon, du machst dich ein bißchen lustig. Aber wenn du erst selbst eine vornehme Aristokratin bist, wirst du mich schon verstehen.«

Margot teilte nicht die Schwäche ihres Vaters, der absolut in adlige Kreise hineinsteuern wollte. Sie hatte aber bisher diese Schwäche ihres Vaters nicht ernst genommen und ließ ihn ruhig gewähren. Selbst wenn er ihr davon sprach, daß sie zum mindesten einen Grafen oder gar Fürsten heiraten sollte, hatte sie sich nicht sonderlich aufgeregt. Warum sollte sie nicht ebensowohl einen Grafen oder Fürsten als einen anderen Mann liebgewinnen können, wenn es einmal so weit kam, daß sie heiraten würde? Man konnte ja abwarten.

Als aber Margot in letzter Zeit merkte, wie energisch ihr

Vater – nachdem er in Berlin festen Fuß gefaßt hatte – darauf lossteuerte, eine vornehme Partie für sie ausfindig zu machen, kamen ihr doch allerhand Bedenken. Sie machte nun einen Versuch, den Vater davon abzubringen, unbedingt auf solch eine vornehme Verbindung für sie zu bestehen. Aber da war der alte Herr zum erstenmal so heftig und zornig gegen seine Tochter geworden, daß sie erschrocken merkte, wie fest sich diese Idee bei ihm gesetzt hatte.

Sie sprach nun nicht mehr dagegen, ließ den Vater ruhig gewähren und nahm eine abwartende Haltung an.

Daß ihr Vater letzten Endes nicht auf seinem Plan bestehen würde, wenn eine solche Verbindung sie unglücklich machen würde, stand trotz allem bei ihr fest. Im Grunde nahm sie diese Angelegenheit durchaus nicht tragisch und ließ sich ihre heitere Sorglosigkeit nicht dadurch trüben. Ohne große Unruhe wartete sie auf die weitere Entwicklung der Dinge.

Margot Hartmann wußte sich geliebt von ihrem Vater. Von Kind auf war sie von ihm sehr verwöhnt worden. Er hatte erst geheiratet, als er schon ein sehr wohlhabender Mann gewesen war. Mit nahezu vierzig Jahren hatte er in Amerika eine junge Deutsche heimgeführt, die aber schon einige Jahre nach der Geburt ihres Kindes starb.

Mit großer Zärtlichkeit hing der Vater sein Herz an die Tochter und ließ ihr eine äußerst sorgfältige Erziehung angedeihen. Er lebte und strebte nur für sein Kind, und Margot führte das Leben einer verwöhnten Prinzessin.

Daß sie trotzdem ein liebenswertes, natürliches und warmherziges Menschenkind ohne Launen und Unarten wurde, verdankte sie ihrer geistig hochstehenden, vernünftigen deutschen Erzieherin. Diese, eine lebensfrische, energische Frau, hatte Margots Erziehung geleitet, bis sie – kurz vor der Abreise von Vater und Tochter von Amerika –

mit einem deutschen Landsmann einen späten Ehebund schloß und mit ihrem Gatten eine Zeitung gründete. Sie war also im Hartmannschen Hause geblieben, bis ihr Erziehungswerk an Margot als vollendet betrachtet werden konnte. Und sie hatte Margot die Überzeugung beigebracht, daß eine so reiche, junge Dame die doppelte Verpflichtung habe, liebenswert zu sein, weil sie sonst als Persönlichkeit immer hinter dem Glanz ihres Reichtums zurückstehen müsse.

Damit hatte sie Margot, die diese Lehre beherzigte, einen großen Dienst erwiesen. Und vernünftigerweise hatte Herr Hartmann gegen diese klugen Erziehungsprinzipien nicht revoltiert.

Margot liebte ihren Vater sehr und achtete ihn hoch. Und sie fand es nun keineswegs lächerlich, sondern rührend, daß er sich auf seine alten Tage noch gesellschaftlich erziehen lassen wollte, weil er früher nicht die Zeit und Gelegenheit dazu gehabt hatte. Sie wußte auch, daß die Triebfeder zu seinem Lerneifer nur die Liebe zu ihr war. Und da sie außerdem erkannt hatte, daß es nur seine väterliche Liebe war, die sie auf den höchsten Höhen des Lebens sehen wollte, hatte sie sich bisher nicht ernstlich dagegen gewehrt, daß er auf eine vornehme Partie für sie hinsteuerte.

Sie kannte die Liebe noch nicht, wußte nicht, welche Macht ihr innewohnte. Sie war gar nicht sentimental veranlagt, und es erschien ihr durchaus nicht unmöglich, daß sie einen jungen Aristokraten, den ihr der Vater zum Gatten aussuchen würde, so sympathisch finden könnte, daß sie ihn heiraten mochte. Denn das nahm sie bei ihres Vaters Liebe zu ihr als selbstverständlich an, daß dieser ihr nie einen häßlichen, alten oder unangenehmen Menschen als Gatten in Vorschlag bringen würde. Deshalb hatte sie die Dinge bisher ruhig gehen lassen.

In letzter Zeit hatte ihr der Vater oft von einem Fürsten Nordheim erzählt, den er kennengelernt hatte. Auch heute, als sich Vater und Tochter beim Dessert gegenübersaßen, sagte Herr Hartmann, nachdem er sich in seinen Sessel zurückgelehnt hatte:

»Es ist mir lieb, daß ich eine geeignete Persönlichkeit gefunden habe, denn ich werde Baron Oldenaus Lehren in nächster Zeit dringend bedürfen, da wir ja nun unser Haus der Gesellschaft öffnen werden. Auch der junge Fürst Nordheim wird demnächst seinen Besuch bei uns machen.«

Mehr als je vorher regte sich in Margots Herzen eine heimliche Aversion gegen diesen ihr unbekannten Fürsten.

»Hat er seinen Besuch in Aussicht gestellt, Papa?« fragte sie mit erzwungener Ruhe.

»Jawohl, Margot. Und ich habe begründete Hoffnung, daß er uns diesen Besuch nicht ohne bestimmte Absicht macht. Ich will dir nicht verhehlen, daß ich überzeugt bin, daß er sich um deine Hand bewerben will.«

Margot saß einen Moment ganz still und hielt die Augen gesenkt. Ihr war in diesem Augenblick, als ruhten die Blicke des Barons Oldenau forschend auf ihr, wie das heute morgen geschehen war, als sie ihm gegenübertrat.

Warum sie gerade jetzt wieder an ihn denken mußte, wurde ihr nicht klar. Aber unwillkürlich trat ihr bei dem Gedanken an ihn das Blut langsam in die Wangen. Ihr war, als müsse sie heftig gegen diesen unbekannten fürstlichen Bewerber protestieren. Aber sie bezwang sich.

Nach einer Weile sah sie auf.

»Was ist das eigentlich für ein Fürst, Papa? Du hast mir schon einige Male von ihm erzählt«, sagte sie scheinbar unbefangen.

Herr Hartmann richtete sich lebhaft auf. »Er ist ein sehr

gutaussehender junger Herr, Margot . . . ein österreichischer Fürst, der seit Monaten hier in Berlin lebt. Er entstammt einem alten Fürstengeschlecht. Der Freiherr von Goltzin hat mir alles Wissenswerte über ihn erzählt. Es ist natürlich kein regierendes Haus, aber die Fürsten Nordheim haben einst in Tirol große Besitzungen gehabt, die ihnen durch mißliche Verhältnisse verlorengingen. Sie sind ziemlich verarmt.

Der junge Fürst Edgar Nordheim ist der letzte seines Geschlechtes, und er ist auf eine für seine Verhältnisse äußerst bescheidene Rente angewiesen, die er auch noch mit seiner Mutter, einer sehr verwöhnten Dame, teilen muß.

Der Freiherr von Goltzin hat mir gesagt, daß der junge Fürst daher eifrig nach einer reichen Partie sucht . . . er ist eben darauf angewiesen. Seine Mutter ist Oberhofmeisterin einer österreichischen Erzherzogin und bei Hofe natürlich sehr gut angeschrieben. Also denke dir, Margot, was das für herrliche Aussichten für dich sind.«

Margot hatte ohne sonderliches Interesse zugehört. »Weshalb ist denn der Fürst nicht in Österreich geblieben?« fragte sie, und sie fühlte, daß ihr das angenehmer gewesen wäre, als daß er in Berlin weilte.

»Er hat eben dort keine passende Partie gefunden und ist nun nach Berlin gekommen, um eine solche ausfindig zu machen. Der Fürst möchte brennend gern die Familiengüter in Tirol zurückkaufen, wozu sich jetzt eine günstige Gelegenheit bieten würde. Er bedarf aber dazu einiger Millionen und sucht, wie gesagt, eifrig nach einer Frau, die ihm diese Millionen als Mitgift zubringt.«

»Die Frau wäre also hierbei Nebensache, Papa. Die Hauptsache sind die Millionen.«

Zärtlich sah der Vater seine Tochter an. »Aber Margot, wenn er eine Frau wie dich bekommt, dann werden ihm die Millionen bald Nebensache und die Frau die Hauptsache sein! Davor bin ich nicht bange. Der Freiherr von Goltzin hat mir auch versichert, daß der Fürst nur eine Frau heiraten will, die er auch liebgewinnen kann. Na, und das wirst du ihm leichtmachen.

Jedenfalls habe ich nun dafür gesorgt, daß er in unserem Hause verkehren wird und ihr euch erst einmal kennenlernt. Er wird, wie gesagt, nächstens seinen Besuch machen. Freiherr von Goltzin will ihn bei uns einführen, und dann wird er auch unser Fest besuchen, das wir zur Einführung in die Berliner Gesellschaft geben werden.«

»Hat dir das der Fürst selbst gesagt?« fragte Margot mit einem unangenehmen Gefühl.

»Gewiß. Ich habe ihn gestern bei meinem Pferdehändler getroffen, wo ich für dich und mich im Hochsommer Reitpferde gekauft habe. Ich sah mir ein paar Kutschpferde an für das kleine Kupee und hatte den Freiherrn von Goltzin gebeten, mich mit seinem Rat zu unterstützen.«

»Du tust bald gar nichts mehr ohne den Rat des Freiherrn«, sagte Margot, die Herrn von Goltzin aus einem ihr selbst unbewußten Grunde nicht sehr gewogen war.

Herr Hartmann zuckte die Achseln. »Der Freiherr ist so sehr gefällig und liebenswürdig. Und von Pferden versteht er nun mal mehr als ich. Außerdem wird er uns, wie du ja weißt, in die Berliner Aristokratie einführen und dafür sorgen, daß diese bei uns verkehrt.«

»Tut er das alles nur uns zu Gefallen?«

Herr Hartmann wurde ein wenig verlegen. »Nun, ich erweise ihm auch kleine Gefälligkeiten. Aber ich wollte dir erzählen, daß der Freiherr in Begleitung des Fürsten Nordheim war und dieser mir seinen Besuch für nächste Woche ankündigte. Er wird dir gefallen, Margot. Der Fürst ist ein sehr vornehmer und hübscher junger Mann, sonst hätte ich ihn gar nicht mit dir in Verbindung gebracht. Und es wird schon alles in die Reihe kommen, Herr von Goltzin wird die Sache geschickt arrangieren.

Daß der Fürst sich in dich verliebt, sobald er dich kennenlernt, steht bei mir außer Zweifel. Und du wirst auch Gefallen an ihm finden. Er ist schneidig und elegant, sehr sympathisch und, wie gesagt, äußerst vornehm. Du kannst dich darauf verlassen, ihr paßt famos zueinander, und die Sache wird sich glatt arrangieren lassen.«

Es war etwas in Margot, das ihr das Blut in die Wangen trieb und ihren Widerspruch weckte. Sie hätte am liebsten energisch gegen diese Verbindung protestiert. Aber sie dachte an den jähen Zornesausbruch ihres Vaters von neulich und sagte deshalb nur mit einem schwachen Versuch, das Schicksal aufzuhalten:

»Ich glaube nicht, daß der Fürst eine Bürgerliche heiraten wird.«

Herr Hartmann warf sich in die Brust.

»Nun, meine Millionen werden für ihn genau denselben Wert haben, wie seine Fürstenkrone für mich. Ganz abgesehen davon, daß du auch ohne deinen Reichtum begehrenswert, selbst für einen Fürsten, bist. Da er keinen Thron hat, wird ihn nichts hindern, ein bürgerliches Mädchen heimzuführen.

Also hab' keine Sorge, Margot, ich bin fest überzeugt, daß du Fürstin Nordheim wirst . . . eine Durchlaucht, Margot! Ich sehe dich im Geiste schon inmitten der vornehmen Gesellschaft vom Hofe. Denn natürlich wird dann die Fürstinmutter dafür sorgen, daß du bei Hofe verkehren kannst.«

In Margots Innerem siegte plötzlich der jugendfrohe Übermut über alles Bangen. Mit blitzenden Augen sah sie zu ihrem Vater hinüber.

»Du willst zu hoch hinaus mit deiner Tochter, Papa! Ich

habe ja gar nicht die nötige Würde und Grandezza, die eine Fürstin aufweisen muß.«

Herr Hartmann wehrte ärgerlich ab: »Ach was, das soll nur einer behaupten! Du hast Grandezza genug, um Kaiserin von China zu werden. Und es steht schon ganz fest bei mir, daß du Fürstin Nordheim werden wirst. Der Fürst wird dir gefallen. Er ist sehr liebenswürdig.«

Margot warf alle Sorgen über Bord. Wozu sich jetzt schon beunruhigen und aufregen? Sie konnte sich ja den Fürsten ruhig einmal ansehen. Vielleicht gefiel er ihr wirklich. Es verpflichtete sie ja noch zu nichts. Und alles Weitere konnte man abwarten.

»Nun, wir werden sehen, Papa«, sagte sie ruhig.

Sie wollte dem Vater den Gefallen tun, scheinbar auf seine Pläne einzugehen. Er glaubte, vollständig gewonnenes Spiel bei seiner Tochter zu haben. Er faßte ihre Hand über den Tisch hinweg.

»Wie ich mich freuen werde, Margot, wenn du Fürstin geworden sein wirst!«

Sie sah ihn unsicher an. »Liegt dir wirklich so viel daran, Papa?«

Herrn Hartmanns Augen blitzten auf. Die Muskeln seines Gesichts strafften sich. »Kannst du dir das nicht denken, Margot? Ich, ein einfacher Tagelöhnerssohn, der Schwiegervater eines Fürsten! Meine Tochter eine Durchlaucht! Das ist doch ein erstrebenswertes Ziel. Habe ich das erreicht, dann kann ich zufrieden sein.«

»Das könntest du schon jetzt, Papa, du hast Großes geleistet und brauchtest diesen fürstlichen Nimbus gar nicht.«

»Das verstehst du nicht, Margot.«

»Möglich, Papa. Hast du auch bedacht, daß dich dieser fürstliche Schwiegersohn viel, sehr viel Geld kosten würde?«

»Schadet nichts! Dazu habe ich ja meine Reichtümer gesammelt. Ich kann mir das leisten. Wir kaufen die fürstlichen Güter zurück, damit du auch einen fürstlichen Besitz hast. Laß mich nur machen. Und natürlich muß ich mir nun auch vornehme Umgangsformen aneignen. Wer weiß, am Ende werde ich auch noch bei Hofe vorgestellt. Und dann will ich gut abschneiden und dir keine Schande machen. Es ist mir sehr lieb, daß Baron Oldenau schon am Donnerstag seine Stellung antritt. Er kann mich dann schon ein wenig zurechtstutzen, bis der Fürst zu uns kommt.«

Erst hatte ein Lächeln auf Margots Zügen geruht, und sie hatte voll Rührung des Vaters Hand gestreichelt. Als er aber von Baron Oldenau sprach, flog plötzlich ein Schatten über ihr Gesicht. Wieder war es ihr, als wenn die Augen des Barons scharf und forschend auf ihr ruhten, und es stieg etwas in ihr auf, das sie nicht mit Namen bezeichnen konnte und das sie mit einer unbeschreiblichen Unruhe erfüllte.

Ihr war zumute, als müsse sie sich mit aller Kraft gegen die Heiratspläne ihres Vaters zur Wehr setzen, als müsse sie sagen: Gib dir keine Mühe, Papa, laß den Fürsten Nordheim gar nicht erst in unser Haus kommen, ich mag nicht seine Frau werden, will überhaupt nicht auf die Art verheiratet werden, wie du es haben willst.

Aber sie schwieg, und ihr frisches, lebhaftes Naturell half ihr auch schnell über die unruhige Stimmung hinweg. Sie war so gar nicht daran gewöhnt, dem Leben in Kampfstellung gegenüberzustehen. Es hatte sich immer alles so geregelt, wie es ihr lieb war. Und sie hoffte auf irgend etwas Unvorhergesehenes, was sie auch diesmal jedes Kampfes enthob. Nur das stand schon heute fest bei ihr: Fürstin Nordheim würde sie nicht werden, wenn sie den Fürsten nicht wirklich liebgewann. Und es erschien ihr ziemlich sicher, daß dies nicht geschehen würde, wenn sie auch nicht wußte, worauf diese Sicherheit basierte.

Nach einer Weile sagte sie scheinbar gleichgültig: »Ja, es ist auf alle Fälle gut, daß Baron Oldenau so bald seine Stellung antritt. Du wirst doch etwas mehr freie Zeit haben, wenn dir dein Sekretär einen Teil der Arbeit abnimmt. Trotzdem du dich angeblich zur Ruhe gesetzt hast, gibt es noch eine Menge Arbeit für dich.«

»Soll es auch immer geben, Margot! So ganz ohne Arbeit werde ich und will ich auch nie sein. Wenn eine Maschine erst stillsteht, rostet sie ein ... und einrosten will ich nicht. Ich will ja jetzt erst anfangen, mein Leben zu genießen. Bisher hatte ich keine Zeit dazu. Jetzt werde ich mir die Zeit nehmen, und damit ich aufnahmefähig bleibe, muß ich dazwischen immer ein bißchen Arbeit haben.

Zuviel wird es nicht werden, zumal wenn mein neuer Sekretär mir mancherlei abnimmt. Und weißt du, mein Töchterchen, wenn du erst Fürstin Nordheim bist und mit deinem Gatten in Tirol lebst, dann siedele ich auch dorthin über.

Ich will mich doch am Glücke meiner Tochter freuen und es aus nächster Nähe genießen. Ich schaffe mir da auch einen Wirkungskreis. Das stelle ich mir wunderschön vor. Sehen muß ich dich alle Tage, das steht fest. Auf die Dauer trenne ich mich nicht von dir, auch nicht, wenn du verheiratet bist. Das mache ich gleich im voraus mit dem Fürsten aus. Es soll ein schöner Lebensabend für mich werden, wenn ich mich an meiner Tochter Glück und Glanz freue.«

Margot sprang auf und legte ihren Arm um den Hals des Vaters. Sie schmiegte ihre Wange an die seine.

»Das Glück ist doch die Hauptsache, mein lieber Papa. Nicht wahr, glücklich willst du doch deine Margot sehen?«

Er streichelte liebevoll ihre schönen, wohlgepflegten

Hände, an denen nur ein einziger Ring mit einer wundervollen Perle und einem großen Brillanten glänzte.

»Das ist natürlich die Hauptsache, Margot. Und wenn du eine Fürstin bist, bei Hofe verkehrst und einen liebenswürdigen Gatten hast, dann mußt du doch glücklich sein.«

Sie streichelte seine Wange und dachte zum ersten Male ernsthaft darüber nach, wie für sie wohl das Glück aussehen würde. Aber ihr Vater ließ ihr jetzt nicht lange Zeit zum Nachdenken. Er erhob sich und führte sie in das anstoßende Zimmer, wo ihnen der Mokka serviert wurde.

4

Baron Oldenau hatte schon seit einer Woche sein neues Amt angetreten und wohnte in der Villa Hartmann. In seiner Eigenschaft als Sekretär hatte er hauptsächlich die Korrespondenz von Herrn Hartmann zu erledigen, die sowohl in deutscher als in englischer Sprache geführt wurde. Außerdem hatte er noch allerlei Geschäfte für den alten Herrn zu erledigen, die ihm bewiesen, daß ihm Herr Hartmann großes Vertrauen entgegenbrachte.

Der Baron bewohnte im ersten Stock der Villa zwei schöne, große Zimmer, außerdem standen ihm auch alle offiziellen Räume des Hauses offen. Bei den Mahlzeiten traf der Baron auch stets mit der Tochter des Hauses und der Hausdame – der Witwe eines Majors – zusammen.

Sein Amt als Erzieher des alten Herrn übte er in einer äußerst delikaten und feinfühligen Weise aus. Er fand an Herrn Hartmann wirklich einen sehr lernbegierigen und aufmerksamen Schüler. Kleine Verstöße, die sich der alte Herr zuschulden kommen ließ, korrigierte der Baron stets so diskret, daß niemand anderes etwas davon merken konnte.

Natürlich zog Herr Hartmann den Baron betreffs der bevorstehenden großen Festlichkeit zu Rate, und der Baron konnte ihm sehr wertvolle Winke geben.

Zu seinem angenehmen Erstaunen hatte der Baron im Hause des Millionärs nirgends eine Geschmacklosigkeit oder Protzerei in der Einrichtung bemerkt. Es herrschte in allen Räumen eine wohltuende Harmonie und eine vornehme Schlichtheit, die freilich die Kostbarkeit der Einrichtung nicht verkennen ließ.

Er sprach sich eines Tages dem alten Herrn gegenüber lobend darüber aus, und Herr Hartmann erwiderte strahlend:

»Nicht wahr, da staunen Sie? Nun, ich hätte die Villa wahrscheinlich ganz anders ausgestattet und viel mehr in die Zimmer hineingesteckt. Aber meine Tochter hat mich darum gebeten, das alles ihr zu überlassen, und da es ja in der Hauptsache darauf ankommt, daß es ihr gefällt, habe ich sie auch ruhig gewähren lassen.

Bis in die kleinsten Winkel hat sie alles mit dem Innenarchitekten besprochen und sich erst Zeichnungen anfertigen lassen, meist nach ihren eigenen Ideen. Wir haben ja monatelang in Berlin im Hotel gelebt, bis alles fertig war. Und jeden Morgen ist meine Tochter hierhergeritten oder gefahren und hat sich überzeugt, ob alles nach ihren Wünschen ausgeführt wurde.

Es freut mich, daß Ihnen die Ausstattung der Räume gefällt. Der Architekt war auch ganz Feuer und Flamme und meinte, meine Tochter habe originelle Ideen und könne selbst Architektin werden.«

Es kam so ganz von selbst, daß Baron Oldenau sein Vorurteil gegen Fräulein Margot Hartmann fallenließ und in ihr mehr und mehr einen zwar lebensfrohen und oft übermütigen, aber doch unbedingt wertvollen Menschen erkennen lernte.

Zwischen Margot und dem Baron bestand ein ziemlich harmonisches Verhältnis. Sooft sie zusammentrafen, plauderten sie lebhaft und angeregt miteinander, und der Gesprächsstoff ging ihnen nie aus.

Der Baron konnte sich nicht verhehlen, daß die junge Dame in ihrer entzückenden Frische und Natürlichkeit einen tiefen Eindruck auf ihn machte. Dabei war sie ganz Dame, und nie war in ihrem Wesen etwas, das sein Mißfallen hätte erregen können. Um so unbegreiflicher erschien es ihm, daß sie mit den Heiratsplänen ihres Vaters vollkommen einverstanden zu sein schien. Sie machte ihm so gar nicht den Eindruck einer gedankenlosen Puppe. Im Gegenteil, er hielt sie für ein sehr charaktervolles und liebenswertes Geschöpf. Ihre Zärtlichkeit dem Vater gegenüber, ihre liebevolle Nachsicht gegenüber seinen kleinen Schwächen war rührend. Nie erschien sie launisch oder verzogen. Kurzum, Baron Oldenau mußte sein Herz fest im Zaume halten, um ihr gegenüber seine Ruhe nicht zu verlieren.

Manchmal gelang ihm das nicht ganz. Es kam vor, daß es in seinen grauen Augen seltsam aufblitzte, wenn er ihr gegenübersaß. Und Margot hatte jedesmal, wenn sie dieses Aufblitzen wahrnahm, ein Gefühl, als setze ihr Herzschlag aus.

Sie gestand sich aber nicht ein, daß der Sekretär ihres Vaters eine unerklärliche Unruhe in ihrem jungen Herzen weckte. Und mit keinem Wimperzucken verriet sie ihm, daß sie mehr für ihn empfand, als es in ihrem gegenseitigen Verhältnis nötig erschien.

Ahnungslos freute sich Herr Hartmann an dem munteren frischen Ton, in dem seine Tochter mit seinem Sekretär verkehrte. Daß dieser Baron war, hob ihn in seinen Augen über das Niveau eines Untergebenen. Aber nie hätte er daran gedacht, daß seine Tochter noch viel mehr vergaß, daß der Baron hier im Hause in einer immerhin untergeordneten Stellung war und als Sekretär nicht die Augen zur Tochter seines Herrn erheben durfte. Der Baron gefiel ihm von Tag zu Tag besser, und er erwarb sich mehr und mehr sein Vertrauen.

Inzwischen war der Freiherr von Goltzin – ein Herr Anfang der Fünfzig, mit einem sehr einschmeichelnden und hilfsbereiten Wesen – oft im Hause des Herrn Hartmann gewesen, und er war oft lange Zeit mit Herrn Hartmann allein.

Eines Tages befand sich dann auch Fürst Edgar Nordheim in seiner Gesellschaft. Herr Hartmann wußte vorher genau die Zeit dieses Besuches und erbat sich aufgeregt allerlei Verhaltungsmaßregeln von seinem Erzieher, wie er dem Fürsten in seinem Hause zu begegnen hatte.

»Wissen Sie, lieber Baron, ich möchte um keinen Preis einen schlechten Eindruck auf den Fürsten machen. Denn im Vertrauen, es ist so gut wie sicher, daß sich der Fürst um die Hand meiner Tochter bewerben wird«, sagte er zu dem Baron, ehe er ging, den Fürsten zu begrüßen.

Baron Oldenau hatte ein seltsames Gefühl bei diesen Worten. Sie gingen ihm wie ein Stich durchs Herz. Etwas zerstreut gab er dem alten Herrn noch einige Lehren mit auf den Weg.

Dieser rückte nervös an seiner Weste, warf sich in Positur und wiederholte, was ihm sein Erzieher eingeprägt hatte.

»Ja, ja ... Durchlaucht und in der dritten Person. Und nicht servil, sondern ruhig und gelassen wie jedem anderen gerngesehenen Gast gegenüber. Ich darf nicht vergessen, daß der Fürst jung ist und ich ein alter Mann bin. Und so muß ich mich vor ihm verbeugen und ihn bitten, Platz zu nehmen.«

Der Baron sah mit einem seltsamen Blick auf den alten Herrn. »Es wird alles gutgehen, Herr Hartmann. Sie dürfen nur Ihr Selbstvertrauen nicht verlieren und nicht so nervös sein. Ein Fürst ist auch nur ein Mensch, und Sie haben es nicht nötig, sich aufzuregen, weil Ihnen Fürst Nordheim einen Besuch macht. Behandeln Sie ihn ganz wie jeden anderen Gast, nur vergessen Sie nicht die richtige Anrede.«

Herr Hartmann nickte und ging nun eilig davon.

Baron Oldenau sah ihm mit starren Augen nach. Seine Zähne bissen sich fest aufeinander.

Also Fürstin Nordheim? Ob sie wohl eine Ahnung hat, wes Geistes Kind dieser Mann ist, dessen Frau sie werden soll? dachte er.

Er kannte den Fürsten Edgar Nordheim. Dieser hatte vor Monaten einige Wochen in der früheren Garnison des Barons gelebt und in seinem Dragonerregiment viel verkehrt. Sein Lebenswandel hatte jedoch viel zu wünschen übriggelassen. Allerlei kleine Skandalgeschichten waren über ihn im Umlauf gewesen, und Baron Oldenau hatte selbst zufällig Gelegenheit gehabt, den Fürsten in einer keinesfalls ehrenhaften Situation zu erleben, die ihn mit Abscheu gegen diesen jungen Wüstling erfüllte. Schließlich war der Fürst unter Hinterlassung eines erheblichen Schuldkontos von der Bildfläche verschwunden, um nach Berlin zu reisen. Und nun kreuzte er hier wieder seinen Weg – als Bewerber um die Hand der jungen Millionärin.

Unruhig ging Baron Oldenau auf und ab. Er war momentan nicht fähig zu arbeiten. Deutlicher als je zuvor fühlte er, daß er für Margot Hartmann mehr empfand, als seiner Herzensruhe gut war. Er gönnte sie diesem Bewerber nicht, der unter dem Schutz seines fürstlichen Namens ein ausschweifendes Leben führte, auf Kosten seiner zahlreichen Gläubiger.

War es nicht seine Pflicht, Herrn Hartmann zu warnen, ihm zu sagen, wie der Mann beschaffen war, dem er seine Tochter ausliefern wollte – nur weil er ein Fürst war?

Aber er antwortete mit einem Kopfschütteln auf diese seine Frage. Nein, es war weder seine Pflicht noch hatte er ein Recht dazu, diese Warnung auszusprechen. Er war in diesem Hause nichts als ein Untergebener, der in solchen Fällen nur reden durfte, wenn er gefragt wurde. Vielleicht dies nicht einmal. Er mußte gewärtig sein, wenn er warnen wollte, daß man ihm sagen würde: Das sind Dinge, die Sie nichts angehen!

Mit zusammengebissenen Zähnen setzte sich Baron Oldenau endlich an den Schreibtisch, um aufgetragene Arbeiten zu erledigen.

Aber Margots reizendes Gesicht mit dem entzückenden Schelmengrübchen stand dabei vor seiner Seele und sah ihn mit lachenden Augen an – mit Augen, die warm und sonnig in sein Herz hineinleuchteten.

Muß ich ruhig zusehen, wie sie diesem fürstlichen Wüstling ausgeliefert wird? Was gäbe ich darum, hätte ich ein Recht, sie zu warnen! dachte er.

Freiherr von Goltzin zeigte ein etwas affektiert-elegantes Äußere. Sein Haar war jugendlich schwarz gefärbt, seine Kleidung übertrieben elegant. Er trug ein Monokel, und Haar und Bart waren sorgfältig gepflegt. Seine Art, sich zu geben, war einige Nuancen zu liebenswürdig und schmeichlerisch. Niemand wußte so recht, wovon er lebte, niemand verkehrte unbedingt vertraulich und intim mit ihm. Und doch ging man ihm auch nicht direkt aus dem Wege, um ihn nicht zu brüskieren. Er wußte zu viel, hatte eine unangenehme Virtuosität, die heikelsten und subtilsten Geheimnisse zu erspähen und sich bei passenden Gelegenheiten damit Vorteile zu verschaffen. Eingeweihte wußten, daß er diskret vornehme Heiraten vermittelte und ähnliche ›Gefälligkeiten‹ erwies.

Er wußte tatsächlich immer den Schein zu wahren, als erweise er nur einen Dienst. Daß er sich dafür bezahlen ließ, konnte niemand direkt behaupten. Aber man durfte ihm als Gegenleistung eine Gefälligkeit erweisen, die sich in Zahlen ausdrücken ließ. Mit einem untrüglichen Instinkt witterte der Fürst Gelegenheiten, auf diese Weise vermögenden Leuten seine Dienste anbieten zu können. Und so hatte er sich auch Herrn Hartmann angeschlossen und diesem versprochen, ihn in die vornehmsten Kreise einzuführen.

Weder Herr Hartmann noch seine Tochter ahnten, daß der Freiherr seine Gefälligkeiten sozusagen professionell ausübte. Zwar konnte ihn Margot nicht leiden, aber sie wußte doch nicht, daß er nicht ganz einwandfrei war. Und Herr Hartmann war viel zu froh, einen so brauchbaren Menschen für seine Zwecke gefunden zu haben, als daß er ihm kritisch gegenübergestanden hätte.

Auch an Fürst Nordheim hatte sich der Freiherr mit seinem sicheren Instinkt herangemacht und ihm in diskreter Weise seine Vermittlung angeboten, falls er eine reiche Partie suche. Der Fürst hatte ihm ganz offen gesagt, daß er deshalb nach Berlin gekommen sei und wie hoch seine Ansprüche wären. Freiherr von Goltzin hatte ein gutes Geschäft für sich gewittert und gemerkt, daß er mit dem Fürsten offen reden konnte. So waren diese beiden Ehrenmänner schnell einig geworden, und der vorläufige Erfolg war nun der Besuch des Fürsten in der Villa Hartmann.

»Anschauen muß man sich halt die junge Dame ein wenig«, hatte Fürst Nordheim in seiner leicht wienerisch gefärbten Aussprache gesagt.

Die beiden Herren saßen im Empfangszimmer der Villa

Hartmann und warteten auf den Hausherrn, dem sie sich hatten melden lassen. Als dieser eintrat, ging ihm Herr von Goltzin mit seinen gewollt jugendlichen Bewegungen entgegen und reichte ihm die Hand.

»Ach, mein lieber Herr Hartmann, ich freue mich, Sie zu sehen! Sie sehen brillant aus, wie immer. Und Ihr entzückendes Heim umgibt jeden Besucher sofort mit Behagen. Durchlaucht haben auch schon zu bemerken geruht, daß er die Ausstattung dieses Zimmers süperb findet ... ganz süperb.«

Herr Hartmann verneigte sich tadellos vor dem Fürsten. »Durchlaucht erweisen mir eine hohe Ehre mit Ihrem Besuch. Es freut mich, Durchlaucht in meinem Hause begrüßen zu können.«

Fürst Edgar Nordheim trat Herrn Hartmann ebenfalls entgegen und streckte ihm mit etwas herablassender Freundlichkeit die Hand entgegen.

»Ich bitt' schön, mein lieber Herr Hartmann, keine Umstände. Es ist natürlich für mich ein Pläsier, Sie aufsuchen zu dürfen. Der Herr von Goltzin hat recht, es ist sehr behaglich bei Ihnen. Ich freue mich sehr ... ohne Phrase.«

»Das ist sehr schmeichelhaft für mich, Durchlaucht.«

»Oh, ich sprech' halt nur aus, was ich empfinde.«

Die Herren nahmen Platz und plauderten ein wenig. Und nach einer Weile sagte der Fürst, ein wenig nervös:

»Ich hoffe, mein lieber Herr Hartmann, Sie erweisen mir die Ehre, mich Ihrem Fräulein Tochter vorzustellen.«

Herr Hartmann strahlte. Er sah an der feschen, eleganten Erscheinung des Fürsten empor. Daß dieser ein ziemlich geistloses, nichtssagendes Gesicht hatte und daß um seinen Mund ein schlaffer, übersättigter Zug lag, bemerkte er nicht. Häßlich war der Fürst nicht, und seine große, schlanke Gestalt wirkte so vornehm, daß Herr Hartmann alles andere darüber vergaß.

»Wenn Durchlaucht gestatten, lasse ich meine Tochter sofort benachrichtigen.«

»Ich bitt' schön, tun Sie das.«

Herr Hartmann klingelte, und eingedenk seines Erziehers sagte er zu dem eintretenden Diener: »Ich lasse meine Tochter bitten, sich hierherzubemühen.«

Herr von Goltzin griff nun in die Unterhaltung ein, und als wenige Minuten später Margot erschien, fand sie die drei Herren in angeregtester Unterhaltung.

Als der Fürst ihr vorgestellt wurde, sah sie ihn einen Moment mit einem forschenden Blick an. Im übrigen begrüßte sie ihn so ruhig und selbstverständlich, als sei sie gewöhnt, täglich Fürsten in ihrem Salon zu empfangen. Fürst Nordheim imponierte ihr sichtlich sehr wenig. Er machte keinerlei Eindruck auf sie, und sie fand, daß er ein sehr nichtssagender Mann sei. Im stillen verglich sie ihn mit dem Sekretär ihres Vaters, und ihrer Ansicht nach war entschieden der letztere die imponierendere Persönlichkeit von beiden.

»Ich hab' schon lange den Wunsch gehabt, mein gnädiges Fräulein, Ihre Bekanntschaft zu machen. Wie gefällt es Ihnen in Deutschland?« begann der Fürst die Unterhaltung mit Margot.

»Es gefällt mir sehr gut, Durchlaucht. Ich habe mich immer danach gesehnt, die Heimat meines Vaters kennenzulernen, und ich freue mich, daß ich hier bin.«

»Sie haben drüben in New York gelebt, nicht wahr?« »So ist es.«

»New York ist wohl grandios . . . es muß Ihnen doch in Berlin alles ein wenig rückständig vorkommen?«

»O nein, eigentlich ist es mir viel zuwenig rückständig. Ich habe es mir viel stiller und beschaulicher vorgestellt nach den Berichten meines Vaters.«

»Du darfst nicht vergessen, Margot, daß Berlin vor

mehr als dreißig Jahren anders aussah als jetzt. Ich bin selbst überrascht, wie enorm es sich entwickelt hat«, bemerkte Herr Hartmann.

Margot nickte ihm lächelnd zu.

»Ich hätte fast lieber das Berlin von vor dreißig Jahren kennengelernt.«

»Oh, da müssen Sie nach Wien kommen, mein gnädiges Fräulein, ich glaube, da finden Sie schon eher, was Sie suchen. Wissen Sie, Wien ist halt im Vergleich zu Berlin wie ein wonniger Frühlingsmorgen zu einem heißen Sommertag oder ... wie eine reizende Gavotte zu einem lauten Militärmarsch. In Wien lebt man leichter, sorgloser als in Berlin. Man arbeitet halt dort nicht soviel wie hier.«

Es blitzte schelmisch in Margots Augen auf. »Nun, was das anbelangt ... man kann der Arbeit überall aus dem Wege gehen, wenn man sie nicht liebt ... auch hier in Berlin, Durchlaucht.«

Der Fürst merkte nicht den leisen Spott in diesen Worten. Er blickte enthusiasmiert in das lächelnde Mädchengesicht und sagte lebhaft: »Ah, da schau her! Gnädiges Fräulein haben mir ganz aus der Seele gesprochen. Die Arbeit ist halt für den Plebejer!«

Margots Lippen zuckten in unterdrückter Spottlust. Sie sah einen Moment forschend zu ihrem Vater hinüber. Dieser konnte, wie sie wußte, Menschen nicht leiden, die der Arbeit ängstlich aus dem Wege gingen.

Aber Herr Hartmann mochte wohl der Ansicht sein, daß ein Fürst das Recht hatte, der Arbeit aus dem Wege zu gehen. Sein Gesicht strahlte wie vorher.

»Bei nächster Gelegenheit müssen wir uns Wien einmal ansehen, Margot«, sagte er.

»O bitt' schön, dann müssen mir die Herrschaften gestatten, Ihr Führer zu sein. So leicht finden Sie keinen besseren als mich. Ich bin ja in Wien zu Haus und weiß genau, wo man sich da am besten amüsiert«, erbot sich der Fürst liebenswürdig.

Herr Hartmann verneigte sich. »Durchlaucht sind sehr gütig. Das nehmen wir natürlich mit Freuden an, nicht wahr, Margot?«

Margots Augen blitzten den Fürsten übermütig an. »Ich weiß nicht, ob wir Durchlaucht bemühen dürfen und ob Durchlaucht auch gerade in Wien sind, wenn wir dorthin reisen.«

»Aber ich bitt' schön, dann reise ich natürlich expreß nach Haus. Ich überlasse es doch keinem anderen Menschen, Sie dort herumzuführen. Ist doch Ehrensache für mich, Ihnen Wien im besten Licht zu zeigen. Sie werden schauen, mein gnädiges Fräulein!«

Der Fürst hatte dem schönen Mädchen gegenüber seine herablassende Art aufgegeben und zeigte sich von seiner liebenswürdigsten Seite, um Eindruck auf sie zu machen. Wenn er in Betracht zog, daß sie mit ihrer kleinen Hand ungezählte Reichtümer zu vergeben hatte, dann erschien sie ihm recht begehrenswert. Zwar fürchtete er sich, seine Freiheit aufzugeben, aber wenn er sich aus allen pekuniären Kalamitäten retten wollte, blieb ihm eben kein anderer Ausweg als eine reiche Heirat. Im übrigen tröstete er sich mit dem Gedanken, daß er, wenn er das nötige Geld hatte, auch als verheirateter Mann sein mehr als flottes Leben fortsetzen konnte.

Freilich, daß dieses Mädchen schlichtweg Fräulein Hartmann hieß, erschwerte die Situation erheblich und war sehr bitter. Seiner adelsstolzen Mutter würde eine Verbindung zwischen ihm und einer Bürgerlichen sehr unangenehm sein – unangenehmer als ihm selbst. Aber schließlich – er brauchte scheußlich viel Mammon, und Aristokratinnen, die über ein Vermögen verfügten, wie er es brauchte, um seine Schulden zu bezahlen und seine Familiengüter wieder zurückzukaufen, waren sehr dünn gesät. Er hatte jedenfalls noch keine gefunden. Und die Zeit drängte, das Messer stand ihm an der Kehle.

Also Augen zu und vorwärts! Man muß halt schauen, wie man darüber hinwegkommt, daß die künftige Fürstin Nordheim eine geborene Hartmann ist. Ich werd's halt meiner Frau Mutter plausibel machen müssen – es hilft nix! dachte der Fürst bei sich.

Die Unterhaltung wurde von allen Seiten in dem Bemühen geführt, keine Pausen aufkommen zu lassen, und Freiherr von Goltzin griff sofort ein, wenn der Gesprächsstoff auszugehen drohte.

Man sprach auch von der bevorstehenden Festlichkeit, die Herr Hartmann in Bälde zu geben gedachte. Die Saison sollte damit gewissermaßen eröffnet werden. Dazu hatte der Freiherr geraten. Die ersten Feste der Saison wurden gern besucht. Man konnte da sicherer auf die Zusage der Geladenen rechnen, als wenn schon überall Feste stattfanden.

Jedenfalls sagte Fürst Nordheim bestimmt sein Erscheinen zu, und das war Herrn Hartmann vorläufig die Hauptsache.

Zu seiner Genugtuung verabredete dann der Fürst mit ihm und seiner Tochter einen gemeinsamen Morgenritt durch den Grunewald. Vater und Tochter ritten ohnedies fast jeden Morgen aus, wenn das Wetter gut war. Und der Spätherbst hatte noch schöne Tage gebracht.

Schon am nächsten Morgen wollte Fürst Nordheim die Herrschaften abholen.

Margot konnte diese Verabredung nicht verhindern, und sie wollte es auch nicht. Ihrem Vater leuchtete das Vergnügen, mit einer Durchlaucht zusammen auszureiten, aus den Augen. Sie wollte ihm diesen Spaß nicht nehmen.

Die Herren verabschiedeten sich nun, und während der Fürst noch einige Worte mit Margot sprach, flüsterte Freiherr von Goltzin Herrn Hartmann mit einem verschmitzten Augenblinzeln zu: »Merken Sie was, Verehrtester? Durchlaucht haben bereits Feuer gefangen. Kein Wunder! Ihr Fräulein Tochter ist bezaubernd !«

Daran zweifelte Herr Hartmann nicht. Befriedigt rieb er sich die Hände, als sich die Herren entfernt hatten.

»Du hast entschieden Eindruck auf den Fürsten gemacht, Margot. Herr von Goltzin hat es auch bemerkt. Na, und ein reizender Mensch ist doch der Fürst auch, nicht wahr? Du kannst dich darauf verlassen, die Sache nimmt den gewünschten Verlauf, und du wirst Fürstin Nordheim«, sagte er zu seiner Tochter.

Margot sah gedankenverloren vor sich hin. Sie hätte am liebsten geantwortet: Ich mag nie, niemals die Frau dieses Fürsten werden, er ist mir nicht einmal sympathisch.

Aber sie schwieg. Solange es ging, wollte sie dem Vater nicht widersprechen, um ihn nicht zu reizen. Vielleicht dachte der Fürst gar nicht im Ernst daran, sich um ihre Hand zu bewerben. Wozu dann den Vater erst durch ihren Widerspruch aufregen? Sollte sich der Fürst aber tatsächlich um sie bewerben, dann fand sich wohl eine Gelegenheit, ihm begreiflich zu machen, daß es klüger von ihm sei, sich zurückzuziehen. Daß sie ihm ganz nebensächlich war und er in der Hauptsache um ihren Reichtum warb, erschien ihr unzweifelhaft. Das Herz würde ihm nicht brechen, wenn sie ihn abwies.

Sie beschloß also abzuwarten und den Dingen ihren Lauf zu lassen, bis sie tatsächlich eingreifen mußte. Eins stand schon heute bei ihr fest: die Gemahlin des Fürsten würde sie auf keinen Fall werden. Zwingen konnte sie der Vater doch schließlich nicht zu einer Heirat, die ihr im Innersten widerstrebte.

Inzwischen gingen der Fürst und Herr von Goltzin durch den Garten auf das Tor zu.

»Wie gefällt Euer Durchlaucht Fräulein Hartmann?« fragte der Freiherr. »Ist sie nicht entzückend?«

Der Fürst zuckte die Achseln. »Unter uns, mein lieber Herr von Goltzin, sie ist *au fond* nicht mein Typ. Ich mach' mir halt nix aus blonden Weibern. Aber sie ist schon eine sehr hübsche Erscheinung.«

»Bedenken Durchlaucht die Millionen ihres Vaters!«

»Na, ich werd' sie halt bedenken! An was denk' ich sonst? An ihrem Aussehen stoß' ich mich auch nicht weiter ... mag sie meinetwegen so blond sein wie sie will. Aber daß sie einfach Hartmann heißt – nix als Hartmann –, das wird meiner durchlauchtigsten Frau Mutter nicht glatt eingehen!«

»Ihre Durchlaucht wird sich doch wohl mit dem Gedanken vertraut machen müssen, wenn Durchlaucht wieder in Besitz Ihrer Güter kommen wollen.«

»Wem sagen Sie das, mein lieber Herr von Goltzin? Es gibt halt keine junge Dame von Stand, die so viel Geld hat, wie ich brauche. Es ist halt schon ein Kreuz mit dem elenden Mammon ... wenn ihn andere Leut' haben! Aber lassen Sie mir halt noch ein bisserl Zeit, bis ich mich an den Gedanken gewöhnt hab', meine Freiheit dranzugeben!«

Damit hatten die Herren das Tor erreicht und stiegen in das wartende Mietauto, in dem sie hergefahren waren. Und auf der Rückfahrt besprachen sie die Angelegenheit weiter in diesem Ton.

5

Der Fürst hatte Herrn Hartmann und seine Tochter einige Male auf ihren Morgenritten begleitet. Er konstatierte dabei, daß Margot Hartmann gut zu Pferde saß und auch einen äußerst graziösen Anblick bot. Man hätte sie gut für eine Aristokratin halten können.

Ihrem Vater merkte man freilich den ›Plebejer‹ an, selbst wenn er auf dem edelsten Pferd saß und einen von einem erstklassigen Schneider gearbeiteten Reitdreß trug.

Wenn sich Herr Hartmann auch keinerlei Entgleisung zuschulden kommen ließ – dank dem hinter den Kulissen arbeitenden Erzieher –, so lag doch immer ein gewisses Etwas in seiner Erscheinung und in seinem Tun, das der Fürst eben als plebejisch bezeichnete. Wenn sich der Fürst im Geiste seine stolze Mutter neben Herrn Hartmann vorstellte, kam ihn das Grausen an. Und das eine stand fest bei ihm, wenn er wirklich Fräulein Hartmann zur Fürstin Nordheim machte, dann würde er sich den plebejischen Schwiegervater energisch vom Halse halten. Wenn er eine Ahnung gehabt hätte, daß Herr Hartmann schon Pläne machte, stets in nächster Nähe seiner Tochter zu weilen, dann wäre ihm wohl sehr bange geworden.

Inzwischen hatte Herr Hartmann mit seinem Sekretär verschiedene Konferenzen gehabt bezüglich des geplanten Festes. Baron Oldenau gab verschiedene Anregungen zur Ausstattung desselben. Herr Hartmann sah, daß er ihm die ganzen Vorbereitungen vertrauensvoll überlassen konnte, und forderte ihn nur auf, alles mit seiner Tochter zu besprechen. Er selbst beschränkte sich darauf, vergnügt zuzuhören und die nötigen Gelder anzuweisen. Jedenfalls sollte das Fest glanzvoll werden und ihn und seine Tochter effektvoll in der Berliner Gesellschaft einführen.

Baron Oldenau hatte sich rasch in seine Stellung eingearbeitet und fand sich mehr und mehr mit seiner veränderten Lage ab. Er verhehlte sich nicht, daß er mit dieser Stellung Glück gehabt hatte und viel schlechter damit hätte ankommen können. Sie war eine sehr angenehme, und soviel Herr Hartmann in gesellschaftlicher Beziehung von ihm lernen konnte, so viel lernte er von Herrn Hartmann in geschäftlicher Beziehung. Der alte Herr hatte auch in seinem sogenannten Ruhestand noch allerlei geschäftliche Bürden in Händen, und der Baron staunte immer wieder über das geschäftliche Genie des alten Herrn und über die Unsummen, die dabei eine Rolle spielten.

Dem Baron blieb zu seiner Freude genug Zeit und Freiheit in seiner Stellung, um auch an sich zu denken. Er konnte nach Belieben ausgehen, wenn Herr Hartmann seiner nicht bedurfte, und so konnte er seine Mutter häufig besuchen und ihr berichten, daß es ihm gutging und er zufrieden war.

Die Baronin war daher ziemlich ausgesöhnt mit der Stellung ihres Sohnes.

Wie er im Herzen zu Margot Hartmann stand, das verschwieg er aber seiner Mutter, um sie nicht zu beunruhigen.

Zwischen ihm und Margot herrschte jetzt zuweilen eine seltsam verhaltene Stimmung. Der Baron wußte um den Verkehr des Fürsten mit Vater und Tochter, und in seinem Herzen brannte Eifersucht. Wie Margot im Herzen zu dem Fürsten stand, konnte er nicht ergründen, doch zweifelte er kaum noch daran, daß sie ihn eines Tages heiraten würde. Und dieser Gedanke trieb ihm immer wieder das Blut zum Herzen und verursachte ihm namenlose Pein.

Eines Morgens hatte er einen Spaziergang in dem herbstlichen Garten gemacht, weil Herr Hartmann noch nicht von seinem Morgenritt zurück war. Während er auf den kiesbestreuten Wegen dahinschritt, sah er Vater und Tochter, vom Fürsten begleitet, heimkommen. Der Fürst verabschiedete sich am Gartentor von den Herrschaften und drückte einen sehr langen und ausdrucksvollen Kuß auf Margots Hand. Wie diese den Handkuß aufnahm, konnte Baron Oldenau nicht sehen, weil Margot ihm ihr Gesicht nicht zuwandte.

Glühende, brennende Eifersucht stieg in ihm auf. Mit zusammengebissenen Lippen und düsteren Augen starrte er auf die Gruppe. Erst als der Fürst davonritt und Vater und Tochter langsam zu dem Portal der Villa ritten, kam wieder Leben und Bewegung in seine Gestalt.

Er eilte zum Portal und kam gerade zurecht, um Margot beim Absteigen vom Pferd behilflich zu sein.

Sie sah, als er vor ihr stand, mit einem Blick zu ihm herab, den er sich nicht zu deuten wußte, und ließ sich willig von ihm vom Pferd heben.

Als er ihre schlanke Gestalt in seinen Armen fühlte, kam plötzlich das unsinnige Verlangen über ihn, sie fest an sich zu pressen und ihr heiße, leidenschaftliche Worte zuzuflüstern. Er mußte die Zähne zusammenbeißen, um seine Selbstbeherrschung nicht zu verlieren. Und Margot lag einen Augenblick haltlos in seinen Armen. Sie fühlte etwas Heißes, Unsagbares, Niegekanntes durch ihre Adern strömen. Es war ein Moment des Versagens der Selbstbeherrschung auf beiden Seiten. Aber sie waren beide zu sehr mit sich selbst und der eigenen Unruhe beschäftigt, als daß sie einander beobachten konnten.

Sie atmeten beide schwer, aber der gefährliche Moment ging vorüber, ohne daß sie sich einander verraten hätten. Der Baron gab Margot aus seinen Armen frei und trat mit einer Verbeugung zurück. Und Margot raffte umständlich ihr Reitkleid empor, um ihre Erregung zu verbergen, während sie ihm für seine Hilfe dankte.

Herr Hartmann plauderte sogleich sehr lebhaft mit dem Baron, so daß dieser ihm seine Aufmerksamkeit zuwenden mußte. Dabei entging ihm aber nicht, daß Margot ein Spitzentaschentuch entfiel, das sie zwischen die Knöpfe ihres Reitkleides geschoben hatte.

Er bückte sich schnell danach und hob es auf. Da Margot aber bereits unter dem Portal verschwunden war, behielt er es wie absichtslos in der Hand. Und als sich nach wenigen Minuten auch Herr Hartmann zurückzog, um sich umzukleiden, und der Baron eine Weile allein in dem Vestibül stand, preßte er plötzlich das Tuch an seine Lippen, an seine Augen und steckte es in seine Brusttasche.

Er hätte viel darum gegeben, wenn er ein Recht gehabt hätte, Margot vor dem Fürsten zu warnen. Wenn er auch keine Hoffnung hatte, sie je für sich zu gewinnen, so schmerzte es ihn doch sehr, daß er tatenlos zusehen mußte, wie sich der Fürst um sie bewarb.

In den Tagen vor dem Fest kamen täglich Besucher in die Villa Hartmann. Herr von Goltzin war eifrig an der Arbeit, er führte die meisten der aristokratischen Herrschaften ein und hatte dafür gesorgt, daß sie die Einladung zu dem Fest annahmen.

Herr Hartmann hatte Herrn von Goltzin dafür andere Gefälligkeiten erwiesen. Wiederholt hatte er ihm ganz stattliche Summen ausgehändigt, weil der Freiherr merkwürdig oft sein Portemonnaie vergaß und kein Geld bei sich hatte.

Natürlich dachte der Freiherr nicht daran, diese Summen zurückzugeben, und Herr Hartmann dachte nicht daran, sie zurückzufordern. Für ihn und seine Pläne war der Freiherr eben von unschätzbarem Wert, und er ließ sich diese Bekanntschaft gern etwas kosten. So rückte das Fest immer näher heran, und Baron Oldenau hatte viel zu tun mit den Vorbereitungen.

Bei Tisch traf er nach wie vor täglich mit Margot zusammen. Sie zeigte sich ihm in ihrer heiteren, liebenswürdigen Art und verstand es sehr wohl, ihm ihre unruhigen Gefühle zu verbergen. Auch er behielt sich in der Gewalt. Sie plauderten stets lebhaft miteinander und hatten allerlei über die Festvorbereitungen zu sprechen. Wegen dieser Vorbereitungen trafen sie sich auch in den letzten Tagen vor dem Fest mehr als sonst.

Am Morgen des Tages, da es stattfinden sollte, war der erste Schnee gefallen. Zu des Barons Genugtuung hatten in den letzten Tagen wegen des ungünstigen Wetters keine Morgenritte mehr stattfinden können.

Der Schnee verschwand zwar im Laufe des Tages unter dem Einfluß der Sonnenstrahlen, aber jedenfalls hatte der Winter seine Visitenkarte abgegeben.

Am Morgen des Festes sandte Fürst Nordheim Margot Hartmann einen Strauß wundervoller Rosen. Sie stand gerade mit Baron Oldenau im großen Festsaal, wo die Dekorateure noch eifrig bei der Arbeit waren, als ihr die Rosen überbracht wurden.

Sie nahm dem Diener das Kuvert, das die Blumen begleitete, ab und öffnete es. Die Karte des Fürsten war darin enthalten, und auf derselben stand unter seinem Namen und Titel: *Erlaubt sich, Ihnen, mein gnädiges Fräulein, in Verehrung einen Morgengruß zu senden, und hofft auf ein Wiedersehen heute abend.*

Baron Oldenau beobachtete Margot mit eifersüchtigen Augen, während sie das Billett las. Er wußte, daß die Blumen vom Fürsten kamen. Am liebsten hätte er dem Diener die Rosen aus der Hand gerissen und sie zum Fenster hinausgeworfen.

Margot steckte die Karte in das Kuvert zurück und nahm dem Diener einen Moment die Blumen ab. Sie neigte ihr Gesicht darüber und gab sie dann zurück.

»Stellen Sie die Blumen in eine Vase und geben Sie ihnen Wasser. Aber nicht in mein Zimmer stellen ... sie duften zu stark«, sagte sie.

Der Baron freute sich, daß die Blumen des Fürsten so ohne weiteres aus Margots Zimmer verbannt wurden. Als der Diener sich entfernt hatte, sagte er wie beiläufig: »Es waren prachtvolle Rosen, mein gnädiges Fräulein.«

Sie zuckte gleichgültig die Achseln. »Ja, sie waren schön ... Fürst Nordheim hat sie mir gesandt. Aber ich mag keine duftenden Blumen in meinen Zimmern leiden, sie verursachen mir Kopfweh.«

»In Anbetracht des heutigen Festes wäre es allerdings sehr schade, wenn Sie Kopfweh bekämen.«

Sie lachte ein wenig. »Ja, das wäre schade. Ich verspreche mir viel Amüsement für heute abend und möchte auf dem Posten sein, damit ich mich gut in der Berliner Gesellschaft einführe.«

»Das werden Sie bestimmt tun.«

»Glauben Sie, Baron?« fragte sie schelmisch.

»Ich bin überzeugt davon.«

»Nun, wer weiß. Es ist ja eine sehr illustre Gesellschaft, die Papa geladen hat. Sein Ehrgeiz wird zufriedengestellt sein.«

»Und der Ihre?« fragte er leise.

Sie sah schnell zu ihm auf. »Ich glaube, in dieser Beziehung ist mein Ehrgeiz nicht sehr groß. Aber Papas wegen freut es mich, daß die Herrschaften alle zugesagt haben. Es ist eine kleine Schwäche von ihm, dieser Wunsch, einen aristokratischen Umgang zu haben. Ich glaube, es ist die einzige Schwäche meines Vaters. Sie entspringt keinen unedlen Motiven, und ich muß sie trotz allem liebenswert finden. Hat doch sogar die Sonne Flecken. Und ohne diese kleine Schwäche wäre mein Vater vielleicht zu vollkommen. Können Sie sich denken, daß man auch die Schwächen eines Menschen liebenswert finden kann?«

Er sah sie warm und herzlich an. »O ja, das kann ich mir sehr gut denken! Ich habe Ihren Herrn Vater als einen sehr wertvollen Menschen kennengelernt und bin gleichfalls der Ansicht, daß diese kleine Schwäche keinen unedlen Motiven entspringt. Sie basiert auf der Liebe zu Ihnen, mein gnädiges Fräulein. Ich glaube, Ihr Herr Vater sucht nur Ihretwegen vornehmen Umgang.«

Sie nickte und seufzte leise. »Ja, so ist es. Ich muß gestehen, daß auch ich gern mit vornehmen Menschen verkehre. Aber bitte, verstehen Sie mich nicht falsch, Baron, und fühlen Sie sich als Aristokrat nicht getroffen durch meine Worte, wenn ich Ihnen sage, daß ich die Vornehmheit nicht da suche, wo sie mein Vater sucht. Es gibt Aristokraten, die sehr wenig vornehm sind, und es gibt Menschen aus den schlichtesten Kreisen, die eine durchaus edle Gesinnung haben. Ich suche die Vornehmheit nicht im Namen, nicht im Zufall der Geburt, sondern im Herzen, im Empfinden eines Menschen.«

Baron Oldenaus Augen leuchteten auf. »Ganz meine Ansicht, mein gnädiges Fräulein. Ihr Herr Vater wird das übrigens auch noch herausfinden.«

»Ich hoffe, daß er vorher nicht zu viel Lehrgeld zahlen muß. Aber nun zeigen Sie mir die Tischordnung für heute abend, bitte.«

Der Baron breitete einen Plan vor ihr aus, auf dem die Tischordnung aufgezeichnet war. »Da ist sie.«

»Oh, wie übersichtlich haben Sie das gemacht! Das deutet auf Übung.«

Er verneigte sich. »Bei Festlichkeiten im Regiment habe ich oft das Arrangement übernommen. Und früher, als Oldenau noch uns gehörte und mein Vater durch seine Stellung bei Hofe zum Repräsentieren gezwungen war, gab es auch große Festlichkeiten bei uns. Daher habe ich einige Übung.«

Sie sah ihn seltsam an. Ihr war, als müsse sie ihn trösten, daß sein Leben jetzt eine so ganz andere Wendung genommen hatte. Aber sie wußte nicht, ob ihn das nicht verletzen würde. So fragte sie schnell: »Wo habe ich meinen Platz?«

Er zeigte es ihr auf dem Plan. »Hier, mein gnädiges Fräulein, Fürst Nordheim wird Sie zu Tisch führen.«

Sie sah auf den Plan nieder. »Also der Fürst? Weil er der vornehmste unserer Gäste ist nach Namen und Rang?«

Es blitzte in seinen Augen auf. Wie gern hätte er ihr gesagt, um sie zu warnen: »Nur nach Namen und Rang.« Aber er fühlte, daß er kein Recht dazu hatte, und sagte nur:

»Außerdem wünschte Ihr Herr Vater, daß der Fürst Ihr Tischherr sein sollte.«

Es erschien ein ganz kleines Unmutsfältchen auf Margots Stirn, aber es verschwand gleich wieder, und sie sagte ruhig: »Also gut, ich bin orientiert. Wo werden Sie sitzen, Baron?«

Er zeigte ihr seinen Platz, den er bescheiden – seiner Stellung eingedenk – am Ende der hufeisenförmigen Tafel gewählt hatte.

Sie schüttelte energisch den Kopf. »Nein, da unten dürfen Sie nicht sitzen!«

»Doch, mein gnädiges Fräulein. Sie dürfen nicht vergessen, daß ich hier im Hause nur ein Angestellter bin.«

Sie sah ihn fest an. »Ich will nicht, daß Sie sich da unten placieren. Heute abend sind Sie unser Gast, wie all die anderen auch, und haben die gleichen Rechte. Vielleicht noch mehr, denn Sie stehen Papa und mir als Hausgenosse näher als all die fremden Menschen. Ich dulde nicht, daß Sie sich deplacieren, Baron!«

Es klang sehr erregt, und Baron Oldenau fühlte es warm in seinem Herzen aufsteigen. Er sah Margot mit einem Blick an, der ihr den Herzschlag beschleunigte.

»Es ist sehr freundlich von Ihnen, mein gnädiges Fräulein, daß Sie mir mit Ihren Gästen gleiche Rechte einräumen wollen. Aber ich darf das nicht annehmen. Ich bin nichts als der Sekretär Ihres Herrn Vaters. Was würde er sagen, wollte ich meine Stellung so vergessen?«

Sie hatte sich wieder in der Gewalt. »Sie sollen ja Ihre Stellung gar nicht vergessen ... ich meine, die Stellung, die sie im geheimen ausüben, als Papas Erzieher«, sagte sie schelmisch. »Ich finde es gerade deshalb nötig, daß Sie hier oben bei uns sitzen, möglichst neben Papa. Er wird Sie vielleicht brauchen, das dürfen Sie nicht vergessen.«

Er war so in ihren Anblick vertieft, daß er zusammenzuckte, als sie sich wieder aufrichtete. Aber er war imstande, ganz gelassen zu erwidern: »Wenn Ihr Herr Vater meine Nähe wünschenswert findet, ist das natürlich etwas anderes. In diesem Fall müßte er jedoch selbst meinen Platz bestimmen.«

»Nun gut, das werde ich mit Papa besprechen. Haben Sie übrigens unter den geladenen Gästen Bekannte von sich entdeckt?«

»Außer dem Fürsten Nordheim keinen, mein gnädiges Fräulein.«

Überrascht sah sie auf. »Sie kennen den Fürsten?«

»Ja, er verkehrte in meinem Regiment, als ich noch Offizier war. Er lebte einige Zeit in unserer Garnison.«

Sie sah ihn forschend an. »Wird es Ihnen unangenehm sein, ihm hier zu begegnen?«

Seine Augen blitzten stolz und fest in die ihren. »Ich habe keine Veranlassung, diese Begegnung zu fürchten!«

In Margots Herzen war ein Gefühl, als müsse sie ihm sagen: Der Fürst kann Ihnen das Wasser nicht reichen, und ich finde es viel ehrenhafter, daß Sie Ihren Unterhalt ehrlich verdienen, statt wie er Jagd auf eine reiche Frau zu machen. Aber sie schwieg natürlich und sah eine

Weile gedankenverloren vor sich hin. Auch Baron Oldenau schwieg und sah sie mit brennenden Augen an.

Nach einer Weile schrak sie auf aus ihren Gedanken und blickte zu ihm auf. »Haben Sie gestern Ihre Frau Mutter angetroffen? Sie wollten sie doch besuchen?« fragte sie ablenkend.

Seine Augen erhielten einen warmen Glanz, der Margot zum Herzen sprach. »Ja, mein gnädiges Fräulein, ich habe sie angetroffen.«

»Sie war hoffentlich wohl?«

»Gottlob! Und sie hat sich mit Würde in ihre veränderte Lage gefunden und ist jetzt ganz zufrieden, da sie mich zufrieden weiß in meiner Stellung.«

»Sind Sie das wirklich? Trauern Sie nicht Vergangenem nach?«

»Ich bin wirklich zufrieden und trauere Vergangenem nicht nach. Menschen wie ich dürfen nicht rückwärts schauen, nur vorwärts. Daß meine Mutter sich mit ihrem Schicksal abgefunden hat, macht mich genauso froh, wie sie es froh macht, daß ich zufrieden bin.«

»Sie haben Ihre Mutter sehr lieb, nicht wahr?«

»Ja, wenn sie nicht gewesen wäre, hätte ich Deutschland verlassen nach unserem wirtschaftlichen Ruin. Aber jetzt bin ich ganz froh, daß ich geblieben bin.«

Ehe sie antworten konnte, trat Herr Hartmann in den Saal. Er war gerade von einer geschäftlichen Sitzung zurückgekommen.

»Nun, Baron, ist alles in Ordnung? Wird alles zur Zeit fertig sein?« fragte er.

»Sie können unbesorgt sein, Herr Hartmann.«

Margot ergriff die Gelegenheit, mit ihrem Vater über die Placierung des Barons zu sprechen.

»Denk dir, Papa, Baron Oldenau will dich bei Tisch deinem Schicksal überlassen und sich ganz unten an die Tafel setzen. Ich habe ihm begreiflich gemacht, daß das nicht angeht. Aber er will sich nur in deine Nähe setzen, wenn du es direkt wünschst, weil er meint, als dein Sekretär müsse er da unten sitzen.«

Herr Hartmann schüttelte energisch den Kopf. »Daraus wird nichts, Baron! Ich bedarf Ihrer heute abend ganz besonders und will Sie in meiner Nähe haben. Wenn ich etwas Dummes anstelle, müssen Sie mir auf die Füße treten. Ich will mich doch nicht mit allerlei Formfehlern in der Berliner Gesellschaft einführen. Sie sind heute abend unser Gast der Gesellschaft gegenüber, es geht keinen Menschen etwas an, daß Sie mein Sekretär sind. Das ist nebenbei eine sehr honette Stellung, deren Sie sich weiß Gott nicht zu schämen brauchen.«

»Das tue ich auch nicht, Herr Hartmann. Müßte ich mich dieser Stellung schämen, hätte ich sie nicht angenommen.«

»Na also! Sie sind eben unseren Gästen gegenüber Baron Oldenau. Damit Punktum. Und Sie sitzen hier an meiner grünen Seite«, sagte Karl Hartmann lachend und klopfte dem Baron auf die Schulter.

Damit war die Angelegenheit erledigt, und Margot freute sich innerlich, daß sie dem Baron auf diese diplomatische Weise einen besseren Platz an der Tafel verschafft hatte.

6

Am Festabend war vor dem Portal der Villa Hartmann ein Velarium aufgespannt, unter dem die Gäste gegen den wieder leise niederfallenden Schnee beim Aussteigen geschützt waren. Die Treppe, die zum Portal hinaufführte, war mit Teppichen belegt.

In langer Reihe fuhren die Wagen durch das offenstehende Gartentor bis vor das Portal. Freiherr von Goltzin hatte das Seine getan. Er hatte überall erzählt, daß Seine Durchlaucht, der Fürst von Nordheim, das Fest besuchen würde, und das hatte auch diejenigen zur Annahme der Einladung bewogen, die nicht recht gewußt hatten, ob sie kommen sollten oder nicht. Wenn sich Seine Durchlaucht nichts vergab, wenn er im Hause des Herrn Hartmann verkehrte, dann vergaben sich andere Aristokraten auch nichts.

Und im übrigen waren alle sehr befriedigt, dem Fest beiwohnen zu dürfen, denn es konnte als überaus glänzend und gelungen betrachtet werden und außerdem als sehr amüsant und originell. Was Herrn Hartmanns Geld und der gute Geschmack und die Erfindungsgabe des Barons und der Tochter des Hauses zu schaffen vermocht hatten, war bewundernswürdig. Das Fest verlief glänzend und war in allen Teilen als wohlgelungen zu betrachten.

Herr Hartmann zeigte sich – dank Baron Oldenaus Einfluß – den Anforderungen völlig gewachsen, die durch die Bewirtung der vornehmen Gäste an ihn gestellt wurden. Es fiel in keiner Weise auf, daß er zuweilen etwas unsicher war. Baron Oldenau war auf dem Posten und bewahrte ihn vor allen Entgleisungen.

Margot wurde natürlich sehr umschwärmt. Sie mußte es sich auch gefallen lassen, daß der Fürst ihr den Hof machte und ihr in seinem leicht wienerisch gefärbten Dialekt sehr viel Schmeichelhaftes sagte. Er tat dabei entschieden des Guten etwas zuviel, und Margot wußte nicht, ob sie sich darüber ärgern oder amüsieren sollte. Sie entschied sich schließlich für das letztere und nahm ihn von der komischen Seite, was er natürlich nicht ahnte.

Ihr jungfroher Übermut kam wieder einmal ganz zu seinem Recht. Sie sah zwar, daß der Fürst entschieden darauf lossteuerte, ihr näherzukommen, aber trotzdem gab sie sich noch nicht verloren. Wenn sie freilich die stolz und zärtlich auf ihr ruhenden Blicke ihres Vaters sah, wenn der Fürst sich mit ihr beschäftigte, dann wurde ihr ein ganz klein wenig beklommen zumute. Sie merkte dem Vater an, daß er in ihr schon die künftige Fürstin Nordheim erblickte und in diesem Gedanken sehr glücklich war. Gern bereitete sie ihm nicht eine Enttäuschung.

Vor Beginn des Festes, als sie in ihrer kostbaren und entzückenden Toilette aus zartfarbigen, perlenbestickten Schleierstoffen über weichfallender Seide vor ihm stand, hatte der Vater zu ihr gesagt: »Du kannst dich an der Seite eines Fürsten sehen lassen, Margot. Wundervoll siehst du aus ... wie eine Märchenprinzessin! Und der Fürst ist auch ein hübscher, schneidiger Mann. Ihr werdet ein schönes Paar abgeben.«

Daran mußte sie denken, wenn der Vater zu ihr hinübersah. Verstohlen musterte sie von der Seite den Fürsten. Hübsch war er, auch schneidig und elegant, aber sie verlangte mehr von einem Mann, dem sie sich zu eigen geben sollte, viel mehr!

Früher hatte sie nie darüber nachgedacht. Aber in letzter Zeit war es oft geschehen, daß sie sich gefragt hatte, wie der Mann beschaffen sein müsse, dem sie gern ihre Hand fürs Leben gereicht hätte. Und da war sonderbarerweise immer Baron Oldenau vor ihrem geistigen Auge erschienen, und mit einem unruhigen, heißen Empfinden hatte sie gedacht: So wie er müßte der Mann sein, der mich beglücken, den ich lieben könnte!

Fürst Edgar Nordheim erschien ihr wie ein Mensch, bei dem die äußeren eleganten Formen die innere Hohlheit übertünchten. Sie war sich in ihrem Innern ganz klar darüber, daß sie um keinen Preis seine Bewerbung annehmen würde. Und sie gab sich ihm gegenüber so, daß er darüber nicht im Zweifel hätte bleiben dürfen. Nur hielt der Fürst ihre ruhig-abwehrende Zurückhaltung für Ziererei. Er glaubte, sie sei mit ihrem Vater einig in dem Bestreben, Fürstin Nordheim zu werden. Und er hatte schon bei sich beschlossen, daß er sich um sie bewerben wollte, weil ihm eben kein anderer Ausweg blieb.

Während der Tafel sagte er zu Margot: »Morgen werde ich nach Wien reisen, mein gnädiges Fräulein.«

Sie sah ihn fragend an. »Wollen Durchlaucht Berlin für immer verlassen?«

Abwehrend hob er die Hand. »Ach nein, jetzt scheint doch nur in Berlin für mich die Sonne! Ich reise nur auf einige Tage dorthin, weil ich halt mit meiner Mutter etwas zu besprechen habe. Wenn ich zurückkomme, hoffe ich Sie wiederzusehen, mein gnädiges Fräulein.«

»Da ich während des ganzen Winters in Berlin zu bleiben gedenke, wird Durchlaucht vermutlich diese Hoffnung in Erfüllung gehen«, erwiderte Margot mit schelmischem Lächeln.

Da schau her, die Kleine ist ganz amüsant! dachte der Fürst. Man wird halt mit ihr besser dran sein als mit einem spinösen, langweiligen Komtesserl. Wenn es dann schon einmal sein muß, daß ich mir die Ehefesseln überstreife, alsdann ist die noch nicht einmal die Schlimmste. Nur daß sie gerade Hartmann heißen muß, gar nix als Hartmann, das ist schon blöd. Meine Frau Mutter wird bestimmt Zustände bekommen, wenn sie hört, daß ich ein Fräulein Hartmann heimführen will. Aber man kann nix machen, man muß schauen, daß man herauskommt aus den Kalamitäten. Und der Alte hat das nötige Geld, das ich brauche. Also beißen wir schon in den sauren Apfel.

Das war der Gedankengang des Fürsten, während der

zweite Gang serviert wurde. Und als er zugelangt hatte, sagte er zu seiner Tischdame: »Also auf ein frohes Wiedersehen nach meiner Rückkehr, mein gnädiges Fräulein! Ich darf doch dann kommen und mich erkundigen, wie Ihnen das heutige Fest bekommen ist?«

»Das dürfen Durchlaucht gewiß«, antwortete Margot.

Jetzt hatte der Fürst plötzlich den Baron Oldenau entdeckt, den ihm bisher ein blumengeschmückter Tafelaufsatz verborgen hatte.

»Da sehe ich ein bekanntes Gesicht, mein gnädiges Fräulein. Ist das nicht der Baron Oldenau von den Xer Dragonern, der neben Ihrem Herrn Vater sitzt?«

»Ja, Durchlaucht, das ist Baron Oldenau.«

»Ah, da schau her! Er trägt ja Zivil«, wunderte sich der Fürst.

»Ja, er hat seinen Abschied genommen.«

»Wahrscheinlich, um seine Besitzungen selbst zu verwalten. Servus, Servus, Baron!« Damit erhob der Fürst sein Glas, beugte sich vor und trank dem Baron grüßend zu.

Baron Oldenau erwiderte den Gruß und erhob gleichfalls sein Glas. Aber sein Gesicht behielt einen ernsten, formellen Ausdruck.

»Er ist halt ein bisserl langweilig, der Baron, ein bisserl arg ernsthaft«, fuhr der Fürst zu Margot gewandt fort.

Margot hatte den Baron beobachtet, und sie merkte sehr wohl, daß er sich absichtlich dem Fürsten gegenüber zurückhaltend gab. Geschah das, weil er sich in seiner Stellung hier im Hause beklommen fühlte oder weil er dem Fürsten antipathisch gegenüberstand? Sie sah immer wieder verstohlen zu dem Baron hinüber, und wenn sie seinem Blick begegnete, schlug ihr das Herz laut und stark in der Brust.

Es war selbstverständlich, daß die Tafel im Hause des

Millionärs die erlesensten Genüsse der Saison bot und daß die Weine erstklassig waren, daher war die Stimmung recht heiter. Eine unsichtbare Musikkapelle gab in diskreter Wirkung ein vorzügliches Konzert. Der undefinierbare Hauch mondänen Lebensgenusses lag über der Gesellschaft – die eine glänzende zu nennen war. Ob dieser Glanz in allen Teilen echt war, ließ sich natürlich nicht feststellen. Jedenfalls war man allseitig gewillt, sich zu amüsieren.

Als die Tafel aufgehoben worden war, zerstreuten sich die Gäste in zwanglosen Gruppen in den umliegenden Nebenzimmern, und die vornehm livrierten Diener reichten Mokka und Erfrischungen herum. Es wurde auch Gelegenheit gegeben, eine Zigarette zu rauchen. Das taten nicht nur die Herren, sondern auch einige Damen. Auch Margot ließ sich von dem Fürsten, der sie in eines der Nebenzimmer begleitet hatte, eine Zigarette anstecken. In demselben Moment kam Baron Oldenau vorüber. Der Fürst erblickte ihn und hielt ihn an.

»Servus, Baron, ich freue mich, Sie wiederzusehen! Aber ich bin erstaunt, Sie in Zivil zu sehen. Sie haben, wie mir das gnädige Fräulein sagte, den Abschied genommen. Sitzen wohl jetzt auf Ihren Gütern?«

Baron Oldenau richtete sich straff auf. »Nein, Durchlaucht, ich habe keine Güter mehr. Oldenau ist unter den Hammer gekommen, und ... ich befinde mich hier im Hause als Sekretär des Herrn Hartmann.«

Fest und ruhig hatte er das gesagt, den Fürsten groß anblickend. Dieser starrte ihn peinlich betroffen an.

»Ah, da schau her! Das ist ... hm ... das ist halt eine sehr unangenehme Geschichte. Als Sekretär ...... ja ... was soll man dazu sagen?« stotterte er mit einem ziemlich blöden Gesichtsausdruck.

»Nichts soll man dazu sagen. Ich gestatte Durchlaucht selbstverständlich, mich nicht zu kennen.«

Klar und scharf kamen diese Worte über des Barons Lippen. Er verneigte sich, und seine Augen trafen dabei einen Moment Margots. Sie erschrak vor dem Ausdruck seines Blickes. Der Baron tat ihr leid bis ins innerste Herz, und doch bewunderte sie ihn. Sie ahnte, wie es seinen Stolz demütigen mußte, sich zu einer abhängigen Stellung zu bekennen. Und doch hatte er keinen Moment gezögert. Sie sah, daß er blaß geworden war, und als er sich nun rasch entfernte, ohne eine Antwort des Fürsten abzuwarten, wäre sie am liebsten mit ihm gegangen. Mit aufleuchtenden Augen blickte sie ihm nach.

»Aber ich bitt' schön, mein gnädiges Fräulein, wie ist dies möglich? Baron Oldenau, der Sekretär Ihres Herrn Vaters? Ich bin ganz konsterniert!«

Langsam wandte sich Margot zu dem Fürsten um, als er diese Worte in fassungslosem, peinlichem Staunen hervorgebracht hatte. Sie warf die Zigarette, die er ihr gereicht hatte, in einen Aschenbecher.

»Das sieht man Euer Durchlaucht an!« bemerkte sie spöttisch.

Er strich sich über sein glatt in die Stirn gekämmtes Haar. »Sie müssen bedenken, mein gnädiges Fräulein, der Baron war Offizier bei den Xer Dragonern, eines der feudalsten Regimenter . . . und nun Sekretär Ihres Herrn Vaters . . . da staune ich!«

Ihre Augen blitzten ihn ziemlich kriegerisch an. »Glauben Durchlaucht, daß Baron Oldenau dadurch etwas an seiner Menschenwürde eingebüßt hat? Sein Einkommen als Dragoneroffizier war, wie ich weiß, bedeutend geringer, als er es in seiner jetzigen Stellung bezieht.«

Der Fürst lächelte ein wenig herablassend. »Ich bitte um Verzeihung, mein gnädiges Fräulein, aber das verstehen Sie nicht, weil Ihnen halt unsere Verhältnisse fremd sind. Es ist ein enormer Unterschied zwischen einem Dragoneroffizier und einem Sekretär. Ich kann Ihnen das nicht erklären, das muß man halt im Gefühl haben. Aber lassen wir das, für mich ist der Baron erledigt. Da beginnt der Ball. Ich hab' die Ehre, den Tischwalzer mit Ihnen tanzen zu dürfen ... Ich bitt' schön!«

Und er verbeugte sich vor Margot und reichte ihr den Arm. Sie hätte sich am liebsten umgedreht, um ihn stehenzulassen. Ein Gefühl des Zorns gegen den Fürsten war in ihr. Sie fragte sich, ob es nicht weit vornehmer und ehrenhafter sei, sich wie Baron Oldenau durch ehrliche Arbeit seinen Unterhalt zu verdienen, als wie der Fürst als Schuldenmacher und Mitgiftjäger aufzutreten. Durch diese kleine Szene hatte sich der Fürst vollends die Sympathie bei ihr verscherzt, und dafür hatte der Baron in noch höherem Maß ihre Hochachtung und Bewunderung errungen.

Margot wurde nun von allen Seiten umschwärmt und um Tänze gebeten. Dem Fürsten gelang es nicht mehr, ausschließlich den Platz an ihrer Seite zu behaupten. Und sie war darüber sehr froh. Er erschien ihr seit der Szene mit dem Baron unerträglich.

Ihre Augen blickten immer wieder suchend umher. Sie hatte den Baron noch nicht wiedergesehen. Er hielt sich dem Tanz fern.

Endlich entdeckte sie ihn in einem Erker, von schweren Damastvorhängen halb verborgen. Und ziemlich rücksichtslos machte sie sich frei aus dem Kreis ihrer Verehrer und ging hinüber zu ihm.

Der Baron sah mit blassem, zuckendem Gesicht zu ihr auf, als sie plötzlich vor ihm stand, und erhob sich schnell.

»Eigentlich müßte ich Ihnen zürnen, Baron!« stieß sie – ihre Erregung niederzwingend – hervor.

Er sah sie mit einem Blick an, in dem sich das bittere Weh seiner Eifersucht spiegelte.

»Womit habe ich Ihnen Veranlassung gegeben, mir zu

zürnen, mein gnädiges Fräulein?« fragte er heiser mit mühsam niedergehaltener Erregung.

Er hatte sie, ohne daß sie es ahnte, kaum aus den Augen gelassen und voll Bitterkeit die Notwendigkeit empfunden, sich ihr fernhalten zu müssen, während all die anderen Herren – vor allem der Fürst – sie umschwärmen durften.

Herr Hartmann war mit einigen anderen älteren Herren im Spielzimmer. Er bedurfte jetzt seines Erziehers nicht. So kam sich der Baron sehr überflüssig vor. Und die Begegnung mit dem Fürsten hatte ihn doch fühlen lassen, daß er als ein Deklassierter galt.

»Ich zürne Ihnen, weil Sie es noch nicht der Mühe für wert gefunden haben, mich um einen einzigen Tanz zu bitten.«

Er sah sie groß und ernst an. »Sie würden es doch wohl vermessen gefunden haben, wenn ich das gewagt hätte.«

Sie schüttelte den Kopf. »Vermessen? O nein! Nur höflich und artig hätte ich es gefunden.«

Es zuckte wie verhaltene Qual in seinen Zügen. »Sie dürfen nicht vergessen, daß ich ein Untergebener Ihres Herrn Vaters bin.«

Wie im Unmut zog sich Margots Stirn zusammen. »Sie sind unser Gast, wie alle anderen auch. Aber ich glaube, Sie sind viel stolzer und hochmütiger als die anderen Herrschaften, die hier anwesend sind. Sogar den Fürsten haben Sie abfallen lassen.«

»Um mich nicht der Gefahr auszusetzen, daß er mich abfallen ließ, was ganz sicher geschehen wäre. Ich bin gewiß nicht stolz und hochmütig und habe auch keine Veranlassung, es zu sein.«

»Veranlassung, stolz zu sein, haben Sie gewiß. Aber wenn ich Sie nicht auch für hochmütig halten soll, dann tanzen Sie den nächsten Tanz mit mir . . . ich habe ihn für Sie freigehalten.«

Es leuchtete seltsam auf in seinen Augen. »Das haben Sie getan?«

»Sonst würde ich es nicht sagen.«

»Man wird es Ihnen verdenken, wenn Sie mit dem Sekretär Ihres Herrn Vaters tanzen. Der Fürst wird es fast als Vergehen betrachten.«

Sie richtete sich zu ihrer schlanken Höhe auf und warf den Kopf in den Nacken. »Vorläufig hat der Fürst kein Recht, über mein Tun und Lassen ein Urteil zu fällen.«

Sein Gesicht zuckte. »Aber er wird es in kurzer Zeit haben. Ich weiß, daß Sie Fürstin Nordheim werden.«

Eine jähe Röte schoß in ihr Gesicht. »Hat Ihnen das mein Vater gesagt?«

»Ja.«

Sie preßte einen Moment die Lippen zusammen, als wolle sie ein unbedachtes Wort zurückhalten. Dann sagte sie mit erzwungener Ruhe: »Noch bin ich aber nicht Fürstin Nordheim, noch habe ich selbst darüber zu bestimmen, was ich tun und lassen will. Also tanzen Sie mit mir, oder wollen Sie unartig gegen mich sein?«

Er atmete tief auf. Und wenn es ihn seine Stellung gekostet, ihm tausend Unannehmlichkeiten bereitet hätte, er hätte jetzt nicht mehr auf diese Gunst verzichtet. Mit aufleuchtenden Augen, die Margot verrieten, wie gern er es tat, reichte er ihr, sich verbeugend, den Arm.

»Ihr Wille geschehe« sagte er förmlich.

Es zuckte leise um ihren Mund, um ihre Grübchen. »Das sagen Sie wie ein Opferlamm, das zur Schlachtbank geführt wird«, neckte sie in übermütiger Glückseligkeit.

»Nein, wie ein Begnadigter«, erwiderte er mit verhaltener Stimme. Da schwieg sie, bis ins Innerste getroffen.

Und von seinem Arm umschlungen, flog sie im Tanz dahin. Und nie war Margot Hartmann so glücklich gewesen wie in dieser Stunde.

Der Fürst sah sie in des Barons Armen vorüberfliegen. Ah, da schau her! Das muß ich mir aber sehr verbitten, solche Torheiten darf man sich nicht erlauben, wenn man Fürstin Nordheim werden will, dachte er.

Vorläufig hatte aber Margot Hartmann durchaus kein Verlangen, Fürstin Nordheim zu werden. Im Gegenteil, als sie von des Barons Armen umschlungen dahinflog, stürmten sehr rebellische, glückliche Gedanken durch ihre Seele, die mit dem Fürsten durchaus nichts zu tun hatten.

Und der Baron? Er hätte am liebsten das schlanke, reizende Geschöpf nicht mehr aus den Armen gelassen. Er fühlte beseligt ihre Nähe, atmete den Duft ihres goldig schimmernden Haares ein, und auch durch seine Seele stürmten aufrührerische Gedanken.

Sie so im Arm halten, zwingen, mir zu folgen, mit mir zu gehen in Not und Tod, wenn es sein muß – die Schätze heben, die in ihrem Innern ruhen, ihr selbst noch unbewußt, und sie festhalten für alle Zeit, allen Millionen zum Trotz – welch eine Wonne müßte das sein. Wenn ich sie dem Fürsten streitig machte? Warum soll ich kampflos zusehen, wie dieser Geck, dieser gewissenlose Wüstling, sie für sich zu gewinnen sucht? Was hat er zu bieten außer seiner Fürstenkrone? Nichts als einen leeren Kopf, als ein leeres Herz! Tausendmal zu schade für ihn, denn sie hat Qualitäten . . . und ich liebe sie!

So stürmte es durch seine Gedanken. Aber dann verstummte die Musik, der Tanz war zu Ende. Und er kam zu sich und vermochte wieder klar zu denken.

Wenn sie zufrieden ist mit dem, was der Fürst zu bieten hat, wenn sie ihm ihre Hand reicht, dann verdient sie es nicht besser. Sucht sie höhere Werte in einer Ehe, dann wird sie die Kraft finden, ihrem Vater zu trotzen und ihm zu zeigen, daß ihre Persönlichkeit mehr wert ist als eine Fürstenkrone. Sie wird sich bewußt werden und ihrem Vater begreiflich machen, daß sie mit dieser Verbindung herabsteigt, nicht hinauf!

Er atmete tief auf, ließ Margot aus seinen Armen und verneigte sich.

»Mein gnädiges Fräulein, ich danke Ihnen für die mir erwiesene Auszeichnung«, sagte er artig, aber ernst.

Sie sah ihn seltsam an, wie aus einem Traum erwacht. Ein süßes verlorenes Lächeln huschte um ihren Mund.

»Das sagen Sie mir mit einem Gesicht, als sei dieser Tanz eine Strafe für Sie gewesen«, neckte sie.

Er erblaßte ein wenig, sah sie mit brennenden Augen an und sagte erregt: »Wissen Sie, mein gnädiges Fräulein, daß Sie mit dem Feuer spielen?«

Sie errötete jäh, und ihre Augen öffneten sich weit. »Wie meinen Sie das, Baron?«

Er ließ seine Augen nicht von den ihren und sagte mit schwerer Betonung: »Sie haben mich verstanden. Bitte, gestatten Sie, daß ich mich zurückziehe. Es warten andere Herren auf die Gunst, mit Ihnen tanzen zu dürfen.«

Und ohne eine Antwort abzuwarten, trat er mit einer Verbeugung zurück.

Ehe Margot etwas erwidern konnte, war sie schon wieder von anderen Herren umringt. Sie war aber mit ihren Gedanken noch so ganz bei dem, was sie mit dem Baron gesprochen hatte, daß sie nur wie ein Automat plauderte und tanzte. Dabei klangen ihr immer wieder des Barons Worte in den Ohren: ›Wissen Sie, mein gnädiges Fräulein, daß Sie mit dem Feuer spielen?‹

Hatte er damit wirklich sagen wollen, daß sie seiner Herzensruhe gefährlich geworden war, daß das Feuer, mit dem sie nicht spielen sollte, in seiner Brust für sie glühte?

Das Herz schlug ihr bis zum Halse. Es brauste über sie dahin wie ein unerwarteter Glückstaumel. Sie hatte plötzlich eine namenlose Sehnsucht, allein sein zu können, die

Augen zu schließen und nur an ihn, an ihn allein zu denken!

Als sie den Tanz beendet hatte, blickte sie sich suchend um. Wo war der Baron geblieben? Sie konnte ihn nicht entdecken und ahnte nicht, daß er neben den Musikern hinter einer hohen Blattpflanzengruppe stand und mit brennenden Augen zu ihr hinüberstarrte.

Er sah, daß sie sich suchend umblickte. Aber dann trat der Fürst zu ihr, und sie sah nun nicht mehr suchend umher. Also hatte sie wohl nach dem Fürsten Ausschau gehalten.

Sie unterhielt sich jetzt jedenfalls lange mit ihm. Er stand hinter ihrem Sessel und neigte sich zu ihr herab. Der Baron wäre am liebsten hinübergelaufen, um ihn von ihrer Seite zu reißen oder ihm in sein fades, lächelndes Gesicht zu schlagen.

Der Abend verlief weiter als eine Qual für ihn, und er war sehr froh, als das Fest zu Ende war und die Gäste sich zu entfernen begannen.

Als der Fürst sich von Margot und ihrem Vater verabschiedete, kam der Baron zufällig dazu und hörte, wie der Fürst sagte: »Also, wie ich versprochen habe, mein gnädiges Fräulein, sobald ich von Wien zurückkomme, werde ich mir gestatten, mich nach Ihrem Befinden zu erkundigen. Auf Wiedersehen alsdann.«

Der Fürst sah zwar den Baron, der Herrn Hartmann eine Meldung zu machen hatte, aber er nahm keine Notiz von ihm.

Er ist halt doch eine untergeordnete Persönlichkeit und hat die Gleichberechtigung verloren. Es ist ein Pech für ihn, daß er so abgewirtschaftet hat. Wenn man kein Geld hat, ist's ein Jammer – weiß ich aus Erfahrung. Aber da muß man doch nicht gleich Sekretär werden und sich selbst unmöglich machen. Er ist doch ein ganz fescher

Kerl, warum hat er es nicht lieber mit einer reichen Heirat versucht? Ich kann mich doch unmöglich mit einem Untergebenen des Herrn Hartmann freundschaftlich begrüßen, dachte Fürst Nordheim und strich damit den Baron endgültig aus dem Kreis seiner Bekannten.

Herr Hartmann verabschiedete sich mit strahlender Miene von dem Fürsten. Freiherr von Goltzin hatte ihm vertraulich mitgeteilt, daß der Fürst nach Wien reisen wolle, um von seiner Mutter die Zustimmung zu seiner Verlobung mit Fräulein Margot Hartmann zu erbitten.

»Gleich nach seiner Rückkehr werden Seine Durchlaucht dann wohl eine ernste Frage an Sie zu richten haben, mein lieber Herr Hartmann. Apropos, ich habe meine Börse vergessen. Wollen Sie so freundlich sein, mir auszuhelfen? Ich will noch im Klub mit Seiner Durchlaucht zusammentreffen«, hatte er gesagt.

Und Herr Hartmann hatte ihm ohne Wimpernzucken einen nennenswerten Betrag ausgehändigt. »Mit Vergnügen, Herr von Goltzin.«

»Danke sehr, danke sehr, mein lieber Herr Hartmann, beim nächsten Zusammentreffen erhalten Sie die Kleinigkeit zurück.«

Die ›Kleinigkeit‹ war für Herrn von Goltzins Verhältnisse recht erheblich, und er hatte für solche Kleinigkeiten ein sehr kurzes Gedächtnis.

Das fiel aber, wie gesagt, bei Herrn Hartmann nicht ins Gewicht. Die Dienste, die ihm der Freiherr erwies, waren viel zu wertvoll, als daß er sie mit einigen tausend Mark bezahlen konnte.

Der Fürst fuhr zusammen mit Herrn von Goltzin zum Klub und sagte zu ihm: »Also, mein Wort darauf, mein lieber Herr von Goltzin, sobald die Sache perfekt wird und ich die Mitgift ausgezahlt bekomme, erhalten Sie die ausgemachte Summe.«

Der Freiherr verneigte sich. »Ich hoffe im beiderseitigen Interesse, daß Durchlaucht die Einwilligung Ihrer Durchlaucht erhalten.«

»Es wird halt ein schweres Stück Arbeit werden . . . aber ich muß diese Einwilligung erhalten. Es bleibt mir halt kein anderer Ausweg als diese Heirat mit Fräulein Hartmann!«

7

In den nächsten Tagen herrschte zwischen Baron Oldenau und Fräulein Margot Hartmann eine etwas gezwungene Stimmung. Sie vermieden es tunlichst, einander anzusehen und anzusprechen.

Herr Hartmann merkte nichts davon. Er war vollauf befriedigt von dem Verlauf des Festes, und seine Stimmung war glänzend. Für ihn war es sicher, daß der Fürst nach seiner Rückkehr von Wien um Margots Hand anhalten würde.

Das hatte er auch seiner Tochter erklärt. Margot hatte nichts darauf erwidert. Sie hatte jetzt nur noch die Hoffnung, daß die Fürstinmutter nicht einwilligen würde, ein bürgerliches Fräulein Hartmann als Schwiegertochter zu akzeptieren.

Bis sich das entschieden hatte, wollte sie ihrem Vater keinen Widerstand entgegensetzen. Aber auf alle Fälle rüstete sie sich schon zum Kampf.

Seit dem Festabend war sie sich klar über sich selbst und über ihr eigenes Empfinden geworden. Sie wußte nun, daß sie Baron Oldenau liebte, und war fest entschlossen, keinem anderen Mann als ihm die Hand zu reichen. Sie bemerkte sehr wohl, daß der Baron ihr auswich, soviel er konnte, und daß er es vermied, sie auch nur anzusehen. Aber sie fühlte sich dadurch nicht gekränkt. Sie ahnte ja, was er für sie empfand, und seine stolze Zurückhaltung erfüllte sie nur mit Bewunderung. Jeder andere Mann an seiner Stelle hätte seine Chancen genützt und sich ihre Gunst zu erringen versucht. Sein Stolz ließ es nicht zu, sich in den Verdacht eines Mitgiftjägers zu bringen.

In Gegenwart ihres Vaters war es Margot ganz lieb, daß sich der Baron nicht mehr als nötig mit ihr beschäftigte. Der Vater durfte vorläufig nichts ahnen von ihren Empfindungen für den Baron. Aber es war doch die zitternde Ungeduld in ihr, feststellen zu können, ob sie wirklich von ihm geliebt wurde oder nicht. Und sie gehörte nicht zu den feigen, ängstlichen Frauen, die tatenlos zusehen, wie ihnen ihr Lebensglück durch die Finger rinnt. Sie wußte, daß sich der Baron ihr in keiner Weise nähern würde, weil er zu stolz dazu war. Diesen Stolz mußte sie lieben, wie alles an ihm, aber sie war nicht gesonnen, an ihm ihr Lebensglück scheitern zu sehen. Deshalb beschloß sie zu handeln.

Eines Tages, als sie von einem Ausgang zurückkehrte, sah sie ihren Vater in seinem Auto zum Tor hinausfahren. Sie wußte nun bestimmt, daß er nicht daheim war.

Schnell legte sie ab und begab sich zum Arbeitszimmer. Dort pflegte der Baron auch in Abwesenheit ihres Vaters zu arbeiten, wenn Arbeit für ihn vorlag. Margot gab sich den Anschein, als wisse sie nichts von der Abwesenheit ihres Vaters.

Als sie das Arbeitszimmer betrat, sah sie den Baron am Schreibtisch sitzen. Er erhob sich und begrüßte sie durch eine Verbeugung.

»Guten Tag, Baron! Ist Papa nicht hier?«

»Nein, mein gnädiges Fräulein, Ihr Herr Vater ist vor einigen Minuten in Geschäften nach Berlin gefahren.«

»Wird er lange ausbleiben?«

»Das konnte er nicht mit Bestimmtheit sagen. Zum Tee möchten Sie nicht mit ihm rechnen, aber er hofft zum Abendessen zurück zu sein. Er hat mich gebeten, ihn zu erwarten, da er dann noch Aufträge für mich hat.«

Margot setzte sich auf die breite Lehne eines Klubsessels.

»Dann haben Sie also heute wieder einmal strengen Dienst?«

»Das macht nichts. Es gibt viele Tage, an denen ich leichten Dienst und viel freie Zeit für mich habe.«

»Und wo Sie Ihre Frau Mutter besuchen können.«

Er verneigte sich mit unbeweglichem Gesicht. Seine Augen blickten auf ihre feinen zierlichen Füße, die unter dem Rocksaum hervorsahen.

Eine Weile herrschte beklommenes Schweigen. Margot sah mit einem seltsamen Blick zu dem Baron hin, der sich sichtlich mühte, Haltung zu bewahren. Sie atmete tief ein und sagte mit verhaltener Stimme, den leichten Plauderton aufgebend: »Es ist mir sehr lieb, Baron, daß ich Sie einmal allein sprechen kann. Ich möchte Ihnen eine Frage stellen. Wollen Sie mir dieselbe beantworten?«

Er lehnte sich in ungezwungener Haltung an den Schreibtisch. »Selbstverständlich, wenn es in meiner Macht liegt.«

Es stieg nun doch ein leichtes Rot in ihr Gesicht. Sie erhob sich und stand ihm nun aufrecht gegenüber. Und ihr Herz in beide Hände nehmend, sagte sie so fest, wie es ihr möglich war: »Ich wollte Sie fragen, warum Sie mir seit dem Festabend so auffallend ausweichen, warum Sie mich kaum noch ansehen und ansprechen. Sind Sie mir böse? Habe ich Ihnen etwas zuleide getan?«

Sein Gesicht wurde blaß, und die Muskeln darin spannten sich wie in einem Krampf.

»Nein, Sie haben mir nichts zuleide getan, und ich habe keine Veranlassung, Ihnen böse zu sein«, erwiderte er mit halbversagender Stimme.

»Warum sind Sie dann so verändert zu mir?«

»Bin ich das?«

»Oh, das wissen Sie selbst recht gut! Bitte, sagen Sie mir, warum Sie so verändert sind!«

Er atmete tief und schwer. »Ich bitte Sie, erlassen Sie mir die Beantwortung dieser Frage.«

Sie tat einen Schritt näher zu ihm heran und krampfte die Hände zusammen. »Nein, ich erlasse sie Ihnen nicht. Ich will wissen, was Sie dazu veranlaßt, über mich hinwegzusehen, als wäre ich Luft für Sie.«

Er hatte es vermieden, ihr in die Augen zu sehen. Nun glühte plötzlich sein Blick in den ihren.

»Wenn Sie mich zwingen, diese Frage zu beantworten, dann bleibt mir nur die Wahl zwischen zwei unerhörten Dingen«, stieß er heiser hervor.

»Und was sind das für unerhörte Dinge?« fragte sie erregt wie er.

Er biß die Zähne wie im Krampf aufeinander, dann sagte er: »Entweder muß ich Sie belügen oder Ihnen eine vermessene Wahrheit sagen. Bitte, erlassen Sie mir beides!«

Sie richtete sich straff auf und sah ihn fest an. »Sind Sie zu feige, mir die Wahrheit zu sagen?«

Daß sie ihn mit diesen Worten unerhört reizen würde, wußte sie. Aber sie erschrak nun doch, als er plötzlich dicht an sie herantrat und mit einem rauhen, festen Griff ihre Hand umfaßte. Er sah sie an, daß sie erbebte.

»Ich habe Sie schon einmal gewarnt, mit dem Feuer zu spielen! Lassen Sie sich gesagt sein, daß ich mir zu gut bin, Ihnen als Spielzeug zu dienen. Sie wissen ganz genau, wie es in mir aussieht, und es ist Ihnen sicher nur ein leichtes Spiel, mich zu zwingen, auszusprechen, was ich empfinde.

Der Feigheit hat mich aber noch kein Mensch zeihen dürfen ... auch Sie dürfen es nicht ungestraft tun. Deshalb sollen Sie die Wahrheit hören, auch wenn es mich meine Stellung kostet. Sie belieben noch immer mit dem Feuer zu spielen. Vielleicht, um sich die Wartezeit zu verkürzen, bis Sie Fürstin Nordheim werden. Ich habe keine Fürstenkrone zu vergeben, wenn ich auch sonst recht wohl mit dem Fürsten Nordheim in die Schranken treten könnte.

Jedenfalls habe ich ein Herz in der Brust, und das gehört Ihnen. Ich liebe Sie ... da haben Sie die Wahrheit! Deshalb weiche ich Ihnen aus, soviel ich kann. Ich bin auch nur ein Mensch und habe alle Kräfte nötig gehabt, Ihnen meinen Zustand zu verbergen. Sie haben mein Geheimnis ans Licht gezerrt und können nun über den Narren lachen. Aber mir gestatten Sie jetzt, mich zurückzuziehen, solange Sie sich in diesem Zimmer befinden. Ein Alleinsein mit Ihnen ist mir unerträglich.«

Wie ein unaufhaltsamer Strom war das aus seinem Innern hervorgebrochen. Nun ließ er plötzlich tief aufatmend ihre Hand los, verneigte sich hastig und eilte aus dem Zimmer.

Er ließ Margot in einem unbeschreiblichen Zustand zurück. Sie stand wie gelähmt da und sah dem Baron nach. In ihrem Herzen war ein Singen und Klingen, als wenn alle Lebensglocken läuteten. Ihre Augen waren feucht vor Ergriffenheit. Demütig war ihr zumute. Sie wußte, daß er die Wahrheit gesprochen hatte, wußte sich geliebt um ihrer selbst willen. Er hatte dies Geständnis seinem Stolz widerwillig abgerungen, und er zürnte ihr, daß sie ihn dazu gezwungen hatte. Keinerlei Hoffnung knüpfte er an seine Liebe. Hatte doch ihr Vater in seiner Gegenwart von ihrer bevorstehenden Verlobung mit dem Fürsten als von etwas fest Beschlossenem gesprochen, ohne daß sie ein Wort dagegen gesagt hätte. Er mußte ja annehmen, daß sie die Wünsche ihres Vaters teilte.

Nach einer Weile strich sie sich, wie aus einem Traum erwachend, über das Haar und sah mit einem glücklichen Lächeln nach der Tür, durch die der Baron verschwunden war. Es zuckte nun doch wieder wie leise Schelmerei in ihren Augen auf.

Er stirbt lieber, als daß er mich um meine Hand bittet! Was soll ich nun tun? Ich kann ihm doch wahrhaftig keinen Antrag machen. Wenn er davonläuft, kann ich ihm doch nicht sagen, daß ich ihn mindestens ebenso liebhabe wie er mich und daß ich nicht Fürstin Nordheim, sondern Baronin Oldenau werden möchte, dachte sie im übermütig-seligen Bewußtsein, von ihm geliebt zu werden.

Daß er jetzt nicht zurückkehrte, stand bei ihr fest. Sie wußte auch, daß er ihr jetzt noch mehr ausweichen würde. Sie verließ langsam das Gemach und begab sich auf ihr Zimmer. Dort sank sie in einen Sessel und überlegte, was sie tun sollte, um ihr Glück aus allen Stürmen in einen sicheren Hafen zu retten.

Sie kam aber zu keinem Entschluß. Vorläufig saß sie wie zwischen hohen Mauern gefangen. Oben war der Himmel offen und schien ihr in verheißungsvoller Klarheit ins Herz hinein. Aber wie sie aus den hohen Mauern herauskommen sollte, blieb ihr rätselhaft.

So saß sie und sann nach, bis ihr Vater zurückkehrte, und beim Abendessen traf sie dann mit ihm und dem Baron zusammen.

Der Baron sah etwas bleich aus, aber er schien ganz ruhig und unterhielt sich, wie sonst, mit Herrn Hartmann und der Hausdame. Nur an Margot richtete er kein Wort, und auch sie sprach nicht direkt mit ihm. Als ihre Blicke einmal zufällig zusammentrafen, sah der Baron mit tiefer Bitterkeit, daß Margots Augen glückselig leuchteten. Vielleicht hatte sie Nachricht von Wien erhalten, daß die Fürstinmutter keinen Einspruch gegen die Verbindung erhob.

Baron Oldenau wollte sich gegen Margot verhärten, aber es war doch ein unsagbarer Jammer in seiner Seele, daß sie ungewarnt in ihr sicheres Unglück lief. Er liebte sie zu sehr, um ruhig zusehen zu können, und er hätte viel darum gegeben, nur den Schein eines Rechts zu besitzen, ihr über die wahren Eigenschaften des Fürsten die Augen zu öffnen. Dann hätte sie doch vielleicht darauf verzichtet, seine Gemahlin zu werden.

Aber er hatte kein Recht zu warnen. Er mußte schweigend geschehen lassen, was kommen würde.

Margot ahnte nicht, was in ihm vorging. Sie wußte nur, daß er sie liebte, und das erfüllte ihre Seele mit Jubel. Wenn sie auch nicht wußte, wie sie Klarheit schaffen sollte zwischen sich und ihm, daß diese Klarheit kommen mußte auf irgendeine Art, stand bei ihr fest. Jetzt galt es zunächst den Kampf mit ihrem Vater zu bestehen. Sie war gerüstet.

An demselben Abend war der Fürst von Wien zurückgekehrt und hatte sofort den Freiherrn von Goltzin aufgesucht. Er hatte mit ihm eine lange Unterredung, und der Freiherr sagte am Schluß derselben:

»Da gibt es nur einen Weg, Durchlaucht . . . den rücksichtsloser Offenheit. Sie müssen mit Herrn Hartmann sprechen und ihm die Wünsche Ihrer Durchlauchtigsten Fürstinmutter unterbreiten. Ich habe schon einen Plan, wie wir zum Ziel kommen. Herr Hartmann wird und muß sich einfach dieser Bedingung fügen. Man muß sie ihm nur mundgerecht unterbreiten. Das werde ich tun. Ich begleite Eurer Durchlaucht morgen vormittag zur Villa Hartmann.«

Und so geschah es. Am nächsten Vormittag fuhren die beiden Herren nach Grunewald und ließen sich Herrn Hartmann melden. Sie wurden sofort empfangen. Nachdem man sich begrüßt hatte, ergriff zunächst der Freiherr das Wort.

»Mein verehrter Herr Hartmann, Seine Durchlaucht haben mich zum Vermittler seiner Wünsche gemacht und mich gebeten, in einer delikaten Angelegenheit das Wort zu führen.«

»So ist es, Herr Hartmann«, bestätigte der Fürst. »Ich bitt' schön, hören Sie Herrn von Goltzin an. Es handelt sich eigentlich um Wünsche meiner Mutter. Unter den obwaltenden Umständen ist es mir gerad' nicht leicht, das auszusprechen, was doch gesagt werden muß. Also, bitt' schön, hören Sie Herrn von Goltzin an, als spräche ich selbst zu Ihnen.«

Herr Hartmann sah ein wenig betroffen aus, verneigte sich aber und sagte: »Ich bitte mir zu sagen, um was es sich handelt.«

Herr von Goltzin kostete entschieden die Situation ein wenig aus. Er kam sich sehr wichtig vor. »Kurz und bündig, Herr Hartmann ... Seine Durchlaucht haben die Absicht, Sie um die Hand Ihrer Fräulein Tochter zu bitten. Um sich zu diesem Schritt die Erlaubnis Ihrer Durchlaucht, der Frau Fürstin, zu erbitten, sind Seine Durchlaucht nach Wien gereist. Ihre Durchlaucht, die Frau Fürstin, sind auch im Prinzip damit einverstanden, daß Seine Durchlaucht sich mit Ihrem Fräulein Tochter vermählt.«

Herr Hartmann atmete auf. Sein Gesicht strahlte. »Es wird uns, meiner Tochter und mir, natürlich eine Ehre sein. Durchlaucht dürfen überzeugt sein, daß auch ich meine Einwilligung gebe.«

Der Fürst verneigte sich und machte eine etwas hilflose Geste nach dem Freiherrn hinüber.

Dieser ergriff sogleich wieder das Wort: »Gestatten Sie, daß ich weiterrede. Ich sagte, daß Ihre Durchlaucht, die Frau Fürstin, im Prinzip einverstanden sei. Aber Ihre

Durchlaucht stellen eine Bedingung, die jedoch leicht zu erfüllen wäre.«

»Was ist das für eine Bedingung?« fragte Herr Hartmann.

Der Freiherr wechselte einen raschen Blick mit dem Fürsten und fuhr fort: »Ihre Durchlaucht haben das Empfinden, daß es ein ungeheures, unliebsames Aufsehen erregen würde, zumal bei Hofe, wenn auf den Verlobungs- und Vermählungsanzeigen neben dem Namen Seiner Durchlaucht der einfache Name Hartmann stehen würde. Ihre Durchlaucht hat daher den Vorschlag gemacht, daß sich Fräulein Hartmann sozusagen vor ihrer Verlobung mit Seiner Durchlaucht einen Adelsnamen kauft.«

Herr Hartmann fuhr betroffen zurück. »Kauft? Man kann sich doch keinen Namen kaufen?«

Der Freiherr lächelte fein. »Ich sage ja: sozusagen, mein lieber Herr Hartmann. Das ist alles zu machen, und zwar auf die einfachste Weise. Ihr Fräulein Tochter brauchte nur mit einem Aristokraten eine Scheinehe zu schließen, die natürlich sofort nach der nur der Form nach stattgefundenen Trauung – ich spreche selbstverständlich nur von einer standesamtlichen Trauung – wieder gelöst werden würde. Das ließe sich alles ohne Schwierigkeiten einrichten. Es findet sich sicher ein Mann, der sich gegen entsprechende Bezahlung zu einer solchen Scheinehe bereitfinden würde. Wie denken Sie über die Angelegenheit, mein verehrter Herr Hartmann?«

Dieser war äußerst verstimmt und wollte nichts von einer solchen Scheinehe hören, aber Herr von Goltzin war eben ein Juwel. Er verstand es, Herrn Hartmann die Sache im rechten Licht zu zeigen.

»Sie dürfen nicht vergessen, Herr Hartmann, daß Ihre Durchlaucht dabei hauptsächlich das Glück und Wohl Ihrer künftigen Schwiegertochter im Auge haben. Ihre

Durchlaucht wollen vermeiden, daß man der jungen Fürstin unliebenswürdig entgegenkommt und sie nicht für voll gelten läßt.«

Auch der Fürst sprang nun ein. »Sie dürfen mir glauben, Herr Hartmann, mir persönlich liegt nichts daran, daß Ihr Fräulein Tochter einen anderen Namen erhält. Ich liebe Ihr Fräulein Tochter aufrichtig, und sie ist mir als Fräulein Hartmann genauso lieb und wert wie unter einem anderen Namen. Es ist ja tatsächlich nur eine Formsache, die nötig ist, weil ich meine junge Frau unbedingt bei Hofe einführen will. Sie soll sich keinen Demütigungen aussetzen müssen.

Ich war selbst zuerst erschrocken, als meine Mutter davon gesprochen hat. Aber sie hat schon recht. Sie möchte mich natürlich gern glücklich sehen. Doch sie wünscht auch, daß ich mit meiner Frau bei Hofe verkehren kann. Deshalb ist sie auf den Ausweg verfallen, daß Ihr Fräulein Tochter sich erst durch eine Scheinehe einen rechtsgültigen Namen verschafft, alsdann braucht nur der auf den Anzeigen zu stehen, und niemand fragt danach, ob sie ihn durch Geburt oder durch eine Heirat erhalten hat. Man fragt ja nicht in solchen Fällen.

Also bitt' schön, mein verehrter Herr Hartmann, sehen Sie das nicht schwerer an, als es ist. Es geschieht tatsächlich hauptsächlich im Interesse Ihres Fräulein Tochter, die ja sonst alle Vorzüge besitzt, die sie zu den höchsten Stellungen in der vornehmen Welt berechtigen.«

Herrn Hartmanns Widerstand schmolz dahin. Er legte natürlich großen Wert darauf, daß seine Tochter bei Hofe verkehrte.

»Aber wo sollen wir nun gleich einen Mann herbekommen, der von Adel ist und für Geld zu einer solchen Scheinehe bereit wäre?« fragte er nach einigem Zögern.

Freiherr von Goltzin lächelte fein. Er war eben wirklich

ein Juwel und wußte gleich einen solchen Mann namhaft zu machen.

»Mein lieber Herr Hartmann, ich glaube, wir brauchen nicht weit zu suchen. Sie haben ja sozusagen alles Nötige im Haus. Da ist Ihr Sekretär, der Baron Oldenau. Seine Durchlaucht haben mir erzählt, daß er einst bessere Zeiten gekannt hat. Solche Menschen sind gern bereit, sich wieder ein bißchen auf die Füße helfen zu lassen. Sie müßten es sich freilich etwas kosten lassen. Aber was heißt das in Ihren Verhältnissen? Da spielen 50000 Mark keine Rolle. Wenn ich nicht schon verheiratet wäre, ich würde mit Vergnügen die kleine Komödie spielen. Aber Baron Oldenau ist ledig, er wird ohne Zweifel einwilligen, wenn er damit ein gutes Geschäft machen kann.«

Herr Hartmann überlegte. Er sah nichts Schlimmes in dieser Komödie in der Deutung, die der Freiherr ihr gab. Nach einer Weile richtete er sich aus seiner nachdenklichen Stellung auf.

»Meinen Sie also, daß ich dem Baron mit diesem Vorschlag kommen könnte?«

»Aber selbstverständlich, mein lieber Herr Hartmann! Er wird sich glücklich schätzen, Ihnen einen Dienst erweisen zu können ... zumal er ja ein gutes Geschäft dabei macht. Geschäft ist Geschäft. Er verkauft Ihnen seinen Namen. Sie geben ihm Ihr gutes Geld.«

»Hm. Aber meine Tochter? Ob die sich zu einer solchen Scheinehe bereit erklären wird?«

»Nun, ich denke, daß Sie Diplomat genug sind, um Ihrem Fräulein Tochter plausibel zu machen, daß dies eine einfache Formsache ist, die nötig ist, um ein erstrebenswertes Ziel zu erreichen. Natürlich muß sich Baron Oldenau ehrenwörtlich verpflichten, sogleich nach der Trauung in die Scheidung einzuwilligen.

Die Scheidung werden wir in kürzester Zeit durchsetzen, ich habe da einen äußerst tüchtigen Rechtsanwalt an der Hand. Im Grunde handelt es sich ja nur darum, für Ihr Fräulein Tochter einen adligen Namen zu kaufen. Als Baronin Oldenau wird sie sogleich offene Aufnahme bei Hofe finden, dafür werden Ihre Durchlaucht schon sorgen. Vergessen Sie nicht, Herr Hartmann, daß dies alles nur zum Besten Ihres Fräulein Tochter dient und ihr eine ganz andere Stellung bei Hofe sichert.«

Herrn Hartmann schwindelte ein wenig der Kopf. »Sie meinen also, daß man ohne Bedenken eine solche Scheinehe schließen lassen kann?« fragte er.

»Aber selbstverständlich! Solche Scheinheiraten zur Erlangung eines Titels, eines Namens, sind durchaus nichts Seltenes. Ich könnte Ihnen eine große Anzahl von Fällen nennen. Der Baron erhält dadurch selbstverständlich keinerlei Rechte über Ihre Tochter, das muß alles zuvor klipp und klar festgelegt werden.«

Herr Hartmann gab allen Widerstand auf, nachdem ihm auch der Fürst noch einmal eindringlich zugeredet hatte. Er sagte nur noch ein wenig unbehaglich: »Wenn nur der Baron einwilligt.«

»Ach, daran ist doch nicht zu zweifeln!« erwiderte der Fürst. »Mit beiden Händen wird er zugreifen, wenn er damit ein kleines Vermögen verdienen kann. Er verkauft doch Ihrem Fräulein Tochter seinen Namen, ohne ihn selbst dabei zu verlieren. Das ist doch ein Glücksfall für ihn. So heikel wird er halt nicht sein, da er doch ohnedies schon aus seinen Kreisen ausgeschieden ist.«

So sehr war Herr Hartmann von dem Wunsche durchdrungen, daß seine Tochter Fürstin Nordheim würde, daß er alle Bedenken fallenließ. Er versprach also, mit seiner Tochter zu sprechen und auch mit Baron Oldenau. Das Ergebnis wollte er dann dem Fürsten telefonisch mitteilen, da dieser natürlich das größte Interesse daran hatte.

Die Herren empfahlen sich dann, nachdem der Freiherr noch eine Weile eindringlich auf Herrn Hartmann eingeredet hatte. Der Fürst wollte Margot noch begrüßen, doch diese war ausgegangen. Im Grunde war dem Fürsten das sehr lieb. Er bat Herrn Hartmann, dem gnädigen Fräulein seine Verehrung zu Füßen zu legen. Dann entfernten sich die Herren.

Als sie wieder im Auto saßen, atmete der Fürst tief auf. »Das war schon ein schweres Stück Arbeit, mein lieber Herr von Goltzin! Ich habe doch ein bisserl Bange gehabt, daß uns Herr Hartmann Schwierigkeiten machen würde. Diese Art Leute sind oft unberechenbar, man weiß nie, wie so etwas ausgeht. Aber Sie haben wirklich wie ein Diplomat dahergeredet. Nun wird schon alles in die Reihe kommen.«

»Davon bin ich auch überzeugt, Durchlaucht. Fräulein Hartmann wird ohne weiteres einwilligen. Und der Baron? Nun, er wird keine Einwände haben, 50 000 Mark so mühelos zu verdienen. Er kann Durchlaucht sehr dankbar sein.«

»Er hat's nötig, wieder ein bisserl flott zu werden, der Baron. Ich gönne es ihm, wenn man auch nicht mehr mit ihm verkehren kann. Ich bitt' schön, wie kann der Mann sich als Sekretär verdingen? Das ist doch der reinste Selbstmord! So etwas tut man doch nicht. Aber jetzt wollen wir zwei einen Schampus trinken . . . auf das Gelingen unserer Angelegenheit. Sie sind ja auch daran interessiert, mein lieber Herr von Goltzin.«

Und mit dem Freiherrn von Goltzin frühstückte der Fürst vertraulich in einem Weinlokal, in dem er viel verkehrte und wo er meist seine Nächte in mehr als lockerer Gesellschaft verbrachte. Aber mit dem Baron Oldenau glaubte er nicht mehr verkehren zu können.

So falsch waren die Ansichten Seiner Durchlaucht.

8

Nachdem Herr Hartmann allein geblieben war, ging er eine lange Zeit nachdenklich auf und ab. Wohl hatte er alle Bedenken über Bord geworfen, aber so recht behaglich fühlte er sich nicht in seiner Haut. So einfach die beiden Herren ihm auch die Angelegenheit dargestellt hatten, ein wenig wurmte es ihn doch, daß sein ehrlicher Name ein Hindernis für seine Tochter sein sollte, wenn sie Fürstin werden wollte. Aber er rang seinen Unmut nieder. Das Glück seiner Tochter war ihm mehr wert als alles andere.

Er überlegte nun, ob er zuerst mit Margot oder zuerst mit dem Baron sprechen sollte, und entschloß sich dann, erst mit seiner Tochter zu sprechen. Er klingelte den Diener herbei und fragte, ob seine Tochter von ihrem Ausgang zurückgekehrt sei.

Der Diener bejahte. Das gnädige Fräulein befinde sich in ihrem Salon. Herr Hartmann begab sich dorthin. An der Tür zögerte er einen Moment und holte tief Atem, als sei ihm die Brust zu eng. Ein wenig bangte ihm doch, seiner Tochter das Ansinnen der Fürstin zu unterbreiten. Aber schließlich öffnete er energisch die Tür.

Margot empfing ihren Vater mit einiger Unruhe. Sie hatte gehört, daß Fürst Nordheim dagewesen sei, und ahnte, daß der Kampf um ihr Glück nun ernstlich beginnen würde.

Diese Ahnung wurde zur Gewißheit, als der Vater sagte: »Ich habe etwas Wichtiges mit dir zu besprechen, Margot.«

Sie nahm sich zusammen und zeigte sich ganz ruhig. Lächelnd zog sie den Vater zu einem Causeuse und erwiderte scheinbar unbefangen: »Was hast du mir zu sagen, Papa?«

Er holte tief Luft. »Also, mein Kind, Seine Durchlaucht, Fürst Nordheim, war bei mir. Er ist gestern abend von Wien zurückgekommen und hat mir soeben mitgeteilt, daß seine Mutter im Prinzip mit eurer Verbindung einverstanden ist. Sie hat nur eine Bedingung gestellt.«

Margot erblaßte. »Was ist das für eine Bedingung?«

Er blickte ein wenig unsicher auf seine Hände hinab, die alle Kunst seines Kammerdieners nicht zu aristokratischen Nichtstuerhänden umformen konnte. Sie verrieten, daß der Mann, dem diese Hände gehörten, erst in späteren Jahren angefangen hatte, Wert auf eine sorgsame Pflege zu legen.

»Du brauchst dich nicht zu beunruhigen, Margot, wie gesagt, die Fürstin ist bereit einzuwilligen. Nur ... ihre Bedingung ist im Grunde nichts als eine Formsache. Die Fürstin fürchtet, daß man deine Hoffähigkeit nicht anerkennen könnte, trotz ihres Einflusses am Hof, wenn du unter dem schlichten Namen Hartmann dem Fürsten angetraut wirst.«

Erstaunt sah Margot auf. »Ich heiße doch aber Hartmann und nicht anders!«

»Ganz recht. Aber eben darum sollst du dir einen adligen Namen kaufen.«

Betroffen fuhr Margot zurück. »Einen Namen kaufen? Kann man das? Und würdest du darin einwilligen, daß ich deinen guten ehrlichen Namen ablege und unter falscher Flagge segele?«

Er wurde sehr verlegen. »Mein liebes Kind, so mußt du das nicht auffassen. Das kommt hier in Deutschland hundertmal vor. Es ist sozusagen eine Selbsthilfe, wenn sich einer Verbindung Standesvorurteile entgegenstellen. Es hat tatsächlich nichts auf sich. Und es ist schon möglich, sich einen adligen Namen zu kaufen. Es muß natürlich unter einer besonderen Form geschehen. Und der Fürst hat mir gesagt, wie es zu machen sei.

Also höre zu ... Du müßtest, um einen adligen Namen zu erhalten, eine Art Scheinehe eingehen mit einem Aristokraten, der gewillt wäre, dir seinen Namen zu verkaufen. Diese Scheinehe würde natürlich nur standesamtlich geschlossen und sogleich wieder getrennt. Selbstverständlich würde dieser Scheingatte keinerlei Rechte an dich erhalten. Er müßte sich ehrenwörtlich verpflichten, vielleicht auch schriftlich, dich sofort wieder freizugeben und in eine Scheidung einzuwilligen.

Das läßt sich alles leicht arrangieren, zumal wir ja die geeignete Persönlichkeit im Hause haben. Wir sind darauf gekommen, Baron Oldenau um diese Gefälligkeit zu bitten ... natürlich gegen eine angemessene Entschädigung.«

Margot hatte erst mit immer stärker werdender Empörung den Worten des Vaters gelauscht. Schon wollte sie zornig aufbrausen und heftig dieses Ansinnen zurückweisen, als ihr Vater den Namen des Barons aussprach. Da war ihr mit einemmal zumute, als wenn die hohen Mauern, die sie umgaben, zusammenfielen und ringsumher nur blauer lachender Himmel zu sehen sei.

Sie preßte die Lippen fest zusammen, daß ihnen kein unbedachtes Wort entschlüpfte. Still lauschte sie in sich hinein und überlegte, daß diese Angelegenheit sie vielleicht schnell und sicher zu einem heißersehnten Ziel führen könne.

In ihren Augen blitzte es auf wie kühne Entschlossenheit. Noch einmal konnte sie den Kampf mit dem Vater hinausschieben – bis sie ihn besser gerüstet führen konnte. Sie senkte die Lider und sagte mit erzwungener Ruhe:

»Meinst du, daß man das dem Baron zumuten kann und daß er darauf eingehen wird?«

Herrn Hartmann fiel ein Stein vom Herzen. Er hatte sich

auf allerlei Einwände seiner Tochter gefaßt gemacht. Daß sie so ruhig blieb und die Sache scheinbar sofort in Erwägung zog, nahm ihm seine Unsicherheit.

»Warum sollte er nicht, Margot? Ich bin überzeugt, er tut uns gern einen Gefallen. Und außerdem zahle ich ihm eine anständige Summe dafür. Ich weiß, er möchte gern seiner Mutter das Leben etwas freundlicher gestalten, er ist ein guter Sohn. Dazu könnte ihm das Geld verhelfen, wenn er es nicht für sich selbst verwenden will. Ich denke, mit ihm komme ich schnell zum Ziel. Die Hauptsache ist deine Einwilligung. Du bist doch einverstanden?«

Margot hob langsam die Augen zu ihm empor. Dann sagte sie mit verhaltener Stimme: »Hältst du es für entschuldbar, Papa, daß man zu solchen Winkelzügen greift, um sich ein Glück vom Schicksal zu erringen, das es uns sonst verweigert?«

Herr Hartmann nickte ahnungslos und erfreut. »Selbstverständlich, Margot! Man ist nicht nur berechtigt, sondern sogar verpflichtet, seinem Lebensglück mit allen Mitteln nachzustreben, die man vor sich selbst verantworten kann.«

Da umfaßte Margot ihren Vater und küßte ihn. Ihre Augen blitzten.

»Diesen Rat werde ich beherzigen, Papa, und befolgen. Du darfst nicht vergessen, daß du ihn mir gegeben hast.«

»Selbstverständlich vergesse ich das nicht. Ich will ja nur dein Glück. Also du willigst ein?«

Ihre Augen blickten ernst und leuchtend. »Ja, Papa, ich willige ein, mich mit Baron Oldenau zu verheiraten, um seinen Namen führen zu dürfen und damit meinem Glück näher zu kommen . . . sofern natürlich der Baron einverstanden ist. Aber auch ich stelle eine Bedingung.«

»Nun?«

»Ich will deine diesbezügliche Unterredung mit Baron

Oldenau mit anhören, ohne daß er davon eine Ahnung hat.«

Herr Hartmann war sehr froh, die Zustimmung seiner Tochter zu haben, und war bereit, ihren Wunsch zu erfüllen.

»Natürlich darfst du das, Margot! Ich kann verstehen, daß du genau orientiert sein willst über alles. Vor allem auch darüber, daß der Baron sich verpflichtet, sofort nach der Trauung in die Scheidung einzuwilligen.«

Es zuckte seltsam in Margots Gesicht, und ihre Augen blitzten entschlossen und kampfesmutig.

»Ja, ich möchte über alles orientiert sein! Wann willst du mit ihm sprechen?«

»Möglichst sofort, Margot. Der Fürst wartet mit großer Unruhe auf die Entscheidung. Hängt doch so viel davon ab. Er liebt dich wirklich aufrichtig und will nur dein Bestes.«

Margot war anderer Ansicht, sprach es aber nicht aus.

»Gut, Papa, ich begleite dich jetzt sofort in dein Arbeitszimmer und verstecke mich dort hinter dem großen Wandschirm. Und dann läßt du den Baron rufen und sprichst mit ihm.«

Herr Hartmann küßte und streichelte sein Töchterchen. »Abgemacht! Du bist mein vernünftiges Mädel. Ich freue mich, daß du mir keine Schwierigkeiten machst.«

Margot schlang ihre Arme um seinen Hals und sah mit schimmernden Augen zu ihm auf. »Nicht wahr, Papa, mein Glück geht dir über alles ... auch über deine eigenen Wünsche?«

Er nickte. »Das weißt du doch, Margot! Für mich strebe ich nicht zu den höchsten Stellen des Lebens. Es geschieht alles nur für dich.«

Margot wußte, daß der Vater die Wahrheit sprach. Deshalb war sie überzeugt, daß er letzten Endes seine ehrgeizigen Pläne ihrem wahren Lebensglück opfern würde. Sie war ganz zuversichtlich, daß nun alles gut werden mußte. Vor allen Dingen sah sie jetzt den Weg zum Glück vor sich liegen, wenn sie auch eine kleine List anwenden mußte, um ihn ungehindert gehen zu können. Sie konnte diese List vor sich selbst verantworten, denn es galt ihr Lebensglück.

Die Hauptsache war jetzt nur, daß der Baron einwilligen würde, sich mit ihr trauen zu lassen. Tat er es nicht freiwillig, dann mußte sie ihn dazu bewegen. Aber besser, er tat es aus freien Stücken, denn sie wollte ihn nicht in ihre Pläne einweihen, weil sie nicht sicher war, daß er in dieselben einwilligen würde.

Vater und Tochter begaben sich nun ins Arbeitszimmer. Hier versteckte sich Margot sorglich hinter dem großen Wandschirm, der vor dem Geldschrank aufgestellt war. Dieses häßliche, wenn auch überaus nützliche Möbel sollte damit verdeckt werden. Hier ließ sie sich in einen Sessel nieder, und dann ließ Herr Hartmann seinen Sekretär rufen.

Baron Oldenau war an diesem Vormittag in Berlin gewesen, in einer geschäftlichen Angelegenheit und im Auftrag des Herrn Hartmann.

Unter den Linden hatte er einen ehemaligen Regimentskameraden, Herrn von Dornau, getroffen. Dieser hatte ihn angehalten und lebhaft begrüßt.

»Lieber Horst, das ist ja eine ungeahnte Freude, daß ich dir begegne! Man sieht und hört ja nichts mehr von dir. Wie geht es dir?«

Der Baron sah Herrn von Dornau, der hier in Berlin Zivilkleider trug, groß und ernst in die Augen.

»Es geht mir gut. Aber laß dir sagen, daß mich die Verhältnisse gezwungen haben, eine abhängige Stellung anzunehmen. Ich bin jetzt Sekretär eines bürgerlichen Millionärs. Wenn dich das irritieren sollte, brauchst du nicht weiter mit mir zu sprechen.«

Herr von Dornau schüttelte lächelnd den Kopf und drückte die Hand des Barons nur um so fester.

»Wie kommst du denn auf solche Einfälle, Horst? Was hat denn unsere Freundschaft mit deinen veränderten Verhältnissen zu tun? In meinen Augen bist du, was du immer warst: ein vornehmer, anständiger Mensch. Du scheinst verbittert zu sein . . .«

Der Baron atmete auf. »Nein, Herbert, nicht verbittert, nur vorsichtig. Ich habe erst vor kurzer Zeit erlebt, daß mich Fürst Edgar Nordheim – du weißt, er lebte einige Zeit in unserer Garnison – nicht mehr für voll gültig nahm, weil ich mich ihm als Sekretär präsentierte.«

Herr von Dornau schob seinen Arm unter den des Barons und führte ihn weiter.

»Lieber Gott, der hat's nötig! Er hat nicht viel Ehre mehr zu verlieren und muß ängstlich mit dem Rest haushalten. Mich wirst du hoffentlich nicht zu dieser Kategorie von Menschen rechnen. Ich habe den feschen Edgar übrigens gestern abend in Gesellschaft lockerer Dämchen getroffen, die ihn umgaukelten und sich seine faden Witze gefallen lassen mußten.

Er hat mich dringend eingeladen, einen oder mehrere Abende meines Urlaubs mit ihm zu verbringen . . . in äußerst galanter Gesellschaft. Er ist allabendlich, mit wenig Ausnahmen, in einem Lokal, in dem man meist *chambre separée* zu speisen pflegt . . . in Damengesellschaft natürlich. Na, du weißt ja . . . wir waren als junge Dachse auch mal dort. Und wie es in des Fürsten Gesellschaft zugeht, weißt du auch . . . mir zu wüst. Ich verzichte dankend und werde nicht hingehen.«

Der Baron horchte auf. »In diesem Lokal ist der Fürst anzutreffen?«

Herr von Dornau lachte. »Ja, falls du statt meiner hingehen willst. Du kennst das Lokal. Im ersten Stock liegen eine Anzahl Logen nebeneinander, die als *chambre separée* benutzt werden und numeriert sind. Der Fürst hat jeden Abend Nummer neun für sich belegt und feiert da seine bekannten wüsten Gelage.

Er scheint viel Geld in Aussicht zu haben und erzählte mir von seiner Verlobung mit einer Dollarprinzessin. Das Messer sitzt ihm ja an der Kehle, er muß sich teuer verkaufen. Jedenfalls lebt er wieder äußerst flott auf Kosten seines millionenschweren Schwiegervaters in spe.«

Mit einem unbeschreiblichen Gefühl hatte der Baron diesen Worten zugehört. Er prägte sich ein, daß der Fürst die Loge Nummer neun belegt hatte. Diese Logen kannte er ganz genau. Sie waren nur durch dünne Wände voneinander getrennt, waren nach einem breiten Gang zu abgeschlossen durch Türen und nach dem unten liegenden Saal zu durch schwere Vorhänge abgeschirmt, die nach Belieben zurückgezogen oder geschlossen werden konnten. Man konnte also in diesen Logen ganz unter sich sein, wenn man wollte.

Wenn Herr Hartmann und seine Tochter den Fürsten von einer Nebenloge aus nur einmal bei einem solchen Gelage belauschen könnten – dann würde Margot schwerlich Fürstin Nordheim werden, dachte der Baron bei sich. Und wieder wurde der heiße Wunsch in ihm lebendig, ein Recht zu haben, sie warnen zu dürfen.

Er plauderte noch eine Weile mit Herrn von Dornau und versprach ihm, an einem der nächsten Abende mit ihm bei einer Flasche Wein zusammen zu sein. Dann trennten sich die Herren.

Auf dem Nachhauseweg mußte der Baron immerfort daran denken, was er eben über den Fürsten gehört hatte. Und heiße Angst um Margot Hartmann war in seiner

Seele. Sie wußte ja nicht, was sie tat, wenn sie sich dem Fürsten ausliefern ließ. Es quälte ihn namenlos, daß er es geschehen lassen mußte. Aber die Hände waren ihm gebunden. Selbst wenn er sie jetzt warnte – würde sie auf ihn hören? Sie wußte ja nun, daß er sie liebte. Würde sie es nicht für Eifersucht halten, wenn er sie warnte?

Aber selbst auf die Gefahr hin hätte er es getan, wenn er nur ein Recht gehabt hätte.

Margot tat ihm leid. Er konnte seine Sorge um sie nicht damit beschwichtigen, daß er sich sagte, sie gehe leichtsinnig und nur im Hang nach Glanz und Stellung in diese Ehe. Wenn der Fürst ein liebenswerter, ehrenhafter Mann gewesen wäre, der sie hätte glücklich machen können, hätte er vielleicht ruhiger zugesehen, wie sie in diese Verbindung einwilligte. Daß sie ihr Herz nicht dazu trieb, wußte er. Ihr Herz war überhaupt – wie er meinte – noch nicht aufgewacht, sonst würde sie sich von ihrem Vater nicht willenlos in diese Ehe hineindrängen lassen.

Schade ist es doch um sie – sie weiß nicht, was sie tut, sagte er sich verzweifelt. Als er nach Hause zurückgekehrt war, sah er soeben den Fürsten mit Herrn von Goltzin davonfahren. Der Grimm würgte ihn. Mit düster blickenden Augen sah er dem Auto nach, und freundliche Wünsche waren es nicht, die dem Fürsten folgten. Langsam ging er durch den Garten zum Portal und suchte sein Zimmer auf.

Kurze Zeit darauf wurde er zu Herrn Hartmann gerufen. Er folgte diesem Ruf sofort.

Herr Hartmann empfing ihn in seinem Arbeitszimmer. Der Baron hatte keine Ahnung, daß hinter dem Wandschirm versteckt Margot Hartmann saß, um die Unterredung zwischen ihrem Vater und dem Baron zu belauschen, wie sie es von ihrem Vater gefordert hatte.

»Sind Sie schon lange zurück, Baron?« fragte Herr Hartmann, die Unterhaltung einleitend.

»Nein, Herr Hartmann, ich bin eben erst zurückgekehrt. Ich traf einen ehemaligen Regimentskameraden und wurde eine Weile aufgehalten. Sonst wäre ich schon eher zurückgekommen. Hoffentlich haben Sie mich nicht gebraucht.«

Herr Hartmann schüttelte den Kopf. »Nein, mein lieber Baron, ich habe erst in diesem Augenblick Zeit gehabt, Sie zu mir rufen zu lassen.«

»Das ist mir lieb, ich verspäte mich nicht gern.«

»Sie sind kolossal pflichteifrig.«

»Nur dadurch kann ich mir das Vertrauen verdienen, das Sie in mich setzen. Die Geschäfte, die Sie mir aufgetragen haben, sind zu Ihrer Zufriedenheit erledigt worden. Hier sind die Belege.«

Damit legte der Baron einige Papiere vor den alten Herrn hin. Dieser blickte sie flüchtig an und schob sie beiseite.

»Gut, gut, ich danke Ihnen. Aber nun nehmen Sie bitte Platz, ich möchte etwas Außergewöhnliches mit Ihnen besprechen. Sie könnten mir, respektive meiner Tochter, einen großen Dienst erweisen.«

Der Baron nahm Herrn Hartmann gegenüber Platz und sah ihn fragend an. »Es würde mir eine große Freude bereiten, wenn ich Ihnen und Ihrem Fräulein Tochter gefällig sein könnte.«

»Das können Sie allerdings, lieber Baron. Es ist eine etwas heikle Angelegenheit, und es wird mir nicht leicht, mit Ihnen davon zu sprechen. Aber es muß sein. Sie wissen doch, daß sich Fürst Nordheim ernsthaft um meine Tochter bewirbt?«

Der Baron biß die Zähne aufeinander und verneigte sich. »Sie haben mir davon erzählt«, sagte er nach einer Weile.

»Nun wohl, die Angelegenheit ist jetzt weitergediehen«,

fuhr Herr Hartmann fort und erzählte dem Baron von der Bedingung der Fürstinmutter.

Mit unbewegter Miene hörte der Baron zu, obwohl es in seinem Innern stürmte. Er mußte gewaltsam an sich halten, um nicht aufzuspringen und im Zorn die Fäuste zu schütteln.

Als Herr Hartmann seinen Bericht beendet hatte, fuhr er fort: »Sie sehen also, mein lieber Baron, daß der Wunsch der Fürstin einige Berechtigung hat. Ich will doch selbst nicht, daß meiner Tochter Schwierigkeiten daraus erwachsen, daß sie nur einen bürgerlichen Namen in die Ehe bringt. Und deshalb bin ich gewillt, diesem Wunsch Rechnung zu tragen.

Ich habe heute mit dem Fürsten zusammen beschlossen, meiner Tochter sozusagen einen adligen Namen zu kaufen. Zu diesem Zwecke wäre es notwendig, daß meine Tochter eine Scheinehe mit einem Aristokraten eingehen würde. Und, um es kurz zu machen, lieber Baron, wir haben an Sie gedacht. Ich frage Sie deshalb, ob Sie gewillt wären, mit meiner Tochter eine solche Scheinehe zu schließen, oder besser gesagt, ob Sie sich bereit erklären würden, durch eine standesamtliche Trauung meiner Tochter Ihren Namen zu überlassen.«

Baron Oldenau sprang mit einem jähen Ruck hoch. Seine Stirn rötete sich jäh. Er sah eine Weile fassungslos auf den alten Herrn.

»Herr Hartmann!« rief er drohend.

Unbehaglich sah der alte Herr zu ihm auf und hob begütigend die Hand.

»Lieber Baron, bleiben Sie doch sitzen! Ich habe doch nichts Böses mit Ihnen im Sinn. Betrachten Sie die Sache einmal ruhig. Sie könnten sich da mit einem Schlag ein kleines Vermögen verdienen, denn natürlich verlange ich diesen Dienst nicht umsonst von Ihnen.

Ich biete Ihnen 50000 Mark ... eventuell auch mehr. Es kommt mir nicht darauf an. Sie würden die Hälfte der ausgemachten Summe sofort nach der Eheschließung, die andere Hälfte sogleich nach der erfolgten Scheidung erhalten. Sie müßten sich natürlich verpflichten, sofort nach der Trauung in die Scheidung einzuwilligen und keinerlei Rechte in Anspruch zu nehmen. Bitte, brausen Sie nicht auf und erzürnen Sie sich nicht! Wenn ich Ihnen nicht ein so großes Vertrauen entgegenbrächte, hätte ich mich in dieser Angelegenheit nicht an Sie gewandt.«

Baron Oldenau stand eine Weile starr und steif vor Herrn Hartmann. Seinem ersten Impuls folgend, hätte er dem alten Herrn heftige Worte der Entrüstung entgegenschleudern mögen. Aber er beherrschte sich. Und während Herr Hartmann weitersprach, dachte der Baron bei sich:

Da wäre ja mit einemmal eine Gelegenheit, ein Recht zu erlangen, Margot Hartmann die Wahrheit über den Charakter des Fürsten sagen zu dürfen.

Die Empörung ebbte ab, und der Wunsch stieg in ihm auf, Margot Hartmann – wenn auch nur für kurze Zeit und nur zum Schein – seine Gattin nennen zu dürfen. Er wußte nicht, was er sich davon versprach, ihm war nur, als dürfe er die Gelegenheit nicht ungenutzt vorübergehen lassen, Margot über den wahren Wert des Fürsten die Augen zu öffnen.

Eine Weile herrschte tiefes Schweigen zwischen den beiden Herren, und Margot hielt in ihrem Versteck den Atem an. Ihr Herz klopfte zum Zerspringen. Sie krampfte die Hände zusammen und flehte zum Himmel, daß der Baron auf den Wunsch des Vaters eingehen möge. Durch einen feinen Spalt in dem Wandschirm konnte sie sein Gesicht sehen. Es war sehr bleich und verkrampft.

Was würde er antworten?

Diese Frage brannte in ihrer Seele. Endlich hörte sie, daß er einen tiefen Atemzug ausstieß. Er hatte einen Entschluß gefaßt. Zeit gewonnen – alles gewonnen, sagte er sich. Durch diese Scheinehe und die nachfolgende Scheidung würden Monate vergehen, ehe an eine Verbindung zwischen Margot und dem Fürsten gedacht werden konnte. Und in Monaten konnte viel geschehen. Außerdem konnte er sich jetzt ein Recht sichern, Margot zu warnen. Und dieses Recht sollte ihm durch nichts zu teuer erkauft sein.

So sagte er endlich, sich zur Ruhe zwingend: »Sie stellen ein seltsames Ansinnen an mich, Herr Hartmann. Ich hätte es voll Entrüstung zurückgewiesen, wenn ich nicht von dem Wunsch beseelt wäre, Ihnen und Ihrem Fräulein Tochter wirklich einen Dienst erweisen zu können. Nur in der Form haben Sie sich vergriffen. Ein Baron Oldenau verkauft seinen Namen nicht. Dieser Name ist untadelig geblieben und erst vor kurzer Zeit mit großen Opfern, die meine Mutter und ich gebracht haben, rein erhalten worden. Er ist mir nicht um Geld feil.

Aber ich kann ihn verschenken ... an einen Menschen, den ich für wert erachte, diesen Namen zu tragen. Dagegen empört sich mein Empfinden nicht. Ich würde also, ohne jede Entschädigung, auf Ihren Wunsch eingehen, vorausgesetzt, daß Ihr Fräulein Tochter damit einverstanden ist.«

Margot preßte in ihrem Versteck die Hände inbrünstig ans Herz. Am liebsten wäre sie dem Baron um den Hals gefallen. Wie stolz war sie auf dieses Mannes Liebe. Die Tränen traten ihr in die Augen.

»Meine Tochter ist einverstanden, ich habe bereits mit ihr gesprochen«, sagte Herr Hartmann, erfreut durch des Barons Einwilligung.

Ein bitteres Gefühl beschlich den Baron. War Margot

Hartmann ein fürstlicher Name so viel wert, daß sie zu solchen Mitteln griff, ihn zu erringen? Sie konnte den Fürsten nicht lieben, davon war er überzeugt. Nur äußerliche Gründe konnten sie bewegen, in eine Verbindung mit ihm einzuwilligen. Fühlte sie nicht, wie demütigend das Ansinnen der Fürstinmutter war? Empörte sich ihr Stolz nicht dagegen?

Wenn ich sie doch aufrütteln könnte aus ihrer gedankenlosen Fügsamkeit in den Willen des Vaters! So weit dürfte sie sich seinen Wünschen nicht unterordnen. Und koste es, was es wolle, ich muß ihr die Augen öffnen, wie sehr sie sich ihre Würde vergibt, wenn sie des Fürsten Gemahlin wird. Sie ist doch sonst ein so durchaus wertvoller, klarer Charakter. Ich muß ihr helfen, sich nicht selbst zu verlieren.

So sagte er sich. Und laut fuhr er fort:

»Nun gut, Herr Hartmann, wenn Ihr Fräulein Tochter einwilligt, tue ich es auch. Ich bin bereit, ihr meinen Namen zu schenken, und gebe mein Ehrenwort, daß ich keinerlei Recht für mich ableiten und mich sofort nach der Trauung in die Scheidung fügen werde. Nur eine Bedingung knüpfe ich an meine Einwilligung.«

»Bitte, sprechen Sie. Was ist das für eine Bedingung?«

»Sie müssen mir das Versprechen geben, daß Sie und Ihr Fräulein Tochter mir am Abend der standesamtlichen Trauung oder an einem darauffolgenden – von mir zu bestimmenden Tag – die Ehre geben, als meine Gäste mit mir in einem von mir gewählten Lokal zu soupieren. Nur Sie beide allein, ohne jede andere Gesellschaft. Und Sie müssen mir versprechen, niemand von dieser Verabredung etwas zu sagen . . . niemand, auch Fürst Nordheim und Herrn von Goltzin gegenüber nicht.«

Herr Hartmann lächelte. »Das ist eine Bedingung, die sich leicht erfüllen läßt. Liegt Ihnen denn so viel daran, uns als Ihre Gäste zu bewirten?«

Der Baron verneigte sich. »Ja, aus einem ganz bestimmten Grund, den ich Ihnen aber erst nach diesem Souper nennen möchte. Ich gebe Ihnen mein Wort, daß ich dabei nur an das Wohl Ihres Fräulein Tochter denke.

Sie haben mich sehr verpflichtet, Herr Hartmann, durch die Art, wie Sie mich in Ihrem Haus aufgenommen haben. Sie haben mir meine Dienstbarkeit leichtgemacht. Und ich hege große Hochachtung für Sie und das gnädige Fräulein. Bei alledem gehe ich von dem ehrlichen Bestreben aus, Ihnen einen wirklichen Dienst erweisen zu dürfen.«

Der alte Herr reichte ihm die Hand. »Lieber Baron, daß Sie in Ihrer Lage so glattweg die 50000 Mark zurückgewiesen haben, die Sie sich doch auf ganz ehrliche Weise verdienen konnten, kann ich nicht ganz verstehen. Ihre Lebensanschauungen sind wohl anders als meine. Ich sage: Geschäft ist Geschäft, und für eine gute Ware kann ich auch gutes Geld annehmen. Hier ist die gute Ware Ihr Name. Runzeln Sie nur nicht schon wieder die Stirn! Ich sage ja, das wäre meine Ansicht gewesen. Wenn ich mir solche Skrupel hätte machen wollen, wäre ich wohl nie ein reicher Mann geworden. Ich habe immer gleich fest zugepackt, wenn ich verdienen konnte. Unehrlich bin ich dabei nie gewesen, aber auch nicht unnötig bedenklich.

Aber wenn ich auch nicht verstehe, daß Sie das Geld so stolz zurückweisen und mir in Ihrer Lage so glattweg etwas als Geschenk anbieten, für das ich Ihnen willig auch noch mehr als 50000 Mark geboten hätte, imponiert mir das doch ... mächtig sogar! Und wenn ich Sie bisher schon hochgeschätzt habe, jetzt tue ich es noch mehr. Ich hoffe, es wird mir Gelegenheit geboten, Ihnen gelegentlich auf andere Weise meine Dankbarkeit zu beweisen.«

»Es bedarf keines Dankes, Herr Hartmann. Mein Entschluß entspringt im Grunde doch nur meinen eigenen Wünschen. Ich will die Genugtuung haben, Ihrem Fräulein Tochter einen außergewöhnlichen Dienst geleistet zu haben, ihr etwas schenken zu dürfen, was für mich das Wertvollste ist, das ich besitze.«

Herr Hartmann sah in diesen Worten nichts Beunruhigendes. Er ahnte nicht, daß der Baron seiner Tochter einen ganz anderen Dienst zu erweisen gedachte, als er von ihm verlangt hatte.

»Ich danke Ihnen jedenfalls herzlich, lieber Baron. Sie gestatten mir also, unverzüglich die nötigen Schritte einzuleiten, um die Angelegenheit in Fluß zu bringen, damit nicht unnütze Zeit verschwendet wird.«

»Gewiß. Ich bitte Sie nur, Ihr Fräulein Tochter zu ersuchen, mir vorher selbst mitzuteilen, daß es tatsächlich auch ihr Wunsch ist, eine Scheinehe mit mir einzugehen.«

»Das kann sogleich geschehen. Bitte, treten Sie in das Nebenzimmer. Ich werde meine Tochter hierherrufen lassen, ihr das Ergebnis unserer Unterredung mitteilen und Sie dann wieder hier herüberbitten, damit sie Ihnen selbst danken kann.«

Der Baron verneigte sich und trat in das Nebenzimmer. Er stellte sich an das Fenster und preßte seine heiße Stirn an die kalte Scheibe. Es war ein Aufruhr in seinem Innern, den er nicht beschwichtigen konnte. Und er war sich nicht im klaren darüber, ob er recht getan hatte, in diese Scheinehe einzuwilligen. Räumte er damit nicht vielleicht gerade ein Hindernis aus dem Weg, das eine Verbindung des Fürsten mit Margot Hartmann unmöglich machte? Aber wenn er ihr seinen Namen nicht geben würde, dann würde es sicher ein anderer tun. Dann war es schon besser, er tat es, zumal er sich damit ein Recht erkaufte, sie vor dem Schritt zu warnen, den sie tun wollte.

Er mußte daran denken, daß sie längst wußte, daß er

sie liebte. Aber was galt ihr die Liebe eines Mannes, der sie nicht zu den Höhen emporführen konnte, die sie erreichen wollte?

Immerhin mußte sie ihm doch großes Vertrauen entgegenbringen, daß sie sich so ganz in seine Hand zu geben gedachte. Wie nun, wenn er sich nach der Trauung weigerte, sie freizugeben?

Wilde Wünsche, das Schicksal so zu zwingen, tobten durch seine Seele. Durfte er Margot nicht doch halten, auch gegen sein Versprechen, mit der ganzen Kraft seiner Liebe?

Er richtete sich schwer atmend auf und machte eine abwehrende Bewegung. Wohin verirrte er sich mit seinen Gedanken? Nein, er war nicht der Mann, eine Frau gegen ihren Willen festzuhalten.

Aber eines stand bei ihm fest – er würde ihr den Mann, dem sie sich zu eigen geben wollte, im rechten Licht zeigen. Sie und Ihr Vater sollten den Fürsten kennenlernen, wie er ihn kannte. Und bestand Margot dann noch immer darauf, Fürstin Nordheim zu werden, verdiente sie es nicht besser.

Seine Augen starrten düster ins Leere. Er würde nichts gewinnen, wenn sie dann darauf verzichtete, Fürstin Nordheim zu werden, wollte auch nichts gewinnen. Nur helfen wollte er ihr klarzusehen, damit sie nicht blindlings in ihr Unglück lief.

Aus seinen unruhigen Gedanken wurde er aufgeschreckt, als sich die Tür öffnete und Herr Hartmann ihn bat, wieder einzutreten.

Herr Hartmann hatte seine Tochter aus ihrem Versteck hervorgeholt, und sie hatten einige Worte zusammen gesprochen. Nun trat Baron Oldenau zu ihnen. Margot stand mitten im Zimmer und sah ihm mit leuchtenden Augen entgegen. Sie trat schnell auf ihn zu.

»Mein Vater hat mir gesagt, Baron, was Sie für mich tun wollen. Ich danke Ihnen«, sagte sie mit leise bebender Stimme.

Er sah sie groß und ernst an: »Sie wissen, mein gnädiges Fräulein, welchen Motiven meine Bereitwilligkeit, Ihnen zu dienen, entspringt«, erwiderte er fest und bedeutungsvoll. Sie schlug den Blick nicht vor ihm nieder und sah ihn mit strahlenden Augen an.

»Ich weiß es, und ich zögere nicht, Ihren Dienst anzunehmen, denn es geht um mein Glück.«

Er wurde blaß. Wie grausam sie ist. Sie muß doch wissen, was mich dieser Dienst kostet, dachte er. Und mit einem brennenden Blick in ihre Augen sagte er: »Ich hoffe von Herzen, daß es wirklich um Ihr Glück geht.«

Sie holte tief Luft.

»Es geht ganz bestimmt um mein Glück . . . aber das werden Sie erst später verstehen«, antwortete sie leise.

Diese Worte und ihr Blick waren ihm unverständlich. Aber er konnte nicht weiter darüber nachdenken, weil Herr Hartmann sich nun ins Gespräch einmischte und allerlei Einzelheiten erörterte.

Somit war es nun beschlossene Sache, daß der Baron und Margot so schnell wie möglich eine Scheinehe eingehen und sich danach sofort wieder scheiden lassen würden.

9

Herr Hartmann hatte dem Fürsten davon Mitteilung gemacht, daß seine Tochter und der Baron eingewilligt hätten und daß der Baron jede Bezahlung energisch zurückgewiesen hatte.

Der Fürst war sehr froh darüber. Es war ihm aber unfaßbar, daß der Baron das Geld zurückgewiesen hatte.

Er ist halt doch so oder so ein Deklassierter, der gute Baron. Weshalb nimmt er also das Geld nicht? Das ist dumm von ihm. Aber es ist halt seine Angelegenheit, und die Hauptsache ist, daß er es tut.

Damit war die Sache für den Fürsten erledigt.

Herr Hartmann traf schnellstens alle Vorbereitungen zu der geplanten Scheinehe. Natürlich geschah dies in aller Stille. Herr von Goltzin war ihm in jeder Beziehung behilflich und warb schon jetzt um die Hilfe des in Ehescheidungssachen besonders erfahrenen Rechtsanwalts, der sich auch sogleich für den besonders einträglichen Fall interessierte.

Fürst Edgar hielt sich jetzt nach außen hin aus der ganzen Angelegenheit heraus. Er wollte erst nach erfolgter Scheidung wieder in Aktion treten. Inzwischen lebte er vergnügt auf Kosten seines künftigen Schwiegervaters. Herr von Goltzin hatte nämlich von Herrn Hartmann eine bedeutende Summe für den Fürsten als Vorschuß auf die Mitgift erbeutet, damit der Fürst sich bis zu seiner Verbindung mit der »Baronin Oldenau« über Wasser halten konnte. Seine Gläubiger vertröstete der Fürst auf seine bevorstehende Millionenheirat und lebte nun in Saus und Braus.

Baron Oldenau erfuhr durch vorsichtige Erkundigungen, daß Seine Durchlaucht nach wie vor jeden Abend mit gleichgestimmten Freunden und galanten Damen in der Loge Nummer neun seine Gelage feierte. Zwischen Margot und dem Baron bestand jetzt ein seltsames Verhältnis. Sie sahen sich täglich wie bisher, sprachen aber nur das Nötigste miteinander und vermieden es, einander anzusehen. Ein aufmerksamerer Beobachter als Herr Hartmann hätte vielleicht eine verhaltene Unruhe im Wesen der beiden jungen Leute bemerkt, aber der alte Herr hatte jetzt andere Dinge im Kopf.

Margot dachte oft darüber nach, warum der Baron als einzige Bedingung gestellt hatte, daß sie und ihr Vater als seine Gäste mit ihm soupieren sollten. Aber sie konnte natürlich nichts ergründen.

An den Fürsten dachte Margot gar nicht mehr. Sie sah in zitternder Erregung dem Tag entgegen, an dem sie vor dem Gesetz Baronin Oldenau werden sollte. Nur wenige Tage trennten sie noch von dem Zeitpunkt. Und sie wußte, daß sie dann alle Kräfte nötig haben würde, um ihr gefährdetes Glück in einen sicheren Hafen zu retten. Sie war aber voll froher Zuversicht, daß es ihr gelingen würde, denn sie wußte sich geliebt, und das gab ihr ein köstliches Gefühl der Sicherheit.

Sie wußte, daß der Baron tausend Qualen litt in dem Wissen, daß er ihr den Weg ebnen sollte, Fürstin Nordheim zu werden. Wenn sie zuweilen verstohlen in sein blasses, düsteres Gesicht sah, hätte sie aufspringen und zu ihm treten mögen, um tröstend über seine Wange zu streicheln. Aber das durfte sie nicht.

Von Tag zu Tag schlug ihre Liebe für den Baron tiefere Wurzeln in ihrer Seele, und um keinen Preis der Welt hätte sie ihre Hand einem anderen Manne gereicht.

Ein heißes Gefühl der Dankbarkeit gegen das Schicksal war in ihr, daß ihr Vater gerade den Baron Oldenau ausersehen hatte, ihr Scheingatte zu werden. Sie wußte, daß sie dem Baron Ruhe und Frieden hätte geben können, wenn sie ihm gesagt hätte, warum sie in eine Trauung mit ihm eingewilligt hatte. Aber sie fürchtete in diesem Fall seine große, unbeirrbare Gewissenhaftigkeit. Er würde dann von ihr Offenheit ihrem Vater gegenüber fordern und damit vielleicht alles aufs Spiel setzen. Auch sollte der Vater keinen Grund haben, dem Baron zu zürnen. Deshalb ließ sie ihn bei ihren

Plänen vollständig aus dem Spiel. Er sollte unbefangen bleiben und erst der vollendeten Tatsache gegenüberstehen. Daß er jetzt einige Wochen ihretwegen Schmerzen litt, tat ihr leid. Aber sie wollte diese Schmerzen tausendfältig wiedergutmachen und ihn für alle Qualen entschädigen.

So kam endlich der Tag heran, an dem die standesamtliche Trauung des Barons mit Margot stattfinden sollte. Niemand wußte darum, außer den Beteiligten. Nicht einmal die Hausdame war eingeweiht worden. Es war alles ganz in der Stille vorbereitet worden. Die Angelegenheit sollte so wenig Aufsehen wie möglich erregen.

Als Trauzeugen fungierten der Freiherr von Goltzin und Herr Hartmann.

Der Fürst war natürlich von Herrn von Goltzin auf dem laufenden gehalten worden und wußte, wann die Trauung stattfinden würde.

Am Hochzeitsmorgen erwartete Baron Oldenau Margot und ihren Vater unten im großen Empfangszimmer. Das Auto wartete bereits vor der Tür. Mit Herrn Goltzin wollte man sich auf dem Standesamt treffen.

Margot sah seltsam blaß aus, als sie in schlichter Promenadentoilette mit ihrem Vater das Zimmer betrat, in dem sie der Baron erwartete. Herr Hartmann war ein wenig erregt.

»Sind Sie bereit, lieber Baron?« fragte er.

Dieser verneigte sich. »Ich stehe zur Verfügung«, sagte er und sah Margot mit großen, ernsten Augen an.

Nie war sie ihm so hold und lieblich erschienen wie in diesem Augenblick. Und als sie ihn ansah, erschrak er bis ins tiefste Herz vor ihrem in verhaltener Glückseligkeit leuchtenden Blick.

Was war das? Warum sah sie ihn so an?

Er hatte aber keine Zeit, weiter darüber nachzudenken. Herr Hartmann drängte zum Aufbruch, und man begab sich zum Auto.

Niemand im Hause ahnte, zu welchem Zweck Vater und Tochter mit dem Baron das Haus verließen.

Die drei saßen einander schweigend gegenüber.

Im Grunde seines Herzens war Herrn Hartmann doch etwas beklommen zumute. Er gestand sich nur nicht ein – wollte es sich nicht eingestehen –, daß diese Scheinheirat gegen sein innerstes Empfinden verstieß. Wenn er sich nicht zu sehr in den Gedanken verbissen hätte, daß seine Tochter Fürstin Nordheim werden müsse, hätte er in diese Komödie nicht eingewilligt.

Herr von Goltzin hatte in den letzten Wochen immerzu auf ihn eingeredet, diese Scheinehe sei eine ganz selbstverständliche Sache. Auch der Baron machte ja keine Schwierigkeiten, und Margot fügte sich widerstandslos. Es ging alles wie am Schnürchen, aber dennoch . . . Dem alten Herrn war nicht wohl zumute.

Der Baron und Margot hingen auch ihren Gedanken nach. Der Baron zeigte ein unbewegtes Gesicht und ließ sich nicht anmerken, wie es in ihm aussah. Und Margot zitterte vor heimlicher Erregung.

So erreichte man das Standesamt. Herr von Goltzin war bereits zur Stelle und sprach sofort lebhaft und vergnügt auf die Herrschaften ein. Es ging dann auch alles glatt vonstatten. Herr von Goltzin und Herr Hartmann traten mit dem jungen Paare vor den Standesbeamten. Der Baron und Margot zeigten bei dem feierlichen Akt der standesamtlichen Trauung tiefernste Gesichter. Sie waren beide sehr blaß und still und wagten einander nicht anzusehen. Aber Margot schrieb nach der vollzogenen Zeremonie mit fester Hand ihren neuen Namen unter die Urkunde, als sollte sie zu Recht bestehen für alleZeit.

Wenige Minuten später war alles vorüber. Margot Hartmann war nun die Baronin Oldenau.

Freiherr von Goltzin verabschiedete sich sogleich vor

dem Standesamt. Er wollte zu dem Fürsten fahren und ihm die Nachricht bringen, daß Margot jetzt Baronin Oldenau hieß.

Die drei anderen fuhren zur Villa Hartmann zurück.

Dort angekommen, ersuchte Baron Oldenau Herrn Hartmann um eine Unterredung. Der alte Herr bat ihn, mit ihm in sein Arbeitszimmer zu kommen.

Er bat den Baron, Platz zu nehmen, und setzte sich ihm gegenüber.

»Lieber Baron, es ist mir lieb, daß ich Ihnen gleich jetzt noch einmal herzlich danken kann für Ihre Bereitwilligkeit, die Hindernisse aus dem Wege zu räumen, die sich der Verbindung meiner Tochter mit dem Fürsten entgegenstellten.«

Der Baron sah ihn seltsam an. »Ich habe durch mein Eingehen auf Ihre Wünsche nicht beabsichtigt, diese Hindernisse aus dem Wege zu räumen, sondern wollte damit nur Ihrem Fräulein Tochter einen Dienst erweisen.«

Herr Hartmann zuckte lächelnd die Achseln. »Das ist doch dasselbe, lieber Baron.«

»Nicht ganz, Herr Hartmann. Aber lassen wir das, bitte. Ich habe um diese Unterredung gebeten, um Ihnen mitzuteilen, daß ich Sie bitte, mir zu gestatten, noch heute meine Stellung niederzulegen und Ihr Haus zu verlassen.«

Betroffen sah der alte Herr auf. »Aber lieber Baron, warum denn das?«

Der Baron richtete sich auf. »Weil es unter den veränderten Verhältnissen nötig ist. Es ist nicht angängig, daß ich in der seltsamen Stellung, die ich jetzt Ihrem Fräulein Tochter gegenüber einnehme, hier im Hause bleibe. Eine so delikate Angelegenheit fordert auch eine delikate Behandlung.«

Erregt fuhr sich Herr Hartmann über die Stirn. »Aber

lieber Baron, daran habe ich natürlich nicht gedacht! Läßt sich das gar nicht vermeiden?«

»Nein.«

»Das ist mir aber höchst unangenehm. Erstens sind Sie mir fast unentbehrlich geworden, und dann ... daß Sie nun durch diese Angelegenheit um Ihre Stellung kommen sollen ... Teufel noch einmal, das ist mir sehr, sehr schmerzlich!«

»Es freut mich, daß Sie meine Dienste so hoch bewerten, Herr Hartmann. Aber es läßt sich nicht umgehen. Es ist notwendig im Interesse Ihrer Tochter, daß ich noch heute aus ihrem Gesichtsfeld verschwinde und daß wir nicht mehr zusammentreffen, bis unsere Scheinehe wieder geschieden ist.«

Herr Hartmann sprang auf und lief im Zimmer auf und ab: »Das ist ja eine ganz verzwickte Geschichte! Ich will Sie nicht entlassen ... ich denke gar nicht daran! Wissen Sie keinen Ausweg, wie wir das umgehen können?«

»Nein, ich weiß keinen Ausweg.«

»Und das haben Sie gewußt? Sie haben vorher gewußt, daß Sie Ihre Stellung aufgeben müssen, und haben dennoch eingewilligt, uns diesen Dienst zu erweisen?«

»Ja, ich habe es vorher gewußt.«

»Na, wissen Sie, Baron, nun verstehe ich Sie erst gar nicht mehr! Das hätten Sie mir doch sagen können! Dann hätte mir Herr von Goltzin irgendeinen anderen Adligen ausfindig gemacht, der als Scheingatte meiner Tochter fungieren konnte.«

Mit einem seltsam festen, harten Blick sah der Baron den alten Herrn an. »Hätten Sie das wirklich tun wollen, hätten Sie Ihre Tochter – wenn auch nur zum Schein – an einen Mann binden mögen, den Ihnen Herr von Goltzin empfohlen hätte? Herr von Goltzin kann Ihnen doch unmöglich untadelig erscheinen.

Er hätte Ihnen einen Menschen gebracht, dem sein Name für Geld feil gewesen wäre – weil er wahrscheinlich schon gar keinen Wert mehr hatte. Und an solch einen Menschen hätten Sie Ihre Tochter, wenn auch nur für kurze Zeit, binden wollen, nur um dadurch eine Verbindung zwischen ihr und dem Fürsten zu ermöglichen?«

Herr Hartmann fuhr sich nervös über die Stirn. »Herrgott, Sie können einem Fragen stellen, Baron, die einen rot werden lassen wie einen auf schlechten Streichen ertappten Schuljungen! Sie haben aber recht. Die ganze Angelegenheit geht mir ohnedies gegen den Strich. Aber was tut man nicht für das Glück seines Kindes!«

»Halten Sie es wirklich für ein Glück für Ihre Tochter, Fürstin Nordheim zu werden?« fragte der Baron ernst und eindringlich.

»Aber selbstverständlich!« erwiderte Herr Hartmann lebhaft und überzeugt. »Sonst würde ich doch nicht alle Hebel in Bewegung setzen, diese Verbindung zustande zu bringen. Meine Tochter soll eine vornehme Dame werden, bei Hofe verkehren, alle anderen überstrahlen. Sie hat ja das Zeug dazu. Ich will sie ganz oben sehen. Ich, der Arbeitersohn, will meiner Tochter zu einer Fürstenkrone verhelfen. Verstehen Sie das nicht, daß es sie und mich glücklich machen muß, wenn wir dies Ziel erreichen?«

»Nein, Herr Hartmann, ich verstehe Sie in diesem Punkt nicht. Vielleicht haben wir beide zu verschiedene Ansichten vom Glück.«

Herr Hartmann nickte. »Höchstwahrscheinlich! Aber nun sagen Sie mir, ist es wirklich nicht zu umgehen, daß Sie Ihre Stellung bei mir aufgeben?«

»Nein, Herr Hartmann, das ist nicht zu umgehen.«

Wieder lief der alte Herr aufgeregt hin und her. Dann blieb er vor dem Baron stehen. »Und schon heute wollen Sie mein Haus verlassen?«

»Ich bitte um die Erlaubnis dazu.«

»Und was werden Sie nun anfangen?«

»Das weiß ich noch nicht. Ich muß mir natürlich eine andere Existenzmöglichkeit suchen.«

»Und werden Sie mir dann wenigstens gestatten, daß ich Ihnen dabei behilflich bin? Oder verstößt das auch gegen Ihren verflixten, aber doch prachtvollen Stolz, Sie ... Sie ... Na, ich weiß nicht, was ich Ihnen für eine Liebenswürdigkeit an den Kopf werfen soll.«

»Ich wäre Ihnen dankbar, wenn Sie mich jemandem empfehlen. Vielleicht nehme ich die Stellung als Korrespondent bei Kommerzienrat Preis an, die er mir in Aussicht stellte.«

»Ich werde mit dem Kommerzienrat sprechen. Vielleicht findet sich eine bessere Stellung für Sie. Weiß Gott, ich lasse Sie nicht gern fort ... ich habe Sie in mein Herz geschlossen. So ein Prachtkerl sind Sie! Verzeihen Sie diesen Ausdruck, der wohl sehr formlos ist. Aber ich fand keinen besseren.

Jedenfalls werde ich Sie nicht wieder aus den Augen lassen. Und außerdem muß ich doch wenigstens dafür Sorge tragen, daß Ihnen aus dieser Angelegenheit kein zu großer Schaden erwächst. Wie gesagt, ich hatte keine Ahnung, daß ich Sie dadurch verlieren würde. Aber ich sehe auch ein, daß Sie sich jetzt nicht halten lassen.«

»Nein, Herr Hartmann, ich darf mich nicht halten lassen«, sagte der Baron, der sehr wohl wußte, daß ein längeres Verweilen hier im Hause unter den obwaltenden Umständen eine Qual sondergleichen für ihn sein würde.

»Und gleich heute wollen Sie also fort?« fragte Herr Hartmann.

»Wenn Sie erlauben, ja.«

»Wenn es sein muß, dann muß ich Ihnen natürlich die Erlaubnis geben.«

»Ich danke Ihnen. Und nun möchte ich noch eine Bitte aussprechen. Sie haben mir versprochen, mit Ihrer Tochter und mir als meine Gäste zu soupieren. Darf ich Sie bitten, das heute abend zu tun ... mir den heutigen Abend zu schenken? Ich weiß, Sie sind heute nicht anderweitig verabredet.«

»Gut, wir nehmen an.«

»Ich danke Ihnen. Und gestatten Sie mir bitte, daß ich Sie heute abend in einem Mietauto abhole.«

»Wir können doch mein Auto benutzen!«

»Das eben möchte ich aus einem bestimmten Grund, den ich Ihnen später nennen werde, vermeiden.«

»Na, meinetwegen. Wenn Sie absolut Geld für uns ausgeben wollen, kann man Sie nicht daran hindern. Sie sind ein sonderbarer Heiliger, Baron!«

»Sie werden mich verstehen, Herr Hartmann, wenn Sie mit mir soupiert haben. Ich werde Sie also gegen neun Uhr abholen.«

»Gut, wir erwarten Sie.«

»Sie gestatten, daß ich mich noch von Ihrer Tochter verabschiede?«

»Selbstverständlich! Ich muß jetzt in einer dringenden geschäftlichen Angelegenheit nach Berlin fahren, entschuldigen Sie mich. Lassen Sie sich ruhig bei meiner Tochter melden. Ich hoffe, Sie noch vorzufinden, wenn ich zurückkomme. Sie müssen ja doch Ihre Sachen packen.«

»Allerdings, einige Stunden werde ich noch brauchen, ehe ich damit fertig bin.«

»Gut, bis dahin bin ich zurück. Und heute abend besprechen wir dann beim Souper das Weitere. Jetzt auf Wiedersehen, mein lieber Baron.«

»Auf Wiedersehen, Herr Hartmann.«

Herr Hartmann entfernte sich schnell, und einige Minuten später fuhr er in seinem Auto davon. Es war ihm gar nicht sonderlich wohl in seiner Haut. Daß der Baron gehen wollte, schmerzte ihn ehrlich. Er hatte den tüchtigen, gewissenhaften und fleißigen Mann sehr liebgewonnen. Außerdem mußte er immerfort an die Frage denken: Halten Sie es wirklich für ein Glück für Ihre Tochter, Fürstin Nordheim zu werden?

Er fragte sich zum erstenmal selbst ernsthaft, ob das Glück seiner Tochter wirklich damit begründet sei, daß sie den höchsten Kreisen der Aristokratie angehören würde.

Baron Oldenau begab sich, nachdem Herr Hartmann fortgefahren war, in sein Zimmer. Er wollte gerade klingeln und einen Diener herbeirufen, um sich Margot melden zu lassen, als es an die Tür klopfte.

Er rief zum Eintritt, und ein Diener erschien.

»Das gnädige Fräulein lassen den Herrn Baron bitten, sich in ihren Salon zu bemühen.«

Es zuckte leise um den Mund des Barons. »Ich komme sogleich.« Und wenige Minuten später stand er vor Margot.

Sie wußte, daß ihr Vater einige Stunden von zu Hause fort sein würde und daß die Hausdame ausgegangen war, um Besorgungen zu machen. So konnte sie gewiß sein, daß sie nicht gestört wurde. Sie wollte diese Zeit nützen, um weiter an ihrem Glücke zu schmieden.

Sie stand ein wenig hilflos und verlegen vor dem Baron und deutete auf einen Sessel. »Ich habe Sie rufen lassen, Baron, weil ich weiß, daß mein Vater abwesend ist und weil ich etwas mit Ihnen besprechen muß.«

Er verneigte sich und ließ sich – auf ihre Aufforderung hin - ihr gegenüber nieder. Keine Miene zuckte in seinem Gesicht.

»Ich kann mir denken, mein gnädiges Fräulein . . . nein, Pardon . . . gnädigste Baronin, was Sie von mir wünschen.

Sie wollen mich sicher bitten, daß ich noch heute das Haus Ihres Vaters verlasse, da es nicht angängig ist, daß wir unter den veränderten Umständen ferner unter einem Dach weilen. Diese Bitte ist jedoch nicht mehr nötig. Ich habe bereits Ihren Herrn Vater um meine Entlassung gebeten und sie auch erhalten. In einigen Stunden verlasse ich das Haus und war eben im Begriff, Sie bitten zu lassen, daß ich mich von Ihnen verabschieden darf.«

Margot war ein wenig blaß geworden. »Sie wollen fort?«

»Ja, das haben Sie doch auch wohl nicht anders erwartet? Nicht wahr, ich kam Ihrer diesbezüglichen Bitte zuvor?«

Sie schüttelte den Kopf. »Nein, Baron, ich habe Sie bitten lassen, um . . . nun, jedenfalls wollte ich Ihnen nochmals danken, daß Sie auf den Wunsch meines Vaters eingingen und mir Ihren Namen gaben.«

Er sah sie seltsam an. Ein bitteres Lächeln umspielte seinen Mund. »Es bedarf keines Dankes. Eigentlich müßte ich Ihnen danken, daß Sie mir so großes Vertrauen entgegenbrachten. Denn war es nicht eigentlich ein wenig leichtsinnig von Ihnen, gnädigste Baronin, sich so ganz in meine Hände zu geben? Sie wissen doch, daß ich Sie liebe. Wenn ich mich nun jetzt weigern würde, Sie freizugeben?«

Margot schloß die Augen und lehnte sich, vor Erregung erblassend, in ihrem Sessel zurück. Der Baron sah sie mit brennenden Augen an, dann fuhr er schnell fort:

»Nein, nein . . . Sie brauchen nicht zu erschrecken!«

Da öffnete sie die Augen weit und sah ihn groß an. »Nein, es war nicht leichtsinnig, ganz gewiß nicht. Ich kenne Sie als einen Ehrenmann, dem sein Wort und sein Versprechen heilig sind. Sie hatten sich doch verpflichtet, mich freizugeben. Aber Sie waren leichtsinnig, Baron!«

Er sah sie fragend an. »Ich?«

Sie richtete sich straff in ihrem Sessel auf. »Ja, Sie. Ohne jede Vorsichtsmaßregel haben Sie mich, wenn auch nur zum Schein, zu Ihrer Frau gemacht. Und ich habe nicht versprochen, Sie wieder freizugeben!«

Es zuckte in seinem Gesicht wie Wetterleuchten. »Sie belieben sehr grausam mit mir zu scherzen, Baronin!«

Schnell erhob sie sich und stand nun hoch und stolz aufgerichtet vor ihm. »Ich scherze nicht, Baron! Und ich habe Sie nur rufen lassen, um Ihnen zu sagen, daß ich nichts tun werde, um eine Scheidung von Ihnen zu erlangen. Wenn Sie wieder ein freier Mann werden wollen, dann müssen *Sie* die Scheidung einreichen.«

Auch er sprang nun auf und sah sie fassungslos an. »Was soll das heißen?«

Ein Zittern flog über ihre Gestalt, sie sank in sich zusammen und stand nun in rührend hilfloser Mädchenhaftigkeit vor ihm.

»Das soll heißen, daß ich niemals die Absicht gehabt habe, Fürstin Nordheim zu werden. Ich liebe den Fürsten nicht, achte ihn nicht einmal. Vielleicht hätte ich mich durch die Wünsche meines Vaters verleiten lassen, eine solche Ehe in Erwägung zu ziehen, ... wenn ich Sie nicht kennengelernt hätte.

Sie haben mir neulich gesagt, daß Sie mich lieben ... dann sind Sie davongelaufen und haben gar nicht abgewartet, was ich Ihnen darauf zu erwidern hatte. So will ich es jetzt tun. Ich liebe Sie mit der ganzen Innigkeit meines Herzens und bin sehr glücklich, von Ihnen geliebt zu werden.«

Mit zitternder Erregung hatte er zugehört. Nun beugte er sich vor und sah ihr fassungslos ins Gesicht. »Margot, Margot, ist das Ihr Ernst, oder spielen Sie nur grausam mit mir?«

Ihre Augen wurden feucht, und sie sagte mit versagender Stimme: »Ich wollte nicht tatenlos zusehen, wie mein Glück in Trümmer ging. Nur deshalb willigte ich in diese

Verbindung mit Ihnen ein. Nun müssen Sie bestimmen, ob ich Baronin Oldenau bleiben soll . . . für alle Zeit!«

Da brauste es über ihn dahin wie eine Woge rauschenden Glückes. Mit einer raschen Bewegung nahm er sie in die Arme.

»Margot . . . meine Margot! Nun mag kommen, was will. Ich gebe dich nicht wieder frei!« rief er außer sich vor Glückseligkeit und preßte seine Lippen fest auf die ihren. Sie hielten einander innig umschlungen, als wollten sie nie wieder voneinander lassen. Und das hohe Lied des Lebens umbrauste sie wie Orgelton und Glockenklang.

Lange standen sie so in inniger Umarmung, Kuß um Kuß in seliger Selbstvergessenheit tauschend. Endlich löste sich Margot – erglühend und wie aus einem Traum erwachend – aus seinen Armen und sah zaghaft lächelnd zu ihm auf.

»Noch sind nicht alle Schatten von unserem Glück geschwunden, mein geliebter Horst. Jetzt gilt es noch einen Kampf mit meinem Vater.«

Seine Augen blitzten übermütig und zuversichtlich. »Wenn wir zwei nur einig sind und fest entschlossen, uns nicht zu trennen, meine Margot. Gottlob habe ich nicht mein Ehrenwort gegeben, die Scheidung einzureichen, sondern nur, mich darein zu fügen. Liebling, es ist mir ja noch wie ein Traum, daß du mein eigen sein willst, ganz mein . . . meine liebe Frau. Weißt du denn, wie sehr ich dich liebe?«

Sie schmiegte ihre Wange an die seine. »Ja, Horst, ich weiß es. Wie hast du mir leid getan in diesen Tagen, da ich dir eine Komödie vorspielen mußte. So traurig und unglücklich hast du ausgesehen. Ich hätte dich immerfort trösten und streicheln mögen. Hast du denn nicht in meinen Augen gelesen, du törichter Mann, was ich für dich fühle?«

Entzückt und beglückt sah er sie an. »Heute morgen, ehe wir zum Standesamt fuhren, erschrak ich vor dem Ausdruck deiner Augen. Aber ich wagte nicht, daran zu glauben, daß es Liebe war, die mir daraus entgegenstrahlte.«

»Und ich wagte nicht, dich in meinen Plan einzuweihen. Du bist solch ein Fanatiker der Rechtlichkeit. Ich glaube, du hättest Papa alles verraten, um ihn nicht hintergehen zu müssen.«

Er küßte sie heiß und innig. Dann erwiderte er: »Vielleicht hätte ich es wirklich getan. Es ist jedenfalls gut, daß du mich nicht eingeweiht hast. So stehe ich deinem Vater wenigstens mit reinem Gewissen gegenüber und kann nun mutig um unser Glück mit ihm kämpfen.

Weißt du, mein liebes Herz, einen Augenblick war ich trotz meiner ›fanatischen Rechtlichkeit‹ in Versuchung, dich allem zum Trotz festzuhalten, weil ich weiß, daß der Fürst deiner nicht wert ist, daß er dich unglücklich machen würde. Ich kenne ja seine ganze Erbärmlichkeit.«

»Und trotzdem schenktest du mir deinen Namen, um die Hindernisse zwischen mir und ihm aus der Welt zu schaffen?«

»Nein, Margot, nicht deshalb. Ich muß dir ein Geständnis machen. Du weißt, daß ich eine Bedingung stellte.«

»Ja, daß Papa und ich mit dir an einem Abend als deine Gäste soupieren sollten.«

»Ganz recht, und ich habe mit deinem Vater vorhin verabredet, daß dieses Souper heute abend stattfinden soll. Ich war der Überzeugung, daß es ein Abschiedssouper werden sollte. Aber ich wußte, daß du nach diesem Souper nicht mehr ungewarnt in die Ehe mit dem Fürsten gehen würdest.«

Erstaunt sah sie ihn an. »Wie meinst du das?«

Er erzählte ihr alles und fuhr dann fort: »Siehst du,

meine Margot, nur um ein Recht zu erhalten, dich warnen zu dürfen, wie ich es in meiner Angst und Sorge um dich schon längst gern getan hätte, ging ich auf euren Wunsch ein. Vielleicht auch, weil ich mir sagte: Zeit gewonnen, alles gewonnen.

Freilich war es außerdem ein schmerzlich-süßes Gefühl für mich, dich, wenn auch nur zum Schein und für kurze Zeit, mein eigen nennen zu dürfen, dir meinen Namen geben zu können. Es war das Kostbarste, was ich besaß, mein guter alter Name. Und es beglückte mich trotz allem, dir ein solches Geschenk machen zu dürfen.«

Sie legte die Arme um seinen Hals. »Mein geliebter Mann«, sagte sie mit einer tiefen Innigkeit.

Er preßte sie fest an sich. »Meine süße Frau! Wie ist es nur möglich, daß plötzlich so viel Glück auf mich einstürmt? Bist du auch so unsagbar glücklich?«

Sie küßte ihn fest und innig auf den Mund. »Namenlos glücklich macht mich deine Liebe. Und sieh, weil ich an deiner Seite mein ganzes Glück finden werde, wird mein Vater sich schließlich ins Unvermeidliche fügen. Ich habe schon einen Plan, wie ich ihn unseren Wünschen geneigt machen kann. Er schätzt dich gottlob sehr, und ich glaube, er hat dich nicht gern entlassen.«

»Allerdings nicht. Er war außer sich, daß ich gehen wollte.«

»Nun wohl! Als du mir vorhin von dem ausschweifenden Lebenswandel des Fürsten erzähltest und mir mitteiltest, wie du mich vor ihm hattest warnen wollen, schoß es mir wie ein Blitz durch den Kopf, daß dieses geplante Souper unbedingt stattfinden muß.

Wir müssen Papa dorthin führen, wo er den Fürsten belauschen kann, und ihm die Warnung zuteil werden lassen, die du mir zugedacht hattest. Das wird ihm die Augen öffnen über den wahren Wert des Fürsten.

Vorher wollen wir ihm nichts sagen von unserer Absicht, unsere Ehe bestehen zu lassen. Wir müssen ein wenig diplomatisch sein und vorerst nichts verraten von unserer Liebe, bis Papa den wahren Charakter des Fürsten erkannt hat. Dann erst will ich meine Sache bei ihm führen.

Sorge dich nicht zu sehr, es wird alles gut werden. Mein Vater will im Grunde nur mein Glück. Und wenn er einsieht, daß ich es nur an deiner Seite finden kann, wenn er erkennt, daß er das Glück für mich an einer falschen Seite suchte, dann wird er uns seinen Segen geben.«

»Ich hoffe, meine Margot, daß du recht hast. Also, was willst du nun, das ich tun soll?«

Sie küßten einander wieder erst einmal in heißer Innigkeit. Dann sagte Margot im Übermut des Glückes:

»Also der Sekretär meines Vaters hat jetzt seine Stellung aufgegeben und muß das Haus verlassen, so wie er es mit meinem Vater besprochen hat.

Mein Vater braucht jetzt keinen Sekretär mehr, er wird einen Schwiegersohn haben, der ihn erzieht. Und heute abend holst du uns im Mietauto ab, damit niemand unser Auto erkennt. Du hast also die Loge Nummer acht bestellt, neben der des Fürsten?«

»Ja, Margot.«

»Nun, dort werden wir also zusammen soupieren, und du, mein geliebter Mann, wirst ganz formell und zurückhaltend neben deiner Margot sitzen. Alles Weitere überlasse ich dir und dem Schicksal. Was danach kommt, wird durch die Ereignisse bestimmt werden.«

»Ich hoffe, daß wir schon nach diesem Souper deinem Vater die Wahrheit sagen können. Denn ich möchte ihn nicht länger als unbedingt nötig hintergehen.«

Sie sah ihn schelmisch an. »Schon Gewissensbisse, Horst?«

Er küßte sie zärtlich. »Nein, wenn ich dich ansehe, sage ich mir, um dich mir zu erhalten, könnte ich selbst Dinge tun, die mein Gewissen belasten.«

Sie atmete tief auf. »Besser, daß es nicht nötig war. Ich glaube, mit einem belasteten Gewissen bist du ein unglücklicher Mensch. Und du sollst doch glücklich sein. Aber nun schicke ich dich fort, Liebster. Ich will nicht, daß uns Papa zusammen findet. Ich muß mich erst ein wenig fassen.«

Bittend sah er sie an. »Jetzt willst du mich schon fortschicken? Dein Vater kommt noch nicht zurück. Laß mich noch bei dir bleiben. Wir haben uns noch so viel zu sagen.«

Es fiel ihr gar nicht schwer, ihm seine Bitte zu erfüllen. Innig umschlungen saßen sie beieinander, und es waren süße, törichte Worte, die sie sich zu sagen hatten und die doch allen Liebenden so wichtig sind. Aber etwas Wesentliches fiel Margot doch noch ein.

»Was wird nun deine Mutter zu alledem sagen? Weiß sie, daß du heute morgen eine Scheinehe mit mir schließen wolltest?« fragte sie.

Lächelnd schüttelte er den Kopf. »Nein, Margot, es hätte sie unnötig beunruhigt. Und sie hätte mir dann abgeraten. Ich wollte mich aber nicht davon abbringen lassen.«

Sie legte seine Hand schmeichelnd an ihre Wange. »Gottlob, daß du es nicht getan hast! Wir wären vielleicht lange nicht zum Ziel gekommen ohne diesen gesegneten Einfall der Fürstinmutter. Aber nicht wahr, heute, wenn du unser Haus verläßt, gehst du zu deiner Mutter und sagst ihr alles . . . alles, wie ich mir vom Schicksal mein Glück ertrotzt habe.«

»Nicht ertrotzt, Margot. Du hast es nur festgehalten!«

»Mein lieber Vater hat mir selbst gesagt: Man ist berechtigt und verpflichtet, seinem Lebensglück mit allen

Mitteln nachzustreben, solange man sie vor sich selbst verantworten kann.

Ich habe ihm gesagt, daß ich diesen Rat beherzigen und befolgen werde, und habe es getan. Er meinte es freilich anders, sah das Lebensglück für mich auf anderer Bahn. Übrigens habe ich kein anderes Versprechen gegeben, als daß ich Baronin Oldenau werden wollte. Dies Versprechen habe ich gehalten.«

»Wärst du nur erst wirklich meine Frau, Liebling, nicht nur dem Namen nach.«

»Erst müssen wir uns noch kirchlich trauen lassen, Horst, und dabei darf uns weder der Segen meines Vaters noch der deiner Mutter fehlen.«

»Der Segen meiner Mutter ist uns sicher. Aber wird uns auch dein Vater den seinen geben?«

»Er wird es tun, sei ganz ruhig, sobald er seinen Fürstentraum ausgeträumt hat. Also du gehst noch heute zu deiner Mutter, bringst ihr meinen herzlichsten Gruß und sagst ihr, ich lasse sie innig bitten, auch mir eine Mutter zu sein. Sie soll mich ein wenig liebhaben. Und sobald ich kann, komme ich zu ihr und bitte sie selbst darum. Sage ihr viel Liebes von mir, damit sie mir gut ist.«

Er küßte ihre Hände, ihre Augen, ihre Lippen.

»Meine süße Margot! Meine Mutter wird dich lieben, weil du mich glücklich machst. Wie konnte ich nur glauben, daß du kalten Herzens nach dem Glanz einer Fürstenkrone streben könntest!«

»Oh, dafür muß ich dich noch fürchterlich strafen !«

»Mache es gnädig, Liebste!«

»Ich will Gnade vor Recht ergehen lassen.«

Sie küßten sich zärtlich und vergaßen alles um sich her. Sie schraken erst auseinander, als unten das Auto von Herrn Hartmann vorfuhr.

Margot sprang auf. »Jetzt geh schnell, Liebster, Papa soll

dich hier nicht finden. Ich könnte jetzt nicht ruhig sein in deiner Gegenwart. Auf Wiedersehen heute abend.«

»Auf Wiedersehen, mein Liebling.«

Sie küßten sich schnell noch einmal, dann eilte der Baron davon.

Margot stand eine Weile mit geschlossenen Augen und auf das Herz gepreßten Händen da und lauschte seinen verklingenden Schritten nach.

10

Baron Oldenau hatte, nachdem er seine junge Frau verlassen hatte, schnell auf seinem Zimmer seine Sachen gepackt und war dann noch einmal auf einige Minuten mit Herrn Hartmann zusammengetroffen. Sie hatten sich verabschiedet und für den Abend fest verabredet.

Der Baron hatte sich dann zu seiner Mutter begeben und ihr alles gebeichtet, was geschehen war. Sie war glückselig im Glück ihres Sohnes und nur ein wenig bange, wie sich Herr Hartmann zu der Angelegenheit stellen würde.

Aber Baron Horst war froh und zuversichtlich. Margot war sein eigen, gehörte ihm an für alle Zeit – nun mochte kommen, was da wollte! Er fühlte sich stark genug, dem Schicksal zu trotzen, was es ihm auch bringen würde. Voll Ungeduld und Unruhe erwartete er den Abend. Es war nur eine Besorgnis in ihm, daß Fürst Nordheim vielleicht doch heute abend nicht in der Loge Nummer neun anwesend sein würde, obwohl er in Erfahrung gebracht hatte, daß der Fürst heute abend bestimmt erwartet würde.

Endlich war es soweit, daß er zur Villa Hartmann fahren

konnte. Er war bis dahin bei seiner Mutter geblieben und verabschiedete sich nun, von ihren Segenswünschen begleitet. Als er mit dem Mietauto vor dem Portal hielt und gleich darauf das Vestibül betrat, kam ihm Herr Hartmann schon entgegen. Und Margot – seine Margot! – erschien auf der Treppe. Sie trug eine entzückende Abendtoilette und sah strahlend schön aus. Für ihn hatte sie sich mit besonderer Sorgfalt geschmückt, und sie las beglückt in seinen Augen, daß ihr Anblick ihn entzückte.

Ein Diener stand mit einem kostbaren Pelzmantel über dem Arm am Fuße der Treppe. Der Baron nahm ihm schnell den Mantel ab und legte ihn um die schönen Schultern seiner Frau. Wie gern hätte er seine Lippen auf den makellosen Nacken gedrückt, der ihm aus dem Ausschnitt ihres Kleides entgegenleuchtete. Verstohlen berührten sich einen Moment ihre Hände im festen, innigen Druck.

Herr Hartmann war inzwischen mit seinen Handschuhen beschäftigt. Er war in einer wenig rosigen Stimmung. Daß er seinen Sekretär verlor, ärgerte ihn sehr. Und im Laufe des Tages hatte er sich wieder und wieder die Frage vorgelegt, die ihm der Baron gestellt hatte – ob er überzeugt sei, daß seine Tochter als Fürstin Nordheim glücklich werden würde.

Jedenfalls war er weder mit sich noch mit der Welt so recht zufrieden. Da aber der Baron und Margot in desto glückseligerer Stimmung waren, gelang es ihnen bald, den alten Herrn aufzuheitern. Er knurrte erst ein wenig über die Notwendigkeit, seinen tüchtigen Sekretär zu entlassen, aber dann wurde er ganz vergnügt, weil die beiden jungen Leute es waren.

Am Ziel angelangt, half der Baron Margot beim Aussteigen, und wieder tauschten sie verstohlen einen warmen Händedruck.

Sie begaben sich nun in das fast nur von Lebemännern und galanten Damen besuchte Weltstadtlokal und wurden von diskret blickenden Kellnern in die vom Baron bestellte Loge Nummer acht geführt.

Herr Hartmann sah den Baron forschend von der Seite an. »Lieber Baron – haben Sie sich auch nicht in der Wahl dieses Lokals vergriffen? Mir scheint wenigstens, als passe meine Tochter nicht so recht in diese Umgebung.«

»Sie dürfen nicht vergessen, Herr Hartmann, daß die Baronin Oldenau unter meinem und Ihrem Schutz hier weilt und nur mit uns in einer separaten Loge soupieren wird.«

»Nun gut, ich muß Sie wohl gewähren lassen.«

Die Loge, die sie betraten, wirkte wie ein kleines, ganz abgeschlossenes Zimmer. In der Mitte standen um einen runden Tisch – der von einer elektrischen Lampe mit rotem Seidenschirm magisch beleuchtet war – bequeme Sessel. In einer Ecke stand ein Diwan, in der anderen ein Kredenztisch und ein Kleiderständer.

Die Logen waren nach einem großen, saalartigen Raum hin geöffnet, in dem an gedeckten Tischen eine bunte Gesellschaft Platz genommen hatte, um zu speisen. Ein dunkelroter Vorhang schloß aber die Logenöffnung nach dem Saal zu völlig ab. Man konnte ihn nach Belieben auf- oder zuziehen.

Eine Musikkapelle spielte unten im Saal sehr diskret, so daß man dadurch nicht in der Unterhaltung gestört wurde und doch nach Belieben dem Konzert lauschen konnte. Herr Hartmann trat an die Logenbrüstung, öffnete den Vorhang ein wenig und sah hinab. Aber sofort zog ihn der Baron zurück und schloß den Vorhang wieder.

»Ich möchte Sie bitten, sich von niemand sehen zu lassen.«

Achselzuckend wandte sich der alte Herr nach ihm um.

»Wenn ich nur wüßte, Baron, was Sie eigentlich mit uns vorhaben?«

»Sie werden bald alles verstehen, Herr Hartmann.«

»Na, wenn ich Sie nicht als einen unbedingten Ehrenmann kennengelernt hätte, könnte mir beinahe ein wenig bange werden.«

Der Baron nahm seiner jungen Frau den Pelzmantel ab. Sie sah sich ein wenig erstaunt in der Loge um. Dann lächelte sie den Vater an.

»Ich bin gar nicht bange, Papa, und ich finde es hier sehr hübsch«, sagte sie.

Man nahm um die gedeckte Tafel Platz. Baron Oldenau lauschte zur Loge Nummer neun hinüber. Da war noch alles ruhig. Aus der Loge Nummer sieben klang ein girrendes Frauenlachen und der sonore Ton einer Männerstimme. Margots Augen leuchteten wie im Fieber. Sie war erregter, als sie zeigen wollte. Ihre Wangen glühten, und sie zuckte zusammen, als der Baron unter dem Tisch verstohlen ihre Hand preßte.

Einen Moment sahen sie sich strahlend in die Augen, dann plauderten sie im ruhigen, heiteren Ton miteinander.

Der Kellner begann, das bestellte Souper zu servieren. Es war ein auserlesenes Menü, und der Wein, der dazu gereicht wurde, war erstklassig. Lachend sah Herr Hartmann den Baron an.

»Alle Achtung, Baron! Sie verstehen es, Ihre Gäste zu bewirten.«

Der Baron verneigte sich.

Der alte Herr wurde sehr vergnügt.

»Wissen Sie, Baron, es ist hier ganz behaglich. Ich bedaure nicht, Ihre Einladung angenommen zu haben. Ich muß gestehen, daß ich sehr neugierig bin, was Sie mit diesem Abschiedssouper bezwecken«, sagte er und summte leise die Melodie mit, die von der Musik gespielt wurde.

»Sie werden es bald wissen, Herr Hartmann«, erwiderte der Baron.

Herr Hartmann hob schalkhaft drohend den Finger. »Na, irgend etwas Besonderes haben Sie doch mit uns im Sinn!«

Wieder verneigte sich der Baron. »Sie haben es erraten. Nur noch ein Weilchen Geduld. Dann werden Sie erfahren, warum ich meine Einwilligung zu dieser Ehe mit Ihrer Tochter nur unter der Bedingung gab, daß Sie mich hierherbegleiten.«

Der Kellner servierte schnell und gewandt, und als er das Dessert aufgetragen und die Gläser mit perlendem Sekt gefüllt hatte, zog er sich auf einen leisen Wink des Barons diskret zurück.

Gleich darauf vernahm der unruhig lauschende Baron, daß drüben in Loge neun die Tür geöffnet wurde und jemand eintrat. Der Baron beugte sich zu Herrn Hartmann hinüber, nachdem er einen bedeutsamen Blick mit Margot getauscht hatte, und flüsterte ihm zu:

»Ich möchte Sie bitten, von jetzt an ganz leise zu sprechen, damit Sie nicht in der Nebenloge gehört werden. Außerdem bitte ich Sie, genau darauf zu achten, was da drüben gesprochen wird und was vorgeht.«

Verwundert sah ihn der alte Herr an.

Aber in den Augen des Barons lag ein dringendes Flehen, und Herr Hartmann erwiderte leise:

»Was Sie vorhaben, weiß ich nicht. Aber ich werde Ihnen meine Dankbarkeit dadurch beweisen, daß ich Ihnen blindlings gehorche.«

»Ich danke Ihnen und bitte Sie nochmals, achten Sie genau auf das, was da drüben geschieht. Einzig zu diesem Zweck habe ich Sie und die gnädige Baronin hierhergeführt.«

Der alte Herr stutzte. Aber ehe er noch etwas erwidern

konnte, vernahm er plötzlich aus der Nebenloge die etwas näselnde Stimme des Fürsten Nordheim, die mit ihrem wienerisch gefärbten Dialekt nicht zu verkennen war.

»Also, mein lieber Herr von Goltzin, Sie haben die Sache grandios arrangiert! Es freut mich, daß Sie mir heute abend das Vergnügen machen. Wir müssen doch den günstigen Abschluß dieses Tages gehörig feiern. Ein halbes Stündchen haben wir halt noch zum Plauschen. Die Damen kommen doch erst nach Theaterschluß, sie müssen halt erst aus den Trikots schlüpfen. Und meine Freunde kommen auch nicht früher.

Sie sollen heut' ein fesches Weib kennenlernen ... Rasse bis in das kleine Fußerl hinab ... momentan meine Favoritin.

Na, was wollen Sie, Verehrtester, man muß sich halt doch noch ein bisserl austoben, bevor man in den heiligen Ehestand tritt!«

Herr Hartmann machte große Augen und wollte aufspringen, aber der Baron legte ihm die Hand auf den Arm und drückte den Finger beschwörend an den Mund, zum Zeichen des Schweigens. Da sank der alte Herr in seinen Sessel zurück und lauschte weiter.

Drüben antwortete Herr von Goltzin mit einem häßlichen Lachen: »Nun, nun, Durchlaucht werden auch als Ehemann kein Klosterleben führen!«

»Aber mein Verehrtester, das ist natürlich nicht meine Absicht! Wozu heiratet man so eine kleine, langweilige Dollarprinzessin mit einem bürgerlichen Namen? Doch nur, um von dem Herrn Papa den nötigen Mammon zu bekommen, mit dem man ein flottes Leben führen kann. Geld braucht man halt, um das Leben genießen zu können. Die feschen Weiberln sind teuer.

Aber die Nelly ist ein süßer Racker! Und sie freut sich schon darauf, wenn ich den Dollarpapa gründlich zur Ader lasse. Einen feschen Dogcart hab' ich ihr versprochen, wenn ich erst die Mitgift hab' Also die Chose mit der Scheintrauung ist glücklich vonstatten gegangen?«

»Ja, es hat alles geklappt, Durchlaucht.«

»Famos! Sie sind halt ein Genie, Verehrtester! Wie Sie das alles eingefädelt haben . . . großartig! Und nun betreiben Sie auch die Scheidung recht flott, damit ich so schnell wie möglich in rangierte Verhältnisse komme.«

»Es wird alles glatt und schnell geordnet werden.«

»Da schau her! Sie sind eine Perle, Verehrtester. Wissen Sie, es eilt mir halt nicht, die kleine Dollarprinzeß heimzuführen. Sie ist ja ganz hübsch, aber nix für unser einen. Man ist doch verwöhnt!

Die Nelly, zum Beispiel, fesch . . . ein Racker, aber ein süßer. Und geht mit mir über Hecken und Zäune. Na, es ist halt so, die anständigen Frauen sind alle langweilig. Amüsant sind nur die anderen, an die muß man sich halten. Und der Dollarpapa wird's zahlen.

Aber was ich Ihnen noch sagen wollte, mein lieber Herr von Goltzin, dafür müssen's mir noch sorgen, daß mir der Dollarpapa aus dem Wege kommt. Ich hab' weiß Gott schon an der Tochter genug. Der Vater muß aus dem Wege.«

»Das wird schwer sein, Durchlaucht. Er will partout in der Nähe seiner Tochter bleiben und träumt davon, sich auf ihren zurückgekauften Gütern unter einem Dach mit seiner Tochter idyllisch einzurichten.«

»Ach, da schau her! Jagen Sie mir keinen Schrecken ein, Verehrtester! Nein, nein, daran ist nicht zu denken. Das müssen Sie diplomatisch einfädeln, so auf die Art, wie wir ihm die Scheinehe aufgeredet haben. Sagen Sie ihm, was Sie wollen. Es ist halt ganz ausgeschlossen, daß dieser Plebejer mit meiner Mutter in Berührung kommt. Sie bekommt sonst Zustände.

Wir müssen ihn sogar, wenn es irgend angeht, von der Trauung fernhalten. Man muß ihm halt klarmachen, daß der bürgerliche Herr Hartmann nicht der Vater der Baronin Oldenau sein kann. Vorläufig vertröstet man ihn halt bis nach der Hochzeit . . . sagen Sie ihm, es sei wegen der Hoffähigkeit seiner Tochter nötig, daß er sich zurückhält. Auf den Köder beißt er an.

Und dann müssen Sie ihn mir ganz aus der Nähe graulen. Solche Plebejer haben eine unangenehme Art, einem auf die Finger zu sehen und nachzurechnen, was man ausgibt. Das kann ich nicht brauchen. Ich hab' auch schon reichlich genug mit der Tochter. Seien Sie so gut! Also den Vater graulen Sie mir aus der Nähe.«

»Das wird sich sehr schwer machen lassen, Durchlaucht.«

»Ach, ich verlaß mich auf Ihr Genie! Es soll Ihr Schaden nicht sein, Herr von Goltzin. Ich verspreche Ihnen noch 10000 Mark mehr als bisher. Sie begreifen doch, daß der Alte nicht in den Rahmen paßt, in den er sich mit seiner Tochter hineindrängen will. Solche Leut' haben halt kein Feingefühl.«

»Nun, ich will sehen, was ich tun kann, Durchlaucht.«

»Gut, gut! Und nun nix mehr von dem unangenehmen Thema . . . Ich höre die Damen kommen und will mich amüsieren.

Servus, Nelly, gib das süße Goscherl her . . . ach Kinderl, heut' wollen wir in Schampus schwimmen und vergnügt sein. Die Dollars sollen fließen. Das gibt eine Gaudi!«

Frauenstimmen und gleich darauf andere Männerstimmen klangen ins Gespräch. Es gab da drüben anscheinend äußerst intime Begrüßungsszenen. Da erhob sich Baron Oldenau mit einem Ruck und sah Herrn Hartmann fest in das seltsam blasse Gesicht.

»Haben Sie genug gehört, Herr Hartmann, oder wünschen Sie noch mehr zu hören? Aus Rücksicht auf die gnädige Baronin dürfte es jetzt ratsam sein, diese Loge zu verlassen. Ohne zwingende Notwendigkeit soll sie nicht länger Zeuge dieses Tones sein, der in Fürst Nordheims Gesellschaft meistens angeschlagen wird. Ein Zufall hat es gefügt, daß Sie schneller und prompter orientiert wurden, als ich zu hoffen wagte.«

Mit einem sonderbaren Blick sah der alte Herr erst auf seine Tochter, dann zu dem Baron empor. In seinen Augen leuchtete heißer Zorn. Aber er ließ sich nicht davon fortreißen. Langsam und ein wenig schwerfällig erhob er sich.

»Ich habe genug gehört, Baron . . . und es scheint, daß ich Ihnen noch viel mehr Dank schuldig geworden bin. Lassen Sie uns gehen.«

Der Baron klingelte und beglich die Rechnung. Er hatte einen ernsten, tiefen Blick mit seiner Frau gewechselt und legte ihr nun den Mantel um. Sie ergriff seine Hände nicht mehr so verstohlen wie vorher, sondern so, daß der Vater es sehen konnte, und drückte sie fest in den ihren.

»Hoch! Hoch! Der Dollarpapa soll leben!« kreischte drüben eine Frauenstimme und sang dann ein Chanson mit nicht sehr gewähltem Inhalt. Die Gläser klangen aneinander.

Da reckte sich Herr Hartmann hoch auf und ballte seine Fäuste, die er drohend nach der Logenwand hin hob. Dann drehte er sich rasch um und verließ die Loge.

Der Baron reichte seiner Frau den Arm. Als sie ihre Hand hineinlegte, drückte er sie fest an sich und flüsterte zärtlich; »Liebling, was wird nun werden?«

Sie sah zu ihm auf. »Der Fürst hat uns, ohne es zu wollen und zu wissen, einen großen Dienst erwiesen. Nun überlaß alles andere mir, laß mich ruhig gewähren«, sagte sie leise und zog ihn mit sich fort. Nach wenigen Minuten saßen die drei wieder in einem Mietauto und fuhren zur Villa Hartmann zurück.

Herr Hartmann saß schweigend in die Kissen zurückgelehnt, und im Schein der Laternen, die in den Wagen hineinblitzten, sah der Baron, daß Margots Vater die Lippen fest zusammengepreßt hatte.

Margot saß schweigend neben ihm, und der Baron saß ihr gegenüber. Beseligt fühlte er die Spitze ihres kleinen Fußes auf dem seinen. Das war das einzige Zeichen des Einverständnisses, das sie austauschen konnten.

Es wurde auf der ganzen langen Fahrt kein Wort gewechselt. Erst als der Wagen vor dem Portal der Villa hielt, sagte der alte Herr, aus seinem Brüten auffahrend:

»Haben Sie noch eine Stunde Zeit für uns, Baron?«

»So lange Sie wollen, Herr Hartmann.«

»Dann treten Sie bitte ein und leisten uns noch eine Weile Gesellschaft. Ich möchte noch etwas mit Ihnen besprechen.«

Sie stiegen aus und betraten das Vestibül. Der Diener, der etwas verschlafen aussah, meldete, daß die Hausdame bereits zu Bett gegangen sei.

»Wir bedürfen ihrer nicht. Bringen Sie Sekt und Gläser in den kleinen Salon neben dem Speisesaal«, erwiderte Herr Hartmann.

Der Diener eilte davon.

Inzwischen hatte der Baron Margot ihren Pelzmantel abgenommen und selbst abgelegt. Der große Spiegel warf das Bild des eleganten jungen Paares zurück. Auch Herr Hartmann hatte abgelegt.

Nun betraten die Herrschaften den kleinen Salon. Es blieb still zwischen ihnen, bis der Diener sich entfernt hatte. Der alte Herr war inzwischen schweigend auf und ab gegangen, während das junge Paar Auge in Auge versunken dasaß.

Nun füllte Herr Hartmann die Gläser und sagte mit verhaltenem Groll in der Stimme: »So, Baron, nun haben Sie bitte die Güte und sagen uns, was Sie weiter von dem Fürsten wissen. Meine Tochter soll wissen, was für ein alter Esel ihr Vater ist, weil er glaubte, ihr Glück damit begründen zu können, daß er sie mit einer so sauberen Durchlaucht vermählen wollte.«

Der Baron atmete auf. »Ich brauche nichts mehr zu berichten, Herr Hartmann. Der Zweck meines Abschiedssoupers ist erreicht, Sie wissen nun, weshalb ich Sie dahin führte. Ich kenne den Fürsten von früher schon als einen Mann, der ein sehr zügelloses Leben führt und einen niedrigen Charakter hat. Und ich wußte auch, daß er gesonnen war, dieses Leben nach seiner Verheiratung fortzuführen, vielleicht in noch schlimmerem Maße als bisher.«

Herr Hartmann sah seine Tochter an und faßte in jäher Angst nach ihrer Hand. »Mein armes Kind! Wie mag es in dir aussehen? Du wirst deinem törichten Vater zürnen, daß er so eine schlechte Wahl für dich traf. Wenn ich bedenke, daß ich dich dieser Durchlaucht ausgeliefert hätte ... ganz kalt läuft es mir den Rücken herunter!«

Margot umfaßte die Schultern ihres Vaters. »Sei ruhig, Papa, ich wäre niemals die Gattin des Fürsten geworden. Ich hatte nur noch nicht den Mut gefunden zu gestehen, daß ich einen anderen liebe und nicht dem Mann angehören wollte, den du mir ausgesucht hast.«

Erstaunt blickte der Vater seine Tochter an. »Aber mein Gott, Margot, weshalb gingst du dann so ohne weiteres darauf ein, diese Scheinehe mit dem Baron zu schließen? Das wäre doch dann gar nicht nötig gewesen?«

Margot richtete sich auf und sah auf ihren Vater nieder. »Es war aus einem anderen Grunde nötig, Papa.«

Er schüttelte verständnislos den Kopf. »Aus einem anderen Grunde?«

»Ja. Du hast mir an jenem Tage, an dem du mich zum Eingehen auf diese Scheinehe bestimmtest, gesagt: Man ist berechtigt und verpflichtet, seinem Lebensglück mit allen Mitteln nachzustreben, solange man sie vor sich selbst verantworten kann. Ich erwiderte dir darauf, daß ich diesen Rat befolgen würde. Und das tat ich denn auch, indem ich einwilligte, Baron Oldenaus Frau zu werden.«

»Aber was hat denn das mit deinem Glück zu tun?« fragte er verständnislos.

Sie umarmte ihn wieder. Ein weiches Lächeln lag um ihren Mund, und ihre Augen glänzten feucht.

»Alles hat es damit zu tun, mein lieber, lieber Papa! Denn daß du es nur weißt: dieser Baron Oldenau, der uns hier gegenübersitzt und uns mit so großen, ernsten Augen ansieht, das ist der Mann, den ich liebe und von dem ich nie, niemals lassen werde, weil er mich in gleicher Weise wiederliebt.«

Der alte Herr fuhr auf. »Was ist das? Das verstehe ich nicht! Was ist denn da hinter meinem Rücken vorgegangen?«

Margot hielt ihn fest. »Du sollst alles ganz genau erfahren, Papa. Sieh nur nicht so drohend auf meinen Mann, denn das ist und bleibt er. Ich habe mir mein Glück selbst eingefangen und festgehalten. Er hat es genausowenig gewußt wie du, daß ich mich mit dem festen Vorsatz mit ihm trauen ließ, eine echte und richtige Ehe mit ihm einzugehen. Denn mit einer Scheinehe hätte ich mich nie einverstanden erklärt, auch wenn ich den Fürsten geliebt hätte.

Wäre ihm Margot Hartmann zur Frau nicht gut genug gewesen, wäre ich die Ehe mit ihm eben nicht eingegangen. Denn ich bin viel zu stolz auf den Namen meines Vaters.«

Herr Hartmann schlug die Augen vor seiner Tochter nieder und sagte dann drängend: »Jetzt erkläre mir, wie das alles kam.«

Sie drückte ihn sanft in seinen Sessel nieder und erzählte ihm ausführlich, was sich zwischen ihr und dem Baron zugetragen hatte.

Der alte Herr hörte aufmerksam zu. Als Margot geendet hatte, trat sie an die Seite des Barons, legte ihren Arm um seine Schultern und sagte aufatmend:

»So, Papa, nun weißt du alles und nun sieh uns an und sage uns, ob du den Mut hast, das Glück deiner Tochter zu zerstören. Sieh den Mann an, den sich mein Herz erkoren hat, und sage mir, ob er nicht weit über dem Fürsten Nordheim steht. Und bedenke, daß er dir in seiner stolzen Rechtlichkeit selbst lieb geworden ist, daß du dich nur ungern von ihm getrennt hättest.

Bedenke auch, daß er ganz gewiß nicht von dir eine Trennung von deiner Tochter fordern wird, denn er hält dich hoch in seinem Herzen, wenn du auch nur der Sohn eines Arbeiters bist. Er ist ein wirklicher Aristokrat ... ein Aristokrat des Herzens, und nur an seiner Seite werde ich ein reiches, volles Glück finden.«

Herr Hartmann saß noch eine ganze Weile dem jungen Paar gegenüber und sah es mit unsicheren Augen an. Und langsam legte sich, als er in die beiden jungen Gesichter sah, ein feuchter Schleier über seine Augen. Er blickte den Baron ernst an und sagte mit vor Erregung bebender Stimme: »Nun, Baron? Nun reden Sie! Margot hat mir alles gesagt, was sie auf dem Herzen hat. Ich möchte nun auch Ihre Ansicht über die Angelegenheit hören.«

Der Baron löste sanft Margots Arm von seinen Schultern und küßte ihre Hand. Dann erhob er sich und trat vor den alten Herrn hin.

»Ich habe dem allem nichts weiter hinzuzufügen, als daß ich Ihre Tochter liebe von ganzem Herzen und von ganzer Seele und daß ihr Glück mir mehr gilt als das meine. Ich hätte nie gewagt, um ihre Hand anzuhalten, trotzdem ich sie liebe. Aber da sie nun ihre Hand vertrauensvoll in die meine gelegt hat und sie mir lassen will für alle Zeit, gebe ich sie jetzt nicht mehr frei.«

Der alte Herr verbarg seine Rührung hinter einem strengen Gesicht. »Und wenn ich meine Einwilligung versage?«

»Auch dann werde ich Margot nicht wieder freigeben.«

»Sie haben mir aber doch ehrenwörtlich versprochen, sofort nach der Trauung in die Scheidung einzuwilligen!«

»Ganz recht, einzuwilligen. Aber ich habe nicht versprochen, eine Scheidung zu beantragen. Und das werde ich genausowenig tun, wie Margot es tun wird.«

Es zuckte in dem Gesicht des alten Herrn, aber er behielt seine strenge Miene noch immer bei.

»Und wenn ich nun meine Tochter enterbe, wenn sie die Scheidung von Ihnen nicht beantragt?«

Der Baron sah mit leuchtenden Augen zu seiner jungen Frau hinüber. »Dann wird ihre Liebe groß genug sein, um Margot zu bewegen, sich an meiner Seite mit bescheidenen Verhältnissen zu begnügen.«

»Aha, eine Hütte und ein Herz! Und Ihre Liebe ist groß genug, daß Sie auf jede Mitgift verzichten?«

Stolz richtete sich der Baron auf. »Darauf müßte ich Ihnen gar nicht antworten. So weit dürften Sie mich doch wohl kennen, Herr Hartmann, daß Sie wissen müßten, daß ich kein Mitgiftjäger bin! Margots Glück ist das meine und ist mir nicht feil um alle Schätze der Welt. Wenn mich Ihre Drohung schrecken könnte, wäre es nur um Margots willen. Es wäre mir schmerzlich, sie in sorgenvolle Verhältnisse verpflanzen zu müssen.«

Da faßte der alte Herr mit festem, warmem Druck die Hand des Barons und führte ihn zu seiner Tochter hinüber. Er legte seine Hand in die ihre.

»Ich wollte euch nur ein wenig bange machen. Lieber Baron . . . nein, mein lieber Sohn, mache meine Margot glücklich, das ist alles, was ich von dir verlange. Und laß mir für den Rest meiner Tage die Freude, mich an eurem Glück sonnen zu dürfen.«

Das junge Paar fiel sich in die Arme und küßte sich, daß Herr Hartmann seine Freude daran hatte. Und dann bekam er auch sein Teil an dankbarer Zärtlichkeit.

Stundenlang saßen die drei glücklichen Menschen an dem Abend noch beisammen und besprachen noch mancherlei von Wichtigkeit.

Dann entfernte sich der Baron nach innigem Abschied von seiner jungen Frau, um für heute zu seiner Mutter zurückzukehren.

Wenige Tage später fand auch die kirchliche Trauung des jungen Paares statt, und zwar in aller Stille. Außer Herrn Hartmann und der Baronin Oldenau, die von ihrer reizenden Schwiegertochter aufrichtig entzückt war, wohnte niemand dieser stillen Hochzeitsfeier bei.

Als die Vermählung publiziert wurde, glaubten alle, die davon hörten, diese stille Hochzeitsfeier sei eine Kaprice der »Dollarprinzeß«. Niemand außer den Beteiligten ahnte etwas von der Geschichte, die dieser Verbindung vorangegangen war.

Gleich nach der Hochzeit ging das junge Paar längere Zeit auf Hochzeitsreise. Herr Hartmann ließ inzwischen in seiner Villa einige kleine Veränderungen vornehmen, damit sie zur Aufnahme des jungen Paares bereit war.

Auch hatte er verschiedene Besprechungen mit der Baronin Oldenau, und schließlich unternahm er mit ihr eine kurze Reise. Das Ergebnis dieser Reise wurde vorläufig geheimgehalten.

Am Morgen nach dem Abend, da das Souper in Loge Nummer acht stattgefunden und Herrn Hartmann die Augen über den wahren Wert des Fürsten Nordheim geöffnet worden waren, hatte der alte Herr an den Fürsten mit inniger Befriedigung geschrieben:

Euer Durchlaucht gestatten mir mitzuteilen, daß meine Tochter für die Ehre, Fürstin Nordheim zu werden, danken muß. Sie will bleiben, was sie mit Euer Durchlaucht gütiger Beiwirkung geworden ist – Baronin Oldenau. Sie ist überzeugt, daß sie an der Seite des Barons Oldenau glücklicher wird, als sie es an Euer Durchlaucht Seite geworden wäre.

Ich habe gestern abend in Loge acht soupiert, direkt neben der von Euer Durchlaucht benutzten Loge neun. Ich konnte mich bei dieser Gelegenheit genau über die Unterschiede zwischen einem Plebejer und einem Aristokraten informieren und habe daher meiner Tochter gern gestattet, ihrem Herzen zu folgen und sich das Glück zu sichern, das sie an der Seite eines echten Aristokraten – eines Aristokraten des Herzens und der Gesinnung – festhalten wird.

Von nun an werden wir uns nichts mehr zu sagen haben, und ich empfehle mich Euer Durchlaucht.

Hochachtungsvoll
Karl Hartmann.

Zu gleicher Zeit mit diesem Schreiben ging eins an den Freiherrn von Goltzin ab. Es lautete:

An den Freiherrn von Goltzin, Berlin.

Hierdurch teile ich Ihnen mit, daß ich Ihrer Dienste in Zukunft nicht mehr bedarf. Meine Tochter dankt für die Ehre, Fürstin Nordheim zu werden, sie wird Baronin Oldenau bleiben. Als Belohnung für Ihre mir geleisteten Dienste streiche ich Ihr Schuldkonto in meinen Büchern und ermächtige Sie außerdem, von Seiner Durchlaucht, dem Fürsten Nordheim, die Summe einzufordern, die Sie für ihn bei mir entliehen haben. Ich übertrage hiermit meine

Forderung auf Sie. Damit betrachte ich unsere Beziehungen als erledigt für alle Zeit.

Hochachtungsvoll
Karl Hartmann.

Weder der Fürst noch Herr von Goltzin waren begreiflicherweise sehr erfreut über diese Mitteilungen. Immerhin hatte Herr von Goltzin noch am besten abgeschnitten, wenn auch nicht abzusehen war, ob er je von Seiner Durchlaucht das Geld zurückbekommen würde, das ihm Herr Hartmann übertragen hatte.

Fürst Edgar Nordheim sah nicht sonderlich geistreich aus, als er den Absagebrief des Herrn Hartmann gelesen hatte.

Ah, da schau her! Jetzt ist's aus mit den schönen Millionen. Der Baron Oldenau hat sie mir weggeschnappt. Er ist halt kein Gentleman! Und was fang' ich jetzt an? So eine Partie find' ich nie wieder.

Das hat meine Frau Mutter davon, daß sie darauf bestand, daß dieses bürgerliche Fräulein Hartmann erst einen adligen Namen bekommen sollte. Wo nehme ich nun eine andere reiche Partie her? Der Freiherr muß halt helfen.

So war der Gedankengang des Fürsten.

Und als dann der Freiherr zu ihm kam und ihm die Eröffnung machte, daß er nun sein Gläubiger sei, sagte der Fürst achselzuckend:

»Jetzt strengen Sie nur Ihren Kopf ein wenig an, Verehrtester, daß ich zu einer reichen Partie komme, sonst kann ich Ihnen natürlich das Geld nicht zurückzahlen.«

Als Baron Horst Oldenau in strahlend -glückseliger Stimmung mit seiner jungen Frau von der Hochzeitsreise zurückkam, wurden sie von Herrn Hartmann und der Baronin Oldenau – die sich inzwischen herzlich befreundet hatten – erwartet.

Und als die alten Herrschaften mit dem jungen Paare zusammen bei Tisch saßen, sagte Herr Hartmann zu seinem Schwiegersohn:

»Mein lieber Horst, es ist mir inzwischen durch die Vermittlung deiner lieben Mutter gelungen, deinen Stammsitz Oldenau und noch ein stattliches Stück angrenzenden Landes an mich zu bringen. Das erhält meine Margot als Morgengabe. Ich war mit deiner Mutter dort und habe mir alles angesehen. Ich denke, es wird dir lieb sein, in Oldenau wieder als Herr zu residieren.«

Der Baron war tief ergriffen. Er konnte nicht sprechen und drückte nur krampfhaft die Hand des alten Herrn. Endlich sagte er heiser vor Erregung:

»Lieber Papa, du weißt nicht, was du mir damit für eine Wohltat erwiesen hast. Nun habe ich doch wieder einen Wirkungskreis, in dem ich zeigen kann, daß ich ein tüchtiger Mensch bin.«

Der alte Herr lachte gerührt. »Na also, dann ist ja alles in schönster Ordnung! Aber uns Alte müßt ihr schon mitnehmen, wenn ihr nach Oldenau geht. Wir wollen uns doch am Glücke unserer Kinder erfreuen, nicht wahr, liebe Baronin?«

Horsts Mutter nickte lächelnd. »Wenn es irgend geht?«

Margot sah ihren Vater schelmisch an. »O weh, Papa, wie ist deine Erziehung in Horsts Abwesenheit vernachlässigt worden! Eine Dame ist nie alt, du darfst von unserer lieben Mama nicht mit dieser Bezeichnung sprechen.«

Lächelnd wehrte die Baronin ab. »Ich habe ja graues Haar, mein Kind.«

Herr Hartmann sah sie drollig-kläglich an. »Sehen Sie, liebe Baronin, ich bin wieder ganz verwildert. Einen Erzieher brauche ich wirklich noch immer sehr nötig, wenn ich mich auch ohne Sekretär behelfen könnte. Aber du wirst nun anderes zu tun haben, als deinen Schwiegervater zu erziehen, mein lieber Horst.«

Ehe der Baron antworten konnte, legte die Baronin ihre schmale, feine Hand auf den Arm des alten Herrn. »Übergeben Sie mir dieses Amt, lieber Herr Hartmann, dann bin ich doch auch zu etwas nütze.«

Da beugte sich Herr Hartmann sehr ritterlich über die Hand der alten Dame und küßte sie.

»Einverstanden, ich akzeptiere Sie als Erzieherin. Irgendein deutscher Dichter hat doch gesagt: Willst du genau erfahren, was sich ziemt, so frage nur bei edlen Frauen an. – War es richtig so, Margot?«

Margot küßte ihren Vater herzlich.

»Es war richtig, Papa, das hast du brav behalten.«

»Na also, da bin ich doch noch kein hoffnungsloser Fall! Aber jetzt wollen wir erst einmal anstoßen auf das Glück des Herrn und der Herrin von Oldenau. Möge das alte schöne Herrenhaus von Oldenau nur glückliche Menschen in seinen Mauern beherbergen für die Zukunft.«

»Das walte Gott!« sagte die Baronin feierlich.

Baron Horst und seine junge, schöne Frau sahen sich tief in die Augen und faßten sich fest bei den Händen.

»Recht so, Kinder, haltet euer Glück fest!« rief Herr Hartmann und leerte sein Glas bis zum Grunde.

Rote Rosen

1

Es war im Jahre 1908.

Josta Waldow lenkte ihren eleganten Dogcart, den sie von ihrem Vater vor einigen Tagen zum Geburtstag geschenkt bekommen hatte, durch die breite Einfahrt in den Garten bis zu dem Portal des »Jungfernschlößchens«.

Seit drei Jahren erfüllte es die Bestimmung als Ministerresidenz. Exzellenz Waldow war froh gewesen über diesen Wohnungswechsel, und seine Gemahlin und seine Tochter waren es noch mehr. Eiligst wurde damals zum Umzug gerüstet. Aber nur Vater und Tochter sollten daran teilnehmen. Frau Waldow erkrankte und starb kurze Zeit darauf.

Damals war Josta achtzehn Jahre alt gewesen. Jetzt hatte sie schon das einundzwanzigste Jahr vollendet und ersetzte im Ministerhotel die Hausfrau vollständig.

In das mit Blattpflanzen dekorierte Vestibül eintretend, fragte sie den Diener: »Ist Papa zu Hause, Schröder?«

»Sehr wohl, gnädiges Fräulein. Seine Exzellenz haben den Besuch des Herrn Ramberg empfangen«, antwortete dieser.

Über das jugendschöne Antlitz Jostas flog ein frohes Lächeln. Ihre dunklen, in Form, Farbe und Ausdruck wundervollen Augen leuchteten auf. Sie schien freudig überrascht.

»Wo befinden sich die Herren?«

»Im Arbeitszimmer Seiner Exzellenz.«

Josta neigte dankend das Haupt und eilte die Treppe empor zum Arbeitszimmer ihres Vaters.

»Nicht zanken, Papa, wenn ich unangemeldet diesen geheiligten Raum betrete, wo das Wohl und Wehe des Staates beraten zu werden pflegt. Ich hörte, daß Onkel Rainer bei dir ist.«

An dem großen Diplomatenschreibtisch am Fenster saßen sich zwei Herren gegenüber.

Der ältere von ihnen war Seine Exzellenz, der Herr Minister, ein stattlicher Herr Mitte fünfzig, mit einem klugen, energischen Gesicht und graumeliertem Haar und Schnurrbart. Der jüngere Herr, Rainer Ramberg, mochte jedoch auch schon über Mitte dreißig sein. Er war eine schlanke Erscheinung. Auffallend wirkten in seinem Gesicht die tiefliegenden grauen Augen, die seltsam hell aus dem gebräunten Gesicht herausleuchteten und, wie eben jetzt, sehr warm und gütig blicken konnten.

Als Josta Waldow auf der Schwelle erschien, wandte er ihr seine Augen mit hellem Aufleuchten zu und sah entschieden wohlgefällig auf ihre Erscheinung, die wie das holde blühende Leben selbst erschien.

Rainer Ramberg erhob sich schnell und kam ihr entgegen.

Josta streckte ihm lächelnd beide Hände entgegen. »Grüß Gott, Onkel Rainer!«

»Grüß Gott, meine liebe kleine Josta!«

Sie maß ihre Schultern schelmisch an den seinen. »Immer noch klein? Bin ich das wirklich?« fragte sie, sich stolz aufrichtend.

Er lächelte. »Da du noch immer zu mir aufsehen mußt, habe ich doch das Recht, dich klein zu nennen. Oder willst du es mir streitig machen?« antwortete er.

»O nein! Im Grunde habe ich es gern, daß ich deine

kleine Josta bin. Ich möchte gar nicht, daß du mich anders nennst. Aber – nun will ich Papa schnell einen Kuß geben und dann verschwinden. Ihr beiden macht so schrecklich wichtige Gesichter, als ob ihr über eine Staatsaktion beraten müßtet«, sagte sie lachend, und dabei küßte sie den Vater herzlich.

»Wie weit bist du mit deinem Dogcart gefahren?« fragte der Vater.

»Bis zur Fasanerie. Herrlich war die Fahrt durch den maiengrünen Wald. Nur so schrecklich viel Menschen sind unterwegs. Weißt du, Papa, jetzt müßten wir in unserem alten lieben Waldow sein. Da ist der Wald so kirchenstill. Wirst du bald einige Wochen Urlaub nehmen können?«

»Vorläufig ist nicht daran zu denken. Vielleicht im Juli!«

Josta seufzte. »Das dauert noch lange. Als ich Onkel Rainer sah, mußte ich gleich an Waldow denken. Wenn wir in Waldow sind, besucht er uns viel öfter.«

»Das war früher, Josta, als ich noch in Schellingen wohnte. Da war ich in einer Stunde in Waldow. Jetzt bin ich aber doch nach Ramberg übergesiedelt.«

»Ja, ja, das hatte ich fast vergessen. Aber wenn wir in Waldow sind, Papa und ich, dann mußt du deine ›Residenz‹ so lange nach Schellingen verlegen.«

»Möchtest du das gern?« fragte Ramberg.

»Selbstverständlich. Du und Waldow, das sind mir unzertrennliche Begriffe. Hier besuchst du uns immer nur im Fluge. Schade, daß wir nicht immer in Waldow leben können.«

»Bist du die Stadt müde?«

Sie zuckte die Achseln. »Denkst du, unter all den Menschen, mit denen wir verkehren müssen, ist einer, mit dem ich mich so gern unterhielte wie mit dir? Ausgeschlossen. Es ist alles leere Form, inhaltlose Phrase, was man redet und anhört. Ich bin eben nun einmal mehr für das Landleben. Aber Papa ist leider nicht reich, und Waldow ist zu einem kleinen Pachtgut zusammengeschmolzen. Es bringt kaum so viel ein, daß wir uns sattessen könnten. Und so sehe ich die Notwendigkeit ein, daß Papas Ministergehalt uns die übrigen Annehmlichkeiten des Lebens ermöglicht. Aber – nun will ich euch nicht länger aufhalten, sondern mich umkleiden. Nur eins sage mir schnell noch, Onkel Rainer, wie lange bleibst du?«

»Wahrscheinlich nur wenige Tage. Ich bin jetzt in Ramberg schlecht abkömmlich. Im Frühjahr gibt es viel Arbeit.«

Josta nickte verständig. »Aber – da fällt mir ein – wann bist du denn in der Villa Ramberg abgestiegen? Ich bin eben daran vorbeigefahren und sah alle Fenster und Vorhänge dicht verschlossen.«

»Ich bin eben erst eingetroffen, und ganz unangemeldet. Man hat mich nicht erwartet. Aber natürlich wohne ich dort.«

»Oh, da werde ich morgen vorüberfahren und mich an den offenen Fenstern freuen. Also morgen mache ich dir mit meinem Dogcart Fensterparade.« Mit hellem, warmem Lachen eilte sie hinaus.

Die beiden Herren sahen ihr eine Weile nach. Dann blickten sie sich an, und der Minister sagte lächelnd: »Du siehst, Rainer, sie ist im Herzen noch das reine Kind, trotz ihrer einundzwanzig Jahre, obwohl sie mir nun schon seit drei Jahren die Hausfrau ersetzt und in Haus und Gesellschaft ihren Posten gut ausfüllt. Und wenn sie nun hört, was dich heute zu uns führt, wird sie es nicht fassen können. Bin ich doch selbst überrascht durch deine Werbung um Josta.«

Ramberg atmete tief auf. »Das heißt, du hast Bedenken, Magnus? Du bist mir die Antwort schuldig geblieben.«

Sie hatten wieder Platz genommen.

»Mein lieber Rainer, wie diese Antwort von meiner Seite ausfällt, wird dir nicht zweifelhaft sein. Du hast einer Frau alles zu bieten, was selbst die anspruchsvollste verlangen könnte. Du wärst auch vor dem Tode deines Vetters Rochus, dessen Nachfolger du geworden bist, eine sogenannte gute Partie gewesen. Jetzt bist du eine glänzende Partie. Und das wichtigste – ich kenne dich als einen durchaus vornehmen Charakter, weiß, daß du vortreffliche Eigenschaften als Mensch besitzt. – Also wüßte ich nicht, was ich gegen deine Werbung einwenden sollte. Es fragt sich nur, ob Josta deine Frau werden will. Deine Werbung wird sie vollständig überraschen. Und wie ihre Entscheidung ausfällt, kann ich nicht wissen.«

Ramberg strich sich mit der schönen, kräftig gebauten Hand über die Stirn, als verscheuche er unbequeme Gedanken. »Ganz offen, Magnus, auch ich habe zuvor nie daran gedacht, ihr diese Frage vorzulegen. All die Jahre habe ich den Gedanken an eine Ehe von mir gewiesen. Aber nun will das nicht mehr gehen. Ich stehe im achtunddreißigsten Jahr – und in meinem Herzen ist es nun endlich so ruhig und still geworden, daß ich den Entschluß zu einer Heirat fassen kann.«

»Das ist natürlich und verständlich, Rainer, und ich freue mich über deinen Entschluß. Er beweist mir, daß du mit der alten Geschichte fertig bist.«

»Vollständig, Magnus – sonst würde ich nicht um Josta werben. Ich will nicht sagen, daß ich ihr eine große leidenschaftliche Liebe entgegenbringe. Einer solchen Liebe ist man wohl nur einmal fähig, und dieser Sturm liegt hinter mir. Aber Josta ist mir lieb und wert, und keine andere Frau steht meinem Herzen jetzt näher. Aber ich bin mir ebenso bewußt wie du, daß Josta in mir nur immer Onkel Rainer gesehen hat. Ich bin ja auch nahezu siebzehn Jahre älter als sie. Und dann die Hauptsache – ich weiß nicht, ob ihr Herz noch frei ist. Du wirst mir das offen sagen; denn du hast mich, trotz unseres Altersunterschiedes, deiner Freundschaft gewürdigt.«

Der Minister nickte. »Ja, Rainer! Ich hatte dich immer gern! Dein treuer Freund aber bin ich geworden in jener Stunde, da ich dir eine tiefe Herzenswunde schlagen mußte.«

Ramberg wehrte ab. »Nicht du hast mir diese Wunde geschlagen. Niemand hat es getan als das Schicksal selbst. Aber lassen wir das. Es liegt nun hinter mir mit allen Kämpfen und ist verwunden. Sage mir jetzt ehrlich – ist Jostas Herz frei?«

Der Minister lächelte. »Soviel ich weiß – ja.«

»Es ist fast ein Wunder, daß Josta noch frei ist. In den letzten Jahren hat sie sich zu einer außergewöhnlichen Schönheit entwickelt. Das hatte ich nie erwartet«, sagte Ramberg sinnend.

»Ja – bis über die Backfischzeit hinaus war sie eher häßlich als schön. Aber dann blühte sie plötzlich auf. Als wir sie in die Gesellschaft einführten, wurde sie gleich umschwärmt. Sie bezieht das nicht auf ihre Person, sondern auf meine Stellung. Also – soviel ich mich auf meine Augen verlassen kann, ist Jostas Herz noch frei. Ob sie deine Werbung annimmt, kann ich dir freilich nicht sagen. Meiner Einwilligung bist du sicher. Ehe du aber ihr selbst diese Frage vorlegst, möchte ich dir noch eine Eröffnung machen. Was ich dir jetzt sage, bleibt unter uns. Josta soll davon nichts wissen. Sie soll es erst nach meinem Tod erfahren. Du versprichst mir zu schweigen?«

»Mein Wort darauf.«

»Ich danke dir. Also höre – Josta ist nicht meine Tochter.«

Überrascht fuhr Ramberg auf. »Nicht deine Tochter?«

»Josta ist die Tochter meines jüngeren Bruders Georg. Dieser war verheiratet mit einer Baronesse Halden – nur ein Jahr. Sie starb bei Jostas Geburt. Georg brachte Josta zu meiner Frau. Wir hatten damals gerade die betrübende Gewißheit erhalten, daß unsere Ehe kinderlos bleiben würde. Meine Frau, die sehr kinderlieb war, nahm sich Jostas mit wahrhaft mütterlicher Zärtlichkeit an. Mein Bruder war nicht sehr vermögend. Aber er war leicht entflammt für Frauenschönheit, und da er selbst ein bildschöner Mensch war, verwöhnten ihn die Frauen sehr. Josta ist ihm sehr ähnlich geworden, sie hat seine Augen und die Farbe seines Haares geerbt, aber im Wesen und Charakter gleicht sie mehr ihrer Mutter. Diese hatte mein Bruder in seiner leidenschaftlichen Art sehr geliebt, und ihr früher Tod brachte ihn der Verzweiflung nahe. Er wollte Josta nicht sehen, weil sie ihrer Mutter das Leben gekostet hatte.

Es war aber noch kein Jahr vergangen nach dem Tode seiner Frau, da verliebte er sich sinnlos in eine junge Sängerin. Georg gab ihretwegen seinen Beruf auf und heiratete sie, obwohl wir alles taten, ihn davon zurückzuhalten. Er ging mit seiner Gattin nach Amerika, wo sie ein glänzendes Engagement angenommen hatte. Schon vorher hatte er uns alle Rechte an Josta abgetreten. Ich habe ihn nie wiedergesehen. Zwei Jahre später schickte mir seine Gattin, die drüben unter ihrem Mädchennamen auftrat, eine Anzeige vom Tode meines Bruders und eine Zeitungsnotiz, aus der ich ersah, daß Georg im Duell mit einem Mann gefallen war, der in einer Gesellschaft die Tugend seiner Frau in Zweifel gezogen hatte. Georgs Witwe hatte es verschmäht, nur ein Wort hinzuzufügen – wahrscheinlich weil wir uns gegen Georgs Heirat aufgelehnt hatten. Ich ließ mir die Todesnachricht meines Bruders amtlich bestätigen. Von seiner Witwe hörte ich nie wieder etwas.

Josta haben wir adoptiert. Und um ihr die Unbefangenheit zu erhalten und nichts Fremdes zwischen uns treten zu lassen, haben wir ihr nie gesagt, daß sie nicht in Wirklichkeit unsere Tochter war. Aber du mußt das natürlich wissen, wenn du um Jostas Hand anhalten willst. Bei meinem Testament, das Josta zu meiner Universalerbin einsetzt, liegt ein an Josta gerichtetes Schreiben, in dem ich ihr selbst diese Enthüllung mache. So, Rainer – nun habe ich dir nichts mehr zu sagen.«

Ramberg hatte aufmerksam zugehört. An seinem Entschluß, um Jostas Hand anzuhalten, änderte diese Eröffnung jedoch nichts. Warum dieser Entschluß so plötzlich in ihm wach geworden war, wußte er selbst nicht. Allerdings hatte er sich schon seit einigen Monaten mit dem Gedanken vertraut gemacht, sich endlich zu verheiraten, aber es hatte ihm gar keine Eile.

Da hatte er gestern auf einem Besuch bei seinem Gutsnachbarn, dem Baron Rittbert, einen von dessen Söhnen enthusiastisch von der Schönheit und Liebenswürdigkeit Jostas sprechen hören: »Sie hat die Auswahl unter vielen Freiern, und ich bin gespannt, wer sie als Braut heimführen wird.«

Diese Worte hatten Ramberg plötzlich aus seiner Ruhe aufgerüttelt. Als er nach Hause kam, befahl er, seinen Koffer zu packen, und mit dem Frühzug reiste er.

Er richtete sich jetzt mit einem tiefen Atemzug auf. »Du siehst mich natürlich überrascht, lieber Magnus. Es erscheint mir ganz unfaßbar, daß Josta nicht deine Tochter ist. Ein innigeres Verhältnis zwischen Kind und Eltern habe ich nirgends gefunden. Ich bleibe bei meiner Werbung.«

Der Minister reichte ihm die Hand. »Ich will sie nun rufen lassen.«

Der Minister drückte die elektrische Klingel auf seinem Schreibtisch. Der Diener erschien.

»Melden Sie meiner Tochter, daß ich sie bitten lasse, sogleich in den grünen Salon zu kommen.«

Der Diener verschwand, und der Minister wandte sich an Ramberg. »So, mein lieber Rainer. Du begibst dich wohl in den grünen Salon hinüber. Was du mit Josta zu besprechen hast, geschieht am besten ohne Zeugen.«

Mit einem Händedruck schieden die beiden Männer.

Als Josta ihren Vater und Ramberg verlassen hatte, war sie in froher Stimmung in ihr Zimmer geeilt. Ihre Augen strahlten vor Freude über den Besuch Onkel Rainers.

Wie immer freute sie sich recht von Herzen darauf, daß sie Onkel Rainers Gesellschaft einige Tage würde genießen können. Seit ihren Kindertagen war ihr Onkel Rainer der Inbegriff von allem Guten, Lieben und Schönen. Ihm gehörte ihre kindliche Freundschaft, ihm die erste Backfischschwärmerei. Als sie dann älter wurde, trat an Stelle ihrer Backfischschwärmerei eine bewußte Wertschätzung und Freundschaft. Sie verglich im stillen alle Männer, die sich ihr nahten, mit Onkel Rainer, und nie gefiel ihr einer so gut wie er. Aber nie wäre ihr eingefallen, an ihn wie an einen Mann zu denken, dessen Frau sie werden könnte! Sie dachte überhaupt nicht wie andere Mädchen ans Heiraten, sondern malte sich aus, daß sie in Ruhe und Frieden in Waldow sitzen, jeden Tag Onkel Rainer besuchen und mit ihm plaudern würde.

Deshalb war es ihr gar nicht recht gewesen, daß er nach dem jähen, unerwarteten Tode seines Vetters Rochus nach Schloß Ramberg übersiedelte und nicht mehr auf dem Waldow benachbarten Gute Schellingen, das seine Mutter in die Ehe gebracht hatte, war. Sehr rasch hintereinander waren alle Anwärter gestorben, zuletzt Rochus Ramberg, und dieser hatte eine schöne junge Witwe hinterlassen, Gerlinde.

In die Einkünfte von Schellingen mußte Rainer sich mit seinem Bruder Henning teilen. Beide liebten sich sehr. Der jüngere Bruder sah in dem älteren ein leuchtendes Vorbild, während Rainer fast väterlich für Henning empfand.

Josta kannte natürlich auch Henning seit ihrer Kinderzeit, war aber mit diesem schon seit fast sechs Jahren nicht mehr zusammengetroffen, und so hatte er nur als Onkel Rainers Bruder einige Bedeutung für sie.

Nachdem Josta eine Weile zum Fenster hinausgesehen hatte, klingelte sie ihrer Zofe und ließ sich umkleiden.

»Ein weißes Kleid will ich anziehen, Anna«, sagte sie. Onkel Rainer hatte ihr bei seinem letzten Besuch gesagt: »Du müßtest immer weiße Kleider tragen, Josta.«

Bald war sie fertig und stellte sich, einen dunklen Fliederzweig im Gürtel befestigend, vor den Spiegel. Weich und anmutig schmiegte sich der weiße Stoff ihres Kleides um ihre edelgegliederte Gestalt.

Gerade, als sie ihr Boudoir betrat, meldete ihr der Diener, daß Seine Exzellenz sie in den grünen Salon bitten lasse.

Als sie eintrat, stand Ramberg am Fenster und sah durch die Spitzenstores hinaus. Schnell wandte er sich um und ging ihr entgegen.

»Ist Papa nicht hier?« fragte sie harmlos.

»Nein, Josta – er hat Staatsgeschäfte«, antwortete er. Zum ersten Male betrachtete er sie mit den Augen eines Mannes und wurde sich ihrer Schönheit so recht bewußt.

Josta seufzte. »Ach, die leidigen Staatsgeschäfte.«

»Bist du sehr ungehalten, daß du mich allein hier findest?«

Sie lachte schon wieder. »Ach, was du denkst, Onkel Rainer! Nein, von Herzen froh bin ich, daß ich wenigstens deine Gesellschaft genießen darf. Du bleibst doch zu Tisch?«

»Wenn du mich nicht fortschickst, gern.« Er atmete tief

und wurde noch unruhiger. »Ich weiß doch nicht, Josta, ob du mich nicht in einigen Minuten gehen lassen wirst.«

Sie schüttelte verwundert den Kopf. Fragend sah sie ihn an.

»Mir ist feierlich zumute, Josta, und ein wenig bange. Ich bin heute gekommen, dir eine ernste Frage vorzulegen. Und nun, da ich es tun will, meine ich, du müßtest mich auslachen.«

»Auslachen? Wenn du eine ernste Frage an mich richtest? Wie sollte ich denn? So sprich doch nur – was ist es denn?«

Er richtete sich entschlossen auf und sah sie fest an. »Josta – willst du meine Frau werden?«

Sie zuckte zusammen, und ihr junges Antlitz wurde plötzlich bleich. Ihre großen schönen Augen sahen mit einem unruhig forschenden Blick in die seinen. Unwillkürlich wich sie einen Schritt zurück. »Onkel Rainer – so darfst du nicht scherzen«, sagte sie mit verhaltener Stimme.

»Es ist mein Ernst, Josta«, antwortete er leise, und auf seinem Gesicht lag ein Ausdruck leichter Entmutigung. Josta stand reglos, wie gebannt. Ein leises Zittern lief über sie dahin. Und doch war plötzlich ein seltsames Singen und Klingen in ihrem Herzen.

»Onkel Rainer«, sagte sie noch einmal, halblaut und zagend, als fasse sie nicht, was er von ihr wollte, und als erschrecke sie vor dem, was er forderte. Hilflos sah sie zu ihm auf. »Ich bin so erschrocken, ich – nein – wie hätte ich je daran denken können. Du und ich – ach, Onkel Rainer, ich bin doch so ein dummes Ding.«

In seinem Herzen war ein tiefes schmerzliches Bedauern. »Also – ich soll für dich Onkel Rainer bleiben, du könntest dich nicht entschließen, mir einen anderen Namen zu geben?«

Da schoß dunkle Glut in ihr Gesicht, und die langen, seidigen Wimpern legten sich wie dunkle Halbmonde auf die glühenden Wangen. Was galt sie ihm? Und doch – es lockte sie trotz allem etwas, seine Werbung anzunehmen. Immer hatte sie es sich als das höchste Glück geträumt, täglich in Onkel Rainers Nähe zu sein.

Er wartete lange vergeblich auf Antwort, und schließlich sagte er leise: »Also keine Antwort? Das heißt, du schickst mich fort, du weist mich zurück, nicht wahr?«

Sie faßte rasch seine Hand. »Nein – bleib«, bat sie leise.

»Als dein Verlobter, Josta?«

Sie sah in sein ruhiges Gesicht, unsicher, befangen und zaghaft. »Ach – ich weiß nicht. Das kommt so überraschend.«

»So sage mir wenigstens, ob dein Herz noch frei ist, ob du keinen anderen liebst.«

Sie schüttelte den Kopf. »Nein, ich liebe niemand als . . .« Sie stockte. »Als dich«, hatte sie sagen wollen. Aber das wollte jetzt nicht über ihre Lippen. Bisher hatte sie nie daran gedacht, ihm etwas zu verbergen. Nun mußte sie es tun, einem inneren Zwange folgend. »Niemand als Papa«, vollendete sie hastig.

Er zog sie wieder an sich. »Und mich hast du gar nicht ein wenig lieb, kleine Josta?« fragte er weich.

Sie atmete schnell und hastig. »Doch, das weißt du, dich habe ich immer liebgehabt.«

»So frage ich dich nochmals – willst du meine Frau werden?«

Ihre dunklen Augen sahen ernst und fragend in die seinen. »Warum fragst du mich das? O –?« Nein – ›Onkel‹ konnte sie ihn jetzt nicht nennen; es wollte ihr nicht über die Lippen.

»Warum ich dich bitte, meine Frau zu werden?« erwiderte er schnell. »Weil ich keine Frau wüßte, die ich lieber heiraten möchte als dich.«

Sie empfand, daß dies recht kühl klang für eine Werbung, und ahnte nicht, daß er absichtlich so gelassen blieb, um sie nicht zu erschrecken.

»Aber warum willst du nur plötzlich heiraten? Ich habe immer gedacht, du wirst es nie tun«, sagte sie hastig.

Er mußte lächeln. Das klang fast wie ein Vorwurf.

»Es ist die Sehnsucht jeden Mannes, jemanden zur Seite zu haben, zumal wenn man auf einer so verantwortungsvollen Stelle steht. Lange genug habe ich schon gezögert. Nun wird es hohe Zeit. Nicht wahr, ich erscheine dir schon reichlich alt zum Heiraten?«

Sie schüttelte den Kopf. »Du bist doch nicht alt, aber als Onkel Rainer warst du mir immer so vertraut.«

»Könnte ich dir nicht noch mehr sein? Vermagst du dich zu entschließen, meine Frau zu werden, oder muß ich betrübt mit einem ›Nein‹ von hier gehen?« fragte er nochmals und fühlte, daß er die Wahrheit sprach, obwohl er Josta nicht liebte.

»Ich möchte dich um alles nicht betrüben«, sagte sie leise.

»So willigst du ein?«

Einen Augenblick schwankte sie noch, dann aber sagte sie hastig, als fürchte sie, nochmals unschlüssig zu werden: »Wenn du es willst – so willige ich ein.«

Da erst zog er ihre Hand an seine Lippen, und dann legte er den Arm um sie und wollte sie auf den Mund küssen. Aber sie neigte schnell, wie in instinktiver Abwehr, das Haupt, und seine Lippen berührten nur ihre Stirn. Er merkte, daß sie ihm auswich, und das weckte eine seltsame Unruhe in ihm.

»Ich danke dir herzlich für dein Vertrauen, meine liebe kleine Josta. Ich war sehr bange, daß du mir einen Korb geben würdest«, sagte er herzlich.

Ehe sie etwas erwidern konnte, trat der Minister ein und sah fragend auf die beiden. Josta flüchtete in seine

Arme, als suche sie Schutz vor sich selbst. »Papa – lieber Papa!«

Der Minister wechselte über ihren Kopf hinweg einen Blick mit Ramberg. Dieser neigte bejahend das Haupt. Da schloß der Minister seine Tochter fest in seine Arme.

Ramberg trat heran. »Josta hat mir ihr Jawort gegeben. Nun sei du mir ein treuer Vater, wie du mir bisher ein väterlicher Freund warst, und gib uns deinen Segen«, bat er ernst.

Schweigend legte der Minister die Hände beider ineinander. Und dann sagte er warm: »Gott segne euch beide!«

Josta war es zu eng in der Brust. Sie fühlte, daß sie jetzt, wenigstens einige Minuten, mit sich allein sein müsse. Sie küßte den Vater und stammelte eine hastige Entschuldigung. Dann ging sie schnell hinaus und sank im Nebenzimmer in einen Sessel. Die Hände fest auf das klopfende Herz gepreßt, saß sie da und lauschte in sich hinein, bis von drüben die Stimmen der beiden Männer an ihr Ohr drangen.

Die beiden Herren hatten keine Ahnung, daß Josta im Nebenzimmer saß. So wurde sie Zeugin ihres Gesprächs.

Zuerst sprach ihr Vater. »Mein lieber Rainer, es macht mich sehr glücklich, daß ich meine Tochter an deinem Herzen geborgen weiß. Wenn du mir auch offen gesagt hast, daß du Josta nicht leidenschaftlich liebst, wenn ich auch weiß, daß du dein Herz nur mit Schmerzen losgerissen hast von der Frau, der deine große, heiße Liebe gehörte, so weiß ich doch auch, daß du meine Josta immer hochhalten und deine Hände über sie breiten wirst. Und so hoffe ich, daß ihr glücklich miteinander werdet.«

»Das wünsche und hoffe ich auch«, erwiderte Ramberg ernst, »und was in meiner Macht steht, will ich tun, daß sie es niemals zu bereuen braucht, mir ihre Hand gereicht zu haben. Was ich ihr vielleicht innerlich schuldig bleiben muß, hoffe ich ihr durch Äußerlichkeiten zu ersetzen.«

So sagte Rainer ruhig und klar, und jetzt, da Josta nicht zugegen war, fühlte er sich auch sehr ruhig.

Josta hatte jedes dieser Worte gehört. Sie war wie gelähmt. Rainers Herz gehörte einer anderen Frau, einer Frau, von der er sich schweren Herzens losgerissen hatte. Warum hatte er sie nicht zu seiner Frau gemacht? Sie war wohl unerreichbar für ihn aus irgendeinem Grund. Und nun – nun war sie seine Braut geworden. Warum? Warum hatte er gerade sie erwählt?

Und dann dachte sie daran, daß sie von den beiden Männern hier entdeckt werden könnte. Das durfte nicht sein, sie durften nicht ahnen, daß sie ihr Gespräch belauscht hatte. Mit einiger Anstrengung erhob sie sich, glitt über die weichen Teppiche, trat auf den Korridor hinaus und eilte auf ihr Zimmer. Dort saß sie eine ganze Weile und lauschte in sich hinein, und dabei kam sie zur Erkenntnis ihrer eigenen Empfindungen, daß sie Rainer von jeher geliebt und es nur nicht gewußt hatte. Und daß ihr alle Männer nur deshalb so gleichgültig gewesen waren.

Wie ein helles Licht war es in dieser Stunde in ihr bisher so unklares Denken und Empfinden gefallen, und diese Klarheit erschreckte sie mehr, als sie sie beglückte:

»Nein – ich kann seine Frau nicht werden, nicht mit der Gewißheit, daß ich ihn liebe und daß er mir im Herzen so ruhig und gelassen gegenübersteht. Wie soll ich es ertragen, daß sein Herz einer anderen gehört? Nein – das kann ich nicht.«

Und sie wollte hinuntereilen und ihm sagen, daß sie seine Frau nicht werden könne. Aber ehe sie die Tür ihres Zimmers erreicht hatte, stockte sie und konnte nicht weitergehen.

Wenn ich ihm das sage, dann wird er gehen und vielleicht niemals wiederkommen. Und – dann wird er bald eine andere Frau an seine Seite nehmen, eine, die zufrieden ist mit dem, was er ihr bietet. – Der Gedanke, daß er eine andere heiraten könnte, war ihr unerträglich. Sie fiel in ihren Sessel und faltete die Hände wie im Gebet:

»Vielleicht lernt er es doch eines Tages, mich zu lieben – so wie ich von ihm geliebt sein möchte.«

Diese Hoffnung belebte sie. Aufatmend erhob sie sich und trat vor den Spiegel. Und zum ersten Mal sah sie ihr eigenes Spiegelbild mit brennendem Interesse an. Viele hatten ihr gesagt, sie sei schön, seit sie in die Gesellschaft eingeführt worden war. Auch Papa hatte gesagt: »Aus meinem häßlichen jungen Entlein ist unversehens ein stolzer Schwan geworden.« Aber Rainer hatte das wohl kaum bemerkt. Für ihn war sie wohl noch immer der reizlose Backfisch mit den ruschligen Hängezöpfen. Kritisch sah sie sich an, von allen Seiten. Und das helle Rot stieg ihr ins Gesicht, als sie dachte: Ja, ich bin schön. Vielleicht gelingt es mir doch, Rainers Liebe zu erringen, wenn ich mich darum mühe.

Wenn ich mich darum mühe? Dieser Gedanke verwandelte das Rot ihres Gesichts in eine dunkle Glut. Sie sollte sich mühen um die Liebe eines Mannes? Nein – nein – tausendmal nein! Das würde ihr Stolz nicht zulassen.

Sie trat mit einem tiefen Seufzer von dem Spiegel zurück. Sie mußte nun wieder hinübergehen zum Vater – und zu dem Verlobten. Sie würden sich sonst über ihr langes Ausbleiben Gedanken machen.

Als sie gleich darauf wieder den grünen Salon betrat, schien sie ruhig und unbewegt. Und zum ersten Mal in ihrem Leben zeigte sie sich gegen den Vater und Ramberg anders, als sie war.

Die beiden Herren hatten inzwischen allerlei Gespräche über die Veröffentlichung der Verlobung und den Termin der Hochzeit geführt. Sie hatten den 10. Juli dafür in Aussicht genommen und fragten Josta, ob sie einverstanden sei. Sie bejahte ruhig, obwohl sie darüber erschrak, daß die Zeit so kurz bemessen war.

Rainer gab sich seiner Braut gegenüber mit der feinen, liebenswürdigen Artigkeit, die so bestrickend bei ihm wirkte, und suchte sie durch harmlose Scherze aufzuheitern. Er wollte Josta die Unbefangenheit vor allen Dingen wiedergeben. Sie nahm das scheinbar heiter auf. Und so täuschten sich die beiden Verlobten eine große Herzensruhe vor, die sie beide gar nicht empfanden.

Später wurde der Minister wieder von Geschäften in Anspruch genommen, und Ramberg empfahl sich vorläufig, um noch dringende Wege zu besorgen. Als er sich von Josta verabschiedete, gewannen seine Wünsche plötzlich die Oberhand. Er zog sie fest in seine Arme und küßte sie auf den Mund. Wie erstarrt lag sie einen Moment an seinem Herzen und hätte aufschreien mögen.

Als sich Ramberg entfernt hatte, legte der Minister seinen Arm auf Jostas Schulter.

»Nun, mein Kind, du scheinst mir so ernst und bedrückt. Hast du Rainer auch freien Herzens dein Jawort gegeben?« fragte er.

Sie barg ihr Antlitz an seiner Brust. Wie gern hätte sie sich die Seele freigesprochen. »Ich bin nur ein wenig bange, lieber Papa – weil ich dich nun so bald verlassen muß.«

Er streichelte ihr Haar. »Das ist der Lauf der Welt, mein liebes Kind. Ich denke, du hast gut gewählt und wirst an Rainers Seite ein ruhiges, sicheres Glück finden.«

Josta nickte nur, sprechen konnte sie nicht.

Als Josta sich am Abend dieses Tages auf ihr Zimmer zurückgezogen hatte, setzte sie sich noch eine Weile an ihren Schreibtisch. Sie entnahm ihm ihr Tagebuch, das sie schon seit dem Tode ihrer Mutter führte. Sie hatte sich daran gewöhnt, diesem Buche alles anzuvertrauen, womit sie wohl sonst zu ihrer Mutter gekommen wäre.

Sie blätterte in den beschriebenen Seiten und las hier und da einige Worte. Und auf jeder Seite fand sie den Namen »Onkel Rainer«. So fest verwachsen war er mit ihrem innersten Sein. Als sie die erste leere Seite vor sich sah, ergriff sie die Feder und schrieb:

›Am 4. Mai – Ich bin Braut – Rainer Rambergs Braut. Und nun wird er mir niemals mehr Onkel Rainer sein. Was ich dabei empfinde? Ich liebe Rainer – ja, ich liebe ihn, mit der Liebe, die das Weib in die Arme des Mannes treibt, mit unwiderstehlicher Gewalt. Ich erschrecke selbst vor der Größe und Tiefe dieses Gefühls, das plötzlich mein ganzes Sein verwandelt hat und das ich doch ängstlich verbergen muß. Warum? Weil Rainer mich nicht liebt, so wie ich von ihm geliebt sein möchte, weil sein Herz einer anderen gehört, von der er sich mit Schmerzen losgerissen hat. Ich hörte das, als ich ihm schon mein Wort gegeben hatte. Sonst – nein, sonst hätte ich es nicht getan. Oder doch? Ach, ich kenne mich nicht mehr. Wo ist mein Stolz? Ich kenne nur eine Angst, ihn zu verlieren für immer. Das ist härter als der Tod. Warum hat er mich erwählt? Weil ich ihm sympathisch bin, weil er wohl meint, daß ich nie lästig fallen werde und nie mehr begehre, als mir die andere übrigläßt. Und obwohl ich das weiß, will ich seine Frau werden. Aber er soll niemals erfahren, wie es in meiner Seele aussieht. – Wer mag die andere sein? Wenn ich es doch wüßte, wenn ich sie sehen könnte, um herauszufinden, was ihm so liebenswert erscheint. Törichte Josta, wenn du es auch wüßtest, was würde es dir helfen? Ein Mann wie Rainer kann doch nur einmal lieben. Er ist nicht flatterhaft und treulos. Warum er wohl mit ihr nicht glücklich werden durfte? Ach, das werde ich mich immer fragen müssen. Rainer – Rainer – was hast du in mir geweckt heute? Gott helfe mir, daß ich mich dir nie verrate. Ich liebe dich – ich liebe dich!‹

Hier warf Josta die Feder fort und barg das Antlitz in den Händen. Ein Zittern lief über sie hin.

2

Minister Waldow kam vom Amt. Als er am Portal des Jungfernschlößchens anlangte, fuhr Ramberg vor, der seiner Braut und ihrem Vater einen Besuch machen wollte.

Josta saß in ihrem Boudoir, mit der Lektüre eines Buches beschäftigt, als ihr der Diener den Besuch meldete. Sie legte sogleich das Buch fort und erhob sich. Ein verlorener Blick streifte die mit wundervollen roten Rosen gefüllte Jardiniere, die auf der schwarzen Marmorplatte des runden Tisches stand. Diese Rosen hatte ihr Rainer heute morgen geschickt. Sie trat heran und barg ihr Gesicht in den duftenden Blüten.

Rote Rosen sind Blumen der Liebe, die kommen mir nicht zu, dachte sie schmerzlich.

Langsam ging sie hinüber, um Rainer zu begrüßen. Sonst hatte sie nicht schnell genug sein können, aber heute eilte es ihr gar nicht, wenigstens wollte sie sich das vortäuschen. Vor der Tür des Salons blieb sie sogar stehen und holte tief Atem, als werde ihr die Brust zu eng. Als sie eintrat, fand sie Rainer allein.

Er ging Josta schnell entgegen und begrüßte sie, aber nur mit einem Handkuß, weil er die ängstliche Abwehr in ihren Augen las. Sie versuchte unbefangen zu erscheinen.

Sie seufzte lächelnd: »Ach, wir werden in nächster Zeit

wenig zur Ruhe kommen, wenn unsere Verlobung proklamiert wird.«

»Ist dir das so unangenehm?« Sie ließ sich in einen Sessel gleiten.

»Es ist mir eine Pein, der Mittelpunkt eines solchen Treibens zu sein. Weißt du, im Grunde bin ich kein Gesellschaftsmensch. Eher hätte ich Talent zum Einsiedler. Deshalb bin ich so gerne auf dem Lande.«

In ihren letzten Worten lag etwas von ihrer alten frohen Vertraulichkeit, mit der sie ihm sonst begegnet war.

Er zog sich einen Sessel in ihre Nähe, lächelnd sah er ihr nun ins Gesicht.

»Dann brauche ich mir also keine Vorwürfe zu machen, wenn ich dich nach Ramberg entführe?«

»O nein, das brauchst du nicht«, antwortete sie freundlich.

»Wird es dir recht sein, wenn wir den größten Teil des Jahres in Ramberg leben? Wir haben dort nur wenig Besuch, einige Nachbarn, vor allem Baron Rittberg und seine Familie.«

»Ich werde mich nie über zu wenig Besuch beklagen. Wenn du mir nur versprichst, daß du mit mir nach Schellingen gehst, wenn Papa seinen Urlaub in Waldow verlebt.«

»Das will ich gern versprechen. Aber vielleicht verbringt dein Vater in Zukunft seine Ruhezeit lieber in Ramberg.«

Sie lächelte. »Das ginge auch. Wenn er nur mit uns zusammensein kann.«

»Seinen Urlaub muß er unbedingt mit uns verleben. Auch denke ich, daß wir im Winter einige Wochen hier wohnen werden. Ich denke doch, du bist noch zu jung, um dich von allen geselligen Freuden zurückzuziehen.«

»Oh, ich glaube nicht, daß mir das etwas ausmacht. Aber wenn ich einige Wochen hier in Papas Nähe wohnen kann, soll mir das lieb sein. Da wird auch das Gut endlich wieder zu seinem Recht kommen. Ich liebe das schöne alte Haus mit seinen wundervollen alten Möbeln. Es hat so liebe, heimliche Winkel.«

»Ich habe gar nicht gewußt, daß du so für Altertümer schwärmst. Da wirst du in Ramberg noch mehr auf deine Kosten kommen.«

Sie löste ihre Hand aus der seinen und erhob sich, angeblich, um das Fenster zu öffnen, weil es so heiß im Zimmer sei. Dann sagte sie: »Ich werde mich mit diesen Schätzen anfreunden. Sie reden eine eigene Sprache.«

Er hatte sich gleichfalls erhoben und trat neben sie. Leicht legte er seinen Arm um ihre Schultern.

»Freust du dich ein wenig, die Herrin von Ramberg zu werden?«

»Ich freue mich sehr, daß du nun in Zukunft immer bei mir sein wirst, hier und dort.«

Als sie das gesagt hatte, wollte er sie küssen. Gar so hold und lieblich erschien sie ihm. Sie aber wich erschrokken zurück und strebte aus seinen Armen.

»Du mußt Geduld mit mir haben, Rainer – ich muß erst lernen – mich daran gewöhnen –, daß du für mich nicht mehr Onkel Rainer bist.«

Geduld mußte er haben, das sah er ein. Sie hatte ein Recht, das zu fordern. Er atmete tief auf.

»Du sollst mich immer geduldig finden, meine liebe kleine Josta. Und denke immer daran, daß es mein innigstes Bestreben ist, dich glücklich und froh zu machen«, sagte er, so ruhig er konnte.

Sie sah an ihm vorüber ins Weite, seine Ruhe nahm sie für Gleichgültigkeit. Sie meinte, er habe sie nur küssen wollen, weil solche Zärtlichkeiten zu den Pflichten eines Verlobten gehörten. So fand auch sie ihre Haltung wieder, und um auf ein anderes Thema zu kommen, sagte sie: »Ich habe dir noch nicht einmal für die schönen Rosen gedankt, die du mir heute morgen gesandt hast.«

Er sah sie lächelnd an. »Ich hatte gehofft, du würdest einige dieser Blumen als Schmuck an deinem Kleid tragen.«

Weil sie fühlte, daß ihr das Blut ins Gesicht schoß, machte sie eine abweisende Miene. »Sie würden nur welken, und das wäre schade.«

Gleich darauf trat der Minister ein, und sie plauderten nun zu dritt. Zunächst verabredeten sie für den Nachmittag eine gemeinsame Ausfahrt. Und im Laufe des Gesprächs sagte Rainer scherzend: »Ich habe heute vergeblich aufgepaßt, ob du dein Versprechen einlösen würdest, Josta.«

Sie sah ihn fragend an. »Welches Versprechen?«

»Du wolltest mir doch mit deinem Dogcart Fensterparade machen?«

Sie ging auf den Scherz ein. »Dies Versprechen gab ich unter anderen Verhältnissen«, sagte sie lachend. »Ich wollte Onkel Rainer Fensterparade machen. Meinem Verlobten darf ich solche Aufmerksamkeiten nicht erweisen, das würde sich nicht schicken.«

»Oh, mir scheint, so ein guter Onkel hat es viel besser als ein Bräutigam.«

»Ja, wer sich leichtsinnig in Gefahr begibt, kommt darin um«, neckte sie.

So kam das Brautpaar langsam, wenigstens im äußerlichen Verkehr, wieder ins Gleichgewicht. Sie hielten beide den unbefangen scheinenden heiteren Ton fest, und als Rainer sich verabschiedete, zeigte ihm Josta ein lachendes Gesicht.

Die nächsten Tage vergingen in ziemlicher Unruhe für das Brautpaar. Sie kamen kaum noch dazu, ungestört miteinander zu plaudern. Am Nachmittag des 8. Mai wollte Rainer nach Ramberg zurückkehren, aber am 15. Mai wollte er noch einmal in die Stadt kommen. An diesem Tage sollte die offizielle Verlobungsfeier im Jungfernschlößchen stattfinden. Dieser Feier sollten auch Henning, Rainers Bruder, und Gerlinde, die Witwe des verstorbenen Rochus, beiwohnen.

»Wenn sich Gerlinde dazu entschließen kann«, sagte Rainer zu seiner Braut, als sie über die Verlobung sprachen. »Das Trauerjahr um ihren Gemahl ist zwar zu Ende, aber sie lebt noch sehr zurückgezogen.«

Josta sah ihn fragend an. »Gerlinde lebt noch in Ramberg, nicht wahr?«

»Ja. Eigentlich hätte sie nach dem Tode ihres Gemahls das Witwenhaus beziehen müssen, ein villenartiges Gebäude am Ausgang des Ramberger Parkes. Aber da ich bisher unvermählt war, habe ich ihr angeboten, ihre bisherigen Zimmer zu behalten, bis einmal eine neue Herrin in Ramberg einzieht. Ich wohne in dem sogenannten Fremdenflügel, der sonst nur von Gästen bewohnt wurde. Wir sehen uns täglich bei den Mahlzeiten. Sie ist eine kluge, geistvolle Frau. Wir haben uns die Einsamkeit gegenseitig erträglich gemacht. So ist eine Art treue Kameradschaft zwischen uns entstanden.«

Josta hatte aufmerksam zugehört. »Weiß sie, daß du in die Stadt gereist bist, um – nun, um dich zu verloben?«

Er schüttelte lächelnd das Haupt. »Nein, Josta. So sicher war ich nicht, dein Jawort zu erhalten, daß ich eher darüber hätte sprechen mögen. Jedenfalls soll sie durch mich selbst erfahren, daß ich mich verlobt habe. Deshalb habe ich an sie keine Verlobungsanzeige schicken lassen, und ich habe auch die für Baron Rittberg noch zurückgehalten, damit sie nicht eher davon erfährt, als bis ich heimkomme. Sie muß zugleich erfahren, daß du am 10. Juli in Ramberg einziehst. Ihre Übersiedlung in das Witwenhaus ist nun nötig.«

»Oh, so werde ich sie aus dem Haus vertreiben?« sagte Josta erschrocken.

»Nein, Josta! Sie hat ja von Anfang an gewußt, daß ihr Aufenthalt darin ein Ende hat, sobald ich mich vermähle. Einige Wochen hat es ja auch noch Zeit, denn im Witwenhaus muß mancherlei vorgerichtet werden, da es seit dem Tod von Rochus' Mutter leersteht. Diese mußte Gerlinde Platz machen, und Gerlinde muß dir weichen. Das ist nicht anders. Darüber brauchst du dir keine Kopfschmerzen zu machen.«

Josta seufzte. »Dieser Brauch eures Hauses erscheint mir ein wenig grausam. Gerlinde tut mir leid.«

»Sie wird sich ruhig darein fügen, Josta. Ich werde ihr die Übersiedlung leicht machen und ihr in deinem Namen sagen, daß sie nach wie vor im Haus ein und aus gehen kann. Und ihr beiden, hoffe ich, werdet euch in Freundschaft zusammenfinden. Es liegt an dir, ihr durch liebenswürdiges Entgegenkommen den Wechsel weniger schmerzlich zu machen. Sie wird ja auch oft genug unser Gast sein. Jedenfalls hoffe ich, ihr lernt einander gut verstehen. Und ich werde sie natürlich bitten, an unserer Verlobungsfeier teilzunehmen. Das darf ich doch auch in deinem Namen tun, Josta?«

»Gewiß, Rainer, ich bitte darum. Und was in meiner Macht steht, will ich gern tun, um zu Gerlinde freundlich zu sein.«

Er küßte ihre Hand. »Das ist lieb von dir. Und nun will ich mich von dir verabschieden. In zwei Stunden fahre ich nach Ramberg zurück. Von Papa habe ich mich bereits verabschiedet. Auf Wiedersehen also am 14. Mai.«

Mit großen Augen sah sie ihm nach, als er mit seinem schnellen, elastischen Gang durch das Vestibül schritt und in den Wagen sprang, der am Portal hielt. Noch einmal erblickte sie sein von der Sonne scharf beleuchtetes Profil, und dann blickte er zurück mit den ernsten, gütigen Augen, als suche er sie. Aber sie war im Hintergrund des Vestibüls stehengeblieben; er konnte sie nicht sehen, das Sonnenlicht blendete ihn.

Langsam ging sie in ihr Zimmer zurück und ließ sich müde in einen Sessel fallen. Sie mußte gleich wieder an die Stunde denken, da sie gehört hatte, daß Rainer eine andere Frau hoffnungslos geliebt hatte. Sie stand vor einem halbenthüllten Geheimnis und konnte es doch nicht ganz ergründen. Denn auch den Vater durfte sie nicht fragen, wenn sie nicht verraten wollte, was sie neulich erlauscht hatte.

Weil sie nun keinen Menschen hatte, zu dem sie mit ihren Zweifeln und Unruhen hätte flüchten können, nahm sie zu ihrem geliebten, verschwiegenen Tagebuch Zuflucht, um sich vom Herzen zu schreiben, was sie bedrückte.

3

Gut Ramberg lag in waldreicher Gegend an einem großen Fluß. Es war ein mächtiges Gebäude in Hufeisenform. Große Rasenplätze, mit riesigen Sandsteingruppen als Mittelpunkt, dazwischen ein sternförmig bepflanztes Blumenrondell, in dessen Mitte ein Springbrunnen verträumt plätscherte, füllten die offene Mitte dieses Hufeisens.

An den imposanten Mittelbau schlossen sich die beiden Seitenflügel an, jeder aus zwei Stockwerken bestehend. Der Westflügel war kostbarer eingerichtet als der Ostflügel, in dem sich eine Reihe Gastzimmer, Wirtschaftsräume und Domestikenzimmer befanden und wo vorläufig Rainer Ramberg wohnte.

Die Rückfront des Mittelbaues begrenzte eine Terrasse. Zu beiden Seiten führten von der Terrasse breite Treppen hinab auf freies Wiesengelände, das sich bis an den Fluß erstreckte. Jenseits des Flusses lag prachtvolles Ramberger Forstgebiet mit riesigen Buchen und Eichen. An die Rasenplätze an der offenen Seite des Hufeisens grenzte der schöne Park, der wieder in dichten Wald auslief. Der Park war von einem hohen Gitter aus Eisenstangen umzäunt. Unweit davon stand an der Ostseite des Parkes ein hübsches, villenartiges Gebäude, der Witwensitz der Rambergs. Das Haus war nicht sehr groß, es umschloß nur acht Zimmer mit Nebengelassen, lag aber mit seiner efeuumwachsenen Veranda friedlich und idyllisch im Grünen.

Freilich, mit dem stolzen Gutshaus verglichen, sah es recht bescheiden aus, und es mochte wohl mancher stolzen Frau schwergefallen sein, in dies Exil zu wandern.

Vor diesem friedlichen Haus stand eine hohe, schlanke Frauengestalt in einem schwarzen Trauergewand. Ein kostbarer schwarzer Spitzensonnenschirm lag über ihren Schultern, aber sie hielt ihn nicht schützend über sich, da sich nur vereinzelte Sonnenstrahlen durch das dichte Laub der Bäume drängten, die goldene Reflexe über das helle, schimmernde Blondhaar warfen.

Sie war schön, diese stolze Frau, obwohl sie bereits die erste Jugend hinter sich hatte. Gerlinde Ramberg zählte dreißig Jahre. Trotzdem zeigte ihr schönes, regelmäßig geschnittenes Gesicht noch einen zarten, blühenden Teint.

Große dunkelblaue Augen belebten das schöne Gesicht der einsamen Frau. So sanft diese Augen aber meist blickten, manchmal konnte es darin aufblitzen wie das Funkeln geschliffenen Stahls. Und dann bekamen sie einen seltsam energischen und leidenschaftlichen Ausdruck. So sah sie jetzt auf die geschlossenen Fensterläden des Witwenhauses.

Hier soll ich meine Tage vertrauern? Nein – nein – solange ich es verhindern kann, soll das nicht geschehen. So gehen Königinnen ins Exil, die nicht mehr die Macht haben zu herrschen. Ich aber will herrschen – lieben und geliebt werden.

Dann wandte sie sich und ging durch den Park zurück. Vor dem Gutshaus blieb sie stehen und betrachtete es mit großen heißen Augen.

Dort ist meine Heimat, und so soll es bleiben. Bei dir, Rainer – mit dir! Wie lange wirst du noch blind neben mir hergehen? Fühlst du nicht, wie sich mein ganzes Sein dir entgegendrängt, wie die Blume dem Licht? Weshalb bist du fortgegangen? Ahnst du nicht, daß dieses Trauerjahr das seligste meines Lebens war, weil ich es mit dir verleben durfte? Komm heim, Rainer, ich sehne mich nach dir!

Diese Gedanken und Wünsche erfüllten Gerlinde. Langsam, in stolzer und doch anmutiger Haltung schritt sie weiter. Als sie auf den breiten Fahrweg kam, der den Park durchschnitt und zum Gutshaus führte, sah sie eine Equipage herankommen.

Im Fond saß eine lebhaft blickende Dame, etwa Mitte der Vierzig, in einer farbenfreudigen Toilette. Es war die Baronin Rittberg.

Sie ließ den Wagen anhalten und winkte ihr lebhaft zu.

»Liebste Gerlinde – guten Tag! Ich wollte Ihnen in Ihre einsame Teestunde hineinfallen. Darf ich das? Sonst sagen Sie mir ruhig nein, dann kehre ich wieder um.«

Mit einem sanften Lächeln trat Gerlinde an den Wagen heran.

»Es ist so lieb von Ihnen, Baronin, daß Sie sich meiner

Einsamkeit erbarmen. Ich habe einen Spaziergang durch den Park gemacht. Nun freue ich mich, daß ich zum Tee Gesellschaft habe.«

»Und ich freue mich, daß ich Sie wieder einmal ansehen kann; für Ihre Schönheit würde ich, glaube ich, sogar Entree bezahlen. Sehen Sie – nun lachen Sie schon. Das ist recht. Ich bin ja gekommen, um Sie ein bißchen aufzuheitern. Kommen Sie, steigen Sie ein.«

Gerlinde stieg in den Wagen. Dieser rollte weiter.

»Ist Ramberg noch nicht von seiner Reise zurück?« fragte die Baronin in ihrer lebhaften Art.

»Nein, noch nicht.«

»Aber nun sagen Sie mir nur, was ist das für eine Idee von ihm, so plötzlich abzureisen? Sicher nach der Stadt oder nach Berlin! Aber da ist doch jetzt im Mai schon nichts mehr los?«

»Vielleicht besucht er in Berlin seinen Bruder. Am Abend vor seiner Abreise hatte er die Absicht noch nicht, und am Morgen habe ich ihn nicht mehr gesehen.«

»Nun, hoffentlich bleibt er nicht mehr lange weg, da er dem Diener gesagt hat, er bliebe nur wenige Tage aus. Sonntag sollen Sie nämlich mit ihm bei uns dinieren. Sie sagen doch zu?«

»Gewiß, nach Rittberg komme ich gern, wenn ich auch sonst sehr zurückgezogen lebe.«

»Ja, ja, über diesen Punkt wollte ich auch mit Ihnen sprechen. Ich habe es heute am Kalender ausgerechnet, vor vier Tagen jährte der Todestag Ihres Gatten. Sie müssen nun die Trauer ablegen und wieder unter Menschen gehen. So ein junges Blut wie Sie hat noch Rechte an das Leben und Pflichten gegen sich selbst.«

Das hörte Gerlinde gern. Aber sie seufzte wehmütig.

»Mir ist, als sei ich mit diesem Trauerkleid verwachsen.«

»Mein Gott, so etwas müssen Sie nicht sagen. Allerdings, die schwarzen Kleider stehen Ihnen ja sinnverwirrend gut. Wundervoll ist der Kontrast zu Ihrem goldenen Haar und Ihrem blütenzarten Teint.«

Gerlinde kannte die etwas überschwengliche Art der Baronin. Sie wollte sich nun mit einem Kompliment revanchieren. »Liebe Baronin, wenn ich mit vierzig Jahren so vorzüglich aussehe wie Sie, will ich sehr zufrieden sein.«

»Bitte sehr – ich bin fünfundvierzig, davon beißt keine Maus einen Faden ab. Meine Jungens sind ja schon fünfundzwanzig und sechsundzwanzig Jahre alt. Aber Sie sehen mit Ihren dreißig Jahren – wir sind entre nous – genau aus wie zwanzig.« Sie sah mit ehrlichem Wohlgefallen auf die schöne Frau.

Jetzt fuhr der Wagen die Auffahrt vor dem Gutshaus hinauf. Als er hielt, sprang Gerlinde leichtfüßig heraus. Die etwas korpulente Baronin stützte sich jedoch kräftig auf die Hand eines Lakaien. Und dann hing sie sich in den Arm Gerlindes und schritt mit dieser durch die hohe Halle und von da durch den Waffensaal und die Bibliothek zum Westflügel.

Die beiden Damen gelangten in die Gemächer Gerlindes. Es waren die schönsten Wohnräume im Gutshaus.

Und dann saßen die beiden Damen an dem gedeckten Teetisch. Gerlinde füllte selbst die Tassen, feine Porzellanschalen aus altem chinesischen Hartporzellan. Ganz selbstverständlich beanspruchte sie für ihren persönlichen Gebrauch stets die kostbarsten Geräte, wie sie es als Herrin des Hauses gewohnt gewesen war.

Die Baronin bemerkte das heute, wie schon oft, und während sie über allerlei Neuigkeiten plauderte, sagte sie plötzlich: »Meinen Sie nicht, Gerlinde, daß es nun höchste Zeit wäre für Rainer, sich zu verheiraten? Wenn er nicht rettungslos als Hagestolz verkümmern will, muß er doch nun endlich Anstalten machen.«

In Gerlindes Antlitz stieg eine leise Röte. Aber sie zuckte nachlässig die schönen Schultern und lächelte. »Auf meine Meinung kommt es hierbei nicht an, liebe Baronin.«

»Aber Sie wissen doch jedenfalls, wie er darüber denkt.«

Wieder zuckte Gerlinde die Schultern. Dann sagte sie lächelnd: »Entre nous, meine liebe Baronin, ich glaube, mein Vetter hat eine sehr ernste Herzensaffäre hinter sich, die ihm vielleicht die Lust zum Heiraten genommen hat. Vielleicht, sage ich. Aber hoffen wir, daß es kein ganz rettungsloser Fall ist. Sie sollten ihm das einmal sagen, Baronin. Für Sie hegt er eine große Verehrung, und vielleicht machen ihm Ihre Worte Eindruck.«

Die gutmütigen Augen der Baronin blitzten entschlossen auf. »Jawohl, das tue ich, das tue ich ganz bestimmt. Er soll nur seine Augen aufmachen. Wahrlich, er braucht nicht erst in die Ferne schweifen, das Gute liegt wirklich nahe genug für ihn.«

Gerlinde war derselben Ansicht, doch hielt sie es für klug und gut, sich ahnungslos zu stellen.

»Nun ja – aber immerhin –, man müßte ihm einen Wink geben. Männer sind manchmal so umständlich in den einfachsten Sachen. Und – um auf etwas anderes zu kommen, Sie sollten nun wirklich die Trauerkleider ablegen. Tun Sie mir die Liebe an, und kommen Sie Sonntag in einem hellen Kleid zu uns.«

Gerlinde seufzte, als fiele ihr diese Zusage schwer.

»Nun also, Ihnen zuliebe. Ich weiß ja, schon mit Rücksicht auf meine Umgebung muß es doch einmal sein.«

»Sie sollten sich selbst wieder dem Leben zuwenden. Es ist doch zu schön, als es zweckloser Trauer wegen zu vergeuden. Nun will ich aber aufbrechen, liebste Gerlinde. Bis Sonntag also auf Wiedersehen, und hoffentlich bringen Sie Rainer mit.«

Grüßend und winkend fuhr die lebhafte Baronin davon.

Gerlinde stand noch eine Weile und sah dem Wagen nach. Als sie sich umwenden wollte, um wieder ins Haus zu gehen, sah sie den Administrator Heilmann vom Ostflügel herüberkommen. Das war ein hagerer, sehniger Mann von etwa fünfzig Jahren.

»Sie haben wohl viel zu tun, Herr Administrator, seit der Herr verreist ist?« fragte sie liebenswürdiger, als es sonst Untergebenen gegenüber ihre Art war.

Heilmann zog die Mütze. Aber in seinem Gesicht zeigte sich keine Freude über die Liebenswürdigkeit seiner schönen Herrin. Seit vielen Jahren war er schon in Ramberg. Er war Rochus' Vertrauter gewesen und wußte mehr über dessen Ehe mit Gerlinde als sonst jemand. Sein Gesicht blieb unbewegt.

»Wir schaffen es schon, gnädige Frau. Und außerdem kommt der Herr mit dem Abendzug nach Hause.«

Gerlinde fragte interessiert: »Woher wissen Sie das?«

»Ich habe vor zwei Stunden ein Telegramm bekommen, daß ich den Wagen zur Station schicken soll.«

Die Liebenswürdigkeit war plötzlich aus ihrem Gesicht verschwunden.

»Weshalb ist mir nicht sofort gemeldet worden, daß der Herr heute heimkommt?«

»Der Herr hat mir dazu keinen Auftrag gegeben.«

»Aber das versteht sich doch von selbst«, herrschte sie ihn an.

»Ich tue, was meines Amtes ist, gnädige Frau, und ich war außerdem der Meinung, daß Sie wüßten, wann der Herr zurückkehrt.«

Sie biß sich auf die Lippen. Sie ärgerte sich über das Benehmen des Administrators, der ihr schon längst ein Dorn im Auge war. Oft genug hatte sie von ihrem verstorbenen Gemahl gewünscht, er möge Heilmann entlassen. Sie hatte es nicht durchgesetzt, und als er jetzt wieder so selbstsicher vor ihr stand, dachte sie zornig: Ich werde dafür sorgen, daß Rainer diesen Menschen entläßt!

Sie wandte sich schnell um und ging zu ihren Zimmern zurück.

Kopfschüttelnd sah ihr Heilmann nach mit einem Ausdruck, der zu sagen schien, daß er froh sein würde, säße sie erst sicher und geborgen drüben im Witwenhaus.

Gerlinde klingelte heftig ihrer Zofe. Als diese eintrat, befahl sie: »Legen Sie mir sofort die neue Seidenkrepp-Robe zurecht, Hanna, die mit der schwarzen Samtschärpe. Ich will mich für das Souper umkleiden.«

Die Augen der hübschen Zofe blitzten auf. »Sehr wohl! Gnädige Frau befehlen weiße oder schwarze Chaussure dazu?«

Sie überlegte einen Augenblick. Dann warf sie entschlossen den Kopf zurück. »Weiß! Sie haben doch alle meine Toiletten in Ordnung gebracht, Hanna? Ich trage von heute an keine Trauer mehr.«

»Es ist alles fertig, gnädige Frau.«

»Gut. Dann eilen Sie sich. Sie müssen mich noch anders frisieren. In einer halben Stunde spätestens muß ich fertig sein.«

»Sehr wohl. Belieben gnädige Frau Schmuck oder Blumen – vielleicht weiße Rosen oder weißen Flieder?«

Gerlinde überlegte. »Nein, diese Blumen mag ich nicht, sie sind zu farblos. Und Schmuck – nun ja – die lange Perlenkette mit dem Brillantschloß würde passen. Sonst nichts. Also schnell, Hanna! Herr Ramberg kommt nach Hause!«

Die Zofe knickste und eilte in das Ankleidezimmer hinüber, um alles zurechtzulegen und vorzubereiten.

Eine Viertelstunde später saß Gerlinde vor ihrem Toilettentisch, und die Zofe hantierte mit den kostbaren, in Schildpatt und Gold gefaßten Gegenständen.

Dann wurden seidene, spinnwebfeine Strümpfe übergestreift und elegante weiße Schuhchen. Zuletzt warf die Zofe mit geschickten Händen das gewünschte Kleid über die spitzenbesetzten Dessous. Ein schmaler Streifen des Nackens blieb frei, auch der schlanke Hals wurde nicht neidisch verhüllt. Ebenso blieben die schöngeformten Unterarme frei.

Mit stolz flammenden Augen und sieghaftem Lächeln betrachtete Gerlinde ihr Spiegelbild.

Weiß kleidet mich nicht weniger gut als Schwarz, dachte sie, und mit dem Trauerkleid lege ich heute auch die Trauermiene ab. Das seligste Leben soll dir aus meinen Augen entgegenstrahlen, Rainer. Und nun will ich mit allen Mitteln versuchen, dich zu erringen.

Gerade als sie sich langsam vom Spiegel abwandte, meldete ihr die Zofe: »Soeben ist der gnädige Herr vorgefahren.«

Gerlinde nickte gnädig und gutgelaunt. »Die schwarzen Kleider werden ausrangiert aus meiner Garderobe, Hanna. Sie können Sie für sich verwenden.«

Hanna knickste erfreut und küßte der Herrin die Hand.

Sie wußte sehr wohl, warum Gerlinde so gut gelaunt war, wie sie stets die Gründe für die Laune ihrer Herrin kannte.

Es wäre der Zofe nicht eingefallen, diese kostbaren Kleider selbst zu tragen. Sie schickte sie nach Berlin an ein Geschäft, wo derartige Sachen von Bühnenkünstlerinnen sehr gern gekauft wurden, und erhielt dafür ganz anständige Preise. Da die Herrin ziemlich verschwenderisch war in der Anschaffung von Toiletten und nie ein Kleid sehr lange trug, hatte Hanna eine sehr hübsche Nebeneinnahme. Sie wußte aber sehr wohl, daß dieser Luxus ihrer

Herrin nicht mehr im gleichen Maße fortgesetzt werden konnte, wenn diese erst mit dem Einkommen einer entthronten Königin im Witwenhaus zu rechnen hatte.

Hanna war also genauso interessiert, daß ihre Herrin zum zweiten Male auf den Thron gehoben wurde in Ramberg, wie diese selbst.

Gerlinde saß in ihrem blauen Salon in einem der hohen Lehnstühle und hielt ein Buch in ihren schönen Händen. Sie bot ein wundervolles Bild. Ihre lichte Erscheinung hob sich sehr reizvoll von dem tiefen Königsblau ab. Die vergoldeten Gestelle der Rokoko-Möbel mit ihren geschweiften Formen paßten im Stil allerdings nicht zu ihrer streng modernen Erscheinung. In träumender Haltung hielt sie den blonden Kopf geneigt, und ihre Augen blickten mit sehnsüchtigem Glanz vor sich hin. Ihre Lippen brannten heiß und glühend aus dem weißen Gesicht, und auch die zierlichen Ohren waren gerötet, ein Zeichen verhaltener Erregung.

Sie wartete auf Rainer.

Schon war über eine halbe Stunde vergangen, seit er heimgekehrt war, und er hatte sich noch nicht bei ihr sehen lassen. Ihre Nerven waren bis zum Zerreißen gespannt.

Als ihre Erregung aufs höchste gestiegen war, vernahm sie endlich draußen seinen schnellen, elastischen Schritt. Sie richtete sich lauschend empor. War es kein Irrtum? Aber nein – schon öffnete sich die Tür.

Ramberg kam mit strahlendem Gesicht auf sie zu. Sie streckte ihm mit einem sinnbetörenden Lächeln die Hand entgegen.

»Endlich wieder da, lieber Vetter! Du hast mich durch deine Gesellschaft so sträflich verwöhnt, daß ich mir in diesen Tagen deiner Abwesenheit sehr einsam und verlassen vorkam.«

Sein Blick streifte erfreut ihre Erscheinung.

»Ich freue mich, Gerlinde, dich in einem weißen Kleid zu sehen – zum ersten Mal ohne Trauerkleider. Das will ich als ein freundliches Omen ansehen«, sagte er herzlich, ihr die Hand küssend.

»Ein Omen wofür, Vetter?« fragte sie, ihn mit einem strahlenden Blick messend.

»Das sollst du gleich hören. Aber sage mir, wie ist dein Befinden?«

Sie lächelte. »Gut, seit du wieder in Ramberg bist«, neckte sie.

»Du mußt entschuldigen, Gerlinde. Ich hatte mich erst am Morgen zu dieser Reise entschlossen, da wollte ich dich nicht stören.«

»Wo warst du nur?«

»In der Stadt.«

»Oh! Ich glaubte, du seiest nach Berlin gereist, um Henning zu besuchen. Hattest du etwas Wichtiges zu besorgen, oder hast du nur deinem Freund, Exzellenz Waldow, einen Besuch gemacht?«

»Beides, Gerlinde. Du sollst gleich alles hören.«

Gerlinde nickte lächelnd.

»Bitte, nimm doch Platz – du hast doch ein wenig Zeit für mich. Ich habe die Stunden gezählt bis zu deiner Rückkehr, die doch so unbestimmt war. Und Heilmann, dieses Ungeheuer, hat mir nicht einmal gemeldet, daß du deine Ankunft telegraphisch angezeigt hattest«, scherzte sie mit einem schmollenden Lächeln.

Er hatte Platz genommen. Seine gütigen Augen sahen warm und freundlich in ihr Gesicht. »Heilmann wird nicht geahnt haben, daß dich meine Rückkehr so interessiert, sonst hätte er es dir sicher gemeldet.«

»Vielleicht auch nicht. Heilmann ist ein mürrischer Mensch, den jede Mühe verdrießt«, sagte sie ärgerlich.

Er lachte harmlos. »O nein, Gerlinde, da führt dich dein Ärger zu weit. Heilmann ist keine Arbeit zuviel. Er ist nur ein Mensch, der ein wenig schroff und unzugänglich ist, aber dafür goldtreu und ehrlich. Du solltest nur hören, mit welcher Anhänglichkeit er von deinem Gatten spricht.«

»Ja, ja – Rochus hat ihn wie ein Schoßkind gehalten. Aber lassen wir dies Thema, es ist zu uninteressant.«

Rainer verneigte sich zustimmend. »Laß mich noch einmal meiner Freude Ausdruck geben, daß ich dich gerade heute in einem lichten Kleid sehe. Ich weiß ja, es ist dir schwer geworden, die Trauer abzulegen, denn du hast mit Rochus in einer harmonischen Ehe gelebt.«

Sie seufzte tief auf und machte traurige Augen.

»Dies vermeintliche Glück war eine Illusion, mein lieber Rainer. Das ganze große Glück unserer Ehe bestand darin, daß wir uns zu gleichgültig waren, um uns zu zanken.«

Rainer schüttelte verständnislos den Kopf.

»Das begreife ich nicht. Ich erinnere mich genau, daß mir einmal Rochus in überschwenglichster Weise vorgeschwärmt hat, wie sehr er dich liebe. Das war wenige Tage vor eurer Hochzeit.«

Sie zuckte die Achseln.

»Ja, ja, Strohfeuer Es fiel bald in Asche zusammen. Ich war klug genug, das gleich zu erkennen, und steigerte mich gar nicht erst in ein Gefühl der Verliebtheit hinein. Man hat uns zusammengegeben, wie das in unseren Kreisen so üblich ist. Rochus war reich und Herr eines fürstlichen Besitzes. Die Rechnung stimmte. So kamen wir leidlich gut aus. Wir taten uns nichts zuliebe und nichts zuleide. Das war unsere ›glückliche Ehe‹.«

»Aber deine tiefe Trauer, Gerlinde, nach Rochus' Tod?«

Wieder seufzte sie traurig. »Die galt einer verlorenen Jugend, meinem verfehlten Leben, Rainer. Und dann – natürlich tat es mir auch leid, daß Rochus so jung sterben mußte. Die Gewohnheit schafft auch starke Bande. Und manches andere kam auch noch dazu, mich niederzudrükken, das ist verständlich.«

Er schüttelte den Kopf. »Wie seltsam! Ich habe mir da ein ganz falsches Bild gemacht. Ganz unverständlich ist es mir, daß Rochus dich nicht geliebt hat.«

»Und doch war es so, Rainer.«

»Und du, Gerlinde? Auch in dir habe ich mich dann sehr getäuscht. Freilich, eine Frau zu durchschauen ist schwer, zumal wenn sie sich nicht durchschauen lassen will.«

Sie strich sich über die Augen, als striche sie etwas Quälendes fort. »Man will sich doch nicht von aller Welt bemitleiden lassen. Dazu war ich zu stolz. Und so täuschte ich allen die glückliche Gattin vor, während ich im Herzen darbte.«

Ihre Hand erfassend und sie an die Lippen ziehend, sagte Rainer warm: »Arme Gerlinde! Du bist doch wahrlich geschaffen, um glücklich zu sein und glücklich zu machen. Wenn du so wenig Glück fandest in deiner Ehe, so hast du viel nachzuholen.«

Sie sah ihm tief in die Augen und hätte aufjauchzen mögen, daß er ihren Blick so warm erwiderte.

Sie hoffte bestimmt, es würde ihr nicht schwer werden, ihn vollends an sich zu fesseln.

Mit einem Seufzer schmiegte sie sich tiefer in ihren Sessel und sah mit ihrem sanftesten und glühendsten Lächeln in sein Gesicht. Aber dies Lächeln, das vielen Männern hätte gefährlich werden müssen, hatte keine Gewalt über Rainer. In seinem Herzen hatte ein anderes Bild siegreichen Einzug gehalten, ein Bild, das ihm schöner und holder erschien als das aller anderen Frauen, und vor dessen Liebreiz selbst das Bild der einstigen Geliebten seines Herzens verblaßt war.

»Ja, lieber Rainer – du hast recht. Auch ich habe empfunden, daß mir das Leben noch viel schuldig geblieben ist. Dies Gefühl ist allerdings erst in den letzten Monaten in mir wach geworden. Ich war schon beinahe abgestumpft durch Resignation. Erst seit du mir nähergetreten bist und mich mit soviel zarter Fürsorge umgeben hast, hat das Leben wieder angefangen. Du bist mir ein so lieber, treuer Freund geworden und teilst meine geistigen Interessen. Rochus hatte ja Sinn für Pferde, Sport und – vielleicht noch für schöne Frauen.«

Es berührte Rainer unangenehm, daß sie in dieser Weise von ihrem toten Gatten sprach. Über diesen Erwägungen übersah er ganz, daß sie ihm durch ihre Worte starke Avancen machte.

»Gerlinde, vielleicht bist du ein wenig verbittert. Du mußt zu vergessen suchen. Ich will gern alles tun, um dir dabei zu helfen.«

Mit einem aufleuchtenden Blick reichte sie ihm die Hand.

»Ich danke dir, Rainer! Deine Hilfe nehme ich dankbar an.«

Er blieb harmlos und unbefangen und sagte herzlich: »Und noch jemand soll dir dabei helfen, Gerlinde.«

Sie sah ihn überrascht und fragend an. »Was meinst du damit?«

»Das sollst du jetzt hören, Gerlinde. – Ramberg soll wieder eine Herrin bekommen.«

Gerlindes Herz schlug bis zum Halse hinauf. Sollte sie der Erfüllung ihrer Wünsche schon so nahe sein?

»Eine Herrin«, stammelte sie verwirrt.

»Ja, Gerlinde«, sagte er, ihre Hand mit warmem Druck fassend, daß sie schon innerlich aufjauchzte, »ich habe mich verlobt.«

Wäre der Blitz vor ihr niedergefahren, sie hätte nicht erschrockener sein können. Wie gelähmt saß sie da, mit seltsam fahlem, blassem Gesicht, und ihre Augen starrten ihn wie erstorben an.

Rainer suchte nach einer Erklärung für ihr Verhalten.

»Ich sehe, du bist ganz fassungslos vor Überraschung, Gerlinde, daß sich ein alter Hagestolz auf seine Pflichten besinnt.«

Aus Gerlindes Augen schoß ein ganz verzweifelter Blick in die seinen. »Das darf nicht sein – das ist doch unmöglich«, rang es sich über ihre Lippen.

Nun erschrak er doch. Seine Unbefangenheit wollte nicht mehr standhalten. Aber die wirkliche Ursache ihres Erschreckens blieb ihm unbekannt. Er glaubte nur, sie sei so fassungslos, weil sie nun vor die Notwendigkeit gestellt wurde, in das Witwenhaus übersiedeln zu müssen. Und fast beschlich ihn ein Gefühl des Unrechts ihr gegenüber, und sie tat ihm leid. Keine Ahnung kam ihm jedoch, wieviel er ihr in dieser Stunde genommen hatte. Er ermahnte sich nur, nachsichtig zu sein.

»Warum darf es nicht sein, Gerlinde?« fragte er sanft.

Sie sank kraftlos in den Sessel zurück. Sie preßte das feine Spitzentaschentuch an ihren Mund, als müsse sie einen qualvollen Aufschrei zurückdrängen. In dieser Stunde erkannte sie erst voll und ganz, wie sehr sie diesen Mann liebte. Aber sie rang mit sich selbst, daß sie ihre Fassung zurückeroberte, damit sie sich nicht noch mehr verriet.

»Warum? Mein Gott – ich bin so überrascht – so fassungslos – ich meine – ja – ich meine – ich weiß doch, daß du – daß du eine andere – liebst«, stammelte sie.

Er fuhr auf. Seine Augen blickten plötzlich scharf, fast drohend.

»Wer hat dir das gesagt, Gerlinde?«

Sie biß sich in die Lippen. »Wer nun – das ist doch gleich«, sagte sie dann tonlos.

»Nein, das ist mir nicht gleich. Dies Geheimnis meines Herzens hat nie ein Mensch erfahren außer den zunächst Beteiligten.«

Gerlinde krampfte die Hände zusammen. Da hatte sie eine Dummheit begangen in der Fassungslosigkeit. Zu der Kenntnis von Rainers Liebe war sie nicht auf einwandfreie Weise gekommen. Sie hatte sich eines Tages in Rainers Arbeitszimmer geschlichen und in seinem Schreibtisch spioniert. Dabei war ihr ein Brief in die Hände gefallen – jener Abschiedsbrief an ihn. Und den hatte sie gelesen. Angstvoll suchte sie nach einer Ausrede.

»Rochus hat es mir eines Tages verraten, daß du unglücklich liebst, daß du heimlich verlobt warst.«

Noch immer sah er sie bleich und drohend an.

»Rochus? Woher wußte das Rochus? Ich habe es ihm nie anvertraut. Nicht einmal mein eigener Bruder hat den Namen der Frau gewußt, der mein Herz gehörte.«

Gerlinde wußte, daß sie nur die größte Ruhe und Bestimmtheit davor schützen konnte, als Spionin entlarvt zu werden.

»Rochus hat eines Tages einen Brief dieser Dame an dich auf deinem Schreibtisch gesehen; ich glaube, als er dich in Schellingen besuchte. Und den hat er zum Teil gelesen.«

Rainer biß die Zähne zusammen. Er konnte sich nicht erinnern, daß er jemals diesen Brief auf seinem Schreibtisch hatte liegenlassen. Ganz sicher war es dann nur für kurze Zeit gewesen.

Gerlinde merkte, daß er ihr Glauben schenkte, und fuhr fort: »Er maß der Sache natürlich nicht so viel Wichtigkeit bei wie du. Im übrigen kannst du ruhig sein, er hat mit keinem Menschen sonst darüber gesprochen.«

»Das war schon zuviel. Überhaupt – ich verstehe Rochus nicht und hätte ihm nie eine solche Indiskretion zugetraut. Es muß ein ganz seltsamer Zufall gewesen sein, daß er diesen einzigen Brief, den ich besitze, zu Gesicht bekommen hat, denn ich habe ihn immer streng gehütet.«

»Ja, ja«, sagte sie hastig, »so wird es gewesen sein. Rochus hat darüber gelacht wie über einen guten Scherz. Ich habe mir gleich gesagt, daß dir das peinlich sein mußte, und habe nicht nur Rochus' strengstes Stillschweigen darüber zur Pflicht gemacht, sondern es auch selbst gewahrt. Du kannst also unbesorgt sein.«

»Da du nun soviel weißt«, fuhr Rainer nach einem Stillschweigen fort, »muß ich dir noch mitteilen, daß ich allerdings heimlich verlobt war. Wir mußten uns der bitteren Notwendigkeit fügen. Schweren Herzens haben wir uns getrennt. Ich bin deshalb bisher ein einsamer Mann geblieben. So, Gerlinde – nun weißt du alles, und ich bitte dich, diese Angelegenheit muß Geheimnis bleiben. Du wirst das ermessen können, wenn ich dir sage, daß ich nicht einmal meiner Braut etwas davon gesagt habe.«

Gerlinde hatte in einer dumpfen Erstarrung auf seine Worte gehört. Sie schreckte erst wieder auf, als er von seiner Braut sprach.

»Ich werde natürlich schweigen. Aber – du hast mir noch gar nicht gesagt, mit wem du dich verlobt hast.«

Der gespannte, peinliche Ausdruck verschwand aus seinen Zügen.

»Wahrhaftig, Gerlinde, ich habe das ganz vergessen. Also, meine Braut ist Josta Waldow, die Tochter des Ministers.«

Wieder fuhr Gerlinde auf. »Das ist doch unmöglich! Josta ist doch noch ein Kind gegen dich, sie nennt dich Onkel Rainer. Wenn du von ihr sprachst, geschah es wie bei einem Onkel, der von einem Kind spricht.«

Es zuckte in seinem Gesicht, als sei ihm dieser Einwand unangenehm. »Das ist eine alte Gewohnheit aus Jostas

Kindertagen. Dadurch hast du dir wohl ein falsches Bild von ihr gemacht. Sie ist schon einundzwanzig Jahre alt.«

Ein böses Leuchten sprühte in Gerlindes Augen auf.

»Im Verhältnis zu dir ist deine Braut dennoch ein Kind. Siebzehn Jahre Unterschied zwischen Mann und Weib – das ist viel. Du hast viel Mut bewiesen, mein lieber Rainer, daß du ein so junges Wesen an dich gebunden hast«, sagte sie langsam.

Er sah sehr ernst, fast bedrückt vor sich hin.

»Diese Bedenken sind mir natürlich auch gekommen. Aber trotzdem habe ich es gewagt, um Josta zu werben. Und sie hat mir ihr Jawort gegeben.«

Wieder flog ihr Blick hinüber in sein nachdenkliches Gesicht. Sie konnte nicht anders, sie mußte weiter gegen diese Verlobung sprechen.

»Es sind nicht so sehr die Jahre, die zwischen dir und deiner Braut liegen. Wahre Liebe kann ja größere Hindernisse überbrücken. Aber du liebst Fräulein Waldow nicht, und – soviel ich beurteilen kann – hegt auch sie nur die Liebe eines jungen Mädchens zu einem guten alten Onkel wie dir; aber sie liebt in dir nicht den Mann, dem sie sich mit Leib und Seele zu eigen geben möchte. Und darum sage ich dir als erfahrene Frau, es ist eine Qual ohnegleichen, eine Ehe ohne Liebe zu führen. Wenn Fräulein Waldow kühl und herzlos genug ist, sich mit einer solchen Ehe abzufinden, dann wird sie schlecht zu dir passen. Ist sie aber ein tief veranlagtes, gemütvolles Geschöpf, ist es für sie eine Höllenqual.«

Als sie schwieg, sah er sie mit einem ernsten Blick an. »Liebe Gerlinde, ich weiß es zu schätzen, daß du zu mir sprichst, wie es ein redlicher Freund tun würde. Ich danke dir dafür, denn ich kann mir denken, daß dich das Überwindung gekostet hat.«

Er ließ seine Augen bedeutungsvoll auf ihr ruhen.

»Oh – du hast es in der Übereilung getan. Nicht wahr – nun reut es dich. Dann zögere nicht, diesen Irrtum gutzumachen. Noch ist es nicht zu spät«, drängte sie mit dem Mut der Verzweiflung.

Er schüttelte jedoch ruhig und bestimmt den Kopf.

»Du irrst, Gerlinde, von einer Übereilung meinerseits kann nicht die Rede sein. Es ist höchste Zeit für mich zu heiraten, und es stand schon seit langem bei mir fest, daß Josta meine Frau werden sollte.«

»Mit der Liebe zu einer anderen im Herzen? Du betrügst dich selbst«, sagte sie, heiser vor Erregung.

Er schüttelte lächelnd den Kopf. »Da kann ich dich beruhigen, liebe Gerlinde. Das, was einst war, ist überwunden, und seit die Frau als glückliche Mutter in ihrer Ehe den Frieden ihrer Seele gefunden hat, ist auch meine Liebe zu ihr einem ruhigen Gefühl gewichen. Und es wird meiner jungen Frau nicht schwer werden, in meinem Herzen den Platz einzunehmen, der einst einer anderen gehörte. Josta ist so liebenswert – lerne sie nur erst kennen, so wirst du mich verstehen.«

Ein glühender, unversöhnlicher Haß auf die glückliche Nebenbuhlerin erwachte in Gerlindes Herzen.

»Mir ist angst um dein Glück, Rainer«, preßte sie hervor.

Wohl war ihm nicht bei ihren Worten. Zweifelte er doch selbst an seinem Glück und vor allen an dem Jostas. Aber er schüttelte das Bangen energisch ab.

»Es wird alles besser werden, als du denkst, Gerlinde, und zu ändern ist nichts mehr an der Tatsache. Unsere Verlobung ist proklamiert; die Anzeigen sind versandt. Dir wollte ich die Mitteilung persönlich machen. Und für den fünfzehnten Mai sind die Einladungen zu unserer Verlobungsfeier versandt worden. Ich möchte dich herzlich bitten, dieser Feier beizuwohnen.«

Sie zuckte leise zusammen. »Ich? Nein – das kannst du nicht verlangen«, stieß sie hervor. »Du mußt bedenken, daß ich in der Einsamkeit dieses Trauerjahres ein wenig menschenscheu geworden bin. Verzeihe mir, daß ich nicht freudig zustimmen kann. Überhaupt, achte nicht auf mein etwas widerspruchsvolles Wesen. Es ist heute so vieles Vergangene in mir wach geworden, und – ich fühle mich auch nicht recht wohl. Heute kann ich dir jedenfalls noch nicht fest zusagen, ob ich deiner Verlobungsfeier beiwohnen werde.«

Gerlinde war am Ende mit ihren Kräften. Sie fühlte, daß sie bald etwas ganz Unsinniges tun müsse, wenn sie ihn noch länger von seiner Braut sprechen hörte. Mit Anstrengung erhob sie sich.

»Ich muß dich fortschicken, lieber Rainer. Mein Kopfweh hat sich unerträglich gesteigert. Wir sprechen morgen weiter darüber. Heute bin ich nicht mehr dazu imstande und muß mich zur Ruhe begeben. Du wirst allein speisen müssen – gute Nacht.«

Er betrachtete sie voller Teilnahme. »Du siehst wirklich sehr leidend aus, und ich habe dich auch noch so lange mit meiner Gesellschaft gequält. Gute Nacht und recht gute Besserung!«

Er küßte ihr die Hand, die kalt und schwer in der seinen ruhte. Sie neigte nur stumm das Haupt.

Als die Tür hinter ihm ins Schloß gefallen war, sank sie kraftlos in ihren Sessel zurück. Alle ihre schönen, glänzenden Zukunftsträume waren plötzlich in Nichts zerflossen. Und nur noch heißer und tiefer war ihre Liebe zu Rainer geworden. So groß aber ihre Liebe war, so groß war auch der Haß gegen Josta, die sie nicht einmal kannte. Und dieser glühende Haß fraß sich tief in ihre Seele und machte sie hart und grausam. Heimzahlen muß sie mir diese Stunde! Sie darf nicht glücklich werden an seiner Seite. Niemals soll er sein Glück bei einer anderen finden!

Dieser Gedanke trieb sie empor. Hastig sprang sie auf und lief wie ein gefangenes Raubtier auf und ab, und in ihren Augen glühte ein verzehrendes Feuer.

Nachdenklich war Rainer zum Ostflügel hinübergegangen. Er suchte sein Arbeitszimmer auf, öffnete den Schreibtisch und nahm den Abschiedsbrief der ehemaligen Geliebten heraus. Jahrelang hatte er ihn als sein höchstes Gut aufbewahrt und sich nicht davon trennen können.

Rainer konnte nicht verstehen, daß Rochus neugierig einen fremden Brief gelesen und dann auch noch mit seiner Gattin darüber gesprochen hatte. Das paßte so gar nicht zu dem Bild des Vetters. Aber da er Gerlinde glauben mußte, war er gezwungen, Rochus für indiskret zu halten.

Langsam las er den Brief noch einmal durch, und die alten Schmerzen zogen noch einmal an ihm vorüber. Aber sie brannten nicht mehr in seiner Seele. Die Erinnerung an diese Liebe würde ihm immer wie ein vergangener Frühlingstraum erscheinen, wie ein zarter, verblaßter Hauch. Auf diesen Brief sollte nie mehr ein fremdes Auge blicken. Er zündete eine Kerze an und verbrannte den Brief. Die Asche streute er in die Frühlingsnacht hinaus.

Dann klingelte er und befahl dem eintretenden Diener, den Administrator Heilmann zu rufen. Mit diesem wollte er noch einiges besprechen, ehe er zu Tisch ging.

Seine Gedanken weilten noch bei der Unterredung mit Gerlinde. Ihr seltsames Wesen versuchte er sich zu erklären. Erst als Heilmann eintrat, wurden seine Gedanken von ihr abgelenkt. »Da sind Sie ja, Herr Administrator! Ist alles gut gelaufen in meiner Abwesenheit?«

Heilmanns Gesicht hellte sich auf. Er legte seine Hand in die seines Herrn, der sie ihm entgegenstreckte. »Alles in schönster Ordnung. Mit dem Anbau der Rüben sind wir fertig geworden, Mais und Buchweizen sind gesät. Und die Waldarbeiter tun ihre Schuldigkeit. So langsam können wir nun die Vorbereitungen für die Heuernte treffen.«

Rainer nickte. »Haben Sie nicht ein bißchen gebrummt, daß ich so mitten aus der Arbeit davonlief? Ich kam mir beinahe fahnenflüchtig vor.«

Heilmann lachte. »So schlimm war das nicht. Sie werden schon Ihre Gründe gehabt haben.«

Rainer nickte. »Es gibt Dinge, die stärker sind als alle Vernunft. Ich mußte fort. Und nun sehen Sie einen Heiratskandidaten in mir, Herr Administrator. Ich habe mich mit Josta Waldow verlobt. Sie können das morgen den Leuten mitteilen.«

Heilmanns helle Augen strahlten in ehrlichster Freude.

»Das ist eine Freudenbotschaft – für uns alle. Ich gestatte mir, meinen ergebensten Glückwunsch darzubringen, gnädiger Herr.«

»Danke, lieber Heilmann, bei solch einem Schritt kann man herzliche Glückwünsche sehr nötig brauchen. Bitte, nehmen Sie Platz, ich möchte einiges mit Ihnen besprechen. Hier sind Zigarren, bitte bedienen Sie sich.«

Nun saßen sie sich gegenüber. Rainer sah eine Weile dem Rauch seiner Zigarette nach. Dann sagte er aufatmend: »Also, ich muß Ihnen nun noch etwas mehr Arbeit aufbürden. In den nächsten Wochen muß das Witwenhaus instandgesetzt werden, und sobald dann die gnädige Frau übergesiedelt ist, gibt es hier im Haus noch dies und das zu tun. Am 10. Juli ist bereits unsere Hochzeit, und ich gedenke, nach meiner Rückkehr von der Hochzeitsreise – so etwa Anfang August wird das sein – die Zimmer im Westflügel zu beziehen. Für meine Frau muß dann noch mancherlei in den Zimmern vorbereitet werden. Wir besprechen das noch ausführlich. So viel wie im vorigen Jahr kann ich Ihnen diesmal in der Erntezeit nicht helfen. Wird es Ihnen nicht zuviel werden?«

Heilmann wehrte ab. »Was gehen muß, muß gehen, gnädiger Herr. Man tut mal ein bißchen mehr als seine Pflicht, und bei einem so gütigen und gerechten Herrn wird einem das nicht sauer. Also machen Sie sich keine Gedanken darüber.«

»Nun gut – mein Gewissen habe ich Ihnen gegenüber erleichtert«, scherzte Rainer.

Heilmann lachte. Und dann fragte er mit sichtlicher Befriedigung: »Bis wann wünscht die Gnädigste das Witwenhaus in Ordnung zu haben?«

»Ich habe noch nicht mit ihr darüber gesprochen. Es wird mir schwer, dies Thema zu berühren. Aber in den nächsten Tagen wird sich wohl eine Gelegenheit dazu finden.«

Die beiden Herren besprachen noch allerlei, und dann zog sich Heilmann zurück.

Am nächsten Morgen sah Gerlinde sehr bleich und elend aus. Dunkle Ringe um ihre Augen sprachen von den Qualen, die sie in dieser Nacht erduldet hatte. Eine müde Resignation hatte sich vorläufig ihrer bemächtigt. Sie sah ein, daß sie nichts tun konnte, um Rainers Verlobung anzufechten.

Einen einzigen Trost hatte sie in all ihrem Elend – daß diese Verlobung nicht aus gegenseitiger Liebe geschlossen wurde. Und was sie tun konnte, wollte sie tun, um die beiden Gatten mehr und mehr zu entfremden.

Sie streckte die Arme wie in wilder Sehnsucht vor sich.

Wehe Josta Waldow, daß sie sich zwischen sie und Rainer gedrängt hatte! Das würde einen Kampf geben bis zur völligen Niederlage der gehaßten Nebenbuhlerin.

Gerlindes müdes Gesicht belebte sich bei diesem Gedanken und bekam einen wilden, grausamen Ausdruck.

Erst beim Diner trafen Gerlinde und Rainer wieder zusammen. Er sah mit Bedauern, wie blaß sie war und wie matt ihre Augen blickten. Dabei erschien sie ihm aber fast noch schöner als sonst, und er mußte sie bewundern. Mitleidig fragte er sie nach ihrem Befinden. Sie gab ihm freundlich Auskunft mit ihrem sanften Lächeln. Er hätte am liebsten sogleich mit ihr über ihre Umsiedlung nach dem Witwenhaus gesprochen; aber seiner vornehmen Natur fiel es schwer, ihr weh tun zu müssen. So verschob er es noch einmal.

»Ich freue mich, daß dein Kopfweh vorbei ist, Gerlinde«, sagte er herzlich.

Sie lächelte ihm zu. »Es war sehr arg, Rainer, so arg, daß ich kaum wußte, was ich sprach.«

»Arme Gerlinde. Wenn ich das geahnt hätte, dann hätte ich sicher meine Mitteilung bis heute verschoben. Ich muß dich um Verzeihung bitten.«

Sie schüttelte lächelnd den Kopf. »O nein – was denkst du! Ich hätte es dir sehr übelgenommen, wenn du mir diese Mitteilung erst heute gemacht hättest. Ich habe doch als deine beste, treueste Freundin ein Anrecht, zu wissen, welche Veränderung deinem Leben bevorsteht.«

Arglos und erfreut küßte er ihr die Hand und fand, daß sie eine sehr charmante Frau sei.

»Es ist sehr freundlich von dir, daß du so regen Anteil an meinem Geschick nimmst!«

Sie atmete tief auf. Es wurde ihr zu eng in der Brust. »Ja, das tue ich, Rainer. Du bist mir so viel geworden in dem einsamen Trauerjahr. Aber gerade deshalb war mir gestern zumute, als müsse ich dich warnen vor einem voreiligen Schritt. Ich war eben nervös, und dann sehe ich alles grau in grau oder gar in den schwärzesten Farben. Fast glaube ich, daß ich dir nicht einmal Glück gewünscht habe zu deiner Verlobung. Hier meine Hand, Gott schenke dir das Glück – das ich für dich erflehe.«

Er küßte ihr die Hand. Wenn Gerlinde wirklich durch seine Verlobung vor manches Opfer gestellt wurde, so fand sie sich großherzig damit ab.

»Ich danke dir, liebe Gerlinde.«

Sie nickte ihm lächelnd zu. »Und natürlich nehme ich an der Verlobungsfeier teil, das ist ja selbstverständlich. Ich muß mir doch deine Braut so bald wie möglich ansehen!«

Seine Augen strahlten. »Josta wird sich sehr freuen.«

»Oh, wir müssen gute Freundinnen werden, deine Braut und ich. Und ich freue mich schon darauf, wenn sie erst in Ramberg sein wird. Nicht wahr, ihr laßt mich einsame Frau ein wenig teilnehmen an eurem Glück?«

Rainer ahnte nicht, was für eine Komödie ihm Gerlinde vorspielte. Er freute sich in seiner Arglosigkeit aufrichtig.

»Du sollst immer offene Herzen und treue Freundschaft bei uns finden, liebe Gerlinde.«

Den Familienschmuck ließ Gerlinde in den nächsten Tagen täglich durch ihre Finger gleiten. Die Perlenschnur hatte sie wieder aufgereiht. Aber sie trug nie mehr ein Stück von diesen Schmucksachen, sondern benutzte nur ihren persönlichen Schmuck. Jedenfalls machte sie jetzt immer die sorgfältigste Toilette. Sie wollte schön sein, und sie war es auch mit dem etwas bleichen Gesicht und den seltsam schimmernden Augen.

Rainer sah sie oft voll Bewunderung an. Einmal sagte er zu ihr: »Du wirst täglich schöner, Gerlinde. Es ist fast ein Unrecht an der Welt, daß du dich so lange zurückgezogen hast.«

Sie zwang sich mit aller Kraft zu einem schelmischen Lächeln. »Lieber Vetter, wenn deine Braut hörte, daß du noch andere Frauen außer ihr schön findest«, neckte sie.

Er lachte. »Oh, Josta ist nicht eifersüchtig.«

Sie sah ihn groß und seltsam an. »Weil sie dich nicht liebt. Wenn man liebt, ist man auch eifersüchtig.«

Ein Schatten flog über Rainers Gesicht. Er sagte sich, daß Gerlinde wohl recht haben möge. Dann lenkte er das Gespräch auf ein anderes Thema. »Ich bin doch neugierig, was Mama Rittberg zu meiner Verlobung sagen wird. Sicher wird sie einen sehr originellen Glückwunsch vom Stapel lassen.«

»Vielleicht bekommst du noch nachträglich den Kopf gewaschen, daß du dich nicht schon längst vermählt hast. Sie sagte mir, als sie letzthin hier war, daß sie dir ins Gewissen reden wolle«, erwiderte Gerlinde lächelnd.

4

Die Baronin Rittberg hatte die Verlobungsanzeige Rainers zu Hause vorgefunden, als sie von Ramberg heimgekommen war. Die lebhafte Dame hatte sich mit einem Ruck in den Sessel fallen lassen.

»Nun bitt' ich dich, da hätte man mich doch schonungsvoll vorbereiten müssen! Da kann man ja vor Schrecken die Sprache verlieren!« sagte sie zu ihrem Gatten.

Baron Rittberg, ein hünenhafter, ziemlich beleibter Herr mit einer riesigen Glatze und einem runden Kopf, sah seine Frau gemütlich lachend an.

»Nanu, Lisettchen, man keine Bange, die Sprechwerkzeuge funktionieren ja noch tadellos bei dir. Du machst ja ein Gesicht, als wenn dir die Petersilie verhagelt wäre.«

Die Baronin schnappte nach Luft. »Aber ich bitte dich, Dieti« – der Baron hieß mit Vornamen Dietrich, und seine

Gattin hatte aus längst vergangenen Flitterwochen diesen zärtlichen Kosenamen beibehalten –, »ich bitte dich dringend und inständig, Dieti – ist das nicht zum Purzelbaumschlagen?«

»Na, na, Lisettchen, solche Untugenden wirst du dir doch nicht auf deine alten Tage angewöhnen.«

»Wer sagt dir denn, daß ich das tun will?«

»Du selbst – soeben.«

»Ach, Unsinn, ich frage dich doch nur, Dieti, ob es nicht zum Purzelbaumschlagen ist?«

»Na schön«, lachte der alte Herr, »und ich sage dir, tu's lieber nicht, du weißt nicht, wie es abläuft.«

Nun lachte die Baronin ebenfalls. Aber gleich darauf sagte sie kopfschüttelnd: »Nein, ich fasse das nicht.«

»Aber du wolltest es doch so brennend gern, daß Rainer sich verlobte und verheiratete.«

»Ja doch, aber ich hatte gehofft, er würde sich mit Gerlinde vermählen.«

»Ach nee, Lisettchen – was hat dir denn der arme Rainer zuleide getan?«

Die Baronin fuhr zu ihrem Gatten herum. »Aber, Dieti, du bist doch manchmal schrecklich! Sieh mal, ich hatte mich doch so sehr darauf gefreut, Rainer und Gerlinde, da hätte man doch ein Labsal für seine schönheitsdurstigen Augen gehabt.«

»Weißte was, Lisettchen, sieh mich an, dann hast du auch ein solches Labsal. Und im übrigen, warte doch erst mal ab, ob die Braut nicht mindestens ebenso schön ist wie deine Gerlinde.«

»Meine Gerlinde? Na ja, sie ist doch nun mal die entzückendste Frau, die ich kenne.«

»Hm! Na ja, Lisettchen, sozusagen als Bild betrachtet – einverstanden. Da ist sie entzückend. Aber an der Wand muß sie hängenbleiben.«

»Aber, Dieti – du bist ein Ungeheuer!«

Der Baron lachte gemütlich.

»Rege dich bloß nicht auf, Lisettchen – ich meine ja nur, als Bild betrachtet soll sie hängenbleiben, damit man sie bloß aus respektvoller Entfernung genießen kann. Aber so vom rein menschlichen Standpunkt – nee, nee, Lisettchen, da hätte mir Rainer leid getan. Sie hat mir zuwenig Herz. Weißte, Lisettchen, sie ist kalt und feurig zugleich. Das ist eine verflixte Mischung, wenigstens für einen Ehemann. Mal sitzt er im Fegefeuer, mal unter der kalten Dusche. Wer hält denn so was auf die Dauer aus? Du kannst Rainer von Herzen gratulieren, daß er dir deinen schönen Traum nicht erfüllt hat.«

Die Baronin lachte. »Dieti, schwatz doch nicht solche Dummheiten, ich habe zwei erwachsene Söhne.«

»Richtig, Lisettchen. Zu deiner Augenweide wirst du schon noch kommen. Ich kenne die Tochter von Exzellenz Waldow. Du, das ist ein süßes, junges Blut und mindestens ebenso schön wie deine Gerlinde.«

Die Baronin seufzte. »Ja – ich glaube das schon. Aber leid tut es mir doch, daß Gerlinde und Rainer kein Paar werden, trotz deiner Rederei von Fegefeuer und kalter Dusche. Sie wird auch aus den Wolken fallen, wenn sie das hört. Dieti, ich weiß, du kannst sie nicht leiden, weil sie ein bißchen viel auf Äußerlichkeiten gibt. Dafür ist sie doch nun einmal eine schöne Frau. Schönheit verpflichtet!«

»Siehe dein Fußerl und den Stöckelschuh, Lisettchen«, neckte der Baron behaglich. »Weil du ein so reizendes Fußerl hast, wie ich es noch bei keiner anderen Frau gesehen habe, fühlst du dich verpflichtet, dich mit solchen Malefixschuhen abzuquälen. Und weil Gerlinde eine schöne Frau ist, meinst du, sie habe nichts weiter zu tun, als ihrer Schönheit zu leben.«

Die Baronin nickte energisch. »Natürlich! Eine Rose ist

kein nutzbares Küchengewächs. Sie hat nichts zu tun, als zu blühen und schön zu sein.«

»Bon! Das besorgt sie auch gründlich. Aber weißt, Lisettchen, ich bin doch heilfroh, daß du nicht so ein Rosendasein an meiner Seite geführt hast.«

Herzlich lachte die Baronin auf, und der Baron legte einen Arm um seine Gattin.

»Laß gut sein, Lisettchen, du sollst sehen, die kleine Waldow paßt ebensogut in das Ramberger Schloß. Sieh sie nur erst mal an. Und nun geh und kleide dich um, Lisettchen, dann wird es Zeit, zu Tisch zu gehen.«

Die Baronin Rittberg konnte die Zeit bis zum Sonntag nicht erwarten. Erstens einmal kamen sonntags immer ihre beiden Söhne, Hans und Rolf, nach Hause, und dann erwartete sie Rainer und Gerlinde zu Tisch. Sie war in höchster Unruhe, ob Rainer mitkommen würde.

Und als Ramberg am Sonntag in Rittberg eintraf, freute sie sich sehr. Aber die erwartete Strafpredigt bekam er doch zwischen den herzlichen Glückwünschen zu hören. Und zum Schluß sagte sie lachend: »Lieber Ramberg – eigentlich hatte ich ganz andere Pläne mit Ihnen.«

Das hörte ihr Gatte. »Ja, meine Frau hatte selbst ein Auge auf Sie geworfen. Ich glaubte sogar, sie wollte sich von mir scheiden lassen. Ich bin sehr froh, daß Sie durch Ihre Verlobung dies Drama aufgehalten haben«, scherzte er in seiner gemütlichen Art.

Das Rittberger Herrenhaus war sehr viel kleiner als Ramberg und bei weitem nicht so kostbar eingerichtet. Aber traut und behaglich war es in den lieben, alten Räumen, und es gab so leicht niemand, der sich in diesem Hause nicht wohlgefühlt hätte.

Bei Tisch herrschte eine sehr frohe Stimmung. Selbst Gerlinde vergaß zuweilen ihren Groll und Schmerz und lachte einige Male über die drolligen Neckereien zwischen Eltern und Söhnen.

Als nach Tisch die Herren auf der Veranda im Sonnenschein eine Zigarre rauchten, saß die Baronin ein Weilchen mit Gerlinde allein im Zimmer.

»Meine liebe Gerlinde«, sagte die Baronin, »was sagen Sie nur zu der überraschenden Verlobung Ihres Herrn Vetters?«

Gerlinde war auf diese Frage vorbereitet. Sie machte ein schelmisches Gesicht.

»Nun – jetzt kann ich es Ihnen ja sagen, ich sah das schon lange kommen.«

Die Baronin war sehr verblüfft. »Aber – sagten Sie mir nicht von einer Herzensaffäre?« Gerlinde sah sich erschrocken um.

»Still, still! – Davon darf kein Mensch etwas ahnen. Das liegt ja auch weit zurück. – Zu Ihnen gesagt, ich bin ein wenig besorgt um das Glück des jungen Paares und habe meinem Vetter das auch nicht vorenthalten. Wir sind so gute, ehrliche Freunde, daß ich es für meine Pflicht hielt. Der Altersunterschied ist doch etwas zu groß.«

Die Baronin konnte sich gar nicht genug wundern über ihre Ruhe und fragte eifrig: »Wie alt ist denn die Braut?«

»Einundzwanzig Jahre.«

»Das ist freilich ein großer Unterschied. Aber Rainer ist wohl der Mann, auch so ein junges Geschöpf an sich zu fesseln und glücklich zu machen. Und das wollen wir von Herzen wünschen, da er sich nun einmal mit der jungen Dame verlobt hat.«

Zu Gerlindes Erleichterung traten einige der Herren ein und unterbrachen das Gespräch.

Auf der Heimfahrt, die Rainer mit Gerlinde vor Einbruch der Dämmerung antrat, waren beide sehr schweigsam. Gerlinde wartete noch immer schmerzlich darauf, daß Rainer sie auffordern werde, im Gutshaus wohnen zu bleiben.

Heute morgen hatte sie ihn zu sich rufen lassen. Er war dem Rufe sofort gefolgt, und sie hatte ihm gesagt: »Lieber Vetter, ich möchte den Familienschmuck in deine Hände zurücklegen. Es könnte ja sein, daß du ihn ganz oder teilweise deiner Braut übergeben willst. Bitte, nimm die Kassette mit dem Schlüssel an dich und überzeuge dich. Du wirst alles wohlgeordnet finden.«

Das hatte sie gesagt, um ihn zum Sprechen zu zwingen über die künftige Wohnungsfrage.

Auch Rainer wäre es erwünscht gewesen, wenn in diesem Punkt endlich Klarheit geherrscht hätte. Aber als sie ihm mit so wehmütigem, blassem Gesicht, ohne ein Wort der Klage, den Schmuck auslieferte, fand er abermals nicht die rechten Worte, um mit ihr die Übersiedlung zu besprechen.

Auch jetzt auf der Heimfahrt mußte Gerlinde wieder daran denken. Mit einem schmerzlich sehnsüchtigen Blick sah sie in sein Gesicht. Er bemerkte es nicht. Seine Augen flohen ins Weite.

Da schrak er zusammen. Ein unsicheres Lächeln flog über sein Gesicht. »Was bin ich für ein schlechter Gesellschafter! Schilt mich aus, Gerlinde, daß ich dich so gelangweilt habe.«

»Das hast du nicht, Vetter; ich war genau wie du in Gedanken versunken. Laß dich nicht stören. Ich denke, wir sind uns vertraut genug, um uns auch einmal schweigend genießen zu können.«

Er zog ihre Hand an seine Lippen.

»Du bist eine wundervolle Frau, Gerlinde. In deiner Gesellschaft hat man immer das Gefühl, verstanden zu werden. Weißt du, daß solch ein vertrautes Schweigen bezaubernder sein kann als die geistvollste, liebenswürdigste Plauderei?«

Sie lachte ein wenig nervös. »Das nenne ich mit Grazie den Mund verbieten!«

Rainer lachte wie über einen guten Scherz. »Zur Strafe mußt du nun mit mir plaudern, Gerlinde.«

Sie warf den Kopf zurück. »Nun, ich will versuchen, ob ich ebenso verständnisvoll plaudern wie schweigen kann.«

Und sie konnte es. Sie verstand ihn wie immer durch ihre geistvolle Unterhaltung zu fesseln.

Am Abend dieses Tages setzten sie nach Tisch ihre Unterhaltung fort und blieben lange beisammen sitzen.

Als sich Rainer von ihr verabschiedete, sagte er bewundernd: »Ich weiß nun wirklich nicht, soll ich von deinem Plaudern oder von deinem verständnisvollen Schweigen mehr entzückt sein. Jedenfalls hast du mir wieder einige reizende, genußreiche Stunden verschafft. Ich könnte mir Ramberg ohne dich gar nicht denken.«

Sie sah ihn mit einem seltsamen Blick an und hoffte wieder, er würde noch etwas hinzufügen. Aber er küßte ihr nur die Hand und sagte ihr gute Nacht. Dann war sie allein.

5

Am nächsten Morgen fand Rainer in der Posttasche einen Brief seines Bruders Henning und einen von Josta. Er las erst den ihren:

Lieber Rainer!

Vielen Dank für Deinen lieben Brief und die herrlichen

Rosen aus dem Ramberger Gewächshaus. Sie kamen noch taufrisch an und schmücken mein Zimmer. Sie duften wundervoll.

Du fragst mich, ob ich mich ein wenig an den Gedanken gewöhnt hätte, daß aus meinem Onkel mein Verlobter geworden ist? Offen gestanden – ich kann es immer noch nicht fassen.

Und weiter fragst Du mich, ob ich es bereute, Dir mein Jawort gegeben zu haben. Nein, ich bereue es nicht. Du bist ja so gut zu mir. Nur ein wenig bange ist mir noch immer, ob ich nicht zu unbedeutend für Dich bin und ob ich den Platz an Deiner Seite werde ausfüllen können. Du wirst Nachsicht mit mir haben müssen und darfst die Geduld nicht gleich verlieren. Aber natürlich werde ich mir viel Mühe geben und versuchen, all meinen Pflichten gerecht zu werden.

Für heute habe ich Dir nichts mehr zu berichten. Ich habe noch allerlei vorzubereiten für die Verlobungsfeier. Alle Geladenen haben zugesagt. Papa läßt Dich herzlichst grüßen. Ich habe die Bitte, eine Empfehlung und einen Gruß an Frau Gerlinde auszurichten. Sage ihr, daß ich für ihre Zusage, an unserem Fest teilzunehmen, herzlich danke und daß ich mich freue, sie bald kennenzulernen.

Ich grüße Dich herzlich, lieber Rainer.

Auf Wiedersehen Deine Josta

Seine Augen leuchteten auf.

Dieses Briefchen war freilich kein Liebesbrief, es klang fast weniger herzlich als die wenigen Schreiben von ihr, die sie früher an »Onkel Rainer« gerichtet hatte. Und doch entzückte es ihn, und er drückte es an seine Lippen.

Lächelnd steckte er den Brief zu sich. Er wollte ihn nachher gleich beantworten und wieder im Gewächshaus die schönsten roten Rosen für sie auswählen.

Dann öffnete er erwartungsvoll den Brief seines Bruders.

Herzensbruder!

Kannst Du Dir vorstellen, was für große Augen ich gemacht habe, als Du mir Deine Verlobung mitteiltest? Fast hätte ich schon die Hoffnung aufgegeben, und nun kommt mir Dein Entschluß doch zu schnell und überraschend. Aber am erstaunlichsten finde ich, daß Du Dir die kleine Josta als Gattin auserwählt hast. Es sind ja viele Jahre vergangen, seit ich Josta gesehen habe – damals war sie durchaus keine Schönheit. Und wenn ich sie im Geiste neben meinen Herzensbruder halte, der doch von Mutter Natur so freigebig bedacht worden ist, dann muß ich den Kopf schütteln. Aber ein Kamerad von mir behauptete gestern abend, als ich ihm Deine Verlobung mitteilte, mit einem ganz verzückten Augenaufschlag, Fräulein Waldow sei eine hervorragende Schönheit geworden. Das muß ja wohl auch so sein, denn sonst hätte sie Deine Ehescheu schwerlich besiegt.

Ich komme natürlich zu Eurer Verlobungsfeier, um meine Glückwünsche persönlich zu überbringen und mir schleunigst ein Plätzchen zu sichern im Herzen meiner neuen Schwägerin. Denn wenn sie Dich heiratet, muß sie mich schon als Zugabe mit in Kauf nehmen, da hilft ihr gar nichts. Wir zwei gehören doch zusammen, mein Herzensbruder, nicht wahr?

Wenn Du nun erst in Ramberg eine Hausfrau hast, werde ich mich oft genug bei Euch festsetzen. Im ersten Jahr Deines Wirkens in Ramberg haben wir betrübend wenig voneinander gehabt. Nach Berlin bist Du nur mal auf einen Sprung gekommen, und in Ramberg habe ich mich bei meinem ersten dort verlebten Urlaub, offen gestanden, recht unbehaglich gefühlt. Jetzt kann ich es Dir ja sagen, mein Rainer: Gerlinde wirkte bedrückend auf mich. Ich hatte in ihrer Gegenwart immer das Gefühl, als sei mir das Lachen eingefroren. Und Du weißt, ich lache doch so gern. Nun wird Gerlinde ja ins Witwenhaus übersiedeln, und im Gutshaus wird die kleine Josta residieren. Die kann wenigstens herzhaft lachen, das weiß ich noch.

Und nun zum Schluß meine innigsten Bruderwünsche. Möge Deine Ehe ein einziger langer Glückstag werden und Dir alles bringen, was Du Dir ersehnst. Alles andere sage ich Dir, wenn wir uns wiedersehen. Wahrscheinlich treffe ich am Abend des 14. Mai ein.

Auf Wiedersehen, mein Alter! Ich grüße Dich in alter Herzlichkeit.

Dein Henning

Lächelnd faltete Rainer auch diesen Brief zusammen. O ja, Henning und Josta würden gut zusammenpassen. Diese beiden Menschen mußten einander sympathisch sein, dessen war er gewiß.

Gleich nachdem Rainer sein Frühstück eingenommen hatte, beantwortete er die Briefe. Dann ließ er sein Reitpferd vorführen.

Als er beim Ritt durch den Park zu dem Witwenhaus kam, sah er Heilmann und einige Arbeiter davor stehen.

Sofort trat der Administrator zu ihm. »Es muß allerhand gemacht werden, auch drinnen. Vielleicht sehen Sie sich das selbst einmal an«, sagte er. Rainer stieg vom Pferd, band es an einen Baum und trat mit Heilmann ins Haus.

Es war vollständig eingerichtet mit guterhaltenen hübschen Möbeln aus dem Anfang des vorigen Jahrhunderts. Es war schon mehrere Male bewohnt gewesen und wurde in der Zwischenzeit leidlich instand gehalten. Trotzdem mußten verschiedene Schäden ausgebessert werden.

Rainer besichtigte alle Zimmer gründlich und machte es

Heilmann zur Aufgabe, daß alles sorgsam vorbereitet werden sollte. Dann ritt er weiter.

Bald darauf trat Gerlinde ihren gewohnten Morgenspaziergang an. Sie ging zum Park hinüber. Heute trug sie ein elegantes, sportliches Tuchkostüm von zartgrauer Farbe.

Auf ihrem Gang kam sie auch in die Nähe des Witwenhauses. Plötzlich hörte sie lautes Hämmern und das Rufen von Männerstimmen. Sie stutzte und trat rasch um eine Gebüschgruppe herum auf den freien Rasenplatz vor dem Witwenhaus. Und da sah sie zwei Arbeiter auf dem Dach und einen, der die Holzteile der Veranda mit Ölfarbe anstrich.

Sie zuckte wie unter einem Schlag zusammen und starrte mit großen, entsetzten Augen auf diese Vorbereitungen. Ihr Gesicht wurde totenbleich, und die Lippen preßten sich zusammen, als müßten sie einen Aufschrei unterdrücken.

Es ist, als nagelten sie mir den Sarg, dachte sie erschauernd. Und schweren Schrittes ging sie ins Gutshaus zurück, mit bleichem Antlitz und unheimlich funkelnden Augen. Sie mußte erst einmal ihren Grimm in ihren vier Wänden austoben, wo er keine Zeugen hatte.

Eine kostbare Majolikavase ging dabei in Scherben, und das feine Spitzentaschentuch fand die Zofe später, in Fetzen gerissen und zu einem Knäuel geballt, auf dem Fußboden.

Bei der Mittagstafel saß Gerlinde ihrem Vetter jedoch ruhig gegenüber.

Da sie nun genau wußte, daß sie aus dem Schloß verbannt werden sollte, zog sie es vor, die Initiative selbst zu ergreifen. Es war besser, sie ging freiwillig ins Exil, als daß sie dahin geschickt wurde.

Als die Suppe aufgetragen war, sagte sie mit resigniertem, sanftem Lächeln: »Lieber Vetter, sobald ich von eurer Verlobungsfeier zurück bin, will ich meine Übersiedlung in das Witwenhaus vorbereiten. Du hast wohl die Güte, einmal nachsehen zu lassen, ob dort alles in Ordnung ist.«

Rainer fiel ein Stein vom Herzen. »Du kommst mir in liebenswürdiger Weise zuvor, Gerlinde. Ich habe mich, offen gestanden, gefürchtet, dies Thema anzusprechen.«

Sie vermochte zu lächeln. »Aber warum nur? Es ist doch selbstverständlich, daß ich ins Witwenhaus gehe. So dankbar ich dir auch bin, wenn du mir auch in Zukunft gestattest, recht oft in diesen Räumen zu sein, so selbstverständlich ist es, daß ich meinen Platz der neuen Herrin einräume.«

Er küßte ihr die Hand. »Ich weiß ja, Gerlinde, du bist die bewundernswerteste Frau, die ich kenne. Deine Feinfühligkeit erspart es mir in großmütiger Weise, dir weh tun zu müssen. Ich danke dir.«

»Da ist nichts zu danken, mein Freund. Wir sind doch ehrliche gute Freunde, nicht wahr, und wollen es auch in Zukunft bleiben? Oder willst du mir deine Freundschaft entziehen, wenn du verheiratet bist?«

Das letzte sagte sie schelmisch.

Er sah sie herzlich an.

»Ganz gewiß nicht, Gerlinde. Du machst mich stolz und glücklich, daß dir meine Freundschaft etwas gilt. Mein Haus soll allzeit das deine sein, du sollst bei uns aus und ein gehen, wie es dir gefällt. Du und Josta, ihr müßt Freundinnen werden, denn ihr seid beide gut, edel und großherzig.«

»Das hoffe ich auch und freue mich, daß du mich nicht ganz aus Ramberg verbannen willst.«

So war diese peinliche Angelegenheit für Rainer erledigt.

6

Josta verbrachte die Tage bis zu ihrem Verlobungsfest in einer sehr ungleichmäßigen Stimmung. Meist war sie still und in sich gekehrt. Aber manchmal kam es auch wie ein heißes Glücksgefühl über sie, wenn sie daran dachte, daß sie Rainers Frau werden und immer bei ihm bleiben konnte. Vielleicht ach, vielleicht gewann er sie eines Tages doch so lieb, wie sie es sich ersehnte.

Die Vorbereitungen für das Fest nahmen sie zum Glück sehr in Anspruch, so daß ihr nicht viel Zeit zum Grübeln blieb. Als stellvertretende Hausfrau hatte sie viel zu tun. Ihre hauptsächlichste Sorge war, wie sie alle Gäste unterbringen sollte in den immerhin begrenzten Festräumen des Jungfernschlößchens.

Die wenigen Tage vergingen ihr wie im Flug.

Am 14. Mai nachmittags traf Rainer mit Gerlinde in der Stadt ein. Sie nahmen beide in der Villa Ramberg Wohnung, wo auch für Henning Zimmer bereitgehalten wurden.

Gerlinde vermochte nur mühsam ihre Erregung zu meistern. Sollte sie doch nun bald ihrer Todfeindin gegenüberstehen, die ihr eine so tiefe, brennende Wunde geschlagen hatte!

Bald nach seiner Ankunft fuhr Rainer zum Jungfernschlößchen.

Als er dort unruhigen Herzens aus dem Wagen stieg, sah er gerade Josta im Vestibül die hohe, steile Treppe herunterkommen. Sie hatte ihn noch nicht erwartet und war gerade im Begriff, in den Festräumen im Parterre nach dem Rechten zu sehen. Als sie ihren Verlobten erblickte, schoß ihr das Blut jäh ins Gesicht.

Mit jugendlicher Eile kam Rainer auf sie zu und sprang

die Treppe empor, bis er mit strahlendem Gesicht vor ihr stand. Sie hatte alle Kraft nötig, einen Jubelruf zu unterdrücken. So jung und sieghaft stand er vor ihr, so ganz anders als der gute, alte Onkel Rainer. Sie wußte nicht, daß ihn die junge, heiße Liebe zu ihr so verändert hatte.

»Komme ich ungelegen?« fragte er, sich zur Ruhe zwingend.

»Nein, nein, komm zu Papa!«

Sie schritten nebeneinander die Treppe hinauf. Er zog ihre Hand durch seinen Arm und fühlte, daß ihre kleine Hand leise bebte.

Ruhig und fröhlich plauderte er mit ihr, bis sie vor dem Minister standen, der Rainer herzlich begrüßte.

Dabei ließ er Josta kaum aus den Augen. Ihm war zumute, als habe er sich namenlos nach ihrem Anblick gesehnt. Und nun konnte er nicht anders, er mußte sie an sich ziehen und küssen. »Wir haben uns noch nicht einmal richtig begrüßt«, sagte er scheinbar scherzend.

Sie strebte aber aus seinen Armen zurück, und er fühlte, daß ihre Lippen den Druck der seinen nicht erwiderten. Ein leiser Schatten huschte über sein Gesicht, und er ermahnte sich, nicht so ungestüm zu sein, sondern geduldig abzuwarten.

Er erzählte, daß Gerlinde mit ihm angekommen sei und daß er ein Telegramm seines Bruders vorgefunden habe, das seine Ankunft in der siebenten Stunde ankündigte. Dann bat er Josta und ihren Vater, mit ihm nach der Villa Ramberg zu fahren.

So bestiegen die drei nach kurzer Zeit den Wagen und fuhren zur Villa.

Gerlinde hatte ihre Toilette beendet und stand verstohlen hinter den Spitzenstores am Fenster ihres Zimmers. Sie wollte ihre Nebenbuhlerin gesehen haben, ehe sie ihr gegenübertrat. Aber sie konnte nur Jostas schlanke, vornehme Erscheinung erspähen. Das Gesicht verbarg ihr der große Hut, den Josta trug.

Mit zusammengebissenen Zähnen und fest auf das Herz gepreßten Händen blieb sie mitten im Zimmer stehen, bis ein Diener den Besuch meldete. Sie nickte nur mit dem Kopf.

Dann maß sie noch einmal mit kritischen Blicken ihre eigene Erscheinung im Spiegel. Sie konnte zufrieden sein. Mit stolz erhobenem Haupt, in wahrhaft königlicher Haltung schritt sie hinüber in den Empfangssalon.

Sie trug ein kostbares schwarzes Spitzenkleid über einem Unterkleid von weißem Seidenkrepp, und ihr goldblondes Haar war sehr anmutig geordnet. Und nun standen sich die beiden Frauen zum ersten Mal gegenüber. Josta war etwas kleiner als Gerlinde, da sie aber schlanker war, wirkte sie ebenso groß.

Auch Josta war eine bezaubernde Erscheinung, die durchaus nicht neben Gerlinde verblaßte. Im Gegenteil, der unberührte Jugendschmelz, die warmblickenden dunklen Augen und das liebe, sonnige Lächeln hätten ihr unbedingt zum Sieg verhelfen müssen, wenn man einer dieser Frauen hätte einen Preis zusprechen wollen.

Wenn etwas Gerlindes Haß und Groll noch hätte steigern können, so wäre es die Erkenntnis gewesen, daß Josta mindestens so schön war wie sie selbst. Und für einen Augenblick verlor sie die Herrschaft über sich. Ihre Augen funkelten Josta mit so unverhohlenem Haß an, daß diese zusammenschauernd einen Schritt zurückwich.

Aber sogleich hatte Gerlinde sich wieder in der Gewalt, und mit sanftem Lächeln trat sie auf Josta zu und schloß sie, ohne auf deren instinktive Abwehr zu achten, in ihre Arme.

»Es darf zwischen uns keine kalte, zeremonielle Förmlichkeit geben, meine liebe Josta. Wir sind nicht nur Verwandte geworden durch Ihre Verlobung mit Rainer, sondern Sie müssen sich auch wie Rainer meine herzliche Freundschaft gefallen lassen. Wollen Sie?«

Fast kam es Josta wie ein Unrecht vor, daß sie trotzdem keine Sympathie fassen konnte zu der schönen Frau. Aber sie zwang sich, ihr freundlich zu begegnen.

»Sie sind sehr gütig. Ich danke Ihnen, daß Sie mich Ihrer Freundschaft für wert befinden«, sagte sie unsicher.

Gerlinde lachte. Es war ein sprödes Lachen, durch das der Zwang klang. Josta hörte das heraus, und die warnende Stimme in ihrem Innern, die sie nicht Vertrauen fassen lassen wollte zu dieser Frau, wurde noch lauter und stärker. Aber Rainer zuliebe beherrschte sie sich und überwand sich zu einem freundlichen Gesicht. »Dann streichen wir aber auch gleich das steife Sie. Wir wollen doch wie treue Freundinnen und Schwestern in Ramberg zusammenleben. Rainer und ich, wir haben uns das schon ausgemalt. Also willst du – liebe Josta?«

Josta sah zu Rainer hinüber, der ihr lächelnd zunickte. Was hätte sie nicht getan, um ihm eine Freude zu machen! Sie wußte, er hielt viel von Gerlinde. Also mußte sie sich auch auf freundschaftlichen Ton mit ihr stellen. Sie bezwang ihr instinktives Unbehagen und legte ihre Hand in die Gerlindes.

»An meiner Bereitwilligkeit sollst du nicht zweifeln, liebe Gerlinde. Aber wer weiß, ob ich dir als Freundin genüge. Rainer hat mir erzählt, wie klug und geistvoll du bist. Ich bin aber ein unbedeutendes junges Ding.«

Gerlinde brachte ein schelmisches Lächeln zustande. »Hörst du, Rainer? Deine Braut verketzert sich selbst. Das darfst du nicht leiden. Mit so klugen Augen ist man nicht unbedeutend, liebe Josta. Rainer hätte sich ganz sicher keine unbedeutende Frau erwählt. Und überhaupt – wer einen so geistvollen, bedeutenden Vater hat wie du –, ich sage nichts weiter.«

Der Minister warf einen bewundernden Blick auf die schöne Frau. »Wollen Sie sich über mich lustig machen?« fragte er scherzend.

Sie hob abwehrend die Hände und sah ihn mit ihrem süßesten, sanftesten Lächeln an. »Oh, Exzellenz, das ist zu viel Bescheidenheit für einen so bedeutenden Staatsmann.«

Er lachte herzlich. »Der bedeutende Staatsmann bedankt sich für die gute Meinung. Im übrigen kann ich Sie versichern, Gnädigste, daß von mir keine großen Geistesgaben verlangt werden. Ein wenig Takt, Pflichtgefühl und mittelmäßige Begabung – das ist alles«, sagte er heiter.

Sie lächelte fein. »Sie gestatten, Exzellenz, daß ich mir darüber meine eigene Meinung bilde. – Aber nun bekomme ich von dir, meiner lieben Josta, einen Schwesterkuß.«

Fühlte Josta, daß es ein Judaskuß war? Sie schauerte leise zusammen und machte sich so schnell wieder los, wie es die Höflichkeit zuließ.

Rainer war ehrlich entzückt von Gerlindes Liebenswürdigkeit und küßte ihr dankbar die Hand. Man plauderte noch eine Weile über dies und das.

Bald verabschiedeten sich Josta und ihr Vater von Gerlinde und baten sie, den Abend mit Rainer und seinem Bruder im Jungfernschlößchen zu verbringen. Sie sagte zu. Rainer begleitete seine Braut und ihren Vater nach Hause.

»Nun, Josta, wie gefällt dir Gerlinde?« fragte er auf dem Heimweg. »Ist sie nicht eine charmante Frau?«

Am liebsten hätte Josta ihrem Verlobten gesagt, daß sie etwas Unerklärliches vor ihr warne. Aber sie konnte es nicht, eher hätte sie die größten Opfer gebracht, als den frohen Glanz seiner Augen zu trüben.

»Sie ist wunderschön, klug und liebenswürdig«, sagte sie.

»Ja, das unterschreibe ich auch«, bemerkte ihr Vater.

»Und ich freue mich, daß ihr gleich Freundschaft geschlossen habt«, fuhr Rainer fort. »Wir werden in Ramberg aufeinander angewiesen sein. Übrigens soll ich dir eine ergebene Empfehlung des Barons Rittberg bestellen, und seine Gattin läßt dich unbekannterweise herzlich grüßen. Er schwärmt von dir, und sie ist sehr gespannt, dich kennenzulernen. Sie sind leider jetzt nicht abkömmlich.«

Josta lächelte. »Baron Rittberg hat mir sehr gut gefallen, als ich ihn diesen Winter kennenlernte.«

»Rittbergs werden uns oft besuchen. Gar so still sollst du es in Ramberg nicht finden.«

Sie sah ihn mit ihren lieben, dunklen Augen lächelnd an, so daß ihm das Herz warm wurde.

»Mir ist es ganz sicher nicht zu still, Rainer. Ich habe ja . . .« Sie stockte und wurde rot. Ich habe ja dich, hatte sie sagen wollen. Aber nun vollendete sie: »Ich habe ja Gerlinde und dich zur Gesellschaft. Viele Menschen brauche ich nicht. Manchmal meine ich, daß ich lange mit meiner eigenen Gesellschaft auskommen könnte.«

»Dann wärst du jedenfalls in der allerbesten Gesellschaft«, erwiderte Rainer.

Sie lächelte ein wenig verwirrt. »Du sollst mir doch keine Komplimente machen. Dann kommst du mir so fremd vor. Früher tatest du das nie.«

Er nahm ihre Hand zart zwischen seine beiden und sah sie mit einem seltsamen Blick an.

»Jetzt ist das ganz anders, Josta – du bist doch nun eine junge Dame. Wie könnte ich dich noch kritisieren!« sagte er halb ernst, halb scherzend.

»Wirst du es nie mehr tun?«

»Ganz sicher nicht.«

»Das ist eigentlich schade.«

»Warum?«

»Weil ich mich sehr gern von dir kritisieren ließ. Das war fast schöner, als wenn andere Leute mich lobten.«

Der Minister hatte lächelnd zugehört. »Warte nur ab, Josta, in der Ehe gibt es manchmal Schelte auf beiden Seiten, auch in der glücklichsten. Das wird auch bei euch nicht anders sein. Du wirst also schon noch zu deinem Recht kommen.«

Als der Wagen vor dem Jungfernschlößchen hielt, fragte Rainer: »Darf ich euch noch ein halbes Stündchen Gesellschaft leisten?«

Josta freute sich, daß er bleiben wollte, sprach es aber nicht aus. Sie sagte nur: »Du kannst den Tee mit uns nehmen, Rainer. Zur Teestunde macht sich Papa jetzt immer von Geschäften frei, weil er weiß, daß ich nicht mehr lange bei ihm bleibe.«

»Natürlich bleibe ich gern, solange ich darf, ohne zu stören.«

»Du störst niemals.«

Die drei Personen waren inzwischen in Jostas kleinem Salon, einem reizenden, lauschigen Raum, der den Stempel ihrer Persönlichkeit trug, eingetreten und nahmen Platz, während ein Diener den englischen Teewagen hereinrollte, auf dem alles bereitstand.

In anmutiger Weise machte Josta die Wirtin. Sie hatte den Diener entlassen und füllte die Tassen selbst. Für den Vater gab sie, wie er es liebte, Zucker hinein. Rainer reichte sie den Tee ohne jede Beigabe. »Ich weiß, du nimmst nichts dazu. Doch von diesen Toasts darf ich dir anbieten«, sagte sie mit der ungezwungenen Sicherheit der großen Dame.

Er bediente sich und küßte ihr die Hand. Und ein heißes, stürmisches Glücksgefühl stieg in ihm auf, als er daran dachte, daß sie ihm nun bald täglich den Tee kredenzen werde.

So saßen sie bis sechs Uhr zusammen.

Rainer erhob sich. »Oh – schon so spät! Da kann ich gleich von hier aus zum Bahnhof fahren, um meinen Bruder abzuholen.«

»Du freust dich sehr auf sein Kommen, nicht wahr?« fragte Josta lächelnd.

Er nickte, und seine warmen grauen Augen leuchteten auf. »Ja, Josta. Henning ist ein Stück von mir. Wir hängen sehr aneinander. Er hat mir schon geschrieben, daß du ihm nun auch ein Winkelchen in deinem Herzen einräumen müßtest.«

Rainer verabschiedete sich nun. Schnell legte er den Arm um Josta und küßte sie auf den Mund. Und wieder fühlte er einen leisen, scheuen Widerstand, und ihre Lippen schienen wie leblos. Sie duldete seinen Kuß, ohne ihn zurückzugeben. Das schmerzte ihn.

Josta saß indessen in ihrem Boudoir und suchte für das Obermaß ihres Empfindens Ausgleich in ihrem Tagebuch. Und zuletzt schrieb sie nieder:

›Ich habe nun auch Gerlinde kennengelernt. Und ich hatte in dem Augenblick, da sie mir entgegentrat, das beklemmende Empfinden, daß sie mich hasse. In ihren Augen sah ich einen furchtbaren Blick, vor dem ich bis ins Herz hinein erschrak. Aber es muß wohl Einbildung gewesen sein. Gerlinde war ja so lieb und freundlich zu mir; sie will mir eine Freundin, eine Schwester sein. Und ich bringe ihr dafür eine so unerklärliche Abneigung entgegen. Ich will mir Mühe geben, dieses Gefühl zu besiegen. Vielleicht lerne ich noch, ihr zu vertrauen und sie liebzugewinnen. Ich möchte es schon Rainer zuliebe tun, der nicht merken darf, wie unsympathisch mir Gerlinde jetzt noch ist. Ach – was habe ich nun plötzlich für Geheimnisse vor ihm! Er darf nicht wissen, daß ich ihn liebe, und auch nicht, daß ich Gerlinde nicht vertrauen kann. Solche Geheimnisse machen das Herz so schwer.‹

7

Gerlinde war, nachdem Rainer mit Josta und ihrem Vater fortgefahren war, wie eine gereizte Löwin durch ihre Zimmer geschritten, ruhelos, mit bleichem Gesicht und unheimlich funkelnden Augen. Zuweilen blieb sie stehen, starrte wie geistesabwesend auf irgendeines der alten, kostbaren Möbel.

Endlich sank sie müde in einen der hohen Lehnstühle. Von Generation zu Generation hatten sich all diese Waffen, Gemälde, Prunkgeräte und Kostbarkeiten vererbt. Und wenn sie hätten reden können, hätten sie wohl seltsame Geschichten zu erzählen gewußt. Und wie diese Gegenstände seit Jahrhunderten stumm auf alles blickten, was in diesen Räumen geschah, so waren sie auch stumme Zeugen des Seelenkampfes, den Gerlinde mit sich selbst auszufechten hatte.

Ihre Augen bohrten sich in diese leblosen Sachen hinein, ohne etwas zu sehen. Sie sah etwas anderes vor ihren geistigen Augen: ein schlankes, schönes Mädchen, mit prachtvollem kastanienbraunem Haar und großen dunklen Wunderaugen. Und Rainer nannte dies Mädchen Braut. Und deshalb mußte sie, Gerlinde, in die Verbannung ziehen.

»Wenn Wünsche töten könnten – ich würde sie töten«, knirschte sie zwischen den Zähnen hervor, und leidenschaftlicher Haß entstellte ihre Züge.

Wie ermattet von ihren wilden Gedanken sank sie in sich zusammen und strich sich über die Augen, als müsse sie quälende Bilder fortwischen. Und dann erhob sie sich matt und tastete nach der Klingel, um einen Diener herbeizurufen. Als er erschien, fragte sie hastig in sprödem Ton: »Ist der Herr zurückgekehrt?«

»Nein, Eure Gnaden. Der gnädige Herr hat telefoniert, daß man ihn erst um sieben Uhr mit Herrn Henning erwarten soll.«

»Gut. Bringen Sie den Tee«, befahl sie.

Gerlinde wanderte wieder auf und ab, bis der Diener den Tee brachte. Sie nahm eine Tasse davon, stark und heiß, um die Mattigkeit ihrer Glieder zu bekämpfen.

Und dann begab sie sich in ihr Toilettenzimmer. Sie wollte sich heute selbst übertreffen. Kritisch betrachtete sie sich im Spiegel. Die Frisur mußte dreimal geändert werden, ehe sie zufrieden war. Mit Jostas reichen Flechten zu konkurrieren war nicht leicht.

Sie betrachtete immer wieder ihr Spiegelbild.

Noch war sie schön – noch konnte sie neben Josta bestehen. Aber wie lange noch – dann begann sie zu verblühen. Ihre schönsten Jahre hatte sie an der Seite eines Mannes verbracht, den sie nicht liebte und den sie abwechselnd mit Launen und Gleichgültigkeit gequält hatte.

Der Gedanke, daß sie dreißig Jahre zählte, während ihre Nebenbuhlerin fast zehn Jahre jünger war, quälte sie immer wieder.

Ängstlich forschte sie in ihrem Antlitz nach leisen Spuren des nahenden Verblühens. Gottlob – noch war nichts zu entdecken.

Auge in Auge mit ihrem Spiegelbild faßte sie allerlei Josta feindliche Entschlüsse.

Rainer hatte auf dem Bahnhof seinen Bruder Henning begrüßt. Sie hatten sich viel zu erzählen, und ehe sie sich's versahen, hielt der Wagen vor der Villa Ramberg.

»Wenn du fertig bist mit Umkleiden, Henning, dann kommst du wieder zu mir herüber. Vielleicht bleibt uns dann noch ein Viertelstündchen zum Plaudern.«

»Das glaube ich auch, Rainer. Sag mal – kann ich denn

deiner Braut so ohne weiteres am späten Abend ins Haus fallen, ohne vorher Besuch gemacht zu haben?« fragte Henning lächelnd.

Wohlgefällig sah ihn der Bruder an. Sie sahen einander sehr ähnlich, nur waren die Züge Rainers markanter und fester, er sah bedeutender und interessanter aus. In Hennings frisches Gesicht hatte das Leben noch keine Runen gezeichnet. Seine Augen lachten und funkelten, als habe sich Sonne darin gefangen.

»Du kannst gewiß, Henning. Erstens kennst du sowohl meine Braut als auch ihren Vater seit langen Jahren, und zweitens sind wir doch nun eine einzige Familie. Gerlinde wird uns übrigens begleiten. Vielleicht sagst du ihr gleich guten Tag, wenn du dich umgezogen hast. Aber halte dich nicht lange bei ihr auf, damit wir noch etwas voneinander haben.«

»Selbstverständlich! Du weißt ja, Gerlinde und ich, wir haben uns nicht viel zu sagen. Wir sind sozusagen Antipoden.«

Damit verließ Henning seinen Bruder und begab sich in sein Zimmer. Schnell war das Umkleiden beendet, und aus dem Spiegel sah ihm ein markanter, bildhübscher Mensch entgegen. Noch ein Ruck, dann machte er kehrt und schritt hinüber zu den Zimmern von Gerlinde. Er hatte vorher anfragen lassen, ob er sie begrüßen dürfe.

Sie war schon in voller Abendtoilette und trug ein ganz weißes, weich fallendes Seidenkleid mit kleinem Ausschnitt. Sie sah wunderschön aus in dieser vornehmen, eleganten Toilette, die trotz der scheinbaren Schlichtheit sehr kostbar war.

Henning küßte ihr ritterlich die Hand, während er sich vor ihr verneigte.

»Ich freue mich, dich wiederzusehen, lieber Vetter«, sagte sie scheinbar gut gelaunt. Es war ihr nicht entgangen, daß ihr Anblick ihn blendete, und das freute sie.

»Die Freude ist auf meiner Seite, Gerlinde. Wir haben uns lange nicht gesehen.«

»Leider; du hast dich in Ramberg sehr rar gemacht. Wie es dir geht, brauche ich nicht zu fragen. Du siehst aus wie das lachende Leben selbst!«

Sobald sie zu sprechen begann, verflog der angenehme Eindruck, den sie momentan auf ihn gemacht hatte. Er sah, daß ihre Augen kalt blickten und nicht teilnahmen an ihren liebenswürdigen Worten. Und der spröde, kühle Klang ihrer Stimme weckte seine Antipathie aufs neue.

»Wenn ich dasselbe von dir sagen würde, könnte ich dir vielleicht banal erscheinen. Und davor muß man sich hüten einer so geistvollen Frau gegenüber. Ich freue mich jedenfalls, daß du keine schwarzen Kleider mehr trägst. Ich glaube wahrhaftig, schöner als in diesem lichten Weiß kannst du nicht mehr aussehen«, sagte er so höflich, wie es seine Antipathie zuließ.

Sie lächelte – ein kühles, formelles Lächeln. Feinfühlig hatte sie längst bemerkt, daß Henning nicht viel für sie übrig hatte. Und es lag nicht in ihrem Charakter, um Sympathie zu werben, wenn es ihr nicht aus einem Grunde erstrebenswert erschien.

»Du hast in Berlin gelernt, Komplimente zu machen, Vetter.«

»Nur, wo sie angebracht erscheinen. Geht es dir gut, Gerlinde?«

»Danke. Man muß zufrieden sein und sich bescheiden lernen.«

»Das klingt für eine schöne Frau viel zu resigniert, und ich glaube bei dir nicht an diese Resignation.«

»Warum nicht?« fragte sie mit blitzenden Augen.

Er sah sie lächelnd an. »Weil in deinen Augen noch eine hohe Forderung an das Leben liegt.«

»Ei – bist du ein so scharfer Seelenkenner?« spottete sie.

»Menschenkenner bin ich sozusagen von Geburt, Gerlinde. Ich bin nämlich ein Sonntagskind und sehe den Menschen bis ins Herz«, scherzte er.

»Oh – und hörst am Ende gar das Gras wachsen?« gab er spottend zurück.

Er lachte wieder, ohne ihren Spott übelzunehmen. »Das muß ich nächstens mal ausprobieren. Du bringst mich da auf eine gute Idee.«

»Nun, ich wünsche viel Vergnügen zu diesem neuesten Sport. Anstrengend ist er keinesfalls.«

»Das glaube ich auch nicht. Aber nun will ich dich nicht länger stören. Ich wollte dich nur schnell begrüßen. Rainer sagte mir, daß wir nachher zusammen zu Waldows fahren.«

»So ist es. Bitte, sage Rainer, er soll mich rufen lassen, wenn es Zeit ist, aufzubrechen!«

»Gern. Auf Wiedersehen also!«

Er küßte ihr artig die Hand, verneigte sich und ging. Als er gleich darauf bei seinem Bruder eintrat, sagte er lachend: »Du, Rainer, Gerlinde müßte eigentlich die schöne Melusine heißen.«

»Warum das?«

»Hm! Ich habe so das Gefühl, als riesele permanent kaltes Wasser um sie her und kühle die Temperatur erheblich ab.«

»Unsinn, Henning. Du kannst mir glauben daß sie ein sehr warmblütiger, liebenswerter Mensch ist.«

»So? Na, vielleicht zeigt sie sich dir in einem anderen Licht. In mir sieht sie vielleicht ein noch recht unfertiges Gewächs, das reichlich mit Regenwasser begossen werden muß. Ich soll dir übrigens sagen, du möchtest sie rufen lassen, wenn wir aufbrechen.«

»Das soll geschehen. Aber nun komm, mein lieber Junge, setz dich zu mir. Willst du einen Imbiß?«

»Danke, nein. Ich warte bis zum Souper.«

»Oder ein Glas Wein? Kognak? Zigaretten?«

»Das letztere akzeptiere ich, Rainer. So, nun ist's gemütlich. Herrgott – wenn du wüßtest, wie ich mich nach so einer Stunde mit dir gesehnt habe, Herzensbruder! Eine Ewigkeit haben wir uns nicht gesehen.«

»Leider. Das dürfte zwischen uns gar nicht möglich sein.«

»Hast recht. Aber es gibt Umstände! Hm! Und nun bist du Ehekandidat. Wie mir das vorkommt! Schnurrig – ganz schnurrig! Wenn ich nur mit deiner Braut gleich auf eine gemütliche Basis komme. Denn siehst du, Rainer – bisher stand nie ein Mensch zwischen uns. Josta wird das nun tun. Da bleibt mir doch gar nichts anderes übrig, als euch beide mit brüderlicher Liebe zu umfangen.«

Rainer faßte des Bruders Hand. »Da bin ich gar nicht bange, Henning. Du und Josta, ihr werdet einander schon gefallen, dessen bin ich sicher. Du wirst sie schnell liebgewinnen.«

»Das will ich hoffen. Ich bin ja so froh und bin Josta im Grunde so viel Dank schuldig, weil sie mich von einer fürchterlichen Angst befreit hat, nämlich der, du könntest auf den Gedanken kommen, Gerlinde zu deiner Frau zu machen.«

Rainer sah ihn erstaunt an und schüttelte den Kopf.

»Gerlinde! Wie kommst du auf diese Idee? Da brauchst du keine Angst zu haben. Gerlinde und ich? Nein, so sehr ich sie schätze, ja bewundere, aber als Frau könnte ich sie mir nicht denken.«

Henning lachte sorglos. »Nun, da habe ich mich umsonst geängstigt. Wie hat Gerlinde eigentlich die Nachricht von deiner Verlobung aufgenommen? Sie muß doch nun ins Witwenhaus übersiedeln.«

»Ja, das muß sie. Und sie hat sich mit bewundernswerter Ruhe darein gefügt.«

»Das freut mich. Sie machte mir nämlich ganz den Eindruck, als sei sie nicht gewillt, auch nur eine Handbreit von dem bisher von ihr beherrschten Terrain aufzugeben. Ich gebe auch zu, es muß ein scheußliches Gefühl sein, als entthronte Königin ins Exil zu gehen.«

»Da siehst du, wie großdenkend und feinfühlig sie ist. Sie hat mich selbst darum gebeten, das Witwenhaus instand setzen zu lassen, und auch den Familienschmuck, an dem doch ihr Herz hing, hat sie mir freiwillig ausgeliefert.«

»Das ist anerkennenswert. Aber sie wird eben aus der Not eine Tugend gemacht haben. Übrigens kann ich mir nicht denken, daß sie lange im Witwenhaus bleiben wird, sie sieht nicht aus wie eine Frau, die auf Lebensfreuden verzichten wird. Wie hat sie sich denn zu deiner Braut gestellt?«

»Herzlich und liebenswürdig. Sie hat ihr gleich das schwesterliche Du angeboten. Du wirst dich heute abend davon überzeugen können, wie vertraut sie schon miteinander sind.«

»Nun – mich soll es am meisten freuen, wenn ich mich getäuscht habe.«

»Das weiß ich, mein Henning«, sagte Rainer herzlich und schüttelte dem Bruder die Hand.

Josta empfing an der Seite ihres Vaters die beiden Brüder und Gerlinde in dem neben dem Speisesaal befindlichen Salon. Sie trug ein lichtblaues Kleid aus zartem, weichem Seidenstoff. Hals und Arme waren frei und ohne jeden Schmuck. Nur an den schönen Händen glänzte außer dem Verlobungsring ein kostbarer Marquisring, der einen von Brillanten umgebenen Smaragd zeigte. Diesen Ring hatte sie von ihrer verstorbenen Mutter geerbt.

Sie trat Henning entgegen und reichte ihm mit warm aufleuchtendem Blick und süßem Lächeln die Hand.

»Grüß Gott, lieber Henning! So darf ich Sie doch nennen?«

Henning stand einen Moment fassungslos und war von ihrer Holdseligkeit bis ins Herz getroffen. Seine Sonnenaugen strahlten auf in unverhülltem Entzücken. Er vergaß einen Moment alles um sich herum und öffnete sein Herz weit, um diese bezaubernde, frühlingsfrische Erscheinung in sich aufzunehmen.

»Liebe Josta – ja – das sind Sie – und doch – ich hätte Sie nicht wiedererkannt. So verändert haben Sie sich. Nur die Augen – ja, die Augen sind es noch. Und doch – nein – auch die Augen sind anders geworden«, sagte er erregt und fassungslos.

Das klang so impulsiv, aus dem innersten Herzen heraus, daß Josta die Röte ins Gesicht stieg. Dann wandte er sich an seinen Bruder: »Rainer – ich freue mich – ich freue mich so sehr, daß Josta meine Schwägerin wird«, sagte er herzlich.

Warm und wohlig stieg es bei der Begrüßung mit Henning in Jostas Herzen auf, und ihre Augen sahen strahlend und herzlich in die seinen. Und so blickte sie ihn an, wie sie es jetzt bei Rainer nie mehr zu tun wagte – so recht aus dem Herzen heraus und ohne Scheu.

»Sie müssen wissen, liebe Josta, daß ich greuliche Angst hatte, die Braut meines Bruders könnte mir unsympathisch sein«, fuhr Henning fort. »Ich hätte ja gar nicht gewußt, was ich tun sollte, wenn ich Sie nicht gleich liebgewonnen hätte. So etwas muß nämlich bei mir gleich auf den ersten Blick geschehen.«

»Und das ist nun hoffentlich geschehen?« fragte Josta schelmisch lächelnd.

»Ja, gottlob, und deshalb bin ich so froh. Nicht wahr, Rainer, wir sprachen vorhin noch davon.«

Rainer dachte daran, daß Henning mit dem Vorsatz hierhergekommen war, sich ›Knall und Fall in Josta zu verlieben‹. Aber er mußte jetzt nur über Hennings frohen Eifer lächeln.

»Ja, Josta, wir beide müssen uns nun in Hennings Herzen miteinander vertragen, aber ich trete dir gern die Hälfte davon ab«, sagte er.

Bald darauf ging man zu Tisch.

Der Minister führte Gerlinde, und Rainer seine Braut. Henning folgte dem Brautpaar, und seine strahlenden Augen hingen selbstvergessen an Jostas schlanker Gestalt.

Und in seiner sorglos sonnigen Glückseligkeit war er ein Gesellschafter, dessen Frohsinn hinreißend wirkte und dessen Zauber sich selbst Gerlinde nicht entziehen konnte.

Josta war ebenfalls sehr lebhaft und heiter und neckte sich fast übermütig mit Henning. Seine Gegenwart wog die Gerlindes auf, die sich von der liebenswürdigsten Seite zeigte.

So gab sich Josta unbekümmert der Freude hin, mit Henning zu plaudern. Er kramte einige gemeinsame Erinnerungen aus, über die sie hell auflachen mußte. Einmal, so erzählte er, war er in seinen Ferien, die er auf Schelling verlebte, nach Waldow gekommen. Und da hatte er gesehen, wie Josta ohne alle Vorbereitungen, nur einem Impuls folgend, den ersten Reitunterricht auf eigene Faust genommen hatte. Sie hatte sich einfach ein ziemlich wildes Füllen eingefangen und es ungesattelt und zügellos zu besteigen versucht. Mit unglaublicher Energie hatte sie es durchgesetzt, das unruhige Füllen zu besteigen, und hatte sich eben, im Herrensitz natürlich, zurechtrücken wollen, als das Tier energisch gebockt und seine Reiterin kurzerhand auf den weichen Rasenboden geworfen hatte.

»Und was habe ich dann getan?« fragte Josta heiter.

»Sie sind aufgestanden und sind dann mit verblüffender

Geschwindigkeit wieder hinter dem Füllen hergejagt. Als Sie es glücklich erreichten, schwangen Sie sich mit einem Satz wieder auf den Rücken und behaupteten diesmal das Feld. Ich bekam damals einen gewaltigen Respekt vor Ihrer Energie.«

»Also das haben Sie belauscht, Henning? Und ich habe gedacht, daß kein Mensch eine Ahnung gehabt hätte von diesem meinen ersten Reitversuch. Bald darauf habe ich aber dann regelrechten Reitunterricht bekommen von Onkel – ich meine – von Rainer.«

Sie wurde rot, weil sie ›Onkel Rainer‹ hatte sagen wollen. Henning ließ ihr aber keine Zeit zur Verlegenheit.

Rainer hatte lächelnd den beiden jungen Leuten zugehört, und er freute sich an Jostas Munterkeit. Aber er wurde auch nachdenklich.

Ich bin doch wohl zu alt für Josta, zu alt und ernst. So wie Henning müßte ich sein, dann würde sie mich lieben können!

Josta zog ihn jetzt mit ins Gespräch. »Nicht wahr, Rainer, du wirst mir in Ramberg ein Reitpferd halten und recht oft mit mir ausreiten?« fragte sie lächelnd.

Da vergaß er alles, was ihn bedrückte. Er sah in Jostas strahlende Augen und faßte ihre Hand, um sie zu küssen.

»Alles sollst du haben, was du dir wünschst, Josta. Und nichts wird mir lieber sein, als wenn du mich recht oft auf meinen Ritten begleiten wirst. Dann wird es sein wie in Waldow.«

Unter seinem leuchtenden Blick wurde sie rot und zog ihre Hand hastig zurück.

Henning griff das Thema auf. »Dann darf ich hoffentlich zuweilen der Dritte im Bunde sein, wenn ich meinen Urlaub in Ramberg verlebe. Ich warte nämlich nicht ab, ob Sie mich einladen, liebe Josta, sondern lade mich gleich selbst ein.«

Josta sah ihn freundlich und herzlich an. »Ich denke doch, Sie sind in Ramberg zu Hause, Henning. Da bedarf es keiner Einladung, nicht wahr, Rainer?«

Dieser nickte. »Das weiß Henning natürlich selbst, Josta, aber er möchte es wohl auch von dir hören. – Es geht aber wirklich nicht, daß ihr euch länger das geschwisterliche Du vorenthaltet. Ihr müßt Brüderschaft trinken.«

Henning sprang sofort auf. Er trat neben sie und hielt ihr sein gefülltes Glas entgegen. »Auf Du und Du, liebreizende Schwägerin!«

Josta ließ lächelnd ihr Glas an das seine klingen. Er leerte das seine bis auf den Grund. Und dann sagte er mit strahlenden Augen: »Und nun Bruderkuß, Josta. Ich grüße dich als mein geliebtes Schwesterlein!«

Mit diesen Worten umfaßte er sie und drückte seine Lippen auf die ihren.

Unbefangen ließ Josta das geschehen. Gegen Hennings Kuß wehrte sie sich nicht wie gegen den Rainers. Aber Henning stieg das Blut heiß in die Stirn, als er Josta in seinen Armen hielt und ihre Lippen berührte.

Zwei Augen hatten diese Szene scharf beobachtet, zwei Augen, denen nicht das geringste dabei entging. Das waren Gerlindes Augen. Rainer war in diesem Augenblick von dem Minister in Anspruch genommen und hatte weder die gerötete Stirn noch das hastige, unsichere Wesen seines Bruders bemerkt.

In Gerlindes Herzen zuckte aber bei dieser Beobachtung eine wilde Freude auf. Sie ließ ihre Augen nicht von den beiden jungen Menschen, als wollte sie mit ihren verborgenen Wünschen Macht über sie gewinnen.

Nach Tisch, als man sich in ein anderes Zimmer begeben hatte, trat Gerlinde vertraulich zu Josta heran und sagte mit ihrem sanftesten Lächeln: »Das ist ein reizender Abend, liebe Josta. Ich freue mich herzlich, daß wir uns kennengelernt haben, und kann nun die Zeit kaum erwarten, bis du nach Ramberg kommen wirst. Wir wollen treue Freundinnen werden und uns gegenseitig volles Vertrauen entgegenbringen, nicht wahr?«

Josta dachte bei sich, daß es ihr unmöglich sein werde, Gerlinde etwas anzuvertrauen, was sie nicht jedem Menschen würde sagen können. Sie kam sich dieses Gedankens wegen unehrlich vor und hätte ihn gern offen, wie es sonst ihre Art war, ausgesprochen. Aber da sah sie die Augen ihres Verlobten mit freudigem Ausdruck auf sich und Gerlinde ruhen und antwortete: »Es wird mich sehr froh machen, Gerlinde, wenn wir einander so vertrauen lernen. Aber ich bin im Grunde eine wenig mitteilsame Natur. Du wirst Geduld mit mir haben müssen.«

»Das wird sich bald finden. Du wirst gar nicht anders können, wenn wir einander erst näher kennengelernt haben.«

Mit einer Entschuldigung entfernte sich Josta schnell aus Gerlindes Nähe und ging mit Henning in eines der anstoßenden Zimmer. Gerlinde ließ sie gehen und verwikkelte Rainer und den Minister in eine angeregte Unterhaltung, so daß sie gar nicht darauf achteten, wie lange Henning und Josta im Nebenzimmer blieben.

Josta hatte drüben einen Fotografiekasten aufgeklappt und kramte in den Bildern. Sie hatte mit Henning über einige Aufnahmen gesprochen, die ihre verstorbene Mutter selbst gemacht hatte. Die wollte sie ihm zeigen.

Henning entdeckte ein Bild, das sie als Backfisch darstellte.

»So habe ich dich zuletzt gesehen, Josta. Und da bin ich gleichgültig an dir vorübergegangen und habe nicht geahnt, daß du einmal meine Schwägerin würdest – auch nicht, daß du je so schön und hold werden könntest.«

Lachend und unbefangen nahm sie ihm das Bild aus den

Händen und sah darauf: »Damals war ich beinahe eine kleine Vogelscheuche. Ein wenig zu meinem Vorteil hab' ich mich wohl verändert, und ich freue mich, daß ich dir nun besser gefalle. Sonst hättest du mir vielleicht gar nicht erlaubt, deine Schwägerin zu werden«, neckte sie.

Er sah sie an und vergaß zu antworten. Erst nach einer Weile strich er sich wie besinnend über die Augen.

»An meine Erlaubnis hättest du dich sicher so wenig gekehrt wie Rainer«, sagte er und nahm ein neues Bild in die Hand. Dieses zeigte Josta und Rainer zu Pferde auf dem Waldower Gutshof.

Er betrachtete es interessiert. »Schade, von deinem Gesicht ist nicht viel zu sehen, du wendest dich zur Seite. Aber Rainer ist famos getroffen. Weißt du, Josta, zu Pferd sieht Rainer prachtvoll aus, nicht wahr?«

»Ja«, sagte sie nur und wandte sich ab.

Er blieb aber an dem Thema hängen, als klammere er sich daran. »Überhaupt, Rainer ist ein Mensch, den man immer bewundern muß. Wenn ich ihn nicht so lieb hätte, müßte ich ihn verehren.«

Sie atmete tief auf. »Ja, er ist ein Mensch, den man verehren muß«, sagte sie halblaut.

Er sah unsicher zu ihr auf. »Und jetzt liebst du ihn.«

Da richtete sie sich jäh empor, und ihr Gesicht wurde blaß. »Nein – ich liebe ihn nicht!«

Henning zuckte zusammen und starrte sie an. Auch er war plötzlich ganz bleich geworden. »Josta!« rief er erschrocken.

Sie strich sich hastig über die Stirn und zwang sich zu einem Lächeln. »Du brauchst nicht zu erschrecken, Henning, und mußt mich recht verstehen. Ich habe früher nie daran gedacht, daß ich jemals seine Frau werden könnte, sah ich in ihm doch immer nur meinen guten Onkel Rainer. Natürlich habe ich ihn sehr gern – wie man eben einen guten Onkel liebt, dem man so recht von Herzen vertrauen kann. Er hat mich in aller Ruhe gefragt, ob ich seine Frau werden will. Und ich habe eingewilligt, weil ich ihn sehr gern habe und ihm völlig vertraue. Papa sagt, solche ruhig und bedachtsam geschlossenen Ehen werden die glücklichsten. Wir bringen einander unbegrenzte Hochachtung entgegen und herzliche Sympathie – sonst nichts.«

Sie hatte ganz ruhig gesprochen, als sei sie völlig mit diesem Stand der Dinge zufrieden und mit dem Gesagten bei der Wahrheit geblieben.

Seine Augen hingen brennend an ihrem Gesicht. »Sonst nichts?« wiederholte er mit seltsamer Stimme. Und dann fragte er hastig, dringend: »Und wenn nun eines Tages in deinem Herzen die wahre, echte Liebe erwacht, wenn es sich nun einem andern Mann zuwendet?«

Sie schüttelte heftig den Kopf. »Das wird nie geschehen.«

Er sprang plötzlich auf und strich sich über die Stirn. »Mir scheint, es ist sehr heiß hier im Zimmer. Darf ich das Fenster ein wenig öffnen, Josta?«

Josta war viel zu sehr mit sich selbst beschäftigt und achtete viel zuviel auf sich selbst, um Henning nicht das Geheimnis ihres Herzens zu verraten, so daß sie nicht merkte, wie sehr Henning aus seinem Gleichgewicht gekommen war.

»Gewiß, Henning! Warte, ich helfe dir, die Stores aufzuziehen«, sagte sie und trat neben ihn.

Er bemühte sich ungeschickt mit den Schnüren, und als sie ihm helfen wollte, kamen sie beide nicht damit zurecht. Ihre Hände berührten sich. Da zuckten die seinen zurück.

»Laß es mich allein, tun, Henning, so wird es nichts«, sagte Josta lächelnd, wieder ganz unbefangen, »wir verwirren die Fäden immer mehr.«

Gerlinde konnte von ihrem Platz im Nebenzimmer aus die beiden jungen Menschen sehen. Sie bespitzelte den heißen, unruhigen Blick, mit dem Henning Josta ansah. Und sie verstand in diesen brennenden Männeraugen zu lesen. Ein wilder Jubel erfüllte ihr Herz. Es war, als hätten ihre Wünsche Gewalt bekommen. Aber gleich darauf bemerkte Henning, daß Gerlinde ihn beobachtete. Das Feuer in seinen Augen erlosch. Er richtete seine Gestalt straff empor, und seine Lippen preßten sich fest zusammen, als müsse er ein Geheimnis hüten.

Es war, als habe ihn der Blick Gerlindes zur Vernunft gebracht. Scheinbar unbefangen fragte er Josta: »Ist dir Gerlinde sehr sympathisch?«

Sie sah ihn unsicher an und zögerte eine Weile. Aber dann drängte es sich über ihre Lippen: »Ich schäme mich, Henning, nein sagen zu müssen. Sie ist sehr freundlich und liebenswürdig zu mir, und ich möchte sie gern liebgewinnen, weil Rainer sie so hoch schätzt und verehrt. Aber – du wirst es ja nicht weitersagen, es ist ein seltsam unbestimmtes Gefühl in mir, das mich keine Sympathie zu ihr fassen läßt. Vielleicht hätte ich mit dir nicht darüber sprechen sollen, aber weil du mich so direkt fragtest, wollte ich dir auch eine ehrliche Antwort geben. Schilt mich nur aus wegen meiner Torheit. Weshalb sollte mich Gerlinde hassen?«

Er sah sehr nachdenklich aus. »Vielleicht bist du nicht töricht, sondern sehr scharfsichtig in diesem Punkt, Josta. Mir geht es genau wie dir, ich kann auch kein Vertrauen fassen zu Gerlinde. Rainer kann das nicht verstehen, er hält sehr viel von ihr. Und wie es seine ritterliche Art ist, hat er sich ihrer nach ihres Gatten Tod angenommen, denn Gerlinde schien ihm schutzlos, als er nach Ramberg kam. Deshalb verlangte er auch nicht, daß sie ins Witwenhaus übersiedeln sollte. Nun wird es aber geschehen, und ich muß sagen, ich bin froh darüber.«

»Ja – und im Grunde muß sie es doch meinetwegen verlassen. Deshalb könnte sie mir vielleicht grollen. Dann wäre es mir lieber, sie zeigte mir das ehrlich. Etwas Gezwungenes, Unnatürliches liegt in ihrem Wesen mir gegenüber. Ich kann es mir nur auf diese Weise erklären.«

»So wird es auch sein. Versprich mir, Josta, daß du vorsichtig sein wirst und daß du ihr nichts anvertraust, was nicht jeder Mensch wissen darf.«

Josta lächelte. »Erstens bin ich sehr zurückhaltend und schenke mein Vertrauen nur Menschen, die mir im Herzen nahestehen und dann – was sollte ich ihr anvertrauen? Ich habe keine Geheimnisse.«

Er faßte ihre Hand. »Weißt du, daß du mir soeben etwas sehr Schönes gesagt hast?«

Sie sah ihn unbefangen fragend an. »Was habe ich denn gesagt?«

»Daß du dein Vertrauen nur an Menschen schenkst, die dir im Herzen nahestehen. Und du hast mich doch eben deines Vertrauens gewürdigt.«

Sie nickte froh. »Ja, du stehst mir auch nahe, Henning. Du bist doch Rainers Bruder. Da muß ich dir doch auch gut sein. Und ich tue es von Herzen, es fällt mir gar nicht schwer.«

Damit schloß sie den Fotografiekasten und hängte sich zutraulich in seinen Arm. Seite an Seite traten sie in den Rahmen der Tür. Rainer blickte auf und sah sie stehen, die jungen Gesichter noch ein wenig erregt.

Und er kam sich in diesem Moment so alt vor im Vergleich zu seinem Bruder, daß ihn ein tiefer Schmerz durchzuckte.

Da löste Josta ihre Hand aus Hennings Arm und schritt schnell auf ihn zu, als könnte sie nicht anders. Rainer atmete tief auf, wie nach einer schweren Anstrengung.

Gerlindes Augen hatten gefunkelt, als Josta mit Henning in so vertraulicher Haltung eintrat. Aber als nun Josta neben Rainer stand und dieser so zärtlich war, schloß sie für einen Moment die Augen, als wollte sie das nicht sehen.

Bald darauf brachen die beiden Brüder mit Gerlinde auf. »Gute Nacht, meine herzliebe Josta«, sagte Rainer zum Abschied zu seiner Braut und küßte ihr die Hand.

Josta lauschte auf dieses ›herzliebe Josta‹ mit klopfendem Herzen. Ach, daß ich wirklich seine ›herzliebe‹ Josta sein könnte, daß ich die andre Frau, die er im Herzen trägt, verdrängen könnte! rief es in ihr. Wenn ich nur wüßte, wer sie ist! Ob Henning etwas von ihr weiß?

Henning wußte jedoch ebensowenig wie andere Menschen von seines Bruders Herzensroman. Er wußte nur, daß Rainer lange Jahre eine unglückliche Neigung mit sich herumgetragen hatte. Der Name der Frau war ihm fremd geblieben.

8

Die beiden Brüder saßen, nachdem sie mit Gerlinde in die Villa Ramberg zurückgekehrt waren, noch ein Stündchen plaudernd zusammen.

Gern hätte Henning seinen Bruder gefragt, ob jene Neigung in ihm erstorben sei oder ob sie noch immer in seinem Herzen lebte. Aber er hätte dann vielleicht auch sagen müssen, daß Josta ihm Einblick gewährt hatte in ihr Verhältnis zu Rainer, und das wollte er doch nicht.

Zum ersten Mal stand etwas Fremdes, Unausgesprochenes zwischen ihm und Rainer. Es tat ihm weh, und doch konnte er es nicht beiseite schieben.

In der folgenden Nacht starrte er lange vor sich hin ins Dunkel. Bisher war er immer derjenige gewesen, der von Rainer geführt und geleitet wurde. Sollte nun nicht einmal der Jüngere den Älteren auf einen Fehler aufmerksam machen? Es geschah aus ehrlichem Herzen und in fester Überzeugung. Oder doch nicht? Schlummerte nicht im Hintergrund seiner Seele ein egoistischer Gedanke, der sich um Jostas Person drehte?

Als er am nächsten Morgen in Rainers Zimmer trat, sah er, daß dieser einige seiner Fotografien vor sich liegen hatte und sie aufmerksam betrachtete.

»Hilf mir einmal, die beste auszusuchen, Henning. Du hörtest ja gestern abend, Josta wünscht ein Bild von mir. Ich will es ihr mit den Rosen dort schicken«, sagte er.

Da erst erblickte Henning einen Korb voll der herrlichsten dunkelroten Rosen. Sie standen auf dem Tisch. Und da erinnerte sich Henning an eine kleine Szene.

Rainer war im vorigen Jahr in Berlin gewesen. Und da hatte Henning, als er mit dem Bruder die Linden entlangging, in einem der Blumengeschäfte ein Arrangement für die Gattin eines Kameraden als Geburtstagspräsent gekauft. Gleichgültig hatte Henning das erste beste gewählt, einen Korb mit roten Rosen. Rainer hatte jedoch die Hand auf seinen Arm gelegt und gesagt: »Henning, rote Rosen schenkt man nur einer Frau, die man liebt.«

Daran mußte er jetzt denken.

Zufällig blickte er vor sich in einen Spiegel, und in diesem sah er Rainer vor den roten Rosen stehen, sah, wie er zärtlich mit der Hand darüberstrich und sie küßte.

Um keinen Preis hätte er Rainer nun seine Gedanken und Gefühle beichten mögen, wie er es sich in dieser Nacht vorgenommen hatte. Jetzt war das alles anders geworden, jetzt durfte er zu Rainer nicht mehr von der eigenen Herzensunruhe sprechen.

Mit einem tiefen Atemzug nahm er eine der Fotografien, die ihm am treuesten Rainers Züge wiederzugeben schien. »Diese würde ich an deiner Stelle Josta schicken, Rainer. Sie wird sich darüber freuen.«

Rainer nahm ihm lächelnd das Bild ab. »Meinst du, daß sie sich freut?«

»Sicher. Wir sprachen gestern von dir, als ich mit ihr die Fotografien betrachtete. Weißt du, wie sie dich nannte?«

Rainer sah ihn gespannt an. »Nun?«

»Einen Menschen, den man verehren muß«, antwortete Henning, im Bestreben, dem Bruder etwas Liebes zu sagen.

Da faßte Rainer den Bruder in unterdrückter Erregung bei den Schultern. »Ich danke dir, daß du mir das sagst, Henning. – Ich kann ein wenig Aufmunterung vertragen. Denn sieh, ich stehe Josta mit einem etwas zaghaften Empfinden gegenüber, weil ich weiß, sie sieht in mir nur den guten alten Onkel Rainer. Und da komme ich mir neben ihr zuweilen so alt vor – so alt, daß ich dich gestern glühend um deine Jugend beneidete. Wäre ich zehn Jahre jünger – ich wüßte nicht, was ich darum gäbe.«

Henning faßte des Bruders Hand. »Rainer, Josta ist ein so liebenswertes Geschöpf. Ich kann dich verstehen. Aber auch du bist geschaffen, um geliebt zu werden, und nur darüber muß ich lachen, daß du dir zu alt vorkommst. Du und Josta, ihr seid einander wert, und es kann gar nicht anders sein, als daß sie dich lieben muß. Sie wird es schon verlernen, in dir den Onkel Rainer zu sehen.«

Rainer machten die Worte des Bruders froh und glücklich. Sie nahmen ihm einen Druck von der Seele, der ihn seit dem Abend vorher gequält hatte. Er glaubte jetzt, es sei nichts gewesen als der Neid auf des Bruders Jugend. Und als er sich das nun vom Herzen gesprochen hatte, wurde er wieder ruhig.

Und Henning?

Beim Anblick von Jostas Schönheit war sein heißes Blut ein wenig rebellisch geworden. Das mußte sich geben. Er wollte es mit aller Energie. Und er war heute, in dieser Stunde, ganz sicher, daß sich das Gefühl für Josta zu einer ruhigen, brüderlichen Zärtlichkeit abklären würde.

Danach unternahmen sie eine gemeinsame Ausfahrt.

Gerlinde sahen die Brüder erst bei der Mittagstafel. Der Ramberger Koch und die notwendige Dienerschaft waren für zwei Tage nach der Villa Ramberg übergesiedelt.

Gerlinde zeigte sich äußerst heiter und liebenswürdig. Sie hatte seit gestern abend eine leise Hoffnung, daß ihre Wünsche, Josta und Rainer zu trennen oder zum mindesten ihr Glück zu verhindern, sich erfüllen lassen würden. Und sie sah in Rainers Bruder einen Bundesgenossen.

Henning war ganz erstaunt und konnte nun verstehen, daß Rainer sie so sehr bewunderte und von ihrer Liebenswürdigkeit überzeugt war. Aber auch jetzt verließ ihn das Gefühl nicht, daß etwas Unwahres, Kaltes in ihr war und daß man ihr nicht unbedingt vertrauen konnte.

Trotzdem verlief dies Mahl zu dreien sehr angenehm und heiter. Gerlinde zeigte sich als Meisterin eleganter, geistvoller Plauderei und sprach außerdem in entzückenden Worten von Josta.

Wagen auf Wagen fuhr am Jungfernschlößchen vor, und eine erlesene Festgesellschaft sammelte sich in den hellerleuchteten Repräsentationsräumen.

Neben Exzellenz Waldow stand nahe der hohen Flügeltür eine stattliche Dame mit weißem Haar und einem frischen, sympathischen Gesicht. Das war die verwitwete Frau Seydlitz, die Cousine seiner verstorbenen Gemahlin, die in Zukunft dem Haushalt des Ministers vorstehen sollte.

Unweit der beiden Herrschaften stand das Brautpaar. Rainers schlanke Erscheinung kam in dem eleganten, tadellos sitzenden Frack vorzüglich zur Geltung. Sein energisches, interessantes Gesicht mit den warmblickenden Augen zog alle Blicke auf sich. Er war in den letzten Jahren der Gesellschaft fremd geworden, aber früher hatte er zu den beliebtesten und interessantesten Gesellschaftern gehört. Und daß er nun der Verlobte der schönen, vielgefeierten Tochter des Ministers geworden war, erhöhte das Interesse an seiner Person.

Nicht minder interessant erschien die junge Braut. Sie sah heute abend wundervoll aus in der weißen silberbestickten Duchesserobe und dem funkelnden Diadem in dem kastanienbraunen Haar. Dieses Diadem war das Brautgeschenk Rainers, und Josta trug es ihm zu Ehren und auf seinen Wunsch heute zum ersten Mal.

Das Brautpaar mußte eine regelrechte Gratulationscour über sich ergehen lassen.

Man langweilte sich aber trotzdem nicht. Die Damen sahen sich fast die Augen aus nach der interessanten Erscheinung Rainers und der nicht minder anziehenden und glänzenden seines jüngeren Bruders. Und die Herren hatten ihre Augenweide an der schönen Braut und an Gerlinde.

Die königliche Erscheinung der letzteren wurde gebührend bewundert. Sie hatte heute auf jedes Attribut der Trauer verzichtet und trug zum ersten Mal ein farbiges Kleid. Es waren allerdings nur ganz zarte irisierende Töne in dem perlenfarbenen Seidenstoff.

Sie trug ebenfalls ein kostbares Diadem aus Saphiren und Brillanten und ein dazu passendes Collier. Diese Schmuckstücke waren ihr persönliches Eigentum und gehörten nicht zu dem Familienschmuck.

Gerlinde entzückte alle, die mit ihr in Berührung kamen, durch ihren Charme und ihre geistvolle Plauderei.

Aber alle Huldigungen ließen sie kalt. Sie hatte nur Augen und Sinn für einen Mann in dieser festlichen Versammlung, und dieser eine stand zu ihrem quälenden Schmerz so stolz und selbstverständlich neben seiner Braut, als gehörten sie für Zeit und Ewigkeit zusammen.

Der Minister führte Gerlinde zu Tisch, und an ihrer anderen Seite nahm Rainer mit seiner Braut Platz. Henning saß dem jungen Brautpaar gegenüber. Seine Tischdame war die junge Komtesse Solms, ein zierliches, brünettes Persönchen, etwas Zigeunertyp.

Die kleine Komtesse war sehr amüsant, wenn auch nicht schön. Und da sie sehr lebhaft plauderte, brauchte sich Henning nicht anzustrengen. Es blieb ihm Zeit genug, seine Blicke immer wieder zu Josta hinüberschweifen zu lassen.

Gerlinde konnte ihn von ihrem Platz aus gut beobachten, und sie registrierte jeden seiner Blicke auf Josta.

Josta sehnte das Ende der Tafel herbei. Überhaupt wäre es ihr sehr viel lieber gewesen, sie hätte diese offizielle Verlobungsfeier umgehen können. Aber da die am 10. Juli stattfindende Hochzeit nur im engeren Kreise gefeiert werden sollte, hatte der Minister mit Rücksicht auf seine Stellung diese offizielle Feier für nötig gehalten.

Nach Mitternacht fingen die Gäste an aufzubrechen. Josta sah das mit erleichtertem Aufatmen. Rainer stand hinter ihrem Sessel und bemerkte das. Er neigte sich über sie.

»War es so schlimm, kleine Josta?‹ fragte er lächelnd.

Schelmisch sah sie zu ihm auf. »Du weißt ja, ich bin kein Gesellschaftsmensch. Es ist mir oft recht lästig, daß uns Papas Stellung zu Geselligkeit zwingt, bei der Herz und Gemüt unbedingt zu kurz kommen müssen. Im günstigsten Falle erträgt man einander mit gutem Humor oder lächelndem Gleichmut. Eine einzige Stunde vertraulichen Gedankenaustausches mit einem gleichgesinnten Menschen ist doch ungleich wertvoller als diese offiziellen Massenzusammenkünfte gleichgültiger Menschen.«

Er sah lächelnd in ihre Augen. »Mir scheint also wirklich, ich brauche mir keine Gewissensbisse zu machen, wenn ich dich aus der Stadt entführe.«

»Nein, bestimmt nicht, das kannst du mir glauben.«

Sie mußten ihre Unterhaltung abbrechen, um sich von den sich zurückziehenden Gästen zu verabschieden.

Gerlinde und die beiden Brüder saßen zuletzt noch mit dem Minister und seinen Damen in einem kleinen Salon und plauderten. Henning saß ziemlich still neben seinem Bruder, und seine Augen hingen brennend und unruhig an Jostas Antlitz. Er wollte morgen sehr früh nach Berlin zurückreisen und mußte sich deshalb schon heute von ihr verabschieden.

Bis zu ihrer Hochzeit sah er sie nicht wieder. Bis dahin mußte er sein jäh erwachtes, aufflammendes Gefühl für sie in eine brüderliche Zärtlichkeit abgewandelt haben.

Mit diesem Vorsatz verabschiedete er sich, zuerst von Frau Seydlitz und dem Minister. Dann wandte er sich an Josta. Sein junges Gesicht wurde bleich, und es zuckte leise darin, als sie ihm mit ihrem lieben, ach so lieben Lächeln die Hand reichte.

Gerlinde entging nicht das geringste. Ihre Augen belauerten Henning und Josta ohne Unterlaß, und als sie in sein bleiches, zuckendes Gesicht sah, dachte sie, daß es sehr schade sei, daß Henning und Josta sich jetzt schon wieder trennen müßten. Wären sie länger zusammengeblieben, hätte sich wohl mancherlei nach Wunsch regeln lassen. Man hätte doch vielleicht schon jetzt das Schicksal korrigieren können.

Josta sagte indessen warm und herzlich: »Wie schade, lieber Henning, daß dein Urlaub so kurz bemessen ist. Ich lasse dich nicht gerne wieder fort.«

Er versuchte zu scherzen: »Du hast ja Rainer und wirst mich nicht vermissen.«

»Ach – Rainer reist ja morgen mittag mit Gerlinde wieder nach Ramberg zurück. Nicht wahr, Rainer?«

»Ich muß, Josta. Die Pflicht ruft.«

Der Gedanke, daß Rainer jetzt auch wieder abreiste, hatte etwas Erleichterndes für Henning.

»Wir sehen uns bald wieder, lieber Henning«, sagte Josta warm, »und bis dahin leb wohl.«

»Leb wohl, Josta – auf Wiedersehen!«

Zu einem brüderlichen Kuß war er nicht ruhig genug, und anders durfte und wollte er die Braut seines Bruders nicht küssen. Nein – er wollte nicht, so süß und lockend der feine rote Mund Jostas auch zu ihm herüberleuchtete. Aber er war froh, daß dieser Mund jetzt in seinem Beisein auch nicht von Rainer geküßt wurde. Er hätte es nicht mit ansehen können.

Rainer sah seine Braut noch einmal, ehe er am nächsten Tag wieder nach Ramberg zurückreiste, und er benützte diese Gelegenheit zu der Frage, ob sie besondere Wünsche in bezug auf die Zimmer haben würde, die sie in Ramberg bewohnen sollte.

Josta wünschte, daß vorläufig nichts geändert werden solle. »Ich werde, wenn ich erst in Ramberg bin, selbst dafür sorgen, daß meine Zimmer eine persönliche Note bekommen. Es kann sich sowieso nur um Kleinigkeiten handeln, Rainer. Solche alten Räume sollten in ihrem ursprünglichen Zustand bleiben.«

»Ich freue mich, daß du einer Meinung mit mir bist, Josta«, entgegnete er. »Und ich denke, du wirst zufrieden sein. Die Zimmer der Herrin von Ramberg sind die schönsten im ganzen Schloß.«

Josta sah ihn fragend an. »Diese Zimmer werden immer

von der jeweiligen Herrin des Hauses bewohnt, nicht wahr?«

»So ist es.«

»Also bisher von Gerlinde.«

»Ja, Gerlinde wohnt noch darin, wird aber gleich nach unserer Rückkehr nach Ramberg in das Witwenhaus übersiedeln. Wir sehen uns nun vor unserer Hochzeit nicht wieder, meine liebe Josta. Wenn du noch irgendwelche Wünsche hast, mußt du sie mir brieflich mitteilen. Wirst du das tun?«

Er faßte bei dieser Frage ihre beiden Hände und sah sie bittend an.

Sie wurde unruhig. In seinem Blick lag etwas, das sie sich nicht deuten konnte und das sie erregte und mit sehnsüchtigem Bangen erfüllte. Ach – wenn sie doch nicht gehört hätte, daß er eine andere liebte – wieviel glücklicher hätte sie sein können!

Da ließ er schnell, wie entmutigt, ihre Hände wieder los.

Ehe sie noch ein weiteres Wort wechseln konnten, kamen Frau Seydlitz und Gerlinde aus dem Nebenzimmer zu ihnen, und sie blieben bis zu ihrer Trennung nicht mehr allein.

9

Im Jungfernschlößchen konnte nun an die Beschaffung von Jostas Aussteuer gegangen werden. Große Geselligkeiten fanden jetzt nicht mehr statt. Die Saison war längst zu Ende.

Der Minister bekam jetzt ebenfalls ruhigere Tage und konnte sich seiner Tochter etwas mehr widmen. Mit Frau

Seydlitz lebte er sich ganz gut ein. Aber es wurde ihm doch recht wehmütig zumute, daß er seine Josta nun bald hergeben mußte.

Von Ramberg kam täglich eine Sendung frischer Blumen, und immer waren es rote Rosen, die er schickte. Sie waren jedesmal von einigen liebevollen Worten begleitet. Aber keines dieser Worte verriet Josta, wie sehr er sie liebte.

Mit seltsam schmerzlichen Gefühlen drückte Josta ihr heißes Antlitz in die taufrischen Blumen und atmete den süßen Duft ein. Und sie küßte verstohlen diese Liebesboten – wie sie vielleicht oft auch von Rainer geküßt wurden, ehe er sie absandte.

So vergingen die Wochen bis zur Hochzeit wie im Fluge.

Das Ziel der Hochzeitsreise, das Josta bestimmen durfte, war Schweden und Norwegen. Da die Hochzeit im Hochsommer stattfand, war dies Ziel ganz ideal. Josta hatte sich schon immer gewünscht, eine Nordlandreise zu machen. Rainer war sofort mit ihrem Wunsch einverstanden gewesen.

Gerlinde nutzte indessen die Zeit, die zwischen der Verlobungsfeier und der Hochzeit lag, um nach Kräften eine Wand zwischen den beiden Verlobten aufzubauen, indem sie Rainer noch unsicherer machte, als es ohnedies schon in bezug auf Josta der Fall war.

Nicht ohne Absicht – was tat Gerlinde überhaupt noch ohne Absicht? – schwärmte sie ihm von Jostas Schönheit und Jugend vor.

Am Abend vor ihrer Übersiedlung in das Witwenhaus fragte Rainer nach dem Souper: »Darf ich dir noch ein Stündchen Gesellschaft leisten, Gerlinde?«

Lächelnd und sanft hatte sie genickt. »Gern, lieber Vetter. Du weißt, daß du mir immer mit deiner Gesellschaft willkommen bist.«

»So können wir beide nur gewinnen«, erwiderte er und begleitete sie in den blauen Salon.

Dieses Zimmer aufzugeben fiel ihr am schwersten.

Wie immer hatte sie sorgfältig Toilette gemacht. Sie trug ein weißes, etwas phantastisches Gewand mit weit herabfallenden, offenen Ärmeln.

Um es Rainer besonders behaglich zu machen, erlaubte sie ihm, eine Zigarette zu rauchen, und ließ sich von ihm selbst eine anzünden. Sie wußte, daß sie sehr graziös zu rauchen verstand, denn man hatte ihr schon oft Komplimente darüber gemacht.

Er versank in sehnsüchtige Träume und sah den Rauchwolken nach.

Da sagte Gerlinde plötzlich: »Jetzt denkst du an deine schöne Braut, ich sehe es dir an.«

Er schrak zusammen und sah sie unsicher lächelnd an. »Kannst du Gedanken lesen, Gerlinde?«

»Zuweilen ja. Aber in diesem Falle gehört kein Scharfsinn dazu. Wenn du so träumerisch sehnsüchtig in die Ferne siehst, kannst du doch nur an deine Braut denken.«

»Wenn du es nicht wärest, Gerlinde, würde ich jetzt eine galante Lüge auftischen. Aber für eine solche Phrase schätze ich dich viel zu hoch. Ich dachte wirklich an Josta.«

Sie zwang sich zu einem Lächeln. »Ich verstehe dich vollkommen, Rainer – vielleicht besser als du selbst. Josta hat wundervolles Haar, ist eine ganz entzückende Persönlichkeit, und wenn meine Wünsche Macht hätten, dann müßtest du mit ihr sehr glücklich werden. Aber – aber! Wünsche sind leider machtlos.«

Ein wenig beklommen sah er sie an. »Dies ›aber‹ hat einen so seltsamen Nachdruck, Gerlinde. Zweifelst du daran, daß ich mit Josta glücklich werde?«

Sie machte eine hastig abwehrende Bewegung. »Frage mich nicht – sprechen wir von etwas anderem«, sagte sie schnell. Aber sie wünschte, daß er weiter in sie dringen möge, denn sie wollte reden, wollte Zweifel in sein Herz streuen.

Und er tat, was sie begehrte. »Wenn ich dich nun bitte, mir diese Frage zu beantworten, Gerlinde?«

Sie zuckte die Achseln und warf ihre Zigarette in die Aschenschale. »Lieber Freund, wie wir zueinander stehen, kann ich dir nur ehrlich auf solch eine Frage antworten. Aber antworte ich dir ehrlich, dann müßte ich dich beunruhigen, und das will ich nicht.«

Jedes ihrer Worte war schlau und bedachtsam gewählt. Stein um Stein wollte sie achtsam und geduldig zusammenfügen, bis die Mauer so hoch war, daß die beiden sich darüber nicht einmal die Hände mehr reichen konnten.

»Lieber Rainer, eigentlich ist es unrecht von dir, mich so zu zwingen. Aber du willst Offenheit – und so sollst du sie haben. Ich habe mir in diesen Tagen selbst ein Urteil gebildet. Du liebst Josta, das weiß ich nun. Jene alte Neigung in dir ist erstorben. Ich möchte fast sagen – leider. Wäre diese Neigung noch nicht erloschen, dann wärst du imstande, mit ruhigen Gefühlen neben deiner jungen Gattin dahinzuleben und mit dem zufrieden zu sein, was sie dir bietet. Aber da du sie liebst, willst du Liebe fordern – und Josta liebt dich nicht. Ihre Jugend kann sich nicht mit heißeren Gefühlen zu dir finden – wird es nie tun. Ja – wärst du jung wie dein Bruder Henning und stünde nicht die alte Gewohnheit zwischen euch – dann wäre es etwas anderes. Hättest du sie wenigstens lange Jahre nicht gesehen und trätest gleichsam als Neuerscheinung in ihr Leben – dann wäre es wohl möglich, daß sie dich lieben lernte. Aber so, mein lieber Freund, kann ich nur aus tiefstem Herzen wünschen, daß in ihrem jungen Herzen niemals eine Leidenschaft für einen anderen erwacht. Dann wird ja eure Ehe immerhin relativ harmonisch verlaufen. Und das will ich dir von ganzem Herzen wünschen.«

Rainer sah starr vor sich hin. Der charakteristische Zug um seinen ausdrucksvollen Mund vertiefte sich zu einer herben Linie. Er war nur zu sehr davon überzeugt, daß Gerlinde recht hatte. »Vielleicht hast du recht mit deinen Zweifeln und Bedenken, Gerlinde. Ähnliches habe ich auch schon oft denken müssen. Ich gestehe dir ganz offen, wenn ich geahnt hätte, wie seltsam dies neue heiße Gefühl mich wandelt – ich hätte vielleicht nicht gewagt, Josta an mich zu fesseln. Aber nun ist es geschehen, und ich muß warten, was mir das Schicksal bringt. Ich kann jetzt nicht von dieser Verlobung zurücktreten. Und eins darfst du mir glauben – daß ich Jostas Glück stets über das meine stellen werde. Sollte ihr Herz einst für einen anderen erwachen – ich selbst würde dann nur an sie denken und ihr mit allen Kräften helfen. Ich danke dir jedenfalls für deine Ehrlichkeit und Offenheit, Gerlinde. Und daß ich dich so rückhaltlos in mein Herz blicken ließ, soll mein Dank dafür sein.«

Gerlinde hatte einen Sieg erfochten, größer als sie selbst es ahnte. Die Mauer war ein gut Stück gewachsen. Aber sie sah doch düster vor sich hin, und ihr Herz zuckte in tausend Qualen bei dem Geständnis seiner heißen, tiefen Liebe zu Josta.

Rainer war die Lust vergangen, weiter mit ihr zu plaudern. Er verabschiedete sich und zog sich in den Ostflügel zurück.

Sie ging noch einmal wie Abschied nehmend durch ihre Zimmer. Morgen abend würde sie zum ersten Mal im Witwenhaus zur Ruhe gehen. Wie ausgestoßen und verbannt kam sie sich vor. Und der Haß und die Eifersucht gegen Josta erstickten ihr fast das Herz. Wie bald würde sie hier in diesen Räumen ihren Einzug als Herrin halten.

Aber – glücklich sollte Josta hier nicht werden. Gerlindes Wünsche füllten all diese Räume mit wilden Rachegedanken. Nur eins gab es, das Josta vor ihrer Rache schützen konnte – wenn sie freiwillig auf Rainer verzichtete.

10

Jostas Hochzeitstag war gekommen. Sie hatte diesem Tag mit heimlichem Bangen und doch mit scheuer Sehnsucht entgegengesehen.

Rainers Bild stand jetzt auf ihrem Schreibtisch, und wenn sie jetzt in ihr Tagebuch schrieb, dann sah sie wieder und wieder in sein Gesicht, und ihr war, als beichte sie ihm alles, was sie in ihr Tagebuch niederschrieb:

›Wenn ich einmal vor ihm sterben sollte, dann soll er dies Tagebuch lesen, dann soll er wissen, wie sehr ich ihn geliebt habe, dann brauche ich mich meiner Liebe nicht zu schämen.‹

So schrieb sie am Tag vor ihrer Hochzeit.

Am selben Tag trafen die Hochzeitsgäste von auswärts ein, mit ihnen auch der Bräutigam.

Gerlinde war in seiner Begleitung. Sie war ihm in den letzten Wochen als Freundin und Vertraute fast unentbehrlich geworden, weil sie es verstanden hatte, sich in sein ganzes Denken und Empfinden hineinzudrängen. So wußte sie ganz genau, daß er mit großer Unruhe seiner Heirat mit Josta entgegensah.

Auch Baron Rittberg und seine Gemahlin waren unter den Hochzeitsgästen. Baron Rittberg sollte als Trauzeuge fungieren. Die lebhafte Baronin konnte die Zeit nicht erwarten, bis sie Josta kennenlernte. Das geschah am Vorabend der Hochzeit. Und sie war sofort Feuer und Flamme für die junge Braut.

»Dieti, du hast recht, Rainers Braut ist noch schöner als Gerlinde. Vielleicht nicht ganz so königlich. Aber entzükkend ist sie mit ihren lieben, schönen Augen; sie blickt einem damit ins Herz, daß man ganz warm wird. Und das Haar, Dieti – das Haar! Nein, so eine Pracht! Weißt du, das muß ich mir einmal ansehen, wenn es gelöst ist. So etwas Wundervolles gibt es nicht noch einmal.«

Die Baronin mußte erst einmal Atem holen.

»Na ja, Lisettchen, verschnauf dich erst mal ein bißchen und mache es dir bequem, ehe du weiter schwärmst«, sagte der Baron laut lachend.

Sie hob erschrocken die Hand. »Aber, Dieti, lach doch nicht zu laut. Dicht neben unseren Zimmern befinden sich die von Gerlinde, und du störst sie vielleicht beim Einschlafen.«

»Ach richtig, wir sind ja nicht daheim in Rittberg«, versetzte der Baron mit gedämpfter Stimme.

Seine Gattin legte sich für den morgigen Tag ihr Festkleid zurecht und nahm aus einem Karton ein Paar niedlich kleiner, eleganter Schuhchen mit hohen Absätzen. Der Baron entdeckte sie, als er noch eine kleine Promenade durch das Zimmer machte, wie er es vor dem Schlafengehen stets zu tun pflegte.

»Ei der Tausend, Lisettchen, das sind wohl die Festschuhe für morgen? Die reinen Liliputs. Und natürlich kannst du dazu nur spinnwebfeine Strümpfe anziehen. Na, da wirst du morgen abend hundetodmüde sein und glücklich aufatmen, wenn du erst wieder heraus bist. Du bist doch unverbesserlich, Lisettchen!«

Sie lachte etwas verlegen. »Ach, laß doch, Dieti! Eine Schraube ist bei jedem Menschen locker. Die Stöckelschuhe – das ist meine Schraube.«

Er funkelte die Schuhchen zärtlich an. »Na ja, Lisettchen, kannst ja deine Füßchen auch sehen lassen. Ist mir nur schleierhaft, wie du darauf durch das ganze Leben hast wandern können.«

Mit einem guten, warmen Blick sah die Baronin zu ihrem Gatten hinüber. »Hast mir ja immer die Hände untergebreitet, du Guter«, sagte sie leise.

Er nickte ihr zu. »Bist auch immer schön leise darüber hinweggetrippelt, damit es nicht weh tat.«

Sie lachte. »Nun laß die Narreteien, Dieti; es wird Zeit, daß wir zu Bett gehen. Morgen ist ein anstrengender Tag für uns alte Leute.«

»Na, na, das Alter drückt uns nicht so arg, Lisettchen. Aber freilich, solche Feste sind wir nicht mehr gewöhnt, und in Rittberg gehen wir mit den Hühnern zu Bett.«

Als Josta am Morgen ihres Hochzeitstages erwachte, erhob sie sich mit einem Gefühl, als erwarte sie etwas Schweres, Bedrückendes. Nichts war in ihr von den glückseligen Gefühlen, die eine Braut am Hochzeitstage bewegen sollen. Obwohl der Mann, dem sie heute angetraut werden sollte, ihr lieb und teuer war wie nichts anderes auf der Welt, bangte sie doch unsäglich vor der Stunde, da sie ihm angehören sollte, weil sie glaubte, er liebe sie nicht.

Und keinen Menschen hatte sie, zu dem sie sich in ihrer Angst hätte flüchten können.

In ihrer Herzensnot nahm sie noch einmal ihr Tagebuch aus ihrem Gepäck. Auch Rainers Bild nahm sie heraus, drückte es an ihre Lippen, an ihr Herz und sah lange darauf. Wie sie ihn liebte – ach –, wie unsagbar sie ihn liebte!

Und sie schrieb in ihr Tagebuch:

›Am 10. Juli – Heute ist mein Hochzeitstag. Nur wenige Stunden noch, und ich bin Rainers Frau. Oh, Du mein Geliebter – wenn Du wüßtest, welch eine Angst in meiner Seele ist! Wie würde ich jauchzend in Deine Arme eilen, wenn Du mich liebtest, wie ich Dich liebe! – Manchmal in diesen Wochen hat es mir scheinen wollen, als müßte es möglich sein, daß ich mir Deine Liebe erringe. Aber heute ist diese scheue, stille Hoffnung nicht in mir. Und wenn ich noch einen freien Willen hätte, wenn ich tun könnte, was mir recht erscheint, müßte ich jetzt fliehen von Dir, so weit mich meine Füße tragen, und mich vor Dir verbergen in Scham und Not. Aber ich habe keinen Willen mehr, bin gebunden an Dich, durch mich selbst. Ich glaube, ich kann nicht mehr von Dir lassen, obwohl ich weiß, daß Dein Herz einer anderen gehört. Ohne Dich würde ich welken wie eine Blume, der man die Nahrung entzieht.

Ach, liebtest Du mich – nähmest Du mich in Deine starken Arme und küßtest mich –, ein einziges Mal nur, daß mir die Sinne vergingen – sterben möchte ich dann! Aber Deine Lippen berühren die meinen so selbstverständlich und sanft, wie ein Vater ein geliebtes Kind küßt. Da möchte ich jedesmal aufschreien in meiner Herzensnot. Gottlob, daß Du nicht ahnst, was ich empfinde, Du sollst es nie erfahren, solange ich lebe. Wir Frauen sind nun einmal verdammt, unser Fühlen und Denken scheu vor den Augen der Welt zu verbergen, und dann am meisten, wenn in uns die Sehnsucht weint.

Und nun ist es Zeit, das Brautkleid anzulegen – für andere das Zeichen höchsten Glückes, für mich das der Resignation. Gib mir Kraft, Vater im Himmel, stark und ruhig zu sein.‹

Im Jungfernschlößchen herrschte schon seit dem frühesten Morgen reges Leben und Treiben. Obwohl die Hochzeit nur im engen Kreise gefeiert werden sollte, kamen doch immerhin gegen fünfzig Personen. Um zwölf Uhr traf Rainer mit seinem Bruder ein. Henning sah etwas blaß aus, und seine Augen blickten unruhig. Aber Rainer schien ganz ruhig und gelassen.

Henning hatte in der Nacht keine Ruhe gefunden. All die Wochen seit der Verlobungsfeier hatte er ernstlich mit sich gerungen, hatte mit Gewalt niedergezwungen, was bei Jostas Anblick in ihm wach geworden war.

Aber seit er gestern abend Josta wiedergesehen hatte, wußte er, daß alles vergeblich gewesen. Mit elementarer Gewalt hatte ihn die Liebe zu der Braut seines Bruders gepackt und ließ ihn nicht mehr los.

Die Hochzeitsgäste waren vollzählig erschienen, als die Brüder im Jungfernschlößchen eintrafen. Auch Gerlinde war anwesend, sie war mit Rittbergs gekommen. Sie sah auffallend bleich aus.

Der Minister war ebenfalls sehr ernst gestimmt. Aber er plauderte scheinbar heiter mit seinen Gästen und sorgte für einen ungezwungenen Ton.

Nachdem Rainer die Gäste begrüßt hatte, begab er sich hinauf, um seine Braut abzuholen. Die standesamtliche Trauung und der Abschluß des Ehekontraktes sollten im Hause der Braut stattfinden. Daran würde sich die kirchliche Feier in der nahen Schloßkirche anschließen. Als Rainer sich entfernt hatte, um die Braut zu holen, trat Henning unbemerkt in eine Fensternische hinter einen Vorhang, so daß er den Blicken der Anwesenden entzogen war. Das Blut wallte ihm jäh zum Herzen, als die Tür sich öffnete und Josta im Brautschmuck an Rainers Arm erschien.

Tiefes Schweigen herrschte im Festsaal während der feierlichen gesetzlichen Eheschließung.

Weder Henning noch Gerlinde waren imstande, der feierlichen Handlung zu folgen. Sie hatten beide alle Kraft nötig, um sich nicht zu verraten. Und Gerlinde konnte es nicht lassen, einige Male mit brennenden Augen in Hennings verstörtes Gesicht zu blicken. Ihr Herz hämmerte in wildem Triumph. War sie jetzt auch machtlos – die Zukunft würde ihr Waffen in die Hand geben, um ihr Ziel zu erreichen.

Und dann war es geschehen: Vor dem Gesetz war Josta Rambergs Frau geworden.

Am Arme ihres Gatten schritt sie durch die Reihen der Gäste. Die Fahrt zur Schloßkirche begann. Und eine Stunde später war auch die kirchliche Trauung zu Ende. Josta stand bleich und still an der Seite ihres Gatten und nahm die Glückwünsche entgegen.

Auch Henning mußte nun zu den Neuvermählten treten. Aber er war nicht imstande, ein Wort zu sprechen. Stumm umarmte er den Bruder. Und dann beugte er sich mit blassem, zuckendem Gesicht über Jostas Hand und drückte sie an seine Lippen.

Gerlinde trat nun ebenfalls zum Brautpaar. Sie zog Josta in ihre Arme, und ihre Lippen formten klanglos einen Glückwunsch.

Als sie dann Rainer die Hand reichte und dieser die Hand an seine Lippen führte, brachte sie es über sich, einige Worte zu sprechen. »Lieber Vetter, du weißt, welche Wünsche für dich mein Herz bewegen. Ich werde beten, daß sie in Erfüllung gehen«, sagte sie mit seltsam dunkler Stimme.

Und noch einmal schloß sie Josta hastig in die Arme. »Auch für dich, Josta«, stieß sie hervor.

Dabei hätte sie fast mit dem Schleier den Kranz der Braut heruntergerissen, und sie tat Josta so weh, daß diese instinktiv wie schutzsuchend nach Rainers Hand griff.

Die Baronin Rittberg stand neben der Braut und bemerkte das. Liebevoll wie eine Mutter rückte sie der Braut den Kranz wieder zurecht und sagte einige Scherzworte.

Zum ersten Mal kam der Baronin ein Zweifel, ob ihr Gatte mit seiner Aversion gegen Gerlinde nicht doch recht haben könnte ...

Die Hochzeitsfeier nahm den üblichen Verlauf, es herrschte schließlich eine sehr heitere, animierte Stimmung.

Auch Gerlinde hatte sich wieder in der Gewalt. Sie sprühte förmlich vor Geist und guter Laune, und niemand merkte ihr an, daß ihr Wesen unnatürlich und ihre Heiterkeit forciert war. Auch Henning hatte sich mühsam in eine scheinbar lustige Stimmung hineingesteigert.

Josta war still und in sich gekehrt. Auch Rainer kostete es große Überwindung, sich an der Unterhaltung zu beteiligen. Das Herz war ihm schwer, wenn er auf seine blasse, junge Frau blickte, und eine große Ungewißheit war in ihm, ob es ihm gelingen werde, sie glücklich zu machen.

Als er heute die Braut vor der Trauung in ihrem Zimmer abgeholt hatte, war er einen Moment fassungslos in der Tür stehengeblieben, hatte sie dann in seine Arme genommen und zu ihr gesagt: »Vergiß niemals, meine herzliebe Josta, daß mir dein Glück viel mehr gilt als das meine. Versprich mir, daß du mir in allen Dingen vertrauen und mit all deinen Wünschen zu mir kommen willst. Und glaube mir, daß es mein sehnlichster Wunsch ist, dir das Leben leicht und schön zu machen.«

Sie legte darauf still ihre Hand in die seine und sagte ernst: »Ich werde dir vertrauen, Rainer, wie bisher. Und auch ich bin von dem Wunsche beseelt, dir stets eine treue Lebensgefährtin zu sein. In meinem Herzen wohnt eine unbegrenzte Hochachtung und Verehrung für dich, und ich wünsche nur, daß du immer mit mir zufrieden sein mögest und daß wir beide diesen Schritt niemals zu bereuen haben.«

Rainer hätte viel darum gegeben, wenn ihm Josta statt

all dieser Worte nur einen einzigen Kuß gegeben hätte. Und so waren sie beide hinuntergegangen zur Festversammlung.

Die Hochzeitstafel war zu Ende. Beim Aufbruch von der Tafel trat Frau Seydlitz an Josta heran. »Kind, es ist Zeit, du mußt dich für die Reise umkleiden«, sagte sie und führte Josta hinaus aus dem frohen Kreis. Niemand bemerkte das Verschwinden der Braut, außer den drei Personen, die sie unablässig beobachtet hatten – Rainer, sein Bruder und Gerlinde.

Henning stand wie gelähmt, und sein Gesicht war bleich und verfallen. Seine Augen folgten Josta noch durch das leere Nebenzimmer, und er sah, daß sie ein weißes Spitzentüchlein fallen ließ – ihr Brauttaschentuch. Sie hatte es nicht gemerkt.

Hastig bückte er sich nach dem zarten weißen Tüchlein und hob es auf. Er barg es wie einen köstlichen Raub und drückte sein blasses Gesicht in das Tüchlein, aus dem ein zarter, feiner Duft emporstieg. Und dann preßte er es an seine Lippen. Schließlich barg er es mit zitternden Händen auf seiner Brust.

All das hatte Gerlinde – durch einen Vorhang verborgen – beobachtet; nichts war ihr entgangen. Ein wildes, triumphierendes Leuchten brach aus ihren Augen. Sie hatte nun die Gewißheit, daß Henning die junge Frau seines Bruders liebte. Kurze Zeit darauf sah sie Rainer, der sich von dem Minister verabschiedet hatte, in das Nebenzimmer zu seinem Bruder treten.

»Oh – hier finde ich dich endlich, Henning«, sagte er zu ihm. »Ich habe dich schon überall gesucht. Ich wollte doch nicht abreisen, ohne dir Lebewohl gesagt zu haben. Du siehst so blaß aus, Henning – ist dir nicht wohl?«

Henning wehrte ab. »Ich habe scheußliches Kopfweh,

Rainer. Vielleicht habe ich ein wenig hastig getrunken und zuviel gelacht. Deshalb habe ich mich in dies stille Nebenzimmer zurückgezogen, um mich etwas zu erholen.«

Wenn Rainer nicht zu sehr von seinen eigenen Gedanken in Anspruch genommen gewesen wäre, hätte er sicher gemerkt, daß sein Bruder seltsam nervös und zerfahren war. Aber so achtete er nicht sonderlich auf ihn. Die Brüder reichten sich die Hände. Henning umschloß die des Bruders mit jähem, festem Druck. Rainer entfernte sich nun schnell; es war höchste Zeit für ihn, sich für die Reise fertig zu machen.

Henning war so tief in seine Gedanken und seine Herzenskämpfe versunken, daß er nicht merkte, wie Gerlinde leise herüberkam und hinter seinen Sessel trat. Sie rührte sich nicht. Ab und zu flog nur ihr feuriger Blick durch das Fenster, ob das Brautpaar noch nicht erschien, um den wartenden Wagen zu besteigen.

Und dann zuckte Henning jäh zusammen und richtete sich auf. Draußen hob Rainer seine junge Frau in den Wagen. Henning starrte mit glanzlosen Augen hinter dem davonfahrenden Wagen her.

Da sagte plötzlich Gerlindes Stimme: »Wieder zwei, die Glück suchen! Ob sie es finden werden, Henning? Ich glaube es nicht.«

Zusammenfahrend wandte er sein blasses, verstörtes Gesicht nach ihr um und fragte: »Wie meinst du das, Gerlinde?«

Er war so sehr mit sich beschäftigt, daß er gar keine Zeit hatte, sich zu wundern, wie sie plötzlich an seine Seite gekommen war.

Sie zuckte die Achseln, dann sagte sie langsam und schwer: »Wie ich das meine? Du weißt doch wohl so gut wie ich, Vetter, daß Josta deinen Bruder nicht liebt.«

Er zuckte zusammen und starrte sie an. »Woher weißt du das?«

Gerlinde lachte leise und seltsam auf. »Ich frage dich ja auch nicht, woher du es weißt. Aber ich will dir sagen, woher ich es weiß: von Rainer selbst. Vielleicht wäre ihm wohler, wenn er diese Verbindung nicht so voreilig geschlossen hätte. Und Josta – nun – sie weiß noch nicht, was sie auf sich genommen hat.«

Jedes ihrer Worte bohrte sich scharf und schmerzend in Hennings Herz. Er wußte aus Jostas eigenem Munde, daß sie Rainer nicht liebte. Und nun mußte er plötzlich sein eigenes Leid vergessen und daran denken, daß Josta vielleicht Schwereres erdulden mußte als er selbst. Mühsam bewahrte er seine äußere Ruhe.

»Warum sagst du mir das alles, Gerlinde?« fragte er und richtete seine Augen forschend auf ihr bleiches Gesicht.

Sie atmete tief. »Ach – vielleicht nur, um zu reden. Man ist manchmal mitteilsam ohne jede Veranlassung. Aber ich mußte eben Vergleiche ziehen zwischen Josta und mir. Sie ist ja nun meine Nachbarin in Ramberg geworden.«

»Und du grollst ihr deshalb, Gerlinde. Du hast ihr nicht gern den Platz geräumt als Herrin von Ramberg.«

Ein seltsames Lächeln glitt über Gerlindes Antlitz, ein Lächeln, das mehr einem Weinen glich.

»Vielleicht hast du recht anzunehmen, daß ich nicht gern einen Platz geräumt habe, der mir gehörte. Ich hatte ihn einst teuer erkauft. Und ich schätze mich nicht gering ein. Der Preis war hoch – der höchste, den ich zahlen konnte, Vetter. Aber Josta grollen, weil sie jetzt Herrin von Ramberg ist – nein –, da bist du im Irrtum. – Aber lassen wir das, Henning! Ich glaube, wir sind heute nicht in fröhlicher Stimmung – auch du nicht.«

»Warum ich nicht?« fragte er, sich zu einem leichten Ton zwingend.

»Nun – ich meine nur. Ich weiß doch, wie sehr du an deinem Bruder hängst. Du hast ihn heute an Josta verloren, die nun trennend zwischen euch beiden steht, ohne es natürlich zu wollen.«

Er hielt es für besser, sie bei dieser Meinung zu lassen, und ahnte nicht, wie genau sie in seiner Seele zu lesen verstand. Nach einer kurzen Pause sagte er: »Mir scheint, wir reden hier recht törichtes Zeug, Gerlinde, und verlieren uns in zwecklose Betrachtungen. Hoffen wir, daß Rainer und Josta als ein sehr glückliches Ehepaar von ihrer Reise zurückkehren. Wir können nichts dazu tun.«

Sie neigte leise das Haupt. »Das will ich mit derselben Inbrunst hoffen wie du«, sagte sie, und es klang wie leiser Hohn durch ihre Worte.

Henning sprang auf. »Ich glaube, wir müssen zu den anderen zurück, Gerlinde. Das Fest nimmt ja ungestört seinen Fortgang. Darf ich dich hinüberführen? Wir wollen noch recht lustig sein«, sagte er nervös, sich zur Heiterkeit zwingend. Sie legte ihre Hand auf seinen Arm. Schweigend schritten sie in den Festsaal hinüber, wo sie eine sehr fröhliche Gesellschaft trafen.

Einige Stunden mußten sie beide noch bei dem Fest aushalten, aber endlich waren sie erlöst. Sie fuhren zusammen nach der Villa Ramberg zurück, ohne ein Wort zu sprechen.

Henning verabschiedete sich sogleich, da er am nächsten Morgen nach Berlin zurückkehren wollte.

Als er allein war, zog er das feine, duftende Spitzentuch hervor und vergrub sein zuckendes Gesicht darin.

»Josta! Josta!«

Es klang wie ein unterdrückter Aufschrei. An Rainer konnte er jetzt nicht denken. Und auch nicht daran, daß seine Liebe Sünde sei. Nichts empfand er als die Qual, von Josta getrennt zu sein.

Gerlinde wanderte lange ruhelos durch ihre Zimmer. Auch sie litt Höllenqualen bei dem Gedanken, daß Rainer und Josta jetzt vereint waren. Wenn sie sich nun doch in Liebe fanden? Sie fühlte, daß sie dann zu jedem Verbrechen fähig wäre.

11

Rainer und seine junge Frau hüteten ängstlich das Geheimnis ihrer Herzen voreinander. Sie zeigten sich beide ruhig und leidenschaftslos, als seien sie mit der gegenseitigen Hochachtung und Sympathie völlig zufrieden. Josta war ihrem Gatten gegenüber noch kühler und zurückhaltender geworden, und er umgab sie wohl mit der zartesten, rücksichtsvollsten Sorge, wagte sie aber nicht durch eine leidenschaftlich werbende Liebe zu erschrekken.

Auf der Reise fanden sie Gesellschaft, der sie sich viel mehr anschlossen, als es sonst Hochzeitsreisende tun. Es gab viel Schönes und Neues zu sehen, und an wohltätiger Ablenkung von schmerzlichen Gedanken fehlte es nicht.

Schnell vergingen so die wenigen Wochen, und sie traten die Heimkehr an, ohne sich viel nähergekommen zu sein.

Am 12. August sollte Josta ihren feierlichen Einzug in Ramberg halten.

Rainer hatte alles vor seiner Abreise mit Heilmann besprochen. So war nicht nur das Gutshaus innen und außen festlich geschmückt, sondern auch der ganze Weg durch den Park. Schon am Parktor war eine große Ehrenpforte errichtet.

Die Schulkinder aus dem Dorf, die Bauern und alle Untergebenen bildeten auf dem Platz vor dem Gutshaus Spalier in ihrem besten Sonntagsputz. Die Stunde des Einzugs war gekommen. Und nun erschien im offenen Portal eine stolze, königliche Erscheinung in einem lang herabfallenden weißen Seidenkleid, ohne jeden Schmuck – Gerlinde. Auch sie trug Blumen in der Hand, köstliche Rosen in allen Farben. Sie war während der Abwesenheit Rainers täglich im Schloß aus und ein gegangen, hatte sich viel in der Bibliothek aufgehalten und sogar wie bisher die Mahlzeiten im Schloß eingenommen. Heute war sie nun herübergekommen, um das junge Paar zu begrüßen. Wenige Minuten nach ihrem Erscheinen fuhr der Wagen vor. Heller, strahlender Sonnenschein beleuchtete den Einzug der jungen Herrin, und von allen Seiten jubelten ihr die Leute entgegen. Gerlinde preßte die Lippen zusammen – so hatte man ihr vor kaum acht Jahren auch zugejubelt.

Die erste Person, die Josta auf der Schwelle ihres neuen Heimes erblickte, war Gerlinde. Und wie bei ihrem ersten Zusammentreffen zuckte Josta auch heute leise zusammen.

Aber sogleich flog ein sanftes, liebenswürdiges Lächeln über das Gesicht Gerlindes, und sie winkte, grüßend mit den Blumen, ihrer Nachfolgerin zu. Dann trat die Tochter des Administrators an den Wagenschlag und sagte mit heller, klarer Stimme ihr Sprüchlein auf, welches zum Schluß alle Anwesenden aufforderte, ein Hoch auf Josta Ramberg und ihren Gemahl auszubringen.

Rainer erhob sich und dankte seinen Leuten herzlich, zugleich im Namen seiner jungen Frau, die freundlich nach allen Seiten grüßte. Zum Schluß versprach Rainer seinen Leuten einen ganz besonderen Festtag, sobald die Ernte beendet sein würde.

Auf der Schwelle begrüßte Gerlinde das junge Paar.

»Wie froh und glücklich bin ich, daß ihr nun heimgekehrt seid! Es war so einsam und still für mich in diesen Wochen, und ich bin so unbescheiden, euch gleich jetzt zu bitten, mir ein Plätzchen einzuräumen in euren Herzen und in eurem Heim, damit ich mich sonnen kann an eurem Glück«, sagte sie scheinbar tiefbewegt und schloß Josta in ihre Arme, als habe sie diese sehnsüchtig erwartet.

Die junge Frau vermochte nur mit Überwindung einige freundliche Worte zu sagen. Ihr war zumute, als stehe Gerlinde wie ein feindlicher Schatten auf der Schwelle ihres Heims. Rainer aber begrüßte diese mit großer Wärme und Herzlichkeit. »Unser Haus wird stets das deine sein, Gerlinde. Je öfter du bei uns sein wirst, desto mehr werden wir uns freuen. – Hast du dich im Witwenhaus gut eingelebt?«

Gerlinde hatte gespannt in den beiden Gesichtern geforscht. Und sie sah darin nicht, was sie gefürchtet hatte, den hellen, sonnigen Schein, der nur wahrhaft glücklichen Menschen eigen ist. Das ließ sie innerlich aufjubeln.

Die Leute zerstreuten sich nun, die Diener begaben sich auf ihre Posten, und Gerlinde schritt wie selbstverständlich neben dem jungen Paar, als sei sie gewillt, es nicht allein zu lassen.

Aber da mußte sie erleben, daß die neue Herrin von Ramberg ziemlich energisch die Initiative ergriff. »Ich bin ein wenig müde, liebe Gerlinde, wir sind seit dem frühesten Morgen unterwegs. Du entschuldigst uns vorläufig. Sobald ich mich ein wenig in meinem neuen Reich umgesehen habe, werde ich mir erlauben, bei dir im Witwenhaus vorzusprechen. Ich danke dir herzlich für dein Willkommen. Auf Wiedersehen also!«

Rainer war im Grunde froh, daß Josta Gerlinde verabschiedete, aber er war ein wenig verlegen, daß es so energisch geschah. Deshalb ergriff er zur Abschwächung Gerlindes Hand, führte sie an seine Lippen und sagte herzlich: »Sobald wir eingerichtet sind, sehen wir uns. Wir freuen uns schon auf die abendlichen Plauderstündchen. Also auf Wiedersehen, liebe Gerlinde!«

Diese vermochte zu lächeln, trotz des Grolls im Herzen. »Auf Wiedersehen! Ruhe dich gut aus, kleine Frau, du bist ein wenig blaß und müde.«

Rainer führte seine Frau in ihr Zimmer. Das erste, was Josta hier sah, war eine Fülle roter Rosen, die in Vasen und Schalen ihr Zimmer schmückten. Ein süßer Duft drang ihr entgegen. Sie atmete tief. »Wer hat hier alles so herrlich geschmückt, Rainer?« fragte sie, zu ihm aufsehend.

»Es geschah auf meinen Befehl, Josta. Freut es dich ein wenig?«

Ein leises Rot stieg in ihr Gesicht. »Sehr. Diese roten Rosen sind so herrlich; es ist die gleiche Sorte, die du mir immer gesandt hast während unserer Verlobungszeit. Ich habe noch nie so viele und so wundervolle Rosen gesehen. Sind sie alle in Ramberg gezogen?«

»Ja, sie werden hier besonders sorgfältig gepflegt.«

Josta senkte den Kopf auf einen Strauß dieser Rosen hinab. Ach, was hätte sie darum gegeben, wenn es Rosen der Liebe gewesen wären!

Rainer ahnte nicht, welche Gedanken Josta bewegten. Er hatte ihr rote Rosen geschenkt, weil er sie liebte. Aber das durfte er ihr nicht sagen.

»Wenn du dich umgekleidet hast, laß mich rufen, Josta. Ich will dich dann in deinem Reich herumführen«, sagte er herzlich.

»Ich freue mich darauf«, erwiderte sie freundlich.

Als er eine Stunde später bei ihr eintrat, fragte er: »Du bist doch nicht zu müde? Sonst verschieben wir den Rundgang durch das Schloß.«

Sie schüttelte lächelnd den Kopf. »Müde bin ich gar

nicht mehr, Rainer. Bist du böse, daß ich Gerlinde fortgeschickt habe? Ich wollte gern mit dir allein sein, wenn du mich hier von meinem neuen Reich Besitz ergreifen läßt. In Gerlindes Gegenwart hätte ich das Gefühl gehabt, als sei ich hier ein Eindringling.«

Er streichelte ihre Hand. »Du mußt niemals fragen, ob ich dir böse bin, Josta. Nie wird das geschehen. Du sollst immer nur tun, was dir Freude macht. Und wenn dich Gerlinde stört, hast du ein Recht, sie wegzuschicken.«

Als Rainer seine junge Frau durch ihre und seine Zimmer führte und dann durch die übrigen Räume, wurde sie lebhafter. Sie war entzückt über die wundervolle Ausstattung des Schlosses. Seine Augen hingen voll Entzücken an ihrem leuchtenden Antlitz, und es machte ihm sichtlich Freude, ihr alle Schätze zu zeigen, die das Haus barg.

Aber schließlich bat sie: »Nun muß es aber für heute genug sein, Rainer; jetzt bin ich wirklich müde von allem Sehen.«

Lächelnd und beglückt durch ihren Frohsinn sah er sie an. »So komm, meine kleine Josta, für heute hast du wirklich genug gesehen.«

Er führte sie zu ihren Zimmern zurück. Dort sagte sie scherzend: »Ich muß gestehen daß ich nun auch bald wissen möchte, ob der Ramberger Koch leistungsfähig ist. Ich habe Hunger.«

Er lachte. »Wir können sogleich zu Tisch gehen.«

Wenige Minuten später saßen sie sich in froher Stimmung im Speisesaal an der kleinen runden Tafel gegenüber. Josta fand diesen großen Saal erst etwas ungemütlich für zwei Personen. Als ihr Gemahl aber dann den großen Vorhang als Abschluß der Nische vorziehen ließ, gefiel ihr das sehr gut.

12

Die nächsten Tage vergingen Josta wie im Flug.

Sie hatte nun auch schon Gerlinde einen Besuch abgestattet, und diese hatte sie in den zierlichen, aber sehr behaglichen Räumen herumgeführt. Josta fand das kleine, efeuumsponnene Haus sehr idyllisch und reizend.

Gerlinde zuckte dazu die Achseln. »Ich will dir nicht wünschen, meine liebe Josta, daß du deine Tage als Witwe hier beschließen mußt. Lebe erst einmal einige Jahre in Ramberg, lerne, dich in den großen, hohen Räumen heimisch zu fühlen, dann wirst du merken, wie schwer man sich dann mit kleinen, niedrigen Zimmern begnügt. Mir ist oft – als hätte ich nicht Luft genug zum Atmen.«

Josta fühlte bei diesen Worten etwas wie Mitleid mit Gerlinde. Warmherzig faßte sie nach ihrer Hand.

»Komm nur oft herüber, Gerlinde. Täglich, stündlich sollst du uns angenehm sein. Es tut mir leid, daß ich dich aus deinem Reich habe verdrängen müssen.«

»Das ist der Königinnen Los«, scherzte sie. »Wenn der König stirbt, muß die Königin den Thron verlassen. Aber dein freundliches Anerbieten nehme ich natürlich dankbar an. Wenn ihr erst aus den Flitterwochen seid, werde ich euch sogar bitten, mir zu gestatten, die Mahlzeiten mit euch einnehmen zu dürfen. Es ist trostlos, wenn man so ganz allein bei Tisch sitzt.«

Josta errötete leicht, als Gerlinde von Flitterwochen sprach. »Das kannst du unbesorgt schon jetzt tun, du störst uns gewiß nicht«, sagte sie hastig.

»Das lasse ich mir nicht zweimal sagen«, erwiderte Gerlinde.

Und nun kam Gerlinde zu jeder Tageszeit unangemeldet zum Gutshaus herüber. Sie plauderte vormittags, wenn Rainer im Forst oder auf den Feldern war, mit Josta, kam nachmittags zum Tee und nahm das Diner und das Souper gemeinsam mit dem jungen Paar ein. Sie blieb nach dem Abendessen plaudernd in Jostas Salon und ging mit Josta spazieren.

Josta merkte bald, daß Rainer in Gerlindes Gegenwart lebhafter und heiterer schien und sich immer mehr von ihr fesseln ließ.

Oft kam sie sich dann so überflüssig vor, daß sie sich fragte, wozu Rainer sie eigentlich nach Ramberg geholt habe. Das ging aber alles so allmählich, daß die beiden es kaum merkten, wie fremd sie einander wurden.

Nur eine Gelegenheit fand sich für das Paar, miteinander allein zu sein. Das war, wenn sie zusammen ausritten. Und das waren Jostas liebste Stunden. Sie war eine passionierte Reiterin und fand es wundervoll, an Rainers Seite durch die Felder und Wiesen, die herrlichen Waldungen zu streifen.

Gerlinde waren diese langen Ausritte des jungen Paares verhaßt. Sie bedauerte jetzt oft, daß sie eine so schlechte Reiterin war.

Josta hatte bald herausgefunden, daß Gerlinde nicht gern ausritt – und nun tat sie es um so lieber. Rainer machte bald mit seiner jungen Frau Besuche in der Nachbarschaft und bei den wenigen Familien, die dafür in Frage kamen. Sie wurden überall mit großer Liebenswürdigkeit und Freude aufgenommen. Natürlich machten die Herrschaften alle ihre Gegenbesuche in Ramberg. Allgemein war man sich darüber einig, daß die junge Herrin von Ramberg eine entzückende junge Frau sei.

Es fiel ihr gar nicht schwer, sich in den Kreisen einzuleben. Sie war ein Landkind der Neigung nach und fand das Leben und Treiben auf den kleinen Gütern sehr reizvoll. Am meisten zog es Josta nach Rittberg. Dort wurde sie immer mit Jubel und warmer Herzlichkeit empfangen und fühlte sich bei den schlichten, natürlichen Menschen sehr wohl.

Einige Wochen waren vergangen seit Jostas Einzug in Ramberg.

An einem trüben Vormittag kam Gerlinde wieder ins Schloß herüber. Sie schritt stolz und hochaufgerichtet am Personal vorüber durch die große Halle und verschwand im Waffensaal. Dann wurden ihre Schritte leiser. Geräuschlos öffnete sie die Tür, die aus der Bibliothek in die Gemächer Jostas führte, und betrat den blauen Salon und dann durch die trennenden Portieren die übrigen Zimmer.

Bis vor das Boudoir Jostas gelangte sie so, und schon wollte sie die Portiere zu diesem Raum öffnen und eintreten, als sie plötzlich stutzte. Aus Jostas Boudoir drang leises, unterdrücktes Schluchzen an ihr Ohr.

Daß Rainer nicht daheim war, wußte sie, hatte sie ihn doch vor wenigen Minuten mit Heilmann auf die Felder reiten sehen. Leise öffnete sie einen Spalt in den Portieren und sah hinein. Da erblickte sie Josta. Sie saß an dem kleinen Schreibtisch, vor sich ein aufgeschlagenes Buch. Sie hatte das Gesicht in die Hände vergraben, und ihr Körper wurde von einem krampfhaften Schluchzen geschüttelt.

Gerlinde überlegte eine Weile. In ihren Augen leuchtete es triumphierend. Das sah nicht nach Glück aus. So weint eine Frau nur, wenn sie unglücklich ist.

Gerlinde trat schnell und leise ein. Josta bemerkte sie nicht. Mit wenigen Schritten war Gerlinde an Jostas Seite, und erst als sie ihre Hand auf deren Schulter legte, zuckte diese zusammen und sah verwirrt und erschrocken mit verweinten Augen zu ihr empor.

Gerlinde streichelte Jostas Haar. »Nun, nun – liebe kleine Frau –, was sehe ich denn da? Tränen – richtige Tränen?« fragte sie sanft und leise, wie von tiefem Mitleid erfüllt. Josta klappte schnell das Buch vor sich zu. Gerlinde sah auf dem Umschlag das Wort ›Tagebuch‹ eingeprägt. Ah – die kleine Frau führt ein Tagebuch! – Das ist äußerst interessant, das muß ich im Gedächtnis behalten, dachte sie.

Josta trocknete hastig die Tränen. »Es ist nichts, Gerlinde, achte nicht auf die dummen Tränen! – Ich – ich habe ein wenig Kopfweh«, stammelte sie.

Gerlinde schüttelte sanft und vorwurfsvoll den Kopf. »Und das nennst du Freundschaft und Vertrauen, Josta? Willst du mir nicht lieber ehrlich sagen, was dich drückt? Vielleicht kann ich dir helfen?«

Josta schüttelte energisch den Kopf und sprang auf. Sie ergriff ihr Tagebuch und legte es in ein Schreibtischfach, das sie abschloß, den Schlüssel darauf zu sich steckend.

»Oh, du führst ein Tagebuch, kleine Frau!« sagte Gerlinde lächelnd. Und sie schalt sich eine Stümperin, weil sie sich nicht klugerweise zu diesem Schreibtisch einen Doppelschlüssel hatte anfertigen lassen, ehe sie beides an Josta abtrat.

Josta war rot geworden. »Oh – es ist nur eine alte Gewohnheit aus meinen Jugendtagen«, sagte sie.

Gerlinde nickte. »Ja, ja – das tun wir alle, wenn wir jung sind und solange wir etwas erleben möchten. Wenn man dann wirklich etwas erlebt, hört man auf, es dem Tagebuch anzuvertrauen.«

Josta nickte lebhaft. »Natürlich, es ist nur eine Kinderei. Wichtiges schreibt man nicht auf.«

»Nein, nein. Aber trotzdem – vor fremden Augen möchte man auch das um jeden Preis hüten. Wenn du dein Tagebuch ganz sicher verbergen willst, kann ich dir ein Versteck zeigen. Du weißt wahrscheinlich noch nicht, daß dieser Schreibtisch ein Geheimfach hat. Sieh, wenn du auf den Kelch dieser Mosaikrose drückst und ihn nach rechts schiebst, springt das Fach auf. Darin kannst du dein Tagebuch verwahren, da ist es sicher.«

So sprach Gerlinde und zeigte Josta, wie sie das Fach öffnen und schließen konnte.

Diese neigte dankend das Haupt. »Ich will es mir merken, Gerlinde, und das Fach gelegentlich benutzen«, antwortete sie. »Aber, bitte, nimm doch Platz. Du bist heute schon so früh auf dem Weg.«

»Ja, ich wußte mir nichts Besseres zu tun, als dich aufzusuchen. Aber das ist ja so unwichtig. Viel wichtiger sind mir dein trauriges Gesicht und deine verweinten Augen. Willst du mir deinen Kummer nicht anvertrauen?«

»Ich habe wirklich keinen Kummer, Gerlinde. Man ist nur manchmal . . . verstimmt. Oder vielleicht hatte ich ein wenig Heimweh nach Papa. Überhaupt, wenn der Himmel so trübe ist und die Sonne nicht scheint, bin ich immer leicht verzagt.«

Gerlinde schüttelte den Kopf. »Warum bist du nicht offen zu mir, Josta? Du könntest es ruhig sein – denn ich kenne deinen Kummer.«

Josta erschrak und wurde dunkelrot. Ihre Augen sahen ängstlich und unruhig zu Gerlinde hinüber. »Nein, nein! Wie sollst du – ach – bitte, laß mich.«

Gerlinde ließ sich jedoch nicht aufhalten. »Ja, Josta, ich weiß, daß du so unglücklich bist, weil du Rainer nicht lieben kannst – nicht so, wie eine Frau einen Mann lieben soll«, sagte sie weich, wie in Mitleid aufgelöst.

Josta hatte die Hände vor das Antlitz geschlagen, um es in heißer Scham zu bergen. Zitternd hatte sie die Enthüllung ihres Geheimnisses erwartet. Aber nun hörte sie, daß Gerlinde auf falscher Fährte war.

Als sie nach einer Weile die Hände sinken ließ, war sie blaß und ruhig. »Nun – und wenn es so wäre wie du sagst –, wozu davon sprechen?« sagte sie leise.

»Ich will dich beruhigen; wir Frauen müssen zusammenhalten, und ich habe dich lieb und will nicht, daß du dich nutzlos quälst. Rainer liebt dich so wenig wie du ihn. Oder weißt du es schon, daß sein Herz seit Jahren einer anderen Frau gehört?«

»Liebe Gerlinde«, sagte Josta, die Hände fest ineinander krampfend, um ihre Ruhe nicht zu verlieren. »Rainer hat mir nichts davon gesagt, und er wird nicht wollen, daß wir darüber sprechen.«

Gerlinde machte eine abwehrende Bewegung. Ihre Augen brannten wie im Fieber. »Ach, sei nicht so töricht, Josta. Rainer braucht nicht zu wissen, daß wir davon reden. Ich weiß ja, er wird zu dir nie von dieser Frau sprechen, die er seit Jahren liebt, und die ihm unerreichbar ist. Ihren Namen verschließt er wie ein Heiligtum in seiner Brust, und auch mir ist er nur durch Zufall bekannt geworden. Er war außer sich, als ich ihn eines Tages vor seinen Ohren nannte.«

Josta war leise zusammengezuckt. »Du weißt, wer die Dame ist?« fragte sie hastig.

Gerlinde neigte das Haupt. »Ja, ich kenne sie.«

Josta streckte wie bittend die Hände aus. »Nenne sie mir – ich bitte dich.«

»Ich kann es nur unter einer Bedingung tun.«

»Unter welcher?«

»Daß du nie diesen Namen aussprichst in Gegenwart anderer Menschen, daß du auch Rainer nichts verrätst!«

»Mein Wort darauf, ich gelobe Stillschweigen.«

»Auch wir beide werden diesen Namen nur dies eine Mal nennen, Josta.«

»Ja, ja – sprich nur«, drängte Josta, ganz vergessend, daß es unklug war, solch ein Geheimnis mit Gerlinde zu teilen. Sie fieberte nur danach, den Namen zu hören.

»Nun gut, du sollst ihn hören«, und, sich vorbeugend,

flüsterte ihn Gerlinde. Dann fuhr sie fort: »Da Rainer keine Hoffnung hatte, die Geliebte seines Herzens zu erringen, so bot er dir seine Hand – weil er eine gewisse väterliche Neigung für dich fühlte.«

Josta saß bleich mit großen Augen da, und um ihren Mund zuckte es leise. »Oh – nun verstehe ich –, nun verstehe ich alles!«

Draußen brach die Sonne durch die Wolken. Gerlinde legte den Arm um Josta. »Komm ein wenig hinaus ins Freie, kleine Frau, Kopfweh und trübe Stimmung vergehen im Sonnenschein. Und vergiß das Geheimfach nicht. Darin kannst du sicher alles bergen, was außer dir niemand sehen soll.«

Josta neigte das Haupt. »Ja, ja – ich danke dir.«

Und mit schweren, müden Schritten ging sie neben Gerlinde ins Freie hinaus. Ihr war zumute, als habe sie eine Torheit begangen, als habe sie sich wider Willen in Gerlindes Hände gegeben, obwohl sie ihr nichts von ihrem eigenen Empfinden verraten hatte. Es bedrückte sie, daß sie Gerlinde den Namen der Frau zu danken hatte, die Rainer liebte. Wie unrecht erschien es ihr nun, daß sie in sein Geheimnis eingedrungen war, gegen seinen Willen.

Von diesem Tag an hütete Josta ihrem Gatten gegenüber noch ängstlicher ihr Geheimnis und zeigte sich ihm noch zurückhaltender. Rainer merkte das nur zu genau und wurde mutloser als je zuvor.

In ihr Tagebuch schrieb Josta am Abend dieses Tages: ›Nun weiß ich, wem Rainers Liebe gehört, und nun bin ich ganz hoffnungslos.‹

13

Wenige Tage später sah Gerlinde Josta und Rainer am Witwenhaus vorüberreiten. Sie war nun sicher, daß die beiden in der nächsten Stunde nicht ins Schloß zurückkehren würden.

Eiligst ging sie hinüber; sie wollte sehen, ob Josta ihr Tagebuch in das Geheimfach gelegt hatte. Ohne Zaudern suchte sie Jostas Boudoir auf, und nachdem sie sich überzeugt hatte, daß kein Lauscher in der Nähe war, trat sie an den Schreibtisch heran und öffnete das Geheimfach.

Zu ihrer Enttäuschung war das Buch nicht darinnen. Josta hatte, einem bestimmten Argwohn folgend, ihr Tagebuch an dem alten sicheren Platz gelassen. Und den Schlüssel trug sie stets bei sich. Aber statt des Tagebuchs erblickte Gerlinde einen Brief. Schnell zog sie ihn heraus, und – fast hätte sie einen Freudenschrei ausgestoßen – dieser Brief trug, von Jostas Hand geschrieben, die Adresse Henning Rambergs. Ohne das Siegel zu verletzen, konnte der Brief nicht geöffnet werden, sonst hätte sie es sicher getan.

Rasch trat Gerlinde an das Fenster und hielt den Brief gegen das Licht, um zu prüfen, ob man etwas von dem Inhalt auf diese Weise entziffern konnte. Aber vergeblich, das Papier war undurchlässig. Ärgerlich legte sie das Schreiben wieder in das Geheimfach. Immerhin war ihr Streifzug nicht ganz erfolglos für sie gewesen. Sie wußte nun wenigstens, daß Josta mit Henning korrespondierte und daß sie diesen Brief hatte verbergen wollen. Es war also anzunehmen, daß Rainer nichts von diesem Briefe wissen sollte.

So verließ sie nicht ganz unbefriedigt Jostas Boudoir und ging zum Witwenhaus zurück.

An diesem Tage fand sich Gerlinde zur Teestunde noch zeitiger im Gutshaus ein als sonst. Sie wußte, daß Rainer um diese Zeit die Posttasche abzufertigen pflegte, und wollte kontrollieren, ob Josta den Brief an Henning in die Posttasche legte

Sie trat mit Josta zugleich in das Zimmer, in welchem meist der Tee eingenommen wurde. Gleich nach den beiden Damen trat Rainer ein. Er trug die Posttasche mit den Postsachen bereits unter dem Arm. »Habt ihr Briefe zu befördern?« fragte er die Damen. Gerlinde pflegte ihre Post herüberzubringen, um sie in die Posttasche zu geben. Heute verneinte sie. Aber Josta erhob sich schnell. »Einen Augenblick, Rainer! Ich hole meine Post gleich herüber; ich vergaß sie auf meinem Schreibtisch.«

»Laß sie doch durch einen Diener holen, Josta«, sagte Gerlinde schnell.

Aber die junge Frau war schon an der Tür. »Ich tue es selbst.«

Gespannt wartete Gerlinde, was nun geschehen würde. Daß Josta die Briefe holte, war schon auffällig.

Nach kurzer Zeit kam Josta zurück und hielt mehrere Briefe in der Hand. Sie schob sie selbst in die offen vor Rainer liegende Tasche.

»So fleißig hast du heute korrespondiert?« fragte er scherzend.

Josta wurde nicht einmal rot oder verlegen, wie Gerlinde konstatierte. »Ich hatte viele Briefschulden, Rainer«, antwortete sie ruhig.

Gar nicht so übel, dachte Gerlinde. Das hat die kleine Frau ganz geschickt gemacht. Rainer hat sicher keine Ahnung, daß sich unter Jostas Briefen einer an Henning befand. Wir wollen nun einmal weiter sondieren, sobald die Posttasche fortgeschickt ist.

Rainer verschloß die Tasche und übergab sie einem Diener. Als dieser sich entfernt hatte, sagte Gerlinde wie beiläufig:

»Nun wird ja wohl Henning bald nach Ramberg kommen.«

»Ja, er hat sich heute angemeldet. Am Sonnabend wird er eintreffen.«

In Jostas Gesicht stieg eine helle, freudige Röte. Sie hatte Henning sehr gern und freute sich auf sein Kommen. Daß dies bald bevorstand, wußte sie. Deshalb hatte sie heimlich an ihn geschrieben. Er sollte von Berlin eine von ihr bestellte Zeichnung mitbringen für einen Wandteppich, den sie für Rainer als Weihnachtsgeschenk anfertigen wollte.

Das war das ganze Geheimnis, welches der im Geheimfach aufbewahrte Brief barg, den sie nun so unauffällig mit den anderen Briefen in die Posttasche geschoben hatte.

Gerlinde blieb bis nach dem Abendessen im Schloß. Rainer begleitete sie nach dem Dunkelwerden immer bis an ihre Wohnung. Auf dem Wege setzten sie ihre Unterhaltung lebhaft fort.

Gerlinde begann: »Wenn Henning erst hier ist, wird es lustiger werden. Ich freue mich, daß er kommt.«

»Ja, ich freue mich auch«, antwortete Rainer herzlich.

»Wie geht es ihm? Ihr habt doch wohl fleißig mit ihm korrespondiert, du und Josta?«

Rainer ahnte nicht, was diese Frage bezweckte. »Die Korrespondenz mit Henning besorge ich allein. Er schrieb mir neulich, daß er lieber nicht kommen wolle; er möchte unsere Flitterwochen nicht stören. Das habe ich ihm natürlich ausgeredet. Und so hat er endlich zugesagt.«

Gerlinde fragte sich, ob es gut sei, einiges Mißtrauen gegen den Bruder in Rainer zu wecken. Aber möglicherweise verhinderte Rainer dann Hennings Besuch. Und das durfte nicht sein. Henning mußte jetzt kommen; er mußte mit Josta so viel wie möglich zusammensein.

So schwieg sie vorläufig über dies Thema und plauderte angeregt über andere Dinge, bis sich Rainer an der Tür des Witwenhauses von ihr verabschiedete.

Josta hatte mit traurigen Augen hinter ihrem Gatten und Gerlinde hergesehen. Den ganzen Abend hatten sich die beiden wieder so lebhaft unterhalten und scheinbar kaum darauf geachtet, daß sie still und unbeteiligt mit einer Handarbeit dabeisaß.

Am nächsten Morgen, als sie allein war, schrieb sie in ihr Tagebuch:

›Ich bedeute Rainer so viel weniger als Gerlinde. Sie versteht es viel besser, ihn zu fesseln und sein Interesse wach zu halten, als ich. Ich muß zu meiner Qual manchmal denken, daß er wohl besser getan hätte, Gerlinde zu seiner Frau zu machen. Aber was wäre dann aus mir geworden? Ach, wie weit liegt der Frieden jener Zeit hinter mir, daß er für mich nur Onkel Rainer war! Mein Herz wird täglich schwerer. Ich fühle, Rainer wird mir fremder von Tag zu Tag; fast scheint es mir zuweilen, daß er meine Nähe flieht. Ich habe fast keine Hoffnung mehr, daß ich mir seine Liebe erringen kann. Mein Rainer – mein einzig geliebter Mann –, wenn du ahntest, was ich leide! In deiner Güte würdest du mich tief bedauern. Oft ist mir, als könnte ich es nicht mehr ertragen, so neben dir dahinzuleben. Ich denke dann an mein ruhiges Waldow, dort könnte ich still meinen Erinnerungen leben. Aber nein – nein – die Sehnsucht nach deinem Anblick, mein Rainer, würde mich zu dir zurücktreiben – trotz der Gewißheit, daß ich dir nichts bin als eine ungeliebte Frau. Wo ist mein Stolz geblieben? Nichts als Sehnsucht nach deiner Liebe ist in meinem Herzen.‹

Henning hatte wirklich erst die Absicht gehabt, nicht nach Ramberg zu gehen, sondern seinen Urlaub anderswo zu verbringen.

Nun aber, da seine Ankunft nach Ramberg gemeldet war, hatte er keine Ruhe mehr. Die Stunden dehnten sich zu Ewigkeiten, die ihn noch von Josta trennten.

Dann erhielt er, zwei Tage vor seiner Abreise nach Ramberg, Jostas Brief. Er enthielt nur wenige schwesterliche Worte, aber er versetzte ihn doch in einen Rausch des Entzückens. Daß sie nur an ihn gedacht hatte, machte ihn selig. Er bedeckte das tote Papier mit Küssen. Am nächsten Vormittag machte er sich selbst auf den Weg zum Atelier, um die Zeichnung für Josta abzuholen. Es war ihm ein lieber Gedanke, sich für sie bemühen zu dürfen.

Auf seinem Weg mußte er die Linden passieren. Und da sah er plötzlich vor sich eine schlanke, junge Dame. Sie trug ein fußfreies, elegantes Straßenkostüm und ging leicht und elastisch.

Henning zuckte zusammen und sah mit großen Augen hinter dieser vornehmen, schlanken Erscheinung her. Wie gebannt hing sein Blick an den dicken kastanienbraunen Locken, die unter dem kleinen modernen Strohhut hervorquollen.

Das ist doch Josta! dachte er.

Aber dann lachte er sich selbst aus.

Und doch folgte er der Dame jetzt mit schnellen Schritten, um sie einzuholen. Seine Blicke hingen wie gebannt an ihr. Das war Jostas schlanke Gestalt, war ihre Art zu gehen und den Kopf zu halten.

Immer schneller schritt er aus und hatte die Dame fast erreicht, als sie plötzlich vor einem Schaufenster stehenblieb. So wandte sie ihm ihr Profil zu. Ein feiner weißer Schleier verhüllte das Gesicht nur wenig.

Ja – es war Josta. – Das Blut stieg ihm in jäher Glückseligkeit zum Herzen. Schnell trat er neben sie.

»Josta – liebe Josta !« rief er mit erregter, freudiger Stimme. Die junge Dame wandte ihm voll ihr Gesicht zu –

und Henning trat mit einer Entschuldigung enttäuscht zurück. Wohl waren es Jostas dunkle Augen, die ihn aus diesem Mädchengesicht anblickten – aber Josta war es nicht. Es war eine fremde junge Dame, vielleicht noch einige Jahre jünger als Josta.

Die Fremde sah ihn überrascht an. Es war, als wollte sie etwas sagen. Dann gab sie sich jedoch einen Ruck und ging schnell weiter.

Henning starrte ihr nach wie einer Traumgestalt.

Dicht am Pariser Platz verschwand die junge Dame plötzlich in dem Portal eines großen, vornehmen Hotels. Henning ging noch ein Stück weiter, kehrte dann um und ging nochmals an dem Hotel vorüber. Da sah er die junge Dame neben einer älteren Frau stehen, die ein schlichtes schwarzes Kleid trug und einen schwarzen Hut. Sie stand in bescheidener Haltung vor der jungen Dame, die eifrig mit ihr zu reden schien. In Gedanken verloren ging Henning weiter.

Diese Begegnung hatte Hennings Sehnsucht nach Josta nur noch verstärkt. Er rief einen Wagen und fuhr nun zum Atelier, um die Zeichnung zu holen. Als er wieder nach Hause fuhr, kreuzte sein Wagen die Linden. Weil gerade die Fuhrwerke in die andere Richtung passierten, mußte sein Wagen an der Ecke der Friedrichstraße eine Weile halten. Da sah er nochmals die junge Dame mit den kastanienbraunen Locken. Sie fuhr mit der schwarzgekleideten Frau in einem Auto an ihm vorüber.

Als habe sie seinen Blick gespürt, wandte sie sich zur Seite und sah ihn mit den großen dunklen Augen an. Sie erkannte ihn wieder. Ein Schelmenlächeln huschte um ihren Mund. Hätte er gehört, was die junge Dame mit ihrer Begleiterin sprach, wäre er wohl noch viel unruhiger geworden. Das Gespräch wurde in englischer Sprache geführt.

»Maggie, in einem Wagen am Straßenübergang saß der junge Herr, der mich vorhin mit Josta anredete. Er sah mich wieder so seltsam an. Ist das nicht sonderbar?« fragte die junge Dame.

»Ja, Miß Gladys, es ist sonderbar. Aber es wird sein, wie Sie denken, der Herr wird ein guter Bekannter von Josta Waldow sein. Und sie muß Ihnen sehr ähnlich sein«, erwiderte die mit Maggie Angeredete.

Miß Gladys nickte mit glänzenden Augen.

»Du kannst dir wohl denken, meine gute Maggie, daß ich nun noch ungeduldiger bin, Josta Waldow von Angesicht zu Angesicht gegenüberzustehen. Wenn wir hier in Berlin unsere Einkäufe gemacht haben, hoffe ich Nachricht zu haben, wo sie lebt und wo ich sie finden kann. Dann reisen wir sogleich. Weißt du, meine gute Maggie, daß ich am liebsten den jungen Herrn nach ihr gefragt hätte?«

»Ich an Ihrer Stelle hätte es auch getan, Mißchen.«

Rainer war zur Station gefahren, um Henning abzuholen. Herzlich wie immer begrüßten sich die Brüder. Aber aus Hennings Augen flog ein hungriger, sehnsüchtiger Blick zum Wagen. Er hatte gehofft, Josta würde mit am Bahnhof sein.

Ein wenig besorgt sah Rainer in das schmal gewordene Gesicht seines Bruders.

»Siehst nicht gut aus. Nun, in diesen Wochen wirst du dich schon wieder herausmachen; Josta wird dich nach Kräften pflegen und verwöhnen«, scherzte Rainer.

Und nun konnte Henning endlich von Josta sprechen.

»Wie geht es ihr?« fragte er, seiner Stimme Festigkeit gebend.

»Gott sei Dank, gut, Henning. Sie hat sich in Ramberg gut eingelebt. Nur ein wenig still war sie in der letzten

Zeit. Ich erhoffe viel von deiner guten Laune und deinem Frohsinn. Das ist es wohl, was Josta in Gerlindes Gesellschaft fehlt.«

Es war Henning eine Erleichterung, daß er hörte, Rainer und Josta seien wenig allein. Sie hatten den Wagen bestiegen, und die Pferde liefen im schnellsten Tempo die Chaussee entlang. Der kleine Gepäckwagen mit Hennings Diener folgte langsamer.

Noch ehe sie das Parktor erreichten, sahen die Herren weiße Kleider und farbige Sonnenschirme durch das Laub schimmern. Es war ein sehr warmer, sonniger Septembertag.

»Da sind die Damen!« rief Rainer und hielt den Wagen an. Er warf dem Diener die Zügel zu und sprang ab.

Henning hatte Zeit, sich zu fassen. Seine Augen flogen hinüber zu Josta. Er sah nur sie! – Gerlinde bemerkte er nicht, sah nicht, daß sie ihn mit scharfen, forschenden Augen beobachtete.

Ihm war, als berühre er den Boden nicht mit seinen Füßen, als er auf Josta zueilte und ihre Hand ergriff.

»Willkommen, lieber, lieber Henning, willkommen daheim in Ramberg«, sagte Josta mit ihrer klaren, warmen Stimme sehr herzlich und erfreut.

»Grüß Gott, liebe Josta!« rief er und sah mit leuchtenden, sonnigen Augen in ihr Gesicht, in ihre Augen hinein. Und ihm war, als sei er schon ganz genesen, ganz glücklich und zufrieden. Tiefbewegt sah er, daß aus den Tiefen ihrer Augen ein wehmütiger Ernst leuchtete. Nein – glückliche Frauenaugen waren das nicht, das sah er sogleich, wie es Gerlinde auch gesehen hatte, als Josta nach Ramberg kam.

Auch aus Rainers Augen hatte ihm kein helles, wolkenloses Glück entgegengelacht. Das hatte Henning unterwegs gesehen. Und sosehr er sich darum verdammte, kam es doch wie eine Erlösung über ihn, als er die Gewißheit hatte, daß Rainer und Josta nicht restlos glücklich miteinander waren.

»Guten Tag, Vetter Henning – ich bin nämlich auch da«, scherzte Gerlinde jetzt neben ihm.

Er schrak zusammen und faßte nach ihrer Hand, die sie ihm lächelnd bot.

»Guten Tag, Gerlinde! Ich freue mich, dich wohl zu sehen.«

»Das beruht auf Gegenseitigkeit. Nun bedanke dich hübsch bei uns, daß wir dich festlich wie zwei Ehrenjungfrauen einholen. Josta hatte sogar den kühnen Plan, euch noch weiter entgegenzugehen. Aber ich habe hier am Parktor gestreikt. Für den unergründlichen Waldboden sind meine Schuhe nicht zweckmäßig genug.«

Henning war Gerlinde dankbar für den leichten, scherzhaften Ton, der seine Ergriffenheit geschickt bemäntelte. Sie wußte es dann so einzurichten, daß Henning und Josta vorausgingen, während sie an Rainers Seite folgte. Henning war glückselig, daß er neben Josta gehen durfte.

Dabei merkte er mit heißer Freude, daß sich Jostas traurige Augen aufhellten und daß sie erst lächelte und dann herzlich in sein Lachen einstimmte. Dieses frohe, herzliche Lachen klang auch zu Rainer hinüber. Seine Augen blickten halb froh, halb wehmütig auf seine junge Frau. Gerlinde sah ihn von der Seite forschend an. Und sie verstand in seinen Augen zu lesen,

»Höre nur, Rainer, Josta hat mit einem Mal das Lachen wieder gelernt. Ich glaube wirklich, wir beide sind eine zu ernste Gesellschaft für sie. Die frohe, sonnige Jugend reißt sie schnell aus ihrer bedrückten Stimmung.«

Jedes dieser Worte war berechnet. Es sollte harmlos klingen und war doch so vielsagend. Und es verfehlte seine Wirkung auf Rainer nicht.

»Findest du, daß Josta in bedrückter Stimmung gewesen ist, Gerlinde?« fragte er.

Sie sah ihn an, wie von tiefem Mitleid erfüllt. »Das mußt du doch selbst merken, Rainer. Du hast mir so oft erzählt, daß Josta solch ein lustiges, übermütiges Geschöpf gewesen ist. Seit sie in Ramberg ist, sehe ich selten ein Lächeln auf ihrem Gesicht. Dafür aber habe ich sie neulich in schmerzlichem Weinen überrascht.«

Er wurde sehr bleich. »Sie hat geweint? Wann war das?«

»Vorige Woche – ich fand sie in Tränen an ihrem Schreibtisch.«

Er seufzte tief. »Ich habe es mit Schmerzen gesehen, wie sehr sie sich verändert hat. Es macht mir Sorge.«

»Aber, lieber Vetter, das darf dich doch nicht wundern! Wenn ein so junges Mädchen einen älteren, gesetzten Mann heiratet, so färbt das immer auf sie ab. Aber jetzt ist ja Henning da, du wirst sehen, wie schnell er sie mit seinem jugendlichen Frohsinn und Übermut aufheitert. Jung und jung gehört nun einmal zusammen. Und uns wird Henning auch ein wenig aufmuntern.«

Sie konnte mit der Wirkung ihrer Worte zufrieden sein.

Eine Stunde später saß man auf der Ramberger Terrasse beim Tee. Josta erschien wie umgewandelt. Sie scherzte und lachte mit Henning. Sie war sichtlich froh, jemand zu haben, der sich mit ihr beschäftigte und dem gegenüber sie sich unbefangen geben konnte. Gerlinde konnte sich nicht enthalten zu sagen: »Ein Glück, daß du gekommen bist, Henning. Unser kleines Frauchen ließ all die Zeit das Köpfchen hängen wie eine welke Blume. Heute ist sie endlich einmal vergnügt. Du verstehst es, die Menschen aufzuheitern. Ich möchte auch davon profitieren. Wir wollen alle recht vergnügt sein, solange du Urlaub hast.«

Henning blickte zu Josta hinüber. Sie wurde ein wenig rot und strich sich verlegen einige Löckchen aus der Stirn.

»Was wollt ihr nur alle? Ich bin doch immer ganz vergnügt gewesen.«

Gerlinde legte ihren Arm um Jostas Schulter.

»Das glaubst du selbst, weil du zwischen uns beiden ernsthaften, alten Leuten gar nicht gemerkt hast, wie still du geworden bist«, sagte sie fast zärtlich.

Lächelnd schüttelte Josta den Kopf. »Alte Leute? Meinst du damit Rainer und dich?«

»Allerdings.«

Josta lachte. »Ach, Gerlinde, du glaubst doch selbst nicht, daß du zu den alten Leuten gehörst. So schöne junge Frauen wie du wollen das sonst nicht hören.«

Gerlinde sah sich mit wichtiger Vorsicht und schelmischem Lächeln um. »Wir sind ja unter uns, da brauche ich aus meinem würdigen Alter kein Hehl zu machen. Ich bin dreißig Jahre alt, meine liebe Josta – ein ehrwürdiges Alter für eine Frau.«

»Jetzt muß ich aber widersprechen, Gerlinde, sonst hältst du mich für einen Barbaren«, sagte Henning artig. »Eine Frau ist immer nur so alt, wie sie aussieht, und demnach bist du noch blutjung.«

Sie neigte dankend das Haupt. »Ich hoffe, dir bei Gelegenheit auch so etwas Hübsches sagen zu können«, sagte sie liebenswürdig, und Henning mußte sich wieder sagen, daß Gerlinde sehr charmant sein konnte.

Dann wandte er sich wieder an Josta. »Übrigens besitzt du eine Doppelgängerin, liebe Josta. Als ich vorgestern die Linden entlangbummelte, sah ich vor mir eine junge Dame, die dir in Gestalt und Haltung so auffällig glich, daß ich meinte, dich selbst vor mir zu sehen. Sogar deine durchaus nicht alltägliche Haarfarbe besaß diese Dame, und sie hatte ebenfalls wundervolle Locken. Ganz frappiert eilte ich der Dame nach. Da blieb sie plötzlich vor einem Schaufenster stehen, und ich sah ihr Profil.«

»Und natürlich sahst du ein ganz fremdes Gesicht«, sagte Josta lachend.

»O nein! Sie trug allerdings einen leichten weißen Schleier, aber das Profil glich dem deinen so sehr, daß ich sie überrascht mit deinem Namen ansprach. Da wandte sie mir ihr Gesicht zu – und sah mich mit deinen dunklen Augen an. Aber das Gesicht war mir nun doch fremd. Ich stammelte eine Entschuldigung und muß wohl ein sehr verblüfftes Gesicht gemacht haben, denn sie lächelte. Und das sonderbarste war, daß sie genauso schelmisch lächelte wie du. So etwas Wunderbares von Ähnlichkeit habe ich noch nie bei zwei Menschen gesehen, die einander so fremd sind. Später sah ich die Dame nochmals in einem Wagen an mir vorüberfahren, und zwar in Begleitung einer älteren Frau, sicher einer Dienerin. Und beide machten mir den Eindruck von Ausländerinnen.«

»Wie schade! Ich hätte diese meine Doppelgängerin gern einmal gesehen und mich überzeugt, ob die Ähnlichkeit wirklich so groß war.«

»Vielleicht hätte sich diese Ähnlichkeit als sehr gering erwiesen, wenn man die Dame direkt neben dir gesehen hätte, liebe Josta«, sagte Gerlinde. »Man glaubt ja oft, daß sich zwei Menschen zum Verwechseln ähnlich sehen, und sieht man sie dann zusammen, bleibt kaum noch eine schwache Ähnlichkeit. Die Phantasie spielt einem da manchen Streich.«

»Es ist möglich, daß sich diese Ähnlichkeit etwas verwischt hätte«, erwiderte Henning, »aber ich wette, Gerlinde, du hättest die Dame ebenfalls für Josta gehalten.«

Die Sonne ging unter, und es wurde merkbar kühl auf der Terrasse. Vom Fluß herüber zog ein leichter Nebelhauch. Da brach man auf.

14

Josta schien wirklich in der Gesellschaft ihres Schwagers aufzuleben. Henning war ihr unzertrennlicher Begleiter, und er bot alles auf, um sie aufzuheitern.

Rainer war viel vom Haus fort. Aber oft begleiteten ihn Josta und Henning zu Pferde, wenn er auf das Vorwerk oder die Felder ritt. Das schöne Herbstwetter begünstigte diese Ritte. Und dabei bekam auch Rainers ernstes Gesicht zuweilen einen frohen Ausdruck. Josta war dann meist so fröhlich, daß sie auch zu ihrem Gatten einen unbefangenen heiteren Ton fand.

Aber sonst blickte Rainer, wenn er sich unbeobachtet wußte, oft recht trübe. Es war auffällig, wieviel glücklicher Josta in Hennings Gesellschaft schien als in der seinen.

Hätte Josta nur eine Ahnung gehabt, wie es in Hennings Seele aussah, sie wäre im tiefsten Herzen erschrocken. Zu viel mit ihrem eigenen Innern beschäftigt, merkte sie nicht, daß seine Augen glücklich aufleuchteten, wenn sie zu ihm trat, und daß er überhaupt nur Augen für sie hatte.

Rainer fühlte mehr und mehr mit brennendem Schmerz, daß seine junge Frau seinem Bruder gegenüber eine ganz andere war als in seiner Gesellschaft. Und er merkte auch, daß Henning Josta gegenüber nicht unbefangen genug war. In seinen Augen lag oft eine heimliche Angst, wenn er Henning und Josta beobachtete. Wie, wenn Hennings und Jostas Herzen sich in Liebe fanden? So fragte er sich zuweilen in heimlicher Sorge und quälender Pein. Er vertraute dem Bruder und Josta schrankenlos, und seiner großzügigen Natur lag kleinliches Mißtrauen fern.

So vergingen Wochen, und scheinbar herrschte in Schloß Ramberg nur Glück und Freude. Oft waren Gäste zugegen, oder man machte gemeinsame Besuche in der

Nachbarschaft. Man veranstaltete mit Rainers Erlaubnis im Ramberger Forst ein großes Waldfest. Josta war entschieden die Königin dieses Festes. Alles huldigte ihr, und sie nahm diese Huldigungen mit einer vornehmen, ruhigen Liebenswürdigkeit auf.

Augenblicklich hatte Gerlindes Haß eine etwas mildere Form angenommen, weil sie glaubte, Josta werde ihr bald freiwillig das Feld räumen. Sie beobachtete Josta und Henning scharf, und daß diese so viel beieinander waren und einander zu suchen schienen, erfüllte sie immer von neuem mit heimlicher Freude. Gewissenhaft kontrollierte sie das Geheimfach in Jostas Schreibtisch. Ihr Verlangen nach einem Einblick in Jostas Tagebuch war immer stärker geworden. Aber sie fand das Geheimfach immer wieder leer.

Mit großer Gewandtheit wußte sie es einzurichten, daß es Henning und Josta nicht an ungestörten Stunden fehlte.

In den Nachmittagsstunden und am Abend traf man sich in der Bibliothek. Einmal hatte man in alten Chroniken nach einer Familiengeschichte gesucht. Als man sie gefunden, las sie Rainer mit seiner wohlklingenden Stimme vor.

Eine Ahnfrau der Rambergs war fälschlicherweise der Untreue gegen ihren Gatten angeklagt worden, weil ihre Kammerfrau ein ihr gehöriges Gürtelband einem ihrer Anbeter überlassen hatte. Dieses Gürtelband hatte der Gemahl in den Händen des Anbeters gefunden, und es war zu einem blutigen Zweikampf gekommen. Er hatte den Anbeter auf den Tod verwundet und wollte seine Frau verstoßen. Von Reue gefoltert, hatte jedoch die Kammerfrau im letzten Moment der Wahrheit die Ehre gegeben, und die Gatten hatten sich versöhnt.

Als Rainer zu Ende war, sagte Gerlinde lächelnd, Henning scharf beobachtend: »Diese Geschichte ging zum

Glück friedlicher aus als die von Othello und Desdemona. Sonst ist sie ähnlich, nur spielte hier ein Gürtelband die Rolle des ominösen Taschentuches.«

Hennings Stirn rötete sich, und verstohlen preßte sich seine Hand auf seine Brust, wo Jostas Taschentuch lag.

»Wie kann man nur die Treue oder Untreue eines Menschen mit so zufälligen Dingen begründen wollen. Übrigens fällt mir dabei ein, daß mir mein sehr kostbares Brauttaschentuch an meinem Hochzeitstage verlorenging. Meine Jungfer hat alles durchsucht. Es blieb aber verschwunden. Das hat mir sehr leid getan, denn ich bekam es von Rainer geschenkt«, sagte Josta.

»Wie gut, daß sich daraus nicht auch ein Drama entwikkelte«, scherzte Gerlinde mit funkelnden Augen.

Hier unterbrach Henning das Gespräch, indem er ein neues Kapitel aus der Chronik vorlas.

Hennings Urlaub war schon zu zwei Dritteln abgelaufen. Je länger er in Jostas Gesellschaft weilte, desto heißer und tiefer wurde seine Liebe. Er hätte nicht mehr von ihrer Seite gehen mögen. Je näher der Termin seiner Abreise rückte, desto unruhiger wurde er.

Es kamen Stunden, in denen heiße Wünsche über ihn Gewalt bekamen. Dann floh er Jostas Nähe, ritt stundenlang in toller Hast über Wiesen und Felder oder verschloß sich in seinen Zimmern.

Josta merkte nicht viel davon. Sie war zu unbefangen.

Gerlinde aber belauerte sein Wesen mit heimlichem Frohlocken. Rainer entging gleichfalls nichts. Mit großer Angst und Unruhe beobachtete er seine Frau und seinen Bruder. Und doch tat er nichts, trennend zwischen beide zu treten. Was kommen mußte, kam, gleichviel ob er sich dagegen wehrte oder nicht, dachte er.

In diese quälende Stimmung hinein, die nur Gerlinde

befriedigte, kam eines Morgens ein Telegramm von Frau Seydlitz, daß der Minister plötzlich sehr schwer erkrankt sei. Er hatte einige Tage unter den Folgen einer Erkältung gelitten, hatte diese jedoch nicht beachtet; nun war plötzlich eine schwere Lungenentzündung ausgebrochen. Die herbeigerufenen Ärzte waren in großer Besorgnis und verlangten die Anwesenheit Jostas. Erschrocken vernahm sie diese Nachricht. Sie sprang auf und faßte nach dem Arm ihres Gatten. Instinktiv flüchtete sie in ihrer Sorge zuerst zu ihm. Mit blassem Gesicht sah sie ihn an. »Ich muß sofort zu Papa, Rainer. Wann kann ich reisen?«

Sie bemerkte gar nicht, daß Henning sie mit brennenden Blicken betrachtete und sehr unruhig wurde. Auch Rainer achtete jetzt nicht auf den Bruder. Nur Gerlinde ließ ihn nicht aus den Augen, und auch ihr Antlitz wurde blaß.

Auf Rainer jedoch wirkte dieser Ruf nach Josta wie eine Erlösung. Sosehr er die Erkrankung ihres Vaters bedauerte, war doch ein Gefühl in ihm, als bewahre es ihn vor dem Schlimmsten, daß sie jetzt von seinem Bruder getrennt wurde.

»Du kannst in zwei Stunden reisen, Josta. Und natürlich begleite ich dich.«

Henning war zumute, als ob ihm die Sonne genommen werden sollte und er im ewigen Dunkel zurückbleiben müßte. Er wurde sehr blaß, und seine Zähne bissen sich aufeinander. Der Gedanke, daß Josta jetzt Ramberg verlassen würde, brachte ihn fast zur Verzweiflung.

Josta achtete auf nichts. Sie eilte in ihr Zimmer, um sich reisefertig zu machen. Auch Rainer zog sich zurück, um noch einiges mit Heilmann zu besprechen.

So saßen sich Gerlinde und Henning plötzlich allein gegenüber. Sie sprachen beide nicht. Erst nach einer langen Weile sagte sie, als wolle sie sich selbst ermutigen:

»Es kann ja nur wenige Tage ausmachen, Vetter, so lange werden wir wohl miteinander auskommen.«

Henning schrak aus seinen Gedanken auf, sah sie mit starren Augen geistesabwesend an und ging, eine Entschuldigung murmelnd, schnell aus dem Zimmer.

Zwei Stunden später reiste Rainer mit seiner Gattin ab.

Gleich nach Tisch entschuldigte sich Henning mit Kopfweh und zog sich in sein Zimmer zurück. Er hatte nur mit Mühe einige Bissen essen können. Der Hals war ihm wie zugeschnürt.

Gerlinde fand die Gelegenheit günstig, einmal wieder das Geheimfach zu revidieren. Langsam schritt sie zu Jostas Gemächern hinüber. Wieder, wie so oft schon, öffnete sie das Fach und starrte hinein – es war leer, ganz leer.

Ärgerlich biß sie sich auf die Lippen, und ihre Augen bohrten sich auf das verschlossene Fach, wo sie Jostas Tagebuch wußte. Seufzend drückte sie das Geheimfach wieder zu. Es schnappte mit dem feinen, springenden Geräusch der Feder ein. In demselben Moment trat plötzlich Henning unter der Portiere hervor, die dieses Gemach von dem Nebenzimmer schied. Die Sehnsucht hatte ihn hierher getrieben. Er wollte wenigstens die Luft einatmen, die Josta sonst umgab.

Nun sah er, daß Gerlinde sich an Jostas Schreibtisch zu schaffen machte. Zugleich war es ihm aber auch unangenehm, daß er von ihr in Jostas Zimmern gesehen wurde.

Einen Augenblick standen sie sich sprachlos gegenüber. Gerlinde hatte sich zuerst wieder in der Hand.

»Nun, Vetter, ist das Kopfweh besser? Ich suche hier nach einem Buch, das Josta und ich gemeinsam lasen. In der Bibliothek fand ich es nicht. Ich dachte nun, Josta habe es mit in ihr Zimmer genommen. Leider finde ich es nicht«, sprach sie scheinbar unbefangen.

Henning empfand trotz seiner eigenen Befangenheit

wieder einmal starkes Mißtrauen gegen sie. Wenn er auch nicht wußte, was sie hier am Schreibtisch gesucht hatte – daß ihre Anwesenheit hier nicht so harmlos war, als sie glauben machen wollte, hatte ihm ihr Erschrecken verraten. Er beschloß, Josta zu warnen.

»Darf ich dir helfen, das Buch zu suchen? Vielleicht ist es doch in der Bibliothek.«

»Nein, nein, ich danke und will dich nicht weiter stören.«

»Mich stören? Ich wollte nur hinüber in Rainers Arbeitszimmer. Dort ist doch, wenn ich mich recht erinnere, die Hausapotheke verwahrt. Ich wollte mir ein Mittel gegen Kopfweh holen«, sagte er hastig.

Gerlinde wußte, daß dies eine Ausrede war. Aber sie zeigte sich ganz unbefangen. »Dann laß dich nicht aufhalten, Henning. Ich werde jetzt ins Witwenhaus zurückgehen und mich für eine Fahrt nach Rittberg umkleiden. Das ist vielleicht kurzweiliger, als wenn ich lese. Hast du Lust, mich zu begleiten?«

»Wenn du gestattest, werde ich das tun.«

»Gut. Du hast wohl die Liebenswürdigkeit, in einer Stunde anspannen zu lassen und mich abzuholen.«

Sie verließen das Zimmer Jostas in verschiedenen Richtungen. Vom Fenster in Rainers Zimmer sah Henning sie über den kiesbestreuten Weg zwischen den Anlagen zum Park hinübergehen. Da kehrte er schnell in Jostas Zimmer zurück. Er trat vor den Schreibtisch, als wollte er sehen, was Gerlinde gesucht hatte. Da er nichts fand, trat er mit einem tiefen Seufzer zurück und schritt langsam auf und ab. Leise, wie liebkosend, streifte seine Hand über diesen und jenen Gegenstand, den Josta berührt haben mußte.

Plötzlich sank er mit einem Stöhnen auf den Diwan nieder und preßte sein Gesicht in das Kissen.

So lag er lange, eine Beute der widerstreitendsten Empfindungen, und in seiner Seele tobte ein Kampf zwischen Liebe und Pflicht. Seine Sehnsucht nach Josta drohte ihn zu ersticken, und zugleich machte er sich im Gedanken an seinen Bruder die schrecklichsten Vorwürfe.

15

Rainer und seine junge Frau waren in der Stadt eingetroffen. Ohne Verzug hatten sie sich nach dem Jungfernschlößchen begeben. Sie fanden den Minister in bedenklichstem Zustand. Josta erschrak sehr beim Anblick des fieberglühenden Gesichtes ihres Vaters.

Ohne auf ihres Gemahls und Tante Marias Abraten zu achten, erklärte sie, die Pflege des Vaters übernehmen zu wollen und nicht von seinem Lager zu weichen, bis er ihrer Pflege nicht mehr bedürfe.

Rainer mußte am Abend allein nach der Villa Ramberg fahren, Josta blieb bei ihrem kranken Vater.

In den wenigen fieberfreien Momenten sah er sie lächelnd an. »Es hat mich heftig gepackt, meine Josta; aber es wird vorübergehen, sorge dich nicht.«

Aber die Ärzte verhehlten ihr nicht, daß große Gefahr bestand.

Schon in der nächsten Nacht mußte Rainer herbeigerufen werden. Der Zustand war noch bedenklicher geworden.

Nun saß Josta bleich und angstvoll am Bett des Vaters, und ihr Mann stand im Nebenzimmer am Fenster. In banger Sorge vergingen die Stunden. Das Fieber stieg höher und höher. Die beiden Ärzte wichen nicht mehr aus dem Krankenzimmer.

Um zwei Uhr nachts rief man Rainer herüber. Der Minister saß hochaufgerichtet und von Kissen gestützt im Bett. Ganz plötzlich war er aus seiner Bewußtlosigkeit erwacht.

Er faßte Jostas und Rainers Hand. »Rainer – ich glaube das ist der Tod! Mein Testament – der Brief – vergiß nicht.«

»Sei ruhig – mein Freund – mein Vater – sei ruhig«, antwortete Rainer bewegt.

Der Kranke nickte schwach. Kalter Schweiß trat ihm auf die Stirn. »Josta – mein Kind – ich habe dich geliebt – vergiß es nicht!«

Das waren seine letzten Worte. Er sank zurück und lag mit geschlossenen Augen. Noch einmal hob er dann die schweren Lider. Aber sein Blick war nicht mehr von dieser Welt. Bald darauf war er tot.

Die Augen wurden von dem Arzt mit sanfter Hand geschlossen.

Und Josta lag todtraurig und weinend am Sterbelager auf den Knien.

Erst nach langer Zeit gelang es Rainer, seine junge Frau wegzuführen. Er geleitete sie vorläufig hinüber in ihr Mädchenzimmer und überließ sie da den wohltätigen Tränen, wissend, daß Trostworte jetzt ganz machtlos waren.

Er selbst hatte nun alle Hände voll zu tun. Sosehr ihn das plötzliche Ableben des Mannes erschütterte, der ihm seit Jahren ein treuer Freund, zuletzt ein lieber Vater geworden war, hatte er doch keine Zeit, seinem Schmerz nachzuhängen.

Die nächsten Tage vergingen für Josta in dumpfer Trauer. Aber auch sie mußte sich dann aufraffen und den Zwang der gesellschaftlichen Pflichten auf sich nehmen, die solch ein Trauerfall im Gefolge hat.

Ununterbrochen fuhren vor dem Jungfernschlößchen Wagen vor und brachten schwarzgekleidete Menschen, die Josta und Rainer ihrer Teilnahme versichern wollten. Aus allen Teilen des Landes und auch aus anderen Staaten trafen Telegramme, Deputationen und Blumenspenden ein.

Auch Henning war von Ramberg gekommen, um dem Minister die letzte Ehre zu erweisen. Und vor Jostas verweinten Augen und ihren schwarzen Kleidern machten seine Sehnsucht und seine Wünsche halt.

Am Morgen des Begräbnistages kam Henning von der Villa Ramberg zum Jungfernschlößchen. Als sein Wagen am Portal vorfuhr, sah er vor sich eine schlichte Mietsdroschke halten. Zufällig streifte sein Blick über die Droschke hin. Da stutzte er plötzlich und blieb stehen, als traue er seinen Augen nicht. Er sah eine schlanke, junge Dame, die neben einer schwarzgekleideten Frau in diesem Wagen saß. Das war Jostas Doppelgängerin!

Sie sah mit großen erschreckten Augen auf den Lakai, der am Wagenschlag stand und ihr anscheinend eine Meldung machte. In dem Augenblick jedoch, als Henning an den Wagen herantreten wollte, setzte er sich auch schon in Bewegung und fuhr davon. Henning sah dem davonrollenden Wagen unschlüssig nach. Dann trat er zu dem Lakaien, der gleichfalls dem Wagen einigermaßen verdutzt nachsah.

»Wer war die Dame?« fragte Henning.

»Ich weiß es nicht, Ew. Gnaden.«

»Was war ihr Wunsch?«

»Sie bat, Seiner Exzellenz dem Herrn Minister in dringender Angelegenheit gemeldet zu werden, und zeigte mir ein Konsulatsschreiben. Sie wollte mir auch soeben ihre Visitenkarte reichen. Da meldete ich ihr, daß Seine Exzellenz der Herr Minister verstorben sei und heute beerdigt würde. Sie erschrak sehr und steckte nun schnell ihre Karte und das Konsulatsschreiben wieder in ihr Handtäschchen. Sie meinte, es habe nun keinen Zweck mehr, und gebot dem Kutscher weiterzufahren.«

Henning dankte für die Auskunft und ging nachdenklich in das Jungfernschlößchen hinein.

Als er zu Josta und ihrem Gatten ins Zimmer trat, erzählte er noch ganz benommen von dem seltsamen Besuch. Josta maß der Angelegenheit, von ihrer Trauer in Anspruch genommen, nicht viel Bedeutung bei. Aber Rainer stutzte einen Augenblick. »War die junge Dame Josta wirklich so sehr ähnlich, Henning?«

»Unbedingt. Frage doch den Bedienten, Rainer.«

Rainer ließ den Diener rufen. Dieser erschien sofort.

»Sie haben soeben eine junge Dame abgefertigt, die in einer Mietsdroschke vorfuhr?«

»Sehr wohl, gnädiger Herr.«

»Und sie wußte nicht, was hier geschehen ist?«

»Nein, sie schien direkt vom Bahnhof gekommen zu sein.«

»Und ist Ihnen an der Dame etwas aufgefallen?«

Der Lakai sah zu Josta hinüber. Er machte ein etwas verlegenes Gesicht.

»Sprechen Sie unumwunden«, forderte Henning ihn auf.

Da antwortete er unsicher und zögernd: »Als die Droschke vorfuhr, eilte ich an den Schlag, um zu öffnen, weil – weil ich glaubte, die gnädige Frau sei es selbst, die in dem Wagen saß. Die Dame trug jedoch keine Trauerkleider. Aber sonst war sie Ihrer Gemahlin sehr ähnlich. Erst als sie sprach, wußte ich genau, daß sie eine Fremde war. Sie sprach das Deutsche wie Engländer oder Amerikaner.«

»Du siehst, Rainer, nicht mir allein ist die Ähnlichkeit aufgefallen. Sie ist wirklich ganz außerordentlich.«

Da sich indessen das Trauergefolge im Jungfernschlößchen einfand, hatte man keine Zeit mehr, sich mit dieser Angelegenheit zu beschäftigen.

Eine Stunde später setzte sich der imposante Trauerzug in Bewegung. Die ganze Stadt hatte Trauerflaggen gehißt, und in den Straßen drängten sich die Menschen. In die Umfriedung des Friedhofes waren nur wenige eingelassen worden. In der Nähe des Erbbegräbnisses, wo der Minister neben seiner Gemahlin die letzte Ruhestatt finden sollte, hatten sich aber doch eine Anzahl Leute aufgestellt, natürlich in respektvoller Entfernung. In dieser Menschengruppe entdeckte Henning während der Beisetzungsfeierlichkeit die fremde Dame mit ihrer Begleiterin.

Sie trug einen langen schwarzen Mantel, der ihre Gestalt einhüllte, und einen schwarzen Hut. Es hatte den Anschein, als seien Hut und Mantel eben erst gekauft und hastig angelegt worden. Als bei einem leichten Windstoß der Mantel auseinanderflatterte, sah Henning darunter das dunkelblaue Kleid, das die junge Dame im Wagen getragen hatte.

Gern hätte Henning Josta auf ihre Doppelgängerin aufmerksam gemacht. Aber das ging natürlich jetzt nicht an. Als die Beisetzungsfeierlichkeit vorüber war, wollte er jedoch seinem Bruder die junge Dame zeigen. Aber da war sie plötzlich verschwunden.

Sie hatte, kurz vor dem Ende der Trauerfeier, ihre Begleiterin fortgezogen und war mit ihr zum Ausgang des Friedhofes geeilt, wo eine Droschke auf sie wartete.

Während der Wagen davonfuhr, sagte sie aufatmend: »Hast du Josta Ramberg gesehen, Maggie, hast du sie dir genau betrachtet?«

»Ja, Miß Gladys, ich habe sie immerfort angesehen. Schade, daß sie einen so dichten Schleier trug. Einmal schlug sie ihn zurück.«

»Nun, und –?«

»Sie gleicht Ihnen, wie sich zwei Menschen nur gleichen können.«

»Ja, das habe ich auch gefunden. Nur, sie ist viel schöner als ich. So ein süßes, liebes Gesicht hat sie. Nur so traurig – so sehr traurig.«

Maggie war aufgefahren. »Sie sind mindestens ebenso schön, Mißchen«, protestierte sie fast beleidigt.

Miß Gladys lächelte. »Meine gute Maggie, du läßt ja niemand neben mir gelten, das weiß ich. Du bist ganz schlimm eitel auf deine Gladys.«

Auch Maggie lächelte nun. »Ja, das bin ich. Mein Mißchen ist nun einmal mein ganzer Stolz.«

Die junge Dame drückte ihr die Hand. »Was wäre ich ohne dich, meine gute Maggie, und wo wäre ich jetzt, wenn ich dich nicht gehabt hätte nach Mamas Tod! Ich bin so froh, daß du mit mir nach Deutschland gekommen bist.«

»Was wollen Sie nun tun, Mißchen?«

Die junge Dame seufzte. »Vorläufig kann ich nichts tun, in diese Trauerstimmung kann ich doch unmöglich hineinplatzen. Wer weiß, ob Josta eine Ahnung hat von meiner Existenz. Wahrscheinlich nicht. Vielleicht will sie gar nichts von mir wissen. Mamy hat mir so oft erzählt, die deutschen Verwandten seien sehr stolz. Von ihr hat niemand in Papas Familie etwas wissen wollen. Aufdrängen werde ich mich natürlich nie, aber ich wäre doch sehr glücklich, wenn Josta lieb und herzlich zu mir sein könnte. Nun, da ich sie gesehen habe, erscheint es mir nicht ganz unmöglich. Ach, Maggie, wie schade, daß der Minister gestorben ist! Es wäre doch alles viel leichter für mich gewesen. Und daß Josta jetzt verheiratet ist, erschwert meine Sache auch noch. Vor allen Dingen muß ich nun warten. Die ersten Monate der Trauer muß ich doch vorübergehen lassen, nicht wahr, ehe ich diesen Menschen mit meiner Angelegenheit komme?«

»Das müssen Sie selbst besser wissen, Miß Gladys. Ich meine, Ihr Kommen müßte Josta Freude machen.«

»Das glaubst du, meine Maggie, weil du mich liebhast. Wir kehren jetzt jedenfalls nach Berlin zurück und bleiben dort noch einige Tage. Dann wollen wir weitersehen. Wissen möchte ich nur, ob ich den jungen Herrn noch einmal wiedersehe. Vielleicht ist er ein Verwandter Rambergs.«

Maggie sah mit ihren guten, treuen Augen der jungen Herrin ins Gesicht. »Ich denke mir, der liebe Gott hat es nicht umsonst gefügt, daß er Ihnen in Berlin begegnet ist, Miß Gladys. Sie werden ihn schon wiedersehen.«

Der Wagen hielt jetzt am Bahnhof. Wenige Minuten später fuhr ein Zug nach Berlin ab. Die beiden Frauen erreichten ihn gerade noch rechtzeitig.

Henning kehrte nach den Beisetzungsfeierlichkeiten nach Ramberg zurück. Sein Bruder blieb mit seiner Frau noch einige Tage in der Stadt, da es mancherlei zu regeln gab.

Das Testament des Ministers wurde eröffnet. Josta war zu seiner Universalerbin eingesetzt worden. Sie war nun die Besitzerin des Gutes Waldow, das seit Jahren verpachtet war.

Wäre Josta nicht Rambergs Frau geworden, so wären ihr nach dem Tode des Ministers nur ein bescheidenes Asyl in Waldow geblieben und die wenigen tausend Mark Pacht, die das Gut einbrachte.

Der Brief, der dem Testamente beilag, war von Rainer für seine Gattin verwahrt worden.

»Ich weiß, was er enthält, Josta, und ich bitte dich, ihn erst zu lesen, wenn du wieder in Ramberg bist und alle Aufregungen hinter dir hast«, sagte er.

Josta war damit einverstanden.

Der ganze Haushalt wurde aufgelöst. Die Einrichtung der Repräsentationsräume gehörte zum Jungfernschlößchen und war nicht Eigentum des Ministers gewesen. Alles übrige sollte nach Waldow gebracht werden. Fast eine Woche verging, bis Josta mit ihrem Gatten nach Ramberg zurückkehrte. Frau Seydlitz blieb noch einige Wochen im Jungfernschlößchen, bis alles geordnet war. Dann wollte sie nach St. Annen zurückkehren.

Inzwischen war der Urlaub Hennings fast abgelaufen, und es blieb ihm nur noch ein Tag, den er gemeinsam mit Josta und seinem Bruder verbringen wollte.

Jostas Trauer machte es ihm jetzt möglich, einigermaßen ruhig an die Trennung zu denken, wenn auch der Schmerz über diese Trennung immerfort in ihm brannte.

Die Ereignisse waren Gerlinde wenig angenehm, da der Tod des Ministers für ihre Pläne ein großes Hindernis bedeutete. Aber sie war machtlos, etwas daran zu ändern.

Zur Teestunde des letzten Tages, den Henning in Ramberg verweilte, wollte Gerlinde ins Schloß hinübergehen.

Rainer war auf das Vorwerk geritten, wollte aber zur Teestunde zurück sein.

Weder Josta noch Henning ahnten, mit welch schwerem Herzen Rainer auf sie zurückgesehen hatte, als er sich entfernte.

Sie saßen beide in Jostas Zimmer. Henning war verhältnismäßig ruhig. Jostas schwarze Kleider wirkten wie ein Betäubungsmittel auf seine Gefühle. Sie plauderten von allerlei Dingen. Und dann dachte Henning plötzlich daran, daß er neulich Gerlinde hier in diesem Raum am Schreibtisch überrascht hatte und daß er Josta hatte warnen wollen.

»Wie stehst du eigentlich jetzt Gerlinde gegenüber?«

Über Jostas Gesicht flog ein Schatten. »Ich möchte nicht gern darüber sprechen, Henning, weil ich fürchte, daß ich ihr nicht Gerechtigkeit widerfahren lassen kann.«

»Du weißt doch, Josta, daß du mir rückhaltlos vertrauen kannst.«

Sie nickte und sah ihn so lieb und freundlich an, daß er die Zähne aufeinanderbeißen mußte.

»Ja, mein lieber Henning, das weiß ich. Und auch nur zu dir kann ich darüber reden. Nicht einmal Rainer möchte ich es sagen. Gerlinde ist so liebenswürdig, ja herzlich zu mir! Und doch – es ist etwas in mir, worüber ich nicht Herr werden kann. Fast möchte ich es Mißtrauen nennen, Mißtrauen in ihre Ehrlichkeit mir gegenüber. Es ist ein Gefühl, das mich vor ihr warnt – wie vor einer Feindin.«

Henning sah sinnend vor sich hin. Dann sagte er langsam zögernd: »Ich habe ein ähnliches Empfinden Gerlinde gegenüber. Und – ich muß dir etwas sagen. Als ihr nach der Stadt abgereist wart, du und Rainer, wollte ich mir drüben bei Rainer aus der Hausapotheke ein Mittel gegen Kopfweh holen. Als ich dabei dieses Zimmer passierte, hörte ich im Augenblick, als ich eintrat, ein leises, schnappendes Geräusch, als ob eine Feder oder ein Schloß einschnappte. Zugleich erblickte ich Gerlinde. Hier an deinem Schreibtisch stand sie, und sie war sichtlich verlegen und erschrocken. Ich hatte das Gefühl, als habe sie sich in unlauterer Absicht an deinem Schreibtisch zu schaffen gemacht.«

Jostas Gesicht überzog sich mit dunkler Röte. In ihren Augen leuchtete Überraschung. Sie sprang auf und trat an ihren Schreibtisch.

»Bitte, Henning, schließe einmal deine Augen«, bat sie erregt.

Er tat es, ohne zu fragen, warum.

Josta öffnete das Geheimfach und schloß es wieder.

Da sprang Henning auf. »Das war dasselbe Geräusch! Was war das?«

Einen Augenblick stand die junge Frau wie gelähmt. Sie war bleich geworden. Aufatmend strich sie sich dann über die Augen, als wische sie etwas Quälendes fort.

»Das will ich dir sagen, Henning. Sieh hier – dieser Schreibtisch, der ja früher von Gerlinde benutzt wurde, hat ein Geheimfach. Gerlinde zeigte es mir, kurz nachdem ich nach Ramberg gekommen war. Sie fand mich hier am Schreibtisch – ich hatte gerade in meinem Tagebuch geschrieben. Und da sagte sie mir, sie wolle mir ein sicheres Versteck für mein Tagebuch zeigen, wo es selbst Rainer nicht finden würde.«

Henning trat heran und sah in das leere Fach.

»Und dein Tagebuch, Josta?« fragte er erregt.

Sie zog die Schultern zusammen, als friere sie, und sah ihn mit großen Augen wie hilflos an.

»Ich ließ es an seinem alten Platz. Es war ein unbestimmtes, mißtrauisches Gefühl in mir, das mich warnte, das Geheimfach zu benutzen. Nur unwichtige Sachen legte ich zuweilen hinein. Du kannst dir nun denken, wie deine Mitteilung auf mich wirken muß.«

»Allerdings. Ich kann mir zwar nicht denken, was Gerlinde so an deinem Tagebuch interessieren könnte. Nun, vielleicht war es nur Neugier. – Ich weiß nur, daß ich dieses Geräusch ganz deutlich gehört habe und daß sie sichtlich verlegen war. Jedenfalls wirst du guttun, dies Geheimfach nicht zu benutzen.«

»Das werde ich bestimmt nicht, Henning. Aber ein furchtbares Gefühl ist es, wenn man einen Menschen um sich hat, dem man nicht vertrauen kann.«

»Das kann ich dir nachfühlen. Auf alle Fälle müßte man etwas tun, um dich vor einer Spionage zu schützen. War unser Verdacht berechtigt, dann ist Gerlinde nicht das erste und nicht das letzte Mal hier gewesen.«

»Was kann man tun?« fragte sie verzagt.

Er dachte einen Augenblick nach. Dann nahm er schnell einen Briefbogen Jostas, wie sie in einem offenen Fach bereitlagen, und schrieb darauf: »Komme nicht wieder hierher, man wird dich sonst entdecken, trotz aller Vorsicht!«

Das zeigte er Josta. »Sieh, diesen Zettel leg' ich in das

Geheimfach. Spürt dir Gerlinde wirklich nach, so wird sie merken, daß wir sie durchschauen. Sie wird sich das merken und nicht wieder spionieren. Ist unser Mißtrauen aber unberechtigt, so wird sie diesen Zettel gar nicht zu Gesicht bekommen.«

Josta hatte den Zettel gelesen und faltete ihn einige Male zusammen. Und dann legte sie ihn kurz entschlossen in das Fach, mit einer Gebärde des Widerwillens.

»Warte – einen Augenblick. Merke dir genau, wie dieser Zettel liegt. Sieh her – er liegt mit der langen Bruchkante genau in einer Linie mit der Seitenwand des Faches. Hat ihn Gerlinde berührt, so wird sie seine Lage möglicherweise verändern. Und dann hast du den Beweis, daß sie hier war.«

Josta sah den Zettel genau an und nickte. Sie drückte das Fach wieder zu. Dann ließen sie sich wieder in ihre Sessel nieder. Er sah sie voll Mitleid an, weil sie so traurig war.

»Morgen um diese Zeit bin ich wieder in Berlin«, sagte er seufzend.

Auch Josta seufzte. »Leider, Henning. Ich werde dich sehr vermissen.«

»Wirklich, Josta? Wirst du mich ein wenig vermissen?« fragte er, seiner Stimme Festigkeit gebend.

Sie nickte ihm herzlich und unbefangen zu. »Nicht nur ein wenig, lieber Henning. Ich will mich jetzt schon darauf freuen, wenn du wiederkommst. Wann hast du wieder Urlaub?«

»Ich denke, Weihnachten. Wenn ich darf, komme ich nach Ramberg.«

Sie lächelte ihm zu. »Zweifelst du daran? Wir werden uns sehr freuen, auch Rainer. Ich hatte mich schon so sehr auf Papa gefreut; er hatte mir versprochen, Weihnachten mit uns in Ramberg zu verleben. Nun wird er nie mehr Weihnachten mit mir feiern.«

Tränen verdunkelten ihren Blick. Er trat schnell zu ihr heran und faßte ihre Hand. »Nicht weinen, Josta, ich kann es nicht sehen, wenn du weinst«, sagte er erregt und küßte ihr wieder und wieder die Hand. Sie empfand seine Teilnahme tröstend. In demselben Augenblick trat Gerlinde ein. Sie hatte die letzten Worte Hennings noch gehört und sah sehr wohl, wie erregt die beiden jungen Leute waren. Sie hätte nicht gestört, aber Rainer folgte ihr auf dem Fuß.

Josta war ein wenig verlegen, weil sie daran dachte, was sie vorhin mit Henning über Gerlinde gesprochen hatte. Sie vermochte nur einige unsichere Worte zu stammeln.

Gerlinde schien jedoch nicht darauf zu achten. Gleich darauf erschien Rainer. Sie gingen alle hinaus auf die Terrasse, wo Josta den Tee servieren ließ.

Am nächsten Vormittag reiste Henning ab. Sein Abschied von Josta war kurz und hastig. Er vermied es, sie anzusehen. Rainer fuhr ihn selbst zum Bahnhof. Als sie voneinander Abschied nahmen, warf sich Henning in seine Arme. Der Schmerz darüber, daß er dem geliebten Bruder seinen teuersten Besitz neiden mußte, brannte wie Feuer in seiner Seele.

»Rainer – mein lieber Rainer«, murmelte er halb erstickt. Rainer fürchtete sich, in der Seele seines Bruders zu lesen.

»Gott mit dir, mein Henning! Und auf frohes Wiedersehen, Weihnachten.«

Schnell stieg Henning in das Abteil seines Zuges. Vom Fenster aus sah er noch einmal dem Bruder ins Gesicht. Es lag wie eine stumme Bitte um Verzeihung in seinem Blick. Rainer streckte plötzlich die Hand noch einmal nach ihm aus.

»Henning – wir werden doch immer dieselben bleiben,

nicht wahr? Kein Schatten soll zwischen uns stehen. Wenn dich etwas drückt und quält, für alles wirst du bei mir Verständnis finden, mein lieber Junge. Vergiß das nie«, sagte er mit bebender Stimme.

Henning drückte des Bruders Hand und nickte. In diesem Augenblick setzte sich der Zug in Bewegung.

Henning warf sich aufstöhnend in das Wagenpolster.

Nicht eher darf ich wiederkommen, als bis ich diese unselige Liebe überwunden habe, dachte er. Er sah Josta vor sich, blaß und traurig, im schwarzen Kleid. Und dann zerfloß das Bild, und ein schelmisch lächelnder Mädchenkopf gaukelte vor seinen erregten Sinnen – Jostas Doppelgängerin.

Wenn ich wüßte, wer sie ist und wo sie weilt, ich würde versuchen, bei ihr Heilung zu finden. Vielleicht könnte sie mir sein, was Josta mir nie werden darf, wenn ich meinen Rainer nicht bis ins tiefste Herz treffen soll, dachte er.

16

Nach Hennings Abreise ging das Leben auf Ramberg scheinbar im alten Gleise weiter. Nur viel stiller war es jetzt. Jostas Trauer hielt die Besucher fern. Nur Rittbergs kamen als alte Freunde nach wie vor auf ein Plauderstündchen zum Tee.

Josta war im ganzen noch stiller als vor Hennings Ankunft. Da sie um den Vater trauerte, schien das natürlich, aber Rainer tat es doch sehr weh, daß sie in ihrer Trauer nicht Trost bei ihm suchte.

Um sich von seinen quälenden Gedanken abzulenken, suchte er noch mehr als zuvor Gerlindes Gesellschaft. Josta sah zuweilen ganz überrascht auf, wenn sie diese mit ihrem Gatten plaudern sah. Eines Tages durchzuckte ihre Seele wie ein Blitz die Erkenntnis: Gerlinde liebt Rainer. Es war an einem regnerischen Herbsttage, als dieser lähmende Gedanke sie befiel. Gerlinde war trotz des stürmischen Wetters zum Tee herübergekommen. Man hatte ihn in Jostas blauem Salon eingenommen, und Rainer hatte sich alsdann entfernt.

Josta saß am Kamin und starrte zu Gerlinde hinüber. Sie begriff plötzlich, warum Gerlinde sie haßte – und konnte es verstehen. Was hatte sie nicht alles Gerlinde genommen, wenn diese Erkenntnis richtig war.

Unter dem Eindruck dieses Empfindens erhob sich Josta und trat zu Gerlinde, die in den Herbststurm hinausblickte. Sie legte ihr die Hand auf die Schulter und sagte wie geistesabwesend: »Ich begreife nicht, Gerlinde, warum Rainer nicht dich zu seiner Frau gemacht hat. Ihr beide hättet viel besser zusammengepaßt.«

»Wie kommst du darauf?« klang es hastig und rauh zurück.

Josta strich sich wie besinnend über die Stirn. »Ach – verzeih! Mir kam dieser Gedanke plötzlich – ich weiß nicht wie. Rainer und du – ihr versteht euch so gut – so gut, daß ich mir hier oft ganz überflüssig vorkomme.«

In Gerlindes Gesicht zuckte es. Das alles kam ihr so plötzlich, sie war nicht vorbereitet. »Bist du gar eifersüchtig?« versuchte sie zu spotten.

Ernst und nachdenklich sah Josta in ihre unruhig flakkernden Augen. »Eifersüchtig? Auf dich? O nein, das ist es nicht, Gerlinde. Wir wissen doch beide, daß Rainer eine andere liebt. Ich meine nur, ich begreife nicht, daß er, da er nun einmal ohne Liebe heiratete, nicht zuerst an dich gedacht hat. Du bist reifer als ich und kannst ihm in geistiger Beziehung mehr sein.«

»Schätzt du dich so gering ein?«

»Nein, nicht gering. Warum sollte ich?« sagte Josta schlicht und einfach. »Aber ich habe oft das Gefühl, daß du seiner Gedankenwelt näherstehst als ich.«

Gerlinde zwang sich zur Ruhe. Sie dachte frohlockend: Es ist, wie ich gehofft habe. Josta liebt Henning und sehnt sich nach Freiheit. Deshalb spielt sie mit diesen Gedanken.

Dann sah sie überlegen lächelnd zu Josta auf.

»Närrchen, was hast du für seltsame Gedanken! Wer weiß, was Rainer gedacht hat, als er sich eine Frau suchte. Vielleicht sah er in mir nur die Witwe seines Vetters und glaubte, ich würde ihn abweisen. Einen Korb holt sich kein Mann gern. Lassen wir dies Thema fallen – es führt zu nichts.«

Ehe Josta etwas erwidern konnte, trat ein Diener ein und meldete, daß der Herr seine Gemahlin in sein Arbeitszimmer bitten lasse, da er geschäftlich mit ihr zu sprechen habe.

Als Josta das Zimmer verlassen hatte, trieb es Gerlinde wie so oft schon zu Jostas Schreibtisch. Da Josta in Rainers Zimmer war, konnte sie ungestört nach dem Geheimfach sehen. Seit Wochen hatte sie keine Gelegenheit dazu gehabt. Als sie das Fach öffnete, sah sie das zusammengefaltene Briefblatt liegen, entfaltete es und las: »Komme nicht wieder hierher, man wird dich sonst entdecken, trotz aller Vorsicht!« Sie sah sofort, daß es Hennings Handschrift war. Und es fiel ihr gar nicht ein, dieses Schreiben auf sich zu beziehen. Es erschien ihr nun gewiß, daß zwischen Henning und Josta schon ein geheimes Einverständnis herrschte.

Das war für sie eine köstliche Entdeckung. Sie glaubte sich ihrem Ziele ganz nahe. Nun war sie sicher, daß sie ihr Ziel erreichte. Wenn Henning Weihnachten wiederkam, würde sich alles nach Wunsch regeln lassen, dafür wollte sie schon sorgen.

Nur ungern trennte sie sich von diesem Briefblatt und legte es an seinen Platz zurück. Sie achtete in ihrer Erregung gar nicht darauf, wie es gelegen hatte. Und so erhielt Josta noch an demselben Abend davon Kenntnis, daß eine fremde Hand dies Blatt berührt hatte. Daß es Gerlindes Hand gewesen, bezweifelte sie nicht.

Aber diese Gewißheit regte sie jetzt weniger auf, als sie zuvor gedacht hatte, weil sie jetzt zu wissen glaubte, warum Gerlinde sich zu solchem Tun erniedrigte. Und sie mußte sie eher bemitleiden als verachten.

Als Josta in das Arbeitszimmer ihres Gatten trat, kam er ihr mit ernstem Gesicht entgegen. Sie sah fragend zu ihm auf und bemerkte, daß er blaß und abgespannt aussah, so als fühle er sich nicht wohl. Zu fragen wagte sie aber nicht mehr nach seinem Befinden, seit er ihr nervös geantwortet hatte, er sei nur mit Geschäften überhäuft und werde sich im Winter schon wieder erholen.

»Ich habe dich hierherbitten lassen, meine liebe Josta, weil wir in deinen Zimmern nicht sicher sind vor Gerlinde. Was ich jetzt mit dir zu besprechen habe, duldet keine Störung«, sagte er ernst.

Er nahm ihr gegenüber Platz. »Es handelt sich um den Brief, den dir dein Vater hinterlassen hat. Du hast mich schon einige Male danach gefragt, aber ich wollte, daß du erst noch etwas ruhiger würdest. Nun ist es aber wohl an der Zeit, daß du von diesem Briefe Kenntnis erhältst. Hier ist er. Bitte, lies ihn durch, so ruhig du kannst.«

Josta griff mit unsicherer Hand nach diesem Schreiben. »Ich weiß nicht, Rainer, mir ist so bange«, sagte sie leise. Er strich ihr väterlich sanft über das Haar. »Ich bin ja bei dir, meine kleine Josta.«

Langsam öffnete sie das versiegelte Schreiben und las:

Meine inniggeliebte Josta, mein Herzenskind!

Wenn Du dieses Schreiben in Deinen Händen hältst, weile ich nicht mehr unter den Lebenden.

Ich fürchtete mich, Deine volle Liebe zu verlieren, wenn ich Dir eröffnete, was wir, Mama und ich, Dir so lange wie möglich vorenthalten wollten. Mein geliebtes Kind, wir hatten kein Anrecht auf Deine kindliche Liebe, wenigstens nicht durch Deine Geburt. Dies Anrecht suchten wir uns erst zu erwerben durch unsere treue Sorge und Liebe. Denn, meine liebe Josta, Du warst nicht in Wirklichkeit unsere Tochter, sondern die meines Bruders Georg aus seiner ersten Ehe mit der Baronesse von Holden. Deine Mutter starb bei Deiner Geburt, und weil wir selbst keine Kinder hatten und Dein Vater sich nach Jahresfrist zum zweiten Mal mit der Sängerin Leonore Hainau vermählte, mit der er nach Amerika ging, nahmen wir Dich an Kindes Statt an. Du kennst aus meinen Erzählungen das weitere Schicksal meines Bruders – Deines Vaters. Er starb nach zwei Jahren bei einem Duell, und nun wurdest Du uns in Wirklichkeit eine geliebte Tochter. So ganz solltest Du unser eigen sein, daß wir Dir nie die Wahrheit über Deine Geburt verraten haben. Du solltest Dich ganz als unser herzlich geliebtes Kind fühlen.

Und das hast Du getan, meine Josta, nicht wahr? Du hast nichts entbehrt, vor allem nicht die zärtlichste Elternliebe. Am liebsten hätte ich es Dir für immer verschwiegen, daß Du nicht als unsere Tochter geboren wurdest, aber je älter Du wirst, um so mehr gleichst Du Deinem Vater. Und nach meinem Tode sollst Du wenigstens wissen, daß er Dein Vater war. Ich habe ihn sehr lieb gehabt, obwohl ich ihn schon im Leben verloren hatte, ehe ihn der Tod ereilte, weil ich seine zweite Heirat, die ihn aus allen Lebensbedingungen riß, nicht gutheißen konnte. In Dir sah ich ein heiliges Vermächtnis und liebte Dich wohl deshalb so sehr, weil Du sein Kind warst.

Deine Mutter war eine Waise, von ihrer Seite leben keine Verwandten mehr. Über die zweite Heirat Deines Vaters habe ich nie mehr etwas gehört. Als Dein Vater gestorben war, sandte mir seine Frau eine Todesanzeige und einen Zeitungsbericht über das Duell, dem er zum Opfer fiel. Er fiel als Verfechter der Ehre seiner Frau.

Ob sie danach weiterhin als Sängerin aufgetreten ist, weiß ich auch nicht. Ich habe ihren ziemlich bekannten Namen nie mehr gehört, obwohl ich in den Zeitungen danach forschte.

So, mein liebes Kind, alles andere ist Dir bekannt. Und nun habe ich nur noch eine innige Bitte an Dich: Schenke uns auch in Zukunft zum Gedenken an uns den Vater- und Mutternamen. Wir haben ehrlich versucht, ihn zu verdienen, und Du bist immerdar unser liebes, teures Kind gewesen. Ich weiß, Du wirst Dich im Herzen nicht von uns lossagen. Und deshalb unterschreibe ich auch diese letzten Worte, die Du von mir lesen wirst, als

Dein allzeit getreuer Vater.

Josta hatte aufmerksam zu Ende gelesen. Das, was sie erfuhr, vermochte sie nur wenig zu erschüttern. Nur ein leises Staunen war in ihr.

Tief aufatmend hob sie den Kopf. Ein wenig bleich war sie geworden, und ihre Augen schimmerten feucht. »Du wußtest von allem, Rainer?« fragte sie.

»Ja, seit dem Tag, an dem ich um dich warb. Dein Vater sagte mir, daß du es erst nach seinem Tod erfahren solltest. Er fürchtete, es könne eine leise Entfremdung die Harmonie eures Verhältnisses stören.«

»Das hätte er nicht zu fürchten brauchen. Sein und meiner lieben Mutter Kind bin ich geworden kraft ihrer treusorgenden Liebe. Weder von meinem rechten Vater noch von meiner rechten Mutter hätte ich mir einen Begriff machen können, da ich sie doch beide nicht gekannt habe.«

»Aber Papa hat zu dir von deinem Vater gesprochen?«

»Ja, früher sehr oft. Auch ein Doppelbild meiner richtigen Eltern hat er mir oft gezeigt. Ich will es fortan mit anderen Augen betrachten. Aber meine tiefste, dankbarste Kindesliebe gehört doch immerdar den beiden Menschen, die ich bisher als meine Eltern angesehen habe.«

»Das verstehe ich, Josta, und es freut mich. Wenn doch dein Vater das noch hätte hören können! – Aber nun möchte ich noch etwas mit dir besprechen, was mich in dieser Zeit immer wieder beschäftigt hat. Du erinnerst dich doch, was uns Henning und auch der Diener im Jungfernschlößchen über deine Doppelgängerin erzählt haben?«

Josta sah ihn erstaunt an. »Ja – aber was hat das mit dieser Angelegenheit zu tun?«

»Nun, mir kam damals ein Gedanke. Wie – wenn deines Vaters zweite Ehe nicht kinderlos geblieben wäre?«

Mit einem Ruck richtete sich Josta auf und sah ihren Gatten betroffen an. Aber dann lehnte sie sich wieder zurück. »Oh, dann hätte Papa in diesem Brief etwas davon geschrieben.«

»Wenn er selbst etwas davon gewußt hätte, sicher. Aber die zweite Frau deines Vaters hat ihm nie etwas berichtet, außer den Tod deines Vaters. Kann sie nicht absichtlich verschwiegen haben, daß dein Vater ein Kind aus zweiter Ehe hinterlassen hat? Mir kam der Gedanke am Begräbnistage Papas wie ein Blitz, als ich hörte, daß deine Doppelgängerin den Herrn Minister in einer dringlichen Angelegenheit hatte sprechen wollen und daß sie anscheinend eine Engländerin oder Amerikanerin war. Und sie ist dann, wie mir Henning berichtete, in hastig übergeworfener Trauerkleidung auf dem Friedhof gewesen und hat dich kaum aus den Augen gelassen. Henning sagte mir, man hätte sie für deine etwas jüngere Schwester halten können.«

Sie sah mit leuchtendem Blick vor sich hin. Und dann sagte sie tief aufatmend: »Schön muß es sein, eine Schwester zu besitzen. Das habe ich mir immer heimlich gewünscht. Wenn ich nun denken könnte, ich habe eine Schwester und kenne sie nicht einmal – ach Rainer, kann man das nicht in Erfahrung bringen?«

»Ich habe diesen Wunsch vorausgeahnt und bereits jemand mit den nötigen Nachforschungen betraut.«

Impulsiv faßte sie seine Hand. »Du bist so gut – wie immer erfüllst du mir meinen Wunsch, noch ehe ich ihn recht ausgesprochen habe.«

»Wenn du doch noch mehr Wünsche hättest, die ich dir erfüllen könnte. Du gibst mir leider so selten Gelegenheit.«

»Du läßt mir ja keinen Wunsch übrig.«

Forschend sah er sie an. »Wirklich nicht, Josta – lebt in deiner Seele nicht ein heimlicher, verschwiegener Wunsch?«

Da schoß glühende Röte in ihr Gesicht. Sie sah von ihm fort. »Nein, nein – keiner, den du mir erfüllen könntest.«

Er trat dicht vor sie hin und faßte ihre Hand. »Eins laß dir nur sagen, Josta, wäre es auch ein scheinbar unerfüllbarer Wunsch – komme zu mir damit voll Vertrauen. Nichts sollte mir zu schwer sein, hörst du – nichts –, wenn dich die Erfüllung glücklich machen könnte. Es gibt für mich nur noch einen großen Lebenszweck – dein Glück. Vergiß das nie.«

Sie war tief bewegt. Aber sie wußte auch: den heißen, verschwiegenen Wunsch ihrer Seele vermochte er mit allem guten Willen nicht zu erfüllen. Sie suchte sich zu fassen und lächelte. »Rainer – vorläufig habe ich nur den einen Wunsch, zu erfahren, ob mein Vater aus zweiter Ehe Kinder hinterlassen hat.«

»Du sollst es erfahren, Josta, wenn es wohl auch einiger Zeit bedarf, bis meine Nachforschungen ein Resultat ergeben. Übrigens, wenn meine Vermutung richtig wäre, daß diese junge Dame eine Schwester von dir ist, dann würde sie wohl doch noch an dich herantreten.«

»Wenn sie nicht Deutschland schon wieder verlassen hat. Aber jedenfalls wollen wir nun das Ergebnis deiner Nachforschungen abwarten, und ich danke dir herzlich, daß du dich dieser Angelegenheit so angenommen hast.«

Nun verließ Josta langsam das Zimmer, und er sah ihr schmerzlich nach. So war es immer – sie floh seine Nähe. Ängstlich und scharf hatte er sie beobachtet und sich aus allerlei kleinen Anzeichen eine Meinung gebildet, die ihn drückte und quälte.

Und er wartete mit Angst und Schmerzen auf den Augenblick, wo sie vor ihn hintreten würde, um ihm zu sagen: »Gib mich frei, ich liebe deinen Bruder.«

17

Monate waren vergangen seit Hennings Abreise von Ramberg. Der Winter hatte seinen Einzug gehalten.

Rainer hatte seine Gattin gefragt, ob sie Lust habe, für einige Zeit in die Stadt zu ziehen, oder ob sie sonst eine Reise zu machen wünsche.

»Wenn es dir recht ist, bleibe ich am liebsten in Ramberg. Wenn du dann Anfang März einige Zeit nach Schellingen gehst, möchte ich mit dir fahren, um in Waldow alles zu ordnen.«

Er war sehr einverstanden.

Auch Gerlinde verzichtete zu Rainers Erstaunen in diesem Winter darauf, das gesellige Leben der Stadt aufzusuchen, obwohl ihr Rainer die Villa bereitwillig zur Verfügung stellte. Sie erklärte lachend, sie habe sich im Witwenhaus so völlig eingelebt, daß sie kein Verlangen nach Abwechslung habe. Rainer war froh, daß Gerlinde blieb.

So kam die Weihnachtszeit, und Josta wurde langsam wieder lebhafter. Gab es doch für sie viel zu tun, um die Bescherung für die Leute und die Dorfkinder vorzubereiten. Auch freute sie sich schon auf Hennings bevorstehenden Besuch. Aus dieser Freude machte sie kein Hehl, ahnungslos, daß sie dadurch sowohl Rainer als auch Gerlinde in ihrem Verdacht bestärkte.

Ist er denn blind, daß er immer noch nichts merkt, oder will er nichts merken? dachte Gerlinde unruhig. Hätte sie nur ahnen können, mit welcher Angst Rainer an Weihnachten dachte! Seine Nachforschungen nach Kindern aus der zweiten Ehe von Jostas Vater hatten bisher noch keinen Erfolg gehabt. Aber eines Tages trat er mit einem Brief in Jostas Zimmer. Sie saß an ihrem Schreibtisch und schrieb in ihr Tagebuch. Als er eintrat, schlug sie es, jäh errötend, zu und legte es hastig in das Fach zurück. Das Herz krampfte sich ihm zusammen. Es gab etwas, das sie ihm ängstlich zu verheimlichen suchte. Sie verschloß ihm ihre Seele, wie sie dies Tagebuch ängstlich vor ihm verbarg. Wie tief ihn das schmerzte! – Er gab sich den Anschein, ihre Verwirrung nicht zu bemerken.

»Da bringe ich dir endlich Nachricht über unsere Nachforschungen in Amerika, liebe Josta. Hier ist ein Bericht meines Beauftragten. Danach hat sich die zweite Frau deines Vaters, die als Sängerin unter ihrem Mädchennamen auftrat, gleich nach dem Tod deines Vaters von der Bühne zurückgezogen, weil sie ihre Stimme verloren hatte. Sie hat sich bald darauf mit einem viel älteren, aber sehr vermögenden Amerikaner, Mr. Robert Dunby, zum zweiten Mal verheiratet. Aus ihrer ersten Ehe hat sie eine kleine Tochter mit in die zweite Ehe gebracht. Sie hat bis vor zwei Jahren als Mrs. Dunby in Kanada gelebt, wohin sie ihrem zweiten Gatten gefolgt war, und ist dann gestorben. Ob ihr Töchterchen aus erster Ehe am Leben geblieben ist, hat mein Gewährsmann noch nicht ermitteln können. In ihrer zweiten Ehe hatte sie keine Kinder. Jedoch besaß Mr. Dunby aus seiner ersten Ehe zwei Söhne, die jetzt im Alter von vierunddreißig und sechsunddreißig Jahren sind. Beide sind mit reichen Amerikanerinnen verheiratet. Mr. Dunby ist vor Jahresfrist ebenfalls gestorben und soll ein sehr großes Vermögen hinterlassen haben. Das ist alles, was bisher in Erfahrung gebracht werden konnte. Es wird sich nun leicht feststellen lassen, ob die Tochter deines Vaters aus seiner zweiten Ehe noch am Leben ist, und es werden unverzüglich die nötigen Nachforschungen angestellt.«

Josta hatte aufmerksam zugehört.

»Also jedenfalls hatte ich noch eine Schwester, Rainer – und mir ist ums Herz, als müßte sie noch am Leben sein. Jetzt geht es mir wie dir, jetzt bringe ich die junge Dame, die Henning gesehen hat und die mir so ähnlich sein soll, mit dieser Schwester in Zusammenhang. Denke doch nur, wäre es wirklich meine Schwester, und sie wäre gekommen, um Papa und mich aufzusuchen, und sie hätte vor unserer Tür umkehren müssen, ohne daß ich eine Ahnung hatte, daß sie mir nahe war! Wie traurig wäre es für mich, wenn sie vielleicht nach Amerika zurückgekehrt ist, ohne daß ich sie gesehen habe.«

»Das glaube ich nicht, Josta. Wer eine Reise von Amerika nach Deutschland macht, tut es selten nur für wenige Wochen. Ich habe das sichere Gefühl, daß sie noch zu dir kommt.«

Sie faßte zutraulich und freudig erregt nach seinem Arm und sah ihn bittend an.

»Meinst du, daß dein Beauftragter bestimmt noch Näheres erfahren wird über meine Schwester?«

»Ganz gewiß. Und – für alle Fälle ist es wohl gut, wenn wir jetzt Gerlinde und eventuell auch die Rittbergs einweihen, daß du die Adoptivtochter deiner Eltern warst. Falls eines Tages deine Schwester hier auftaucht, braucht das dann kein Befremden zu erregen.«

Josta nickte eifrig. »Ja, das ist gut. Und Henning muß es auch wissen. Ich kann nun die Zeit gar nicht erwarten, bis er kommt. Er muß mir ganz genau von meiner Doppelgängerin berichten.«

»Ich habe noch keine Nachricht, Josta«, antwortete Rainer.

»Aber er kommt doch ganz bestimmt?« forschte sie unruhig.

Diese an sich harmlose Unruhe deutete Rainer auf die quälendste Weise. »Ich denke doch, es war ausgemacht. Henning hat mir leider all die Zeit wenig geschrieben, nur ab und zu eine Karte. Aber ich erwarte jeden Tag die Nachricht seines Kommens.«

Sie nickte. »Ja, ja, er wird gewiß bald kommen, er hat es mir versprochen.«

Rainer konnte es nicht mehr ertragen, so ruhig in ihr froh erregtes Gesicht zu blicken, und entfernte sich schnell.

Am Tage vor dem Christabend kam Henning in Ramberg an. So fest er sich vorgenommen hatte, Josta fernzubleiben, solange er ihr nicht ruhig begegnen konnte – es half nichts, er konnte nicht anders –, er mußte sie wiedersehen.

Rainer holte seinen Bruder im Schlitten ab. Er erschrak heftig bei dem Anblick. Hennings Antlitz war schmal und hager geworden, und in seinen Augen brannte es – wie Verzweiflung.

»Mein Junge – mein lieber, lieber Junge, bist du krank?« fragte Rainer erschüttert.

Henning schüttelte heftig den Kopf. »Nein, nein, keine Sorge, Rainer. Achte nicht darauf! Manchmal ist man ein bißchen elend. Weißt du, ich habe ein wenig zu viel gebummelt, bin spät zu Bett gegangen. Berlin ist nun mal ein Sündenbabel.«

Das sollte leicht klingen. Aber Rainer hörte den gequälten Ton heraus. Und er wußte, was Henning elend machte.

Als die Brüder nun schweigend dahinfuhren, fragte sich Rainer, ob es nicht seine Pflicht sei, den Bruder zu einer offenen Beichte zu veranlassen. Aber dann verneinte er sich diese Frage wieder.

Heute empfing sie Josta allein in der großen Halle des Hauses. Mit einem hellen Freudenschein in dem blassen Gesicht streckte sie Henning beide Hände entgegen.

»Wie froh bin ich, dich wiederzusehen, mein lieber Henning!« sagte sie herzlich.

Mit einem tiefen, zitternden Atemzug beugte er sich über ihre Hand und drückte sie an seine Lippen. Und wieder war ihm zumute, als sei ihm Erlösung geworden von namenloser Pein.

Rainer war einen Augenblick zumute, als müsse er den Bruder von Josta zurückreißen. Aber er biß die Zähne zusammen und zwang das furchtbare Gefühl in sich nieder.

Während Henning und Josta noch einige Worte wechselten und Rainer stumm und bedrückt beiseite stand, kam Gerlinde hinzu. Sie trug einen langen, kostbaren Pelzmantel. Die frische Winterluft hatte ihr Antlitz gerötet. Sichtbar war sie froh über Hennings Ankunft. Sie versprach sich ja so viel von seiner Anwesenheit. Fast herzlich begrüßte sie ihn.

Und bald saßen sie zu viert beim Tee und plauderten. In Hennings Augen war ein heller Glücksschein. Auch Jostas Augen strahlten hell und froh. Gleich hatte sie Henning berichtet, was auch Gerlinde schon wußte, daß sie die Tochter Georg Waldows sei und vielleicht eine Schwester habe. Er mußte ihr noch einmal genau erzählen, was er von der jungen Dame wußte, die ihr so ähnlich war.

Und Gerlinde? Sie lag auf der Lauer wie eine Spinne, die gierig zusieht, wie sich eine Fliege ihrem Netze nähert. Aber ihr Haß auf Josta hatte sich bedeutend gemildert. Sie war sogar bereit, ihr liebevoll zu helfen, sich von Rainer zu befreien, um sich mit Henning zu vereinen.

Scheinbar still und friedlich gingen die Weihnachtstage vorüber. Henning hatte bis zum 8. Januar Urlaub.

Eines Nachmittags saßen Henning und Josta in der Bibliothek. Draußen war helles, klares Frostwetter. Rainer war mit Heilmann geschäftlich zur Stadt gefahren, und Gerlinde hatte sich gleich nach Tisch zurückgezogen, um ins Witwenhaus zurückzukehren. Dies war jedoch nur ein Vorwand. Da sie wußte, daß Henning und Josta in die Bibliothek gehen wollten, war sie, statt zum Witwenhaus, von der großen Halle aus hinauf zu den Galerien gegangen und hatte sich in der Bibliothek hinter ein hohes Büchergestell auf der Galerie versteckt.

Kurz nachdem sie ihren Lauscherposten eingenommen hatte, betraten Josta und Henning unten die Bibliothek.

»So, Henning, nun können wir uns ungestört ein Stündchen in das Studium der alten Chroniken vertiefen«, sagte Josta froh. »Du glaubst gar nicht, was ich schon für interessante Geschichten darin gefunden habe.« Sie hatte sich in einem der hohen Lehnsessel niedergelassen. Dann setzte Henning sich ihr gegenüber und blätterte in einem dicken Lederband.

»So – hier waren wir gestern stehengeblieben, Josta. Bei der Geschichte Ulrika Rambergs, die ihr Gemahl am Westturm im Burgverlies gefangenhielt, monatelang, weil sie sich gegen sein Gebot vergangen hatte.«

»Oh, was war das für eine gewalttätige Zeit!« rief Josta schaudernd. »Möchtest du in dieser Zeit gelebt haben, Henning?«

Henning hatte gar nicht zugehört, er sah sie nur an und umklammerte krampfhaft die Armlehnen seines Sessels, als müsse er sich daran halten. Aus seinem Antlitz wich alle Farbe, und über seine schlanke Gestalt lief ein Zittern, als würde er vom Fieber geschüttelt.

Das Lächeln verschwand aus Jostas Antlitz. Henning hatte ihr schon in all den Tagen Sorge gemacht. Er erschien ihr krank. »Henning«, rief sie leise mit ihrer weichen Stimme. »Lieber Henning, was ist dir? Ist dir nicht wohl? Ich sorge mich so sehr um dich.«

Da war es aus mit Hennings Selbstbeherrschung. Er glitt zu ihren Füßen nieder und krampfte seine Hände in ihr Kleid. »Josta! Josta! Ahnst du nicht, was mir fehlt? Fühlst du nicht, daß ich verschmachte nach dir?« stieß er außer sich hervor.

Wäre der Blitz vor Josta niedergegangen, sie hätte nicht mehr erschrecken können. Sie erkannte in namenloser Angst, was ihr aus den brennenden Augen des jungen Mannes in heller Verzweiflung entgegenleuchtete.

»Weiche nicht entsetzt vor mir zurück, Josta, erbarme dich! Wie ein Verzweifelter habe ich gekämpft mit mir selbst, das wirst du mir glauben. Ich liebe dich – ich liebe dich vom ersten Augenblick an, da ich dich als Rainers Braut wiedersah. Und ich weiß ja, du liebst ihn nicht, du hast es mir selbst gesagt damals. Ich wollte stark sein, wollte Herr über mich bleiben. Aber nun ist es doch stärker als ich – ich kann nicht mehr.«

Erschüttert sah Josta auf ihn herab. Ihr eigenes Leid ließ sie das seinige verstehen. Barmherzig und liebreich wie eine gute Schwester streichelte sie sein Haar. »Mein armer Henning, wie sehr hast du mich erschreckt. Steh auf, ich bitte dich, du darfst nicht vor mir knien, und ich darf solche Worte nicht von dir hören.«

Henning stöhnte auf und faßte nach ihren Händen. Sie zog ihn empor. Er preßte seine Lippen auf ihre Hände und stammelte heiser vor Erregung: »Vergib – vergib! Ich wußte nicht, was ich tat – aber ich liebe dich unsäglich.«

»Schweig, Henning, schweig, wir wollen das beide vergessen. Sei stark, wehre dich gegen dieses Gefühl, das ein Unrecht ist. Denk an Rainer! Er würde es nie verwinden, den Bruder zu verlieren, den er so liebt. Kein Wort mehr, ich darf dich nicht mehr wiedersehen, bis du ganz ruhig bist. Reise ab, ich flehe dich an. Irgendein Vorwand wird sich finden lassen. Leb wohl – und Gott helfe dir.« In Tränen ausbrechend eilte sie aus der Bibliothek hinüber in ihr Zimmer.

Henning barg, in einen Sessel sinkend, das Gesicht in den Händen. Er merkte nicht, daß draußen ein Wagen vorfuhr, der Rainer und Heilmann nach Hause brachte. Er merkte auch nicht, daß oben auf der Galerie eine hohe Frauengestalt hinausschlüpfte. Sie kam gerade die Treppe herab, als Rainer in die Halle trat. Sich zur Ruhe zwingend, trat sie auf ihn zu.

»Ich habe mit dir zu sprechen, Rainer, in einer wichtigen Angelegenheit.«

Er sah sie befremdet an, nickte ihr aber zu. »Ich stehe

sogleich zur Verfügung, Gerlinde; will nur Josta und Henning begrüßen.«

Sie faßte seine Hand. »Nein, vorher! Die Sache duldet keinen Aufschub.«

Er hatte einem Diener Pelz und Hut gegeben. »Wenn es eilt, was du mir sagen willst, so komm.«

Sie gingen in sein Arbeitszimmer. Rainer war seltsam beklommen zumute. Er schob einen Sessel hin.

»Bitte, nimm Platz und sage mir, was du wünschest.«

Sie sank in den Sessel. Vor Erregung zitterte sie. Sie wußte, jetzt kämpfte sie um ihr Glück. »Ich hätte längst zu dir sprechen sollen, Rainer«, begann sie leise, »hätte dir nicht verbergen dürfen, was ich all die Zeit kommen sah – schon seit deiner Verlobung. Aber heute muß ich darüber sprechen.«

Rainer war zusammengezuckt. Sein Gesicht sah plötzlich grau und verfallen aus. Eine Ahnung kam ihm, die ihn erzittern ließ. Aber er gab seinem Gefühl nicht nach. »Sprich und bitte – ohne Umschweife!«

Sie neigte das Haupt wie in tiefem Schmerz. »Verzeih, wenn ich dir weh tun muß, Rainer. Aber vielleicht trifft es dich doch am wenigsten aus meinem Munde. So höre – ohne Umschweife: Josta und Henning lieben sich, Rainer, wohl seit langem schon. Wie es um Henning stand, wußte ich seit eurem Hochzeitstag. Als du mit Josta auf die Hochzeitsreise gingst, war er wie von Sinnen. Ob ihn Josta schon damals geliebt hat, weiß ich nicht. Aber später wurde es mir klar. Erlaß es mir, dir all die kleinen Anzeichen zu schildern, die mir bewiesen, daß auch sie ihn liebt. Bisher haben sie sich jedoch beide beherrscht. Sie sind beide nicht die Menschen, die sich kampflos einer verbotenen Liebe ergeben, das weißt du so gut wie ich. Und – nun sind sie doch unterlegen, Rainer. Vorhin, ein Zufall machte mich zum Zeugen, vorhin sah ich Henning vor Josta auf den Knien liegen und hörte ihn in verzweifelten Worten von seiner Liebe sprechen. Josta war außer sich vor Schmerz und rief immer wieder: ›Denk an Rainer, wir dürfen uns nicht verlieren.‹ Sie forderte ihn auf, sogleich abzureisen, und wollte ihn nicht wiedersehen. Weinend lief sie auf ihr Zimmer, und Henning sitzt nun wie betäubt und gebrochen in der Bibliothek. So steht es, Rainer. Und nun komme ich zu dir, um für diese beiden Unglücklichen zu bitten. Ich weiß, es ist der rechte Weg. Unsägliches Elend sehe ich kommen, wenn du nicht gut und stark bist. Rainer – muß ich dir sagen, was du tun mußt, was ich von deiner Größe erwarte?«

Rainer hatte Gerlindes Bericht angehört, ohne mit der Wimper zu zucken. Aber seine Augen blieben gesenkt. Niemand sollte in ihnen lesen, daß seine Seele den Todesstreich empfangen hatte. Er stützte seine Hand fest auf den Schreibtisch, sie zitterte leise. Sonst schien er stolz, ruhig und ungebeugt.

»Du bringst mir nur die Bestätigung meiner eigenen Beobachtungen. Und du wirst mich genug kennen, um zu wissen, daß ich nicht der Mann bin, an eigenes Glück zu denken, wenn dabei das Glück meines liebsten Menschen in Scherben geht. Jedenfalls danke ich dir für deine Offenheit. Das werde ich dir nie vergessen.«

Gerlinde drückte die Hände aufs Herz und atmete wie erlöst auf. »Gottlob, daß ich dich so sprechen höre. Ich wußte es ja, du bist groß und gut. Und du wirst nun zu den beiden Unglücklichen gehen und ihnen Erlösung bringen, nicht wahr?«

Er strich sich über die Stirn. »Nein«, sagte er fest, »das werde ich nicht tun. Ich kenne Henning und Josta zu gut: Sie haben gekämpft, solange sie konnten, um mir nicht Schmerzen bereiten zu müssen. Da es nun aber zur Aussprache zwischen ihnen gekommen ist, werden sie den

Weg zu mir finden. Deshalb bitte ich dich, Gerlinde, geh und laß den Dingen ihren Lauf. Sie sollen nicht ahnen, daß du sie belauscht und mir alles gesagt hast, ehe sie zu mir kamen. Sie werden kommen; ich weiß es; Henning gewiß, wenn Josta sich fürchtet, es zu tun. Geh, Gerlinde, und habe Dank.«

Gerlinde fühlte sich von seiner Größe zu Boden gedrückt. Ehe er es hindern konnte, faßte sie seine Hand und drückte ihre Lippen darauf. Dann ging sie hinaus, ohne ein Wort zu sagen.

Henning hatte lange Zeit wie betäubt in der Bibliothek gesessen, das Gesicht in den Händen vergraben. Als zufällig ein Diener eintrat, fuhr er auf und starrte wie von Sinnen um sich. Dann fragte er heiser: »Ist mein Bruder zurückgekehrt?«

»Sehr wohl, Ew. Gnaden.«

»Wo befindet er sich?«

»In seinem Arbeitszimmer.«

Henning ging mit schweren Schritten hinaus. Er schritt den langen Gang entlang mit unsicheren schweren Schritten, wie ein Kranker.

Und so trat er bei seinem Bruder ein. Rainer saß noch immer in seinem Sessel und starrte vor sich hin. Er fuhr hoch, als Henning eintrat.

»Rainer – ich muß fort – sogleich«, stieß er heiser hervor.

»Warum, Henning?« klang es ernst und ruhig zurück.

Henning preßte die Hände an die Schläfen. »Du wirst mich hinausweisen aus deinem Haus, Rainer, wenn du weißt, was ich getan habe.«

Über allen Kummer und Schmerz siegte die Weichheit in Rainers Herzen und die Liebe zu seinem unglücklichen Bruder. Er legte die Hand auf Hennings Schulter. »Das glaubst du selbst nicht, Henning. Du kannst nichts tun, was mich zu einer solchen Handlungsweise zwingen würde.«

»Ich habe schon getan, was dich dazu zwingen wird, Rainer. Du siehst einen Elenden vor dir, der sich selbst und dir untreu geworden ist, der sich selbst verachten muß. Rainer – ich liebe Josta –, schon seit dem Tage, da ich sie als deine Braut wiedersah. Ich hörte von ihr, daß ihr euch ohne Liebe, in gegenseitiger Hochachtung verbunden hattet. Da wollte ich schon damals zu dir kommen und dir sagen, wie es um mich stand. Aber als ich zu dir kam, gerade an jenem Morgen, da erkannte ich, daß du Josta liebst. Und da schwieg ich. Aber es ist immer schlimmer geworden. Ich nahm mir fest vor, nicht mehr herzukommen, aber ich war machtlos gegen mich selbst. Allein in Jostas Gegenwart kam etwas wie Ruhe über mich. So hoffte ich auch diesmal, ruhiger zu werden – aber vergebens. Vorhin – da habe ich die Gewalt über mich verloren, ich habe mich Josta zu Füßen geworfen und ihr gesagt, daß ich sie liebe. Rainer, nun weißt du alles – richte mich!«

Rainer stand erschüttert. Sanft legte er seine Hand auf des Bruders Haupt. »Eines weiß ich noch nicht, Henning – was sagte Josta dazu?«

Henning sah ihn mit brennenden Augen an. Wie war es möglich, daß Rainer so ruhig blieb bei seinem Geständnis? Er strich sich über die Stirn. »Sie war außer sich – aber nicht böse. Nur furchtbar traurig. ›Denk an Rainer!‹ So rief sie mir zu und nannte mich ›armer Henning!‹ Und sie verlangte, daß ich sofort abreise. Sie sagte mir Lebewohl und ging weinend davon.« Wie ein Schrei brach es aus seiner Brust.

Rainer atmete tief. »Weil sie dich liebt, Henning, deshalb hat sie um dich geweint«, sagte er tonlos.

Henning fuhr auf. »Rainer!«

Dieser blieb ganz ruhig. »Ruhe, Henning, Ruhe! Es ist

so, wie ich sage, Josta liebt dich, ich wußte es längst, habe auch gewußt, daß du sie liebst. Ich habe immer gewartet, daß ihr mit Vertrauen zu mir kommen würdet. Ich weiß, wie ihr gekämpft und gerungen habt. Aber der Liebe läßt sich nicht gebieten. Weder dich noch Josta kann ich verurteilen.«

Henning ergriff des Bruders Hand und preßte sie an seine Augen. »Ich habe immer gewußt, daß du großherzig bist, aber so viel Großmut, so viel Güte, das erschüttert mich. Was bin ich für ein elender Mensch gegen dich!«

»Nein, nein – verurteile dich nicht. Du bist nur jung und heißblütig, nicht so still und abgeklärt wie ich. Ich danke dir, daß du mit deiner Beichte zu mir kamst. Und nun fasse Mut, Henning! Ich spreche dich von jeder Sünde frei, und vielleicht kann noch alles gut werden. Ich will nicht zwischen dir und Josta stehen.«

Henning zitterte und umklammerte den Arm seines Bruders. »Was willst du damit sagen, Rainer?«

»Ich will Josta freigeben – für dich.«

Henning sprang auf. »Unmöglich – das ist zu viel. Du liebst doch Josta selbst – wie könntest du auf sie verzichten?«

Rainer wußte, wenn er ein Opfer bringen wollte, mußte er es ganz bringen. Es gab nur zwei Möglichkeiten: Entweder wurden sie alle drei unglücklich – oder nur er allein. Und da gab es für ihn keine Wahl.

»Gewiß, ich liebe Josta selbst, aber meine Liebe ist mehr väterlicher Natur. Und ich kann verzichten, weil ich weiß, daß ich damit euer Glück begründen kann. Also verzage nicht, Henning, es wird noch alles gut werden.«

Rainer drückte den Bruder fest an sich. Aber über ihn hinweg schweiften seine Augen tot und leer ins Weite.

»Ich selbst will zu Josta gehen und deine Sache führen. Sie soll entscheiden.«

Henning blickte den Bruder an, als fasse er dessen Größe nicht. In seinem Gesicht zuckte es. Aber Rainer ließ ihm keine Zeit zu einer Entgegnung. Er schob ihn zur Tür hinaus.

»Geh – und warte, was ich dir für einen Bescheid bringen werde. Wiedersehen sollst du Josta jetzt nicht, bis alles geklärt ist, bis sie frei ist für dich – das verlange ich.«

Nachdem Henning seinen Bruder verlassen hatte, stand dieser eine Weile wie versteinert im Zimmer. Aber dann raffte er sich energisch auf und ging festen Schrittes hinüber zu seiner Frau.

Josta hatte die ganze Zeit weinend auf dem Diwan gelegen. Hastig trocknete sie die Tränen, als Rainer Einlaß forderte, und erhob sich. »Was willst du, Rainer?« fragte sie leise.

Ihr Anblick griff ihm ins Herz.

»Ich möchte mit dir reden, Josta. Wir haben einander wohl etwas zu sagen, nicht wahr? Oder hast du das Vertrauen zu deinem alten Onkel Rainer ganz verloren?« fragte er gütig mit leicht schwankender Stimme.

Sie sah ihn fragend an. »Rainer – du weißt, was geschehen ist?« stammelte sie hilflos.

»Ja, meine arme, kleine Josta. Henning hat mir gebeichtet und ich bin gar nicht böse. Du brauchst mich nicht so erschrocken anzusehen.«

Nur Rainer allein wußte, was ihn diese scheinbare Ruhe und Gelassenheit kostete. Josta wich vor ihm zurück.

»Wie soll ich das verstehen?« fragte sie tonlos.

Er faßte ihre Hand und vermochte zu lächeln. »Das sollst du gleich hören, mein liebes Kind. Ich bin gekommen, dir zu sagen, daß du nicht zu verzweifeln brauchst. Ich gebe dich frei. Du sollst mit Henning glücklich werden. Unsere Ehe war im Grunde ein Mißgriff, eine Übereilung. Aber daraus braucht kein Drama zu entstehen. Im

Gegenteil, du sollst mich sogar bemüht finden, dir alles Schwere aus dem Wege zu räumen, was dich am Glücklichsein hindert. Dann wirst du endlich wieder meine frohe, kleine Josta werden und ich dein alter, vernünftiger Onkel Rainer.«

Seine Worte trafen Josta wie ein Schlag ins Gesicht. Sie schauerte wie im Frost zusammen und wagte nicht, zu ihm aufzusehen. Die Scham mußte sie ja sonst töten, die stolze Scham ihres liebenden Herzens. Er deutete ihr Verstummen und ihr Erbleichen falsch.

»Henning wartet in Not und Pein auf deine Entscheidung, Josta. Darf ich ihm sagen, daß du die Freiheit aus meiner Hand annimmst, um ihm anzugehören? Ich werde dann alles mit ihm besprechen, und er wird morgen abreisen. Bis alles geordnet ist, müßt ihr auf ein Wiedersehen verzichten. Das muß ich verlangen. Vielleicht gehst du dann einstweilen nach Waldow oder nach Schellingen. Das besprechen wir noch. Jetzt sage mir nur, ob du Henning angehören willst, sobald du frei bist.«

Josta blieb wie gelähmt sitzen. Sie sah nicht auf, als sie tonlos hervorstieß: »Nicht jetzt – ich kann nicht – geh, laß mich allein – sei barmherzig – morgen – ja, morgen – bis morgen.«

Und sie faltete flehend die Hände. Er wollte noch etwas sagen, da machte sie eine verzweifelte Gebärde und zeigte zur Tür. Da ging er. Sie mußte Zeit haben, sich zu fassen.

Josta war emporgetaumelt, als Rainer gegangen war. Und dann fiel sie plötzlich wie ein gefällter Baum zu Boden. Sie stöhnte tief auf. So lag sie lange und rang mit dem quälenden Wahn, der sie bei Rainers Worten befallen hatte. Wie entehrt, wie ausgestoßen kam sie sich vor.

Als Josta endlich wieder fähig war, zu denken und ihre Lage zu überblicken, wurde ihr das eine klar: Sie hatte nun kein Recht mehr, in Ramberg zu bleiben. Jetzt mußte sie gehen – gehen, ohne ihn noch einmal wiederzusehen. Sie hätte nicht noch einmal vor seinen Augen stehen können mit dem Bewußtsein, ihm lästig gewesen zu sein. Nein – nein – ihn nur nicht wiedersehen! Das ging über ihre Kraft.

Zum Souper ließ sie sich mit Kopfweh entschuldigen. Auch die beiden Brüder kamen nicht zu Tisch. So saß Gerlinde allein in dem großen Speisesaal. Die Unruhe hatte sie herübergetrieben. Ohne jemand gesehen zu haben, kehrte sie nach Tisch in das Witwenhaus zurück. Sie nahm aber die Überzeugung mit sich, daß die Entscheidung bereits gefallen sein mußte.

Erst als im Schloß scheinbar alle zur Ruhe gegangen waren, klingelte Josta ihrer Zofe. Sie gebot ihr, einen kleinen Handkoffer mit dem Nötigsten für einige Tage zu packen. »Ich reise morgen früh mit dem ersten Zug nach Waldow. Meine Anwesenheit dort ist nötig. Sie begleiten mich«, sagte sie.

Die Zofe wunderte sich nur, daß sie den ersten Zug benutzen wollte, der schon gegen fünf Uhr ging. Sonst erschien ihr nichts auffallend, denn die Reise nach Waldow war oft genug besprochen worden, und die Zofe wußte, daß ihre Herrin dort allerlei zu ordnen hatte.

Ehe sich Josta für einige Stunden niederlegte, schrieb sie einen Brief an ihren Gatten, den sie auf ihrem Schreibtisch liegenließ.

Am nächsten Morgen ließ sie sich den kleinen Schlitten anspannen. Gefolgt von ihrer Zofe, durchschritt sie das Schloß. Im Schloß regte sich um diese Zeit wenig Leben. Nur ein Diener stand am Portal. Er hatte den Koffer zu dem Schlitten getragen und half der Gebieterin beim Einsteigen.

Ehe Josta mit ihrer Zofe davonfuhr, sagte sie zu dem Diener: »Wenn der Herr zum Frühstück erscheint, melden

Sie ihm, daß ich schon den Frühzug benutzt habe, um nach Waldow zu fahren, und daß auf meinem Schreibtisch ein Brief für ihn liegt.«

Der Diener verneigte sich und trat zurück. Gleich darauf fuhr der Schlitten davon.

18

Auch Henning hatte eine schlaflose Nacht hinter sich. Nicht die Sehnsucht nach Josta hatte ihm den Schlaf ferngehalten, sondern der quälende Gedanke, was er seinem Bruder zufügen mußte, um sich selbst das Glück zu erringen. Es erschien ihm fast unmöglich, Rainers Opfer anzunehmen.

Aber wie die Entscheidung auch fallen würde, er mußte sie hinnehmen aus Jostas und Rainers Hand. Seit er seiner Liebe Worte gegeben, hatte er sich das Recht verscherzt, in dieser Sache selbst zu entscheiden.

Es war kurz nach acht Uhr, als plötzlich seine Tür aufgerissen wurde. Auf der Schwelle stand Rainer mit aschfahlem, verfallenem Gesicht, einen Brief in der Hand. Henning zuckte zusammen und sah ihn erschrocken an.

»Mein Gott! Rainer – was ist geschehen?«

Rainer fiel kraftlos in einen Sessel. »Josta! Sie ist fort!«

Der Bruder sah ihn mit brennenden Augen an.

»Josta? Fort? Mein Gott – wohin?«

Ein tiefer, zitternder Atem hob Rainers Brust. »Nach Waldow, heute mit dem Frühzug. Heimlich ist sie gegangen ohne Abschied. Sie hat ihre Entscheidung getroffen. Da lies, Henning – mein Opfer war umsonst«, stieß er heiser hervor.

Voll Unruhe faßte Henning nach dem Brief. Er faltete ihn auseinander und las:

Lieber Rainer!

Nachdem ich imstande war, ruhig zu überdenken, was heute geschehen ist, halte ich es für das beste, Dein Haus zu verlassen und nach Waldow zu fahren. Es ist mir unmöglich, von Dir und Henning Abschied zu nehmen. Aber alles drängt mich jetzt zu diesem Entschluß, mit dem ich schon lange gerungen habe.

Verzeihe, wenn meine Entfernung einiges Aufsehen erregen sollte. Ich habe alles möglichst unverfänglich erklärt, und es wird Dir gelingen, vorläufig den Anschein zu erwecken, als sei ich mit Deiner Erlaubnis nach Waldow gegangen.

Dir will ich aber offen sagen, lieber Rainer, daß ich für immer gegangen bin. Nicht weil ich, wie Du glaubst, Deinen Bruder liebe, das ist ein Irrtum von Dir. Ich habe Henning herzlich lieb wie einen Bruder, aber ein Gefühl, wie er es leider für mich empfindet, kann ich ihm nicht entgegenbringen.

Aber auch das ist mir nun klar geworden, als Du heute mit mir sprachst, daß ich nicht mehr bei Dir bleiben kann. Unsere Ehe ist ein Unding, wir haben sie wohl beide geschlossen, ohne uns darüber klarzuwerden, was wir damit auf uns nahmen. Ich wußte es jedenfalls nicht, wußte nicht, was es heißt, eine Ehe ohne gegenseitige Liebe einzugehen. Schon lange habe ich mit dem Entschluß gerungen, ob ich gehen müsse oder nicht. Aus Deinem Verhalten heute habe ich aber gesehen, daß auch Du den Gedanken an eine Trennung nicht so ungeheuerlich findest, und das hat mich veranlaßt, sofort ein Ende zu machen. Bitte, zürne mir nicht, daß es etwas gewaltsam geschieht – es ist besser, als wenn wir uns gegenseitig noch lange quälen. Ich ziehe mich nach meinem stillen Waldow zurück. Bitte, sende mir baldigst meine Sachen dorthin; ich nehme nur das Nötigste mit.

Und bitte Henning, daß er mir vergeben soll. Gott möge ihm helfen, daß er mich bald vergißt. Dich aber, lieber Rainer, wage ich zu bitten, meiner in Zukunft zu gedenken mit dem guten warmen Gefühl, das Du als Onkel Rainer für mich hattest. Gott schenke Dir ein reiches, schönes Glück, wie ich es Dir nicht bereiten durfte.

Zum Schluß bitte ich Dich herzlich, mich jetzt völlig meiner Einsamkeit zu überlassen. Versuche es nicht, mich wiederzusehen. Wir wollen erst beide zur Ruhe kommen. Was Du zur Regelung unseres Verhältnisses zu tun gedenkst, überlasse ich Dir. Ich bin mit allem einverstanden. Nur verlange jetzt nicht, daß ich Dich wiedersehe. Leb wohl – alles Glück mit Dir und verzeihe mir!

Deine Josta.

Henning ließ den Brief sinken und sah in seines Bruders Gesicht. Endlich raffte sich Rainer auf.

»Es war also ein Irrtum, Henning«, sagte er, »wenn ich glaubte, Josta liebe dich. Sie fühlte sich nur unglücklich an meiner Seite, weil sie mich nicht lieben konnte, nicht aber weil sie dich liebte.«

Henning strich sich über die Stirn. »Und ich bin schuld, daß der Friede eurer Ehe gestört wurde. Sonst wäre Josta bei dir geblieben. Das wirst du mir nie vergessen können, Rainer.«

Dieser lächelte schmerzlich. »Wer kann hier von einer Schuld sprechen, Henning? Quäle dich nicht mit einem so unsinnigen Gedanken. Dir wird das Herz ohnedies schwer genug sein, weil Josta deine Liebe nicht erwidert.«

Henning warf sich in einen Sessel. »Mir ist, als könnte ich alles ertragen, Rainer, wenn du nur glücklich wärst. Ich weiß ja, wie es in dir aussieht. In dieser Nacht ist mir alles klargeworden. Du liebst Josta vielleicht tiefer und inniger als ich, denn du warst imstande, für ihr Glück dies unerhörte Opfer zu bringen.«

Rainer sprang auf und trat ans Fenster, um dem Bruder sein zuckendes Antlitz zu verbergen. Erst nach einer Weile sagte er, ohne sich umzuwenden: »Ja, ich liebe Josta mit allen Fasern meines Seins. Und du kannst dir vielleicht denken, was ich gelitten habe im Bewußtsein, daß ihr meine Liebe lästig sein könnte. Ich habe mich deshalb all diese Zeit mit fast übermenschlicher Kraft beherrscht, damit sie nicht die ganze Größe meines Gefühls erkannte. Trotzdem ist es ihr aber unerträglich gewesen, an meiner Seite zu bleiben. Mache dir keinen Vorwurf, Henning! Dieser Bruch hätte auch ohne dein Dazutun kommen müssen. Im Grunde muß ich dir dankbar sein, daß du Josta geholfen hast, sich von mir zu befreien. Mich peinigt jetzt vor allem der Gedanke, daß sie vor mir geflohen ist und das Vertrauen zu mir verloren hat. Mit mir selbst werde ich schon fertig!«

Henning trat neben ihn. »Willst du Josta nicht nach Waldow folgen? Wäre eine offene Aussprache nicht besser für euch beide?«

Rainer schüttelte den Kopf. »Nein, eine Aussprache hätte keinen Zweck. Sie ist vor meiner Liebe geflohen. Und ich darf sie nicht noch mehr beunruhigen. Sie muß vor allen Dingen erst ihren Frieden wiederfinden. Ich würde Gerlinde bitten, zu ihr zu gehen und ihr beizustehen, wenn ich wüßte, ob ihr das lieb wäre.«

»Nein, Rainer – das tue nicht! Ich weiß genau, daß Josta Gerlinde um keinen Preis um sich haben möchte.«

»Hat sie dir das gesagt?«

»Mehr als einmal. Sie wollte dir nur nichts von ihrer Abneigung gegen Gerlinde verraten, weil diese dir sehr wert ist. Übrigens bin ich überzeugt, daß auch Gerlinde Josta nicht viel Sympathie entgegenbringt.«

»Da bist du im Irrtum, Henning. Ich könnte dir beweisen, wie warmherzig Gerlinde für Josta empfindet.«

Henning wollte dem Bruder etwas von Gerlindes unbefugtem Eindringen in Jostas Schreibtisch sagen. Aber er schwieg doch. Das war jetzt überflüssig, da Rainer ohnedies davon absah, Gerlinde zu bitten, nach Waldow zu gehen.

Rainer verabschiedete sich nun vorläufig von seinem Bruder. »Wir haben beide manches mit uns selbst auszumachen, Henning. Natürlich bleibst du nun in Ramberg, bis dein Urlaub abgelaufen ist. Das wird ein stiller und schmerzlicher Jahresabschluß für uns beide werden. Vorläufig erfährt niemand außer Gerlinde, was geschehen ist. Wir aber, mein Junge, wir bleiben die alten und – wir werden uns mannhaft mit unserem Schicksal abfinden, nicht wahr?«

Henning nickte stumm, und Rainer ging schnell hinaus.

Henning war, als der Bruder ihn verlassen hatte, eine Weile im Zimmer auf und ab gegangen. Aber lange hielt er es nicht darin aus: Die Brust wurde ihm zu eng, und er sehnte sich hinaus ins Freie. Draußen begegnete ihm Gerlinde.

»Guten Morgen, Henning. Willst du spazierengehen? Dann darf ich wohl fragen, ob ich mich dir anschließen darf?«

Mit düsteren Augen sah er in ihr lächelndes Gesicht. »Ich würde ein schlechter Gesellschafter sein, Gerlinde. Auch will ich einen weiten Spaziergang machen und komme dabei auf ungebahnte Wege, für die deine Schuhchen kaum geeignet sind.«

Sie lächelte schelmisch. »Vetter, das ist beinah – ungalant. Wünschst du allein zu sein, werde ich ins Schloß hinübergehen und sehen, ob ich da willigere Gesellschaft finde.«

Henning wandte sich zum Gehen, aber dann zögerte er doch noch eine Weile. »Ich glaube, du kannst dir den Weg sparen. Rainer hat viel zu tun und ist nicht zu sprechen, und Josta, ja – sie ist heute morgen nach Waldow gefahren.«

Gerlindes Augen öffneten sich weit. Beinahe hätte sie einen Freudenschrei ausgestoßen. Aber sie bezwang sich: »Josta in Waldow? So plötzlich?« fragte sie.

»Ja, es ist, sie hat – glaube ich, ein Telegramm erhalten. Rainer kann dir darüber besser Auskunft geben. Guten Morgen, Gerlinde – bei Tisch sehen wir uns wohl wieder.«

Sie ließ ihn gehen, und Henning entfernte sich mit einem Gefühl, als folgten ihm Gerlindes lauernde Augen. Als er das Parktor passiert hatte, hörte er plötzlich das Geläut von Glocken und sah einen Schlitten herankommen. Es war ein wenig elegantes Gefährt, mit einem mageren Klepper bespannt. Henning wollte schon daran vorübergehen. Aber plötzlich zuckte er zusammen und starrte auf die junge Dame, die, in einen eleganten Pelz gehüllt, in dem etwas schäbigen Kissen lehnte. Das war doch abermals Jostas Doppelgängerin! Er hatte sich von seiner Überraschung noch nicht erholt, als der Schlitten am Parktor hielt. Einem Impuls folgend, kehrte Henning sofort wieder um und trat zum Schlitten heran.

»Verzeihung, mein gnädiges Fräulein – da Sie Ihren Schlitten am Parktor von Ramberg halten lassen, nehme ich an, daß Sie zum Gutshaus wollen. Oder irre ich mich?«

Die junge Dame hatte ihn sofort erkannt. Sie war ein wenig verwirrt und fand nicht gleich die Antwort.

Der Kutscher lachte ihn an. »Das Fräulein ist 'ne Ausländsche. Sie wohnt seit gestern bei uns in der ›Deutschen Krone‹ und wollte unbedingt zum Gutshaus«, erklärte er.

Henning beachtete seine Erklärung kaum und wollte seine Frage auf Englisch wiederholen. Mittlerweile hatte sich die junge Dame etwas gefaßt.

»O no, ich kann gut verstehen die deutsche Sprache, nur nicht sehr gut sprechen. Ich bitte, mein Herr, kann ich sprechen die Frau Josta Ramberg in eine private Angelegenheit?«

»Gnädiges Fräulein, Josta Ramberg ist – ist abwesend seit heute morgen – verreist.«

Das Gesicht der jungen Dame überflog ein Schatten.

»Oh, Maggie, ich habe kein Glück«, sagte sie in englischer Sprache zu ihrer Begleitung. Und zu dem jungen Manne gewandt, fuhr sie auf Deutsch fort: »Das sein sehr schade – sehr schade.«

Henning konnte seinen Blick nicht von ihr wenden. Es war ihm ein Labsal, dies schöne Gesicht zu betrachten, das dem Jostas so ähnlich war, und er beschloß, die junge Dame um keinen Preis wieder fortfahren zu lassen.

»Vielleicht können Sie Ihre Angelegenheit mit meinem Bruder, Jostas Gemahl, besprechen.«

Sie atmete schnell und erregt. »O no, ich kann nicht gut besprechen diese Angelegenheit mit Ihrem Herrn Bruder. Es ist eine Sache von großer Delikatesse, und ich habe nötig zu sprechen mit ihr persönlich. Wenn Sie mich können sagen, wann sie kommt zurück, will ich Ihnen sein voll Dankbarkeit.«

Voll Entzücken lauschte Henning auf die weiche liebe Stimme, die ein wenig dunkler gefärbt war als die Jostas.

»Die Rückkehr ist unbestimmt, und sicher vergehen einige Wochen bis dahin.«

»Oh, wie schlimm sein das für mich!« rief die junge Dame. »Aber bitte, wollen Sie mich sagen, wohin ist sie gereist?«

»Sie befindet sich in Waldow.«

»Oh, das ist gut, sehr gut. Dahin will ich reisen sofort. Ich danke Ihnen sehr.«

»Bitte, noch einen Augenblick, gnädiges Fräulein. Ich möchte Sie dennoch sehr bitten, erst mit meinem Bruder zu sprechen. Vielleicht ist es Ihnen von Nutzen.«

»No, no – das kann wohl nicht sein«, antwortete sie kopfschüttelnd.

Henning war jedoch entschlossen, sie nicht wieder entschlüpfen zu lassen. »Darf ich nicht wenigstens meinem Bruder Ihren Namen melden?« bat er dringend.

Sie überlegte und sah Maggie fragend an. Und dann sagte sie rasch entschlossen: »Gladys Dunby.«

Henning hatte in den letzten Tagen oft mit Josta von ihrer Schwester gesprochen und hatte auch wiederholt den Brief gelesen, den Rainer von seinem Beauftragten erhalten hatte. Und so wußte er, daß die zweite Frau von Jostas Vater in zweiter Ehe einen Mr. Dunby geheiratet hatte.

»Miß Gladys Dunby oder vielmehr Fräulein Waldow, nicht wahr?« fragte er schnell.

Sie sah ihn mit großen Augen an.

»Sie wissen?«

»Ja, nun weiß ich gewiß, daß Sie Jostas Schwester sind, nach der sie schon seit Monaten Nachforschungen hat anstellen lassen.«

Miß Gladys hielt es plötzlich nicht mehr aus, ruhig im Schlitten zu sitzen. Sie schlug die Decke zurück und sprang aus dem Gefährt, ehe er ihr nur helfen konnte. Aufgeregt drückte sie die Hände aufs Herz.

»Oh – meine Schwester weiß von mich und lassen forschen nach meine Person?« stieß sie jubelnd hervor.

»Ja, mein gnädiges Fräulein, seit sie weiß, daß sie eine Schwester hat. Sie wußte allerdings nicht, ob diese Schwester noch am Leben sei und wo sie weile. Und ich habe ihr von der jungen Dame erzählt, die ihr so ähnlich ist und die unerwartet an dem Begräbnis des Ministers teilnahm. Aber das alles können Sie von meinem Bruder erfahren, der Josta erst auf die Vermutung brachte, daß sie Geschwister haben könne. Sie müssen mich zu ihm begleiten.«

Die junge Dame sah ihn strahlend glücklich an. Sie wirkte wie ein holder Zauber auf sein bedrücktes Gemüt.

»Man wird Sie in Ramberg sehr freundlich und herzlich aufnehmen. Mein Bruder wird Sie sicher bitten, sobald wie möglich nach Waldow zu Josta zu reisen, denn diese wird sehr glücklich sein, ihre Schwester umarmen zu dürfen.«

Sie streckte ihm mit feuchtschimmernden Augen die Hand entgegen. »Ich werde nie vergessen, daß Sie mich gesagt haben eine so glückliche Botschaft. So sehr lieben ich meine Schwester, seit ich sie gesehen bei das Begräbnis von meines Vaters Bruder. Und ich bin so allein auf der Welt – haben kein Mensch als mein gutes, altes Maggie – das mit mich gereist ist über das Meer nach Deutschland, um zu suchen meine Schwester und mein Onkel.«

So sagte sie mit bebender Stimme. Henning führte die kleine Hand an seine Lippen. »So nehme ich mir auch das Vorrecht, Sie als Schwägerin zu grüßen und zuerst willkommen zu heißen«, sagte er.

Dankbar blickte sie ihn an.

Auf dem Wege zum Gutshaus erzählte Henning seiner aufmerksam zuhörenden Begleiterin, wie es gekommen war, daß Josta erst seit kurzer Zeit wußte, daß ihr rechter Vater Georg Waldow gewesen war und daß dieser eine Tochter aus zweiter Ehe hinterlassen hatte. Dann erzählte auch die junge Dame einiges aus ihrem Leben und über ihre Verhältnisse.

Im Schloß angelangt, gab Henning einem Diener Weisung, die nachfolgende Maggie in Empfang zu nehmen und sie in ein warmes Zimmer zu führen, wo man ihr einen Imbiß vorsetzen wolle. Der Diener starrte entschieden verblüfft in das Gesicht der jungen Dame. Auch ihm fiel die Ähnlichkeit auf.

Nachdem ihr der Diener den Pelzmantel und das elegante Pelzhütchen abgenommen hatte, führte Henning sie hinüber in den Westflügel.

»Oh, was sein das für ein wunderschöne alte Schloß«, sagte Gladys entzückt und sah sich mit großen Augen um. Henning führte sie in den kleinen Salon. Hier bat er sie, einige Minuten Platz zu nehmen. Er wollte seinen Bruder erst ein wenig auf ihren Besuch vorbereiten.

Schon nach wenigen Minuten stand Rainer vor der jungen Dame und streckte ihr herzlich die Hand entgegen. Sie hatte es leicht, seine Sympathie zu gewinnen, da sie Josta so sehr glich. Die drei Menschen hatten nun eine lange und erregte Unterredung. Das Ergebnis dieser Untersuchung war zunächst, daß Gladys zum Diner in Ramberg blieb. Maggie mußte, nachdem sie sich durch einen Imbiß gestärkt hatte, zur Stadt zurückfahren und im Hotel die Sachen ihrer jungen Herrin einpacken und nach Ramberg bringen, denn Gladys sollte nach Tisch von Ramberg aus zu Josta reisen.

Als Gerlinde zu Tisch kam, erschrak sie zuerst sehr. Sie glaubte für einen Augenblick, es sei Josta, die neben den Brüdern an der Tafel stand.

Gerlinde wußte nicht, wie sie sich zu Gladys stellen sollte, und diese konnte auch kein Herz zu ihr fassen. Was gestern hier im Schloß Ramberg geschehen war, ahnte Gladys nicht. Sie wunderte sich nur, daß Rainer so bleich und düster war und daß um seinen Mund ein tiefer, herber Schmerz lag.

Als Gladys nach Tisch zur Station fuhr, diesmal in einem eleganten Ramberger Schlitten, wurde sie von den beiden Brüdern begleitet. Maggie folgte mit dem Gepäck in einem anderen Gefährt. Als sich Rainer von Gladys verabschiedete, sagte er: »Bitte, grüßen Sie Josta herzlich, liebe kleine Schwägerin, und sagen Sie ihr, ich würde ihr heute noch schreiben und ich hoffte, daß sie die Gesellschaft ihrer Schwester aufheitern werde.«

Sie versprach ihm, seinen Auftrag auszurichten.

Henning neigte sich über ihre Hand und sagte bittend: »Grüßen Sie Josta auch von mir, und sagen Sie ihr – nein nichts –, nur daß ich hoffe, sie wiederzusehen.«

Die Brüder Ramberg brachten die junge Dame mit sorglicher Aufmerksamkeit in ihr Abteil und sagten ihr herzlich Lebewohl.

»Oh, ich sagen nicht Lebewohl«, meinte Gladys lächelnd, »ich sagen auf Wiedersehen – oder darf ich nicht kommen mit mein Schwester nach Schloß Ramberg?«

Graf Rainer sah sie mit seltsamen Augen an.

»Mit offenen Armen werden wir Sie allezeit empfangen, liebe Gladys. Ich wünschte, ich könnte Ihnen in Ramberg eine Heimat bieten«, sagte er und wandte sich hastig ab.

Henning aber hielt ihre Hand fest in der seinen und sah sie an, als wolle er sich ihr Bild noch einmal fest einprägen. »Auf Wiedersehen – ich sage auf Wiedersehen, liebe Schwägerin.«

Ihre Augen hingen wie gebannt an seinem Gesicht, bis der Zug sich in Bewegung setzte. Dann sank Gladys aufatmend in die Kissen ihres Wagens zurück.

»Nun, meine gute Maggie, wie gefallen dir meine neuen Verwandten?«

»Oh, sehr gut, Mißchen. Das sind zwei schöne und gute Herren. Aber der Gemahl von Frau Josta ist sehr unglücklich, ihn bedrückt ein schweres Leid. Wie ein junger, glücklicher Ehemann hat er nicht ausgesehen.«

Gladys nickte und seufzte tief. »Ja, Maggie, mir schien auch, als sei da irgend etwas nicht in Ordnung. Auch Henning Ramberg schien etwas auf dem Herzen zu haben. Fast war mir, als sorge sich Rainer um meine Schwester, und Henning sorge sich um seinen Bruder. Josta wird doch nicht krank sein?«

»Sie werden bald sehen, Miß Gladys. In zwei Stunden spätestens sind wir in Waldow.«

Die junge Dame nickte und drückte die Hände aufs Herz.

»Ahnst du, wie mir zumute ist, Maggie? Nun soll ich bald vor meiner Schwester stehen. Und ich weiß nun schon, daß sie mich liebevoll aufnehmen wird. Henning hat es mir gesagt. Henning hat mir so viel Mut gemacht und war so gut – so gut, Maggie.«

Diese lächelte etwas überlegen. »Wie soll er zu Ihnen auch anders sein als gut? Er hat doch Augen im Kopf. So ein liebes und schönes Mißchen sieht er nicht oft. Der ist Ihnen gut, Mißchen, das dürfen Sie mir glauben.«

Gladys lachte schelmisch. »Ei, Maggie, ich denke, du wirst bald eine Brille brauchen«, sagte sie. Aber sie wurde doch rot dabei.

19

Josta war in Waldow angelangt. Da sie sich nicht vorher angemeldet hatte, fand sie natürlich nichts vorbereitet. Die Zimmer waren kalt und unbehaglich. So mußte Josta einige Stunden in der Wohnung des Pächters verweilen, bis oben in der ersten Etage ein wenig Gemütlichkeit geschaffen war. Vor Tisch ging sie dann ein Stündchen ins Freie, weil sie Kopfweh hatte. Sie fand Waldow zu ihrer Enttäuschung durchaus nicht so anheimelnd und idyllisch, wie sie es sich gedacht hatte. Sie konnte heute kaum begreifen, daß sie immer Sehnsucht nach Waldow gehabt und hier ihre glücklichsten Stunden verlebt hatte.

Müde, mit schweren Schritten kehrte sie heim. Die Pächterin empfing sie in dem breiten Hausflur, dessen einziger Schmuck aus verstaubten Erntekränzen bestand.

»So, gnädige Frau, nun ist es schon ein bißchen gemütlicher oben. Wenn Sie wünschen, können Sie nun oben im Eßzimmer das Mittagessen einnehmen.«

Josta dankte ihr und ging hinauf. Sie setzte sich dann allein zum Mittagessen nieder. Um die Pächterin nicht zu kränken, zwang sie einige Bissen hinunter.

Aber dann überkam sie das Elend wieder, und sie schloß sich in ihr Schlafzimmer ein und warf sich auf den Diwan. So losgelöst von allem, was ihr lieb war, kam sie sich so schrecklich einsam und verlassen vor.

Seufzend sah sie in die knisternde Kaminglut. Da trat die Zofe ein und meldete eine junge Dame.

Josta sah nicht einmal auf. »Ich empfange keine Besuche, Anna.«

»Das habe ich der jungen Dame auch gesagt, aber sie meinte, ich möchte nur sagen, daß sie von Ramberg käme und daß der Herr Rainer sie hergeschickt habe.«

Josta schrak auf. »Von Ramberg?«

»Ja.«

»Wie ist der Name der Dame?«

»Den wollte sie selbst sagen.«

»Wie sieht sie denn aus?«

Die Zofe lächelte sonderbar. »Das ist sehr seltsam. Sie müßten sich die Dame selbst einmal ansehen, dann würden Sie glauben, sich im Spiegel zu sehen.«

Josta sprang auf. »Führen Sie die Dame herein – schnell, Anna!«

Gleich darauf stand Gladys auf der Schwelle. Eine Weile sahen sich die Schwestern stumm und mit großen Augen an. Der gleiche Ausdruck der Gesichter machte die Ähnlichkeit noch größer, und doch sah man jetzt, wie verschieden sie bei alledem waren. Gladys' Haar war eine Schattierung heller, ihr feines Näschen ein wenig kürzer und der Mund eigenwilliger geschwungen. Trotzdem waren sich die Schwestern so ähnlich, wie es zwei Menschen nur sein können. Gladys faßte sich zuerst:

»Liebe Schwester! Darf ich dich nennen mit diesem Namen? Ich bin gekommen von Ramberg nach Waldow. Deine liebe Mann haben mir gesagt, du würdest sein über mein Kommen sehr erfreut. Ich bin dein Schwester Gladys und haben dir schon lange suchen gewollt. Willst du mich nicht geben mit gute Willen deine Hand und mich haben ein wenig lieb? Ich habe keine Mensch auf diese Welt als mein altes Maggie, das draußen auf mich wartet.«

Josta hörte das alles wie im Traum. Da stand ein Mensch, der einsam war wie sie und der die Hand nach ihr ausstreckte. Und dieser Mensch war ihre Schwester – sie hatte eine Schwester, die zu ihr gehörte durch die Bande des Blutes.

Tränen stürzten plötzlich aus Jostas Augen. Sie öffnete die Arme weit und trat auf Gladys zu. »Meine Schwester – meine liebe kleine Schwester!« stammelte sie.

Die Schwestern hielten sich fest, als wollten sie sich nie mehr loslassen. Erst nach langer Zeit fand Gladys zuerst die Sprache wieder.

»Oh – wie wundervoll sein das, ein Schwester zu haben«, sagte sie lachend und weinend.

Das klang so lieb und drollig, daß Josta lächeln mußte. Sie zog die Schwester neben sich auf den Diwan.

»Du mußt mir viel erzählen, meine liebe Gladys. Ich

lasse dich nicht mehr von mir fort. Sag, daß du bei mir bleiben willst. Dich sendet mir der Himmel. So einsam war ich eben noch, so verlassen und unglücklich! Nun darf ich dich an mein Herz nehmen, und du wirst mich auch ein wenig liebhaben.«

Gladys schüttelte den Kopf. »O nein – nicht ein wenig, sondern sehr viel. Und du darfst nicht weinen, meine Josta. Warum? Wir wollen sein sehr glücklich, daß wir uns gefunden. Und was du sprechen von verlassen und unglücklich, das sein für mich ohne Verständnis. Hast du nicht eine so liebe, schöne Mann, der dir so lieben – so sehr lieben?«

Josta schüttelte traurig den Kopf. »Nein, Gladys, er liebt mich nicht. Hat man dir in Ramberg nicht gesagt, daß ich ihn verlassen habe für immer?«

Gladys sah erschrocken auf. »Für immer? O nein – nein, das ist nicht Wahrheit. Du willst machen ein Scherz.«

»Nein, nein, mit so etwas scherzt man nicht.«

»Oh, nun weiß ich, warum deine Mann sein so unglücklich und traurig.«

Josta drückte die Hand aufs Herz. »Das denkst du wohl nur, Gladys.«

»O nein – ich haben sehr gute Augen. Mein liebes Josta, wirst du da nicht haben getan eine große Dummheit? Verzeihung, ich muß sprechen, wie ich fühle – ich meine, es sein nicht gut, daß du gegangen von dein Mann. Warum hast du das getan?«

»Frage mich nicht, Gladys! Ich kann nicht darüber sprechen, jetzt nicht. Jetzt mußt du mir erst von dir erzählen. Alles möchte ich wissen aus deinem Leben. Wir wissen ja so wenig voneinander.«

Gladys nickte eifrig. »Ja, ich will gleich erzählen, wie es gekommen ist, daß ich mit mein Maggie bin gekommen nach Deutschland.«

»Du hast doch um Gottes willen die weite Reise nicht allein gemacht?«

»Oh, das ist nicht schlimm. Maggie ist immer gewesen an meine Seite. Also höre zu: Mamy ist gewesen vor viele Jahre eine Sängerin und ein sehr schöne Frau. Mein Vater, der auch deine Vater war, mein liebes Josta, ist von eine schlimme Mann geschossen in sein Herz und ist gewesen gleich tot. Mamy ist nun gewesen sehr verlassen und hat verloren vor große Kummer ihr schönes Stimme. Sie hat nicht mehr bekommen viel Geld für ihr Gesang und war arm und traurig. Dann sein gekommen mein Stiefvater und hat Mamy gemacht zu sein Frau. Mr. Dunby sein gewesen ein großes, dickes Mann – nicht schön wie mein Vater. Viel Geld hat er gehabt – oh, so viel, und er haben Mamy sehr liebgehabt und mich auch. Nur nicht von meine tote Vater haben wir sprechen dürfen, Mamy und ich, sie hat nicht eine Träne weinen dürfen für mein Vater, wenn er es gesehen. Gleich war er eifersüchtig und zornig.

Sonst ist mein Stiefvater gewesen sehr gut für mich. ›Kleine deutsche Prinzessin!‹ hat er immer gesagt. Mr. Dunby haben auch zwei Söhne von seine erste Frau. Die haben Mamy und mich angesehen mit sehr böse Augen und mir auch gesagt: ›Deutsche Prinzessin ohne Dollars.‹ Aber sie sind dann gekommen aus dem Hause und haben schon lange Zeit jeder eine Frau, die auch sein sehr zornig auf mich gewesen. Aber Mr. Dunby hat niemals zugegeben, daß sie Mamy und mir ein Leid getan haben.

Dann ist mein Mamy geworden sehr krank, und Mr. Dunby haben sehr weinen müssen. Und meine arme Mamy ist gestorben. Auch Mr. Dunby ist noch immer sehr gut für mich gewesen, o ja, und er sein voll Betrübnis um Mamy. Maggie und ich sein geblieben bei Mr. Dunby. Maggie ist meine Amme und immer bei mich gewesen und ist lieb und gut und tut alles für mich.

Ein Jahr nach Mamy ist auch Mr. Dunby gestorben, und seine Söhne sind gekommen und haben mich gesagt, ich soll gehen mit mein Maggie aus dem Haus, dahin, wo ich hergekommen mit mein deutsche Mutter. Hinaus! Hinaus! So haben sie mich gesagt. Mein Maggie haben gesagt: ›Erst will ich packen Miß Gladys' Sachen.‹ Ich haben nicht wissen, wohin ohne Geld. Ehe Maggie noch fertig gewesen mit mein Koffer, ist gekommen ein Herr und haben mich gesagt, Mr. Dunby haben bestimmt in sein Testament für mich ein Viertelmillion Dollars, die für meine Namen sind deponiert bei das Deutsche Bank. Oh – sein ich froh und voll Dankbarkeit gewesen für Mr. Dunby! Seine Söhne haben mich nehmen wollen die Dollars, trotzdem sie haben jeder zehnmal so viele wie ich. Aber mein Maggie ist gelaufen bei das Notar und ich mit, und es hat nicht geholfen Mr. Dunbys Söhne; sie haben mich lassen müssen mein Geld. Meine Mamy haben gesagt, als sie krank war: ›Wenn ich tot bin, gehst du nach Deutschland, meine kleine Gladys, da hast du einen Onkel und eine Schwester.‹

Und hat mich gegeben meine Papiere und mich schon früher immer erzählt von Deutschland, was mich gemacht hat voll Sehnsucht. So bin ich dann mit Maggie nach Deutschland gereist. In Berlin haben ich mich gewendet an das Konsulat, um nach meines Vaters Bruder zu forschen. Daß er dich genommen in sein Haus als sein Tochter, hat Mamy mir gesagt. Da hat mich Herr Henning gesehen in Berlin und mir gerufen: ›Josta, liebe Josta!‹

Ich haben gewußt, daß mein Schwester Josta heißt, und mich so gefreuen. Am liebsten hätte ich gleich mit ihm gesprochen von dir. Aber das darf nicht sein. Und dann bin ich gekommen vor das Haus des Ministers Waldow. Da sein er gewesen tot. Und mußte wieder gehen, ohne dich zu sehen und zu sprechen. Aber auf das Friedhof bin ich gegangen und haben dich gesehen. Aber ich konnte doch nicht stören dein Trauer und bin wieder gereist nach Berlin. Jetzt habe ich aber nicht länger können warten und reiste nach Ramberg, um dich zu sprechen.

Wie ich kommen mit mein Schlitten an das Parktor von Ramberg, da stehen Herr Henning und sehen mich an mit so große Augen und sagt mich gleich, ich bin dein Schwester und du weißt von mich und haben nach mich gesucht. Herr Henning hat mich geführt zu deine liebe Mann, und er haben gesagt, ja, ich muß zu dir gehen nach Waldow und bei dir bleiben. Und so traurig war deine Mann, daß ich gemeint, du bist krank. So, mein liebes Schwester, und hier bin ich nun und könnte so glücklich sein – wenn du nicht machst so traurige Augen wie dein Mann. Ich glaube doch, du hast gemacht ein großes Dummheit.«

Die beiden Schwestern hatten sich schnell in inniger Liebe gefunden. Gladys heiterte ihre Schwester nach Kräften auf und wartete, daß diese ihr anvertrauen sollte, was zwischen ihr und ihrem Gatten geschehen war. Aber sie fragte nicht mehr, weil Josta in Tränen ausbrach, sobald Gladys von Rainer sprach.

Silvester und Neujahr verlebten die Schwestern ganz allein. Am Neujahrstag kam Maggie von Berlin zurück. Sie umsorgte nun die beiden Schwestern, wie sie sonst nur ihr Mißchen umsorgt hatte. Josta gehörte nun in Maggies Herzen mit zu Gladys.

»Sie können mir glauben, Mißchen, da ist etwas nicht in Ordnung. Sie müßten alles tun, um Frau Josta zu bewegen, wieder nach Ramberg zurückzukehren«, sagte sie.

Gladys schüttelte den Kopf. »Ich darf mit Josta gar nicht über ihren Mann sprechen. Sie sagte mir, sie sei für immer von ihm fort. Wahrscheinlich haben sie sich erzürnt. Wenn ich nur wüßte, warum. Am Tage nach meiner Ankunft hat sie einen Brief von ihrem Mann bekommen und sehr darüber geweint.«

Der Brief, den Josta von Rainer erhalten hatte, lautete:

Meine liebe, teure Josta!

Erlaß es mir, Dir zu schildern, wie Dein Fortgehen auf mich gewirkt hat. Von mir will ich überhaupt nicht sprechen, sondern nur von Dir. Ich habe Dir nichts zu verzeihen, mein geliebtes Kind, und ich weiß, Du hast nur getan, was Du mußtest. Weil Du es nicht wünschst, will ich jetzt nicht nach Waldow kommen. Werde erst ruhig, und wenn Du es über Dich bringst, mich zu sehen, dann rufe mich, damit wir alles Weitere besprechen können! Ich bin so froh, daß Du wenigstens Deine Schwester bei Dir hast und nicht mehr allein bist.

Um Henning sorge Dich nicht. Er ist ein Mann und wird tragen, was unabänderlich ist. Und ich bitte Dich inständig, habe Vertrauen zu mir und glaube mir, daß ich alles tun werde, um Dir zu helfen. Nichts wird mir zu schwer sein. Ich habe nur noch eine Aufgabe – Dich wieder froh und glücklich zu machen. Gott schütze Dich, meine liebe, kleine Josta. Laß mich wissen, wann ich Dir helfen darf, und bestimme jederzeit über

Deinen allzeit treu ergebenen Rainer.

Immer wieder mußte Josta diesen Brief lesen, und dann stürzten ihr die Tränen aus den Augen. Sie floh an ihren Schreibtisch, zu ihrem Tagebuch, um sich das Herz zu erleichtern. Denn so lieb sie Gladys gewonnen hatte – über das, was ihr im Herzen war, konnte sie nicht mit ihr sprechen.

Gladys sah Josta einige Male vor ihrem Tagebuch sitzen, und einmal, als sie zu ihr trat und ihr über die Schulter sah, las sie auf einer frisch begonnenen Seite die Worte: ›Mein

Rainer, wenn Du wüßtest, wie ich mich in Sehnsucht nach Dir verzehre, wie ich Dich liebe!‹

Josta ahnte nicht, daß Gladys diese Worte gelesen hatte.

Gladys rang in ihrer Seele mit einem Entschluß. Sie hatte sich die Worte aus Jostas Tagebuch fest eingeprägt. Eine Weile stand sie, als sie Josta verlassen hatte, in ihrem Zimmer am Fenster. Dann hob sie plötzlich entschlossen den Kopf. Gleich darauf saß sie vor einem leeren Briefbogen und hatte die Feder in der Hand. Sie schrieb:

Lieber Schwager!

Sie erlauben mich diese Anrede und verzeihen mir, daß ich Ihnen mit diesem Brief lästig bin. Aber mein Herz sein schwer um mein liebes Schwester, weil sie so unglücklich ist. Und nun habe ich gedacht, Sie können mich vielleicht sagen, warum mein Schwester ist fortgegangen von ihr Mann. Ich habe vorhin gelesen in ihre Tagebuch, als ich sie gesehen über die Schulter: ›Mein lieber Rainer, wenn Du wüßtest, wie ich mich in Sehnsucht nach Dir verzehre, wie ich Dich liebe!‹

Ist das nicht sehr schlimm? Warum will mein armes Josta nicht sein bei ihrem Mann, wenn sie ihn liebt so sehr? Oder liebt Rainer mein armes Josta nicht? Ich denke, er haben auch unglücklich ausgesehen, als ich in Ramberg war. Bitte, bitte – Henning, ich bin Ihnen so dankbar, wenn Sie mich alles schreiben, was Sie selbst wissen von das. Ich habe so eine große Vertrauen für Sie. Bitte, helfen Sie mich, daß mein Schwester wieder froh sein kann. Ich haben ihr so lieb und kann nicht sehen, daß sie muß weinen, immer weinen.

In große Sorge, ob ich eine Dummheit getan, grüße ich Sie als Ihre Schwägerin

Gladys Waldow.

Bitte, adressieren Sie an Maggie Brown, damit Josta nichts merken.

Als Henning diesen Brief erhielt, sah er darauf, als verstehe er das alles nicht. Aber das drollige Schreiben erschien ihm so reizend und rührend, daß er zärtlich liebkosend darüber strich. Dann erst las er den Brief durch. Und mit einem Mal wurde ihm klar, daß Josta nicht aus Ramberg geflohen war, weil sie Rainer nicht liebte. Es mußte einen anderen Grund haben.

Er sann und sann und kam dabei in Gedanken der Wahrheit immer näher. Sollte es möglich sein, daß Rainer und Josta einander quälten, weil sie sich liebten und diese Liebe voreinander verbargen aus törichtem Mißverständnis?

Dann setzte er sich plötzlich an den Schreibtisch und schrieb die Antwort auf Gladys Brief:

Liebe verehrte Schwägerin!

Es freut mich sehr, daß Sie so viel Vertrauen zu mir haben. Was zwischen Josta und Rainer steht, weiß ich auch nicht genau; ich kenne nur den traurigen Anlaß für Jostas Abreise. Leider bin ich selbst nicht ohne Schuld daran. Heute nur soviel: Ich weiß, daß mein Bruder seine Frau über alles liebt und todunglücklich ist über ihr Fortgehen. Vielleicht liegt es in unserer Hand, diese beiden uns so teuren Menschen von ihrem Leid zu befreien. Wollen wir uns verbünden? Und haben Sie den Mut, liebe Gladys, etwas Ungewöhnliches zu tun? Entwenden Sie Josta heimlich ihr Tagebuch, auf einige Tage nur. Dann senden Sie es mir sofort versiegelt und als Eil- und Wertpaket zu. Alles andere nehme ich auf mich. Niemand als mein Bruder soll in dies Buch Einsicht haben, mein Ehrenwort bürgt Ihnen dafür.

Bitte, depeschieren Sie mir nur ein Wort, ob Sie tun wollen, worum ich Sie bitte. Ja oder Nein.

Ich begrüße Sie herzlichst und in ehrerbietiger Ergebenheit

Ihr Schwager Henning Ramberg.

Henning brachte das Schreiben selbst zur Post. In großer Unruhe wartete er am nächsten Tag auf Gladys Antwort. Diese sandte sofort, nachdem sie Hennings Brief erhalten, ein Telegramm.

»Ja! Erbitte aber das Bewußte umgehend zurück an Maggies Adresse, Gladys.«

In der Dämmerstunde dieses Tages saß Gladys mit Josta am Teetisch. »Ich bin gleich wieder hier, Josta, entschuldige mich einen Augenblick«, sagte sie.

Josta nickte nur und blieb in Gedanken versunken sitzen.

Gladys aber schlich sich in Jostas Zimmer an ihren Schreibtisch. Der Schlüssel lag in Jostas Handarbeitskörbchen im Wohnzimmer. Den hatte sich Gladys schon vorher verschafft. Sie öffnete hastig das Fach, wo sie Jostas Tagebuch wußte und nahm es heraus. Dann schloß sie den Schreibtisch wieder zu und steckte den Schlüssel zu sich.

Eiligst schlüpfte sie hinüber in ihr Zimmer. Da stand Maggie schon mit Siegellack und Petschaft. Schnell packte Gladys das Tagebuch in bereitliegendes Papier, siegelte das Paket sorgfältig und übergab es Maggie, die das Paketchen auf die Post brachte.

20

Rainer saß in seinem Arbeitszimmer, als Henning erregt bei ihm eintrat. Er hatte Gladys Depesche erhalten.

»Rainer, hast du einige Minuten Zeit für mich?«

»Ja, mein Junge, komm, setz dich und sage mir, was du willst.«

Henning blieb aber stehen. »Ich will dir etwas zeigen, Rainer. Sieh hier – das ist ein Brief von Gladys, den ich gestern bekommen habe.«

Rainer streckte hastig die Hand aus. »Gib, wenn ich ihn lesen darf.«

»Du darfst nicht nur – sondern du mußt, Rainer.«

Und Rainer las. Als er zu Ende gelesen hatte, sprang er auf. »Nein, nein – das ist nicht wahr!« rief er mit bebender Stimme, als suche er sich selbst zu beruhigen.

»Verstehst du das, Rainer?« fragte Henning.

»Nein! Sie ist ja der deutschen Sprache nicht ganz mächtig. Es wird ein Irrtum sein.«

»Aber die Worte aus Jostas Tagebuch scheinen mir genau kopiert zu sein. Rainer – sage mir offen –, hast du Josta eigentlich jemals gesagt, wie lieb du sie hast?«

»Nein – ich wollte sie nicht erschrecken. Ich habe ihr die Größe meines Gefühls verborgen, soweit ich nur konnte.«

Henning atmete tief auf. »Mein lieber Rainer, mir scheint, die kleine Amerikanerin ist gekommen, um uns eine Binde von den Augen zu nehmen.«

Rainer umkrampfte die Lehne seines Sessels, als wolle er sie zerbrechen. »Ich sage dir ja – es ist ein Irrtum!« Und dann, unfähig, sich länger zu beherrschen, stieß er heiser hervor: »Wenn ich dieses Tagebuch sehen, mit eignen Augen diese Worte lesen könnte!« Wie ein Schrei kam das aus seiner Brust.

Henning faßte des Bruders Arm. Sie sahen sich atemlos an. Dann sagte Henning leise: »Du wirst es können, Rainer. Ich habe Gladys geschrieben, sie soll Josta das Tagebuch entwenden und es dir auf einige Tage senden. Soeben habe ich Gladys Antwort erhalten. Hier ist das Telegramm. Morgen früh wird das Buch vielleicht schon hier sein. Hat Gladys sich geirrt, so wird das Buch an seinen Platz zurückgelegt. Im andern Falle – da wirst du selbst wissen, was du zu tun hast. Der Zweck heiligt hier die Mittel.«

Rainer stöhnte tief auf. »Es ist ein Unrecht, ich weiß es, aber Gott helfe mir, der Preis dafür ist zu hoch – ich muß mich überzeugen. Und was ich auch finde, Henning – ich danke dir herzlich. Jetzt sind wir quitt, denke ich.« Er faßte tastend nach Hennings Hand.

»Rainer – wenn ich damit mein Unrecht gutmachen könnte – wenn du dennoch mit Josta glücklich würdest«, stieß Henning hervor.

Rainer sah ihn mit einem brennenden Blick an. »Und du, Henning, könntest du es ertragen, wenn das geschehen würde?«

»Ja, Rainer. Ich glaube, ich bin auf dem Wege der Genesung. Und ich weiß jetzt eine Medizin, die mich voll und ganz heilen wird.«

»Was meinst du?«

Henning sagte mit einem Lächeln, aus dem schon die Hoffnung blickte: »Gladys. Sie ist Jostas Ebenbild.«

Rainer umfaßte seinen Bruder. »So helfe Gott uns beiden. Und – nun laß mich allein.«

Josta suchte in ihrem Nähkörbchen nach dem Schlüssel zu ihrem Schreibtisch. Gladys saß mit scheinbar unbewegtem Gesicht dabei, aber ihre Hände spielten nervös mit den Fransen der Tischdecke.

»Was suchst du, Josta?« fragte sie endlich.

»Meinen Schreibtischschlüssel, Gladys. – Ich lege ihn immer hier in mein Arbeitskörbchen in das Näh-Etui. Und nun kann ich ihn nicht finden.«

»Du wirst ihn verlegt haben, Josta.«

»Das ist mir unbegreiflich. Zufällig habe ich jetzt zwei oder drei Tage den Schlüssel nicht benutzt.«

Gladys wußte es sehr gut. Hatte sie sich doch die größte

Mühe gegeben, Josta anderweitig zu beschäftigen, um sie abzuhalten, sich an den Schreibtisch zu setzen. Aber nun half alles nichts mehr, und Gladys wußte nun keinen Rat, wie sie Josta von ihrem Schreibtisch zurückhalten sollte. Sie fieberte nun schon vor Unruhe. Wo nur das Tagebuch blieb? Wenn es Rainer sofort zurückgeschickt hatte, mußte es doch jede Minute eintreffen.

Maggie stand unten auf der Lauer und wartete auf den Postboten, damit sie es ihm gleich abnehmen konnte. Was konnte man nun noch tun, um Josta auf andere Gedanken zu bringen?

Gladys zerbrach sich das Köpfchen. »Weißt du, Josta, du wirst verloren haben dein Schlüssel bei das Einräumen«, sagte sie.

Josta schüttelte den Kopf. Sie hatte das ganze Nähkörbchen ausgepackt. »Nein, nein, ich könnte ihn höchstens verlegt haben.«

»Ja, so werden es sein, mein Josta. Wir wollen es sagen dein Zofe und Maggie, sie sollen suchen nach das dumme Schlüssel, wenn es helle Tag ist. Ja? Komm, du mußt mich lesen aus diese Buch, es sein so sehr gespannt. Und ich höre so gern, wenn du mich liest vor.«

Sie zog Josta in einen Sessel nieder und gab ihr das Buch zum Vorlesen. Josta ging auch darauf ein.

Aufatmend ließ sich Gladys der Schwester gegenüber nieder und war froh, daß sie nun Zeit gewonnen hatte bis zum nächsten Tag.

Rainer hatte das Tagebuch erhalten. Henning hatte das versiegelte Paketchen vor ihn hingelegt und war stumm wieder hinausgegangen. Mit bebenden Fingern löste Rainer die Hülle und hielt das Buch nun in den Händen, schlug es auf und suchte die letzte beschriebene Seite. Da stand es, klar und deutlich: ›Mein Rainer, wenn Du wüßtest, wie ich mich in Sehnsucht nach Dir verzehre, wie ich Dich liebe! – Du würdest ja nie mehr eine ruhige Stunde haben, denn Du bist so gut und willst nicht, daß ich leide. Ich werde sterben vor Sehnsucht nach Dir, ich kann ja diese Trennung nicht ertragen, und all mein Stolz hilft mir nicht. Immer wieder muß ich mir sagen, daß ich Dir lästig war, daß Du bereust, mich an Deine Seite gestellt zu haben. Sonst hättest Du mich nicht so ruhig und willig an Henning ausliefern wollen. Danach durfte ich nicht länger mehr bei Dir bleiben. Der letzte schwache Hoffnungskeim war nun zerstört, daß ich je Deine Liebe erringen könnte. Du, mein Geliebter – warum hat mir Gott nur diese heiße tiefe Liebe ins Herz gelegt, da ich sie in bitterer Scham verbergen muß? Warum konntest Du nicht Onkel Rainer bleiben? Hätte ich dann nicht ruhig und friedlich neben Dir leben können? Ach nein – nein, in meinem Herzen hat ja die Liebe zu Dir immer geschlummert, sie mußte eines Tages erwachen. Und nun bin ich fern von Dir, habe mich verbannt aus Deiner Nähe; aber wie soll ich das Leben ertragen, fern von Dir? Meine Seele friert – wenn ich doch sterben könnte.‹

Da schloß das Tagebuch.

Rainer drückte das Buch an seine Lippen. Der starke Mann erbebte unter der Gewalt der auf ihn eindringenden Gefühle. Er wußte nun genug, wußte, daß er geliebt wurde von seinem jungen Weib, so heiß und tief, wie er es nur ersehnen konnte. Und nun wurde ihm mit einem Mal klar, was sie gelitten haben mußte unter seiner Zurückhaltung, unter seiner vermeintlichen Kühle.

Er blätterte noch einmal in Jostas Tagebuch und trank mit seligem Erschauern, was in der Seele seines jungen Weibes an Zärtlichkeiten für ihn lebte. Aber er las auch alles, was ihre junge Seele mit Leid und Kummer erfüllt hatte. Er las, welche Rolle Gerlinde bei alledem gespielt hatte, und er war außer sich vor Zorn und Schmerz, daß er sein geliebtes Weib nicht hatte schützen können vor Gerlindes verderblichem Einfluß. Weiter und weiter las er und alles wurde ihm klar. Von dem Tage an, da er um Josta geworben hatte, bis zu Jostas Flucht aus Ramberg kannte er nun all ihre Kämpfe und verglich sie im Geiste mit dem, was er gelitten hatte. Und als er zu Ende war, sprang er auf und drückte das Buch an sein Herz. Dann sah er nach der Uhr. Die Klingel schrillte durch das Haus, der Diener erschien. »Legen Sie bitte meine Sachen zurecht, ich will mich umziehen. In einer halben Stunde soll der Wagen bereitstehen.«

Der Diener verschwand. Rainer lief hinüber in den Ostflügel zu seinem Bruder. Er stürzte hastig ins Zimmer und schloß Henning in seine Arme.

»Ich bringe das Tagebuch selbst nach Waldow, Henning. In einer halben Stunde reise ich ab. Erst wollte ich dir nur danken, mein lieber, lieber Junge.«

Henning sah in die strahlenden Augen seines Bruders. Die sagten ihm alles. »Gottlob, mein Rainer, deine Augen sagen mir, daß nun alles gut wird. Zu danken brauchst du mir nicht aber nimm mich mit nach Waldow! Ich möchte Gladys danken, daß sie mir geholfen hat, alles gutzumachen.«

Rainer sah den Bruder einen Augenblick fest an. »So komm, Henning!«

Eine halbe Stunde später fuhren sie weg.

Rainer hatte telegrafisch in Schellingen einen Wagen zum Bahnhof bestellt. Der erwartete die beiden Herren, als sie dem Zug entstiegen, und brachte sie bald nach Waldow. Sie ließen den Wagen im Dorf am Gasthof halten und gingen die kurze Strecke bis zum Herrenhaus zu Fuß. Die herabsinkende Dämmerung begünstigte ihr Vorhaben, unbemerkt heranzukommen. Und sie hatten Glück; niemand war zu sehen außer Maggie, die, in wollene Tücher eingehüllt, am Haustor stand und auf den Postboten wartete, der das Tagebuch bringen sollte.

Maggie atmete auf, als sie die beiden Herren erkannte, Henning sprach sie sogleich in englischer Sprache an. »Bitte, melden Sie Miß Gladys, daß wir hier sind. Aber so, daß Frau Josta nichts merkt. Wir warten hier und lassen Miß Gladys einen Moment herunterbitten.«

Maggie eilte davon. Sie hatte mit Gladys verabredet, daß sie mit einer belanglosen Frage zu ihr ins Zimmer treten solle, wenn das Tagebuch eingetroffen war.

Die Schwestern saßen im Wohnzimmer am Kamin. Josta las vor. Da trat Maggie ein. »Miß Gladys, wollen Sie einen Augenblick nachsehen, ob ich das blaue Kleid richtig abgeändert habe?«

Gladys atmete auf. Das war das Signal, daß das Tagebuch da war. »Ich komme sofort, Maggie.«

Als Gladys hinaustrat auf den Vorplatz, stand Maggie wartend da und hielt schon den Pelz bereit.

»Wo ist das Buch, Maggie?«

Maggie lachte über das ganze Gesicht. »Kein Buch, Mißchen – aber die beiden Herren stehen unten am Tor und warten auf Sie. Und sie sehen beide sehr froh aus.«

Gladys schlüpfte in den Pelz und flog mehr, als sie ging, die Treppe hinab.

Gleich darauf stand sie vor den beiden Herren. Jeder faßte nach einer Hand von ihr. »Gladys, liebe kleine Schwägerin!«

Sie sah ängstlich auf. »Das Buch – oh, bitte –, geben Sie mich – ich muß es schnell zurücklegen an seine Platz«, sagte sie und berichtete hastig von dem angeblich verschwundenen Schlüssel.

Rainer küßte ihr erregt die Hand. »Wo ist Josta?«

Gladys deutete nach oben. »Im Wohnzimmer. Ja, aber das Buch?«

Rainer war schon an ihr vorüber ins Haus geeilt und sprang mit großen Sätzen die Treppe hinauf.

Henning faßte nun auch Gladys Hand. »Das Buch habe ich hier in meiner Brusttasche. Wir werden Zeit haben, es an Ort und Stelle zu bringen, liebe Gladys. Josta wird jetzt sehr lange von Rainer in Anspruch genommen werden.«

»Oh, meine liebe Gott! Was habe ich gehabt für eine große Angst. Haben ich nicht gemacht eine große Dummheit?«

Henning sah entzückt in ihre bangen, großen Augen hinein. »Nein, Gladys – liebe, kleine mutige Schwägerin.«

»Warum haben Rainer so große Eile?«

Henning lachte. »Er hat Angst, daß ihm das Glück davonläuft, das Sie für ihn eingefangen haben, Gladys.«

Sie lachte froh und atmete auf. »Oh – dann wollen wir ihn lassen laufen – bei seine Glück. Wird nun mein Josta auch glücklich?«

»Ich hoffe es bestimmt. Darf ich Ihnen inzwischen erzählen, wie das zusammenhängt, soweit ich es selbst weiß?«

»O ja, ich sein sehr neugierig. Aber erst das Buch wieder an sein Platz.«

Henning ließ sich von ihr fortziehen. Ihre kleine, warme Hand lag in der seinen, und er hatte ein Gefühl, als führe ihn diese kleine Hand zu seinem Heil.

So schlichen sie leise wie zwei Verschwörer die Treppe hinauf in Jostas Zimmer.

Während Henning Wache stand, schloß Gladys das Buch in den Schreibtisch. Und dann sah sie nachdenklich auf den Schlüssel hinab. »Was tun ich nun mit ihm? An seine Platz kann ich ihn nicht bringen – da ist Josta.«

Henning wollte mit überlegen. Aber da tippte sich Gladys schelmisch lächelnd auf die Stirn. »Oh, was sein ich dumm! Diese Schlüssel muß sein verschwunden – da!«

Damit warf sie ihn in hohem Bogen über sich hinweg. Mochte er fallen, wohin er wollte. »So – nun bin ich glücklich, daß die Schlüssel sein aus mein Tasche und die Buch an sein Platz. – Nun müssen Sie mich alles erzählen, Henning, ich will alles wissen Wenn ich nicht gemacht eine Dummheit, dann haben Josta eine gemacht.«

Sie zog Henning unbefangen in ein molliges Fenstereckchen zwischen Kamin und Fenster, und Henning erstattete nun einen vollständigen Bericht über alles, was geschehen war, seit er Josta zuerst als Rainers Braut wiedergesehen hatte. Sie hörte aufmerksam zu und wurde ein wenig blaß, als er zu ihr von seiner Liebe zu Josta sprach. Als er geendet hatte, atmete sie tief und schwer und sagte leise: »Oh, wie sein mein Schwester zu beneiden um so viel Liebe! Und Sie tun mir sehr leid, Henning, denn nun werden Josta und Rainer sehr glücklich sein, wenn Gott will. Und Sie müssen davon sehr traurig sein.«

Henning sah in ihr weiches junges Gesicht, in ihre traurigen Augen hinein. Da faßte er ihre Hand. »Gladys – Sie wissen doch, wie sehr Sie Ihrer Schwester gleichen, nicht wahr?«

Sie nickte. »O ja, ich weiß.«

Er holte tief Atem und beugte sich vor, um ihr besser ins Gesicht sehen zu können. »Wenn ich Ihnen nun sagte, Gladys, daß Sie allein mich heilen können von meiner Liebe zu Josta, daß ich in Ihnen eine Erlöserin sah, schon ehe Josta ihren Gatten verließ – was würden Sie mir antworten?«

Dunkle Röte stieg in ihr Gesicht. »Ich weiß nicht.«

Er zog sie näher zu sich heran. »Sie sind das einzige weibliche Wesen, das ich nach Josta lieben kann. Wollen Sie meine Frau werden, Gladys, wollen Sie mir helfen, glücklich zu werden, schuldlos glücklich? Können Sie mir gut sein, Gladys?«

Sie sah ihn mit großen, ernsten Augen an. Und dann huschte ihr liebes Schelmenlächeln um den Mund. »Ich haben kein Herz mehr. Ich haben mein Herz verschenkt an ein junges Mann, der mich gesehen hat in Berlin und mich gesagt: ›Josta – liebe Josta!‹ Diese Mann bleibt mein Herz – für immer ich kann es ihm nicht wieder fortnehmen.«

»Gladys, liebe, süße Gladys!«

Sie streichelte sein Haar, und ihre Augen wurden feucht. »Oh, das gefällt mich noch viel besser. Ich will helfen, daß deine Herz mich gehören soll ganz allein.«

Er umfaßte sie und zog sie an sein Herz. Er fühlte, daß er genesen war. Die neue Liebe zu Gladys hatte ihn für alle Zeit von seiner unglücklichen Liebe zu Josta geheilt.

Und Gladys hatte den Mut zum Glück. Sie zagte nicht und ruhte friedlich an seinem Herzen. Von seinem Arm umschlungen, saß sie noch lange an seiner Seite, und sie hatten einander gar viel zu erzählen – und viel zu küssen. Und die Küsse wurden immer feuriger und länger und die Pausen immer kürzer

Josta saß in Gedanken verloren am Kamin, als Gladys sie verlassen hatte. Als bald darauf die Tür geöffnet wurde, sah sie gar nicht auf, weil sie glaubte, Gladys kehre zurück.

»Nun, Gladys, hat Maggie dein blaues Kleid recht gemacht?« fragte sie, aus ihren Träumen erwachend, ohne sich umzusehen.

Sie bekam keine Antwort. Erstaunt wandte sie sich um. Und da fuhr sie erbleichend aus ihrem Sessel. »Rainer!« Wie ein Aufschrei brach das aus ihrer Brust. Sie streckte die Hände aus, als wehre sie einer Erscheinung, und schwankte haltlos.

Aber da war Rainer schon an ihrer Seite und riß sie mit

einem halb unterdrücken Ausruf in seine Arme, an sein laut klopfendes Herz.

»Josta, meine Josta – meine süße, liebe Frau – nun halte ich dich endlich – endlich! Jetzt gebe ich dich nicht mehr frei – und wenn eine ganze Welt in Trümmer geht – ich kann dich nicht lassen.« Wie ein Sturm brach das aus seiner Brust, und er umfaßte sie, als müsse er sie jetzt noch gegen feindliche Gewalten verteidigen.

Sie sah wie im Traum, wie halb bewußtlos zu ihm auf, in seine heißen jungen Augen hinein und erschauerte in seinen Armen.

Voll Zärtlichkeit sah er tief in die bangen Augen. »Ich liebe dich, meine holde, süße Frau – ich bete dich an. Weißt du, was es mich gekostet hat, dir so gelassen gegenüberzustehen und dich freizugeben? Wie ein Fieber hat es mich geschüttelt. Daß ich dich nicht trotzdem an mich riß und dich bat: ›Bleibe bei mir!‹ – Ach – weißt du, was mich das gekostet hat?
Nein, sag nichts – halte still an meinem Herzen, und sieh mich an mit deinen Wunderaugen! Ich weiß es jetzt – ich weiß es, wie deine Seele für mich fühlt, und diese Gewißheit reißt alle Dämme nieder, die ich vor meinem heißen Sehnen nach dir aufgebaut habe. Sieh mich an, Liebste – sieh mich an, wie es dir dein Herz eingibt!«

Willenlos, wie gelähmt, lag sie in seinen Armen und wußte nicht, was plötzlich mit ihr und ihm geschehen war. Ihre Augen sahen zwar ungläubig, aber heiß und sehnsüchtig in die seinen. Und als er nun seine Lippen auf die ihren preßte in einem heißen Kuß, der kein Ende nehmen wollte, war es, als wollte sie ihre Seele aushauchen in diesem ersten Kuß der Liebe, dessen Glut nichts gemein hatte mit seinen sonstigen verhaltenen Zärtlichkeiten. »Laß mich sterben, Rainer, wenn das nur ein Traum ist«, flüsterte sie, selig erbebend.

»Kein Traum, Josta. Fühlst du nicht, wie meine Lippen auf den deinen brennen?«

Sie schlang die Arme um seinen Hals, als fürchte sie, ihn wieder zu verlieren. »Wie ist es nur möglich, daß du mich liebst?«

»Und wie ist es möglich, daß meine Josta mich liebt – so liebt? Meine süße, böse, grausame Josta, die sich mir immer so kalt und zurückhaltend zeigte.«

»Du hast mir ja nie gesagt, daß du mich liebst. Sollte ich dir meine Liebe aufdrängen?«

»Weil ich glaubte, du liefest mir angstvoll davon, wenn ich dir zeigte, wie lieb du mir warst.«

Sie lauschte noch immer halb im Traume. Und dann sah sie ihn angstvoll an. »Aber – die andere – Rainer, du liebst doch die andere?«

»Glaubst du das noch immer, du süße Törin? Sieh mich doch an – sieh mir ins Herz hinein! Wer allein wohnt darin? Du, mein liebes, süßes Weib. Jene alte Neigung war schon überwunden, als ich um dich warb. Ist nun aller Zweifel gelöst?«

Sie atmete tief auf. »Nun sage mir nur, warum du heute zu mir kamst?«

Er preßte sie fest an sich. »Das danken wir Gladys und Henning.«

Erstaunt sah sie ihn an und schüttelte den Kopf. »Wie denn?«

Fast übermütig strahlte er sie an. »Erst gib mir einen Kuß – einen Kuß, wie du ihn mir in deinen Träumen gabst.«

Sie sah ihn an. Tief senkten sich die Augen ineinander, und unter seinem zwingenden Blick erglühte sie immer mehr. Und plötzlich umfaßte sie seinen Kopf mit ihren Händen und küßte ihn, scheu und doch heiß – so, wie das Weib den Mann küßt, dem sie ihre Seele zu eigen gibt.

Er erschauerte vor Seligkeit und trank diesen Kuß mit Andacht in sich hinein. Und dann erzählte er ihr, wie Gladys und Henning in ihr Schicksal eingegriffen hatten.

Als er von ihrem Tagebuch sprach, wurde sie glühendrot und barg ihr Antlitz an seiner Brust. »Du hast es gelesen? Mein Gott – was mußt du von mir denken?« sagte sie zitternd.

Er sah ihr tief in die Augen. »Neidest du es mir, daß ich so voll und ganz in deine Seele eindringen und mich berauschen durfte an der Gewißheit, so geliebt zu werden, so, wie ich dich liebe?«

Da sah sie ihn lange an und sagte leise: »Nein – mag es sein –, ich will ja doch nie mehr ein Geheimnis vor dir haben.«

»Und du verzeihst Gladys und Henning, daß sie uns zu unserem Glück zwangen?«

Ein Schatten flog über ihr Gesicht. »Ich muß ihnen danken, mein Rainer, und ich will es von Herzen tun. Aber Henning – der Gedanke an ihn macht mir Pein. Ich weiß, was es heißt, zu lieben und nicht wiedergeliebt zu werden.«

»Sei ruhig, mein Liebling. Ich hoffe, für Henning gibt es bald eine heilsame Medizin. Gladys gleicht dir so sehr – und Henning sagte mir, daß er sie fragen wolle, ob sie seine Frau werden möchte. Henning ist mit mir hier und wird mit Gladys dein Tagebuch an Ort und Stelle gebracht haben. Dies Tagebuch mußt du mir schenken, meine süße Frau. Jetzt sollst du mit allem, was dein Herz bewegt, zu mir kommen. Willst du?«

Da flog zum erstenmal wieder das süße Schelmenlächeln um Jostas Mund. »Ich weiß doch nicht, ob du so geduldig alles in dich aufnehmen wirst wie mein Tagebuch.«

Entzückt küßte er dieses Lächeln von ihrem Mund. Es dauerte lange, bis, er sie wieder freigab. Aber endlich sagte

Josta: »Jetzt müssen wir uns wohl einmal nach Henning und Gladys umschauen.«

Und sie fanden ein glückliches Brautpaar.

Noch am selben Abend kehrte Rainer Ramberg mit seiner Frau, seiner Schwägerin und Henning nach Ramberg zurück.

Natürlich war Maggie im Gefolge ihrer jungen Herrin, die glückliche Maggie, die vor Stolz strahlte, daß ihr Mißchen so einen schönen und guten Bräutigam gefunden hatte.

Gerlinde hörte den Wagen am Witwenhaus vorüberfahren. Sie glaubte aber, nur die beiden Herren seien zurückgekehrt.

Diesen Abend ging sie nicht mehr zum Schloß hinüber. Sie schickte nur ihre Zofe. Diese sollte einen der Diener fragen, ob die beiden Herren zurückgekehrt seien. Der Diener, den die Zofe fragte, bestätigte die Heimkehr der beiden Herren und erwähnte nichts davon, daß auch die Herrin mitgekommen sei.

Als Gerlinde an diesem Abend mißmutig zu Bett ging, sah sie noch einmal zum Fenster hinaus nach dem Gutshaus. Und sie wunderte sich, daß es so hell erleuchtet war. Sogar in Jostas Zimmern brannte überall Licht. Sie zuckte verständnislos die Achseln. Aber keine Ahnung kam ihr, daß Josta in diese Räume zurückgekehrt war. Am andern Tag hielt sie es aber doch für nötig, das Diner wieder einmal drüben im Schloß einzunehmen; sie hoffte, daß sie die beiden Herren sehen werde. Ahnungslos betrat sie den Speisesaal – und sah, daß fünf Gedecke aufgelegt waren. Befremdet sah sie auf die festlich geschmückte Tafel. Waren Gäste im Haus? Ehe sie einen Diener fragen konnte, öffnete sich die Tür, und herein trat Josta an Rainers Arm – beide mit leuchtend glücklichen Gesichtern, und hinter ihnen, nicht minder glücklich, folgten Henning und Gladys.

Mit bleichem, verstörtem Gesicht sah Gerlinde das alles. Sie vermochte kaum, Fassung zu bewahren.

Rainer hatte sehr schroff gegen Gerlinde vorgehen wollen, aber Josta hatte für sie gebeten. »Das darfst du nicht tun, Rainer. Gerlinde liebt dich, und was sie getan, geschah aus Eifersucht und Liebe. Du mußt sie schonen, denn sie ist nicht glücklich und wird noch unglücklicher sein, wenn sie merkt, daß wir uns gefunden haben.«

Und Josta trat nun auch zuerst auf Gerlinde zu und reichte ihr die Hand.

»Ich bin zurückgekehrt, Gerlinde, weil nun zwischen Rainer und mir alles gut geworden ist. Du warst im Irrtum, als du annahmst, ich liebte Henning. Mein Herz gehörte immer nur Rainer. Und auch unser lieber Henning wird glücklich sein. Sieh, meine Schwester Gladys, die mir so ähnlich ist, hat sein Herz geheilt und will seine Frau werden. Du siehst glückliche Menschen vor dir, die dir herzlich entgegenkommen und dich teilnehmen lassen wollen an ihrem Glück. Gib mir deine Hand, Gerlinde, jetzt will ich dir wirklich eine Freundin sein.« Gerlinde hörte das alles wie in einem quälenden Traum. Aber Jostas Worte fanden nicht Einlaß in ihr Herz. Sie sah die junge Frau mit einem unverhüllten Blick des Hasses an und stieß ihre Hand zurück. Und als Rainer seine Frau schützend in die Arme nahm, sprühte auch zu ihm der haßerfüllte Blick. Ihre Liebe zu ihm, die stets nur egoistisch war, schlug in Haß um.

»Ich will nicht stören. Für Almosen bin ich immer zu stolz gewesen. Ihr seid euch selbst genug. Lebt wohl!« So sagte sie schneidend, wandte sich um und ging mit stolz erhobenem Haupt hinaus.

»Oh, was sein das eine böse Dame – sie soll nicht sehen

mein liebes Schwester mit so böse Augen an«, sagte Gladys.

»Nein, Gladys, das soll nie mehr geschehen. Dafür werde ich sorgen«, erwiderte Rainer und küßte seine Frau zärtlich auf Mund und Augen.

»Und nun wollen wir uns nicht weiter stören lassen. Wenn ich nicht irre, wird uns Gerlinde so bald nicht wiederbegegnen«, sagte Henning und stärkte sich vor Tisch gleich noch einmal, indem er Gladys an sich zog und küßte.

Und wirklich, Gerlinde störte die beiden glücklichen Paare nicht mehr. Schon am nächsten Tage reiste sie ab – nach St. Moritz, ohne sich zu verabschieden.

Als an Ostern die Hochzeit Hennings mit Gladys Waldow in Ramberg gefeiert wurde, kam eine Glückwunsch-Depesche von Gerlinde, in der sie zugleich ihre Verlobung mit einem Baron Haustein, der große Güter in Schlesien besaß, mitteilte.

Damit war Gerlinde vollends von Ramberg losgelöst. Das Witwenhaus stand nun wieder leer.

In Schloß Ramberg hatte aber das Glück eine dauernde Heimstätte gefunden. Und sooft es ging, kam Henning mit seiner jungen Frau nach Ramberg. Die Baronin Rittberg pflegte zu ihrem Manne zu sagen:

»Dieti, wenn ich die beiden Ramberger mit ihren schönen Frauen sehe, dann weiß ich nicht, ob ich vor Freude lachen oder weinen soll. Diese vier schönen Menschen in solcher Harmonie vereint zu sehen, das ist wie ein Gottesdienst. Ganz fromm wird mir immer zumute vor Dankbarkeit, daß es so etwas Vollkommenes gibt.«

Roman

Von Hedwig Courths-Mahler sind bei
Bastei-Lübbe erschienen:

10006 Ich lasse dich nicht!
10007 Da sah er eine blonde Frau
10009 Verkaufte Seelen
10010 Wenn Wünsche töten könnten
10011 Die Inselprinzessin
10012 Unschuldig-schuldig
10013 Das Findelkind von Paradiso
10014 Ihr Geheimnis
10015 Trotz allem lieb ich dich
10016 Ich hab dich lieb
10019 Heidelerche
10020 Das stolze Schweigen
10021 Die Herrin von Armada
10022 Das ist der Liebe Zaubermacht
10023 Ich kann's dir nimmer sagen
10024 Die entflohene Braut
10025 Deines Bruders Weib
10027 Wir sind allzumal Sünder
10028 Die schöne Kalifornierin
10029 Du darfst nicht von mir gehen
10035 Die verstoßene Tochter
10036 Des Schicksals Wellen
10037 Du bist meine Heimat
10038 Nach dunklen Schatten das Glück
10039 Nur wer die Sehnsucht kennt
10043 Die Pelzkönigin
10058 Die schöne Unbekannte
10059 Nun ist alles anders geworden
10060 Griseldis
10061 Die Kriegsbraut

BASTEI LÜBBE

Roman

Von Hedwig Courths-Mahler sind bei Bastei-Lübbe erschienen:

10497 Was tat ich dir?
10534 Hexengold
10564 O Menschenherz, was ist dein Glück
10594 Die Verbannten
10622 Jolandes Heirat
10646 Sanna Rutlands Ehe
10652 Feenhände
10711 Sein Kind
10737 Das Glück steht am Wege
10768 3 Bestseller in 1 Band
10795 Verschmäht
10820 Dorrit und ihre Schwester
10859 Der verlorene Ring
10889 Die Tochter der Wäscherin
10926 Hans Ritter und seine Frau
10954 Die Adoptivtochter
10955 Die schöne Miss Lilian
10956 Die Bettelprinzeß
10957 Du – meine Welt
10963 Die Herrin von Retzbach
10968 Ihr Reisemarschall
10971 Dein ist mein Herz
10974 Wo du hingehst
10981 Die Assmanns
11056 Durch Liebe erlöst
11127 Dorrit in Gefahr
11135 Das Geheimnis einer Namenlosen
11140 Die Tochter der zweiten Frau
11147 Ich weiß, was du mir bist
11155 Hilfe für Mona

BASTEI LÜBBE

Roman

Von Hedwig Courths-Mahler sind bei
Bastei-Lübbe erschienen:

11162 Die Menschen nennen es Liebe
11170 Zwei Frauen
11230 Des anderen Ehre
11260 Es irrt der Mensch
11298 Allen Gewalten zum Trotz
11339 Mein liebes Mädel
11374 Seine Vergangenheit
11428 Der Abschiedsbrief
11460 Im Buchengrund
11501 Mit dir bis in den Tod
11540 Dora Linds Geheimnis
11578 Opfer der Liebe
11625 Käthes Ehe
11633 3 Bestseller in 1 Band
11638 Der Australier
11664 Prinzeß Lolo
11718 Die ungleichen Schwestern
11745 Seine indische Ehe
11774 Die Stiftssekretärin
11792 Frau Bettina und ihre Söhne
11845 Liselottes Heirat
11863 Durch Leid zum Glück
11882 Im Buchengrund / Zwei Frauen / Käthes Ehe

BASTEI LÜBBE